〔美〕德莱塞 / 著
Sister Carrie
潘庆舲 / 译

名著名译
丛书

人民文学出版社

Theodore Dreiser
SISTER CARRIE
Penguin Group, 1986

图书在版编目(CIP)数据

嘉莉妹妹/(美)德莱塞著;潘庆舲译. —北京:人民文学出版社,2017(2025.7重印)
(名著名译丛书)
ISBN 978-7-02-012545-6

Ⅰ.①嘉… Ⅱ.①德…②潘… Ⅲ.①长篇小说—美国—近代 Ⅳ.①I712.44

中国版本图书馆 CIP 数据核字(2017)第 044191 号

责任编辑　曾少美
装帧设计　刘　静　陶　雷
责任印制　苏文强

出版发行　人民文学出版社
社　　址　北京市朝内大街166号
邮政编码　100705

印　　刷　三河市中晟雅豪印务有限公司
经　　销　全国新华书店等

字　　数　501千字
开　　本　890毫米×1290毫米　1/32
印　　张　17.75　插页3
印　　数　18001—21000
版　　次　2003年1月北京第1版
印　　次　2025年7月第5次印刷

书　　号　978-7-02-012545-6
定　　价　45.00元

如有印装质量问题,请与本社图书销售中心调换。电话:010-59905336

德萊塞

## 德莱塞（1871—1945）

美国现代小说的先驱、现实主义作家。一生大部分时间从事新闻工作，走遍芝加哥、匹兹堡、纽约等大城市，广泛深入地观察了解社会，为日后文学创作积累了丰富素材。1900年发表了第一部小说《嘉莉妹妹》，十一年后，《珍妮姑娘》问世，接着又发表了《欲望三部曲》的前两部《金融家》(1912)和《巨人》(1914)，奠定了德莱塞在美国文学界的地位。1945年，他加入美国共产党。同年12月逝世。

嘉莉来自农村，模样俊俏，聪明单纯。她羡慕大都市的物质生活，带着仅有的四美元，满怀对未来的憧憬，只身来到大都市芝加哥谋生。严酷的现实粉碎了她的美梦，迎接她的是失业和疾病。走投无路之下，她先后成为推销员德鲁埃和酒吧经理赫斯特伍德的情妇。历经坎坷，一次偶然的机会，她成了名利双收的演员，挤进了上流社会，然而孤独与苦闷始终如影随形。

## 译　者

**潘庆舲**（1930—　），江苏吴江人。上海社会科学院文学研究所译审、教授。六十多年来，致力于文学翻译与研究。译有《嘉莉妹妹》《珍妮姑娘》《美国的悲剧》《波斯短篇小说集》《九亭宫》《波斯诗圣菲尔多西》等。作为我国波斯语言文学界有突出贡献的学者，曾获伊朗总统亲自授予的最高总统奖。

# 出 版 说 明

人民文学出版社从上世纪五十年代建社之初即致力于外国文学名著出版，延请国内一流学者研究论证选题，翻译更是优选专长译者担纲，先后出版了"外国文学名著丛书""世界文学名著文库""二十世纪外国文学丛书""名著名译插图本"等大型丛书和外国著名作家的文集、选集等，这些作品得到了几代读者的喜爱。

为满足读者的阅读与收藏需求，我们优中选精，推出精装本"名著名译丛书"，收入脍炙人口的外国文学杰作。丰子恺、朱生豪、冰心、杨绛等翻译家优美传神的译文，更为这些不朽之作增添了色彩。多数作品配有精美原版插图。希望这套书能成为中国家庭的必备藏书。

为方便广大读者，出版社还为本丛书精心录制了朗读版。本丛书将分辑陆续出版。

人民文学出版社
2015年1月

# 《嘉莉妹妹》:美国小说史上一座里程碑

> 德莱塞是美国小说家中最富有美国气魄的……有过一个时期,他就是美国文学中唯独一位堪与欧洲文学大师们相提并论的美国作家。
>
> ——理查德·林杰曼,1990[①]

## 外来妹:世界文学中的人物[②]

一九〇〇年夏,德莱塞(1871—1945)无意识地与弗兰克·诺里斯[③]一道向美国文学的文雅传统挑战。诺里斯时年三十,比德莱塞长一岁,正在奋笔疾书他的巨著《章鱼》。前一年,他刚刚推出了他的长篇小说《麦克提格》。读过了德莱塞的《嘉莉妹妹》手稿后,他慧眼识珠,觉得这是一部"划时代的作品",遂大声惊呼:"我发现了一部杰作!"

一八八九年八月里的某一天,十八岁的外来妹嘉罗琳·米蓓——"家里人亲昵地管她叫嘉莉妹妹"——从威斯康星州哥伦比亚城登上火车去闯荡芝加哥,从而使她——还有刚把她写进他头一部小说的那个虽有惊人的才华,但并不是踌躇满志的年轻记者德莱塞——全都成了世界文学中的人物。

---

[①] 《西奥多·德莱塞》第 10 章:八十年代,德莱塞研究方兴未艾。
[②] 美国著名文学评论家阿尔弗雷德·卡津(1915—1998)为宾夕法尼亚大学(下文简称"宾大")出版社复原本《嘉莉妹妹》所作的序言。
[③] 弗兰克·诺里斯(1870—1902),美国小说家,其代表作为《章鱼》。

## 嘉莉妹妹就是德莱塞自己[①]

自一八九九年十月间德莱塞在半张空白纸上写下"嘉莉妹妹"这几个字,动笔写他的长篇小说,迄今已近整整一个世纪了。先前他从没想到过写小说,后来是在好友、作家亚瑟·亨利[②]的敦促之下才启笔的。他说:"除了名字'嘉莉妹妹'以外,我脑海里一片空白。她会是谁……我心里连一点谱儿都没有。"稍后,他眼前突然浮现出了搭火车前往芝加哥途中的嘉莉·米蓓。他还说掠过他脑际的这一形象"好似在梦中见到过"。诚然,梦也是回忆,因为他头一次将个人的亲身感受写进了他笔下人物的绝望的渴求的心中。从某种意义上说,嘉莉就是德莱塞自己,犹如福楼拜说过他是包法利夫人一样。本来德莱塞对嘉莉离家去芝加哥的年份,下笔时颇费踌躇,后来才定为一八八九年,是年作者也是十八岁,与嘉莉同庚。芝加哥——作为惊人的商业化美国生活的化身,在这个十八岁外来的穷仔眼里,端的就像在外来妹嘉莉眼里一模一样。嘉莉的羞怯心态、经济上不能自立,以及不善于辞令,这些特点在德莱塞身上都能找到;至于嘉莉待在芝加哥她姐夫家里,意识到自己渺不足道,不得不听任命运摆布,分明也是德莱塞的写照。一言以蔽之,这位娇嫩的中西部小姑娘,既具备德莱塞逆来顺受与雄心勃勃的混合气质,又兼有德莱塞对城市生活的罗曼蒂克的憧憬。说穿了,嘉莉更像德莱塞的一个亲姐姐——埃玛,她逃跑到了芝加哥,后来结识了查平-戈尔饭店里的一个出纳员霍普金斯,此人已有两三个成年子女,就像小说里的赫斯特伍德一样——不久又跟着他一起私奔去了纽约(这段逸事在后来他的代表作《美国悲剧》里也被采用过)。小说里写到赫斯特伍德失去嘉莉以后穷愁潦倒的那些篇章,则是另一段回忆,跟一八九五年德莱塞失去纽约《世界报》工作后的不幸遭遇有关。在《嘉

---

[①] 详见美国作家、编辑和文学评论家马尔科姆·考利(1898—1989)所撰《嘉莉妹妹的兄弟》一文;著名作家欧文·豪(1920—1993)也有如此评价。

[②] 亚瑟·亨利,小说家兼叛逆型思想家,既是德莱塞在托莱多《刀锋报》任职时的雇主,也是当时他最知己的朋友。

莉妹妹》里,还看得到更多的德莱塞的影子:害怕贫困的思想时刻萦绕在他脑际;他狂热地向往着花花世界;他跟凡夫俗子一样也有七情六欲(据八十年代以来"德莱塞热"中推出的有关研究著作,德莱塞的风流逸事真不少);他还恨透了世俗的标准,因为后者使他的兄弟姐妹受罪遭殃;不过归根结底,还是德莱塞对生活充满了激情,对神秘莫测的人世浮沉始终不可理解。

## "坏书":美国小说史上一座里程碑

出版商弗兰克·道布尔戴对德莱塞创作《嘉莉妹妹》的妙旨倒是心里有数。他明明知道这部小说由他的审稿人诺里斯推荐,又被他的合伙人沃尔特·海因斯·佩奇和高级编辑亨利·拉尼尔不声不响地接受了下来,道布尔戴仍然认为它是"伤风败俗"的"坏书",企图撕毁出版合同。后来他听从了法律顾问的意见:这部小说还得照样印出来,但是不要负责销售。尽管这样,道布尔戴还是千方百计想把本公司出版的这部小说完全封杀。幸好在诺里斯亲自过问下,百把本《嘉莉妹妹》被分送给了包括亨利·门肯[①]在内的书评家。此书的失败给作者打击极大,使他经历了一场思想危机。他真像小说里的赫斯特伍德那样垮掉了,甚至还打算自寻短见。但没有多久,他还是重新振作了起来。多亏诺里斯极力鼓吹,一九〇一年英国海涅曼出版公司在伦敦正式推出了《嘉莉妹妹》。热情的赞扬纷至沓来。英国《每日邮报》撰文欢呼:"美国终于出了一部真正泼辣的小说。"英国公众还盛赞《嘉莉妹妹》是"一部真正的现实主义小说",它"反映生活鞭辟入里,证明作者有非凡的才能",随之英国为之轰动了。德莱塞得知后备受鼓舞,凑足钱把小说纸型买了回来,促使道奇出版公司于一九〇七年、格罗塞特-邓拉普出版公司于一九〇八年重印此书。后来,哈珀兄弟出版公司、波尼-莱弗赖特出版公司以及现代图书公司分别于一九一一年、一九一七年与

---

[①] 亨利·门肯(1880—1956),美国著名批评家、散文作家,在二三十年代有极大影响,一向关心、提携年轻作家。

一九三二年相继重印,印数一次比一次大。随后,《嘉莉妹妹》被译成多种欧洲语言,风靡欧陆,终于被公认为一部虽有瑕疵,却让人爱不忍释的杰作,甚至成了美国小说中一座具有历史意义的里程碑。①

《嘉莉妹妹》的经历还有一段不寻常的尾声。一九〇〇年以后,美国广大读者的阅读标准在不知不觉中发生着变化。实际上,德莱塞的第一部长篇小说已帮助他建立了一种地下声誉。因而,一九一一年,他的第二部长篇小说《珍妮姑娘》问世便大获成功。亨利·门肯称赞《珍妮姑娘》是"第一流小说",堪与左拉、托尔斯泰、康拉德的作品相媲美,是"除了那部顶峰作品《哈克贝利·费恩历险记》以外,我所读过的最好的一部美国小说"。这时,美国现实主义文学又一次崛起了。德莱塞在年青一代的作家中找到了新的同盟军。到了一九二〇年,他们再也不是叛逆作家了,他们这一派作家声势浩大,驰骋美国文坛。这是美国文学史上从《嘉莉妹妹》一仗失败开始,历时甚久,但是毕竟最终获胜的一章,从而迎来了二三十年代美国小说的黄金时代。

## 《嘉莉妹妹》:美国当代小说的滥觞

《嘉莉妹妹》里一没有淫秽词句,二没有浮夸和虚构,三极少渎神之处,缘何还会给德莱塞带来"伤风败俗"的恶名呢?原因很清楚:当时美国文学作品中盛行的尽是一些轻松愉快、令人发噱的花好月圆式的风流艳史,或是陈陈相因、俗不可耐的武侠侦探小说。可是年轻的德莱塞却不落窠臼,独辟蹊径,坚持认为"生活就是悲剧……我只想按照生活的本来面目来描写生活",不趋时,不媚俗,别出机杼,写前人没写过的题材,因此击中了正统道德要害,令人震惊。正如辛克莱·刘易斯赞扬的那样:"《嘉莉妹妹》像一股强劲的自由的西风,席卷了株守家园、密不通风的美国,自从马克·吐温和惠特曼以来,头一次给我们闷热的千家万户吹进了新鲜的空气。"②德莱塞既没有把赫斯特伍德、德

---

① 克劳德·辛普森著:《德莱塞:〈嘉莉妹妹〉》。
② 详见辛克莱·刘易斯(1885—1951)于一九三〇年获诺贝尔文学奖时在授奖仪式上的答词。

鲁埃两个勾引女人的男人中的哪一个描写成惩恶扬善的情节戏里常有的无赖、恶棍，也没有说到嘉莉最终幡然悔悟，弃恶从善，或是因其邪恶而获罪。难怪当时有教养的美国读者觉得，《嘉莉妹妹》可要比诺里斯的长篇小说《麦克提格》更加可怕，因为两者所写题材大致相仿，但小说结局处理殊异，《麦克提格》按照当时习俗，道德败坏的人物全都得到了报应。不消说，他们嫌恶《嘉莉妹妹》里那些品行低贱的人物，但他们更痛恨作者对这些人物充满同情，乃至于赞赏不已。作为一家酒吧经理的赫斯特伍德明明是一个老奸巨猾、诱拐女人的家伙，但作者竟然把他夸为"我们伟大的美国上层社会——豪富以下第一级人物里头——最受欢迎的一员"。① 读到这里，读者无不感到愤慨不已，因为他们觉得赫斯特伍德和这一形象的塑造者同属一个新的阶层，对较早的美国文化已构成了威胁。至于女主人公嘉莉，他们尤其深恶痛绝，因为当时美国人接受的传统教育是：善有善报，恶有恶报；女人唯有贞操才是最珍贵的，堕落的报应即使被处以极刑，也是死有余辜。但在小说里却说嘉莉让人诱拐了，先是跟一个跑码头的推销员同居，不久又跟豪华酒吧经理私奔出逃，按照当时的美国习俗，理应受到严惩。没料到作者给她安排的不是悲惨的下场，却让她成了红极一时的女演员。毫无疑问，这是对体面的美国人遵循的所谓生活准则的直接挑衅。《嘉莉妹妹》大胆冲破传统理念束缚，锐意革新，端的开了一代风气之先，在美国小说史上具有不可估量的深远影响。比方说，在《嘉莉妹妹》问世约二十年后，著名女作家薇拉·凯瑟方才推出了诸如《云雀之歌》《来了，阿芙罗迪黛!》和《失足女人》这类长篇小说，其中全都写到比《嘉莉妹妹》更为不经的情节，却没有引起公众的任何义愤。显而易见，正是《嘉莉妹妹》披荆斩棘，扫除思想障碍，为美国公众接受当代小说铺平了道路。这些小说家有现实意义，基本上正确而忠实地反映了美国社会生活。②

---

① 详见拙译《嘉莉妹妹》第五章。
② 伯顿·拉斯柯(1892—1957)著：《德莱塞的成就》。

## 像巴尔扎克一样对金钱权势了如指掌

德莱塞在《自述》中回忆,自己在刚开始文学生涯时就心摹手追巴尔扎克,定要以巴尔扎克式的手法来描写美国的生活。亨利·詹姆斯说过:"金钱是巴尔扎克小说中最普遍的因素,其他事情时有时无,只有金钱常在。"在《嘉莉妹妹》里所描写的同样让读者看到:金钱起着举足轻重的作用。① 在小说中的人物看来,金钱是个谜,正如时至今日在许多人心目中金钱仍然是个谜一样。心地善良的推销员德鲁埃发现钱来得相当容易。反正他四处推销商品,只要签了一份订货单,到时稳能得到一份回扣(佣金)。钱就这么着几乎毫不费劲儿地到手了——回头也是毫不费劲儿地给挥霍掉了。然而,对嘉莉这样一个去芝加哥谋生,贫穷但又充满欲念的农家女来说,钱——却是一种手段,借之可以获取她渴求的生活中的一切东西。可是,对那位养尊处优的豪华酒吧经理赫斯特伍德来说,想当年金钱根本算不得一个问题,只是让他满足自己对嘉莉的情欲的一种工具,殊不知到了最后他钱财耗尽,只有苟延残喘地活命——他不得不上街乞讨度日。

从德莱塞在《嘉莉妹妹》中所写到有关金钱的真正含义的论述中,不难看出,作者明确认为:金钱断乎不能看作交换的一种手段,实质上,它是凝聚起来的劳动。在他那个时代,尽管人们两眼都被金钱的定义掩盖下的谜蒙住了,但是德莱塞却心明眼亮,对金钱具有明确认识。正如美国批评家菲力普·拉弗所说,德莱塞"像巴尔扎克一样,对金钱权势机器的运转了如指掌"。

## 《嘉莉妹妹》缘何令人爱不忍释

为什么《嘉莉妹妹》时至今日依然是那么意味隽永,那么扣人心弦,那么令人爱不忍释? 主要是因为德莱塞塑造人物的功力高超,在他

---

① 詹姆斯·法瑞尔(1904—1979)著:《德莱塞的〈嘉莉妹妹〉》。

笔下，即使是次要人物也各具个性，而主要人物，不消说，形象丰满，有血有肉，个个都塑造得很成功。许多批评家赞扬德莱塞能够像托尔斯泰那样满怀同情地塑造人物，同他笔下的人物心心相连，甚至使读者也都深有同感。为了创造出个性鲜明，具有时代意义的人物形象，德莱塞充分发挥其营造环境气氛的超群才能，充分描写观念形态、社会制度的错综复杂的局面，客观揭示贫困等诸多社会问题，从而使其笔下人物具有坚定的现实基础。在《嘉莉妹妹》中，他像巴尔扎克、托尔斯泰一样，创造了一个真实的世界，场面壮阔，构思宏伟，其中人物各具面貌，真实可信。[1]

德莱塞对赫斯特伍德这个人物的塑造，是一大成功。他对赫斯特伍德绘声绘色的描写，几乎压倒了嘉莉的情节，这是突出男人堕落的主题。题材的处理，令人回肠荡气，为希腊戏剧家首倡此类主题以来最为动人的作品之一。[2] 在赫斯特伍德身上，共性与个性是那样浑然一体，让读者几乎分辨不出来。赫斯特伍德实际上是一种社会职能的化身，一个美化了的大管家。他的一生都是由他作为八十年代芝加哥一家高级酒吧经理这样的地位生发开来，并且始终围绕着这一地位打转的。此人老于世故，举止随和，通达善变，看上去好像与生俱有，其实显然是他的性格使然。而他的性格却是由他的职业逐渐形成的，其后果在他缓慢、痛苦而又悲惨的堕落过程中始终有着影响。

在德莱塞的笔下，赫斯特伍德这个人物形象写得始终跟他的人品、本职工作和社会地位丝丝入扣。不论从思想上或是从社会的视角上说，德莱塞对这个人物全都了如指掌，并使读者清晰地看到：人物个性已跟他的地位对他性格的影响惊人地融合在一起。当时，芝加哥还是未开化的、新兴的城市，赫斯特伍德正好属于具有这样特色的发展中城市。像他这样一个人跑到纽约去，实际上注定是站不住脚跟的，因为纽约这个大都会名人云集，富豪望族比比皆是。由此可见，他对嘉莉的情欲并不是他日益衰微的唯一原因，也不是他颇有悲剧味道的堕落的唯

---

[1] 亚历山大·克恩(1909—?)著:《德莱塞的瑰丽》。
[2] 乔治·斯奈尔(1909—?)著:《西奥多·德莱塞:哲学家》。

一原因。倒不如直截了当地说,赫斯特伍德一旦丢掉了他在芝加哥的社会角色,他的悲剧便接踵而至。①

## 字里行间充满了对比写照

从结构上说,这部小说由经过周密的平衡安排、互相形成对照、一兴一衰的两份生平履历所组成。它也是在豪华与贫穷对比的基础上写成的,主要围绕着嘉莉的崛起与赫斯特伍德败落来进行对比描写。通过互相并列、反衬的种种事件,女主人公获得了名声与安适,而男主人公则失去了财富、社会地位、自豪感,最终连性命都给丢了。这种对比写照,乃是德莱塞最擅长的文学技巧之一。他在自传《印第安纳的节日》一书中写道:"没有对比写照,就没有生活。"细心的读者不难发觉,他在四个主要人物——嘉莉、德鲁埃、赫斯特伍德与赫斯特伍德太太之间,他们与其他许多次要人物之间,乃至于叙事状物,或是写景抒怀,或是抚今追昔,总之,字里行间无不充满了对比写照。有的批评家还指出,当时颇为流行的索尔斯坦·凡勃仑的名著《有闲阶级的理论》中提到诸如消费攀比等论点,作为小说人物欲念的心态表现,德莱塞在《嘉莉妹妹》与《美国悲剧》里描写得可谓挥洒自如,淋漓尽致。② 当然,与赫斯特伍德不同,嘉莉远不是一个富有个性的人物。她是一种社会典型,是当时庸俗歌曲里的那种"贫苦的、自食其力的姑娘"——说得更确切些,乃是一个多世纪以前的美国外来妹——但写得栩栩如生,不同凡响。附丽在嘉莉身上的,读者一望可知,是一种美国人的命运模式。她心高才低,富于感情与欲念,走的是一条典型的道路。那个时期,美国城市对农村正在取得决定性的胜利。嘉莉离开了农村,眼看着自己被抛进了芝加哥这个目迷五色的世界。说不定她日后会步步攀高,得到豪华的服饰与奢侈的享受,随心所欲,为所欲为,恣意放纵自己的情

---

① 参见第六页注①。
② 克莱尔·弗·艾比著:《欲念的心理学:凡勃仑消费攀比诸论点在〈嘉莉妹妹〉与〈美国悲剧〉中》。

感。但这一切的一切,只能通过一条不正经的邪恶道路方可达到。①

像嘉莉这样的一种命运模式,确实令人触目惊心,因为它与那个时代的道德观念大相径庭。然而,通过小说《嘉莉妹妹》却又透露出一种社会预言。类似嘉莉式的女人,今天在纽约和好莱坞,乃至于世界上其他大城市,可谓俯拾即是。实际上,嘉莉妹妹在文学上来说是对一种人物类型的预报。这种类型的人物,时下已成为各种传媒闲话栏、脱口秀里的主人公。她早已成了人们耳熟能详的人物,不足为怪。但是,远在一个多世纪前,年轻的德莱塞率先揭示了这种类型人物的产生、动机,以及使这种类型人物臻于成熟的社会因素,料想今日里再也不会有人来追本穷源了。其实,包括《嘉莉妹妹》在内的所有德莱塞的主要著作,核心都是作品的道德深度。德莱塞始终非常关注美国社会里愈益明显的贫富悬殊所蕴含的道德后果。他认为,邪恶是个问题,而且具有社会性。他在所有小说里都写到了社会历史、邪恶产生的社会过程。野心、追求、欲念——这一切都围绕着邪恶这个问题,而邪恶这个问题又围绕着金钱的作用打转转。他把社会根源与人物命运的各别模式连在一起了。著名作家詹姆斯·法瑞尔概括地说过,德莱塞的现实主义就是关于社会结构的现实主义,正是在他的成名作《嘉莉妹妹》中,他头一个把这样的人物形象给了美国文学。②

## 德莱塞:美国文学的一种活的传统

德莱塞从二十年代起就显示出他的非凡才华,声誉烜赫,独步文坛,是继惠特曼、马克·吐温之后的又一位现实主义大师。而乔治·斯奈尔又在他的著作中提到,德莱塞继承了各个时代和各个国家的小说家的传统而集其大成,二十世纪的任何美国作家都无法与之伦比。作为生活的纪实者,德莱塞可与托尔斯泰、菲尔丁、巴尔扎克等作家相媲美。③ 不论斯奈尔的

---

① 参见第六页注①。
② 同上。
③ 参见第七页注②。

评述是否中肯，但德莱塞那气势磅礴、充满现代美国本土浓郁生活气息的作品及其丰富的创作经验，确使一代又一代美国作家，从舍伍德·安德森到福克纳，全都受益，并为美国文学走向世界铺平了道路。尽管他写得不那么优美、雅致，有时行文滞重，但在很多作品中却极其成功地塑造了不少具有坚实生活基础的人物，诸如嘉莉妹妹、珍妮姑娘、克莱德、赫斯特伍德和考珀伍德等都已成为美国文学中的典型。由于德莱塞最擅长通过大量的真实细节来展现人物的社会背景，他的小说不仅具有生活真实感，还生动地再现了一个历史时代。但是，说到底，他的文学道路毕竟是从创作《嘉莉妹妹》开始的，初试身手，便在美国小说史上树立了一座里程碑，塑造了美国文学中的典型。在评论《嘉莉妹妹》时，还是詹姆斯·法瑞尔说得好：德莱塞赢得了胜利，今天他已成了美国文学的一种活的传统。他把美国文学的创作水准提高到世界文学的水平。这就是他为二十世纪美国文学做出的重大贡献。

　　世事沧桑，百年巨变，想当年美国文坛上走俏的，诸如《晴溪农庄的丽贝卡》《侠义之花遍地开》和《格劳斯塔克》之类的媚俗小说，被无情的岁月所淘汰的何止千万；而德莱塞的《嘉莉妹妹》却在严峻的考验中始终魅力不减，历久弥新。① 适值《嘉莉妹妹》问世一百周年之前，完成多年前人民文学出版社约译任务，本人自然感到无比欣慰，心中感受颇多，故特撰此文，以志纪念。

潘庆舲  
一九九九年盛夏，识于  
上海社会科学院文学研究所  
二〇一二年春，补叙于  
沪西圣约翰名邸

---

① 最近美国《现代文库》将《嘉莉妹妹》及其姐妹篇《珍妮姑娘》同时列入"二十世纪一百本最佳英文小说"榜单，须知有两部小说同时入选，只有极个别作家能获此殊荣。

# 第 一 章

　　嘉罗琳·米蓓登上午后开往芝加哥的那趟列车时，她的全部家当，总共只有一只已交行李车托运的小箱子，一只廉价的仿鳄鱼皮手提包，内装一些梳妆用的零星物品、一纸盒小点心和一只带有摁扣儿的黄皮钱包，里面装着她的车票、记着她姐姐在范伯伦街住址的纸条和四块美元。那是在一八八九年八月间。当时她十八岁，聪明、羞怯，由于无知和年轻而充满了幻想。不管她跟亲人惜别时心里有什么惆怅之情，当然绝不是因为抛弃了家里的舒适环境。她跟母亲吻别时热泪有如泉涌；列车轰隆隆地驶过她父亲白天在那里打工的面粉厂，她嗓子眼儿顿时哽塞了；多么熟悉的村子，周围的绿色田野在眼前一掠而过。她禁不住伤心地叹了一口气。缕缕柔丝，过去曾把她若即若离地跟少女时代和故乡拴在一起，如今却无法补救地给扯断了。

　　这一切的一切，当时她肯定没有意识到。不论有多大的变化，都可以设法补救的。反正总是有下一站可以下车回去。大城市就在前头，每天来来往往的列车使它跟全国各地更密切地联结在一起。一旦她到了芝加哥，哥伦比亚城也离得并不太远。请问——一百英里，几个钟头的路算得上什么呢？她尽管可以回去嘛。况且她的姐姐还在那儿。她两眼直瞅着那张记下她姐姐住址的小纸条暗自纳闷。她凝视着眼前匆匆闪过的绿野风光，万千思绪掠过心头，已无心揣摩旅行观感，却猛地一转念，胡猜乱想芝加哥这个城市是什么样儿的。从孩提时期起她老是听到它的鼎鼎大名。过去她的家曾打算迁到那里去。这一回她要是寻摸到了好的事情，他们一家子就都可以来了。不管怎么说，芝加哥可大啦。五光十色，市声嘈杂，到处都是一片喧腾。人们都很富。大的火车站不止一个。这趟朝前猛冲的列车，就是正在飞也似的驶往那里。

　　一个女孩子十八岁离家出门，结局只有两种之一。要么遇好人搭救而越变越好,要么很快接受了大都市道德标准而越变越坏。在这样的环境里,要保持中间状态是不可能的。这个大都市里到处都有狡诈的花招,同样还有不少比它小得多、颇有人情味的诱人的东西。那里有种种巨大的力量,会通过优雅文化的魅力来引诱人。成千上万闪耀的灯光,实际上有时跟恋人频送秋波一样有力。天真的普通人之所以堕落,一半是由某些完全超人的力量造成的。喧嚣的市声,沸腾的生活,还有数不清的蜂窝式大楼——这一切使人们受惊,越发感到迷惑不安。如果说身旁没有人低声耳语,给予谆谆忠告,真不知道该有多少虚妄谎言灌入缺乏警惕者的耳里!这些光怪陆离的景象不是那么容易让人识破,它们表面上的美有如靡靡之音一般,往往使头脑简单的人先是思想松懈,继而意志薄弱,最后便堕落下去了。

嘉罗琳——家里人亲昵地管她叫嘉莉妹妹——智力上尚未成熟,所以只有简单的观察和分析能力。她这个人只管自顾自,虽说还不算太强烈。不管怎么说,反正这是她性格中的主要特征。她心里充满炽烈的青春幻想,虽在发育期中还未显山露水,却也长得相当秀美,加上她那早晚会出落得楚楚动人的身段,还有透着天生聪明相的一双眼睛,她是美国中产阶级——从最初的移民算起已有整整两代了——里绝顶漂亮少女的典范。她不喜欢看书——知识领域她自然没有涉猎过。她那天生的丰姿绰态还有待于充分展现。她简直还没有学会搔首弄姿。同样,她连使用自己的一双手几乎也很不自然。脚丫子长得虽小,但走路姿势欠佳。可她挺关心自己的容貌,很快就悟出生活中的赏心乐事,一心追求物质享受。她是一个装备不齐的小小骑士,冒险到这个神秘的大城市去侦察,狂热地梦想获得某种朦胧而遥远的至高无上的权力,让某个忏悔者拜倒在一个女人的脚下,成为她的牺牲品,受她支配。

"那个,"一个声音在她耳畔说,"就是威斯康星州最美的一个小小游览胜地。"

"是吗?"她心中忐忑不安地回答。

这时列车刚开出沃基肖①。她早就意识到自己背后有个男人了。

---

① 沃基肖,位于芝加哥以北五十英里左右,以矿泉水闻名的游览胜地。

她觉得此人正在端详她的一头秀发,而且早已坐不住了。嘉莉凭直觉就感到后面有人正在对她发生某种兴趣。她那少女的矜持和遇到这种场合应有的分寸感告诉她,对这种套近乎先要婉拒,方能防微杜渐,但因那人精于此道,而且曾屡屡得手,这时他的胆量和吸引力占了上风。她竟然答话了。

他略微俯身向前,让胳膊肘搭在她的椅背上,开始滔滔不绝地神聊起来。

"是啊,那是芝加哥人常去的游览胜地。那儿旅馆都挺棒的。这一带地方你不熟悉,是吧?"

"哦,不,我熟悉。"嘉莉回答,"我是说,我老家就在哥伦比亚城。不过,这个地方我倒是没去过。"

"那么说,你这还是第一次去芝加哥。"他说。

攀谈时,她一直在乜眼窥视着此人的面容。他双颊红得发亮,两撇小胡子,一只灰色浅顶菲多拉呢帽①。这时她转过身去,正面端详着他,自卫和卖弄风情的本能在她脑际羼杂在一起。

"刚才我可没有这么说呀。"她说。

"哦,"他曲意奉承地回答,带着佯装说错的神情,"我还以为你说过呢。"

这是一个替某家厂商到各地兜揽生意这一类的人——属于当时俚语里最早诨号为"掮客"的那号人。一八八〇年美国人中间突然流行起来一个最新的名词"白相人",意指某一个男人,他常用自己的衣着穿扮或举止谈吐去博得易动感情的年轻女人们的欢心或赞赏。上述这个最新名词,对此人来说也很适用。他身上的穿着很扎眼,是一套棕色隐条方格花呢西装,当时非常流行,后来就成了众所周知的便服。背心领口开得很低,露出白底粉红条子衬衫的浆硬的胸襟,雪白的高硬领系着一条款式别致的领带。上衣袖子里露出一双跟白底粉红条子衬衫料子相同的袖口,扣着大颗镀金纽子,上面还镶着叫作"猫儿眼"的黄玛瑙。手上戴着好几枚戒指,其中有一枚很粗的永远不走样的私章戒指。

---

① 一种折顶弯帽檐软呢帽。

背心口袋外垂着一条精致的金表链,链上还拴着"友麋会"①的秘密标记。整套西装十分贴身,还配上了晶光锃亮的黄褐色宽底皮鞋和灰色菲多拉呢帽。此人就其所表现的智商来看,倒也颇具吸引力;不管他有没有什么可取之处,嘉莉只看了头一眼,可以肯定,对他不会不感兴趣。

　　此人最成功的方式和手法中最显著的特点,不妨让我略记一二,免得这号人物从此湮没无闻。首先最要紧的,当然要衣饰讲究,不然他就寸步难行!其次是由于对女性有强烈的欲望而常常激起强烈的生理需要。他脑子里对主宰世界的种种力量和问题漠不关心,而驱使他行动的并不是贪婪,却是名目繁多的玩乐——尤其是女色——的无厌追求。他的手法通常很简单。首先要大胆,这当然是基于对异性具有强烈的欲望和爱慕。他跟一个年轻的女人只要碰过两次面,第三次见面就会走上去,给她整整领结,也许还会直呼她的名字。如果说有个妩媚动人的女人在街上打他身边走过,屈尊降贵地瞧他一眼,那他就会走上去,一把拉住她的手,佯装老相识的样子,好歹让她相信两人以前见过面,这当然是以他的献媚取悦的花招已引起这位女士想要进一步了解他为前提。他走进大型百货商店,就闲悠悠地猎取正在等待传递银钱小伙子送回找头的某些年轻女人的注意。在这种场合,他常常使出他这号人惯用的小花招,会打听到这个女人的芳名,她喜欢哪一种花,给她递便条的地址,也许还可以继续保持一段相当难得的友谊,直到最后发现自己这一目的毫无希望方才罢休。

　　此人对付装腔作势的女人,更是游刃有余,虽然开支可观多少使他打退堂鼓。比方说,在圣保罗,他一走进豪华的特等客车,就会拣一个座位,紧挨在最有希望搭讪上的女性旅客身边,随即问她是不是乐意把遮阳窗帘放下来。列车还没有越过调车场,他就关照车上的茶房给她送来搁脚小凳。他在攀谈中会暂时停一会儿,给她寻摸一些东西浏览一下,随后通过献媚求宠,曲意奉承,自述身世,大肆吹嘘,以及侍候效

---

① 慈善互助会,为美国一个重要的企业主协会,一八六八年创立于纽约,全名为:The Benevolent and Protective Order of Elks。它在各大城市设有分支机构,其成员都是当地工商界人士与社会名流。为适应我国读者习惯,今译"友麋会"。

劳等手段,来博得她的宽容,也许还有好感。

凡是探索过女人心灵深处的人,日后必定会发现一个最大的秘密——衣着打扮对女人心理上的重要性。有朝一日某个女人应该就这个专题撰写哲学论文。不管她多么年轻,衣着打扮一事她总是完全懂得。品评男人的服饰时,有一条几乎看不见的界线使她能在男人中间区分出来哪些值得她看上一眼,而哪些根本不屑一顾。一个男人一旦滑到了这条几乎看不见的界线以下,那就休想得到女人的青睐。男人的服饰还有另一条界线,可使女人琢磨她自己的衣着打扮。嘉莉身旁那个男人身上正好标有这条界线。她不免感到相形见绌。她身上那套镶有黑棉布条装饰的蓝色衣裙,她心里觉得挺寒碜。她感到自己脚上鞋子也太旧了。

思想上这阵波动,使她移开视线,松了一口气,掉过头去看车窗外的景色,他却误解为这是他的魅力所取得的小小进展。

"让我想想看,"他继续说,"你们镇上好多人我都认得——比方说,成衣店老板莫根罗特,布店掌柜吉布森——"

"哦,您真的认得吗?"她插话说。回想到这家布店橱窗里的陈列品曾经让她多么惊羡不已。

他终于发现了启开她心扉的钥匙,就轻车熟道地顺着辙儿扯下去。不一会儿,他就索性过来跟她并排坐下了。他拉扯着自己的成衣买卖、到处跑码头,以及芝加哥和那里的娱乐场所。

"你要是去芝加哥,准定非常喜欢。那儿你有亲戚吗?"

"我是去看姐姐的。"她解释道。

"你少不了去林肯公园逛一逛,"他说,"还有密歇根大道。那里正在盖高楼大厦。它是第二个纽约,真了不起。值得一看的东西太多了——比如说,剧院啦,熙攘往来的人群啦,还有漂亮房子啦——哦,你包管喜欢。"

听他这么一说,她心里不觉有点儿发痒。跟如此宏伟壮丽的景象相比,她觉得自己很渺小,因而有些难过。她心里明白自己可不是去转一圈玩儿的,不过在她的旅伴所说的这一切物质享受的前景中还有一点儿盼头。这个衣冠楚楚的人如此献殷勤,让她有点儿得意扬扬。他说一看到她,他就想起了某某红极一时的女演员,嘉莉禁不住笑了出来。她一点儿不傻,反正类似这样的殷勤毕竟很有分量。

"你在芝加哥要待一阵子,是不是?"眼下他们谈得很合辙儿了,他便顺势问道。

"我可说不准。"嘉莉迟疑地回答说——脑际突然掠过一个闪念:可能她找不到工作。

"反正要待上几个星期吧。"他目不转睛地直瞅着她的眼睛说。

这时他们之间交流的已大大地超出了他们说过的话的本身。他一眼看出,她身上具有某种说不出的魅力使她如此妩媚动人。她心里明白,他完全是从通常使女人既喜又惧的那种观点出发,才对她产生兴趣的。可她的举止言谈单纯得很,这正是因为她还没学会女人借以掩饰自己真实感情的种种小小不言的、装模作样的举止言谈——所以在有些事情上她不免显得有些大胆。比如说,她要是有个聪明乖觉的朋友,此人就会关照她,断断乎不能这样目不转睛地直瞅着一个男人的眼睛。

"您问这个干吗?"她说。

"哦,我在芝加哥可要待上几个星期。我要上咱们商号去看看货,取些新样品。我也可以领你去到处逛逛。"

"我不知道您可不可以——我说的是我不知道我可不可以跟您一块儿去。问题是我将借住在姐姐家里——"

"得了,她要是介意的话,咱们就再想个别的办法。"他掏出一支铅笔和一本袖珍记事本,好像他们一切都已说定了,"那么,请问你的姓名住址?"

她往钱袋里摸索着那张记着地址的纸条。

他伸手到裤子的后袋里,掏出来一只鼓鼓囊囊的钱包,里面塞满了不少纸条、几张里程表和一沓钞票等东西。这个钱包给嘉莉的印象很深。在向她献殷勤的人里头是从来没有过这样的钱包的。的确,她还从来没有在这样近距离内碰到过一个走南闯北、经验丰富,同时又是生气勃勃、见过世面的男人。这个钱包、这双发亮的黄褐色皮鞋、这套时髦的新装,以及他的那副神态,给她心中描绘出了一个朦胧的、以他为中心的幸福世界。这一切使她乐于接受只要他有可能做的一切事。

他信手掏出来一张精美的名片，上面印着巴特利特-卡里欧公司，左下角印着查利·H.德鲁埃。

"那就是鄙人的姓名，"他把名片放在她手里，指着自己的名字说，"该念'德鲁——埃'。从我父亲的血统来说，我们家原籍法国。"

她看了一下名片，这时他把钱包放好，随后从上衣口袋里的一叠信中取出一封信来。

"这就是我出门给他们搞销售的这家公司，"他指着信封上的图像继续说，"坐落在斯泰特街和莱克街的街角上。"从他的话里听得出他非常得意。他觉得自己在这么一家公司供职很了不起，真巴不得她也有同样的感觉。

"那么，你的姓名住址是哪儿？"他又开口问，握住铅笔打算记下来。

她看了一下他的手。

"嘉莉·米蓓，"她慢条斯理地说，"西范伯伦街三百五十四号，S.C.汉森转。"

他一字不漏地把它记了下来，随即又掏出钱包。"要是下星期一晚上我来，你在家吗？"他问。

"依我想是在家的。"她回答说。

话儿只不过是我们满脑子思想的模糊影子罢了——这话说得多准！话儿是小小的有声链环，把我们没法大声说出来的巨大感情和意图串联在一起。眼前就有这么两个人并排坐着，交换着几句微不足道的话儿，掏了两回钱包，看了看名片，可两人都不知道自己的真实感情该有多么难以言喻。谁都不够乖觉，猜摸不出对方心里有什么盘算。德鲁埃也说不出自己怎么会把这姑娘诱惑成功的。嘉莉直到他记下她的姓名住址，这才发觉自己是在随波逐流。现在，她方才感到自己向他做出了让步——而他呢，却取得了一次胜利。他们早已感到彼此之间有了一点儿联系。德鲁埃已掌握了谈话的主动权。他说起话来从容自在。她的举止言谈也不再拘谨了。

眼看着他们快到芝加哥了。忽闪忽闪的信号灯多了起来。列车从它们旁边疾驰过去。越过广袤无际的平坦的大草原，他们看见一行行电线杆矗立在通往那座大城市的田野里。远处呈现出一些市郊小镇的轮廓，还有一些耸入云霄的大烟囱。空旷的原野上不时见到一些两层楼的木头房子，不围栅栏，也不栽树木，仿佛是即将到达的大片房屋的前哨。

第一次即将到达大城市，对于儿童，对于富有想象力的天才，或者从未出过门的人来说，都是一件妙不可言的事。特别是赶上傍晚时分——在世界上光明与黑暗搏斗的神秘时刻，生活正从一种氛围或状态转变到另一种氛围或状态。啊，多么令人憧憬的夜晚。它对疲倦的人该有多么意味深长！有多少往昔的幻想与希望又在夜里复活！辛勤劳动的人在心中自言自语："我马上就有空了。我就要加入欢乐的人群。跟他们一块儿享乐去了。大街、街灯、灯火辉煌的餐厅，全都让我享用。剧院、舞厅、华宴，以及通往休憩与欢乐歌声的渠道——这一切在夜里全都属于我。"人们尽管还置身在车间和科室，激动的心情早已溢于言表，四处弥漫。反正是一种如释重负的感觉，连最麻木的人也都有所感受，只不过他们不见得总能描述或表达出来罢了。

嘉莉妹妹定神凝望着窗外。她的旅伴被她的好奇心所感染，对这个大城市重新产生了兴趣，便把它的奇迹指给她看。巨大的铁路网——芝加哥的标志和市徽——已向左右延伸开去。瞧那成千上万个车皮，听机车上撞钟的喧闹声。灰不溜秋的房屋、烟雾腾腾的工厂，以及高高耸起的谷仓，都竖立在这一股交通洪流的两旁。透过空隙，可以看见这座逶迤延伸的大城市的一些迹象。有轨电车都停在道口，等待火车驶过。管道口的工人使劲把木杆放下来，暂时封闭道口。铃声叮叮当当，轨道嘎嘎发响，汽笛在远处长鸣。

"这是芝加哥的西北部，"德鲁埃说，"这是芝加哥河。"说话时他指着一条浑浊的小河。河里挤满了来自遥远的江湖的大帆船，船头紧傍着竖立着黑色桩标的河岸。火车呼哧呼哧在喷气，和轨道一起发出哐当哐当声，就再也见不到那条小河了。"芝加哥正在成为一个了不起的大城市，"他继续说道，"惊人的奇迹！你会发现：那里值得一看的东西多着呢。"

他说的这几句话，嘉莉几乎没有听到。她心里突然笼罩着一种恐

惧感，想到自己如今孤身只影，远离家园，事实上已冲进了生活和事业的大海。她不由得感到有点儿透不过气来——她的心跳得那么快，觉得有点儿不舒服。她半闭着眼睛，让自己相信这一切都无所谓，反正哥伦比亚城离这儿并不太远。

"芝加哥！——芝加哥！"司闸员大声嚷嚷，砰的一声打开车门。列车驶进了网状轨道更为密集的调车场，那里到处都是一片喧腾。嘉莉开始一手拎起她那可怜的小手提包，一手紧攥着自己的钱包。德鲁埃站起身来，踢踢腿，让裤腿挺直平正，一把抓起他那整洁的黄色手提包。

"我想你的亲戚会来接你吧，"他说，"让我来替你拎手提包。"

"哦，不，用不着，"她说，"用不着麻烦您。我希望我跟姐姐碰面时，您不要跟我在一起。"

"好吧，"他一点儿也不生气地回答说，"不过，反正我还是会待在近旁，万一她不来，我包管把你平安无事地送到她那里。"

"您真会体贴人。"嘉莉说，觉得类似这样的殷勤在她陌生的环境里该有多么珍贵。

"芝加哥！"司闸员拖长了调门又在大声嚷嚷。列车拖着一节节客车车厢缓慢行进，终于开到了一个阴暗的大车棚底下，那里刚掌了灯。车厢里的旅客都站了起来，簇拥向车厢门口。

"哦，到了。"德鲁埃说，领她走到车厢门口。"再见了。"他说，"星期一再见。"

"再见。"她握住他伸过来的手说。

"别忘了，我在你后面看着，直到你跟姐姐碰面后才走。"

她望着他的眼睛嫣然一笑。

旅客们挨个儿下了车，德鲁埃佯装不认得她。一个脸儿瘦长、很不显眼的女人在站台上认出了嘉莉，急匆匆赶了过来。

"喂，嘉莉妹妹！"她开了腔，接下来便是敷衍一番的拥抱欢迎。

跟刚才备受青睐相比，嘉莉马上觉得感情气氛已为之大变。在这一切迷惑、喧嚣和新奇之中，她觉得冷酷的现实正在攫住她的手。那儿根本不是光明和欢乐的世界。哪有没完没了的娱乐消遣。她的姐姐整日上班干活,浑身上下看得出她饱经忧患,阅尽世间艰辛。

"那么,咱们家里的人都好吗?"姐姐开口问,"爸爸和妈妈都好吗?"

嘉莉一一做了回答,但是两眼却望着别处。德鲁埃伫立在过道尽头通往候车室和大街的出口处。他正在频频回头张望着。看见嘉莉在看他,并且得到了她姐姐照料,他给她投去一个笑影,转身就走了。这个笑影只有嘉莉看见了。看他渐走渐远,她觉得茫然若有所失。等他的踪影消失殆尽,她彻底地感到:他不在,自己才真的孤独呢。她虽跟她姐姐在一起,反而觉得更加孤零零的——孤零零的一个人仿佛被扔到了波涛汹涌的无情大海。

# 第 二 章

明妮住的"公寓",当时即指同一层楼上的一套房间,就在西范伯伦街职工住宅区,这里的居民都是过去移居芝加哥的,至今还在不断大量迁入,每年剧增竟达五万人之多。明妮这套房间在三层楼上,前面的窗子俯临大街。入夜,大街上的杂货店灯光通明,孩子们都在那里玩儿。公共马车上小铃铛的叮当声,一忽儿从远处传来,一忽儿倏然消失。嘉莉很爱听,觉得它既陌生又新奇。明妮领妹妹来到前房,嘉莉凭窗凝视着灯火辉煌的大街,禁不住感到无比惊讶,因为这个方圆好多英里的大城市里各种各样的声音、活动,以及喧闹声,她这个新来乍到的人都能听到了。

汉森太太先说了一些客套话以后,把婴儿交给嘉莉,自己就去准备晚饭。她的丈夫问了嘉莉一两个问题,就坐下来只管自己看晚报去了。此人生在美国,父亲是瑞典人。他沉默寡言,目前在牲畜圈养场当冷藏车清洁工。小姨子在不在,对他是无所谓的。她的仪容并没有给他留下什么特别印象。他说过一句话倒是切中要害,那就是有关嘉莉在芝加哥找工作的问题。

"这个城市可大啦,"他说,"你一两天就可以在哪儿找到工作。谁都这样。"

要不是嘉莉事先打过招呼,说找工作时自己付膳宿费,那么,她要借住在他们家里,就会遇到汉森的坚决反对而碰壁。这套房间的月租只有十七块美元,汉森估算了一下,嘉莉要是每周付四块钱,这倒是不无小补。他秉性正直,俭省节约。他在很远的西区购置了两块地皮,每块单价两百元,按月分期付款,已付过好几个月了。他真是巴不得有朝一日在那里盖一所房子。

嘉莉利用准备晚饭的空隙,把姐姐的这套公寓仔细琢磨了一番。

反正她略微有一点儿观察能力,再加上每一个女人都有特别丰富的第六种官能——直觉。她感到这里充满沉闷、单调的生活气息。室内四壁糊着毫不协调的花纸。地板上铺着席子,小客厅里铺着一块薄薄的旧地毯。显而易见,这些家具是当时从分期付款的店铺里买来的那种七拼八凑的蹩脚货。嘉莉虽然对和谐原理一窍不通,她还是察觉出这里很不协调。这地方确实有些东西让她感到难受,但她说不出所以然来。她只知道:这些东西在她看来都是单调乏味,俗不可耐。

嘉莉和明妮一起坐在厨房里,抱着婴儿,直到孩子开始哭了,她才站了起来,一面来回走动,一面哼着催眠曲,吵得汉森看不成报纸,走过来索性把孩子接了过去。这里就可以看出汉森性格中的一大优点:他很有耐心。显然,他非常疼爱自己的孩子。

"好啦,好啦!"他一边走,一边念叨说,"得了,别吵啦。"从他的话里听得出有些瑞典口音,想必是遗传而来的。

"你大概想先看看市容,是吧?"吃饭的时候,明妮说,"那么,咱们星期天一块儿去逛逛林肯公园吧。"

嘉莉注意到汉森对此不置一词。看来此刻他心里完全在琢磨别的什么事情。

"算了,"嘉莉说,"我想明天就出去找找工作。反正我可以利用星期五、星期六这两天,也没什么事。商业区在哪儿?"

明妮刚开始指点给妹妹听,她的丈夫却把话题接了过去。

"瞧,在那头,"他指指东面说,"在东头。"于是,他就大谈特谈芝加哥的地形和城市布局,这在他还是生平头一遭。"你最好去富兰克林大街,还有河对面那些大厂家问问。"最后他说,"许多女孩子都在那里干活。你下班回家也挺便当。离这儿不太远。"

嘉莉点点头表示同意,就向她姐姐打听这儿的街坊邻里。姐姐低声地把她仅仅知道的一点情况告诉了妹妹,而汉森一直在看管着孩子。最后,他突然一跃而起,把孩子交给了自己的妻子。

"我明天一大早要起来,这会儿就去睡啦。"他走到过道对面、黑灯瞎火的小卧室歇夜去了。

"他在老远的牲畜圈养场上班,"明妮解释道,"所以非得五点半起床不可。"

"你什么时候起来做早饭呢?"嘉莉问。

"大约在四点四十分。"

她们俩一起把当天的家务做完:嘉莉洗碗碟,明妮给婴孩脱去衣服,放到床上睡觉。明妮训练有素、克勤克俭的作风,嘉莉深知,是姐姐整天胼手胝足地忙活所养成的。

嘉莉心里逐渐明确认识到,她必须跟德鲁埃断绝往来。这里他断乎来不得。从汉森的举止言谈和明妮低首下心的神态,以及这一整套公寓的气氛中,她觉察到,除了因循守旧,操劳度日以外,其他任何事情都会遭到坚决反对。如果说汉森每天晚上必定坐在前房看报,九点钟按时上床,而明妮则稍晚一些,那他们对她岂能还有什么别的不同要求呢?她心中明白,首先她必须找到工作,以便自食其力,然后才能考虑交友问题。她跟德鲁埃的无伤大雅的调情,现在看来似乎是不同凡响了。

"不,"她心里自言自语道,"这里他断断乎来不得。"

她问明妮要墨水和纸,那些东西都放在餐室的壁炉架上。等到明妮十点钟上了床,嘉莉就取出德鲁埃的名片给他写信。

"我可不能让你到这里来看我,"她信中的一部分写的就是这些,"等着吧,我再给你去信。我姐姐的住地委实太小了。"

她索遍枯肠,真不知道信里再写些什么才好。她很想提上一笔说说他们在列车上的事,但又觉得怪难为情的。末了,她很生硬地对他的关照表示感谢,接着又闹不清信末怎么署名,最后决定力求简洁,先是写上"最忠实的",继而却又改成"真诚的"。她封上信封,写好地址,走进前房,那里有一个凹室,安放着她的小床。她把一张小摇椅端到敞开的窗子前,坐下来凝望着窗外的夜色和街景,默默无语地暗自纳闷。

她一面仔细琢磨这一天的所有话题,一面洗耳倾听街车叮叮当当地驶过去,还有偶尔从大街上传来的片言只语或咯咯大笑。最后,她想着想着,不觉有些累乏,坐在摇椅里开始迷迷糊糊地感到颇有倦意,就换好睡衣上床了。

第二天早晨八点钟,她一觉醒来,汉森早已出门上班去了。她姐姐正在餐室兼作起坐室里忙着缝纫。她穿好衣服,亲自动手弄了一点儿早饭吃了,然后请教明妮该上哪儿去找工作。自从上次嘉莉跟她握别以来,明妮已经大变了。如今她已是一个二十七岁的成年妇女,别看她瘦骨嶙峋,但身体还算很结实。她的人生观具有她丈夫的思想色彩,她对享乐和职责的看法转变极快,跟她在与世隔绝的少女时代相比,则更加狭隘。她此次邀请嘉莉来,不是因为妹妹老是渴望跟她见面,而是因为嘉莉对家里生活不满,说不定在这里找到了工作,就可以自食其力。明妮看到妹妹自然也有些高兴,可对她找工作一事,跟她丈夫持相同的观点。反正什么活儿都行,只要有钱可挣,比方说,开头的时候,每周可挣到五块钱也不坏。他们认为嘉莉新来乍到,命里注定先要当工厂女工。她到一家大厂去好好打工,直到——哦,直到有一天时来运转。至于什么才叫时来运转,当然,他们俩谁也说不清。他们既没有琢磨过她将来提级晋升,也压根儿没有料到她日后婚事。反正世事常在冥冥之中运作,到头来只要时来运转,那时进城打工的嘉莉就算是苦尽甘来了。这天早晨,她就带着姐姐他们吉祥如意的估算出门找工作去了。

姑且先不跟她一块儿去找工作,还是让我们看一看不久前她将自己的一生全部投入的这个环境的氛围吧。一八八九年,芝加哥已具备飞速发展的所有条件,哪怕是年轻的姑娘们,只要敢到这里来冒险,似乎准能发迹。日益增多的经商机会使它声名远扬,有如一块巨大的磁石,把充满希望的和绝望的人们从四面八方都给吸引过来了——他们中间,有些人还有待发家致富,有些人则在别处早已钱财、事业两空,境况甚惨。眼下芝加哥人口只有五十多万,却具有百万人口的大都市的雄心壮志、冒险精神和强大活力。方圆七十五平方英里的市区内,道路四通八达,房屋星罗棋布。全市人口猛增,与其说是因为现有巨大规模的商业,还不如说是因为各种工业生产需要,准备接纳大批新人涌到。为新建筑物打桩的汽锤声到处都听得到。各种大工业正在引入。实力雄厚的铁路公司早就预见到开发芝加哥大有前途,这时已占据了大量地皮,以供运输装载之用。街车路线已延伸到远郊空旷的大草原,估计那些地块不久就会迅速发展起来。城里已铺好长达许多英里的街道和污水管,经过一些地区,也许现在只见到孤零零的一所房子——它却是未来人口密集的先驱。有些地区，狂风暴雨来时一无遮拦，入夜只有长长的一行行眨着眼的煤气街灯在风中摇曳不定，通宵达旦。狭窄的木头踏板往外延伸了老长一段路，才经过这里一幢房子，那里一家小铺子，最后却倏地隐没在辽阔的大草原中。

芝加哥市中心乃是一片很大的批发商业区和购物中心，涉世不深的人常去那里寻摸工作。凡是自以为有气魄的大商行，都是单独拥有一幢大楼，这是当时芝加哥的一大特点，常为其他城市所望尘莫及。因为这里空地很多，当然不难办到。这样一来，几乎所有大批发商号都是派头十足，各业务科室设在底层，从大街上看里面一览无遗。大块玻璃窗，如今早已不稀罕，但在当时却是抢手货，使底层各科室都具有一种气度不凡和兴旺发达的风貌。偶尔闲逛的人路过这里，可以看到一排晶光锃亮的办公桌椅，还有许许多多毛玻璃，职员们都在勤奋工作，绅士风度的商人身穿"赶趟儿的"西装和白净的衬衫，在那里踱来踱去，或者三五成群地坐在一起。闪闪发亮的铜铸或者镍制的招牌，挂在方石砌成的大门口，言简意赅地标明商行的名称和经营范围。整个市中心具有一种至高无上、力大无穷的气势，使普通的求职者望而生畏，局促不安，并使贫富之间的鸿沟越发显得既宽又深。

这时，胆小的嘉莉正向这个重要的商业区缓缓走去。她沿着范伯伦街往东走，经过一个地区，两旁先是越往前走越是神气的建筑物，接着是许许多多矮棚屋和煤栈，最后才到达河边。她因为真心实意想早点找到工作，就大胆地往前走去，一面被眼前渐次展开的景象所吸引，一面又置身于她根本闹不懂的、赫然在目的权势之间，不觉产生了一种孤苦无依之感，使她每走一步几乎都要停一停。这些高楼大厦，究竟是什么玩意儿？这些奇异的活力和巨大的企业——到底是干什么的？虽说她能完全懂得哥伦比亚城里小石雕工场的意义，那是为个别人雕琢小块大理石的，可她看到了某大石料公司的工地，到处都是铁道支线和平板货车，沿河的一些码头从工地上穿越过去，还有纵横交错的巨大的钢木结构的起重机在头顶上来回移动——这一切从她的小天地看来，是毫无意义和毫无用处的。这跟她一无所知的常识有关，所以她就压根儿闹不懂了。

那些广阔的铁路调车场、她看见的停泊在河上的一排排船舶,以及濒临河沿的许多大工厂,她同样也闹不懂。透过敞着的窗子,她看得见身穿工作围裙的男男女女来回穿梭、忙个不停、隐约可见的人影。她觉得,大街就是高墙壁立之间的一系列奥秘。偌大的写字间,都是跟那些遥远的大人物有关的奇妙的迷宫。她认为写字间里的人一心只管钱钞,身穿华服,出入都坐马车。至于他们在做什么买卖,怎样忙活,这一切都为了达到什么目的——她只有极其模糊的概念。她脑子里从来没想到这会跟她有什么重大利害关系;她想到的只是她可以每天来这里打工的一个小小的角落罢了。每一幢大楼里的每一家商行,想必有如神话一般富有。那些人身上穿着像德鲁埃那样的漂亮衣服,想必都是有权有势的时髦人物——报刊上常常谈到的新闻人物。这一切,在她看来,都是奇妙的,了不起的,高不可攀的。她一想到自己不得不走进里头,不管是哪一家财大气粗的公司,央求给她一点事情做——只要她做得了的事情,反正什么事情都行——她就觉得情绪低落,心中微微发颤。

## 第 三 章

　　嘉莉过了河，一走进批发商业区就东张西望，到底是走哪一道才可以进找工作的门。她一面定神凝视着偌大的窗子和堂皇的招牌，一面却发觉好似有人在盯着她，料定她是干什么的——一个打工挣钱的。这等事她从来没有做过，难怪现在缺乏勇气了。为了不再惹人注目，免得让人发现自己因为四处找工作而感到的有些说不出来的羞愧，她加快了脚步，佯装满不在乎的样子，好像是出来办事的人一样。就这样，她走过许多工厂和批发商行，都没敢往里边张望。走过了几个街区，她终于觉得这样做可不行，便又开始东张西望，尽管脚步并没有放慢。刚迈出几步路，突然她看见了一道大门，不知为何把她的注意力给吸引住了。大门口有一小块铜招牌，似乎是一幢六七层大楼的进口处。"说不定，"她想，"他们需要添人手。"她跨过大街，这时她已鼓足了勇气，坚决往前走去。可她走到离大门口不到二十来英尺的地方时，看见一个穿灰格子呢西装的年轻先生，手里耍弄着表链上的小饰物，两眼往外瞅着。当然，她不知道此人跟这家商行有无关系，但因此人偏巧往她这边瞅着，嘉莉心里实在按捺不住，便急匆匆走过，害臊得不敢进门。再走过几个街区，大街上人声鼎沸，市容新奇，早已抹去了她第一次受挫的影响，她又东张西望了。大街对面耸立着一幢六层大楼，招牌上写明"斯托姆-金公司"。她一看见，心中就萌生了新的希望。这是一家纺织品批发商行，雇用了很多女职工。她看见她们时不时在各个楼层上走来走去。这个地方——她决定，不管怎么样，非得进去不可。她跨过大街，径直往大楼进口处走去。等她走到那里，有两个男人走了出来，在大门口停了下来。一个身穿蓝制服的电报投递员打她身边擦过，踩上进口处的台阶，三步并作两步便走了进去。嘉莉站在那里迟疑不决，这时人行道上行色匆匆的人流里有几个人从她身旁走过。她无可奈何地举目四顾,突然发觉有人在注意她,她羞怯地缩了回来。这个差使真太棘手了,她可不敢冲他们走过去。

这个挫折对她来说太大了,她失去了勇气,变得胆怯起来。她闹不懂自己干吗如此懦弱,她可不想再探索审视周围的景象。她两脚机械地向前迈去,每次迈出一步,就是她乐于退缩逃跑中很满意的一部分。她走过了一个又一个街区。在各个街角的街灯下,她念过以下一些街名:麦迪逊、门罗、拉萨尔、克拉克、迪尔伯恩、斯丹特;可她还是继续往前走,两脚踩着宽阔的石板路,开始感到疲乏了。这些大街明亮洁净,让她感到有几分高兴。上午的太阳照射下来越来越厉害的热量使街道背阴的这一边凉爽宜人。她昂起脑袋,仰望蔚蓝色的天空,觉得它从来没有像此刻那样迷人。

她开始对自己的胆怯有些困惑不安。她转过身来,按原路折回,决定再去找斯托姆-金公司,不妨走进去试一试。她在路上碰到一家很大的鞋子批发公司,透过大块玻璃窗,看到一个经理部四周用毛玻璃隔开了,以免闲人围观。经理部外面,就是临街的大楼进口处,有一张小桌子,坐着一位头发花白的先生,面前摆着一本打开的大账簿。她迟疑不决地在这家公司门前来回转悠了几次,发现没有人注意她,最后才鼓足勇气,跟跟跄跄地走进网格门,低人一头地站在那里等着。

"喂,小姐,"这位老先生相当和颜悦色地看了她一眼,说道,"有什么贵干呀?"

"我说,哦,你们这里——我的意思是,你们这里需要添人手吗?"她结结巴巴地说。

"眼下还不需要,"他微笑着回答,"眼下还不需要。下星期什么时候再来吧。有时公司偶尔也要添个把人。"

她默不作声,听了回话,怪别扭地拔脚就走。对方这样亲切地接待了她,反而让她有些惊讶。原来她预料这事要困难得多,准会听到一些冷酷无情的话儿——只是她不知道这些话儿究竟是什么。但她既没有受到羞辱,也没有感到自己的处境低人一等,这一点看来就很不寻常了。她虽然并不懂得正是这一点让她对自己的经历不用担忧,但是结果也照样相同。她大大地松了一口气。

她壮了一下胆,闯进了另一幢大楼。这是一家服装公司,显然人员更多——有一些年纪四十开外的人,身上衣着很帅,在黄铜栏杆后面。

一个办公室仆役冲她走了过来。

"你想找谁呀?"他问。

"我想找经理。"她回答说。

仆役跑过去,向正在一起商量的三个人里头的一个做了通报,此人就突然中断谈话向她走了过来。

"怎么啦?"他冷冰冰地说。他一见面就这样口气,一下子把她的勇气都给赶跑了。

"你们这里需要添人手吗?"她结结巴巴地问。

"不要。"他生硬地回答,一转身走了。

她怅然若失地往外走去,仆役毕恭毕敬地给她开了门,她真的很高兴又跟大街上模糊的人群混在一起了。这对她不久前的愉快心情是个严重的打击。

于是,她漫无目的地走了一阵子,到处转悠,看到了一家又一家大公司,无奈没有勇气再去提出她独特的询问。这时已到了正午时分,肚子也饿了。她选定了一家不大显眼的餐馆,走了进去,但是心里吓了一跳,原来昂贵的价钱远远地超出了她的财力。她觉得自己至多只够买一碗汤,于是很快把汤喝了,又走了出来。这一下子好歹让她长了些力气,又给了她继续去找工作的勇气。

她走过了好几个街区,真不知道该选哪个地方才好,却又撞见了斯托姆-金公司,这一回她总算硬着头皮走了进去。不远处有几位先生正在交谈,但是并没有注意到她。她独自站在那儿,惴惴不安地直瞅着地板。她心中的慌乱和困窘在随时增长,直到最后她准备转过身去,恨不得拔脚逃跑。正当她已经完全陷于绝望之际,有一个人却向她点头示意,此人正坐在附近栏杆内许多写字台里头的一张写字台旁边。

"您想找谁呀?"他问。

"哦,随便哪一位都行,"她回答,"我想找点事做。"

"那么,您应该去见麦克马纳斯先生。"他回话说,"请坐吧!"他指指旁边靠墙的一张椅子。他又继续闲悠悠地在写什么;不一会儿,有一位身材矮胖的先生从街上走了进来。

"麦克马纳斯先生,"写字台旁的那个人大声喊道,"这位年轻小姐要见您。"

矮胖子冲嘉莉转过身来。于是,她站了起来,走到他跟前。

"小姐,找我有事吗?"他开口问,好奇地端详着她。

"我想知道自己能不能打工?"她询问道。

"打什么工?"他问。

"随便什么都行,"她声音发颤地说,"我——"

"您在纺织品批发商行做过吗?"他问。

"没有,先生。"她回答。

"您会速记或者打字吗?"

"不会,先生。"

"那么,我们这里就没有您可打的工了,"他说,"我们只招熟练工。"

嘉莉开始向门口步步后退,这时她面有忧色,使他心软了下来。

"您以前做过什么事吗?"他问。

"没有,先生。"她说。

"那么,您想在我们这样的批发商行里找事,几乎不大可能了。您去百货商店试过没有?"

嘉莉承认她没有试过。

"那么,如果我是您的话,"他说,两眼相当和蔼地瞅着她,"我就会去问问百货商店。他们那里往往需要像您这样年轻的小姐。"

"谢谢您。"她说,这一丁点儿友好的关照让她浑身觉得无比舒畅。

"是的,"嘉莉已经向门口走去,这时他又说了一遍,"您不妨去百货商店问问看。"说完,他就走开了。

那时节,百货商店刚开始兴起,只有那么寥寥无几的几家。美国最早的三家,始创于一八八四年,都在芝加哥。① 过去嘉莉从《每日新闻》

---

① 芝加哥第一家百货商店始创于一八六八年,实际上,纽约此前已开设了两家百货商店。

广告版上知道了好几家店名，现在她开始一一找去。麦克马纳斯先生的话多少把她消失殆尽的勇气又恢复过来了，她竟敢希望这个新线索会给她提供打工机会。她来回踟躅了好半天，暗自思忖：说不定碰巧会寻摸到她心里念叨的这些商店，便决意执行这一棘手而又非办不可的差使，这种毫不现实的寻找假象造成的那种自欺欺人却也能消忧解愁。最后，她去问了一个警官，她被告知向前再走"两个街区"，就能找到那个"大商场"。按照警官的指点，她终于来到那家商场门前，就走了进去。

这些巨大的零售业联合体，要是有一天永远销声匿迹的话，就会成为美国商业史上有趣的一章。这种纯属简单的贸易居然会如此繁荣兴盛——在此以前，世界上还不曾见过。它们根据最有效的零售组织方针，将好几百家铺号合成一家，并在最令人叹服而又最经济的基础上进行策划。这些漂亮、热闹、职工众多的铺号，总是生意兴旺，顾客盈门。嘉莉沿着繁忙的柜台之间的过道走去，对琳琅满目美不胜收的珠宝、饰物、服装、鞋子、文具等商品简直艳羡不已。每一个单独陈列的柜台，都是令人眼花缭乱、心往神驰的博览会场馆。她不由得感到每一件饰物、每一件珍品对她都具有极大吸引力，可她并没有为此驻足不前。这里所有的东西她都用得着——所有的东西她恨不得都想拥有。精致的拖鞋和长筒袜子、优美的褶边衬衣和衬裙、花边、缎带、发梳、钱包，所有这一切都激起她的个人欲望，可她又深知这些东西哪一件她都买不起。她是来找工作的，没得事做，到处流浪，不拘是哪个店员，一眼就看出她很穷，急不可待地在找工作。

不过话又说回来，嘉莉绝对不能被看作一个神经质的、特别敏感、极易激动的人，阴错阳差地被抛到这个冷酷、狡猾、毫无诗意的世界上。当然，她不是这样的人。不过，凡是女人，哪怕是最迟钝的女人，对自己的穿戴打扮都特别敏感，年轻的小姐尤其如此。你的双眸明亮、面颊泛红的姑娘，也许诗人会对她如花的容貌和柔美的体态啧啧称赞，尽管她很可能对生活中寓有艺术性和诗意的迹象麻木不仁，但是对于物质世界，她并不缺乏欣赏能力。她在这方面可以说是一点儿也不逊色。走过盛开的玫瑰花，她可以视而不见，但是花花绿绿的一叠绫罗绸缎，她决不会不仔细地看个够。如果说天上，或者地上，或者水中所有东西都勾不起她的幻想，或者也不能让她从心灵上和审美上获得快感，那么，千万不要认为她对物质世界无动于衷。搭扣的闪光、宝石的色度、波纹绸上最模糊的色彩，对于这一切，她至少也会像诗人那样容易地加以想象和描述，即便不是有过之无不及。咯吱声、沙沙声和夺目的光亮——最精致的雕刻或人造棉织物——这一切她都会觉察和欣赏的——要不是因为它们颇为新颖，或者据说质地优良，那就是因为它们确实是美，天然地和谐协调，对一系列迷人的穿戴打扮来说都是恰到好处。

所有这一切款式新颖、鲜艳悦目的女人服饰，嘉莉不仅心驰神往，而且她还注意到，那些漂亮的太太尽管用肘子推搡她，瞧不起她，跟她擦肩而过，完全不把她放在眼里，但她们两眼也在贪婪地盯住她们自己在店里见到的所有物品，此情此景自然触动了她的心弦。原来嘉莉根本不知道大城市里比她幸运的姐妹们是什么模样儿。过去，她也不知道女店员的派头和模样是怎样的，如今相比之下，自己就觉得怪寒碜的。她们八成长得都很好看，有些甚至很漂亮，露出某种独立不羁、满不在乎的样子，就其中的佼佼者来说，显得格外可爱。她们身上的穿着打扮很整洁，有许多漂亮极了，在那里，她只要随便跟哪一个女店员的眼光碰到一起，马上觉察到对方正在对她品头评足——显而易见，在议论她服饰和风度上的种种欠缺；不言而喻，谁都看得出她是何许人也。这时，她心里不由得妒火中烧。她模糊不清地意识到大城市里许多迷人的奥秘——财富、时髦、安逸——这一切都使女人为之熠熠生辉，于是，她就更过分醉心于渴求华美服饰和美貌了。

经理办公室设在二楼，她打听了一番后，才被人引领到了那里。她发觉别的姑娘们早已捷足先登，她们都像她一样，是来找工作的，只不过比她富有更多的自鸣得意和独立不羁的神态，那是在大城市生活养成的——她们令人不快地仔细地打量着她。差不多等候了三刻钟，才轮到叫她进去。

"喂，"一个办事干脆利索的犹太人，坐在靠窗一张有拉盖的写字台后面，"你在别的店里打过工吗？"

"没有，先生。"嘉莉说。

"哦,你没有。"他说,目光犀利地看了她一眼。

"没有,先生。"她回答说。

"可是,眼下我们只招有经验的年轻妇女。依我看,我们不能雇用你。"

嘉莉站在那里等了一会儿,不知道谈话是不是结束了。

"别等了!"他大声嚷道,"要知道我们这里够忙的。"

嘉莉马上拔脚向门口走去。

"等一下,"他叫她回来,"把你的名字和地址给我留下来。有时我们偶尔也要雇用女孩子。"

等她安然走到了大街上,她禁不住潜然泪下。这倒不全是因为刚才她碰上一鼻子灰,而是因为这一整天让她感到羞惭不已的窘态。她感到疲累不堪,神经紧张到了极点。这时,她再也不想到别的百货店去找工作了,只好继续闲荡着,置身于人群之中,自己反而觉得安全和松心了一些。

在她漫无目的的闲逛中,嘉莉一转身拐进了离河不远的杰克逊街,顺着这条气势宏伟的大街南边一直走去,这时钉在大门上的一张包装纸突然映入她的眼帘。它上面用不褪色的墨水写道:"雇用女工——包装工和缝纫工"。她迟疑了一会儿,不消说,先是很想进去,但继而一想,写在旁边的应聘资格又使她望而却步了。她根本不明白这里头有什么意思。最可能是她好歹总要有些经验吧。她往前又走了一段路,心里琢磨着到底要不要去应聘。结果需要占了上风,于是,她又按原路折回。

进口处直通小门厅、电梯间,这时电梯正在上楼。那是又暗又脏的客货两用电梯,厢内四壁可以看到装运沉重的货箱时碰撞的痕迹。一个头发蓬松的德裔美国孩子,年龄约莫十四五岁,正在开电梯。他光着脚丫子,戴着护袖,脸上还沾满油污。

电梯一停住,这孩子不慌不忙地举起一根防护用的木棒,摆出一副唯我独尊的架子,把她放了进去。

"你要到拿(哪)一层?"他问。

"我要见经理。"她回答说。

"拿(哪)个经理?"他追问道,刁钻古怪地把她打量了一番。

"这里公司不止一家,是吧?"她问,"我还以为全都属于一家哩。"

"泼(不),"小伙子说,"得(这)里老板就有六个。你想见斯佩盖尔海姆吗?"

"我不知道,"嘉莉回答说,她觉得需要解释而有些脸红,"我要见见贴出招工告示的人。"

"拿(那)是斯佩盖尔海姆,"孩子说,"四层楼。"说罢,他就神气十足地把绳子一拉,电梯升了上去。

斯佩盖尔海姆公司是专门制造童帽的,占有一层楼面,宽五十英尺,长八十英尺左右。这里采光条件极差,最暗的地方点着白炽灯,里面摆满机器和工作台。有一大批女工和几个男工,围着工作台在干活。那些女工灰不溜秋,满面油垢,身上穿着单薄而又难看的棉布衣裙,脚下是相当破旧的鞋子。她们好多人把袖子捋上来,袒露着肩膀,有些人因为怕热,干脆敞着领口。她们差不多是女工里头最低档的那号人——衣衫褴褛,没精打采,因为整日关在里头,面色相当苍白。不过,她们并不胆怯,而是富于好奇心,而且敢说敢干,满嘴都是行话。

嘉莉举目四顾,心里乱成一团,显然不想在这里打工。除了有人冲她乜了一眼,让她感到不快以外,谁都没有理睬她。她一个劲儿等着,直到整个工场里的人都发觉了她。于是有人去传话了,一个身穿围裙和衬衫、袖子捋到肩头的工头冲她走了过来。

"你要找我,是吗?"他问。

"你们需要添人手吗?"嘉莉干脆直截了当地说明来意,这一套她已经学会了。

"你会缝制帽子吗?"他反问了一句。

"不会,先生。"她回答。

"你对这类活儿有过什么经验吗?"他问。

她承认没有。

"嗯,"这个工头搔着耳朵,琢磨了一下说,"我们正需要添一个缝纫工。不过我们要的是熟练工。我们几乎没有工夫培训人员。"他沉吟不语,两眼望着窗外。"不过话又说回来,我们也许会让你干些整理加工的活儿。"最后,他若有所思地说。

"你们每星期工钱给多少?"嘉莉斗胆地问,此人态度温和,说话直爽,给了她更大勇气。

"三块半。"他回答说。

"哦。"嘉莉差一点喊了出来,但是马上遏制住了,没让自己的想法暴露出来。

"眼下我们并不特别需要添人手,"他模棱两可地继续说,两眼直瞅着她,好像是在瞅一个包装箱似的,"不过话又说回来,下星期一早上你再来一趟,"他找补着说,"说不定我会安排你打工的。"

"谢谢您。"嘉莉有气无力地说。

"要是来的话,自备围裙一条。"他又加上了一句。

说完他就走了,让她独个儿站在电梯旁边,甚至连她姓啥名谁都没有问。

这家帽子工场的外貌和开出的每周低廉工钱对嘉莉的满心希望是一大打击,但经过一整天到处碰壁之后找到了工作,总算也是聊胜于无。这个职位开头她相信自己不会接受,尽管她的期望并不过高。她毕竟一直习惯于比这略胜一筹的生活。她在乡间自由氛围里度过的少女时代使她对这个樊笼一般的地方充满了反感。肮脏的地方她是从来没有待过的。她姐姐住的公寓倒也干净。而工场这个地方却是肮脏、低下;女工们都是衣衫不整,看来很凶狠。她想她们定然都是心狠的。不过好歹给了她一个职位。既然她头一天就在这里找到了一份工作,芝加哥当然也算不上是可望而不可即了。今后她还可能找到别的更好的工作。

可是,她后来找工作却是一点儿也不令人宽慰。凡是嘉莉认为比较喜欢或者印象较好的地方,她都遭到了回绝的冷遇。她又去另外一些公司应聘,都是一概只招熟练工。她不止一次碰钉子,最难堪的一次是在一家专做斗篷、披风的厂里,她爬上四层楼去找工作。

"不要,不要,"工头说,这个家伙态度粗暴,身强力壮,主管那个黑灯瞎火的工场,"什么人我们都不要。千万别上这儿来。"

在另一家厂里,有一个好色之徒色眯眯地斜眼看她,硬把正常的询问变成纯属私人谈话,提出了各式各样让人发窘的问题,明摆着非要把她当作放荡的女人、以便让他个人目的得逞不可。在这种情况下,她只好立即退避三舍,这才大大地舒了一口气,又把热闹的、无动于衷的大街当成令人宽慰的避难所。

　　下午即将消逝,她的希望、她的勇气和她的精力也将随之消失。她这个姑娘历来是惊人的顽强。如此全力以赴,按说应该得到好报。然而,这个大商业区,在她这个疲于奔命的找工者看来,却变得越来越大,越来越严峻,而且越来越冷酷无情。看来她已是走投无路了,眼下这场搏斗太激烈了,使她觉得连一线希望都没有了。男男女女像一长溜走马灯似的,打从她身边急匆匆地走过去。她感到这股追名逐利的人流在不断涌来,感到自己孤苦无依,根本不懂得她自己原是这股洪流中微不足道的一束干草。她四处奔波去找工作,但还是徒劳,总找不到一道她敢闯进去的门。到哪儿还不是一个样儿。她那低声下气的乞求所得到的酬报还不就是三言两语的回绝。这时,她早已心力交瘁,就转过身来,往西头,也是她牢记在心的她姐姐住地的方向走去。她就像其他找工作的人一样在黄昏时分败阵归来,而又疲乏不堪。她打算到第五大道南端范伯伦街去搭街车,穿越大街时路过一家大鞋子批发公司的门口,透过大块玻璃窗,她看见一位中年先生正坐在一张小桌子旁边。有时,人们往往会从自己意识到失败已成定局的情绪中突然产生一股豁出去的冲动,这时她心里突如其来就有类似上述的这种冲动。她从容自如地走进了大门,来到这位中年先生跟前。此人有些好奇地直瞅着她,特别注意到她疲乏的脸容。

　　"什么事?"他问。

　　"您能给我一些事做吗?"嘉莉说。

　　"说实话,我可不知道。"他很随和地说,"您想找怎样的工作——您会不会打字?"

　　"哦,不会。"嘉莉回答。

　　"我们这里只雇用簿记员和打字员。得了,您不妨绕过去,上楼再去问问。前几天他们楼上需要添人。去问问布朗先生就得了。"

　　她连忙绕到边门,坐电梯到了四层楼。

"叫一下布朗先生,威利。"开电梯的人冲旁边的一个仆役说。

这里是库房的一部分,嘉莉既看不出这一层楼面是干什么用的,也想象不出这里工作的性质。

"那么说,您是来找工作的?"布朗先生问明了她的来意以后又问,"以前您在制鞋厂打过工吗?"

"没有,先生。"嘉莉说。

"您叫什么名字?"他继续问,听了她回答后又说,"哦,我真不知道可有什么事给您干。每周给四块半钱,您乐意干吗?"

嘉莉早已心灰意懒,也就不嫌少了。其实,她原来指望他给的不会低于六块钱。可她还是同意了,此人就把她的名字和住址记了下来。

"好吧,"最后布朗先生说,"下星期一早八点上这儿报到。我想我总可以找点事给您干的。"

他转身就走了,嘉莉意识到自己终于找到了工作,顿时精神振奋起来,浑身上下热血沸腾。她心中的紧张感也消失了。她走到外面人群杂沓的大街上,仿佛自己置身于一种新的氛围之中。看吧,人们步履该有多么轻快。她发现男男女女都是笑容可掬。欢声笑语不断飘送到她耳际。气氛是轻松的。人们干完了一天的工作,都从各大楼里涌出来。她发觉他们全都得意扬扬。这时,她想到了她姐姐的家,晚饭正等着她呢,就加快了脚步。她急匆匆赶路,也许疲累了,但再也不觉得脚酸。谁知道明妮会说些什么呀!啊,芝加哥的冬天是漫长的——还有闪烁的灯光、欢乐的人群和各种娱乐消遣。这毕竟是一个让人喜爱的大都市啊。她将去打工的商号是一家实力雄厚的企业。窗子上都安装着特大的平板玻璃。她在那里打工也许很顺心。她回想到了德鲁埃,还有他在列车上给她说过的那些事情。她兴高采烈地搭上了街车,觉得浑身上下依然热血沸腾。她将定居在芝加哥——她心心念念老是在这么琢磨。她将生活得比过去更好了——她将是幸福的。

## 第 四 章

　　随后的两天里,嘉莉沉溺于好高骛远的幻想之中。像她那一类人一旦有了菲薄收入的指望,就会写出一篇有关豪华的生活艺术的好文章。在这样的情况下,推测想象中的乐趣和优遇之前,渴念就在脑际萦绕不去。

　　众所周知,这可不是异想天开的缺点。一只鼓鼓囊囊的钱包,在她是从来都没有过的。如果说嘉莉是富家子女的话,那么,她胡思乱想种种优遇和娱乐,或许跟她的身份更加相称。很快她就会不假思索,出手大方地把她那少得可怜的四块半钱周薪浪掷了。单是观光的车费开支,就是她菲薄工薪的好几倍。现在她进入了那些轮廓模糊的宫殿——反正在一个新来乍到的人看来,芝加哥到处都有这样的宫殿——只要付钱就可以进去。上那些设有舒适的座位的剧院去看戏,乃是小事一桩。她有可靠的收入都付得起。她挟着那只老是装得满满的钱包,逛遍每一条大街和每一家商店。钱包里取出一部分钱,在柜台上递了过去,只剩下找头,不知已有多少回了,可还是花不完。绸缎、呢绒、女用内衣和精美的羽饰——她心目中的时髦的必需品,以及花里胡哨的玩意儿——这一切都价钱昂贵,但钱财还是耗费不尽。真的,这几天晚上,临睡前她坐在摇椅里,望着窗外灯光宜人的大街时,那少得可怜的进项,为这位未来的持有人通向女人家心里求之若渴的种种欢乐和种种花哨的小玩意儿扫清了道路。闪烁不定的街灯、街车上的铃铛声,还有深夜隐约可闻的市声,都在向她诉说着这个大都市的活力。"我要过上好日子了。"她一遍又一遍地暗自思忖道。

　　嘉莉妹妹把所有的好事全都想遍了,她姐姐明妮对她的这些狂妄的想法却一无所知。明妮毕竟太忙了,既要擦洗厨房的门窗地板,还要为如何用八十美分来做一顿星期日晚餐大动脑筋。嘉莉一回到家里,因为初战告捷，脸上发红，不顾疲累透顶，很想跟姐姐谈谈自己这次找工作成功中的一些趣事，可明妮只是微微一笑，以示赞许，问她该不该拿一部分钱出来作为车费。这当然是嘉莉所始料不及的，幸好总算还没有让她扫兴。当时，她心里约略估摸一下，虽然要扣去一些钱，但总数并未明显减少，因此她还是觉得很高兴。

汉森七点钟回家，有时不免耍脾气——他在晚饭前照例是这种德行。这一点从来不大在他说话之间流露出来，而往往是表现在他脸一沉、一气不吭，满屋子踱来踱去。他有一双黄色拖鞋，他挺爱穿的，他马上拿过来，换下他脚上的硬皮鞋。随后，他用普通洗衣皂洗脸，擦得脸儿又红又亮，这一切他常在晚饭以前准备完毕。然后，他就拿起晚报，闷声不响地看着。

就一个还很年轻的人来说，这是性格中一种病态的特征，使嘉莉大为惊讶。的确，一家之主的情绪往往会影响整套公寓里的气氛，使为妻的也不得不克制些，乖觉些，少提问，免得出现爱理不理的冷场。听说嘉莉找工作成功，汉森脸上才微露喜色。

"不过，你总算没有白白地浪费时间，是不？"他微微一笑，说道。

"是呀！"嘉莉略感骄傲地回答说。

接下来他又问了她一两句话，然后就开始逗弄孩子，让这话题暂时搁下，一直到明妮在餐桌上才又被重新提起。

不过，嘉莉倒也用不着概括地发表一些这套公寓里常有的一般见识了。

"依我看，这是一家挺大的公司。"她先是这样说，"偌大的平板玻璃窗，职员可多着呢。接见我的那位先生说，他们一直雇用这么多的员工。"

"现在找工作并不算太难，"汉森插话说，"只要你模样儿长得不错。"

在兴致勃勃的嘉莉和不苟言笑的丈夫的影响之下，明妮开始把芝加哥一些值得一看的地方讲给嘉莉听——在那里不费分文，人人都可以尽情观赏。

"你准会喜欢密歇根大街的。那里的房子漂亮极了。好一条漂亮的大街。"

"H. R. 雅各布剧院在哪儿呀?"嘉莉插问,指的是当时以此命名的一家专演传奇剧的剧院。

"哦,离这儿不太远,"明妮回答,"就在霍尔斯特德街,近得很。"

"我倒是真想去看看。今天,我就路过了霍尔斯特德街,可不是吗?"

回答她这个看来很自然的问题的,却是短短的一阵冷场。思想是特别容易感染人的。她一提出要去剧院,无言的阴影——实际上不赞成如此浪掷金钱——一种不快之感,先是在汉森心里,继而在明妮心里出现——不免使餐桌的气氛受到了影响。明妮回答时虽然说了一声"是的",但嘉莉已经觉得,上剧院一事在这儿是断断乎得不到赞成的。这话题只好暂时搁下不提,直到汉森吃完晚饭,拿起报纸走进前房去。

这时,姐妹俩才开始了比较自由自在的谈话,她们一起洗涤碗碟,拾掇东西,嘉莉还不时插话,轻轻地哼唱两句小曲子。

"我很想到市里看看,去霍尔斯特德街逛逛,如果说不太远的话,"不一会儿,嘉莉说,"今晚我们干什么不去剧院呢?"

"哦,依我看,今晚斯文①不想去呗,"明妮回答说,"明儿一大早,他就得起床。"

"他不见得不想去——他去了准会满意。"嘉莉说。

"不,剧院他可是不常去的。"明妮回答。

"得了,反正我很想去,"嘉莉接着说,"你和我两个一块儿去吧。"

明妮暗自思忖了半晌,倒不是在于她能不能去,或者她愿不愿去,关于这个问题,她早已准备做出否定的回答,她是在琢磨用什么方法把她妹妹的思想转移到别的话题上去。

"我们改天去吧。"明妮终于说,再也找不到妥善之计。

嘉莉马上猜到了她干吗不赞成去的原委。

"我手头还有点钱,"她说,"你就跟我一块儿去吧。"

明妮摇摇头。

---

① 汉森的昵称。

"他也一块儿去吧。"嘉莉说。

"不,"明妮低声地回答,故意让碗碟叮当作响,来盖过她们俩的谈话声,"他肯定不去。"

明妮和嘉莉已有好多年不见面了,在这么长时间里,嘉莉的性格已经有了一些细微的变化。凡是有关她谋求个人福祉方面的,她总是表现出秉性羞怯,在没有力量或没有钱财的时候尤其如此;可她渴求享乐,却是如此之强烈,成了她性格中的一大特征。一句话,她总是乐此不疲,除此之外,她就一概缄口无言。

"最好还是问问他。"她低声耳语向姐姐求告说。

明妮心中正在估摸,嘉莉给的食宿费可使他们全家增加多少收入。这些钱可以去付房租,使她跟丈夫商谈家用开支时不会老是觉得拮据。不过,嘉莉要是一开头就想到处游逛,那迟早就会出娄子。如果说嘉莉不能忍受那套清规戒律,节衣缩食过日子,深知自己务必埋头干活,而不应追求享乐,那么,她到大城市里来,对他们还会有什么好处可说呢?以上这些并不完全是一个冷酷无情的人的想法,而是一个任劳任怨、随遇而安的人所做出的严肃的思考。

明妮终于顺从了,答应去问问汉森。不过,这事她心里是很不乐意干的,说实话,有违自己的意愿。

"嘉莉要我们一块儿去剧院看戏。"她说,探头张望着在前房的丈夫。正在看报的汉森抬起头来,他们交换了一个温和的眼色,一望可知:"这可不是我们想干的事。"

"我不想去。"他回答,"她想看什么呀?"

"到 H. R. 雅各布剧院去。"明妮说。

他又低头看报,不敢苟同地摇摇头。

嘉莉看到他们如此对待她的提议,更加清楚地意识到他们过的是怎样一种生活方式。这虽然使她心情非常沉重,但是却不是明确的反对。

"我想下楼,到楼梯边去站一会儿。"她说。

明妮对此并没有反对,嘉莉就戴上帽子下楼了。

"嘉莉上哪儿去了?"汉森一听到关门的声音,就回到餐室来问。

"她说要到楼梯边去。"明妮回答,"依我看,也许她是想去呼吸一下新鲜空气吧。"

"她现在就想花钱去看戏,真太不像话,你说是吗?"他问。

"她只不过是有点儿好奇罢了,我想,"明妮斗胆说,"她觉得这儿什么都新奇。"

"唉,我可说不准。"汉森说罢,走到孩子跟前,他的眉宇之间略微皱紧了。

他心里在想,年轻的姑娘说不定会沉溺于充满虚荣和浪费铺张的生活之中,又暗自纳闷,嘉莉眼下还是一个微不足道的打工妹,怎么居然也会想到走这么一条路。

星期六,嘉莉独自外出了——先冲河边走去,她觉得那里很有趣,随后转身沿着杰克逊街径直走去,当时该街两旁都是漂亮的房子和优美的草坪,后来即改成林荫大道。嘉莉被如此富贵堂皇的气派惊呆了,虽然住在这条大街上的,没有一个人的家产会超过十万元以上。她很高兴从姐姐的公寓里出来,因为她已经觉得那里空间狭窄,生活枯燥乏味,她暗自相信别的地方才有快乐和趣事。现在她满脑子转动着各种各样的思想,不时揣摩着此时此刻德鲁埃正在哪里。她说不准星期一晚上他会不会来找她,但一想到这事很有可能,她既感到有点儿困惑不安,心头深处却又模模糊糊地巴不得他真的会来。

星期一,她一大早就起来了,准备去上班。她穿了一件旧的蓝点儿细棉布衬衫,一条褪了色的浅褐色哔叽裙子,戴上一顶小草帽,她在哥伦比亚城已经戴过整整一个夏天了。她的那双鞋子,鞋头和鞋跟都磨损了,领结已皱巴巴没了光泽,这是由于使用时间太久和老是佩戴的缘故。她的模样儿,除了容貌以外,与常见的女店员毫无二致。反正她的脸容要比平常女人较为端正,使她具有一种惹人喜爱、但又矜持的风度。

像嘉莉这样的人,在家时惯常睡到早上七八点钟,现在要起早可真不易。早上六点钟,她睡眼蒙眬地窥见汉森在餐室一声不响地匆匆吃过早饭,她对汉森一家艰辛的生活才又有所了解。等她穿好衣服,他早已出门了,她就只好跟明妮和孩子一道吃早饭。这个孩子刚能坐在一张高高的椅子上,手里拿一把匙儿在汤碗里乱搅着。现在要去做她从来没有做过的工作,嘉莉的心情万分沮丧。她那一切美妙的幻想,如今只剩下灰烬了——不过,在这灰烬之中还隐约可见一些希望的火花星子。由于心中郁悒不乐,她闷声不响地一边吃早饭,一边反复琢磨自己即将看到的那家制鞋公司的种种情况、工种的性质,以及她的雇主的态度。她脑子里模糊不清地觉得,她在那里将会碰到一些工厂大老板,她工作的地方连一些道貌岸然、衣着入时的男人偶尔也会瞅上一眼。

"好了,祝你走运。"明妮在嘉莉准备出门时说道。她们已说定,最好还是步行上下班,至少是这天早上,看看她能不能每天都如此,因为一星期六十美分的车钱,在当时确是一笔不小的开支。

"今天晚上,我会把打工经过告诉你。"嘉莉说。

嘉莉一走上铺满阳光的大街,看到大街两旁工人们熙攘往来,公共马车辚辚地驶过去,连车厢铁栏两侧都挤满了各大批发商行里的小职员和打杂的工友;男男女女一走出家门,就急匆匆朝各个方向奔去,这时嘉莉心里方才略感宽慰。在一望无际的蔚蓝色的天空下,沐浴着清晨的阳光,沁人心脾的和风徐徐而来,人们无不一洗愁怀,哪儿还有什么恐惧感呢?入夜以后,或者甚至在白昼昏暗的房间里,恐惧和凶兆就会越来越加剧,但是一到光天化日之下,有时连死亡的恐惧感也都会化为乌有。

嘉莉昂首阔步朝前走去,过了河,一拐弯来到了第五大道。这条通衢就像是在用棕色石块和深红色砖头砌成的高墙之间的一道峡谷。巨大的平板玻璃窗,晶光锃亮,一尘不染。越来越多的货车轰隆轰隆地开过,数不清的成年男女和孩子们,行色匆匆地向四面八方走去。嘉莉迎面碰到一些跟她同龄的年轻姑娘,她们一眼看出了她的羞怯,那眼神中好像有一种轻蔑的意味。她对这个大城市里波澜壮阔的生活场景深感惊讶,暗自思忖务必具备更多的知识,将来能有所作为。她心里马上害怕自己能力欠缺。她不知道怎么干活,自己手脚也不够利索。在别处屡遭回绝,还不就是因为她不会干这一行或者那一行吗?她活该挨骂,当面受辱,灰溜溜地被撵了出来。

嘉莉来到亚当斯街和第五大道拐角处的那家大制鞋公司,走进电梯时，顿觉自己两膝发软，简直有点儿透不过气来。她走出电梯、踏上四层楼时，发现那儿一个人都没有，四周围只有一长溜、一长溜的过道，过道两旁堆满盒箱，一直码到天花板。她惊恐万状地站住了，等有人过来。这时正好有一个年轻人，手里拿着一些订货单，从电梯里走出来。

"您找谁？"他问嘉莉。

"布朗先生。"

"哦。"他说。

布朗先生很快就走了过来，好像并不认得她。

"您有什么事？"他问。

嘉莉的心直往下沉。

"您说过今天上午我可以来打工——"

"啊，"他打断了她的话，说道，"哦，是的，没错。您叫什么名字？"

"嘉莉·米蓓。"

"好吧，"他说，"您跟我来。"

他领着她一起穿过两旁堆满盒箱、散发着新鞋气味的昏暗的过道，来到了一道通往本工场的铁门跟前。嘉莉看到那是一个大房间，天花板很低，轰隆作响的机器旁边有一些穿着白衬衫、系着蓝布围裙的男人在干活。她跟着布朗先生怯生生地走过那些嘎嘎发响的自动机器装置，两眼直望着前方，脸上不觉有点儿泛红。他们穿过工场，来到远处的一个角落，搭乘电梯到了六楼。布朗先生招手示意，一个工头从挤得密密麻麻的机器和工作台之间走了过来。

"就是这个女孩子，"说完，他就转过来对嘉莉说，"您这就跟他去吧。"于是，他就回去了；嘉莉跟着她的新上司，走到了一个角落里头的小写字台边，那儿就算是工头的办公室。

"以前您没干过这种活儿，嗯？"他相当正言厉色地问。

"没有，先生。"她回答。

看来他相当不乐意张罗到这样的新工人，但还是把她的名字记了下来，稍后领她来到一长溜女工跟前。她们都坐在一排凳子上，伏在嘎嘎作响的机器上干活。那儿有许多女工正用机器在鞋面上打眼儿，这个工头伸手拍了拍其中的一个女工的肩膀。

"你就给这个姑娘指点一下,这活儿是怎么干的。"工头说,"完了以后,上我这儿来一趟。"

那个女工听了吩咐,马上站了起来,把自己的座位让给了嘉莉。

"这个活儿并不难,"她弯下身子,说道,"您只要这样拿住这个皮面,用这个夹子夹紧,再开机器就行了。"

她边说边干,把一块皮子(以后就是男鞋的右半爿鞋帮)用一些可调整的小夹子夹紧,随后推动机器旁边的一小根钢制手柄。机器马上就开始打眼儿,发出咔嗒咔嗒的尖厉的声音,从鞋帮边上轧出来好些圆形的皮屑粒,并留下了日后拴鞋带的孔眼儿。那女工先是看着她独自操作了一阵子,觉得她干得相当不错,最后也就走开了。

这些皮子是从她右边机器旁的女工那里传过来的,随后由她再传给自己左边的女工。嘉莉马上就发现务必保持一定的速度,不然活儿就要积压在她手里,而在她后头的人就要窝工。她可没得工夫往四处张望,只好埋头干活,力争把活儿干好。那些紧挨在她两边的女工,深知她一筹莫展和紧张不安的心态,尽量想方设法帮助她,好让她把活儿干得快一点儿。

这个活儿嘉莉连续不断地干了一阵子,在单调、乏味的机器操作中,她竟忘掉了自己的恐惧和幻想。久而久之,她发觉这个厂房不太明亮,有一股浓重难闻的、新近制成的皮革气味,但她并没有为此叫苦不迭。她发觉别的工人两眼直盯住她,深恐自己的活儿干得不够快。

有一回,她投放皮子时出了一点儿小纰漏,正在摆弄那个小夹子时,一只大手伸到她眼前,替她把夹子夹紧了。这就是那个工头。她怦然心跳,几乎什么都看不见了,就停下手来了。

"开动机器,"他说,"开动机器。别让大伙儿窝工。"

这一嚷把她惊醒了,她慌里慌张,几乎气喘吁吁地又继续干起活儿来,直到她背后的那个影子消失殆尽。这时,她才深深地舒了一口气。

眼看着上午快要过去了,屋子里越来越热。她觉得自己要吸一口新鲜空气,喝一些水,可她就是不敢动一下。她坐的凳子既没有靠背,又没有踏脚板,她开始感到浑身上下极不舒服。不一会儿,她觉得自己背部已在隐隐作痛。她扭动了一下身子,不时变换坐姿,但这也没让她舒服多久。她开始感到疲乏不堪。

"站起来,您干吗不站一会儿?"她右边的女工快人快语地说道,"这不碍事的。"

嘉莉感激地看了她一眼。"我真想站一会儿。"她说。

她果然站起来,站着干了一会儿,可是这样低头弯腰的姿势更不舒服,使她的脖颈和肩膀全都酸痛得要命。

这个厂房里粗野的气氛给她留下了深刻印象。她不敢举目四顾,但透过机器的轰隆声响,偶尔也听得到一些片言碎语。有时,她也能乜着眼瞥见一两件事。

"昨晚你看见了哈里没有?"在她左边的那个女工问她的邻座。

"没有。"

"你看见他打的新领带就好了。嘿,他呀——好一个惹人嘲弄的对象。"

"嘘——"另一个女工一边说,一边弯着身子在干活。刚才先说话的那个女工立时不吭声了,佯装着一本正经的样子来。工头慢慢悠悠地踱过来,仔细地查看着每一个女工。等他一走远了,唠嗑马上又开始了。

"喂,"嘉莉左边的女工又发话了,"泥(你)知道他说过些什么?"

"我可不知道。"

"他说,那天晚上,他看见我们跟埃迪·哈里斯在马丁小酒店。"

"得了吧!"她们俩都咯咯笑了起来。

一个长着黄褐色头发的小伙子,好久没理过发,左胳膊挎着一筐制鞋的零星辅料,紧贴在肚子上,拖着脚从机器之间走过来。走到嘉莉近旁时,这个小伙子伸出右手来,冲一个女工的胳膊下拧了一下。

"别放肆,"那个女工气呼呼地嚷道,"笨蛋!"

小伙子只是朝着她咧嘴一笑。

"好一个装腔作势的。"小伙子发觉她在瞅着自己,便又回过头来大声嚷嚷。此人身上连一点儿殷勤的影子都没有。

到头来嘉莉委实坐不住了。她的两腿开始发酸。反正不管怎么样,她觉得都要站起来,直一直身子。难道说正午时分就永远不会来到吗？她觉得自己好像已经上了整整一天的班。她一点儿也不饿,只是觉得浑身无力,两眼老是盯住打眼机从皮料上轧掉一个小圆屑粒的那个地方,早就头昏眼黑了。她右边的那个女工,看到新来的伙伴在受罪,心里真替她难过。她的注意力太集中了——说实话,她干的活儿在精神上和肉体上都用不着这么紧张。可是对她来说,也是爱莫能助。半爿鞋帮皮料在不断堆积起来。她的手腕开始酸痛,接下来手指头痛,到后来浑身肌肉麻痹、疼痛。老是保持着一种姿势,重复着一种简单的机械动作,使她越来越倒足胃口,乃至于让她感到恶心了。她正在暗自纳闷,这种紧张状态究竟会不会刹住终止,这时电梯下面什么地方响起了喑哑的铃声,午休的时刻到了。厂房里一下子人声嘈杂起来。所有的女工马上离开凳子,连忙走到隔壁房间里去了;男工们则从右边的某个工段走过来。机器上飞速旋转的轮子响声,开始逐渐变得低沉,最后终于听不见了。这时一片寂静,连平常唠嗑的声音不知怎的听起来也是怪别扭的。

嘉莉高兴地站了起来,去找自己的饭盒。她觉得浑身僵直,有点儿头晕目眩,嘴里又渴得要命。她在去一个用壁板隔断、存放外衣和饭盒的小房间路上碰到了那个两眼直勾勾地盯住她的工头。

"喂,"那工头说,"你干这个活儿,行不行?"

"我想还行。"她毕恭毕敬地回答。

"嗯!"没得别的话儿好说,他就这么着哼了一声,走远了。

如果说物质条件好一些,这类工作本来不至于如此差劲,但是,主张为工人创造舒适的工作环境的新社会主义运动,当时还没有被制造厂商所接受。

这个厂房里散发着机器油和新近制成的皮革羼杂在一起的气味——此外再加上这幢大楼里头的霉味,即使在大冷天也会让人难受的。地板尽管每天晚上都要照例打扫,但还是到处都是垃圾。厂主丝毫不会想到为工人创造舒适的工作环境,他们认为,给工人的东西越少越好,活儿越重越好,不给报酬更好,只有这样方能赚大钱。至于刚才提到的踏脚板、靠背转椅、女工餐室、免费提供的干净围裙和烫发钳,以及还算说得过去的衣帽间,通通都不会考虑到。盥洗室和厕所虽说不算太邋遢,但还是不堪入目,让人感到不快,反正周围一切看起来全都是简陋透顶。

嘉莉从靠墙角的一个桶里喝过一铁罐头水,就向四下里张望,很想找个地方坐下来吃饭。别的女工已经在窗根边,或者在外出的男工们的工作台那儿纷纷就座。没有一处地方没被一两个或一小拨女工占着;嘉莉生来太羞怯,不想凑上去主动表示友好,于是,她回到自己的机器旁,坐在自己的凳子上,把饭盒放在膝上。她打开饭盒。一边吃着,一边侧耳听着厂房里的乱弹琴。这些话语八成儿都无聊透顶,还夹杂着眼下流行的切口黑话。厂房里有好几个男工,在远处跟女工们相互胁肩谄笑,溜须拍马。

"喂,吉蒂,"一个男工冲一个女工大声嚷嚷,这个女工正在靠窗边两三英尺宽的地方,踩着华尔兹舞步,"你跟我一块儿去跳舞吗?"

"小心点儿,吉蒂,"另一个男工大声喊道,"要不然你的发式就全完蛋了。"

"得了吧,你快闭嘴!"她马上把话儿给顶了回去。

听着上面这些话儿,以及男女工人之间更多类似的吹吹拍拍、说笑逗趣,嘉莉本能地不敢跟他人往来了。她看不惯这种闲扯淡,总觉得这些话都很粗鲁、下流。她害怕那些小伙子也会对她说这样的话儿——这些小伙子,在她看来,如同所有的男人——只有德鲁埃例外——全都粗野可笑。她像常见的女性一样,以衣着取人,凡是穿礼服的必定是殷实、善良的上等人,穿工装裤和短上衣的照例是孬种,不屑一顾。

短暂的半个钟头午休过去了,机器上的轮子又开始转动起来,她甚至觉得还很高兴哩。尽管疲累不堪,这时她毕竟再也不在众目睽睽之下了。不过,这种幻想马上就破灭了,因为有一个青年工人,打从过道里走过来,满不在乎地用大拇手指戳了一下她的肋部。她立时转过身来,气得她眼里直冒火星,可是这个家伙早已走远了,回过头来却咧着嘴傻笑。她费了好大劲儿,才忍住了没掉眼泪。

她邻座的女工一眼就看出了她的心态。

"别睬他,"那女工说,"这家伙也太放肆了。"

嘉莉没有回话,只是低头干活。她觉得这样的生活简直受不了,跟她想象中的打工完全不同。漫长的一个下午,她心中自始至终都在想着厂房外面的这个大城市中的豪华的商店橱窗、熙熙攘攘的人群,以及漂亮的高楼大厦。她又回想到哥伦比亚城和故乡生活里好的一面。到了三点钟的时候,她想必定是六点钟了,而到了四点钟,她揣想厂主好像忘了看钟,让大伙儿过了时间还在干活。那工头是个名副其实的吃人妖魔,老在附近来回转悠,使她一直被这种痛苦的活儿拴住了。她听了周围人们的片言只语以后,只好下定决心,断断乎不要跟这儿女工里头的任何人交朋友。六点钟一响,她急忙起身往外走,两臂酸痛,四肢因为整天始终保持着这样的坐姿而有点儿僵硬了。

她戴上帽子,打从门厅往外走时,一个开机器的青年工人被她的姿色所惊倒,居然大胆地跟她挑逗调侃。

"喂,玛吉,"他大声嚷道,"要是你肯等一下,我就不妨送你一程。"

这话儿是冲着她说的,但她压根儿不敢回头张望。

在拥挤的电梯里,另一个浑身沾满尘垢的小伙子色眯眯地乜眼看着她的脸蛋儿,净想给她留下好印象。

有一个年轻小伙子正在人行道上等人,一看见嘉莉走过,就朝她咧着嘴傻笑。

"您碰巧跟我同路,是吗?"他逗着玩儿似的大声嚷道。

嘉莉连忙把脸儿转向西边,心里郁悒不乐。她在街角拐弯时,透过晶光锃亮的大块玻璃窗,看见了她找工作时的那张小写字台。大街上如同不久前一模一样,仍然是熙熙攘攘、精力充沛、来去匆匆的人群。她心里稍微觉得轻松了一些,但这仅仅是在她总算逃离了厂房的那一刻。她看着从她身边走过的那些衣着讲究的姑娘,自己感到怪丢人的。她觉得自己的境遇好像本来应该好一些,因而心中有些愤愤不平。

# 第 五 章

那天晚上,德鲁埃并没有来看她。这个大佬接信以后,早把嘉莉撇在一边,无牵无挂,到处游荡,自以为痛快去了。就在这天晚上,他去雷克托饭馆吃饭,这是当地颇有名气的一家餐馆,是克拉克街和门罗街拐角处一幢大楼的地下室。饭后,他去了亚当斯街上相当宏伟的联邦大楼对过的汉纳-霍格酒吧。到了那里,他倚着漂亮的吧台,喝了一杯纯威士忌酒,买了两支雪茄烟,点着了其中的一支。在他看来,这就是豪华生活的一部分——必定是整个上流社会生活的一个好样板。

诚然,德鲁埃不是酒徒,也不是"很有钱"的人。他只是孜孜追求他自己认为是最美好的生活,类似上述的消遣,在他看来就是最美好的生活的一部分。雷克托餐馆,它那精雕细琢的大理石墙壁和地板、流光溢彩的照明、琳琅满目的细瓷纯银器皿,此外,由于剧坛大腕和高级专家经常光临而声名鹊起,在他看来,就是一个发迹的人常去的最合适的场所。他喜爱做工讲究的衣着、味美可口的饮食,尤其热衷于跟有成就的名人交游,以至有幸得以过从甚密。进餐时听说约瑟夫·杰斐逊①有时也来这里,或者名噪一时的演员亨利·E.迪克西②,此刻只跟他隔着一两张餐桌,他不由得感到踌躇满志,自命不凡。反正他一到雷克托餐馆,照例都是这样扬扬得意,因为在那儿,特别是在夜晚,说不定能碰到一些政界人士、交易所经纪人、剧坛大腕,还有全城有名的某些富家浮浪子弟,他们这些人都是一边在闲扯淡,一边在吃吃喝喝。

"那边坐着的是某某人。"像这样的话,在这些绅士里头常常可以

---

① 约瑟夫·杰斐逊(1829—1905),出身演员世家,因饰演根据华盛顿·欧文(1783—1859)的名著改编的《瑞普·凡·温克尔》(又译《瑞普大梦》)的主人公而享有盛名,特别是在十九世纪后半叶红极一时。

② 亨利·E.迪克西(1859—1943),美国著名喜剧演员。

听到,特别是其中有一些人,他们还没有达到(尽管心里巴不得能达到)那种令人艳羡不已的高度,可以挥金如土地来这里大快朵颐。

"果真是吗?"常常会听到这样的答话。

"当然是的,难道说你不知道?嘿,他是大歌剧院的经理呀。"

这些话儿传到德鲁埃耳际,他就让腰板稍微挺一挺,真是越吃越有味儿。如果说他本来只有一点儿虚荣心,这些话儿就使他的虚荣心大大地膨胀了;如果说他本来也只有一点儿强烈欲念,这些话儿就又大大地激活了他的强烈欲念。啊,有朝一日,他也能掼得出成沓的绿背纸币①来。实际上,现在他就能在他们吃喝过的地方吃吃喝喝了。

德鲁埃对亚当斯街上的汉纳-霍格酒吧的偏爱就可以用同样的原因来加以说明。在芝加哥人看来,它确实是一家豪华的酒吧。如同雷克托一样,它也到处都有令人炫目的白炽灯饰,有的是在漂亮的枝形吊灯中,有的则在优雅的空间。地面上铺着亮闪闪的彩砖,四周墙壁的底部镶嵌着能使灯光四处折射的深色护墙板,顶端则是彩绘拉毛粉饰,越发显出这家酒吧的豪华气派。长长的酒吧木制柜台,擦得晶光锃亮,在一长溜灯光的照耀下,摆满了彩色雕花玻璃器皿和许许多多奇妙的瓶子。这是一家名副其实的豪华酒吧,备有富丽堂皇的围屏、各类装潢特别好看的名酒,以及国内首屈一指的酒吧精品,一应俱全。

德鲁埃曾经在雷克托餐馆跟亚当斯街汉纳-霍格酒吧的经理乔·威·赫斯特伍德先生见过面。人们都说后者是非常有能耐,又是万事亨通的全城有名的人物。看来赫斯特伍德完全符合上述说法,因为他年龄还不到四十岁,身体壮硕、作风活跃、仪态稳重,这部分是由于精美的外衣、洁净的衬衫,以及珠宝饰物所造成的,但更要紧的还是他的那种自命不凡的派头。德鲁埃马上觉得赫斯特伍德乃是他值得结交的人物,所以不仅仅乐于跟他晤面,而且以后每次只要想到喝杯酒或者抽支雪茄烟,他照例会到亚当斯街上这家酒吧去。

赫斯特伍德从某一点上来说,是一个有趣的人物。他做事圆滑乖觉,能给人留下好的印象。他身居要职,是这家豪华酒吧总管一切的经

---

① 此系一八六一年美国联邦政府发行的法定货币,亦即美钞。

理，虽然挺神气，但是并不掌管财务开支。他毕竟是经过长年累月克勤克俭，恪尽职守，才从一家小小酒吧掌柜擢升到他现在的经理职位。他在酒吧里有一个小小写字间，是用樱桃木板壁和格栅结构隔成，他的那张有拉盖的写字台里放置着本店相当简单的账册，上面记载着有关已订购的和急需的货品，等等。有关酒吧经营业务和财务大权都落在酒吧老板汉纳和霍格，以及主管收银的出纳员的手中。

赫斯特伍德在酒吧里大部分时间是到各处走走看看；他身上穿着用进口料子精工缝制的衣服，手指上戴着好几枚戒指，领带上系着一颗精美的蓝色钻石饰物，扎眼的、款式新颖的背心上拴着一根纯金表链，表链上挂着一个设计精巧的小饰物，连同一块式样和雕饰堪称最新的怀表。好几百个演员、商人、政客，以及城里一大拨发迹的人——他们的名字他全都叫得出来，而且跟他们寒暄时还常说"喂，老朋友"。这就可以部分地说明他如何深得人心，左右逢源。至于如何掌握好交际分寸，他有一份细致的等级表，从他对周薪只有十五元的小职员和办事员所说的"你好"（他们因为常来这里，早已知道赫斯特伍德是一位堂堂正正的经理），逐渐提高到对那些认识他，并且乐意跟他交游的名人或富人时所说的"哎呀,老兄,您好呀"；不过，也还有一批宾客，因为他们太有钱、太出名，或者太成功了，赫斯特伍德倒是反而不敢平起平坐地跟他们套近乎。对于这些，他便以行家身份倚老卖老，佯装出一副正经八百而又庄重自敬的神态，向他们致以敬意，这么一来，既赢得了他们的好感，而又丝毫无损他的自尊心。最后，还有一些老顾客，不富也不穷，不出名也不太成功，对于这样的人，赫斯特伍德亲热得就像是老相识一般。他跟这类顾客交谈的时间最长，倾听他们意见也许还最恳切。他喜欢时不时出去寻欢作乐——看赛马、看戏、去某某俱乐部赌钱，还要涉足难以启齿的罪恶的渊薮——纸醉金迷的妓院，这些金玉其外，败絮其中的地方使当时的芝加哥广遭诅咒。他有一套漂亮的单马双轮轻便马车，他和妻子、两个孩子都安居在北区毗邻林肯公园的一幢精致的别墅里；一言以蔽之，他是我们伟大的美国上层社会——豪富以下第一级人物里头——最受欢迎的一员。

赫斯特伍德对德鲁埃非常喜欢。他喜欢德鲁埃一团和气的脾性和衣冠楚楚的仪表。他知道德鲁埃仅仅是跑码头的掮客，资历也不高，但巴特利特-卡里欧公司却是一家生意红火的大商行，德鲁埃在那里的地位很不错。赫斯特伍德对卡里欧老板很熟悉，不止一回地跟他，以及其他朋友在一起喝一杯，天南海北地闲聊天。诚然，德鲁埃有一点儿幽默感，这一素质对于干他从事那个行当是有好处的，必要时他还能胡编出一些逗人的笑话逸闻来。他可以跟赫斯特伍德一道谈论赛马，扯一扯个人生活中的一些趣闻，以及拈花惹草的经历，汇报一下他到过的一些城市的市场行情，这么一来，他在这家酒吧里总是惹人喜欢。今天晚上，他觉得特别高兴，因为他给本公司的报告受到了赞许，新的货样选得也很满意，还拟定了下一次为期六周的行程。

"你好，查利，老伙计，"那天晚上，德鲁埃一走进酒吧，赫斯特伍德就打招呼，问道，"生意怎么样？"当时，酒吧里早已爆满。

德鲁埃喜形于色地跟他握握手，他们两人就朝酒吧柜台走去。

"哦，很好。"

"已有六个星期不见您啦。什么时候回来的？"

"星期五。"德鲁埃说，"这回出门可不错。"

"那敢情好。"赫斯特伍德说，他那双黑眼睛里热情的闪光已将他平日里佯装的冷漠几乎取而代之了。"您想喝点儿什么？"他找补着说，这时那个身穿雪白大褂、系着白领带的酒吧间侍者，正从柜台后冲他们俩俯过身来。

"陈年轩尼诗酒①。"德鲁埃说。

"给我也来一点儿吧。"赫斯特伍德插话说。

"这回您在城里要待多久？"赫斯特伍德问。

"只待到星期三。我要去圣保罗。"

"乔治·伊万斯星期六上这儿来过，说上星期在密尔沃基②跟您见过面。"

"是的，我跟乔治见过面。"德鲁埃回答，"他这个人挺不错，是不

---

① 轩尼诗酒，一种名酒，系从英国进口的优质威士忌。
② 密尔沃基，威斯康星州东南部一港口城市。

是？我跟他在一起过得够痛快。"

酒吧间侍者①把杯子和瓶酒端到他们面前,他们就各自斟了一杯,继续闲聊天。德鲁埃根据当时的社交习俗,杯里只斟了不足三分之一,赫斯特伍德斟了一丁点儿威士忌酒,再兑上矿泉水。

"卡里欧老板近况如何？"赫斯特伍德问,"有两个星期他没上这儿来了。"

"听说病倒了。"德鲁埃解释道,"是啊,这老头得了痛风病！"

"反正他当时也赚过不少钱,可不是？"

"是的,赚得可多着呢,"德鲁埃回答,"他已活不长啦。现在很难得上写字间来。"

"记得他只有一个儿子,是吗？"赫斯特伍德问。

"是的,还是头脱缰的马②呢。"德鲁埃笑着说。

"依我看,他不见得会对公司有多大坏的影响,反正还有别的股东哩。"

"是的,不会有什么坏的影响,我想。"

赫斯特伍德站在吧台跟前,敞开外套,大拇指插在背心口袋里,灯光把他领带上的钻石和戒指照得越发柔美悦目。看来他就是极端追求舒适享受的化身。

"你好,乔治。"听到有人在招呼,赫斯特伍德就转过身,把手伸了过去,让另一个身穿华服、风姿潇洒、来自国内某地的大阔佬握住了。这时,他们两个还是照样在乱扯淡,可德鲁埃却掏出钱包来要去付账。不过,吧侍一见他的动作,就打了个手势。

"记在经理账上算了。"他莞尔一笑,说道。赫斯特伍德对下属进行培训,所以他们全都知道如何办事。

"我来给你介绍一下我这儿的一个朋友。"赫斯特伍德一边说,一边走了过来,把新来的人推给了德鲁埃。德鲁埃跟这个人握握手,马上问他要不要喝点儿什么。他们在一块儿神聊,开头是三个人,赫斯特伍

---

① 以下一概简译为"吧侍"。
② 此词意谓"生活腐化、放荡、挥霍无度的家伙"。

德也包括在内，稍后只留下他们两个，因为赫斯特伍德走进了他的小写字间，跟在那儿等着见他的两个脸色红润、身子发胖的绅士交谈。德鲁埃一眼就看出，他们的晤面是既友好又有趣的，因为他们先是头碰头地交谈，继而身子俯靠，咯咯大笑，后来又开始唠唠嗑嗑，没完没了，可他德鲁埃只不过来一番寒暄客套罢了。

"今儿夜里，您打算做何消遣？"不一会儿，新来的人说。

"哦，过一会儿，我想上大剧院去。"德鲁埃回答。

"那儿在上演什么？"

"霍伊特的《地洞》①。"

"哦，要不是我看过了好几回，我准跟您一块儿去。"他说话时露出一见如故的神态，这看来正是那些没头没脑的人的特点。

就在这个时候，突然出现了一个第三者，此人原来认得新来的人，领着他走了，却把德鲁埃扔下了。德鲁埃只好独个儿在他觉得很惬意的氛围里举目四望，面露笑容，心满意足地抽烟小歇。

在一个不嗜酒、善于严肃思考的人看来，这么一个人群杂沓、喧声沸天、光耀夺目的大厅，一定是有些反常，也是对自然和人生的一种奇怪的实况报道。飞蛾成群结队地不断扑向这里，想在炽热的灯光中取暖。酒吧间里能听到的那些片言只语，就其思想内涵而言，实在不敢苟同。众所周知，阴谋家会选择更加隐蔽的密室去出谋划策；政客们除了那些繁文缛礼以外，也断断乎不会聚集在这里议论任何问题，生怕一些耳朵尖的人也许会听到；光临此地的，几乎也不足以说明个个都是酒徒，因为来到如此富丽堂皇的场所的人，十之八九并不嗜酒。不过话又说回来，人们之所以汇聚在这里聒噪不休，熙攘往来，摩肩而过，是一定有某些道理的。毫无疑问，这是炽烈的热情和说不清的欲念的一种奇怪的结合，才产生了这么古怪的社交习俗，要不然人世间断断乎不会有这样的习俗。

比方说，德鲁埃之所以被吸引到这里来，既是渴望得到乐趣，又是

---

① 美国剧作家查尔斯·霍伊特（1860—1900）的著名闹剧，一八八七年首演于费城，两年后在芝加哥首次演出。

拼命想在比他更加殷实的人中间崭露头角。他在这里所碰到的许多朋友,他们之所以到这里来,也许并没有自觉地分析过,仅仅是渴求这里的稠人广众、流光溢彩,还有那种气氛情调——这一切他们果然通通寻摸到了。总之,这种现象也许可以被看作上流社会习俗的一种征兆,他们在这里所得到的,虽然纯属感官享受,但其中并无邪恶可言。其实,打算装饰一个奢华的房间,是断断乎不会产生邪恶的。最坏的结果,也许使注重物质享受的人心中激起一种强烈欲念,恨不得自己也能得到同样奢华的生活。归根结底,那就不能归诸装潢雕饰的罪过,而恰好正是人们固有的思想倾向。如果说此情此景也许会让服饰较差的人去赶超服饰奢华的人,那也只好说明受影响的那些人心中的强烈欲念总是摇摆不定的。姑且先撇开那个引起公愤的唯一因素——酒不谈,就没有人会反对光顾酒吧之后留下的种种美和愉快的情调。我们当代的时髦餐厅之所以备受人们青睐,就证明了上述这种看法的正确。

不过,这里灯火辉煌的厅堂,衣着入时、贪婪无厌的人群,纯属无聊、自私的空谈,以及此间特有的乱七八糟、漫无目的、恍惚不定的思想倾向——还有对这五光十色、浮华场面、讲究衣着的崇拜——在一个站在门外永恒星星的一片清辉照耀之下的人看来,一定会觉得好像是一种光怪陆离的景物。是的,在夜风习习和群星辉映之下,好一个灯花齐放的酒吧——赛过一朵奇异的、闪闪发光的夜之奇葩——香气四溢、招蜂引蝶,而又被啮噬过的、快乐的玫瑰花。

"看见那边进来的人了吗?"赫斯特伍德说,回过来朝刚刚进来的那个先生瞥了一眼。此人头戴大礼帽,身穿晚礼服,胖乎乎的脸颊上泛着红晕,仿佛刚才饱餐了一顿似的。

"没有,在哪儿?"德鲁埃说。

"在那边,"赫斯特伍德说,两眼随之一乜指出方向——"头戴大礼帽的那个人。"

"哦,我看见了,"德鲁埃说,当然没让人看出他是根据别人的指点才看到的,"此人是谁?"

"他是专门招魂的巫师朱尔斯·华莱士。"

德鲁埃目光移到他身上,很感兴趣。

"他不大像是跟鬼神打交道的人,不是吗?"德鲁埃说。

"哦,这个我可不知道,"赫斯特伍德回答,"反正钱他捞足了。"眼里掠过一丝闪光。

"我个人不大相信这一套——那您呢?"德鲁埃问。

"哦,很难说,"赫斯特伍德说,"这里头也许有些名堂。可我自己不想为这个玩意儿伤脑筋。顺便问一下,"他找补着说,"今儿晚上,您上什么地方去呀?"

"我去看《地洞》。"德鲁埃回答,说的是当时那出走红的闹剧。

"那么,您该走了。现在已经八点半了。"他说着把表掏了出来。

酒吧间已经渐渐客去楼空了——有的去剧院,有的去他们的俱乐部,还有的到最迷人的、寻欢作乐的源泉——至少光顾酒吧里头就有这类男人——情妇那儿去了。

"好吧,我这就走。"德鲁埃说。

"看完戏,再来这儿坐坐。我要给您看一个活货。"赫斯特伍德说。

"一准来。"德鲁埃兴冲冲地说。

"今天夜里也许您没有别的事儿吗?"赫斯特伍德找补着说。

"什么事儿也没有!"

"那么,到时候就来吧。"

"是金发女郎吗?"德鲁埃微微一笑,问道。

"十二点左右来吧。"赫斯特伍德答非所问地说。

"星期五我在列车上碰到了一个迷人的小妞儿,"德鲁埃分手时说,"是的,真该死,这回出门前我一定要去看看她。"

"哦,您老是惦着她干什么。"赫斯特伍德说。

"嗨,不瞒你说,她才是个小美人儿。"德鲁埃说的是知心话,好引起他朋友的兴趣来。

"十二点钟。"赫斯特伍德说。

"好吧。"德鲁埃说着,就往外走了。

嘉莉的芳名就这样在这个最轻浮和放荡不羁的地方传开去了,而这个时候,小女工正好在悲叹自己命苦,这跟她早期的命运几乎是分不开的。

## 第 六 章

那天晚上，嘉莉在她姐姐家里感到了一种前时没有发觉的新气氛。其实，那里仍旧没有什么变化，只是嘉莉自己变了，才使她更深刻地认识到这种气氛。看到嘉莉找到工作时那种高兴劲儿之后，明妮这时当然在盼着听好消息。汉森心里同样估摸着嘉莉也会感到完全满意的。

"喂，"他身穿工作服从门厅里出来，站在吃饭间门口望着嘉莉说，"您的工作怎么样？"

"唉，"嘉莉说，"苦得很。这工作我可不喜欢。"

她脸上的表情比话说得更清楚：她是既疲累又失望。

"是什么样的工作？"汉森转过身来，打算去洗澡间，但稍停片刻问道。

"看管一台机器呗。"嘉莉回答说。

显而易见，他除了只关心自己家里有什么进项以外，别的事什么都不管。他有点儿生气：因为嘉莉在时来运转之际，其实不应该不高兴。

明妮的心情一下子坏了，她干活时不像嘉莉刚进门前那么有劲儿了。嘉莉透露了不满心情之后，现在连煎肉的咝咝声姐姐也觉得不那么好听了。本来嘛，忙活了一整天之后，也许唯独这样才能让嘉莉感到莫大的安慰，那就是：她一回到这个快乐之家，家里人都对她满怀同情，丰盛的晚餐桌上，还有人会跟她说："哦，得了，先忍耐一下吧。反正以后您准会交上好运道。"可是现在呢，她的全部希望破灭了。她心里开始明白，她的牢骚在汉森夫妇俩看来是毫无根据的，她就是应该毫无怨言地干下去。她知道自己吃住在这里就得付四块钱，现在她觉得跟他们这些人住在一起，肯定是非常扫兴的。明妮根本谈不上是她妹妹的好伴侣——她毕竟太老了。她对一切事物都有她自己根据生活环境所形成的固定不变的看法。

汉森呢,如果说他有一点儿什么令人愉快的想法或者什么赏心乐事,照例也是深藏不露。看来他内心深处虽有活动,却总是不动声色。他默默无声就像是一个废弃的房间。另一方面,嘉莉却浑身充满着青春的热血,还不乏想象力。她的谈情说爱的日子和求婚的种种奥秘还在将来。她尽可以暗自琢磨她爱做的事情,她爱穿的衣服,还有她爱去的地方。她满脑子思想都围着这一切打转转,可是在她姐姐家里,偏偏没有一个人能够撩拨她的心弦、也没有一个人能够和她情趣相投,她在这里就像到处碰壁、寸步难行似的。

嘉莉脑子里只管琢磨白天里的一件件事,却忘了德鲁埃可能要来。现在她看到汉森夫妇是如此不近人情,巴不得他还是不来的好。万一他真的来了,她的确不知道该怎么办,或者说该怎么向他们做出解释。不过她发信以后,她心里并没有觉得非常惧怕,于是为了他万一上门拜访,她事先早已排除了种种障碍。她对这事反复思考了一番,由于没有合适的话题,晚饭后就换衣去了。她穿戴打扮好了,倒是一个可爱的小姑娘,长着一双大眼睛,嘴边稍微有些忧郁的细纹。她脸上露出她已体验过的期待、不满和思想压抑等各种感觉糅杂在一起的表情,但是并没有像更加高雅的人那么明显。碗碟拾掇好以后,她就在屋子里走来走去,不时跟明妮扯上几句话,后来她忽然计上心来,决定下楼,到楼梯口大门前站立一会儿。要是德鲁埃来了,倒是什么麻烦都没有了。她就可以在那里跟他碰头了。她戴上帽子打算下楼时,她脸上似乎喜形于色。

"看来嘉莉对她工作并不特别满意。"明妮对她的丈夫说,这时她丈夫手里拿着报纸走出来,要去饭厅坐一会儿。

"不管怎么样,她应该干一阵子再说。"汉森说,"她下楼去了吗?"

"是的。"明妮说。

"假如我是你的话,我就劝她继续干下去。在这里另找工作,也许几个星期她还是找不到。"

明妮说她会这样规劝嘉莉,于是汉森就只管自己看报去了。

"假如我是你的话,"不一会儿,汉森又说,"我就不让她站在楼下的大门口。这简直太不像话了。"

"好吧,我会告诉她的。"明妮回答说。

这时,嘉莉正伫立在楼下大门口,两眼望着附近商店里的灯火、熙攘往来的行人,还有从她跟前叮叮当当驶过的街车,这些街车都是向市中心驶去或者驶到郊外去的——在她看来就是那些有趣的、神秘莫测的地方。她看着男孩子在街头玩捉人游戏,女孩子有说有笑、三五成群地走过,心里乐滋滋的。有时,她偶尔看见一个年轻姑娘,穿着特别讲究,或者容貌特别俊美,或者两者兼备,这就激起了她的妒忌心,使她越来越渴望得到漂亮的衣饰。有时,她偶尔看见一个衣冠楚楚的年轻小伙子,大步流星、轻捷地走过,她便暗自寻思,此人准定是去跟某位年轻的小姐幽会的。还有一些别的年轻人,衣着虽然不怎么考究,但他们三三两两地走过来,向她眉来眼去,推推搡搡,尽情卖弄一番,想吸引她的注意力。嘉莉对这些人露出一副冷淡的样子,要不然干脆就掉过头去,把目光移向别处,不过即使这样,看来也并没有使那些年轻人望而却步。他们咯咯大笑,吹着口哨,也许还怪叫几声,带着一线希望回头张望她,但是不敢做出进一步亲热的主动表示——说穿了,这是一拨色厉内荏的年轻人。有时,远处偶尔有一个人看上去挺像德鲁埃,这时嘉莉就挺直身子,心情随之绷紧起来,直到此人走近了,一看脸形不符,她心中那种雀跃和紧张的情绪方才松弛下来,原来是她自己看错了人。

街头稀稀拉拉的几个行人,也让嘉莉津津有味地看了好半天。她不厌其烦地暗自纳闷那些坐在车里的人赶到哪儿去,或者他们会怎样寻欢作乐。她的想象力仅仅围着一道非常狭窄的、有关金钱、仪容、服饰或者享乐等的圈子打转转。有时,她偶尔也回想到哥伦比亚城,或者为当天的个人经历而感到一阵烦恼,但是,总的说来,她周围的这个小小世界,已把她的全部注意力吸引住了。

这幢房子的底层是一家面包房,汉森住在三楼,嘉莉伫立在底楼的时候,汉森正好下楼去那里买面包。直到他走近她身边,嘉莉方才看见汉森。

"我去买面包。"汉森走过她身边时仅仅说了这一句。

一个人的思想多么容易流露出来。汉森确实是去买面包,但他心里也很想看一看此刻嘉莉正在干什么。他还没有走到她近旁,他的这一意图她早就猜出来了。当然,她不知道自己怎么会灵机一动,一下子就猜到了,反正不管怎么样,她心里真的对他产生了反感。现在她明白了,她可不喜欢他这个如此多疑的人。

一种想法有时会给周围世界都抹上某种色彩。嘉莉遐想的思路被打断了,汉森上楼后不久,她也跟了上去。过了一刻钟,她知道德鲁埃不会来了,便感到有点儿气恼,有点儿像是被他抛弃了似的——看来她还配不上他呢。上楼后,她发觉楼上一片寂静。明妮在桌子旁凑着灯光缝纫。汉森早已上床了。嘉莉又疲累又失望,只说了一声自己也要歇着去了。

"是的,睡得越早越好。"明妮回答,"要知道,一大早你就得起床。"

早晨总是毫无乐趣可言。嘉莉从房间里出来,这时汉森刚好出门。吃早饭时,明妮想跟妹妹谈谈,无奈找不到她们俩都感兴趣的话题。像头天早上一样,嘉莉步行到了市中心区,因为她现在开始明白,她这四块半钱付了膳宿费之后,连买车票都不够了。像这样开支过日子,看来是够惨的。不过,清晨的阳光已把她这时的全部忧虑一扫而光,因为清晨的阳光永远让人感到无比宽慰。

嘉莉在鞋厂里干了整整一天活儿,虽然不像头天那样疲累,但也不觉得那样新奇。这个工场里那个具有爱尔兰血统的工头,总是眉头紧皱,疾言厉色,负责管理他手下这一批不同种族的工人。另外还有一个地地道道的爱尔兰人,此人脚下那双鞋子咯吱咯吱真响,是掌管各层楼面的总工头。嘉莉是听了他的自我介绍才认得他的。

"你是哪儿来的?"那天早上,这个总工头第一次站在她的机器旁边问道。

"是布朗先生雇的。"她回答说。

"哦,是他雇的,嗯!"接着,他说,"注意,你可别停下来。"

看管机器的女工们给她的印象甚至比头天还差强人意。看来她们全都听天由命,从某种意义上说是"很庸俗的"。嘉莉比她们有更丰富的想象力。她听不惯她们的切口黑话。就衣着穿扮来说,她也生来比她们格调要高些。嘉莉不喜欢听邻座的那个女工说话,因为她满嘴都是切口黑话,而且由于生活的阅历变得很冷酷。

"我可要离开这儿了,"嘉莉听见她的邻座这么说,"只挣这么一丁点儿钱,一直干到天黑,我的身体受不了。"

她们跟工场里的男工,不管老少,全都随便得很,相互开着粗鲁的玩笑,一开头真让她大吃一惊。她发觉自己也被他们当作了那号人,所以他们也会那样熟不拘礼地招呼她。

"喂,美人儿,"午休时,有个手腕粗实的专做鞋底工人冲她说,"你这小脸儿多可爱。"此人原想听到以下俗不可耐的回话:"去你的,快滚开!"殊不知嘉莉一气不吭地转身走了,让他自讨没趣,咧嘴傻笑着。

那天回到家里,等着她的甚至是更加孤寂的夜晚——沉闷的气氛使她感到越发难受了。她看得出汉森家里很少来客人,或者干脆说从来没有客人登门。她伫立在楼梯口大门处往外看,有时也竟敢到附近走一走。她那轻盈的步履和悠闲的姿态,引起一拨令人讨厌而又俗气的男人的注意。让她大吃一惊的是,有一个衣着讲究的三十岁上下的男子走过她身旁时,竟两眼盯住她,放慢脚步,回过身来主动搭讪:

"晚上出来溜达溜达,是吗?"

嘉莉惊诧地望了他一眼,然后鼓足劲儿回答说:"得了,我根本不认得你。"说罢掉头就走。

"哦,那可没有关系。"那个过路行人套近乎地说。

嘉莉再也不跟他搭腔,连忙闪开,气喘吁吁地走到自己的家门口。此人的眼神里有些东西让她感到惧怕。

这个星期还剩下几天,情况也跟上面所说的完全相同。有一两个晚上,她实在累得走不动了,就搭街车回家。她身子骨不太结实,整整一天坐着干活,使她脊梁骨发酸。有一天晚上,她上床比汉森还早。

就算是花木也不见得都能移植成功,女孩子也这样。要使花木继续自然生长,有时需要更加肥沃的土壤,更加良好的空气。要是适应气候过程比较循序渐进,而不是操之过急的话,那结果就会更好些。如果说嘉莉不是那么快就找到工作,能多看一看她亟待了解的大城市,那对她本人来说就会更为有利。

头一次碰到下雨的早晨,嘉莉发现自己没有雨伞。明妮把自己的一把借给了她,可是那把伞一点儿也不漂亮。嘉莉因有虚荣心,一看挺别扭。她就到一家大百货商店去给自己买了一把,从她少得可怜的私房钱里动用了一块两毛五分钱。

"你买那个干什么,嘉莉?"明妮一看见新伞就问。

"哦,我自己要有一把嘛。"嘉莉说。

"你这个傻丫头。"明妮继续说。

嘉莉一听很生气,虽然并没有顶嘴。她想,她自己不会做一个很庸俗的女工。她们也不应该有这样的想法。

还有一事让嘉莉老大不高兴,就是汉森夫妇俩总是株守在家里。晚上他们哪儿都不去,而嘉莉一整天哪儿也去不了。在厂里,她听见女工们谈到过许多娱乐消遣——都是她一心盼望已久的玩意儿。比方说,在半小时午休里,有四个女工在窗根边听她们的一个同道讲到自己去标准剧院的经过。那儿在上演一出剧名《八击钟》的闹剧。

"哦,真逗死人了,"讲话的女工大声嚷道,"里头有个小胖墩,演得真帅。他们把一头骡子扯成几块,还干了不少挺怪的事儿。"

这些事嘉莉耳朵里都听到了。她干什么不能自己也去看看呢?

"哎呀,我可累得要死。"有一天早上,一个相当秀气的女工打着哈欠说,"我昨天夜里跳舞,一直跳到凌晨两点。"

这些事嘉莉起初觉得有些可怕,但由于她觉得自己命蹇时乖,这些事就相应地带有秘而不宣的乐事的色彩了。她不见得非去抹灰工工会或者木工工会主办的舞会跳舞不可,但她一听说到公园里和湖上去玩儿,上剧院去看戏,跟小伙子们调情,等等,她就觉得自己的生活圈子委实太狭仄了。她巴不得自己能通过干活挣到更多的钱。要是她能在商场里干活就好了。

头一个星期六的晚上,嘉莉付了她的膳宿费——四块钱——这笔钱,明妮过去在家信里早就提到过,所以现在才肯收留她的妹妹。明妮收钱时良心上感到有些不安,不过要是少收了,她真不知道该怎样向汉森解释。好歹家用可以减少四块钱的支出,汉森这个大人物面带满意的微笑。他心里只管盘算着多增加收入就可以偿还盖房贷款。至于嘉莉,却在绞尽脑汁地琢磨如何将每周半块钱作为购衣和娱乐的费用。她左思右想,简直越想越气恼。

"我要上街溜达溜达去。"晚饭后她说。

"不是一个人去,是吧?"汉森问。

"是一个人去。"嘉莉回答说。

"要是我,可不会去的。"明妮说。

"我可想去见见世面。"嘉莉说,从她说出最后两个字的语调里,汉森夫妇才头一次明白她心里对他们很不满意。

"她怎么啦?"嘉莉到前房去取帽子,这时汉森问道。

"我可不知道。"明妮说。

"唉,她应该懂得,夜里不应该单独外出的。"

但是嘉莉毕竟没有走远。她很快就回来了,站在家门口。第二天他们一起去逛加菲尔德公园,但这并没有使嘉莉感到满意。因为她的脸色远不是神采飞扬。又过了一天,她在车间里听到别的女工们兴高采烈地谈论她们的一些其实相当庸俗的娱乐。她们日子过得很快活。一连下了好几天雨,她都得花钱坐街车了。有一天晚上,她到范伯伦街去搭街车,浑身上下都湿透了。整个晚上,她独个儿坐在前房,凝望着窗外的街景,还有雨后人行道上的灯火反光,同时在暗自寻思。她的想象力太丰富了,因而感到郁郁不乐。

第二个星期六,她又付给了姐姐四块钱,无可奈何地把半块钱掖进自己口袋里。她已跟厂房里的一些女工打过交道,从拉家常中她发觉:事实上,她们留下的私房钱可要比她多。她们那些年轻的男朋友,常常带她们出去玩儿,不过,嘉莉与德鲁埃邂逅之后,就瞧不起这些小伙子了。她对厂房里的那些轻浮的小伙子简直感到厌恶透顶。他们里头没有一个文雅的。是的,她只看到他们干活时的那一面。

有一天,严冬逼临的第一个征兆——寒风席卷着全城,使朵朵轻云在空中疾驰,高大的烟囱飘出细带似的烟雾,阵阵疾风突然刮过街面和街角。这时,嘉莉想到了御寒的冬衣问题。她该怎么办呢?御寒的外套、帽子和鞋子,她全都没有。她想恳求明妮让她把自己的钱留下,购置这些过冬的衣物。本来她就得整整干一个月的活儿,才挣到足够的钱去买。曾经有一回,她决定向明妮提出,但每当启齿的时候,她总没有勇气把它提出来。眼看着早晨越来越冷,无时无刻不在提醒她。最后,她终于鼓足了勇气。

"说实话,我可不知道该怎么过冬呢,"有一天晚上,她正好跟明妮在一起时,说道,"我还缺一顶帽子。"

明妮的脸色马上一沉。

"你干什么不留点钱去买一顶呢?"她出主意说,但她心里却为嘉莉少交饭钱将引起的后果而犯疑。

"要是你们不介意,这一两个星期我想就这么办吧。"嘉莉竟敢这么说了一句。

"那你付两块钱行吗?"明妮问。

嘉莉连忙一口答应,替自己摆脱困境而感到高兴,还马上觉得自己够慷慨大方的。这时,她喜不自胜,立即开始算计起来。首先,她要添置一顶帽子。她一点儿不知道这一切明妮该怎样跟汉森解释。尽管后来汉森什么也没有说,但从家里的气氛中看得出隐含着的不满情绪。

要不是疾病作祟的话,嘉莉这种新的安排本来满有成功的希望。有一天下午雨后,天突然变冷,当时嘉莉身上还没有外套。六点钟,她一走出暖和的厂房,就被大风刮得浑身瑟瑟发抖。第二天早晨,她开始打喷嚏,但还是照常去上班了,殊不知到了市中心她感到越来越差劲。整整一天她浑身骨头酸痛,而且觉得头晕。到了傍晚,她感到自己得病了,一回到家里连饭都吃不下。明妮见她垂头丧气的样子,问她究竟是怎么一回事。

"我自己都不知道,"嘉莉说,"我觉得难过极了。"

她守在火炉边,冷得牙齿咯咯作响,就病倒在床上。第二天早晨,她浑身发高烧。

明妮对此真的感到忧虑不安,但对妹妹还是很和蔼。汉森说也许嘉莉最好还是回家去住一阵子。过了三天,她可以起床了,她的那份工作当然丢掉了。冬天转眼就到了,可她没有御寒的衣服,何况目前她又失业了。

"我不知道该怎么办,"嘉莉说,"星期一我去市中心,看看能不能寻摸一些活儿干。"

这一回嘉莉努力的结果却比上一回更惨。她身上的衣服很不适合深秋天气。她身边最后的一点钱已买了帽子。她在市中心四处奔波了三天,情绪越发消沉。姐姐家里的气氛很快让她觉得越来越受不了。她一想到每天晚上要回去,心里就发怵。汉森是那么冷若冰霜。她心里明白,这局面不能长久持续下去。要不了多久她就不得不离开这里,回老家去。

第四天,她向明妮借了一角钱午餐费,整整一天在市中心寻摸工作。甚至工资最低廉的地方,她都找过了,结果也没有成功。看到了一家小饭店的窗子上贴着招收女招待的广告,她甚至也跑去求职,但是他们偏偏要的是熟练工。她垂头丧气,踯躅于密密匝匝的陌生人当中,蓦然间有一只手抓住了她的胳膊,拉她侧过身来。

"喂,喂!"有一个声音在说话。她头一眼就把德鲁埃认出来了。这个大人物不仅脸色红润,而且容光焕发。看来他就是阳光与和善的化身。

"喂,你好,嘉莉?"他说,"你该有多么迷人呀。你这一阵子都在哪儿?"

嘉莉在他一阵热情的寒暄之下禁不住莞尔一笑。

"我一直在家里呗。"她回答说。

"哦,"德鲁埃说,"我在大街对过就看到了你。我想准定就是你。我刚好打算上你那儿去。反正你都很好吧?"

"是的,很好。"嘉莉微笑着说。

德鲁埃把她上下打量了一番,觉得有些不对头。

"得了,"他说,"我很想跟你聊聊。你是不是忙着要去哪儿?"

"不,现在还不忙着要去。"嘉莉回答说。

"那我们就上那边去吃点东西。我的天哪,你信不信,再见到你我该有多么高兴!"

嘉莉一见他满面春风,心中不禁非常宽慰,又看到他对自己那么关怀备至,也就欣然同意了,虽然还有一点儿犹豫不定的样子。

"来吧。"他一边说,一边拽着她的胳膊——他的话里包含着许多纯洁交情,使她内心深处确实感到热乎乎的。

他们穿过门罗街来到了老温莎餐厅,当时那是一家宽敞而又舒适的餐厅,以烹调精美、服务周到著称。德鲁埃选定了一张靠窗的桌子,从那里可以看见大街上有如潮涌的人群。他喜欢瞬息万变的街景——进餐时,他一面爱看别人,一面又让别人看自己。

"那么现在,"他们俩舒坦地落座以后,德鲁埃开口问道,"你想吃些什么来着?"

嘉莉两眼看着侍者递给她的大菜单,说真的,她并不知道该点些什么才好。这时,她早已饥肠辘辘,一看到那些菜品就引起了她的食欲,可是菜价之昂贵却使她怔住了。"嫩烤子鸡——七角五分。蘑菇烩里脊牛排——一元两角五分。"这些菜品从前她听到过,可她简直有点儿不相信,现在却让她按着菜单亲口一一点出来。

"我来点吧。"德鲁埃大声嚷道,"听着,侍者!"

侍候这张餐桌的是一个宽胸圆脸的黑人,他就走过来侧耳听着。

"蘑菇烩里脊牛排,"德鲁埃说,"填馅儿西红柿。"

"是,先生。"黑人点头回答说。

"烤土豆片。"

"是,先生。"

"芦笋。"

"是,先生。"

"——还要一壶咖啡。"

"嗯!"——黑人说。

德鲁埃转过来对嘉莉说:"早餐后我一口东西还没有吃过呢。刚从罗克岛①回来。我正打算去吃饭,却碰到了你。"

嘉莉听了一个劲儿在笑。

"你这一阵子在干什么?"他继续说,"跟我详细谈一谈。你姐姐好吗?"

"她很好。"嘉莉仅仅回答了他最末一句问话。

德鲁埃目不转睛地直瞅着她。

"听着,"他说,"你自己闹过病,是不是?"

---

① 罗克岛,伊利诺斯州西北部一城市。

嘉莉点点头。

"那么,哦,真该死,太倒霉了,可不是?你的气色不大好。刚才我就发觉你脸色有些苍白。你一直在干什么?"

"打工。"嘉莉回答说。

"原来是这么一回事!在哪儿打工?"

嘉莉说给他听了。

"罗兹——摩根索——斯科特——哦,那家公司我知道。就在这儿第五条街上,是不是?他们公司里的人都很吝啬。你怎么会上那儿去呢?"

"我找不到更好的事情。"嘉莉坦率地直言相告。

"嘿,这可真让人吃惊啊,"德鲁埃说,"你可不应该替他们那拨人打工。工场就在铺子后头,是不是?"

"是的。"嘉莉回答说。

"那可不是一家靠得住的厂商。"德鲁埃说,"反正你在那样的厂家打工很不合适。"

他滔滔不绝地说开了,问了她一些问题,又讲到自己的一些事情,告诉她老温莎是一家呱呱叫的餐厅,如此等等,直到侍者端来了大托盘,里面放着他们点的热气腾腾、香味扑鼻的菜品。(德鲁埃向嘉莉大献殷勤,可谓非常出色。)在洁白的台布、餐巾和银制器皿的掩映之下,看来他正在大显身手。他切肉时那几枚戒指显得特别耀眼。每当他伸手去取盘子,拿面包,倒咖啡的时候,他那身新衣服总在窸窣作响。他不断地给嘉莉的盘子里添菜,这个姑娘被他这股温情大为感动,完全变了样。从凡夫俗子的视角来看,德鲁埃确是个好小子,把嘉莉完全给俘获了。

那个小小冒险家①对于命运的改变处之泰然。她虽然觉得有点儿不自在,可是那华丽的大厅顿时使她心情舒畅,而看着大街上衣饰讲究的人群,似乎也是赏心悦目的事。唉,有了钱该是多么有意思呀!上这

---

① 此处按原意直译,本来指雇佣兵或是那些想到军队里捞一把的冒险家;这里指的是想从乡村到城市享受生活的嘉莉妹妹。

儿来进餐该有多么愉快！德鲁埃想必是很走运的。他常坐火车走南闯北，身上穿着如此漂亮的衣服，身体又是如此健壮，在如此豪华的餐馆吃饭。看来德鲁埃这个人很了不起，她暗自纳闷，真不知道他对她的交情和关注意味着什么。

"那么说，你就是因为闹了病而丢了工作，嗯？"他问——"现在你打算怎么办呢？"

"再到各处寻摸寻摸。"嘉莉回答说，一想到走出了这家漂亮的餐厅，贫困就像一头饿狗似的紧盯住她，她眼里禁不住露出恐惧的神色。

"哦，不，"德鲁埃说，"那可不合适。你已经寻摸了多久？"

"有四天了。"她回答说。

"只要想一想，"德鲁埃仿佛是冲着不认识的第三者说的，"你千万不能再干那样的事了。这些姑娘，"他打了一个手势，好像意思是指所有的女店员和女工，"什么酬报都得不到。难道说你能靠这一点儿钱过活吗？"

德鲁埃对待嘉莉的一言一行，就像是亲如手足似的。他在剖析了那种苦工对嘉莉可能具有的含义以后，就改变了主意。嘉莉确实太美了。眼前她即使穿着怪可怜的衣服，她的身段显然还是很美，而且她的那双大眼睛也是很温柔。德鲁埃目不转睛地看着她，她也知道他此时此刻心中的想法。她意识到他的倾慕之情。这种倾慕之情由于他的秉性善良和宽宏大量而显得特别强烈。她同样意识到自己是喜欢他的——也许自己还会永远喜欢他。在她心里甚至还流动着一股更加意味深长的潜流。

他们两人的目光不时碰在一起，使双方的感情借此得到充分交流。

"你干什么不留在市中心，跟我一块儿看戏去？"德鲁埃一面说着，一面把椅子挪近些。餐桌本来就不特别大。

"哦，不，我不能。"她说。

"今晚你打算干什么事？"

"没有事。"她有点儿没精打采地回答说。

"你现在住的地方你好像不喜欢，是吗？"

"哦，叫我怎么跟你说——"

"你要是找不到工作,打算怎么办?"

"恐怕我要回老家去。"

嘉莉说这句话时,声音稍微有些发颤。不知怎的,德鲁埃已具有了强大的魅力。他们用不着说话就相互理解了——他心里明白她目前的处境,而她也知道这一事实他已经心中有数了。

"不,"他说,"你这想法可不行。"这时他心中满怀着真正的同情,"让我来帮助你吧。你就从我这里先拿一些钱吧。"

"哦,不。"嘉莉一面说,一面身子靠向椅背。

"那你打算怎么办呢?"

她坐在那儿若有所思,一个劲儿在摇头。

德鲁埃相当温和地看着她。他的背心口袋里有些零碎钞票。他用手指头捻住这些柔软而又无声的钞票,把它们捏成一团,摊在手心里。

"听着,嘉莉,"他说,"我马上要帮你一把。你给自己买些衣服去吧。"

他这是头一次提到这个话题,现在嘉莉马上想起自己的衣着该有多么寒碜。他虽然说话直率,但是击中了要害。她的嘴唇在微微战栗。

她的一只手按在餐桌上。他们俩坐在餐厅的一隅,那里几乎阒然无人,于是,德鲁埃便把自己热乎乎的大手按在她的手上。

"哦,得了,嘉莉,"他说,"想一想你孤零零一个人该怎么办?让我来帮助你吧。"

他轻轻地捏住她的手,她竭力想要把它抽回来。于是他就紧紧地握住不放,而她再也不反抗了。随后,德鲁埃把钞票掖到她的掌心里,她正要开始婉拒,他却低声耳语道:

"这就算是我借给你的——不算什么——就算是我借给你的。"

他硬要嘉莉把钱收下。现在她觉得有一根奇怪的套索把自己跟他拴在一起了。他们从餐厅走了出来,德鲁埃一面跟她闲聊天,一面陪她往南向波尔克街走去。

"你不愿跟自己的那些亲戚住在一起吧。"德鲁埃走到一个地方,心不在焉地问。这话虽然嘉莉听到了,但是给她留下的印象不深。

"明天你上这儿来找我,"德鲁埃主动提议说,"我们一块儿去看一场日戏。好吗?"

嘉莉先是竭力婉拒,但后来终于同意了。

"现在你先别去忙什么事。给自己买一双漂亮的鞋子和一件外套吧。"

嘉莉几乎没有料到,德鲁埃一走以后会有哪些复杂的思想使她感到困惑不安。此刻在他的面前,她心中也像他那样充满希望,无忧无虑。

"别为你的那些亲戚犯愁,"分手时,德鲁埃找补着说,"我会帮助你的。"

嘉莉离开他时,觉得仿佛有一只巨掌向她伸过来,为她排难解忧。她收下来的是两张软软的、漂亮的绿色十块头钞票。

## 第 七 章

　　金钱的真正含义,还有待于做出通俗的解释和理解。如果说每个人自己都懂得,金钱这个东西首先只能看成一种公正的应得的报偿——应当是对人们正当地积蓄起来的精力的一种报酬,而不是非法夺取而来的一种特权——那么,我们的许许多多涉及社会、宗教和政治的纷争,就会永远消失了。至于嘉莉呢,她对金钱的真正理解,不外乎跟芸芸众生的见识一般。常言道:"金钱既然人人都有,我也非有不可。"这一语道破了她的金钱观。如今她手里有些钱了——两张软软的、绿色的十块头钞票;有了这二十块钱,她觉得比过去不知道要宽裕多少了。这些钱本身就具有某种特殊的力量。就她的智力发展水平来说,她好像是这样一种人,哪怕被抛到了荒岛上,只要在那儿找到了一大堆钱,她心中也甘之如饴;不过只有经过长时间挨饿,也许她才会懂得,在某些情况下,金钱却是毫无价值的。甚至到了那时候,也许她还认识不到金钱的价值仅仅是相对的;毫无疑问,她只会想到,自己虽有这么多的力量却不能加以充分利用,心里该有多么难过。

　　这个可怜的姑娘跟德鲁埃分手后在街上走呀走呀,心里激动极了。她觉得自己有点儿羞愧,因为她表现得太软弱,把钱收下了,不过一想到她委实太需要有人支援,所以心里还是高兴的。现在她终于会有一件漂亮的外套了。现在她要买一双精美的有漂亮纽子的鞋了。再买长筒袜子,还有一条裙子,还有,还有——直到她就像那一次盘算即将拿到薪资那样,她的欲念超过了自己现有两张钞票的购买力的一倍以上。

　　对于德鲁埃这个人,她心中有过真正的评估。在她的心目中,乃至于在众人看来,他的确是个了不起的好心人。他身上一点儿坏东西都没有。他给她钱只是出于好心——因为对她的困难他太了解了。然而,他断断乎不会把同样数目的钱送给一个穷苦的小伙子,但是我们可不应该忘记,事实上,一个穷小子决不会像一个穷小妞儿那样能打动他的心。女性总是使他的感情大为震动。他毕竟是天生就有七情六欲的人。不过,要是有个乞丐来到他跟前说:"天哪,先生,我快要饿死啦。"德鲁埃也照样会乐于掏出数目合适的钱来给这个乞丐,随后几乎把这件事都给忘掉了。他再也不会去冥思苦索和空谈大道理了。从他的思维方法来说,这两种名词里头哪一种他都分辨不出来。他穿着漂亮,身体健壮,就像是一只快乐的、无忧无虑的扑灯飞蛾。要是他失业了,遭受命运有时会嘲弄人的一系列复杂而又沉重的打击时,他就会像嘉莉一样茫然不知所措——跟嘉莉一样茫然不知所措,不了解周围情况,让人觉得可怜巴巴的。

说到德鲁埃追求女人,他心中其实并不怀有歹意,因为他也不觉得自己竭力接近她们本身是有什么害处。他喜欢向女人们献殷勤,使她们屈服于他那男性的魅力,这倒不是因为他是个冷血、心黑、诡计多端的坏蛋,而是因为他与生俱有的情欲,促使他把它作为生活中最大的乐趣。他爱虚荣,爱吹牛,跟任何一个昏头昏脑的姑娘一样,也常常被漂亮的衣着弄得晕头转向。正如他可以不费吹灰之力恭维得一位漂亮的女店员心里美滋滋的一样,一个十恶不赦的大坏蛋同样可以不费吹灰之力让他受骗上当。作为一个推销员,他之所以能获得成功,部分由于他和蔼大方的天性,部分由于他的那家公司声誉卓著之故。他像一只快活的飞蛾围着人群乱转,真有一股子冲劲——但是,他既没有可称为"智慧"的力量,又没有可称为"高尚"的思想,也没有长时间使他激动不已的感情。萨福夫人①会管他叫猪仔;莎士比亚会对他说"我那快乐的孩子";年迈嗜酒的卡里欧老板却认为他是一个聪明能干的年轻商人。总之,他想当然地认为自己好得很。

德鲁埃为人坦率,确实值得称道,嘉莉收下他的钱这一实例,就是最好的证明。一个居心险恶的坏蛋,恐怕也不能在友谊的幌子之下逼

---

① 萨福(约公元前612—?),古希腊女诗人,著有抒情诗九卷,哀歌一卷,仅有残篇传世。

她收下哪怕是只有十五美分的钱。没有多大才能的人，倒也不都是这么碌碌无为的。大自然教会兽类一发现突如其来的危险侵袭就赶快飞奔逃逸，也教会金花鼠的愚笨的小脑袋懂得要在毒物之前怀有莫名其妙的畏惧。"上帝使万物安然无恙"不是单独对兽类而言的。这仅仅是通过宗教用语表达一种灵与肉的真理，来引导物种进化。要不然，那究竟是什么东西引导并教会它们如何合乎逻辑地进行思考——又让它们懂得如何生存下去呢？嘉莉是不明智的，所以，她就像天真的小绵羊，很容易动感情。但是，不知怎的德鲁埃的大献殷勤，几乎还激不起她身上自卫的本能，哪怕在这一切直爽的性格中是最强烈的本能。要知道他心里一丝恶意都没有。恰好相反，他有的是善意、不了解、强烈的肉欲、虚荣、对女性的五体投地、欢笑，乃至于潸然泪下；不过，对于以上这些，其实，没有一个女人会心惊胆战的。飞蛾、猪仔、小丑、粉蝶、演员、商人和耽于酒色的人，通通集中在他一个人身上了。他就是这一切的活生生的化身。

跟嘉莉分手以后，德鲁埃因为她对自己留下了好印象而沾沾自喜。怎么会不高兴呢，尽管她是个可怜的小东西。长得也美。见鬼去吧，逼得年轻的姑娘如此到处碰壁，真是岂有此理。凛冽的寒天逼近了，而她却还没有御寒的冬衣。真倒霉。他要上汉纳-霍格酒吧去抽支雪茄烟。他要仔细回想一下自己是怎样诱使她把钱收下的，再琢磨琢磨下一招该怎么办。他一想到这儿，就觉得脚下轻松如飞似的。

嘉莉兴高采烈地回到了家里，反正这种喜悦的心情她怎么都掩饰不住。不过收下了这些钱，却也带来了不少问题，让她深感困惑不安。明妮知道她身无分文，她又怎能去购置衣着呢？她一进家门，这个问题就迎刃而解了：什么东西都买不得。她想不出用什么办法来解释她的这一件新外套是怎么得来的。

"喂，怎么样？"明妮问，指的是妹妹白天找工作的事。

嘉莉连一点儿口是心非这样欺骗的本领都没有。她打算支吾搪塞一下，但至少也要符合她的情绪。反正她心情挺好，就不再发牢骚，说道：

"我有希望找到工作。"

"在哪儿?"

"波士顿商店。"

"确实有希望吗?"明妮问。

"哦,明天就见分晓了。"嘉莉回答——她不喜欢让假话说得太离谱了。

明妮马上感受到了嘉莉带回来的高兴的气氛,觉得此刻正是最合适的时机,把汉森对她妹妹此次来闯芝加哥的全部看法转告了嘉莉。

"万一你找不着工作呢——"她沉吟不语——为打算寻摸一个合适的词儿而犯疑了。

"如果说我近期内找不到工作,那我就想回老家。"

明妮立即抓住了这个想法。

"斯文也认为这样也许是最合适的,不管怎么说,反正回去先过个冬再说。"

嘉莉一下子全都明白了:她如果找不着工作,他们是不愿再留她住下去。她既不责怪明妮,甚至也不迁怒于汉森。这时,她坐在那儿仔细咀嚼着那句话儿,幸好她把德鲁埃给的钱收下了。

"是啊,"不一会儿,她说,"这些我也都想到过了。"

不过,嘉莉并没有说明回老家这一想法在她心中引起了极大的愤怒。哥伦比亚城——那里有什么好的在等着她呢?她对那里沉闷乏味的生活太熟悉了。而这里是了不起的、神秘的大城市,依然有如磁石一般吸引着她。她所见到的一切,仅仅说明它确实具有无限的可能性。现在却要离开它,回去再过从前那种微不足道的生活——嘉莉想到了这里,气得差点儿没大喊大叫呢。

她回来得很早,就到前房去暗自思忖。现在她该怎么办呢?她可不能买了新鞋,就在这里穿。这二十块钱里头,她务必留出一部分作为回家的路费。她可不愿启口向明妮借路费。可是这些钱她从哪儿寻摸来的,她又该怎么解释呢?要是她能够挣多些钱,摆脱目前窘境,该有多好。

嘉莉就这个难题左思右想,该怎么解决才好。明天早上,德鲁埃会面时巴不得见到她穿上新外套,但这是万万办不到的。汉森盼着她回家去,可她却想一走了之,干脆不回家了。从他们看到她没有工作,却能弄到钱的这个角度来说,如今她把钱收下来似乎是怪可怕的。她开始感到羞愧。整个处境使她心情抑郁不乐。她只有跟德鲁埃在一起的时候,一切才会豁然开朗。可现在却是这么复杂,她茫然不知所措——而且比前时还要差劲,因为她尽管手里仿佛得到了人家的周济,但就是没法拿出来使用。

嘉莉情绪十分消沉,吃晚饭时,明妮暗自揣度妹妹一定又是挨过了难熬的一天。最后,嘉莉决定把钱退回去。收下钱是要不得的。明天一早,她要到市中心去找工作。正午时分,她要赴约见德鲁埃时跟他谈一谈。主意既定,她马上心一沉,自己又成为不久前那个穷困潦倒的嘉莉了。

说来也怪,嘉莉手里有了钱,心里反而一点儿不轻松。她做出痛苦的决定以后,心中的忧虑不安顿时一扫而光,但是这二十块钱,在她看来,还是妙不可言、令人惊喜的东西。啊,金钱,金钱,金钱!有了钱,该有多好!她要是有了许许多多的钱,她眼前的一切困难就烟消云散了。

第二天一清早,她起了床,相当早就出门了。她找工作的决心虽然不是特别坚决,但她口袋里让她深感困惑不安的钱仿佛使她找工作的念头并不显得那么可怕。她步行来到了批发商行区,殊不知她每走过一家公司,一想到要去求职,她心里顿时就畏缩起来。好一个胆小鬼——她暗自思忖道。不知有多少次她去求职,老是碰壁而归。但她还是往前走呀走,最后走进了一家公司,结果照旧是一口回绝。她从那里走了出来,深感命运在跟自己作祟。一切都是徒劳。

她没有多想,不觉走到了迪尔伯恩街。那家大商场就在这里,四周停放了许多运货车辆,还有一长溜橱窗和众多的顾客。此情此景很快就把她的思路改变了,她委实冥思苦想得太累了。她本是想上这里来购物的。如今,为了消愁解闷,她想不妨进去看看。她要进去看看上衣。

世界上再也没有比有时我们心旌摇曳更愉快的事了,那时尽管手头有钱,又被欲念所诱使,可我们心里还是有所不敢,或是始终拿不出主意来。嘉莉开始在商场琳琅满目的陈列品之间来回转悠时,就有上面这样的心态。她头一回上这儿找工作,就使她对这家商场的评价很高。如今,她在每一件华丽的服饰跟前都要驻足片刻,而在上次她却是看也不看,匆匆走过。她的那颗女人的心,已被想要占有这一切的欲念燃烧得旺旺的。这一件她穿上了,该有多好看;那一件又会把她打扮得多么迷人呀。她信步走到紧身胸衣柜台前,看见那里陈列着色彩鲜艳、饰有花边的精品,自己就站住了,心里禁不住浮想联翩。啊,她只要下决心,此刻就可以从那些精品里头买一件。她还在珠宝部流连徘徊了好长时间,耳饰、手镯、别针、表链,她全都看见了。她只要能得到这一切,那她就什么都舍得给!这些精品里头,她只要有几件,她岂不是也会楚楚动人了。

那些外套,对她最最富有吸引力——她一走进商场,就决定选购款式奇特的棕黄色小外套,上面缀着今秋最时髦的大颗珍珠母纽扣。她还沾沾自喜地认为她再也找不到比这小外套更帅的东西了。她在陈列这些服饰的玻璃柜和挂衣架之间来回转悠,喜滋滋地觉得她选中的那一件是最合适不过了。可她心里一直犹豫不决,一会儿撺掇自己既然选定了马上就买,一会儿又回想到自己的实际境遇。最后,眼看着正午转瞬即至,她还是什么东西都没有买。不,现在她还得把那些钱退回去。

她刚走到街角,德鲁埃已在那儿等候她了。

"你好,"他在招呼她,"新外套在哪儿呀?"稍后,他瞅了一眼她脚下,说道,"那新鞋子呢?"

嘉莉本想方寸不乱地来陈述自己的决心,无奈这时候连一句话儿都说不出来,事前她的策划通通泡汤了。

"我是来告诉您,告诉您……这钱,我可不能收。"

"啊,原来是这件事,是吗?"德鲁埃回答,"得了,您跟我一块儿走。我们上那儿的施莱辛格-迈耶公司去看看。"

嘉莉跟他一块儿走去。瞧,所有一切解不开的疑虑和犹豫顿时在她心中烟消云散了。在她看来那么严重的问题,还有她要向他说清楚的那些事情,现在她怎么都没法——陈述了。

"您吃过饭没有?"德鲁埃突然问道,"当然啰,您还没有吃过。那我们就进去吧。"于是,他们俩一起步入了门罗街上紧挨斯丹特街的一家室内陈设非常雅致的餐馆。

"这钱我不应该收下。"他们已在一个舒适的角落里落了座,德鲁埃点过饭菜之后,嘉莉又重复着说,"这些衣服。我在家里可万万穿不得。他们——他们不知道我是从哪儿寻摸来的。"

"那您打算怎么办呢?"他莞尔一笑,"就这么将就着?"

"我想回老家去。"她感到有点儿腻烦地说。

"得了,得了吧,"德鲁埃说,"您对这件事想得太多了。我告诉您该怎么办,好吗?您说您在姐姐家里穿不得。那您干吗不租一个备有家具的出租房间,把东西放在那里——比方说,捱上个把星期呢?"

嘉莉摇摇头。像所有女人一样,她应该先是表示反对,回头还得屈服。现在,德鲁埃只好自告奋勇,尽可能给她消除疑虑,扫清道路。

"您干吗要回老家呢?"他问。

"哦,我在这里什么活儿都找不着呀。"

"他们不挽留您吗?"他仅凭直觉地问。

"他们挽留不起。"嘉莉说。

"我告诉您该怎么办吧。"德鲁埃大声说,"您跟我一块儿走。我会照顾您的。"

嘉莉顺从地听了这些话。她身处逆境,德鲁埃的这些话,在她听来,犹如从敞开的大门吹进来的一阵清风。看来德鲁埃充分了解她,而且还很惹人喜欢。他身材优美,衣着讲究,而且富于同情心。他说话时听得出是一个朋友的口吻。

"您回到哥伦比亚城能干些什么呢?"他继续说道,他的话儿在嘉莉的心里勾起了她逃离的家乡中那种死气沉沉的景气,"那儿一点儿好的东西都没有。芝加哥——才是个好地方!您在这儿可以寻摸一个漂亮的房间,添置一些衣服,随后,您就不妨去找一些事情做。"

嘉莉从玻璃窗里看到了外面人群杂沓的街景,暗自寻思道:这个奇妙的大城市,对那些有钱人该有多么诱人呀。这时,一辆豪华的马车驾着两套栗色马腾跃过去,车厢软座深处坐着一位年轻的女士。

"要是您回老家,您会得到些什么呢?"德鲁埃又问道。诚然,他的这句问话,出于坦诚,毫无潜在的含义。他只是觉得,嘉莉回老家将会失去他心目中所有一切有价值的东西。

嘉莉纹丝不动地坐着,凝望着窗外的街景。她暗自忖度着她究竟该怎么办。汉森夫妇巴不得她这个星期就回老家去。

德鲁埃就把话题转到了她想买的衣服上去。

"您干吗不给自己买件漂亮、暖和的外套呢?这是您必备不可的。就算是我借给你的钱。您用不着为了收下这钱而犯疑。您不妨给自己寻摸一个漂亮房间。您用不着害怕我。"

嘉莉懂得他这些话里的意思,无奈她自己心中的想法却怎么都表达不出来。她觉得自己身处绝境,比以往任何时候有过之无不及。

"我只要找到工作就好了。"她说。

"说不定您会找到的,"德鲁埃继续说,"只要您留在这儿不走。但是您走了,那就什么都没有了。您的亲戚不乐意您跟他们住在一起。那么,干吗不让我给您寻摸一个漂亮的房间呢?我不会来打扰您的——您用不着害怕。到时候您一切都安顿好了,说不定您就会找到工作的。"

德鲁埃两眼直瞅着她秀丽的小脸蛋儿,他的内心世界顿时激活起来。这个可爱的小姑娘,他打心眼儿里喜欢她——那是毫无疑问的。甚至在她举手投足的背后,他觉得似乎也有某种潜在的力量。她跟常见的女店员很不一样。尽管不久前才从外地来,可她一点儿都不傻里傻气。

实际上,嘉莉的想象力比他更丰富,她的趣味也比他更高雅。她之所以感到情绪无比消沉,乃至于抑郁、孤独,就是因为她的心思比他的还细腻精致。她身上的衣服虽然寒碜但是洁净,她依然丰姿绰约,连她自己都没意识到她昂首时该有多么迷人。

"那您认为我能找到工作吗?"嘉莉问。

"那还用说嘛。"说罢,他伸过手去给她斟茶,"我会帮助您的。"

嘉莉两眼望着他,他却放声大笑,竭力让她感到放心。

"现在,您就听着,我们该怎么办。我们先上施莱辛格-迈耶百货公司,您就选购您想要的一切东西。随后,我们一块儿去替您寻摸一个房间。您不妨把自己的东西撂在里头。到了晚上，我们就上剧院看戏去。"

嘉莉摇摇头。

"得了，反正您好回到姐姐家去，那——就更好啦。您根本用不着住在新房间里。仅仅是租下来，把您的东西撂在里头。"

嘉莉对这件事始终一言不语，迟疑不决，一直到午餐结束。

"我们一块儿去看看外套吧。"他说。

他们俩一块儿去了百货公司。在那里，他们看到了许许多多闪闪发光、窸窣作响的新颖服饰，这些东西有如磁石一般，马上把嘉莉的心吸引住了。在一顿丰盈的午餐和德鲁埃的豪兴的影响下，她觉得德鲁埃提出的计划是切实可行的。她东挑西拣了好半天，这才选了一件像她在大商场里看中的那种外套。这外套一拿到手里，嘉莉觉得它似乎还要漂亮。女店员帮她试穿了一下，正巧完全合身。德鲁埃看到她的容貌瞬间为之大变，也眉开眼笑了。看上去她端的是太雅致了。

"这才是您最需要的服饰。"他大声地说。

嘉莉在穿衣镜跟前让自己的身子来回转动。她两眼瞅着自己的身影，禁不住感到无比喜悦。她的双颊立时涨得火红。

"您正需要这一件。"德鲁埃说，"现在就付钱吧。"

"要九块钱呢。"嘉莉说。

"得了——买下吧。"德鲁埃说。

嘉莉伸手到钱包里，把里头的一张钞票掏了出来。女店员问她要不要穿着走，说罢就走了。不一会儿，女店员又走来了，把找头送了回来。

从施莱辛格-迈耶公司出来，他们俩一道来到一家鞋店，让嘉莉选购鞋子。德鲁埃站在她身旁，看到一些鞋子确实很漂亮，便说："快穿上吧。"不料嘉莉却摇摇头。这时，她心里在想自己应该回到姐姐家里去了。德鲁埃给她买了一只钱包和一双手套，还让她自己选购了长筒袜子。

"明天，"他说，"您就上这儿来买条裙子。"

嘉莉在这一系列行动中，并不是说一点儿戒心都没有。她在这困境中陷得越深，越发确信一切将取决于一些她还没有做的事。反正她还没有做，所以说退路总是有的。

德鲁埃知道沃巴什大街某处正有空房间出租。他一边指给嘉莉看那些房子，一边说："现在记住，您就是我的妹妹了。"在选择房间的时候，他先是四处仔细察看一番，继而品头论足，陈述自己的看法，最后易如反掌似的就把租房的事全给办妥了。德鲁埃对房东太太说："她的行李一两天内送来。"房东太太对新房客很满意。

房间里只剩他们两个人了，德鲁埃的举止谈吐也丝毫没有改变。他照样继续夸夸其谈，如同他们俩不久前在外面逛街一样。嘉莉把她刚才新买的东西放在房间里。

"得了，"德鲁埃说，"您干吗不今天夜里就搬过来？"

"哦，我可不行。"嘉莉说。

"干吗不行？"

"我可不愿就这个样子离开姐姐他们。"

他们俩一块儿走在大街上时，德鲁埃又扯到了这件事。这是一个暖洋洋的午后。太阳从云堆里露了出来，风几乎完全停了。德鲁埃从嘉莉的谈吐中确切地了解到她姐姐家里的详情。

"快点搬出来吧，"他给嘉莉出点子，说道，"您姐姐他们是不在乎的。反正我来帮您张罗得了。"

嘉莉听着他的这些话儿，心中的顾虑才慢慢地冰释了。他说他还要让她对当地情况先了解一下，随后再帮她寻摸工作。反正他已初步考虑好了他的计划。他很快要出差去，而她呢就不妨自己打工去。

"我告诉您怎么做，"他给她出主意说，"您上姐姐那儿去取您所需要的东西，然后一走了之。"

嘉莉对他的这些话儿琢磨了好久。最后，她才算同意了。他们俩约定，他就在皮奥里亚街拐角处等她。她应该在八点半跟他碰面。嘉莉五点半回到家里，到六点钟，她才最后下定了决心。

"这么说您没有找到工作。"明妮说，指的是嘉莉声称自己到波士顿商店做事的问题。

嘉莉乜着眼瞥了姐姐一眼。"没有。"她回答。

"依我看,今秋您就不用再找啦。"明妮说。她觉得既然汉森想让嘉莉回家去,最好还是撺掇妹妹马上就走。

嘉莉什么话儿也没有说。

汉森回家时,脸上依然是如同往日里的那种猜不透的表情。他闷声不响地洗过手,就去看报了。吃晚饭的时候,嘉莉觉得自己有一点儿紧张。她认为自己的计划方案很难办,还强烈地感受到自己在这里是个不速之客。

"没有找到工作,嗯?"汉森问。

嘉莉回答说没有。

于是,他又低下头吃饭,心里琢磨着让小姨子留在家里总是个累赘。嘉莉必须回老家去,这就完了。她要是这回走了,明年开春他就再也不让她来了。

嘉莉对自己要办的事儿感到害怕,不过一想到结束自己在这里的窘境,不觉舒了一口气。姐姐他们压根儿不把她放在心上的。特别是汉森,见她走了,反而会更高兴。他对她的前途是漠不关心的。

晚饭过后,嘉莉走进了洗澡间(他们不会上那儿去打扰她的)写了一张小便条。

"再见吧,明妮,"便条上这么写道,"我不打算回老家了。我要在芝加哥再待一阵子寻摸工作。别为我操心。我一切都会好的。"

汉森正在前房看报。嘉莉如同往日里一样帮着明妮一起拾掇碗碟,整理房间。随后,她抬眼凝望窗外,对叮叮当当地驶过的街车暗自纳闷。时间快到了,她才回到了饭厅里。

"我想下楼到大门口去站一会儿。"她的话音里按捺不住有些发颤。

明妮立时想起了汉森的告诫,就说:

"斯文认为,在楼下大门口站着,似乎不太像话。"

"他真的这样说吗?"嘉莉吃惊地说,"这就算是我最后一次了。"

她戴上帽子,忐忑不安地往姐姐小小卧室里的那张小桌子走去,真不知道该把便条偷偷地塞到哪儿才好。最后,她把便条压在了明妮的发梳底下。

她走出姐姐的公寓,关上门,伫立了半晌,真不知道姐姐、姐夫对自己有怎么个想法。她一想到自己要做的事儿太怪了,不由得大吃一惊。她慢慢悠悠地下了楼。大街上,街车一辆辆驶过去,孩子们都在尽情地玩儿。她回过头去,看了一眼掌着灯的楼梯口,随后佯装出上街溜达的样子。她一走到拐角处,就加快了脚步。

嘉莉行色匆匆,越走越远了,这时汉森才从前房出来,瞅了妻子一眼。问道:

"嘉莉又下楼到大门口去了,是吗?"

"是的,"明妮回答说,"她说往后自己再也不下去了。"

汉森走到正在地板上玩儿的婴儿跟前,伸出自己的手指头去逗弄他。

德鲁埃正在拐角处兴冲冲地鹄立等待着。

"您好,嘉莉,"他大声嚷嚷,说着,就在这时,一个年轻姑娘活泼可爱的倩影正在向他走近,"来这儿总算很顺当,是吧?得了,我们就坐车去吧。"

# 第 八 章

　　一个阅世不深的人,无异于一茎弱草,任凭狂风暴雨吹刮。我们的文明还处在一个中间阶段——我们早已不是兽类,因为我们的行动完全不受本能的支配;可又不是完全像人,因为我们还不只是受理性的支配。老虎是不负责的。我们看到大自然赋予它生存所必需的一切力量——它只服从与生俱有的本能,不知不觉地受到庇护。我们认为,人类早已远离丛林里的穴居生涯,他们天生的本能由于太接近自由意志反而迟钝了,而自由意志还没有得到充分发展,足以取代本能,并对他们的行动加以正确指导。人们已变得太聪明了,不肯老是倾听本能和欲念的呼唤;不过,他们毕竟还是太懦弱了,所以始终战胜不了本能和欲念。作为兽类的时候,大自然的力量使他们跟本能与欲念浑为一体;可是作为人类,他们还没有完全学会让本能与欲念听从自己支配。他们处在这种过渡阶段左右摇摆——既不能主宰自己的本能跟大自然保持和谐,也不善于按照人的自由意志理智地创造这种和谐。他们如同狂风中的一茎弱草,在激情的支配之下,他们的行动会表现为这个样子或是那个样子,有时受到意志的影响,有时也受到本能的影响,有了差错改正过来,跌倒了再站起来——他们就是行动难以预料的这种人。反正进化是持续不断的,理想是永不熄灭的光源,我们只好就此聊以自慰了。他们不会永远在善与恶之间摇摆不定。当自由意志和本能之间的纠纷业已告终,大彻大悟让自由意志拥有充分力量来完全取代本能,这时候,人就再也不会变化无常了。觉悟的磁针将坚定地,而且再也不会摇摆不定地指向真理这一遥远的地极。

　　在嘉莉的心里,如同许多凡夫俗子一样,本能和理智,欲念和觉悟,无时无刻不在争夺控制权。在嘉莉的心里,如同许多凡夫俗子一样,本能和欲念在某种程度上说还是胜利者。她完全听从自己的欲念摆布,不是走下决心要走的路,而是很快就随波逐流了。

明妮挨过了惊恐不安之夜,这种惊恐不安不见得表示忧念或者眷爱。第二天清晨她一看到那张便条,就大声嚷道:"哎呀,你说这是怎么一回事?"

"什么事?"汉森问。

"嘉莉妹妹住到别处去了。"

汉森比平日里更加利索地从床上一跃而起,两眼瞅着那张便条。他在思考问题时的唯一标志,就是轻轻地发出一阵咂舌声——也是有人在赶马时常有的吆喝声。

"你看她会上哪儿去了?"明妮焦急不安地问。

"我可不知道。"他眼里突然掠过一丝讥讽的闪光,"她走了,现在也只好怨她自己啦。"

明妮困惑地摇摇头。

"哦,"她叹了一口气说,"嘉莉自己都不知道自己做了些什么。"

"那么,"过了半晌,汉森两手往前一摊说,"你有什么办法可想呢?"

明妮毕竟是女性,她的秉性远比他善良得多。而且,她已预见到这种行动可能导致的后果。

"哦,"最后,她又突然脱口而出,说道,"可怜的嘉莉妹妹!"

这一场特别的谈话发生在清晨五点钟——这时候,那个小小的冒险家独个儿在自己的新房间里度过了一个不眠之夜。

有时候,我们往往对别人的处境过分扼腕叹息,但那位当事人的心态看来并没有要求我们非得这样不可。有时候,人们对自己的境况倒也并不像我们所想象的那么忧伤。他们虽然在受苦受难,但是他们勇敢,顶得住。他们虽有忧虑,但一般说来,都是为了其他的事,而不是为他们自己此时此刻的真实心态。我们为他们感到忧伤时,看到的是他们一生备受折磨的全部细节,是有关若干年内灾难的一大堆杂乱无章的形象化描述,正如我们在一部十个钟头内看完的小说里读到了长达二十年之久的悲剧一样。这时,受害者一两天里并不真的感到痛苦。只有大限一到,他才一命呜呼。

嘉莉对新的境况很高兴，自己觉得大有发展前途。她可不是贪图感官享受的人，一味渴求醉生梦死、养尊处优的生活。她在床上翻来覆去，既为自己的大胆感到惴惴不安，又为自己获得解脱而高兴；她暗自纳闷，真不知道自己能不能找到工作，也不知道德鲁埃将会干些什么来着。那个阔佬的前途，毫无疑问，早就给确定好了。他对自己打算要做的事，原是按捺不住的。他本来并不善于洞彻事理，也指望过采取别的做法。他被自己固有的情欲驱使，充当了猎艳这一老角色。他需要跟嘉莉寻欢作乐，不消说，犹如他少不了要吃饱早饭一样。他不管做过什么事，从来都不感到一丁点儿内疚，就这一点来说，他是有罪孽的。即使他能感到一丝儿内疚，那也只是转瞬即逝。

　　转天他来看嘉莉，她在自己房间里跟他见了面。他还是那样活跃，那样快活。

　　"啊，"他问，"您干吗看上去情绪那么低落呢？先出去吃早饭吧。今天您还要去买些衣服呢。"

　　嘉莉那一双大眼睛露出迟疑的神色，直瞅着他。

　　"我希望自己能找到一点儿工作做。"她说。

　　"反正您准会找到的，"德鲁埃回答说，"现在就犯疑又有什么用呢？您自己的事先要安顿好了。再到城里去看看。我不会伤害您的。"

　　"我知道您是不会的。"她似信非信地说。

　　"穿上新鞋子没有？快出来看看。哎呀，乖乖，多好看！快穿上外套吧。"

　　嘉莉依了他的话。

　　"瞧，正合适，不是吗？"说话时，他轻轻地摸了一下她的腰身，往后退了几步，喜滋滋地仔细端详着，"现在您还缺条漂亮裙子。我们先一块儿出去吃早饭吧。"

　　嘉莉戴上了帽子。

　　"手套在哪儿？"他问。

　　"在这儿。"说完，她从梳妆台抽屉里把手套取了出来。

　　"得了，现在就走吧。"他说。

最先的一些疑惧就这么着一扫而光了。

以后只要疑惧顿生,每一回也都是这么着一扫而光。德鲁埃不会让她长时间孤零零一个人的。有时她独自出去溜达,但是更多的闲暇时间则由德鲁埃陪她出去散散心。在卡森-皮里公司,他给她买了一条漂亮的裙子和一件衬衣式连衫裙。她又用他给的钱买了些零碎的化妆品,都是必不可缺的。直到最后,嘉莉看上去好像完全变了样。镜子果然证实了她内心深处早就确信无疑的一些看法。她是很美的,不消说,确实很美!她头上戴的帽子该有多漂亮;瞧,她的那一双大眼睛,不是很美吗?她用牙齿咬了一下小小的朱唇,头一回怦然心动地感到了自己的力量。德鲁埃对她多好!

有一天晚上,他们一起去看《日本天皇》①——当时是最叫座的一部逗趣的歌剧。在此以前,他们先去了迪尔伯恩街的温莎餐厅,那里离嘉莉的住地相当远。那时正赶上寒风凛冽,嘉莉透过窗子望得见西头天边还有一抹淡红色的夕辉,但天空已是一片灰蒙蒙的,夜幕早已来临。长长的浅红色的薄云飘浮在半空,它们的形状就像是遥远的大海上的一些岛屿。大街对过的树上,有一些枯丫枝正在摇曳不定,不知怎的让她立时回想到十二月里自己在家里凭窗眺望的那种情景。

她迟疑了片刻,搓着自己的那双小手。

"什么事?"德鲁埃说。

"哦,我连自己都不知道。"她回答说,嘴唇却在微微发颤。

德鲁埃仿佛猜到了她的心思,就向她伸出手臂去,轻轻地拍了一下她的手臂。

"走吧,"他温和地说,"反正您一切都好嘛。"

她掉过身去,把外套披在自己身上。

"今儿晚上,最好把那条毛皮长围脖也给戴上。"

他们沿沃巴什大街往北走到亚当斯街,随后向西拐弯。商店橱窗里早已金光四射。弧光灯在头顶上嗞嗞发响,还有,颤巍巍的办公大楼

---

① 英国作家威廉·吉尔伯特(1836—1911)创作剧本、音乐家阿瑟·沙利文(1842—1900)作曲的著名歌剧,一八八五年首演于伦敦。

那些窗子里,迸射出一片辉煌的灯光。这时正刮着砭人肌骨的寒风。举目四顾,到处都是推推搡搡、急急匆匆的人群,他们六点钟下班,此刻正赶紧回家。薄薄的大衣领子被翻了起来,盖住了耳朵,连帽檐都拉得低低的。年轻的女店员两人一组,四人一伙,有说有笑,匆匆走过。瞧,这些上班族,他们都有一腔热血啊!

蓦然间有一双熟识的眼睛跟嘉莉相遇了。那双眼睛正从一群衣衫褴褛的姑娘中间往四下里张望着。她们身上的衣服早已褪了色,像挂着麻袋片似的;她们的外套全都破旧不堪,给人整个印象显得很寒碜。

嘉莉一下子就认出了那道目光和那个姑娘。原来她是制鞋工场里开机器的女工之一。那个女工看了她一眼,心里还说不准,又回过头来看她的背影。嘉莉觉得她们俩之间仿佛有一道奔腾澎湃的洪流,已把她们各自分开了。嘉莉又想起了往日里破旧的衣衫、脏累的活儿和机器。说真的,连她自己都大惊失色了。直到嘉莉跟一个过路行人碰撞为止,德鲁埃什么都没有察觉到。

"谅您是在想心事吧。"他说。

他们吃完饭就去剧院看戏。嘉莉看得开心极了。绚丽的色彩和演员的技艺都把她给吸引住了。这时她浮想联翩,这一切仿佛把她带到了那个遥远的国家,在那里,王公贵族都在争权夺势,愈演愈烈。散场以后,嘉莉目不转睛地瞅着场外华丽的马车和盛装浓妆的仕女们。

"稍等一会儿。"德鲁埃说,把她暂时留在豪华的大厅里,在那里,仕女们和绅士们东一堆、西一簇的,都是闲悠悠地走来走去,衣裙窸窣作响,戴着花边帽儿的仕女们正在频频点头,嘴唇稍微启开,皓齿在闪闪发亮。"让我们来看看。"

"六十七号,"管马车的伙计用一种悦耳的声调,扯高嗓门喊道,"六十七号。"

"真美呀。"嘉莉说。

"好极了。"德鲁埃说。眼前这种豪华、欢乐的场景给他留下的印象,其实并不亚于嘉莉给他留下的。他热情地紧攥着她的胳膊。有一回,她抬起头来望着他,两眼闪闪放光,双唇微微启开,皓齿熠熠生辉。一阵强烈的情欲顿时向他袭来。他们一块儿往外走的时候,他俯下身子,向她低声耳语道:"您真的太迷人了!"他们刚走到管马车的伙计跟前,此人正打开车门,让两位太太上车。

"您就紧跟在我的后头,我们也叫马车去。"德鲁埃说。

他的话儿嘉莉几乎没听见——她一卷进这种生活的旋涡,早就头脑发晕了。

他们走进了一家餐厅去吃夜宵。嘉莉只是模糊不清地突然想到时间已经不早了,可是现在,她再也不受什么家规管束了:如果说过去她已养成了自己某些固有的习惯的话,也许它们在这一时刻就会发生作用。习惯是个滑稽可笑的玩意儿。只有习惯才能使一个实际上并不信教的人,从床上爬下来做祷告,而这仅仅是习惯,而绝不是虔诚。习惯的受害者只要忘了没有去做每天常做的事儿,就会感到不安,并且由于越出常规而后悔不及,心有内疚,这时仿佛有某个声音轻轻地敦促他快点儿改邪归正。如果越轨太出格,习惯就完全有力量逼使这个不受理智控制的受害者去做这种敷衍塞责的事儿,而且还会这样说:"哎呀,我的天哪,我已算是尽到自己的责任了。"而实际上,此人只不过是把过去做过成千次的老花招重新做一遍罢了。

如果说嘉莉家里确实有过严格的家规的话,本来她在良心上早就感到比现在更难过了。夜宵过后,他们两人心里都是热乎乎的。在变化了的遭际、德鲁埃眉目之间隐含的激情、美味可口的消夜,以及还不太适应奢华生活习惯这些诸多因素的影响之下,嘉莉虽然再也不拘谨了,却不由自主地洗耳恭听他所说的每一句话。她又成为大城市施加催眠术影响的牺牲品,受到了难以抗拒的超感觉的力量支配。我们听说过尼亚加拉大瀑布①的神奇力量,它那奔腾直泻的洪流,无不令人想起了冰雪融化。我们听说过催眠丸的作用这一合乎科学的事实。人们毕竟对说不清、看不见的力量太熟悉了。因而再也不去怀疑人们的思想是受到不声不响的事物影响、启动和驱遣了。受月球影响的并不仅仅是海水。某个人面对耀眼的、诱人的或者恼人的景观所想到的一切,都是这种景观所造成的,而不是观察这一景观的人头脑里所固有的。

---

① 尼亚加拉瀑布,位于北美洲美国和加拿大的交界处,在尼亚加拉河上。

我们开始看到，这些具有交替、改造、溶解作用的奇异而又不易觉察渗入的思想，预示着如何去理解莎士比亚以下这些神秘的诗句："霍拉旭，天地之间有许多事情，是你们的哲学里所没有梦想到的呢。"①说到底，我们毕竟都是被动而不是主动的，更像是镜子而不是发动机；至于人类行动的起因，迄至今日既没有推敲过，也没有揣测过。

"好了，"德鲁埃终于说道，"也许我们该走了。"

他们慢慢悠悠地吃着夜宵已有一阵子，他们俩的眼光不时碰在一起。嘉莉禁不住感到德鲁埃的目光里迸射出一股强大的令人震颤的力量。他给她解释某些事情时喜欢碰碰她的手，仿佛要让自己所说的话儿深深地镌刻在她心坎里似的。现在一说到该走，他又碰了一下她的手。

他们站了起来，往大街上走去。此时此刻市中心已经冷清了，路上偶尔难得碰上几个吹口哨的行人、两三辆夜行车，还有一两家餐馆没打烊，窗子里依然灯火辉煌。他们沿着沃巴什大街溜溜达达，德鲁埃继续滔滔不绝地大讲特讲芝加哥城。他挽着嘉莉的胳膊，说话时还紧紧地拉着不放。说过一阵俏皮话之后，他就低下头来看看她，他们两人的眼光又碰在一起了。最后，他们终于走到了她住处的台阶跟前，嘉莉站在头一级阶沿上，这时她的头却和他的一般高了。他拉住了她的手，亲热地抚摸着。他两眼直勾勾地瞅着她，而她却在举目四顾，心里热乎乎地若有所思。

约莫就在这个时刻，明妮挨过了一个漫长的不眠之夜以后，正在酣梦之中。由于睡姿不佳，她的一个胳膊肘给自己压住了。肌肉一经挤压，使一些神经受到刺激，于是，她迷迷糊糊地堕入一场噩梦之中。她梦见自己跟嘉莉在某个老煤矿附近的什么地方。她还依稀看到高高的坡道和成堆的挖出来的泥土和煤块。那儿有一座很深的矿井，她们正在往里头窥望着——矿井深不见底、漆黑一团的井壁模模糊糊的都是湿漉漉的怪石头。一只下井用的旧筐挂在那儿，用一根磨损了的绳索

---

① 详见《哈姆莱特》第一幕第五场，《莎士比亚全集》（朱生豪译）第九卷三十三页，一九八四年版，人民文学出版社。

拴住。

"一块儿下去看看吧。"嘉莉说。

"哦,不,不行!"明妮说。

"得了,一块儿下去吧。"嘉莉说。

她开始把旧筐子拉了过来,不顾明妮竭力拦阻,纵身一跃,就一溜歪斜地往井底——沉下去了。

"嘉莉,"她大声喊道,"嘉莉,回来吧!"殊不知这时嘉莉已掉到井底深处,被黑暗完全吞没了。

明妮乱挥着手臂。

于是,这个神秘的场景,真怪,慢慢地消失了,蓦然间她跟嘉莉却又置身在她从来没见过的水边。她们不知是在冲浪板上,还是在伸向远处的一块岬角上,反正嘉莉正站在末端。她们抬眼四望,只见她们站立的地方正在开始慢慢地下沉,明妮仿佛还听见了水急涌入时的轻轻泼溅声。

"快回来呀。"明妮大声喊道,不料嘉莉已经走远了。这时好像她越走越远了;姐姐的叫喊声,她早已听不到了。

"嘉莉!"姐姐大声喊道,"嘉莉!"耳际只听到她自己的喊声在远处回响着,这大片的水,真怪,把周围的一切都变得模模糊糊的。她离开时心里难过极了,就像失去了什么珍宝似的。她一辈子都没有像此时此刻那样,心里顿时充满了说不出的悲伤。

这些稀奇百怪的精神幻象,就是这样在明妮疲累的脑海里一幕又一幕地变换着。最后一幕竟让明妮大声嚷了起来,因为嘉莉不知怎的在一块岩石那儿滑了一下,手没有抓住石头,明妮眼睁睁看着她一下子掉下去了。

"明妮!怎么啦?喂,醒醒。"汉森被妻子的叫喊声吵醒了,一个劲儿推着她的肩膀问道。

"怎——怎么出事了?"明妮睡眼惺忪地问。

"醒醒,"他又说了一遍,"快翻个身。你在说梦话呀。"

约莫过了个把星期,德鲁埃打扮得既整洁又漂亮,仪态万方地步入了汉纳-霍格酒吧。

"您好,查利。"赫斯特伍德从自己的写字间里探出身来,向他招呼道。

德鲁埃走了过去,望了一眼这位坐在写字台前的经理。

"什么时间您再出门呀?"赫斯特伍德问。

"快了。"德鲁埃回答说。

"上次出门回来后几乎见不到您。"赫斯特伍德说。

"是呀,我忙得不可开交。"德鲁埃说。

他们泛泛地交谈了一会儿。

"听着,"德鲁埃说,仿佛突然灵机一动似的,"哪天晚上,我真想把您拽出去玩儿。"

"上哪儿去?"赫斯特伍德问。

"当然啰,上我家去。"德鲁埃微微一笑,回答说。

赫斯特伍德惊诧地抬眼望了一下,一丝儿笑意掠过嘴边。他心领神会地仔细端详着德鲁埃的脸孔,随后颇有绅士风度地说:"多谢了,鄙人当然乐意去。"

"我们就痛痛快快地玩玩尤克①。"

"我自带一小瓶香槟,好吗?"赫斯特伍德问。

"敢情好,"德鲁埃说,"来吧,让我介绍您跟一个人认识认识。"

---

① 尤克,牌戏译音,一种由二至四人用二十四张或三十二张大牌同玩的牌戏,以定持王牌一方在五墩中获得三墩以上为胜。

# 第 九 章

赫斯特伍德的寓所在北区,毗邻林肯公园,是当时很常见的一种三层楼砖房,底层略低于街面。二楼有一长溜大窗突了出来,俯瞰着楼前一小块草坪,草坪长二十五英尺,宽十英尺。还有一个小小的后院,被邻居的栅篱给围了起来,那里有一个马厩,放着赫斯特伍德的那匹马和一辆双轮轻便马车。马厩位于屋子后面,正对着一条跟大街平行的小巷。

家里共有十个房间,由赫斯特伍德本人、他的太太朱丽娅、他的儿子小乔治和女儿杰西嘉分住。除了家人以外,还有一个女用人——不时换用各种不同血统的女孩子来帮佣,因为赫斯特伍德太太这个人并不是挺容易侍候的。

"乔治,昨天我刚把玛丽①给打发走了。"这是餐桌上不时听到的开场白。

"好吧。"这是赫斯特伍德唯一的回答。这些不开心的事他早就懒得去谈了。

和和美美的家庭气氛,好比是一朵珍贵的花,世界上没有别的东西比它更温柔,更娇嫩,更能使自幼受到家庭培养的人的性格变得坚强和正直。凡是从来没有受到过愉快的家庭生活的有益影响的人,都不会明白这种催人奋进的力量。在从来没有看到一个家庭里各成员之间最珍贵的宽容精神和关爱的人看来,颂扬家庭的歌曲和文学作品都是味同嚼蜡的。他们压根儿不懂得,在听到优美音乐中的一些奇妙的曲调时,泪珠儿怎么会在眼睑之间晶莹闪亮。他们永远也不会知道那神秘的和弦,它按着同一的节奏在全体国民的心里震响。

---

① 玛丽,这里泛指某个女子名,相当于汉语里的张三、李四的说法。

赫斯特伍德的寓所里不见得就弥漫着这种愉快的家庭气氛。那里缺乏宽容和互敬互爱——没有这两者，家庭也就一文不值了。那里有的是精美的家具，根据家里人的爱好陈设得令人心旷神怡。那里有柔软的地毯，置备了华丽软垫的椅子和长沙发，一台大钢琴，一座不为人知的维纳斯女神的大理石雕像，出自某个不知名的艺术家之手，还有一些天知道从哪儿寻摸来的小铜像，一般说来，这些铜像都是由那些大型家具店出售的，连同那些使内室陈设美轮美奂所必需的其他家庭用品。

餐厅里有一只餐具柜，里面摆满了闪闪发光的细颈饮料瓶和其他玻璃器皿，以及水晶装饰品。这里一切全都摆放得井井有条。赫斯特伍德在这方面倒是个行家。多年来他在自己的业务中早就精于此道。每一个玛丽到家后不久，他总是乐此不疲，对她讲讲一些有关使用餐具柜的必备知识。赫斯特伍德断断乎不是爱耍贫嘴的。恰好相反，他对整个家庭经济生活持克制态度，亦即通常所谓的"绅士风度"。他从来不跟人争论，也不随便多说一句话。他的举止谈吐里有点儿固执己见。凡是改不过来的事儿，他就一概视而不见。凡是他力所不及的事，他喜欢躲得远远的。

过去，赫斯特伍德曾经一度对杰西嘉相当宠爱，特别是那时节，他还很年轻，没有发迹。可是现在，杰西嘉十七岁了，已养成相当突出的孤僻矜持、独立不羁的性格，这就没法邀获最丰富的、来自父母的爱抚。她还在中学读书时，她的人生观就堪与真正的人生观如出一辙。杰西嘉喜爱华丽的服饰，而且不时需要更新。她满脑子里净想着谈情说爱和讲究的个人家业。她在中学里认识了一些地地道道的富家小姐，她们的父母都是本地殷实企业的合伙人或者大老板。这些富家小姐之所以颐指气使，都跟她们出生在兴旺发达的家庭这一点颇为合辙。如今，杰西嘉心里最感兴趣的，仅仅是这一拨女同学。

小赫斯特伍德现年二十岁，虽然年轻，但他早已在一家大地产公司供职，颇有前途。他对全家日常开支不负担分文，据说他正在把钱积攒起来，准备向房地产业投资。这个年轻小伙子相当能干，爱慕虚荣，喜好寻欢作乐，不过至今还没有玩忽自己的职守。他进进出出，孜孜以求的是他个人的计划和设想，偶尔跟母亲说上几句话，告诉父亲一些逸事趣闻，但多半仅限于一些老生常谈罢了。这个年轻人决不向任何人透露自己的欲念。他认为家里也没有人会对他的欲念特别感兴趣。

赫斯特伍德太太是这样一种女人，她一辈子都想在上流社会崭露头角，可是她到处看到别人都比她能力强，心中不免感到有些苦恼。她往往用因循守旧的上流社会这个小圈子的眼光来看待生活，这个小圈子她很想跻身其中，无奈总是还不够格。其实，她不是不知道，就她来说，这事是万万办不到的。但她希望女儿的命运恐怕会比自己好一些。她心里想，凭借杰西嘉也许可以使自己在上流社会的地位提高一点。有朝一日小乔治功成名就了，说不定会让她有权以模范母亲自诩。赫斯特伍德多少也算是有所发迹，但她巴不得丈夫小本经营的房地产生意能赚大钱。他拥有的财产还不算多，但他的收入是令人满意的；他在汉纳-霍格酒吧的职位是稳固的。那两个老板待他很好，彼此之间相当融洽。

这么一家人能营造出什么样的气氛，是完全可以理解的。它是由成千上万全都属于同一性质的闲谈组成的。

"明天我要去福克斯湖①。"一个星期五的晚上，小乔治在餐桌上开了腔说。

"那儿有什么事吗？"赫斯特伍德太太问。

"埃迪·法尔韦买了一艘新汽艇，他要我去看看好不好。"

"他花了多少钱买的？"他妈妈问。

"哦，两千多块钱吧！可他对它还赞不绝口哩。"

"看来老法尔韦准定赚了大钱。"赫斯特伍德插嘴说。

"那还用说嘛。杰克告诉我，现在他们开始把雪茄烟运到澳大利亚去。据说上星期就有一整箱发往了开普敦。"

"不妨想一想，"赫斯特伍德太太说，"仅仅在四年以前，他们还都住在麦迪逊街的地下室呢。"

"杰克告诉我，明年春天他们将在罗比街盖一幢六层楼大厦。"

"不妨好好想一想吧！"杰西嘉说。

---

① 福克斯湖，位于芝加哥西北，约莫三十五英里处，是一个消暑胜地。

这天晚上家里人都在议论这个话题,可赫斯特伍德心里却想着早点离家。

"我想我该上市里去了。"他说着站了起来。

"星期一我们去麦克维克剧院,好吗?"朱丽娅说,但并没有离座。

"好的。"他漫不经心地回答说。

赫斯特伍德上楼去取帽子和外套,这时一家人还在继续进餐。不一会儿,大门咔嗒一声关上了。

"看来爸爸已经走了。"杰西嘉说。

杰西嘉有她自己另有特色的学校新闻。

"他们将在楼上的讲演厅里演戏,"有一回她说,"我也要参加。"

"是吗?"她妈妈接茬说。

"是的,我还得另添一套衣服。学校里最漂亮的女同学全都参加。帕尔默小姐将饰演鲍西娅①。"

"是吗?"赫斯特伍德太太又一次插话说。

"他们还邀玛莎·格里沃尔德加盟演出。她自以为能演戏。"

"她家里不是很差劲,是吗?"赫斯特伍德太太津津有味地说,"他们家里什么也没有,是吗?"

"当然啰,"杰西嘉回答说,"他们穷得就像教堂里的耗子。"

杰西嘉用近乎挑剔的眼光从本校男生里头选出了好几个来,他们都被她的姿色吸引住了。

"那个赫伯特·克兰要跟我交朋友,"有一天晚上,她激动地对母亲说,"您觉得怎么样?"

"我的好乖乖,他是谁呀?"赫斯特伍德太太问。

"哦,谁也不是,"杰西嘉说,噘着她那漂亮的嘴唇,"他只不过是本校的一个学生。他什么都没有。"

殊不知这件事还有下文,一天,肥皂厂老板布莱福德的儿子小布莱福德送杰西嘉回家,赫斯特伍德太太正在三楼坐在摇椅里看书,碰巧在这当儿往窗外张望了一下。

---

① 鲍西娅,莎士比亚名剧《威尼斯商人》里的女主人公。

"跟你一块儿来的是谁,杰西?"杰西嘉一上楼,母亲就问。

"他是布莱福德先生,妈妈。"她回答说。

"是真的吗?"赫斯特伍德太太问。

"是的,他要我跟他一块儿逛公园去。"杰西嘉进行解释时,两腮有点儿涨红,因为她是一溜小跑上楼的,也许还有其他的原委。

"好吧,我的好乖乖,"赫斯特伍德太太说,"不过要早点儿回来。"

这一对年轻人往大街上走去的时候,赫斯特伍德太太饶有兴味地又凭窗眺望着。这真是令人高兴的景观——的确是最最令人高兴的。

多年来赫斯特伍德就是在这样的气氛中度过的,他对自己的家庭生活从来不去深入思考一番。本来他就不属于下面这种人,他们总是不惮其烦地想把事情做得好上加好,哪怕眼前的事情已经够好的了,只不过不是特别出色罢了。事实上,他是有所失,也有所得,有时候自私冷漠种种微不足道的现象使他恼怒,有时候他看到妻子、女儿身穿新装而感到喜悦,认为她们的穿戴打扮可以提高自己的社会地位。他经管的那家酒吧里的生活,事实上,也就是他自己的全部生活。他把自己的大部分时间都花在那里。他晚上一回家,就觉得家中怪舒畅的。饭菜——除了极少的例外——还过得去,就是普通的用人都能做的那种。事实上,他很爱听儿女们的闲聊,看上去他们总是很帅的。赫斯特伍德太太爱慕虚荣,即使在家里,她也要把自己装扮得既艳丽而又俗不可耐,但在赫斯特伍德看来,反而要比不修边幅好得多。他们夫妇之间,爱是压根儿谈不到的,但相互不满倒也是没有。她从来都没有发表过一鸣惊人的看法。此外,他们不经常在一起交谈,因此也就不会为了某个问题而争吵不休。这就是正如常言所说的,同床异梦。有时候,他偶尔碰见这么一个女人,她那年轻活泼、富于幽默的谈吐,竟然使他的太太相形见绌。不过,类似上述的邂逅虽然可能引起他暂时的不满,但最终因为他善于克制自己,并深知自己的社会地位而给抵消了。他不会让自己的家庭生活招来麻烦,要知道家庭纠葛将有损于他跟酒吧老板们之间的关系。他们认为这样的丑闻是要不得的。一个人倘要保住自己现有的地位,就必须庄严自重,声誉清白,并以令人可敬的家庭作为自己的精神支柱。因此,赫斯特伍德的一举一动,历来都谨小慎微,不管是在哪一个星期日下午的社交场合抛头露面,他总是跟他的太太在一起,有时则和子女们在一起。他会到当地的游憩胜地去,或者到毗邻的威斯康星州去游览观光,古板单调地消磨两三天,一切都按社会习俗行事,从来不会出格。赫斯特伍德深知这样做很有必要。

他所熟识的那些殷富的中产阶级人士中间,不拘是谁倒了霉,他总要摇头叹息。本来类似这样的事他不应该说三道四。要是他遇到亲密的朋友之间谈论这种蠢事,他就会开门见山地表示反对。其实嘛,干这样的事是没有什么大不了的——所有的人都这么干——但他干什么不小心一点儿呢?小心总不是坏事。赫斯特伍德对犯了过错而被揭发的人是毫不同情的。

因此,赫斯特伍德直至现在,有时候依然带着太太一块儿出去露露面——要是在这种情况下他既没有碰上一些熟人,又没法顺便得到消遣一番时——这就要由他的太太是不是在场来决定了——他的确会感到乏味透顶。有时候,他纯粹出于好奇心,仔细观察她,因为赫斯特伍德太太至今依然风韵犹存,还有不少男人朝着她频频回头张望。她和蔼可亲,但爱慕虚荣,喜欢溜须拍马。赫斯特伍德深知:这些性格特征很可能使像她那样的女主人造成悲剧。就他的心智来说,赫斯特伍德对性方面不特别相信。他的太太从来都没有具备一些优点,可以赢得像他那样的男人的信任和赞赏。只要她还热爱着他,也许他还是能够信任她的,不过话又说回来,要是婚姻这一链环再也不存在了——有些事情就可能会发生。

最近一两年来,家用开支看来与日俱增。杰西嘉不断要穿漂亮衣服,赫斯特伍德太太不愿让自己在女儿跟前黯然失色,也动不动变换自己的行头。长期以来赫斯特伍德一直不吭声,但后来有一天他终于咕哝起来。

"这个月杰西嘉非添新衣服不可。"有一天早上,赫斯特伍德太太说。

这时,赫斯特伍德正在穿衣镜前穿一件精美绝伦的背心。

"我记得她刚买过一件。"他说。

"是啊,那只是在晚上穿的。"他太太漫不经心地回答。

"依我看,"赫斯特伍德回答,"近来杰西嘉花在衣服上的钱已很多了。"

"是呀,现在她时常要出去交际。"最后,他的太太说,不过,她从丈夫的话音里发觉了从前没听到过的调子。

赫斯特伍德出门旅游可不算特别多,但是出门时必带妻子一起去。这回谈话以后不久,当地市议员要去费城名为查访,实则作为期十天的公费旅游。赫斯特伍德应几位朋友邀请,也决定前去。

"在费城谁都不认得我们,"参加者中间有一个头戴大礼帽的人对他说,此人的粗鲁笨拙和贪淫好色已在脸上纤毫毕现,"在那里,我们可以玩个痛快啦。"他的左眼稍微眨巴了一下,"您应该跟我们一道去,乔治。"最后,此人还这样找补着说。

第二天,赫斯特伍德就把自己的打算告诉了太太。

"我可要出门好几天,朱丽娅!"他说。

"上哪儿去?"她问,抬眼看了他一下。

"上费城去。"

赫斯特伍德太太两眼直望着他,特意想要听他往下说。

"这一回我可不好带你一块儿去。"

"好吧。"她回答,不过他心里明白妻子准定觉得这事很怪。在他走之前,她又问了他好几个问题,让他很恼火。赫斯特伍德开始觉得自己的妻子是个讨厌的累赘。

赫斯特伍德从费城之行中得到了满足,行将结束的时候,几乎乐而忘返了。他是不爱说假话的人,压根儿不愿对此行做出解释。他只把这件事笼统地讲了讲,就给搪塞过去了,殊不知赫斯特伍德太太对此却想得很多。她觉得受了委屈,于是跟过去相比,现在坐车外出次数多了,穿得更加漂亮,而且动不动就去剧院看戏,借此进行报复。

如此的家庭生活是很难具有融洽的气氛的。生活在这种气氛中,心里自然不够舒畅——感情不够真诚。它是靠习惯势力和传统的舆论的势力才维持下来的。随着时光的流逝,这种关系必定变得越来越干巴——最后变成了火种,一点就着,把一切通通化成灰烬。这就是赫斯特伍德内心世界以外的一个世界。对此他毫不在意。整个事态可能按照传统的习俗把他们推向耄耋之年,直到寿终正寝。但也可能完全不是这样。

# 第 十 章

按照世俗对女人及其职责的看法,嘉莉的心态确实值得推敲。像她这样的行为,人们总要用一种专断的尺度来加以衡量。本来判断一切行为,社会上就有一种传统标准。男人应该刚正不阿,女人应该玉洁冰清。恶人啊,你为什么所谋不遂呢!

根据斯宾塞①和我们当代自然主义哲学家们的分析研究,我们对道德的认识还很幼稚;其内涵除了它仅仅符合进化规律以外,还有更多。反正它比仅仅符合尘世间的事物这一标准要更深刻,而且比我们已知的还要复杂。首先,请回答,心儿为什么会发颤?请解释,某些哀曲为什么有时传遍世界,历久弥新?请说明,玫瑰花为什么在日光和雨露微妙的魔力之下灼然盛开,有如一盏红灯?道德的首要原则,寓于所有这些现象的实质之中。

"啊,"德鲁埃暗自欣喜地想道,"我初战告捷,该有多美。"

"啊,"嘉莉忧心忡忡地暗自思忖道,"我,从个人来说,失掉了什么呢?"

面对这个像世界一样古老的难题,我们态度严肃,满怀兴趣,却又感到困惑不解;竭力要创立真正的道德理论——对什么是善这个问题找到真正答案。

从某一社会阶层的视角来看,如今嘉莉定居已很舒适了——在那些饱受风吹雨打、忍饥挨饿的人的眼里,嘉莉正安身在风平浪静的海港里。德鲁埃在西区协和公园对过的奥格登公寓给她租下了一套三间、备有家具的房子。那里绿草成茵,空气新鲜,今日里在芝加哥再也找不

---

① 赫伯特·斯宾塞(1820—1903),英国哲学家,他常运用生物学中生存竞争的学说来阐述社会问题,斯宾塞的这种哲学思想对德莱塞的创作思想影响极大。

到比它更优美的地方了。那一带景色令人心旷神怡。最好的那个房间俯瞰着公园里的大草坪，这时草木早已枯黄，可小湖上却依然树影婆娑湖光闪闪。公园对过就是阿什兰林荫大道和沃伦大道，那里有一排排舒适的住宅，都是既体面而又相当富裕的中产阶级建造和居住的。协和公园里公理会教堂的尖塔高耸在寒风中摇曳不息的枯枝之上，远处还看得见别的几个教堂的钟楼。公寓大门前没有街车驶过，但只消走过一条街就是麦迪逊街，它是当时西区最热闹、最繁华的一条店铺集中的大街，那里就有街车。

这套房子室内陈设让人感到非常舒适。地板上铺着一块优质布鲁塞尔地毯，暗红与嫩黄两色相间，堪称富丽堂皇，上面还有插满奇花异卉的大花瓶图案。两窗之间有一块大穿衣镜，适值这种镜子非常走俏时安装的。一个墙角里摆放着一张罩着柔软的绿色长毛绒盖布的大躺椅，四周散放着好几只摇椅。还有好几帧画、几块小地毯、一两件小摆设——房间里的东西全在这儿了。

起居室旁边的卧室里，放着德鲁埃替嘉莉买的那口大衣箱，壁橱里挂着一大排漂亮衣服——嘉莉穿着不仅非常合身——而且数量之多是嘉莉一辈子都没有过的。第三个房间可以用作厨房，德鲁埃在那里装了一个可以移动的煤气灶，让嘉莉做一些简单的午餐，德鲁埃最爱吃的牡蛎和涂有融化的干奶酪的烤面包之类，最后还有一个浴室。整套房子让人感到舒适，因为室内使用煤气照明，利用安上调温装置的火炉取暖，此外还有一个小壁炉，炉壁后衬垫着石棉，乃是当时刚采用的舒适的取暖设备。由于嘉莉的勤劳和天生喜爱整洁，这套房间始终保持着一种格外宜人的气氛。

当时，嘉莉住在这里舒适得很，摆脱了过去不祥地缠住她的困难，但她心中也不免增添了许多新的困窘。她跟周围的人之间的种种关系如此剧变，竟然使她判若两人。她照照镜子，看到了一个比她自己从前见过的更加漂亮的嘉莉；她抚心内省，看到了她自己和别人对她的评价，看到了一个比过去更糟糕的嘉莉。嘉莉在这两个形象之间犹豫不决，闹不清哪一个才是真实的。

"哎呀，你——好一个小美人儿！"德鲁埃不止一回冲她这样大声嚷嚷。

嘉莉听了满心高兴地睁圆大眼睛直瞅着他。

"你自己也知道,不是吗?"他会继续说。

"哦,我可不知道。"嘉莉照例会回答,高兴的是居然德鲁埃会对她有如此想法,虽然实际上她自己也有这么个想法,但她还是举棋不定,不敢贸然相信,乃至于自己竟被他的恭维话陶醉了。嘉莉就是这样犹豫不决。

不过,凭良心说,她不像德鲁埃那样喜欢一味恭维。她从良心中听到了另一种声音,她在这种声音面前争辩,并且试图替自己开脱。归根到底,她的良心也不是公正贤明的顾问。它仅仅是一个平平常常的人的良心,对人世间有一种模糊看法,是嘉莉在过去的环境、习惯和世风流俗中曾亲身经历过的。有了它,人们的声音真的就无异于上帝的声音了。

"嘿,你这个失败者。"这个声音低声对她说。

"为什么?"嘉莉问。

"看看你周围的那些人吧,"这个声音低声回答,"看看那些正派人吧。要是有人建议他们去做你所做的事,肯定遭到他们的怒斥。看看那些正派的姑娘吧,她们一知道你如此意志薄弱,会怎样远远地躲开你呀。你还没有真正试图反抗,就马上认输了。"

嘉莉只要独个儿在家,凭窗眺望公园的时候,她就会听到这个宏伟的声音。每当百无聊赖的时候,生活中的安适和逸乐赫然在目的时候,或者德鲁埃不在她身边的时候——有时,这个声音也会出现。开头,这个声音就相当清晰有力,虽然不能让她信服。嘉莉总是有话可以应答。十二月的寒天一直在威胁着她。她孤零零一个人;她渴望着太多的东西,她害怕呼啸的寒风。穷困的呼声替她做出了回答。

我们在人生哲学的研究中对自然环境考虑得很不够。我们谈到必然的联系时,就没有"风的声音"。面对"做正派人"的呼声,饥饿的痛苦回答得多么有力!沉郁的气氛影响又是多么微妙!

明朗的夏天过去了,全城披上了灰蒙蒙的外衣,裹得严严实实,准备度过这漫长的冬天。一望无际的楼宇都显得灰不溜秋,天空和街道也都呈现出灰暗的色彩,七零八落的枯树和在狂风中飞扬的尘土和废纸,只能给眼前这一幅阴郁的景象徒增肃穆的色调。席卷大街小巷的阵阵寒风,仿佛带着一些悔恨的哀思似的。这一点不仅诗人,不仅艺术家,不仅那些思想敏感、出类拔萃的人能感觉得到,连所有的人,乃至于狗仔也都有同感。他们的感受其实并不亚于诗人,尽管他们不具备诗人那样的表达能力。电线上的麻雀、家门口的猫、拖载重物的挽马,全都感受到了漫长的严冬季节里透骨的寒风。冬天击中了所有的一切物质——不管是生物,还是无生物——的心。飞扬的尘土、低垂的云霭、众多工厂的烟尘,把深秋初冬的白昼变得暗无天日,死气沉沉。要不是有人工燃起的欢乐之火;要不是经商赢利、寻欢作乐所掀起的这一片繁忙的景象;要不是形形色色的商人在商店内外装潢布置的华丽橱窗;要不是我们的大街上到处可见流光溢彩的广告招牌和熙攘往来的购物顾客——我们很快就会感觉到砭人肌骨的严冬该有多么沉重地压在我们心头上。赶上太阳没有发出足够的光和热的那些日子,又是多么让人心灰意懒呀。我们多么需要依赖这些东西,常常连自己都不知道呢。我们仿佛是靠热量生活的昆虫,没有热量就会活不下去。

在令人厌倦的灰暗日子里,这个神秘莫测的声音虽然在嘉莉耳际不时震响,但是随着韶光的流逝,却变得越来越软弱无力了。

"懒货!"它会用她能懂得的词儿大声嚷道,"贪恋闲适的生活。"

"不,"嘉莉暗自寻思道,"除此以外,我还有什么别的办法呢?何况我的景况是那么不好。我能上哪儿去呢?别再提什么回家了——啊,我压根儿不乐意回家。我面临着挨饿的危险。我又没有御冬的寒衣。难道说我没有做过种种努力吗?"

"别忘了人们对你的所作所为会有什么看法。"这个声音又在提醒她说。

"我有漂亮的衣服,"嘉莉会兴高采烈地自言自语,把这个催逼的声音盖没了,"把我打扮得那么漂漂亮亮。现在我安安稳稳,一点儿都不犯愁了。这个世界,现在我觉得不是那么可怕了。它不是那么让人望而生畏了——我到底干过些什么啦?"

人们对一个历经苦难的人既表示尊敬,但有时也不免会有这种看法。

"走上街头,回到你老家去,就像你从前那个样子。逃走吧!"

"我可不能,我可不能。"这是她唯一的回答。

"出去吧,女人。走上街头。最好还是受苦去吧。"

"我能上哪儿去呢?"她会这样回答说,"我是个可怜巴巴的女孩子。瞧,过去人们对我是怎样看待的。要是回家去,他们会把我看成什么呢?"

"别念叨这一切了。"最后,这个声音会这么低声耳语,几乎有点儿听不清了。

"哦,我的漂亮衣服呀,"嘉莉的内心正在说话,"哦,寒冷的街道呀。那不是我从前听见过的寒风在呼啸吗?多亏我有一件漂亮的斗篷。我还有手套呢。没有这些东西,我岂不是又成了一台机器了吗?哦,我该怎么办,究竟该怎么办呢?"

嘉莉就是这样在真理与邪恶之间——在正确与错误之间摇摆着,但凡跟她遭际相同的人,也都会这样。这只是在权衡利害得失罢了。有谁品格如此高贵,能永远避开邪恶;有谁如此聪明机智,能永远朝着真理的方向前进?

这样的内心矛盾冲突,并不总是最突出的。嘉莉断断乎不是一个秉性忧郁的人。再说,她也并非要执着地牢牢地把握住明确的真理不可。这个问题她曾经考虑过,但当她一陷入不合逻辑的思想迷宫、找不着出路的时候,她就索性不再去想它了。

论人品,就德鲁埃这类人来说,始终是无懈可击的。他千方百计让她玩得开心,尽量在她身上花大钱,旅行时还带着她一块儿。但有时候,他在周近城镇匆匆转一圈时,她就得两三天独守空房,但平日里他们俩总是朝夕相处。

"听着,嘉莉,"他们在公寓刚安顿好不久,有一天早上,德鲁埃说,"我已邀请我的好友赫斯特伍德哪天晚上来这儿玩玩。"

"他是谁呀?"嘉莉惊疑地问。

"哦,他这个人才呱呱叫呢。汉纳-霍格酒吧的经理。"

"那是个什么样的地方呀?"嘉莉说。

"本城最高档的酒吧。堪称第一流。"

嘉莉不免感到有点儿迷惑不解。她暗自纳闷,真不知道德鲁埃跟他的好友说过哪些话,也不知道自己在他的朋友中间该有什么样表现才好。

"你先别犯愁,"德鲁埃摸准了她的心思,说道,"他什么都不知道。反正如今你是德鲁埃太太嘛。"

德鲁埃说的这些话,嘉莉觉得就有点儿考虑不周。她心里明白:德鲁埃这个人有些迟钝了。

"我们干什么还不结婚呢?"她问,想起了他滔滔不绝地说过的诺言。

"好了,我们会的。"他回话说,"等我的那个小买卖一成交,我们就结婚。"

德鲁埃指的是他曾经说过属于他名下的某项资产,需要特别关注、进行整顿,等等,以致连他本来可以随心所欲的个人行动,不知怎的也大受影响。

"一月份我从丹佛出差一回来,我们就结婚。"

嘉莉对他的这些话儿寄予了莫大的希望——这是对她良心的一种慰藉,也是完全可以接受的一条出路。这么一来,一切都可以改正过来了。她的行动也就证明是正当的了。

嘉莉其实并不钟爱德鲁埃。跟他同居了一阵子,她自己就确信无疑了。她比他聪明得多。她开始模模糊糊地看到他这个人有许多缺点。要不是因为这一点,要不是她能不偏不倚地对他做过评估的话,本来她的处境也许会比眼下更差劲。要是她崇拜他的话,也许她就会感到自己更加可怜巴巴的,因为她害怕自己得不到他的欢心,也害怕他万一对自己不感兴趣,更害怕自己被他抛弃而无处栖身。实际上,她开头只是稍微感到有些焦急不安,试图把他完全抓住,但是后来,她也就心安理得地等待机会了。她不完全说得准自己该如何正确评估他——甚至也不知道自己的要求是什么。

赫斯特伍德的来访,使她遇到了一个从许多方面看都比德鲁埃聪明的人。对于女人,尽管赫斯特伍德表面上并不怀有贪得无厌的欲念,可他反而能取得更多的成效。平日里他对女人特别尊敬,令所有的女人心里都很感激。他这个人既不太畏缩,但又不太放肆。他最大的魅力就在于他特别会献殷勤。他受过良好的训练,能赢得时常光临酒吧的那些身强力壮、兴高采烈、春风得意的人——亦即那些商人和高级专家们——的好感,而且,他还能使出更巧妙的手腕来,让被他迷住了的人都感到他很讨人喜欢。他最喜爱的就是感情细腻的漂亮女人。他秉性温和、沉静、富有自信心,让人觉得仿佛他唯一的愿望——乃是为了奉承讨好——净想做一些更能博得女人欢心的事。

德鲁埃只要认为上算,对这方面也是很在行的,不过,他太自命不凡,远没有赫斯特伍德所具有的优雅风度。他这个人太轻浮,精力也太充沛,而且自信心又太强。他对付许多并不精于恋爱之道的女人,倒是常常稳操胜券。但是只要一碰到有些经验、情趣高雅的女人,他就准定一败涂地。以嘉莉为例,德鲁埃发现这个女人完全属于后者,而不是前者。其实,当时他纯粹是走运,偶尔遇到艳福罢了。再过几年,嘉莉增加了生活阅历,得到了哪怕是一丁点儿的成功,那时候他压根儿就甭想接近嘉莉。

啊,女人只要肯学,长进该有多快啊!一般地说,她们天性狡猾虚伪。她们凭着自己的天生丽质,在环境许可的条件下,总是挑挑拣拣。给她们看两个男人,她们一眼就看出哪一个最能博得女人的欢心。这种进行对比的好方法,男人还没有掌握呢。这是女人世代相传,并经千百年的需要而形成的性格特征。

"你们家里应该有一台钢琴,德鲁埃,"就在那天晚上,赫斯特伍德朝着嘉莉微微一笑,说道,"您太太就可以弹弹啦。"

这个点子德鲁埃脑子里可从来没有想到过。

"是的,您说得不错,我们是应该有一台。"他随声附和着说。

"哦,我可不会弹呀。"嘉莉放胆插了一句话。

"这个不算怎么难吧,"赫斯特伍德回答说,"一两个星期,您就包管学会。"

当天晚上,赫斯特伍德因见到女主人而感到极大乐趣。他身上的衣着显得特别新颖好看。上装的翻领相当挺括,正是高档料子独具的特性。优质苏格兰格子花呢背心上,两排珍珠母圆纽扣闪闪发光。他那亮闪闪的丝光领结,既不俗艳,但也不是不显眼。他身上的穿着不像德鲁埃穿得那么让人扎眼,但嘉莉一眼就看出那料子质地是何等精美。赫斯特伍德脚下穿的是柔软的黑色小牛皮鞋,擦得亮度适可而止;而德鲁埃脚上却是一双漆皮鞋,可是嘉莉不得不认为,最好还是穿软皮的来跟整套优美服饰陪衬,方能显得更加富有特色。这些细枝末节,嘉莉几乎是在无意之中觉察到的。总而言之,这些见地本来也是很自然的,因为德鲁埃的穿戴打扮她早就看惯了。

"我们玩一会儿尤克,怎么样?"闲扯了一阵子以后,赫斯特伍德提议说。他可警惕得很,竭力回避,不让人看出他仿佛对嘉莉的过去有所了解。但凡涉及个人的事,他一概避而不谈;他谈的仅仅是一般性的话题,与个人完全无关。他的举止谈吐使嘉莉毫无拘谨之感,他的殷勤、幽默、轻松的风趣话,都把嘉莉给逗乐了。他佯装出对她的回话仿佛非常感兴趣似的,只要有机会,就尽可能让自己显出慢慢悠悠的神态来。

"我可不会打牌。"嘉莉说。

"查利,你这是失责呀。"赫斯特伍德冲德鲁埃逗着玩笑似的说,"不过,我们俩可以一块儿教你嘛。"

赫斯特伍德使出这种手腕,让德鲁埃心里明白他很欣赏他选择了嘉莉。他来这里做客好像挺开心似的,这从他的举止谈吐中已可以略见端倪。德鲁埃真的觉得自己同赫斯特伍德比前时更亲近了,因此对嘉莉也就更尊重了。经过赫斯特伍德一番激赏,嘉莉的花容月貌在他看来焕发出了一种新的光彩。他因此觉得,这种风流艳情更特别潇洒了。

"哦,让我看看,您有些什么牌?"赫斯特伍德说,毕恭毕敬地越过嘉莉的肩头望了一眼她手里的牌。他暗自揣摩了一会儿。"牌相当好嘛,"他说,"您的手气真好。现在我教您怎么打败您的丈夫。您只管听我的话就行了。"

"算了吧,"德鲁埃抗议说,"要是你们两个串通一气,当然啰,我就招架不住。赫斯特伍德可是个公认的行家。"

"不,"赫斯特伍德说,"这个功劳只好算是您太太的。是她让我交上好运道。那她干吗不该赢呢？"

嘉莉心里挺感激地看了赫斯特伍德一眼，冲着德鲁埃微微一笑。赫斯特伍德的脸上仅仅露出一个极为普通的朋友的表情来。他上这儿来仅仅是为了度过一个愉快的夜晚罢了。嘉莉的一言一行，一颦一笑，都使他感到有趣，仅此而已。

"这么看来，"他说着，留住自己的一张好牌，让嘉莉有机会赢了一圈牌，"我没想到初学的人能打出这样的水平来。"

嘉莉眼看着自己要赢了，乐得咯咯大笑起来。看来只要赫斯特伍德助她一臂之力，她就能出奇制胜了。

那个大阔佬只是偶尔才看她一眼。每次他眼里总是有着温柔的闪光。除了真挚友情以外，一点儿都没有别的意思。他收敛起了狡黠的目光，另外换上了一种天真的目光。嘉莉不禁感到：赫斯特伍德跟她在一起，得到了莫大乐趣。她觉得他对她还有非常好的评价。

"打这样的牌连一点儿输赢都没有，真是岂有此理。"过了半晌，赫斯特伍德说，随手伸进自己上装放硬币的小口袋里，"让我们来赌角子吧。"

"那敢情好。"话音刚落，德鲁埃就往口袋里掏钞票。

赫斯特伍德抢在他前头，手里摊出了新的一角硬币。"别客气。"他一面说，一面给了每人一小堆硬币。

"哦，这是在赌钱呀，"嘉莉莞尔一笑，"这可要不得。"

"不，"德鲁埃说，"只是闹着玩儿罢了。只要玩得不超过这些钱，你还是照样进天堂的。"

"别先教训人呀，"赫斯特伍德温言款语地对嘉莉说，"等你看到谁是赢家，再谈也不迟。"

德鲁埃微微一笑。

"要是您丈夫赢了钱，他会告诉您这该有多缺德。"

德鲁埃一下子哈哈大笑了。

赫斯特伍德的声音里带有一种溜须拍马的调子，显而易见，颇有曲意奉承的意思，连嘉莉都能品味出来。

"您什么时候出门？"赫斯特伍德问德鲁埃。

"星期三。"德鲁埃回答说。

"您丈夫三天两头老是东奔西走,谅您会觉得挺难受的,是不是?"赫斯特伍德看了一眼嘉莉说。

"这回她跟我一块儿走。"德鲁埃说。

"临走前,你们二位务必跟我一起去看戏。"

"那敢情好,"德鲁埃说,"嗯,嘉莉,你说说怎么样?"

"我非常高兴。"她回答说。

赫斯特伍德竭尽全力让嘉莉赢钱。他为她得了满贯而高兴,一五一十数着她赢来的钱,最后拢在一起,放到她伸出的手里。随后,他们在一起随便进餐,喝着赫斯特伍德带来的酒,餐后赫斯特伍德并未滞留太久,当即告辞了。

"记住,"告别时,他先是冲嘉莉看了一眼,再冲德鲁埃看了一眼,说道,"七点半以前,你们务必都准备好。我来接你们。"德鲁埃和嘉莉送客人到了门口,赫斯特伍德的马车已在那儿等他,马车上的红灯正在幽暗处发出柔和的闪光。

"得了,"赫斯特伍德带着老伙计的腔调冲德鲁埃说,"从今以后,您再出门,您太太独自在家的时候,您务必让我来陪她解解闷儿;这样就不至于在您出门期间她会感到太寂寞。"

"哦,那还用说嘛。"德鲁埃说,对赫斯特伍德这种殷勤的关注十分高兴。乖乖,赫斯特伍德真的很疼他的嘉莉。

"您真太客气了。"嘉莉找补着说。

"没什么,"赫斯特伍德说,"您丈夫处在我的地位,毫无疑问,我想,他也会这样做的。"

他满面笑容,轻松自如地下楼了。客人在嘉莉心中留下了强烈的印象。她从来都没有跟这样富有魅力的人交往过。

至于德鲁埃呢,他心里也同样乐滋滋的。

"这个人好得出奇,"他们回到舒适的客厅里,德鲁埃朝着嘉莉说,"又是我的好朋友。"

"好像是的。"嘉莉随声附和着说。

# 第十一章

研究嘉莉的心态,分析她到如此奇怪的避风港安身的结果时,如果说对那些微妙的影响——不是人人都有的,而是当一个年轻人的想象飘忽出现时,就把这种想象包围和吸引住的那些影响——掉以轻心的话,我们肯定不能做出正确的评价。虽然看起来像是老生常谈,但还是应该记住,我们一生中毕竟是完全受欲念所支配的。迎合欲念的东西并不总是看得见的。切不可把它与自私混为一谈。它要比自私略高一筹。欲念是多变不定的风,有时惠风和畅,有时大风呼啸;和风鼓起我们的船帆,驶向远方的某个港口,在阳光普照的大海上,懒洋洋地吹动着船帆,不过,在疾风骤起之前,时不时让我们顺风行驶,没有多久便大功告成了;无奈有时疾风会扯破我们的船帆,让我们遭到重创,丢盔弃甲似的,在某一个被人遗忘的港口留下煞是好看的沉船残骸。如果说人类好比是一艘汽船,那么,自私就是汽船上的一台双螺旋推进器。它只管永远不变地、机械刻板地往前冲去;但它有估计错误的危险。诸如嘉莉这样的个性应该说属于前一类。她对权利和义务的认识相当模糊,要意识到采用何种方法才能加以克服,还是很不容易哩。

在所有这一类人的思想发展中,环境是一个微妙的、诱人的主导因素。它是和欲念同时起作用的。比方说,由于她的主观思维几乎克制不了的某些因素,她被推向这样一种环境,在那里她生平头一遭看见了跟她自己的生活截然不同的生活方式。漂亮的衣饰、丰美的饮食、高雅的住宅,以及别人十分露骨地表现出来的优越感——这一切她全都看在眼里了。嘉莉观察这些东西,也不见得比随便哪一个女店员高明多少。女人们对这些东西总是心明眼亮的,不管她们了解别的事物该有多么迟钝。明摆着人们到哪儿都在为了这些东西搏斗,嘉莉方才认为这些东西是最可贵的,这也不算太出格吧。要是看到了这些东西才激起了她心中的欲念,这又有什么奇怪呢?

再说还必须考虑到,人们满脑子都是欲念,但满足这些欲念却没有门道;如果说有雄心,虽然不太强烈,但没有经过良好的行为准则和礼数的规诫教育——而又没法加以阐明的话,那就会学会入世随俗那一套。应该说,后者所得到的教训并不常常是令人振奋的。我们知道,当今芸芸众生都在为了幸福而**拼搏**。难道这种说法还嫌不够吗?

最后,让人人都该记住,人世间的道德基本上还从来没有经受过考验。为什么他善良——是上天将美德洒向哺育他成长的大地的缘故。哪儿经受严峻的考验,哪儿就有一些不幸的失败者。我们往往不知道我们对别人提出批评时,自己同时也会受益。其原因就在于:我们并不理解生活中的奥妙之处。你认为邪恶是某个对象的属性,那肯定就是一种幻象。这最能说明你自己缺乏理解力——你自己的思想已经乱成一团。

从这些实情看来,应该承认,除了人本身以外,可能还有其他劝诱和控制的因素。难道说劝诱她的全是德鲁埃吗?唉,这样归罪于头脑简单的德鲁埃,也未免太过分了!说到主要的操纵者——恐怕两者都不是。

嘉莉特别善于学习有钱人的气派——有钱人的外表。看到某一件东西,她马上扪心自问,自己打扮起来是不是漂亮。其实,像这样的思考形式正好说明,既不是智慧,也不是优美的情致。最伟大的人物不会为之深感苦恼,反过来,最微贱的人也不会为此感到困惑不安。华丽的服饰对她来说具有某种巨大的诱惑力——它们甜言蜜语,似乎赛过狡猾的骗子,净给自己吹嘘。只要听到它们的恳求声,嘉莉心中的欲念就乐于俯首倾听。啊,啊!这就是所谓无生命物体的声音!有谁能把宝石的语言移译给我们听呢?

"亲爱的太太,"她从帕德里奇公司买来的花边衣领说,"瞧,您一戴上我多帅;千万不要把我扔掉。"

"啊,这么一双纤小的脚,"崭新的软皮鞋的面料说,"我把它们保护得多好;它们要是少了我,该有多可怜呀。"

这些东西一到了她手里,或者穿在她身上,也许她就会想到要把它们扔掉；为了这些东西，她不得不付出代价，但要竭力摆脱掉心中的这一块恶疽，她会深为痛苦，这些东西她就是舍不得抛弃。"穿上这身旧衣服——还有那双旧鞋子吧。"她的良知正在向她叫唤，但还是徒劳。也许嘉莉能克服对饥饿的恐惧感，又回复到往昔的生活遭际；也许她在良心的最后压力下，会屈从接受艰苦的劳动和贫困的生活——但是，要她污损自己的外貌——要她再穿上旧衣服，露出一副可怜相来——那断断乎是不行的。

　　德鲁埃千方百计使嘉莉坚信她自己的所作所为无可非议，因而削弱了她对以上种种诱惑的抵抗力。其实，要达到这个目的并不费劲，特别是在我们相信这是符合自己欲念的时候。嘉莉的花容月貌，德鲁埃打从心眼儿里坚信无疑，还老是向她投去他那称赞的目光，而她居然完全信以为真了。既然如此，她就大可不必像俏女人那样卖弄风情。反正个中奥妙她自己很快就掌握了。德鲁埃则有一种他这一类人所特有的习惯，爱看街上一些衣着时髦或者长得标致的女人，并对她们评头品足。他如同女人一样酷爱华丽服饰，因此，被品评的对象——只要不涉及才智，而只是女子服装，他倒是很有眼力的。德鲁埃观看她们步履如何轻盈，她们下巴颏儿如何诱人，她们扭动身体又是如何柔美。一个女人故作媚态，扭了一下臀部，在他看来——如同闪闪发亮的名酒佳酿对酒徒那样具有引诱力。他就会掉过脸去，目送着那个渐渐远去、渐渐消失的幻影。他就会像孩子那样遏制不了内心的激情而浑身上下发颤。他最喜爱的，也是女人们自己最喜爱的：优美。他会跟她们一起，跪倒在她们自己崇拜的神龛——优美跟前，犹如一名狂热的宗教信徒。

　　"刚走过的那个女人，你看见了吗？"他们头一天一块儿出去溜达时，他就冲着嘉莉问道。

　　他们碰见的是一个很普通的女人，年轻、貌美，穿着打扮跟本人的外貌十分相配，虽然还谈不上时髦。反正纽约上流社会里穿扮得绝妙无双的女人，德鲁埃还从来没有见过，要不然他也许会意识到这个女人有不少缺点。嘉莉早就看了她一眼，虽然这仅仅是匆匆一瞥。

　　"走路的姿态很帅，是吗？"

　　嘉莉又看了她一眼，发觉这个女人的丰姿绰态确实使得他大加赞赏。

"是啊,很帅。"嘉莉高兴地回答,心里掠过一个闪念,想到自己正好在这方面也许还有些缺憾。要是真的那么帅,她要观看得更仔细些才好。她本能地感到自己有一种要仿效它的欲念。毫无疑问,她走路的姿态也是能这样帅的。

像嘉莉这样有头脑的女人,只要见到人们反复强调而又赞不绝口的许多事情,就会从中悟出一些道理来,随后付诸实践。德鲁埃不够精明,不懂得这是自己失策了。他不知道,最好还是让嘉莉心里明白她是在跟自己相比,而不是跟别个比她高明的人进行攀比。对一个年岁较大、阅历较深的女人,谅他是不会这样的;可是,对嘉莉呢,他认为她只不过是个黄花闺女罢了。德鲁埃远没有她聪明,当然啰,他就理解不了她的感情。他继续不断教育她,伤害她,而就一个惊喜于自己的门生和受害者不断在成长的人来说,这无异于做了一件蠢事。

嘉莉毫无怨言地倾听他的开导与教诲。她看到了德鲁埃喜欢的是什么;她模糊不清地意识到他的弱点所在。女人只要发现某个男人在众目睽睽之下慷慨施舍自己的爱慕之情,这个男人的威信在她看来就会大大降低。在女人的心目中,世界上只有一个人应当受到最高赞赏,那就是——她自己。一个男人若要博得许多女人的欢心,就得把每一个女人都看成心肝宝贝。

有一天,他带着她一块儿坐马车出去,是为了自我娱乐消遣,也好让她心里高兴。有不少东西他想要指给她看看。其中荦荦大者,乃是一些百万富翁的豪华巨邸,当时差不多都坐落在大草原大街上。金钱——在他看来,是一种了不起的东西。获得百万富翁这个头衔,犹如拥有诸如爵位、贵族等头衔一样庄严伟大。如同所有的美国人一样,德鲁埃承认自己对后者不免有点儿瞧不起,可是对跟后者不相上下的百万富翁这一头衔,倒是差不多艳羡不已。他知道阿莫尔①住在何处,普

---

① 菲利普·阿莫尔(1832—1901),美国企业界巨头,在美国内战后期因猪肉期货交易致富,创设阿莫尔公司,专营肉类加工,采用冷藏工艺,其产品远销全球。

尔曼①又住在何处。波特·帕尔默②和马歇尔·菲尔德③的巨邸,他也是常常看到的。此时此刻,他伫立在这些巨邸前面举目凝望,嘴里还一个劲儿啧啧称赞。他觉得,这简直是了不起,了不起。

"喂,嘉莉,"德鲁埃说,"你看见前头的那幢房子了吗?"

他指着一幢形状有些别扭的砖石建筑物,从装饰上来看,一点儿也不美,坐落在一片相当开阔的草地上——在当时芝加哥这个城市所特有的融合各种风格的建筑群中堪称最佳样板。

嘉莉点点头。

"那是普尔曼的宅第。"他说。

他们两人显然兴致勃勃地两眼凝望着这位了不起的卧车大王的宅第。

"乖乖,此人确实有钱。两千万。你不妨想想!"

德鲁埃同样又一一指出了其他许许多多的人,比方说银行家、巨商的宅第,这些巨贾大佬,都是他做生意时听说过的。

"多棒呀,是不是?"——是他常用的赞词之一。

在一道气势宏伟的大铁门外,有一辆叮当作响的双轮轻便马车正好在倒车——一对漂亮的栗色马和一辆闪闪发亮的镀镍轿车。车厢里坐着一个约莫二十三四岁的青年和一个跟嘉莉岁数差不多的年轻小姐。这位小姐倒是颇有几分姿色,给人留下的主要印象是她装腔作势、神气活现的眼神,说得更确切些,是不屑一顾的样子。她两眼凝望着前方,噘起漂亮的小嘴,对她的同伴所说的一些话满不在乎地点点头。

德鲁埃全神贯注地盯着她。这才是他心仪已久的女人。跟这么一位年轻的小姐一起坐马车多棒呀。啊,闪闪发亮的皮制挽具——还有叮当作响的镀镍搭钩。德鲁埃禁不住浮想联翩,仿佛真的跟这位年轻小姐一起坐上了马车,在宽敞的大街上车声辚辚地驶过,他的一举手、

---

① 乔治·普尔曼(1831—1897),美国企业家,首创高级豪华卧车,故名普尔曼车厢。
② 波特·帕尔默(1826—1902),芝加哥巨商,因开发斯丹特街,使其成为百货商店林立的一条街而名噪一时。
③ 马歇尔·菲尔德(1834—1906),美国商界巨头,一八五六年来到芝加哥,后来成为马歇尔·菲尔德大百货公司的大老板。

一投足,活脱脱就像百万富翁似的。嘉莉也感觉到了他的心思,尽管德鲁埃几乎连一句话都没有说。她妒忌这个态度傲慢、衣着华丽、细高个儿的年轻小姐。她甚至还看到了跟这位年轻小姐在一起的青年那种卓越不凡的风度,显然对德鲁埃是有所贬损的。原来有钱人的派头也就如此而已,不足为怪。一幢大房子,加上一片漂亮的大草坪,窗户上都挂着厚实的花边帷幔,一辆豪华的马车配上欢蹦乱跳的挽马,从一道精美的大门里进出,即使在数九寒天,大门内也有喷泉在喷水。这一切嘉莉全都看在眼里,记在心里。德鲁埃那没有倾吐出来的感受,以及这些事物外表,都在嘉莉心中产生了强烈的印象。此情此景已在她软蜡似的身上留下了烙印,使旧衣服、破鞋子、向商店求职的经历,以及赤贫如洗的往昔生活,显得越发可怕、卑贱、难以忍受。她怎能不爱得到前者——她怎能不竭力避开后者呢?

就嘉莉自身的处境来说,有些事情甚至更加具有说服力。这里的一切要比范伯伦街赏心悦目得多哩。

回家时,德鲁埃碰巧驶过杰克逊街,嘉莉还不知道,他们早已来到了汉森家的对面,仅仅隔开一排房子。越过几块空地,嘉莉望见了汉森的家,临街的窗帘半掩着,明妮正在灶间里头准备晚饭。

嘉莉不由得眉头一皱,仿佛是挨了一记耳光。

"我们的车子再也不要开到这儿来。"他们已驶过了一排房子,嘉莉这才说道。

"好的。"德鲁埃说罢,就拐弯了,"这儿可不像华盛顿街那么漂亮。那儿才是西区最豪华的大街。"

嘉莉在自己的公寓里的见闻,同样也让她汲取了不少教训。

在她寓居的同一幢房子里,住着一位剧院里的职员弗兰克·A. 海尔先生,此人乃是标准剧院的经理,还有他的太太,一个惹人喜爱、肤色浅黑的三十五岁的女人。他们这种人在今日美国已是司空见惯,生活过得好歹也算是像模像样。海尔每周薪水是四十五块钱。他的妻子长得相当吸引人,硬是不承认自己年岁渐增,竟然不乐意操持家务和养儿育女。跟德鲁埃和嘉莉一样,他们在楼上也有一套三室的房子。

嘉莉迁到这里后不久,海尔太太就开始跟她套交情,一来二去,有时两人还一起出去溜达溜达。有好长一段时间,海尔太太还是嘉莉独一无二的女友,而这位剧院经理太太天南地北的闲扯也就成了嘉莉了解世界的媒介。一些鸡毛蒜皮的小事,或是对财富的无限崇拜,或是在片言只语中表达出的因循守旧的道德观,从这个百依百顺的女人脑子里筛分出来,渐次灌入嘉莉脑中,有一阵子竟然使后者方寸大乱。

另一方面,嘉莉凭借自己的感觉和本能获得了一种改邪归正的力量。经常有一种力量要她好自为之,这是不容否认的。诉诸心灵深处的种种感想也不断在提醒她。再说,公寓走廊对过的那套房间里住着一位年轻姑娘和她的母亲。她们来自印第安纳州的伊万斯维尔,是铁路上一个司库的妻女。女儿到芝加哥来学音乐,母亲是来陪她伴读的。

嘉莉并不认得她们,不过倒是看见过那个女儿进进出出的。有过一两回,嘉莉看见她坐在客厅里的钢琴跟前,还不时听到她在弹琴。这个年轻姑娘衣着穿扮符合自己的身份地位,特别讲究,雪白的手指上戴着一两枚嵌宝石戒指,弹琴时在闪闪发亮。

现在,嘉莉已被音乐打动了。她那易动感情的神经与某些曲调引起了共鸣,如同钢琴上一弹某个有关琴键时,竖琴上的某些弦随之发出颤音一样。嘉莉虽然并不是天生多愁善感,可她身上通常所说的感情倒是丰富极了,使她对某种惹人思念的和弦会产生模糊不清的沉思默想。它们激发她去渴求自己还短缺的东西,同时对自己早已取得的东西更加紧紧地抓住不放。有一支短小的歌曲,那个年轻姑娘弹得特别缠绵悱恻,嘉莉是从自己的客厅敞着的门里听到的。那时正是黄昏与黑夜交替时分,在游手好闲、浪迹四方的人看来,周围的一切事物都不免带着一种令人悲怆的色彩。有人遐想神游远方,仅仅回想起了几分永远逝去了的乐趣。嘉莉坐在窗前举目远眺。德鲁埃早上十点钟就出去了。为了消愁解闷,她先是出去溜达了一会儿,稍后看了看德鲁埃留在那儿的伯撒·莫·克莱①写的一本书,但她不大喜欢这本书。后来她换上了晚装,端坐在那里,两眼凝视着公园,犹如一个渴望多丰富而

---

① 伯撒·莫·克莱,英国作家夏洛蒂·莫尼卡·布雷姆(1836—1884)的笔名。他曾以冒险故事为题材写过不少通俗小说。

充实的生活的人在此情此景之时所常有的那样满怀忧念,抑郁难遣。当她独自思忖目前的新处境时,底下客厅里的弹琴声忽然传了过来,使她的思绪变得五彩纷呈,而又乱成一团。她回想起自己近来短暂的经历中最得意的和最伤心的日子。霎时间她不由得后悔不迭。

她正处在这种心态之际,德鲁埃却忽然走了进来,室内气氛顿时为之大变。这时已是薄暮时分,嘉莉却忘了掌灯。壁炉里火苗儿几乎也快熄灭了。

"嘉德,你在哪儿?"他大声嚷嚷,用他给她杜撰的小名叫唤她。

"在这儿。"她回答说。

她的话音里有一点儿淡淡的孤独味道,可是德鲁埃却听不出来。他一点儿诗情画意都没有,哪会知道赶上这种情景就应该走到一个女人身边,温言款语,百般安慰,莫让她老惦记着生活中的伤心事。他偏偏没这样做,只是划了一根火柴,把煤气灯点亮了。

"嘿,怎么啦!"他大声嚷道,"你哭了。"

果然,她眼里的泪水残痕还依稀可见。

"好了吧,"他说,"嘉莉,你不用哭了。"

他拉住她的手,秉性温和却只以自我为中心的他揣测,是他出门在外使她感到孤寂难耐了。

"够了,够了,"他继续说道,"一切都好了。你听到这乐曲了吗?让我们跳一会儿华尔兹吧。"

此时此刻,他也未必能向她提出更对茬儿的建议来。德鲁埃的这些话让嘉莉心里明白了自己从他那里是怎么也找不到同情的。诚然,她很难说清楚他的缺点到底在哪儿,还有,他的这些缺点与她自己之间究竟存在什么差异,不过这种缺点,这种差异,她是感觉到了。这是德鲁埃犯的头一个严重错误。

有一天晚上,那个小姑娘步态轻盈地跟她母亲一起出去,不料,这时德鲁埃不知怎的对她的丰韵啧啧称赞,让嘉莉对那些煞有介事的女人常使用的时髦小花招看了个仔细。于是,她照着镜子左顾右盼,噘着小嘴,稍微一扬头,就跟她看到过的那位铁路司库的女儿搔首弄姿时一模一样。她身子只消轻轻一扭,撩起衣裙——难道说德鲁埃没有关照过她,要她留心观摩那个女孩子和别个女人的种种丰姿绰态吗?而嘉莉呢,她正是天生善于模仿。她开始懂得了那些爱慕虚荣的女人惯常使用的小花招的诀窍。总而言之,她对丰韵的认识成倍增长了,她的模样儿也跟着变了。她已变成一个颇具丰韵的女人。

这一点德鲁埃倒也不是视而不见。有一天早上,他看见了她一头秀发上的新蝴蝶结和新颖别致的发型。

"你这么一打扮,真是很好看,嘉德。"他说。

"是真的吗?"她喜滋滋地回答。这些话儿让她还想在当天试验一下其他效果。

如今,嘉莉走路时脚步声比从前轻得多了,这是她刻意模仿那个司库的女儿的结果。很难说那位年轻小姐到底给了她多大影响,但是,嘉莉确实从她身上学到了很多东西。她目睹了年轻姑娘过的那种充满魅力的生活,而这种生活,对她们两人来说,都是新鲜的。对这个年轻小姐来说,芝加哥是新鲜的。她对自己在芝加哥的经历不免感到得意扬扬,因为这在伊万斯维尔是断断乎觅不到的。她强烈地意识到她父母送她来芝加哥深造的优越感,就常常在她举手投足之间表现出来。她的举止言谈足以证明她很骄傲自满。她弹琴总是显得颇有把握。

像这样的人物,嘉莉不能不为之折服。她虽然对这种人的冷漠无情感到恼怒,但是终究影响不了她东施效颦的欲念。要是她也能做到那样,难道说她还不会在这些时髦仕女们面前大显身手?

入夜,一盏备有红灯罩的落地钢琴台灯安放在钢琴的一边,在玫瑰色的灯光底下,司库的女儿正在一边弹琴,一边唱歌,这时嘉莉发觉和感受到了她心驰神往的东西。如果美妙的乐曲可以,一旦有过一回,激起她潸然泪下的思绪,那么,这位年轻小姐的财力起的作用该有多大啊。嘉莉仿佛觉得,美妙的乐曲和灯光给华丽的服饰、俗艳的仪态和闪光的戒指周围造成了一个光轮。它给琳琅满目的物质世界增添了一种不可名状的魅力。因此,赫斯特伍德初次来访时看到的这个年轻女人,远不是德鲁埃最初在列车上与之搭讪的那个嘉莉了。原先她服饰和仪态方面的缺点早已见不到了。嘉莉漂亮、优雅,由于不太自信显得分外羞怯,大眼睛里透着孩子般的天真,就这样把须眉汉子中间这位正经八百、道貌岸然的赫斯特伍德俘获了。要知道自古以来肉欲对诱骗者就具有诱惑力。如果说赫斯特伍德对天真烂漫的青春美还有一点儿眼力的话,如今他就要用新的眼光来重新鉴赏了。他仔细端详着她漂亮的脸蛋儿,仿佛感到青春的活力宛如柔浪起伏,从她那儿辐射开去。在她那双明亮的大眼睛里,一点儿都没有像他在这种风月场中玩腻了的人方能识破的那种狡诈的影子。如果说他觉察到了她有一丁点儿虚荣心,他反而觉得那是让人高兴的事。

"我可纳闷,"赫斯特伍德坐马车回去时暗自寻思道,"真不知道德鲁埃是怎样把她搞到手的。"

赫斯特伍德头一眼就看出,嘉莉要比德鲁埃高明得多。

马车行驶在往后面远远退去的两行煤气街灯之间。他紧攥着戴手套的双手,仿佛还望见那亮着灯的房间和嘉莉的脸蛋儿。他不断回味着年轻貌美的女人带给他的乐趣。

"我要送她一束花。料他德鲁埃不会介意的。"

## 第十二章

  德鲁埃是这么一个人,不管什么东西只要时间久了,他都会感到厌倦。他心中只崇拜一个偶像——完美无瑕的女人。他觉得许多少女就是这种女人的化身。他跑码头做生意,照例把嘉莉忘得一干二净。只等到后来所有女神都不见了,或者是他踏上了返回芝加哥的归途,这才想起嘉莉来。于是,嘉莉的姿色和她被安置所在的舒适的套房相当迷人地浮现在他眼前,这时他就高高兴兴地回家了。他会像一个热情似火的恋人出现在嘉莉面前——不过,一离开她,他就像一个独来独往的人马上把她忘记,说到底,德鲁埃就是这么个德行。

  鉴于嘉莉的这种性格,多少有些类似德鲁埃的特征,他们两人之间不可能有强烈的爱慕之情。正是他们的兴味投合阻碍了他们的爱情,因为既然促使这段姻缘的主要动机受到嘉莉无法控制的条件限制而很勉强、不自然,嘉莉观察她的伴侣的视角早已变了。德鲁埃为人善良、厚道、随和,但他绝不是能赢得或保住嘉莉的爱情的男人。她心里有些想法,觉得德鲁埃简直不像一个男子汉,尽管她还不能有条不紊、言之有理地说出个道理来。

  德鲁埃正相反,日子过得挺快活,老一套生意经干得也很满意,压根儿不替他的女伴设身处地想一想。他一直放荡不羁,跟女人调情,对女人一味评头品足。在许多城市里,德鲁埃的朋友们都叫他出去,一回接一回地冶游,他是很难得一口回绝的。他对这等事一点儿都不内疚——而且从来都没有仔细地思考过。本来嘛,女人就是为男人而生的——这就完了。只要一个卖弄风情的媚眼飞过来,就可以理直气壮去胡闹呗。德鲁埃对此再也不会有别的理解。

  可是话又说回来,赫斯特伍德的思想却不是那么轻浮,因此也显得更微妙些。他对我们社会的组织须知看得稍微清楚一点儿,但在违反这些须知方面，他却是十分肆无忌惮的。赫斯特伍德确实不像德鲁埃那样行为放浪，但这完全是为了顾惜自己的社会地位。实际上，从做出决断到其最终结果来看，赫斯特伍德的所做所为要比德鲁埃更坏。权利准则他明明是懂得的，但他却故意把它扔在一边。

赫斯特伍德已给嘉莉迷住了。这一事实他自己从来也不加以掩饰。甚至德鲁埃的优先权或者个性，他也一点儿都不考虑。现在，他满脑子的思想已是毫无头绪，乱成一团，犹如纤细易断的蜘蛛丝悬浮于空中，他希望这些蜘蛛丝迟早会在什么地方结成定形的轮廓。当然啰，他可不知道，也猜不出以后会导致怎么样的结果。

几天以后，德鲁埃还像从前走南闯北一样，从奥马哈短途出差回到芝加哥，不知怎的他跟他的一个衣着入时的女朋友邂逅了。他原想早点赶回奥格登公寓，让事先根本不知道他回来的嘉莉大吃一惊，殊不知现在他跟这个女朋友谈得正入港，就马上改变了他的初衷。

"我们一块儿吃饭去吧。"他冲女朋友提议说，一点儿都不担心要是碰巧被人瞧见，说不定会惹起麻烦。

"那敢情好。"他的女朋友应声附和说。

他们走进一家高级餐厅，随便谈谈心，叙叙旧。他们相遇时是下午五点钟，进餐结束已是七点半了。

德鲁埃正巧给女朋友讲完一段逗人的逸闻，笑逐颜开之际，赫斯特伍德的眼光突然和他相遇在一起了。赫斯特伍德是和好几个朋友一起进来的，一眼看见德鲁埃正好跟一个女人——压根儿不是嘉莉——在一起，马上就得出了自己的结论。

"嘿，这个白相人，"赫斯特伍德暗自思忖道，随后就有些替嘉莉抱不平，并深感同情，"他不应该这样欺负那个小姑娘！"

德鲁埃一看到赫斯特伍德，他的思绪有如发狂的骏马似的飞奔，越过一个驿程又一个驿程。他心里始终感到忐忑不安，直到他发觉赫斯特伍德小心翼翼地佯装没看见这个小场面为止。这时，德鲁埃才闹明白此时此刻赫斯特伍德心里在琢磨着什么。原来赫斯特伍德也在琢磨嘉莉，还有上次跟她的会面。

见鬼去吧，这件事他还得向赫斯特伍德做个交代。偶尔跟老朋友在一起闲扯半个钟点,也是在情理之中,难道说还有别的用意吗?

德鲁埃生平头一遭感到了极大的苦恼。这是一个复杂的道德问题,恐怕他没法预测将来可能会有什么样的结果。赫斯特伍德会耻笑他是一个三心二意的家伙。他自己也会跟赫斯特伍德一起哈哈大笑!尽管嘉莉决不会听到,此刻跟他同桌的女朋友也决不会知道,可他还是不禁不由地感到自己遭到失败了——反正多少沾上了污点,不过他并没有错。他觉得没劲,就赶快结束了晚餐,送他的女朋友上了街车,然后回家。

"最近他结识了哪一个相好,他可没有跟我谈过哩,"赫斯特伍德暗自寻思道,"他认为我觉得他是喜欢那个姑娘的。"

"既然不久前我已在家里让他跟嘉莉见过面,他就没有理由胡猜我还跟别的女人鬼混。"德鲁埃也在暗自琢磨。

"我看见过你啦!"下一次德鲁埃随意走进他不由得常常流连忘返的漂亮酒吧时,赫斯特伍德逗趣地说,还举起食指,带着就像父亲教训儿子一样的口吻。

"哦,那是我的一个老相识呗,我从车站一出来就撞见了她。"德鲁埃赶快做出交代说,"过去她倒是长得挺美的。"

"至今还风韵犹存,嗯!"赫斯特伍德喜欢调侃地回答说。

"哦,不,"德鲁埃说,"这一回躲都躲不开她。"

"你在芝加哥要待多久?"赫斯特伍德问。

"才不过一两天。"

"你可得把那个姑娘带来,跟我一起吃饭。"赫斯特伍德说,"交给我吧,我怕你把她关在笼子里头了。我订好包厢,去看乔·杰斐逊演出。"

"我可不是故意把她关起来的。"这个推销员说,"我准定来。"

这果真让赫斯特伍德大喜过望。他说什么都不相信德鲁埃会对嘉莉有什么感情。赫斯特伍德妒忌他,此刻看着这个自己原先挺喜欢的衣着入时、乐乐呵呵的推销员,眼里禁不住爆出势不两立的火花星子。他心中开始估摸德鲁埃的机智和男子汉的魅力。他还开始寻摸德鲁埃的一些缺点。毋庸争辩的事实是,他把德鲁埃看成一个好小子也许有可能,但要把德鲁埃看成一个称职的恋人,就不免要嗤之以鼻了。要哄骗他并不难,赫斯特伍德对此很有信心。得了,只要向嘉莉暗示一下星期四发生的那一件区区小事,一切就完蛋了。他心里一面继续琢磨这个问题,一面在说说笑笑,几乎欣喜若狂,而德鲁埃却一点儿都没有发觉。本来他就没有能力来揣度赫斯特伍德这么一个人的片言只语和心理氛围。当他的朋友拿一双老鹰似的眼睛打量着他时,他却伫立在那里,笑眯眯地接受了邀请。

这出特别错综复杂的喜剧里的女主人公,此时此刻他们俩谁都没有想到过她。嘉莉正忙于调整自己的思想、感情,以便适应新环境,但还没有可能遇到来自德鲁埃或赫斯特伍德的烦心苦恼。

那天晚上,德鲁埃看见她在镜子跟前梳妆打扮。

"嘉德,"他一把拉住了她说,"我说你有点儿卖弄风骚。"

"不,一点儿也没有。"她笑盈盈地反驳说。

"得了,你可真漂亮得不得了呀。"他一面继续说,一面伸手搂住了她,"穿上你那海军蓝套裙,我带你去看戏。"

"哦,我已答应过海尔太太今晚一起去看展览会。"她很抱歉地回答说。

"你已答应过了,嗯,"他心不在焉地揣摩了一下说,"我可不想去看那个。"

"哦,我真的不知道该怎么办。"嘉莉回答时感到很为难,但并不乐意为了迁就他而背信失约。

正在这时响起了敲门声,女仆送进来一封信。

"送信的说立等回音。"女仆说。

"信是赫斯特伍德写来的。"德鲁埃拆信时一看到姓名地址就大声嚷道。

"请你们二位今晚来这儿,跟我一起去看乔·杰斐逊的演出,"信里就有这么几句话,"这次轮到我请客,反正是前几天我们说定了的。别的安排都不算数。"

"那么,我们该怎么答复?"德鲁埃天真地问,而嘉莉早就想好一口应允。

"最好还是由你决定,查利。"她还是含蓄地说。

"我想,我们还是去的好,只要你能取消跟海尔太太的约会。"德鲁埃说。

"哦,我这就去取消呗。"嘉莉不假思索地回答。

这时,德鲁埃拿出信笺来写回信,嘉莉马上去换衣服。她几乎连自己都说不清刚收到的赫斯特伍德的邀请信为什么会使她感到特别高兴。

"你说,我发型要不要跟昨天的一模一样?"她手里拿着几件衣服走回来问德鲁埃。

"那敢情好。"他高兴地回答。

她看到他一点儿都没生气,这才舒了一口气。她同意接受邀请,并不完全是因为赫斯特伍德对她有什么极大的吸引力。看来和赫斯特伍德、德鲁埃待在一起,度过一个夜晚,要比过去对她建议过的什么事情更加有劲。她精心地给自己打扮了一番。他们向楼上的海尔太太赔礼道歉后就出门了。

德鲁埃和嘉莉走进剧院门厅,赫斯特伍德就说:"我说,今晚我们可真太潇洒了。"

嘉莉在他赞许的目光之下不免感到心颤不安。

"过来吧。"赫斯特伍德说,领他们穿过门厅,走进了剧场。

这里的观众,男男女女的衣着穿扮,绚丽多彩,令人夺目,简直成了老话"一崭新"的化身。

"你看过杰斐逊演出吗?"赫斯特伍德在包厢里俯过身去问嘉莉。

"我从来没看过。"她回答说。

"他可是个顶呱呱的演员。"他继续说道,不外乎是这号人所知道的极其普通的那一套捧场话。他打发德鲁埃去取演出节目单,接下来跟嘉莉谈他听说到的有关杰斐逊的逸事。嘉莉心中真有说不出的高兴,说真的,剧场周围的环境、包厢内部陈设和她的同伴的优雅大方,使她有点儿昏昏然了。有好几次他们的目光在无意中相遇,于是就有那么一股她从来没体验过的感情倾注在她眼里。她一下子说不出所以然来,因为在下一个飞眼或手势里,好像又是满不在乎似的,只不过挽着最亲热的殷勤罢了。

德鲁埃也跟他们一起攀谈,但相比之下显得不大聪明。赫斯特伍德让他们两个尽情消遣,这时嘉莉心里方才明白赫斯特伍德要比德鲁埃更高一筹。她本能地觉得他更坚强,更高明,哪怕还是那么简单。到了第三幕结束时,她敢肯定德鲁埃只不过是个好小子,但在其他方面缺点还多得很。在鲜明对比之下,他在嘉莉眼里的价值越来越下跌。

"今晚我过得可真欢呀。"演出一结束,他们步出剧场时,嘉莉说。

"是啊,确实不错。"德鲁埃找补着说,他一点儿都不知道经过嘉莉心里刚才这一场较量,他的实力大大削弱了。他俨然有如古代中国皇帝,唯我独尊,傲然不可一世,殊不知陛下的锦绣河山正在被敌人侵占。

"是的,今晚你们真让我过得挺愉快呢。"赫斯特伍德回答说,"晚安。"

他握住嘉莉的纤手,一股暖流像通电流似的在他们俩之间来回激荡着。

"我太累了。"嘉莉在街车上身子靠在椅背上先说了一声,这时德鲁埃也正要跟她说话。

"好了,你就歇一会儿吧,我得抽支烟哩。"说着,他站了起来,傻乎乎走到街车前门口,什么都不管了。

# 第 十 三 章

　　如果说赫斯特伍德还有一个在当时很容易预料到的特点,那就是审慎,要不然他们酒店经理职位和全家人的生活也就难以保住了。他心里根本谈不上对妻子儿女有什么缠绵悱恻的感情,可是,正如前文所指出的,他对自己的良好家风却有点儿得意扬扬。他一向受人尊敬。他家里跟毗邻的街坊都有往来,其中好几家很有钱。每天早上他乘车去市中心,能跟许多兜里装满了钱的商人肘碰肘,还要应付对自己的妻子儿女的调谑——这是在赚大钱的美国人中间很常见的一种不拘小节的习俗。这一切好像给了他身份和地位,因此他也就觉得很有意思。

　　与此同时,还有赖于更微妙的精神上的支索。赫斯特伍德的妻子秉性冷峻、自满,对此他还很不理解。说穿了,这个女人赫斯特伍德始终没有真正了解过。情欲与自我利益在他们求爱时期早就混杂在一起,最后他们结婚成了家。情欲一得到满足,他们就被夫妻常有的共同利益拴在一起混日子。本来他们的生活富裕有余,而且还在攒钱,所以他们也就没有理由表示不满了。赫斯特伍德夫妇俩都觉得有奔头,多年来他们的关系是真挚的,虽然谈不上狂热。

　　不过话又说回来,最近以来,由于他们白天和晚上都是天各一方,夫妇两人脾气和习惯变得越来越尖锐化了。赫斯特伍德太太一门心思扑在她的子女(特别是女儿)身上。赫斯特伍德越来越离不开他掌管的酒店的那虚伪的欢乐氛围,并且常常以此作为他个人的娱乐消遣。要使两个老人家团结一致,从高尚的情操和兴趣来说,他们的子女们还难以胜任。多少个家庭之所以能稳固,靠的就是下面这个共同的目标——子女们取得的成就。

　　至于她丈夫道德上有什么缺点,赫斯特伍德太太一点儿也不知道,尽管她对他的某些癖好本来就不太放心,现在又大可怀疑。像她这样的女人，很难想象她在一怒之下会干出什么事来的。赫斯特伍德一点儿都不知道在什么样的情况之下他的妻子会采取怎么样的行动。他从来没有看见过她激动异常的样子。事实上，她并不是一个动不动大发雷霆的女人。她对人们很不信任，因为她知道人人都会犯错误。她工于心计，决不会徒劳无益地吵吵闹闹，使自己一点儿信息都不可能了解到。她决不会让自己的愤怒暴露无遗。她善于等待，暗自思忖，仔细琢磨各个细节，加以综合研究，直到她积聚的力量可以跟她报复的欲望等量齐观。与此同时，她会迫不及待地给她的冤家对头尝尝或大或小的苦头，还不让他知道这灾祸来自何处。总之，赫斯特伍德太太是一个冷酷、自私自利的女人，心里主意可不少，但是她从来不显露出来，哪怕在一闪一闪的眼光里也是含而不露。

　　赫斯特伍德对她这种脾性虽然有所觉察，其实并没有完全看透。他与她太平地住在一起，对自己家庭生活多少感到满意。他一点儿都不怕她——根本没有理由怕她。她至今依然对他怀有一点儿自豪感，并且这种自豪感又因她要保住自己上流社会身份和地位的欲望而有所加强。她暗自感到有些高兴的是，她丈夫的许多产业都是记在她名下，这是在他的家庭观点比现在更具引诱力时赫斯特伍德所采取的一种预防措施。他的太太压根儿没有理由感到他们的家会出什么岔子，但是眼前的一些阴影，有时却会使她不觉想到这一措施的好处。赫斯特伍德太太因为处于相当有利的地位而可能变得难以驾驭，而赫斯特伍德则处处谨小慎微，因为他觉得只要她一流露不满，什么事都由不得他了。

　　赫斯特伍德、嘉莉和德鲁埃在麦克维克剧院包厢里看演出的那个夜晚，碰巧小乔治跟芝加哥一家纺织品批发商行的合伙人卡迈克尔的女儿也在剧场正厅的第六排。赫斯特伍德并没有看见自己的儿子，因为他照例坐在包厢的最后面，即使他身子俯向前方，正厅前六排的观众也窥见不到他的全貌。他到每一家剧院都是这样坐惯了——他在对自己没有好处的地方尽量不惹人瞩目。

　　他就这样纹丝不动地坐在剧场里，不过他的举止有可能被曲解或误传时，他总是会仔细地环视自己的四周，考虑任何令人瞩目的位置要使他付出什么样的代价。他的行动神秘莫测,保证不让别人看见——当然,他乐于一见的人不在其内。

这一回,赫斯特伍德的儿子看到了他,第二天吃早饭时,他的儿子说:

"爸爸,昨天晚上我看到了你。"

"你也在麦克维克剧院吗?"赫斯特伍德乐得大大方方地问。

"是的。"小乔治回答说。

"跟谁在一起?"

"卡迈克尔小姐。"

赫斯特伍德太太以审视的目光看了她丈夫一眼,不过从他脸上的表情看,无法判断他是不是只是偶然才去那家剧院的。

"这个戏怎么样?"她问。

"很好,"赫斯特伍德回答说,"只不过还是《瑞普·凡·温克尔》那个老剧目。"

"你跟谁一起去的?"他的太太佯装满不在乎地问。

"查利·德鲁埃和他的太太。他们是霍格的朋友,才来芝加哥的。"

由于赫斯特伍德的酒店经理这一职位的特殊性质,类似上述的说明通常不会引起什么麻烦。他的太太理所当然地认为:他的职业有时需要某些社交活动,而她不一定都要参加的。除此之外,他家里的人对他日日夜夜究竟处理了哪些事早已不感兴趣了,要是他身为经理的职务需要他加班,他们也只有置若罔闻。不过近来好几回他太太要他晚上陪她出去玩儿时,他都推托说自己公务太忙。头天早上,他就说过今天晚上公务羁身哩。

"乔治,"赫斯特伍德太太曾经问过他,"今天晚上你没得空吗?"

"是啊,"他说,"今天晚上我要开一些账单。"

"我还以为你没得空呢。"赫斯特伍德太太小心翼翼地说。

"我是没得空!"他大声嚷道,"我实在没有辙,这才去的,但是看完了戏,我可一直干到凌晨两点钟哩。"

赫斯特伍德的这些话就这样终止了,但他心底里却留下了愤愤不满的芥蒂。过去他对妻子的要求从来没有一次像现在这样不客气地顶撞过。多年来,他对太太的感情逐渐冷淡,觉得跟她在一起很腻味。现在地平线上闪闪发光升起一道新的曙光,西边这颗旧的发光天体早已暗淡无光了。赫斯特伍德一点儿都不乐意回顾往昔的时光,只要一提到妻子,他就感到厌烦。

恰好相反,赫斯特伍德太太压根儿不愿接受他不全面履行仅仅字面形式上的夫妻关系的义务,虽然它的精神实质也许早已丧失殆尽。

"今天下午我们要去拜客,"过了几天,赫斯特伍德太太说,"我要你去金斯利,跟菲利普斯先生和太太见见面。他们待在特雷蒙特饭店,我们就陪他们去逛逛市容。"

星期三发生了麦克维克剧院事件,赫斯特伍德这回推辞不了,尽管菲利普斯夫妇爱虚荣和无知透顶,都是极其无聊的人。他固然同意了,但是很不痛快,出门时心里还很恼火。

"这等事没完没了,怎么行呀,"赫斯特伍德暗自寻思道,"在我明明要忙活儿的时候,我可不想陪着观光客鬼混去。"

这次谈话以后不久,赫斯特伍德太太又提出一个类似上述的建议,只不过这一回是看日戏。

"我的天哪,"她的丈夫回答说,"我可没有工夫。我忙得够呛。"

"可你陪别人看戏却有工夫。"赫斯特伍德太太恼羞成怒地回嘴说。

"没有这样的事。"赫斯特伍德气冲冲回答说,"我可免不了要跟顾客交际应酬,就是这回事。"

"得了,只有天知道!"赫斯特伍德太太咬紧嘴唇,大声嚷道,相互敌视的情绪从此有增不已。

另一方面,赫斯特伍德对德鲁埃那个小女工的兴趣,也几乎同样在增长。这个年轻姑娘在环境的压力和她新朋友的点拨下,也有了引人瞩目的变化。嘉莉善于虚与委蛇,竭力寻求最佳的境遇。特别俗艳的生活,对她不会没有影响的。她的知识虽然有了很大长进,但还是比不上她的欲望的觉醒。海尔太太就财富和社会地位等问题发表的高谈阔论,使她终于懂得了要按财富多寡来划分层次。

海尔太太喜欢在天气晴朗的午后阳光里驱车外出溜达,观赏一下她自己住不起的那些花园宅第,聊以自慰。在北区,沿着现在的北湖滨大道,已兴建了不少优美的住宅。现在沿湖的那一道用石块和花岗石筑成的堤坝虽然在那时节还没有,但是那里道路平坦,路旁一块块居间的草坪一眼望去煞是可爱,那些房子全是崭新的,气派不凡。这时严冬刚过去,正赶上早春风和日丽的好天气,海尔太太租了一辆小马车,邀请嘉莉溜达了一个下午。她们先是驱车穿过林肯公园,接着直奔伊万斯顿而去,四点钟才往回走,约莫五点钟到达湖滨大道的北端。每年春季,这里的白昼还比较短,暮色四合的阴影已渐渐降临这个大都市。路灯开始发出柔和的光辉,望过去几乎透明似水。空中弥漫着一种柔和的氛围,以无限优美的情调向人们的心灵与肉体喁喁低语。嘉莉感到这是可爱的迷人的一天。这一天令她浮想联翩,促使她思想上成熟了。她们顺着光溜溜的路面驶去,其间偶尔才有一辆马车开过。嘉莉看见有一辆车子一停下来,男仆随即下车,给一位好像是午后寻欢作乐、闲游归来的绅士打开车门。她看见现在刚返青吐绿的宽广草坪的那一边,灯光隐隐约约地照在富丽堂皇的室内陈设上。有时看到一把椅子,或是一张桌子,有时看到的则是一个装饰华丽的壁角,这一切却使嘉莉心中艳羡不已。类似幼年时对御宫仙苑的种种幻想,如今又得在眼前重现。嘉莉心里想象,在那些雕饰华丽的门廊里面,球形水晶灯照亮了装上镶板和精心设计的彩色玻璃的一道道门,那里的人们都是无忧无虑、随心所欲的。她敢十拿九稳地说,这里才是洞天福地哩。要是嘉莉能够信步走在宽阔的林荫道上,进入那富丽堂皇的门廊,在她看来它简直是珠围翠绕,具有雍容大雅、奢华靡丽,乃至于颐指气使、左右一切的气度——啊!忧愁早已不翼而飞,心中悲痛顿时消停。她痴呆似的凝望着,不觉暗自惊诧、欣喜、渴慕,与此同时,那个不让人宁静的迷人的声音,一直在她耳际悄声低语。

"要是我们也有那样漂亮的一幢住宅,"海尔太太伤心地叹了一口气地说,"该有多美!"

"可人们都说,"嘉莉说,"世上没有永远幸福的人。"

关于吃不着葡萄就说葡萄酸的狐狸那一套伪善哲学,她听到过可真不少。

"可我看出来了,"海尔太太说,"住在豪华宅第里的人都在竭力忍受自己的痛苦。"

嘉莉一回来,相形之下就觉得自己这套房间太寒碜了。她还算有一点眼力,她心里明白那只不过是一家极其普通的、带家具、供膳食的寄宿舍里的三个小房间罢了。现在,嘉莉不是拿过去她住过的房子,而是拿她刚才看到的豪华邸宅来跟自己房间进行对比。宏伟的大门还在她眼里闪闪发光,有软坐垫的马车的辘辘声依然在她耳畔回响。德鲁埃究竟算得上什么呢?她自己又算得上什么?她坐在窗边摇椅里来回轻摇着,一面暗自思忖,一面凭窗凝望灯光闪烁的公园对面、沃伦大道和阿什兰林荫大街上那些灯火通明的巨宅。她心里激动极了,连晚饭都不想下去吃,心情忧郁,什么也不想干,只是坐在摇椅里边摇边唱。有些老曲子不知不觉地从她嘴边哼了出来,只要她一哼唱,心情就更加沉重。她一个劲儿渴念着,渴念着,渴念着。一会儿是渴念哥伦比亚城旧屋里的那个房间,一会儿是渴念湖滨大道上那幢巨宅,一会儿是渴念某某太太的漂亮服饰,一会儿是渴念那天出游时映入眼帘的某处美景。她伤心极了,但还是在犹豫、默祷、幻想。到了最后,仿佛她的整个心态都是处于孤独凄凉之中,她的嘴唇情不自禁微微哆嗦起来。她坐在窗边的阴影里哼着,哼着,随着时间的流逝,她又觉得自己从来都没有像此时此刻那样乐不可支,虽然她说不出所以然来。

当嘉莉还沉浸在这种心境之际,公寓的仆人上来向她通报,说赫斯特伍德先生正在会客室里,要求会见德鲁埃先生和太太。

"我想,大概他不知道查利出差去了。"嘉莉暗自思忖道。

这个冬天她相当难得才见到这位酒店经理,可是心里为了这一件事或那一件事——主要是他给她留下的强烈印象——老是惦念着他。她一时间为了自己的仪容是否端庄慌了神,但是照了一下镜子,自己觉得还满意,这才下楼去了。

赫斯特伍德照例是满面春风,怡然自得。他没听说德鲁埃已经出差了。他得知这一消息后一点儿也不为之动容,净谈那些能引起嘉莉兴趣的一般性话题。赫斯特伍德如此谈笑风生,委实令人惊叹。他俨然有如具有丰富经验的人一样,懂得唯有这样才能博取人们的好感。他知道嘉莉乐意听他的,就毫不费劲地、接连不断地扯下去,让她听得上了瘾。他把座椅跟她凑得更近,让自己的声音压得极低,好像他扯的全是绝密消息似的。其实,他扯的几乎全是他对男子和寻欢作乐的看法。他到过很多地方,可谓见多识广。不管怎么样,他竟使嘉莉巴不得也能见见这些世面,同时还让她念念不忘他自己。嘉莉一刻儿都不能不意识到他的个性和他的存在。他着重谈到某一件事时会笑眯眯地、慢悠悠地抬眼看她,于是她就被他两眼的魅力给吸引住了。他那落落大方的风度早已博得了她的青睐。有一回,他说话时为了突出重点碰了一下她的手,她只是淡淡一笑。好像他身上迸射出一圈光轮,把她整个儿笼罩住了。他的举止谈吐始终不会索然无味,似乎使嘉莉都变得更聪明了。至少,她在他的影响下心情突然开朗起来,最后使她的全部优点都展现出来了。她感到自己跟他在一起要比跟别人在一起时更聪明。至少,他好像从她身上发现了许多值得夸奖的长处。赫斯特伍德身上没有一丝一毫屈尊俯就的味道。而德鲁埃却总是以恩人自居。

以后他们每一次会面,不管德鲁埃是不是在场,他们之间都有某种让嘉莉觉得难以描述的、格外亲密的、微妙的感情。嘉莉生来不是健谈的人。她不善于流畅地表达自己的思想。强烈而深沉的感情总是占上风。每一回她都说不出一句有分量的话儿来,至于眉目传情——哪个女人愿意让人看见呢? 她和德鲁埃之间从来都没有类似这样的感情交流。事实上压根儿也不会有的。当时嘉莉正身处困境,急盼拯救,德鲁埃及时相助,她身不由己,这才屈从于他。现在,嘉莉却被那种德鲁埃永远不会懂得的秘密的感情潜流诱服了。赫斯特伍德的每一个飞眼,犹如恋人的情话一样富于魅力,而且意味无穷。它不要马上回答,甚至是不可能回答的。

一般说来,人们赋予了言语过分多的含义。他们有一种错觉,仿佛言语能产生极大的效果。事实上,言语在所有议论中总是属于最浅层次的部分。它们只能模糊地表达隐藏在后面的狂热、沸腾的感情与欲念。说话间或许也有走神的时候,但他们俩却是心有灵犀一点通。

嘉莉跟赫斯特伍德交谈时听到的,却是他所说的言下意、弦外音。

他的外表多文雅！他的身份地位又是多么诱人！他对她怀有越来越强烈的欲望，就像一只温暖的手抚摸着她的心灵。它是肉眼看不见的，所以嘉莉用不着为此感到战栗——它又是无形的，触摸不到的，所以她也用不着害怕别人会怎么说，她自己又会怎么想。赫斯特伍德正在向她恳求、劝说、要求否认旧的专有权，取得新的专有权，但这一切都不是用言语表达出来的。他们的交谈展现了这两个人的真实心态，就像管弦乐队以低音给某个经过渲染的戏剧插曲伴奏一样。

姑且不要就这两个人的真实心态的预测跟我争论。生命机能具有巨大的力量，不应该看作仅仅是一种智力。所谓情趣高雅，不外乎是对这些事物有认识和理解，谁能理解和感觉到它们是真实的，谁就算是情趣高雅。但是这些力量本身，从事最平凡的工作的聪明人全都会意识到。这些力量是微妙、奇异而又惊人的，需要观察者思想缜密精妙方能了解。调节嘉莉和赫斯特伍德这两种性格的人的力量，就像上文所说的那样奇异而又微妙。这一切我们在写小说和哲学论文时，都没有特别强调——我们没有阐述，每一个人都必须对这些事物先要有所理解和感觉，方能过上真正合乎人性的生活。我们必须懂得，不是我们自己，而是这些事物——我们则是作为它们存在的根据——才算是真实。必须懂得，这不仅仅对美是这样的：

　　……它是通过如画的景色
　　无际的苍穹显示出来。

而且

　　它的全部界域是地和天，
　　善与恶，我和你。

"北区湖滨那一带的房子你见过没有？"赫斯特伍德问。

"哦，今天下午我刚去过那里——海尔太太和我一起去的。可是漂亮得很，是吗？"

"是的，非常漂亮。"赫斯特伍德回答说。

"哎哟！"嘉莉忧心地说，"我巴不得能住进这么一幢住宅哩。"

"你并不快乐。"赫斯特伍德稍微沉吟了一下，慢悠悠地说。他一本正经地抬眼直瞅着她的眼睛。他心里明白自己已深深地撩拨了她的心弦。现在他自己有机会说出那样一句话了。他悄悄地俯身靠近她,两眼还是直瞅着她。他觉得现在正是千钧一发的时刻。嘉莉身子禁不住稍微挪动了一下,竭力想要摆脱他的魅力,但是不管用。他正在充分展现男人的全部迷人的魅力。他有足够的理由可以激励自己。他瞅着,瞅着,这个局面持续时间越长也就越棘手。这个小女工已越来越陷进了深渊。她仅有的一些支撑物,一个接一个地正从她手中漂走了。

"哦,"嘉莉最后说,"你不应该那样直瞅着我。"

"我可按捺不住了。"赫斯特伍德回答说。

嘉莉稍微放松了一点,让这个局面持续下去,殊不知却给了赫斯特伍德勇气和力量。

"你对自己的生活不满,是吗?"

"是的。"她有气无力地回答。

赫斯特伍德心里明白,说得更确切些——他早已感到自己控制着这个局面了。他俯身过去,抚摸着她的手。

"你千万别这样。"她大声嚷嚷,一跃而起。

"请原谅,我这是无意的。"他毫无拘束地回答。

嘉莉并没有逃跑,按说她是可以逃跑的。她并没有让这次会面就此结束,赫斯特伍德马上想到要给她讲一些逗人的趣闻。但不一会儿,他却起身告辞。嘉莉觉得一切的一切全都被他控制了。

"你千万别生气,"他怪亲热地说,"随着时间的流逝,一切都会好转的。"

她没有回答,因为她想不出有什么话可说。

"我们是好朋友,不是吗?"告别时,赫斯特伍德向她伸出手来说道。

"是的。"嘉莉回答说。

"那么,在我再来看你以前,一字别提这件事。"

他紧紧地握了一下她的手。

"我可不能答应。"嘉莉满怀狐疑地说。

"你对朋友就得慷慨大方一些。"赫斯特伍德话儿说得如此坦率,使她不由得不深受感动。

"那我们不要再谈这个就得了。"她回答说。

"好吧。"赫斯特伍德笑逐颜开地说。

他下了楼,登上了他的马车。嘉莉关了门,上楼回到自己的房间。她对着穿衣镜,松开宽宽的花边领子,还把她新买的那条漂亮的鳄鱼皮腰带解了下来。

"我变得真吓人,"她说,心中确实感到羞愧交集和困惑不安,"好像什么事情我都做得不对头。"

不一会儿,她解开头发,一头波浪形的秀发,看上去很漂亮。她苦思冥想,逐一想起这天晚上发生的种种情景。

"我不知道,"最后她喃喃自语地说,"现在我该怎么办呢!"

"好了,"赫斯特伍德驱车回去时自言自语地说,"她真的喜欢我,这个我深信无疑。"

这位春心不老的酒店经理回家的路足足有四英里,一路上他乐乐呵呵地吹口哨,吹的是少说也有十五个年头他都没有想起的一支旧曲子。

## 第 十 四 章

　　赫斯特伍德和嘉莉在奥格登公寓幽会以后还不到两天,这位大人物又去登门拜访了。他几乎一天到晚都在惦念她。她的宽容大度在某种程度上使他欲火中烧。他觉得自己一定能赢得她,而且还会很快。

　　这个阅历丰富的人之所以对嘉莉感兴趣——还说不上是神魂颠倒——并不仅仅由于欲望引起,其原因要深刻得多。这是多少年来在干涸、几乎荒瘠的土壤里枯萎了的感情,现在好像又在吐蕊待放。很可能嘉莉比从前吸引他的所有女人更出色。自从那次最后终成眷属的恋爱以来,他一次都没有正经八百地谈过恋爱,而从那以后,阅尽人间沧桑,他才恍然大悟自己当初的决断是多么草率的差错。每当赫斯特伍德一想到这件事,就暗自寻思道:如果说他的一生还可以从头开始的话,他是断断乎不会娶像赫斯特伍德太太这样的女人。同时,他平日里跟女人打交道的经验,大大地降低了他对女性的敬意。他对女性持玩世不恭的态度,乃是由于自己有过相当多的经验教训的缘故。他在遇到嘉莉以前所结交过的女人,几乎都是一个模子里浇铸出来的:自私、愚昧、俗艳。在他朋友们的太太里头,他也没发现有长得灵秀一些的;而他自己的太太那种冷峻、平庸的性格怎么都不会让他喜欢的。他对那些花天酒地的场所本来就有所了解,在那里,每到夜晚,社会上好色之徒——其中好多人他是认得的——总在纵饮作乐,这一切终于使他的性格变得冷酷无情。他常常以怀疑的眼光看待所有女人——瞧她们只是一个劲儿以自己的色相和服饰来捞取好处。他用一种洞烛其奸的锐利的眼光追踪着她们。与此同时,尽管他远不是那么无聊,但他对善良的女人还是尊敬的。他个人甚至并不想要琢磨研究,究竟打从哪儿会出现一个有如圣洁的女人这种奇迹。到时候他会摘下帽子,使那些口出污言秽语、居心险恶的人在她面前噤若寒蝉——活像鲍威里①小客栈的爱尔兰看门人在慈善姐妹会②跟前低首下心,自愿虔诚地给慈善事业捐钱——至于赫斯特伍德为什么自己会如此卑躬屈膝这个问题,现在他倒是不去多推敲它了。

一个具有赫斯特伍德这样职位的人,多年来跟许多无足轻重或利欲熏心的女人打过交道以后,一旦遇见一个天真、无知的年轻姑娘,要么是感到她跟自己差距太大而持疏远的态度,要么是被她吸引过去,惊喜于自己的发现而扬扬得意。只有经过迂回曲折的历程,像赫斯特伍德这种男人才会接近嘉莉这样的姑娘。他们这些人没有明确的办法,他们也不了解怎样去骗取这个年轻女人的信任,博得她的青睐,——但是,倘若他们发现良家女子落入陷阱的话,则当别论。如果这只苍蝇不幸落入蛛网,那蜘蛛就会爬过来,根据自己的条款开始谈判。所以,天真的少女闯进有如泥淖一般的大城市,要是落入浪荡子或者色狼的圈子,哪怕还是在最外层的边缘,他们也都会跑出来,耍弄他们那套诱人的伎俩。

"嘿,"这种人就会大声嚷道,"瞧一个天真无邪的可怜虫已落入我的掌心啦。我这就去碰碰运气。"

这事的最后结局,我们是完全可以预料的,因为天真无邪的人怎么都听不到什么高见或者劝告的。

想必一眼就可看出,历经一个迂回曲折的过程,嘉莉已经落入赫斯特伍德的势力范围。当初赫斯特伍德是应德鲁埃的邀请,去看一个衣着入时、容貌漂亮的新来的姑娘的。他一走进德鲁埃的公寓,只指望痛痛快快地闹着玩一个晚上,然后永远忘掉这个新朋友。殊不知他发现了一个年轻貌美的女人把他给吸引住了。嘉莉温柔的眼光里一点儿都没有像情妇那样工于心计的神态。羞羞答答的举止言谈中,也一点儿没有交际花的那种做作。赫斯特伍德马上发现刚才是一场误会——某种艰难的际遇把这个可怜巴巴的姑娘推到了他跟前,使他一下子对嘉

---

① 鲍威里,位于纽约曼哈顿岛东南部,为廉价酒吧、下等客栈、低级娱乐场所,是乞丐、酒徒充斥的街区。
② 慈善姐妹会,爱尔兰修女凯瑟琳·麦考利(1787—1841)在一八二七年创建于都柏林的慈善组织,一八四三年在美国设立分会。

莉产生了兴趣，顿时萌生出拯救的同情心，虽然其中不是没有私心杂念。他要把嘉莉夺过来，因为他认为她的命运与其跟德鲁埃连在一起，还不如跟他自己交织在一起要好得多。他嫉妒这个推销员旗开得胜，其实，他一辈子都没有那样强烈地嫉妒过别人。

　　嘉莉的品格当然比赫斯特伍德高尚，就像她的智力胜过德鲁埃一样。她刚到芝加哥，就像是旷野里吹来的一阵清新的空气一样新鲜，乡下的阳光依然在她眼里闪耀着。这里面没有什么欺诈或是贪婪。如果说要寻觅的话，也许她身上由于遗传，稍微留下了一点儿，但绝不是贪得无厌。她至今还用一种困惑的眼光打量着这个迷宫似的大城市。赫斯特伍德从她身上感觉到了含苞欲放的青春。他要像摘树上的鲜果一样把她摘下来。啊，嘉莉跟赫斯特伍德的妻子该有多么不同——她跟那些谙熟城市生活、用同一个模子浇铸出来的俗艳女人相差该有多远啊。赫斯特伍德好像口渴的旅人走近清泉一样靠近这个年轻的女人。赫斯特伍德在她的面前感到神清气爽，就像一个人在盛夏骄阳的炙烤下，突然拂面吹来一阵春风时的感觉。

　　嘉莉自从上面所说的那个插曲以来，孤零零的没人商量，开头只好自己东想西想，总想不出所以然来，最后想得累了，就索性不去想它了。她自己好歹应该感激德鲁埃。他在她落难的时候帮助过她，仿佛还是昨天的事。她在各方面对他都是感恩图报的。她承认他长得相貌堂堂，同时又宽宏大量，事实上，说来也怪，甚至当他不在跟前的时候，连他的自私自利她都记不得了。不过话又说回来，嘉莉并不觉得有一种必须恪守的关系，使她只能跟他，而不是跟别人联系在一起。事实上，类似上述想法，即使在德鲁埃的欲念里，也是根本站不住脚的。

　　老实说，这个年轻漂亮的推销员，由于他举止轻浮和喜新厌旧，至少就他跟女性的关系来说，是注定不能持久的。不论哪一个女人，只要对他长时间观察，都会觉得他就是那种"眼不见、心不想"的人。他决不会从他赖以生存的轻松的上层社会骤然坠落到严肃的感情之谷。他照旧乐乐呵呵地过日子，深信自己包管人见人爱，对他的钟爱之情也会接踵而至，这一切将永远不变，让他寻欢作乐。他就是看不到某一个老朋友，或是最终发现吃了此人的闭门羹，他也不会感到太伤心。这个人没有那么深的感情,所以不会为旧情的丧失而感到悲痛。他虽然还太年轻,但是已经很发迹了。他就是这么一种人,在精神上自始至终都是年轻的。

嘉莉跟德鲁埃关系的密切程度,就像他这种人跟任何一个人的关系差不离。她对他的习惯了解得很不够,还谈不上有任何看法。从他们第一次相见以后,德鲁埃从来还没有惹她生过气。如果说嘉莉本来只是以为他有什么缺点的话,那是由于他还没有暴露出来——是他压根儿不让它暴露出来罢了。

至于赫斯特伍德呢,现在他心心念念惦着嘉莉。他对她还没有具体的盘算,只是决心要她承认对他一见钟情。他自以为从她低垂的眼睛、犹豫的目光和迟疑的态度里看到了萌发出的强烈的情欲的征兆。他要站到她身边,让她把自己的手按到他手上——他要看一看她下一步该怎么——对他钟情的下一个迹象是什么。类似这样的渴念和狂热,好多年来他已经没有感受过了。赫斯特伍德又变成了一个多情的年轻人——一个向女人大献殷勤的出色骑士。

赫斯特伍德身为酒店经理,安排晚上外出活动,原是最方便没有了。一般说来,他是个最信得过的职员,至少从他支配个人时间来说,是能获得雇主们信任的。反正大家都知道经理交下的任务,他照例完成得很出色,所以不管什么时候,他高兴离开就可以离开。他的风度、手腕和过分修饰的外表,给酒店增添了一种须臾不可离的气氛,与此同时,长期积累的经验使他成为采办库存必备商品的最出色的行家。酒店伙计和助手们,也许会单个儿或者一拨一拨地进来又走了,但是只要他在店里,许多老顾客包管觉察不出有什么变化。他给店里带来了一种他们所熟悉的气氛。因此,他自己可以随意安排上班时间——有时在下午,有时在晚上,但在十一点和十二点之间务必赶回来,亲眼看一看这一天的最后一两个钟头里的生意如何,照料一下打烊这类琐事,这些原是他应尽的职责中的一部分。

"乔治,店里的事你都得安排妥当,让所有的雇员全走了以后,你自己才能回家。"霍格曾经有一回这样关照过他,从此以后,在他长年累月的任职期间,他从来都没有玩忽过这一职守。多年来没有一个业主在下午五点钟以后到店里来过,可是这位酒店经理却好像业主们按时前来察看似的,忠实地履行了上述这一要求。

这个星期五下午,在他上次拜访以后才两天,他决心前去跟嘉莉谈谈。他再也不能等待了。整整一个上午,他试图在写字台上工作,但是收效甚微。他和几位老朋友握握手,跟一两拨顾客聊聊天,此外还处理了店里一些日常事务,但是他照样心不在焉。他一直在幻想,要是自己能再坐到嘉莉身旁该有多美。最后,他决定要去看她,此后他两眼老是瞅着时钟,他觉得时钟太无情,走得真慢。

十二点半,他去进午餐,但是胃口欠佳,一点一刻就回来了,因为决定不了何时动身,心里直发愁。二点差一刻,他取下了他那淡灰色大衣和深色圆顶礼帽。

"伊万斯,"他冲酒吧领班说,"要是有人来找我,我四五点钟就回来。"

他急匆匆来到麦迪逊街,登上一辆马拉街车,半个钟头就到了奥格登公寓。

嘉莉正想出去散散步,穿着一套淡灰色毛料衣服,短上衣上有两排灰色大纽扣。她已经把帽子和手套取了出来,放在她面前的带镜高五斗橱上。她正在颈前系白色花边饰结,这时公寓的女仆上楼通报赫斯特伍德先生要来看她。

乍一听,嘉莉有一点儿吃惊,但是她告诉女仆说她一会儿下去,于是赶紧穿戴打扮。

嘉莉一听说这位令人难忘的经理正在等着跟她见面,顿时说不出是开心还是发怵。她感到有点儿慌慌张张,两颊一下子飞红,但这多半是由于紧张,而不是恐惧或是受宠。她并不想去推测谈话的动机是什么。她只是觉得自己务必小心谨慎,要知道赫斯特伍德对她具有一种难以言喻的吸引力。于是,她用手指最后整了整饰结就下楼了。

这位情深意笃的酒店经理,由于完全意识到自己此行的目的,倒也露出有些紧张不安的神情。他认为这一回自己务必大力施加影响,可是现在时刻一到,一听见嘉莉下楼的脚步声,他却慌了神。他不免意志有所消沉,因为他毕竟说不准她会有什么样的想法。

不过,嘉莉一走进房间,她的仪态给了他勇气。看来她太单纯、太迷人,会使任何一个恋人胆量骤增。她那明显的不安神情,反而把他自己的胆怯心情一扫而光。

"你好呀?"他从容地说,"今天下午我可不能不出来,天气是那么宜人。"

"是的,"嘉莉说,在他跟前站住了,"我自己也正打算出去散散步。"

"哦,你正要出去吗?"他说,"那么,你戴上帽子,我们俩一块儿出去吧。"

"那敢情好。"她回答说,一转身走出房间。

在这短短的会面中,她深信赫斯特伍德对她感兴趣了。现在毫无疑问,她已经把他吸引住了。他的翩翩风度与堂堂相貌并未使他本人格外显眼。嘉莉对他的躯体毫无感性可言,而让她受感动的仅仅是他的想法。要知道这些想法是非常诱人,而又富有吸引力的。

"是啊,"他说,"我真高兴来得正是时候,要不然我就见不到你啦。"

"是的,"她回答说,"我正要出去。"

他们穿过公园,沿着华盛顿街往西头走去,当时那宽阔的碎石子路面,以及离人行道还有相当距离的偌大的木结构房子,望过去挺好看。它是西区殷实人家聚居的一条街,赫斯特伍德生怕被人瞧见,禁不住心里感到紧张不安。本城各个角落里许多商人都认得他,尽管他一想到白天这个时刻大多数商人都在上班,他们的太太和子女大多数又不认得他,这才使他心中稍感宽慰,不过他还是巴不得自己不要太惹人注目。他们只走过一两排房子,在一条小巷里忽然看见了一家出租马车行的招牌,这才给他解决了难题。

"我们就不妨以车代步吧。"他说。

"我无所谓。"嘉莉说。

"城里那条新的林荫大街,你从来还没见过,是吗?"他问。

"是的。"她回答说。

上述那条林荫大街,在当时跟乡间的道路差不离。他打算领她去看看的那个地段，是在这个街区往西很远很远的地方，那里几乎连一幢房子也没有。这条林荫大街将道格拉斯公园与华盛顿公园——又名南园——连在一起，不外乎是一条人工铺筑得极好的马路，朝正南方向越过一片杂草丛生的旷野延伸过去，大约有五英里长，然后朝正东方向越过同样的大草原，也按同样的里程延伸过去。沿途经过的大部分地方连一幢房子都见不到，随便什么话都可以畅谈，不受任何干扰。

他在出租马车行的马厩里挑了一匹好使唤的马和一辆整洁的马车，转眼间他们俩来到了人们瞧不见也听不见的地方。

"你会赶车吗？"过了半晌，他问。

"我从来没有试过。"嘉莉说。

他把缰绳交到嘉莉手里，两臂交叉抱在胸前。

"你看，这可是一点儿都不费劲。"他微笑着说。

"要是马儿听话，倒也不难。"嘉莉说。

"只要练一下，你准能像任何人一样驾驭辕马了。"他话里带着鼓励，找补着说。

他一直在寻摸机会，想趁谈话中断之际言归正传。他有一两回缄口不言，希望她的思想会在冥冥之中受到他的影响，殊不知她还是在继续满不在乎地往下讲。不过没有多久，他的缄默控制了局面。他的思想动向开始产生效果了。他两眼直勾勾地瞅着不知什么地方，仿佛心里正在琢磨跟她毫不相干的事。不过他心里琢磨的，已是尽在不言中。她非常清楚地意识到眼前即将出现高潮。

"你可知道，"他说，"自从我跟你相识以来，我度过了多少个几年来最愉快的夜晚。"此情此景已经变得几乎有些紧张了。

"真的吗？"她佯装轻松地说，但还是为他语调里的说服力而激动不已。

"那天晚上，我本想就对你说的，"他找补着说，"可是不知怎的错过了机会。"

嘉莉一言不语地倾听着。她想不出什么话值得一说。尽管她在上次见过他以后，心中只要一想到此事，不免感到茫然困惑，如今她又受到了他的影响，他占了上风。

"今天我上这儿来,"他一本正经地说下去,"要把我的感受告诉你——不知道你乐意不乐意听。"

赫斯特伍德这个人按照他的本性来说,多少带一点儿罗曼蒂克情调。他会迸发出强烈的感情来——往往是颇有诗意的;处在强烈的欲望之下,如同眼前那样,他就会渐渐变得能言善辩。那就是说,他的感情和声音都带有雄辩必不可少的那种貌似压抑和怜悯的色彩。

"你知道,"他说,把手搭在她的胳膊上,一面保持着紧张的沉默,一面字斟句酌地说,"我爱你。"

嘉莉听了这话,身子一动也不动。她已被这个人的魅力完全束缚住了。他需要如同教堂里那样的宁静来抒发自己的感情,而她却始终默不出声。她目不转睛地凝望着她面前平坦开阔的景色。赫斯特伍德等待了片刻,把这话又说了一遍。

"你不该说那句话。"她轻轻地说。

这句话根本不令人信服。不外乎是她恍惚觉得应该说点什么罢了。他根本不理睬她的这句话。

"嘉莉,"他索性亲昵地直唤她的小名说,"我真巴不得你爱我。你可不知道我多么需要有人疼爱我呀。说真的,我孤单得很。我这辈子简直毫无乐趣可言。净是跟一些无关紧要的人在一起忙活、犯愁罢了。"

赫斯特伍德一面这么说,一面想当然觉得自己的遭际是怪可怜的。他善于躲在一旁,客观地估量自己——看到他有生以来想要看的东西。这时,他说话的声音由于紧张激动而特别发颤,殊不知这在他女友的心中引起了共鸣。

"哦,我还觉得,"她那双充满真挚同情的大眼睛转过来直瞅着他说,"你挺幸福的。你见识过这么多的世面。"

"这就说到点子上了,"他的声音有一点儿低沉,"那么多的世面我都见识过了。"

嘉莉觉得,听这么一个有权有势的人跟她这么说话,可是非同小可。她不由得感到自己命途多舛。在这短短的瞬间,乡间的狭隘生活不知怎的像一件外套从她身上脱下来,替换它的则是充满种种奥秘的城市生活。眼下最让她百思不解的奥秘就是：一个有钱有势的男人坐在她身边——正在向她乞求同情。只消看他一眼就知道，他生活优哉游哉，他力量大，地位高，衣着华丽，可他偏偏在向她嘉莉乞求同情。这对她的影响之大，正如伟大的上帝对一个感悟到上帝了不起，后来却吸引他一言一行务求至善至美的基督徒的影响一模一样。她想来想去，想不出任何一句合情合理的话来。她再也不让自己为此伤脑筋了。她最好还是沐浴在他温情脉脉的暖流里，就像一个挨冻的人喜得篝火似的。赫斯特伍德由于自己极度紧张而满脸通红，欲火中烧；他那熊熊的欲火早已把他女友的种种顾虑像蜡一般熔化了。

"你以为，"他说，"我是幸福的，我就不该诉诉苦了。不，要是你整天跟压根儿不关心你的人碰面——要是你天天都到一个除了摆阔和冷漠以外什么也没有的地方，要是你在你所有认识的人里头找不到一个人会给你一点同情，或者可以跟你聊聊天、谈谈心——说不定你也会觉得不愉快。"

他正在拨动的是使此情此景中的她引起同情共鸣的心弦。说到跟冷漠的人碰面，独个儿走在那么多根本不关心你的人中间，她是深知个中况味的。难道说她自己不就是过来人吗？就在眼前，难道说她不也是非常孤单吗？在她所有认识的人中间，有哪一个人她可以去向他企求同情呢？一个人都没有。她只好独个儿在那里苦思冥想和暗自纳闷。

"要是我能使你爱上我，"赫斯特伍德继续说道，"我就心满意足了。要是我可以来看你，跟你做伴多好。说实话，平日里我只是东奔西走，一点劲儿也没有。我是在苦熬时间。在你来之前，我整日无所事事，只是闲混混、随大溜。自从你来了以后——得了，我心里就净惦着你。"

嘉莉曾经有过这里有人会来企求她的幻想，这时它开始在她心中萌生。眼前这个孤独、可怜的人，她的确很同情。只要想一想，他这一切优越的身份地位因为少了她而不得不如此黯然失色，而且他又是在她自己孤苦伶仃之时才不得不提出这么一个恳求的。这当然是太惨了。

"我这个人并不是坏得很，"他急于认错地说，好像这一点他非得向她解释不可，"也许你以为我到处逛荡，染上了种种恶习。过去我是比较莽撞，但是我很容易把它改掉的。我需要你来把我拉回来，如果说我这一生还有什么出息的话。"

嘉莉脉脉含情地直瞅着他，那种脉脉含情每当希望某人改邪归正时照例都会流露出来。如此一个人物，难道说还需要感化吗？他的那些错误，她能通通改正过来吗？他样样都这么好，想必是一些小小的闪失。充其量，只不过是镀金绯闻罢了，哦，反正人们对此照例都是很宽大的。

他把自己数落得那么孤苦伶仃，使她深受感动。

"真的是那样吗？"她在沉思默想。

他伸出一只胳膊搂住她的纤腰，她不忍心让自己的身子闪开。他用闲着的另一只手握住她的手指。一阵柔和的春风拂过路面，吹动了去年秋天掉在地上的一些枯黄的枝叶。马儿悠然自得地往前走，用不着有人去驾驭了。

"嘉莉，你说吧，"他柔声地说，"你是爱我的。"

她的眼皮故意耷拉了下来。

"亲爱的，快承认吧，"他动之以情地说，"你是爱我的，不是吗？"

她没有做出回答，可他却感到自己得胜了。

"告诉我吧。"他意味深长地说，紧紧地搂住她，使他们的嘴唇快对接在一起了。他热情地紧攥着她的手，然后又把它放开，去抚摸她的脸颊。

"你是爱我的。"他一面说，一面让他的嘴唇紧贴着她的嘴唇。

至于回答呢，她的嘴唇已做出了答复。

"现在，"他乐不可支地说，他那漂亮的眼睛正在闪闪发光，"你是属于我的女人了，是不是？"

她把头温柔地偎在他的肩膀上，作为进一步的结论。

# 第 十 五 章

那天晚上嘉莉一坐到自己房间里,浑身上下和心灵深处都感到热乎乎的。她为自己对赫斯特伍德的感情和他的钟爱深深地感到高兴,心里想得美滋滋的,企盼着定于星期日晚上的再次见面。他们约定她索性去市中心见他,并不认为非得保密不可,虽然说到底,他们还是有正当理由非得保密不可。

海尔太太就是从楼上窗口看见她进入公寓的。

"哼!"她暗自寻思道,"她在丈夫出门期间跟别的男人出去溜达。他应该多只眼睛盯住她才行。"

事实上,对这事有想法的不仅海尔太太一个人。迎接赫斯特伍德的女仆也有她自己的看法。本来她对嘉莉并不特别看重,因为她觉得她冷冰冰的,难以相处。同时,她对那个秉性快活、脾气随和的德鲁埃倒是喜欢的,此人不时给她说上句逗趣的话,此外对她还表示过他对所有女性都给过的那种关照。反过来说,赫斯特伍德的举止谈吐却比较有节制,很讲究。他就不会令这个穿着紧身胸衣的女仆同样满意,受到她的欢迎。因此,在他来访过几次之后,这个女仆一想到他就觉得怪腻味的。她暗自纳闷他干吗来得这么勤,今天下午德鲁埃先生不在家的时候,德鲁埃太太竟然会跟他一块儿出去。她在厨房里向厨师泄露了自己的看法。结果,一连串闲言碎语,如同别的闲言碎语一样,就开始在公寓里暗中流传开去。没有多久,除了这两人以外就有更多的人,虽然不能说是所有的人,都有了自己的看法了。

这时,嘉莉正处在自己非常满意的心态之中。她既然甘心屈从于赫斯特伍德,承认自己钟情于他,就再也不必为自己对他持何种态度而犯疑了。她暂时不大去想德鲁埃,净想着她的恋人雍容高雅的风度,以及对她的缱绻柔情。头一个晚上,她什么事都搁下了,只是尽情重温那天下午的各个细节,结果老是想到那个美滋滋的高潮,那时她以行动承认自己对他孤独的处境倾注了满腔同情。这是她生平头一遭完全彻底地激起了自己的同情心,给她的个性增添了新的光彩。本来她就掌握着某些主动权,过去不易察觉,但现在开始得以充分发挥了。她更加切合实际地估量着自己的境况,开始隐隐约约看到了一条出路。赫斯特伍德仿佛一道通向光明正大的生活的引力。她的感情是极其值得称道的,从最近事态来看,她有可能摆脱不名誉的生活。她想不出下一回赫斯特伍德还会说些什么话。她只是把他的钟情看成一种珍品,因而还附带更加美好的结果。

恰巧相反,那个大人物并没有制订什么行动计划,尽管他几乎毫无保留地听信自己的欲望驱使。现在他真算得上春风得意,他的求婚一事没料到会如此顺当。毫无疑问,嘉莉对他入了迷是千真万确的。他觉得自己深深地爱上了她,只企盼着他们俩下一次见面,让他与她的关系得到顺利的发展。他在她面前所感到的那种狂喜劲儿,对他具有特别的诱惑力。只要一想到她温情脉脉的一瞥,就足以使他浑身上下都美滋滋地发颤。他急巴巴地盼着下一次跟她见面。总之,当时他正处在相当轻松的气氛里,通过一种玫瑰色的媒介物来观察一切。在这种情况下,也许可以说他真的在谈恋爱了。

根据我们对男人的了解,很容易猜得出他的意图是什么。许多人生来就是只想寻欢作乐,而回避责任。他们就像蝴蝶老是在夏天的花园里飞呀飞的,掠过一朵又一朵花儿,尽情抿吸花蜜,只供自个儿玩乐。他们根本不认为由于他们的行动造成的任何后果应该与他们有关。他们根本不明白需要有这么一个组织健全的社会,在那里人人应该负有一定责任,人人真的感受到还说得过去的幸福。他们心中殷殷为念的只是他们自己,因为至今人们还没有教导过他们凡事都要顾念到社会。痛苦和穷困才是他们的大工头。法律不外乎是限定他们行动范围的栅栏罢了。他们犯了错误后受到痛苦的鞭打时,他们还不知道自己之所以吃苦头是由于行为不端。有许许多多类似这样的人,被穷困和法律鞭打得昏倒在地,饿死在阴沟里,或者在狱中被折磨致死,他们心里万万也不会想到,他们之所以受鞭打无非是自己一个劲儿要逾越穷困所规定的界限。一个命蹇时乖的囚徒,只图自己寻欢作乐而锒铛入狱,他并不知道狱墙有多高,生气勃勃的哨兵永远手握滑膛枪在踱方步。他怎么也闹不明白一切的欢乐都在内心,而不是在外表。他硬是想要抹掉社会的界限,制伏那个哨兵。当我们听到两手已被缚住吊起来的人在呼喊,以及那不祥的枪声标志着又一个想要挣脱桎梏的可怜虫命归西天的时候,我们可以肯定地说生活又一次被人误解了——我们可以肯定地说:此人一直在跟社会做搏斗,只有死亡才能终止他的抗争和恶行。

不过,赫斯特伍德心中只有不负责任的享乐思想。他并不觉得他眼下的所作所为会给个人生活带来麻烦。他的地位可谓稳固;他的家庭生活虽说不能令人满意,但至少是相安无事;他的个人自由是不大受约束的。嘉莉的爱情仅仅表明他又增加了那么多额外乐趣罢了。除了他的日常许多玩乐之外,他尽情享受着这一新的便宜货的乐趣。他跟她在一起很快活,他的风流韵事就照常继续下去——不受干扰。

星期日晚上,嘉莉跟他在他选定的东亚当斯街上的一家饭店进餐,随后,他们雇了一辆马车前往邻近第三十九街的别墅林荫大街,当时那里有一家人们常去欢度良宵的娱乐场所。他在自我表白的过程中很快就闹明白嘉莉把他的爱情看得比他所预料的还要高。她相当庄重地跟他保持一定距离,仅仅接受了那些与一个毫无经验的情人身份相称的柔情蜜意的表示。赫斯特伍德发觉她可不是那种他一提出要求就可以占有的人,所以不敢过分狂热地求爱。他向她求爱时所采用的,是具有年轻人特性的,而不是勾引人的那套方式。要让她自己感觉到所有一切恩惠都是给予她的。与此同时,他的兴趣却越发浓厚了。这玩意儿既然全靠耍手腕才能赢得,看来也就更加迷人了。由于她的孤高超脱——她想让自己不再进一步卷进去——但愿维持原状——这就使他反而感到她出落得更美了。既然过去他佯装相信她结过婚,他觉得现在还得继续装假。他知道自己离胜利还有小小一段距离。可他就是猜不出到底有多远。

他们正在听音乐会,大厅尽头的时钟刚指向十点钟时,嘉莉说:
"我们该走了。"

"怎么啦,才十点呢。"赫斯特伍德回答说。

"我知道,不过等我们回到奥格登公寓就要过十一点了。我在外面可不能待得太晚。"

"难道他们那里都是早睡早起的吗?"

"哦,是的。"她说,"要是可能的话,我务必赶在十一点前到家。"

赫斯特伍德只好勉为其难,听从了她的意见,幸亏他很乖觉,一点儿也不露声色。他们坐马车快到奥格登公寓时,他这才开口问:

"什么时候我再去看你?"

"我可不知道。"她一边回答,一边在暗自纳闷。

"下星期二去'博览会',可好?"他出了个点子说。

她摇摇头。

"不要这么快。"她回答说。

"我告诉你我会怎么做,"他找补着说,"我会给你写信,由这个西区邮局留交代领。星期二你就上那儿去取,好吗?"

嘉莉同意了。

根据他的吩咐,马车在离家一个门面的地方停住了。

"晚安。"他低声说。

正当赫斯特伍德的风流韵事进行得很顺溜的时候,偏偏德鲁埃回来了。第二天下午,赫斯特伍德正坐在他的小小写字间里,看见德鲁埃走了进来。

"喂,你好,查利!"他套近乎地说,"又回来了,嗯!"

"是的。"德鲁埃微笑着,走过来,往门里瞅了一眼。

赫斯特伍德站了起来。

"嘿,"他一边说,一边把这位推销员端详了一番,"照样还是满面红光。"

他们开始闲聊他们熟悉的那些人,以及所发生的一些事情。

"家去了没有?"末了,赫斯特伍德问。

"没有。不过这就去。"德鲁埃说。

"我想起了那里的小姑娘,"赫斯特伍德说,"去看过她一次。我想,你是不会乐意她过得太冷清的吧。"

"你说得对。"德鲁埃随声附和说,"她怎么样了?"

"很好,"赫斯特伍德说,"不过非常惦记你。你还是现在就回去,让她高兴高兴吧。"

"我这就去。"德鲁埃笑眯眯地说。

"星期三你们俩都请过来,跟我一块儿去看戏——"赫斯特伍德在分手时说。

"谢谢你,老朋友,"赫斯特伍德的朋友说,"但看那个姑娘怎么说,到时我再告诉你。"

他们非常热情友好地分了手。

"此人真不赖。"德鲁埃正在拐弯向麦迪逊街走去时暗自思忖道。

"德鲁埃是个好小子,"赫斯特伍德回到写字间时暗自思忖道,"不过他跟嘉莉很不般配。"

一想到嘉莉,他心里马上就乐滋滋的。但他又暗自纳闷,真不知道怎样才能瞒过这个推销员。

德鲁埃一见嘉莉,照例把她搂在怀里,殊不知他在亲吻她时,她却有点儿勉强。

"哦,"他说,"我这次出门可真不赖。"

"是吗?"她马上回话说,"从前你跟我说过拉克罗斯①的那个人,你跟他成交的结果怎么样?"

"哦,很不错。卖给他一大批。那儿还有一个人,是代表伯恩斯坦公司的——一个地地道道的长着鹰钩鼻的犹太人,但他并没有捞到好处。我看他好像够窝囊的。"

当他松开领口、解开衬衫饰纽,准备洗脸换装的时候,他不厌其烦地大谈出门的经过。嘉莉不由得津津有味地听着他绘声绘色的描述。

"老实告诉你,"他开了腔,"我让写字间里的人都大吃了一惊。上一季度我销出的货物比本公司哪一个推销员都要多。在拉克罗斯,我就把价值三千块钱的货物脱手了。"

德鲁埃让脸儿浸在脸盆中的水里,一边用手擦脖子和耳朵,一边又

---

① 拉克罗斯,位于威斯康星州西部、濒临密西西比河的一个农贸及航运中心城市。

是吹气，又是喷气，这时嘉莉两眼直瞅着他，真是百感交集，既要回首往事，又得琢磨现状。德鲁埃在揩脸的时候，又继续说道：

"六月份我让他们给我加薪水。我做成了那么多生意，这钱他们是出得起的。我也一定会成功的，你等着瞧吧。"

"我可巴望你成功哩。"嘉莉说。

"到那时候，要是我手头的那一小笔地产生意成交了，我们俩就结婚。"他煞有介事地说，这时他已站到镜子跟前开始梳头发。

他硬要把这笔纯属虚构的地产生意扯进来，借以安抚一下嘉莉的结婚念头。他要让她对自己的现状心满意足，而他自己则乐乐呵呵，大大咧咧地四处鬼混。

"我不信你真的想跟我结婚，查利。"嘉莉犯愁地说。赫斯特伍德最近几次断言已给了她勇气说这句话。

"哦，我可是真的——当然我是真的——你怎么会这样想呢？"

这时他已不再对着镜子梳头发了，就走到她面前来。嘉莉头一次觉得她好像应该躲开他。

"可你这话说了好长时间啦。"她昂起俊俏的脸儿直瞅着他说。

"哦，我是早有这么个意思的，不过要有钱才能过上符合我要求的生活。现在让我加了薪水，差不多万事齐备了，我就好结婚了。现在你别发愁，小姑娘。"

他拍拍她的肩膀让她放心，但嘉莉还是觉得自己的希望真的会落空。她清楚地知道这个懒懒散散的家伙压根儿不乐意给她办什么事。他只是随波逐流，四处鬼混，因为他喜欢眼下自己的那种逍遥自在，不愿受到任何法律的约束。赫斯特伍德相比之下，就显得比他坚强、诚恳。她觉得他各方面都更好。他在举止谈吐中没有敷衍过她。他还同情她，让她了解自己的真正价值。他正需要她，而德鲁埃却满不在乎。

"哦，不，"她不免有些后悔地说，语调里带着一点儿胜利感，更多的却是她无可奈何的心情，"你永远也不会乐意。"

"那你就等着瞧吧，"他最后说，"我包管跟你结婚。"

嘉莉两眼直瞅着他，觉得自己言之有理。她总算寻摸到了一些聊以自慰的理由，他就是这样轻口薄舌地毫不理会她对他的正当要求。

他曾经信誓旦旦地说要跟她结婚,莫非这就是他履行自己诺言的方式。

"好了,"他自以为结婚问题已经轻描淡写地给解决了,就说,"今天我碰见了赫斯特伍德,他请我们俩跟他一块儿看戏去。"

嘉莉听到这名字大惊失色,但她马上又泰然自若,免得引起德鲁埃注意。

"什么时候?"她佯装满不在乎地问。

"星期三。我们都去,好吗?"

"你乐意就去呗。"她回答时显得特别勉强、拘谨,几乎令人犯疑。德鲁埃虽然有所察觉,但他认为这是她在他们谈论结婚问题后产生的情绪。

"赫斯特伍德来看过你一次。"他找补着说。

"是的,"嘉莉说,"星期天晚上,他来过这里。"

"他真的来过吗?"德鲁埃说,"我听了他的话,还以为他是在一个星期左右前来过的。"

"他是来过的。"嘉莉回答说,她完全不知道她的两个情人可能谈过哪些话。她心里没有底,唯恐自己的答话会引起什么纠葛。

"哦,那么他来过两次。"德鲁埃说,脸上头一次露出惊疑的神色。

"是的。"嘉莉天真地说,这时才感到赫斯特伍德必定是只说来过一次。

德鲁埃心想自己对他的朋友一定误会了。说到底,他对此事也并不特别注意。

"那他说了些什么呀?"他略微感到好奇地追问道。

"他说他来这儿看我,是因为他觉得也许我会感到冷清。你好久没去那里,他心里纳闷你到底怎么样了。"

"乔治是个好小子。"德鲁埃说,意识到这位经理的关注而很得意,"得了,我们一块儿出去吃饭吧。"

赫斯特伍德看见德鲁埃回来了,立即给嘉莉写信,其中有一段话是这样写的:

"我告诉他在他出门期间,我来看过你,最亲爱的。我可没有说过是几次,不过也许他想只有一次。告诉我,你可能跟他说哪些话。见信后,请专差捎个回信给我。亲爱的,我一定要跟你见面。星期三下午二点,你能不能在杰克逊街和思鲁普街的拐角处跟我碰头。我们在剧院里见面之前,我要先跟你谈谈。"

这封信是星期二早上嘉莉从邮局西区支局取到的,她当即写了回信。

"我说你来过两次,"她写道,"好像他并不在意。要是没有干扰的话,我会争取去思鲁普街的。我仿佛觉得自己变成了坏女人了。我知道像我这么做是要不得的。"

赫斯特伍德如约跟她见面时,要她对此事尽管放心好了。

"你别犯愁,心肝儿,"他说,"等他再次出门去,我们就另作安排。那时包管你用不着再瞒人啦。"

嘉莉以为他马上要跟她结婚,虽然他并没有直接这么说,因此她的精神为之一振。她打算尽量利用这一大好机会,直到德鲁埃再次出门。她一门心思全扑在这个漂亮的经理身上,此人看上去是那么诚恳,那么体贴,比那个推销员可要老练得多。

一个年轻姑娘一旦发现自己陷入了如此错综复杂而又反常的处境,她要么急中生智,大胆周旋,要么就遭到彻底失败。就嘉莉来说,财富和欢乐的城市生活,唤起了她心中想要爬得更高、生活得更好的欲望。德鲁埃的优柔寡断和漠不关心,她已看得一目了然,在他那里她已是无路可走。赫斯特伍德的穿着打扮和举止谈吐使她受骗上当,误以为他地位高显,生活奢靡。在她想象中他对她的最大魅力不外乎是他将把她引领到她梦寐以求的上流社会的入口处。所以此刻,他一口答应要做出某种安排时,她心里就踏实了。

"跟前时一样,你不要对我显得过分地关心。"谈到看戏一事时,赫斯特伍德就这样关照她。

"那你两眼可不要直勾勾地瞅着我。"她一边回答,一边念念不忘他的那双眼睛的威力。

"我不会的。"他说,分别时紧紧地握住她的手,如同她刚才警告过的那样,两眼直勾勾地瞅着她。

"瞧你的。"她逗趣地说,用一个手指头点点他。

"演出还没有开始呢。"他回答。

他依恋不舍地望着她离去。像她那样的青春美貌不禁使他为之陶醉，感到比美酒还要妙不可言。

在剧院里，事态发展果然——对赫斯特伍德有利。如果说前时嘉莉觉得他是讨人喜欢的话，那现在他就更加是这样的了。他的风度可以说悠闲适度，显得更加飘逸大方。他的一举手、一投足，都让嘉莉看了高兴。而可怜巴巴的德鲁埃却唠唠叨叨没个完，好像是在做东道主，嘉莉差一点儿把他给忘了。这时赫斯特伍德乖觉极了，一点儿也不露声色。要是说有的话，那就是现在他对自己的老朋友比平日里更加关注，而不是让人难于捉摸地去嘲笑他，如同得宠的恋人常在他心爱的女主人面前做的那样。要是说有的话，他只觉得眼前这种较量不大公道，但他还不算太卑劣，没让对方在心理上受到奚落。

殊不知台上演的那个戏却造成了嘲讽的局面，那也只好怪德鲁埃自己了。

台上演的是《海誓山盟》里的一场戏，说剧中的丈夫出门去了，他的太太在听一个情人富于诱惑的话语。

"此人活该如此，"后来，即使看到那位太太痛赎前愆时，德鲁埃还这么说，"像那么傻乎乎的男人，我可一点儿也不怜悯。"

"得了，你可千万别这么说，"赫斯特伍德轻声地回答说，"也许他还自以为蛮不错呢。"

"嘿，一个男人若要管好老婆，就得比剧中男主人公表现得更加殷勤周到才行。"

这时，他们已走出门厅，从簇拥在进口处的花花绿绿的人群中挤了出去。

"喂，先生，"赫斯特伍德身边有一个声音说，"请您破费一点，让我租个铺位过夜，好吗？"

赫斯特伍德正好跟嘉莉津津有味地说话。

"说真的，先生，我还没有地方过夜。"

苦苦求告的是一个脸容憔悴的男人，年龄在二十七八岁左右，好一副穷酸的可怜相。是德鲁埃头一个看到的。他心中顿时为之动怜，把一角钱递了过去。这等区区小事赫斯特伍德几乎没有留意。嘉莉也马上给忘了。

"好了,先生,"赫斯特伍德跟他们分手时最后说,"再也没有比看一出好戏更有劲的了,是不是?"

"我可最爱看喜剧呢。"德鲁埃说。

# 第十六章

随着赫斯特伍德对嘉莉的恋情日益增长,他压根儿撒手不管自己的家了。有关家里的一切事情,他简直敷衍塞责到了极点。每天早上,他和太太、子女坐在一起进餐时,净想着自己的心事,与他们感兴趣的领域相去甚远。他老是埋头看报,也许子女们扯到的话题太浅薄,使他看报的劲头更大了。他和他的妻子之间,有着一道冷漠无情的鸿沟。

啊,厌倦到了顶点,该有多难受。如此一再延宕下去——心力都交瘁了。从他初次感到爱情的欢悦以来,他一直过着这种生活;但在爱情失去了美,只剩下污壳之后,他一直就是这样在熬时间。现在他早已无所谓了。不管是这些事也好,还是那些事也好,他一概闭目塞听。至于其他的一些事,如同外衣一般,他一跨过门槛就给脱掉了。他一到了外面,就又感到生活充满了乐趣。

现在嘉莉突然闯进了他的生活,他满有希望又会感到无限幸福了。连晚上去市中心也乐滋滋的。白天变短了,他信步走在路上,街灯闪烁不定,煞是好看。他开始体验到那种几乎淡忘了的、能加快恋人脚步的情绪。他看了一眼自己的漂亮衣服,这时候他是用她的眼光来看的——而她的眼光正是属于年轻人特有的。

他正想得美美的时候,忽听到了他妻子的说话声,夫妇间那些紧迫要求把他从梦境中召回到涩滞乏味的现实中来,真是让人着恼。那时他才知道,这是锁住他双脚的一根铁链条。

"乔治,"赫斯特伍德夫人说话时用的那种语调是他老早听熟了的,他马上就知道她要正式提要求来了,"我们要你给我们寻摸一张看赛马①的

---

① 芝加哥华盛顿公园跑马场自一八八四年至一九〇四年间,每年暮春均举行多项目的赛马大会。

季票。"

"难道说你们每一场都要看吗?"他用一种逐渐升高的声调问。

"是的。"她回答说。

议论中的赛马会,即将在南区华盛顿公园举行。在那些并不虔信教规和抱残守缺的人心目中,这乃是上流社会的雅事。过去赫斯特伍德太太从来没有要过一张赛马会季票,可是今年出于某些原因考虑,她非要订一个包厢不可。先说她家有一个邻居兰姆赛夫妇,经营煤炭发了大财,早已订好了包厢。其次,她特别偏爱的医生比尔博士,此人喜好养马和赛马打赌,跟她扯起过想送一匹两岁的马去参加大赛马。第三,她想让眼看着快要成熟、出落得挺漂亮的杰西嘉露露面,巴不得她女儿嫁给一个有钱人。她自己非要涉足大赛马这类场合,好在至亲好友和稠人广众面前出出风头,多半也是她的动机之一。

赫斯特伍德琢磨了一下这个建议,并没有回答。他们正在二楼小客厅里等开晚饭。正是他跟嘉莉和德鲁埃约好一道去看戏的那个晚上,所以他是回家来换衣服的。

"你说单场票就不管用吗?"他只问了一句,不乐意说出更刺耳的话儿来。

"是的。"她不耐烦地回答。

"得了,"他说,对她的态度很恼火,"你可犯不着生那么大的气。我只不过随便问问你罢了。"

"我干吗要生气,"她抢白了一句,"我只不过是要一张季票罢了。"

"我老实告诉你,"他回话时露出坚定、明亮的目光直瞅着她,"那玩意儿是很不容易寻摸到的。赛马场经理肯不肯给我,我可说不准。"

他一直在暗自琢磨着自己与赛马场巨头们之间的关系。

"那我们索性就买呗!"她猛地大声嚷道。

"你说得倒也挺轻松,"他说,"买一张看赛马家用季票,可要花一百五十块钱哩。"

"我不跟你抬杠,"她干脆利落地回答,"我要的是季票,就这么回事。"

她站了起来,稍后就忽然离去。

"好吧,你去买就得了。"他气呼呼地说,虽然语调已经有所缓和。

那天晚上,餐桌上照例又空着一个座位。

第二天早上,他的心情已经相当平静了,后来季票也及时寻摸到了,不过已无补于事了。他老早就在考虑他的妻子开销越来越大这个问题,现在嘉莉独占了他的感情,他对这一类事就更加怄气了。他的妻子在他面前也不肯为了这等事表现得稍微知趣些。

她要替杰西嘉付各种交际费,付车马费,付置装费,以及其他等等费用。因此,杰西嘉在赫斯特伍德的心目中已成了一个娇生惯养的小姐,凭借特权,从他手里领取如同不义之财的津贴。他暗自寻思,他不在乎把他收入中相当大的一部分提供给自己的子女,但他就是不喜欢违背自己的意愿非要那样提供不可。再说,他在子女身上也没看到孝心,这只怪他自己从来没有给他们灌输过。杰西嘉委实太自鸣得意了,很少把父亲放在心上。不管什么时候她出现在父亲跟前,通常都是打扮得花枝招展,正要出门去。其实,父亲察言观色,早就心明眼亮,哪会觉察不到她灵魂深处的虚荣心。不过,他忘了自己在这一方面有弱点,反而认为女儿是受了母亲的影响。

"母亲,你知道吗,"改天杰西嘉又说,"斯宾塞一家子就要出远门了。"

"不知道。我纳闷,上哪儿?"

"去欧洲,"杰西嘉说,"昨天我碰到乔金,是她说给我听的。瞧她说话时怪神气活现的。"

"她说过什么时候动身吗?"

"我想是星期一吧。他们又要上报发消息了——总是老一套呗。"

"没什么,"赫斯特伍德太太宽慰她说,"我们改天也会去的。"

赫斯特伍德让自己的目光在报纸上慢慢地来回移动,但还是一言不语。

"'我们从纽约坐船到利物浦!'"杰西嘉模拟她朋友的腔调大声嚷嚷说,"'打算在法国度过大半个夏天'——听,这可是惊天动地的大事。好像去一趟欧洲就了不得似的。"

"你要是那么眼红她,想必也是认为了不得呗。"赫斯特伍德插话说。

看见她女儿流露出的情绪,他恼火了。

"别为这些事犯愁吧,乖孩子。"赫斯特伍德太太说。

"乔治走了没有?"另一天,杰西嘉又问她母亲,由此泄露了赫斯特伍德压根儿没听说过的事。

"他上哪儿去了?"他抬起眼睛问道。要是在过去,但凡家里有人出门这类事,他是全都知道的。

"他要去惠顿。"杰西嘉说,没有注意到这是对父亲的大不恭敬了。

"去干什么事呀?"他问,想到自己要用盘问这种方式来套话,不由得暗中懊恼不已。

"网球比赛。"杰西嘉说。

"他什么都没有跟我说呀。"赫斯特伍德最后说,语调里忍不住略带一点儿抱怨的味道。

"我想他肯定是给忘了。"他的妻子无动于衷地说。

过去,他在家里总是颇受尊重,其中感激和敬畏,两者兼而有之。至今在他和他的爱女之间,还保留着一部分他刻意追求的亲昵感。实际上,只不过是话语之间故作轻松一点儿罢了。**语调**总是适可而止。但不管怎么样,就是缺乏感情,如今他发觉自己跟他们的所作所为正在逐渐失去联系。他的了解再也不是巨细不遗,无所不知了。有时他只是在餐桌上见到他们,有时干脆连影儿都见不到。

偶尔他会听说他们所做的一些事情,但经常是听不到。有好几天,他发觉自己对他们正在议论的——他们已安排好去做,或是他不在家时早已做过的事——简直如堕五里雾中。令他更伤心的是,他觉得有些小事情已在进行,可他却从来都没有听说过。杰西嘉已开始认为她的私事不用别人过问。小乔治活蹦乱跳,好像完全是个须眉汉子,非得有一些个人隐私不可。这一切的一切,赫斯特伍德全都看在眼里,竟使他有一点儿反感,因为他惯于受人尊重——至少是在公务上——他觉得自己在家里的威信不应该开始降低。让他最最郁郁不乐的是,他发觉连他妻子也同样变得既冷淡,而又独立不羁,而他还得眼巴巴地看着自己照样支付各种账单。

不过,他一离开家,就满脑子全是别的事情,也就不大去想它们了。就上面的争论来说,他因为刚跟嘉莉度过了一个快乐的夜晚,情绪差不多完全恢复正常了。一想到他毕竟还是有恋人相爱,就常常借此来聊以自慰。家里的事就随它去吧,反正他在外头还有嘉莉。他心里想象自己正在窥视她在奥格登公寓的那个舒适的房间,他曾在那里消磨过好几个多么愉快的夜晚,想到只要把德鲁埃完全甩掉以后,每天晚上她都在这个小小安乐窝里等候他,该有多美啊。德鲁埃断断乎不会无缘无故地把他已有家室的底细告诉嘉莉,对此他持有乐观态度。事态进行得这么顺溜,他相信总不至于会发生变化。不久,他就会说服嘉莉的,那时一切都可以说称心如意了。

从他们看戏以后那天起,他开始按时给她写信——每天早上一封信,请她也要照样给他多写信。这些信都由西区邮局转交,由嘉莉自己去取。他说什么也算不上是舞文弄墨的,但因见多识广,感情日深,他写起信来,倒也略有文采。这是他在办公室写字台上,经过深思熟虑、字斟句酌之后才写成的。他买了一盒印有本人姓氏首字母的精美彩色香信笺,锁在一只抽屉里。现在,他的朋友们见到他这位堂堂大经理一边在抄抄写写,一边好像是在办公的样子,全都大吃一惊。酒吧间五个侍者看见他这位经理身负重任,还得做这么多伏案抄写工作,也无不肃然起敬。

赫斯特伍德对自己文笔如此流利也深感惊讶。按照主宰万物的自然规律,不管他写的是什么,他所写的对他自己都会起作用的。他开始觉得自己可以通过文字来表达那些微妙的情思。每一种措辞都使意念更加富有底蕴。他用文字表达出来的那些内心深处的渴念竟使他身不由己。他觉得他在信里向她表达的全部爱恋,嘉莉是受之无愧的。

也许可以写一篇文章,来阐明这种爱情的特点,既不是青春似火,又不具有田园牧歌式的情调。一个涉世很深的人,会考虑到自己恋情的各个方面,自以为了解他的情欲的一切目的,既可以引导,也可以遏制,乃至于加以摧残,但他至今还是受到上述这些思想的制约。他如同一只飞蛾,纵然对自己的情愫、火焰的吸引力通通都了解,但是远离火焰的愿望,自己偏偏还没想到哩。至于人们对各种自然力量在他们身上所起的作用有何看法,也就不必再说了。

嘉莉的确是值得爱恋的,只要她的青春活力和丰姿绰态有幸得到上流社会确认的话。阅世经历至今还没有夺去她那鲜活的心灵,亦即是她那迷人的形体美。她的一双柔情似水的眼睛,仿佛从来不懂得失望的滋味。她曾经因为疑虑和渴望感到有些困惑,但并没有因此留下更深的印象,只不过在瞬间一瞥或言语之间流露出一点儿愁闷的迹象罢了。有时候,正在说话或歇息之际,她嘴巴的表情使她看上去像是跟快要潸然泪下的人一模一样。可也不是始终如此悲悲切切。在念到某些字的发音时,她的嘴巴不知怎的变得奇形怪状——这么一来,犹如哀婉本身那样富于挑逗性,那样动人心弦。

再说,她的举止谈吐之中一点儿都没有大胆放肆的表现。生活没有教会她飞扬跋扈——这种装腔作势的傲慢姿态,正是某些女人颐指气使的力量所在。她渴望得到人们的尊重,但是并不强求。即使到了现在,她依然缺乏自信心,不过,她的生活经历已让她再也不太胆怯了。她需要享乐,她需要身份,可她还是闹不清楚这些东西究竟是什么玩意儿。人世纷纭,犹如万花筒似的,每时每刻都给某些事物增添新的光彩,由此成为她渴求的东西——也就是她心中所渴求的一切。只要万花筒一转动,真怪,又有一种东西变得尽善尽美了。

在心灵上也这样,但凡具有这种天性的人,她必然富于感情。许许多多的景物都会使她黯然神伤——对于无依无靠的弱者,她照例都会怆然伤怀。那些脸色苍白、衣衫褴褛、神情极度恍惚的男人,打从她身边满怀绝望、磕磕绊绊地走过,她一见到他们,心里就常常难受极了。从西区各工场里刚下班回家的、身穿破衣烂衫的女工们,晚上从她窗前急匆匆走过——她也会从内心深处怜悯她们。眼看着她们一一走过去,她会咬紧嘴唇,伫立在那里,直摇着小脑袋,暗自纳闷。她心里想,她们简直一无所有呀。衣衫褴褛,一贫如洗,真的太惨了。褪了色的破衣烂衫零零挂挂的,这种景象竟使她觉得惨不忍睹。

"瞧她们还得拼命地干活!"——是她唯一的评语。

在街上,有时她会看到人们在干活——正在抡大镐的爱尔兰人、给巨轮铲运煤块的煤炭装卸工、忙着干一些纯属重体力活儿的美国人——他们全都使她触景生情。苦工,尽管现在她已经不用再干了,但是她依然觉得仿佛比她在干苦工时更加沉闷。她是透过朦朦胧胧的幻想——一种诗情画意必不可缺的苍白、昏暗的微光——才看到的。从窗口闪过的一张脸孔,有时让她回想到自己年迈的父亲,身穿沾满面粉的碾磨工的制服。一个正在敲楦头的鞋匠,从地下室狭窗里瞥见的拉风箱熔铁的小工,在窗口高头俯看到的脱去上衣、捋起袖子的修理工——这一切都让她又回想到磨坊里的情景,历历有如眼前。她对此颇多伤感,尽管难得溢于言表。她心中总是同情做苦工的下层社会,她自己刚从那里跳出来,深知个中况味。

赫斯特伍德明明在跟一个感情如此柔嫩、细腻的人交往,但他偏偏不知道个中底里。他也不知道,正是她的这种素质终于把他吸引住了。他为什么对她情有独钟,他自己从来不想加以分析。只要她眼里温情脉脉,举止文弱,性情随和,满怀希望就很够了。殊不知他挨近的是这么一朵百合花,正是从他断断乎没有深入过的深水处汲取柔美和芬芳,从他不了解的软泥沃土中成长起来的。他之所以挨近它,只是因为它蕴含着柔嫩、清新之美。它顿时使他心花怒放。它真的使大好晨光一刻值千金啊。

在物欲方面,她已经大有改善了。她原先那副尴尬相几乎已消失殆尽,要说还有的话,也只是一丁点儿余痕,倒是跟仪态万方一样惹人喜爱。她穿的小小鞋子,可挺合脚,还都是高跟哩。她已经学会了用一些花边和小小的领饰来大大增加女性的魅力。她的体型已经长得十分丰腴,略呈富态,令人艳羡不已。她凭借德鲁埃的经验和意见作为指导,懂得如何选择各种色彩和色调,以便跟自己的肤色相得益彰。所以衣服穿在她身上总是非常服帖挺括,原来她常穿最佳紧身胸衣,精心收紧系带给自己束腰。她的一头秀发长得比从前更加丰美,而且她对于梳洗也很在行。她素来喜好洁净,如今真是天赐良机,她总是让自己经常保持得芳香四溢而洁净美丽。她牙齿洁白,指甲红润,秀发照例向前额上方梳卷。她两颊透红,长着一双温柔的大眼睛,还有丰腴娇美的下巴颏儿和圆嫩的脖颈。总体来说,不论什么时候,她总是人见人爱的。

一天早上,赫斯特伍德给她写信,约她在门罗街杰斐逊公园里见面。他觉得再去看她可不是上策,哪怕是德鲁埃在家。

　　第二天下午一点,他来到了幽美的小公园,在一条小道边一丛紫丁香的绿荫底下找到了一张用粗木材做成的长椅。那时候,明媚的春光还没有完全逝去。附近小池塘里有好几个衣着整洁的孩子在施放白帆布小船。一个衣服纽扣紧扣着的警官手臂交叉胸前,警棍拴在腰带里,正在一座绿塔的庇荫底下歇坐着。草坪上有一个老花匠,手持一把整枝剪刀,正在给几丛灌木修修剪剪。初夏时节,碧蓝色的天穹底下,闲不住的雀儿在闪闪发光的茂密的绿叶丛中欢蹦乱跳,啁啾不停。

　　那天早上,赫斯特伍德一出家门,依然觉得烦恼透顶。他在酒吧里无所事事地混着,反正用不着动笔写哩。他到小公园里来,带着如同摆脱了烦恼的人那样轻快的心情。此时此刻,他在沁人心脾的碧绿灌木丛的庇荫下,以一个恋人的审美力打量着他周围的一切。他听得到大车在毗邻的大街上轰隆隆地驶过,但是离这儿很远,只有一阵阵嗡嗡声传入他耳际。四下里城市的喧闹声极小;偶尔传来一声钟鸣,宛如乐曲一样悦耳动听。他寻摸着、幻想着一个新的欢乐之梦,这跟他目前处境完全无关。他回想到往昔的赫斯特伍德,那时节他既没有结婚,在社会上也还没站稳脚跟。他遥想当年,还轻松愉快地追求过姑娘们——他如何跟她们一块婆娑起舞,陪送她们回家,在她们家门口徘徊流连。他简直恨不得自己能重温旧情——这里,就在这宜人的景色之中,他恍然觉得自己是个一无牵挂的人。

　　两点整,嘉莉脸色红润、一尘不染,从小道上轻盈地朝着他走来。最近她常戴一顶时下流行、飘着一条漂亮的白点子蓝丝带的水手帽。她的衣裙是用艳丽的蓝色料子做的,跟衣裙相配的是雪白的底色上缀着蓝色细条子——条子细如发丝——衬衫。她脚上穿的是黄皮鞋,手上戴着一副手套。

　　赫斯特伍德乐呵呵地抬头直瞅着她。

　　"你来了,最亲爱的,"他急急巴巴地说,站了起来迎接她,还握住了她的手。

　　"当然啰,"她笑吟吟地说,"难道你以为我不会来吗?"

　　"我可说不准。"他回答,已被她的姿色迷住了,他的答话已没有了多大意思。

"你等了很久了吗?"她问。

"不算太久。"

"我还以为自己脱不了身呢。"她继续说着。

"碰到很多麻烦吗?"他插嘴问,推想德鲁埃说不定在家里,她就非得找些借口不可。这一句问话的真意,她听懂了。

"哦,德鲁埃,"她说,"早上十点,他去市里了。他说要到五点钟才回家。"

赫斯特伍德满意地微微一笑。

"坐一会儿,歇歇凉。"他直瞅着她一路赶来而有些汗涔涔的前额。稍后,他从自己洒上香水的柔软的丝手绢里抽出来一条,往她脸上来回揩擦。

"好了,"他亲昵地说,"你来了就好。"

仅仅一会儿,他们沉溺于微妙的情感抒发之中,此时此刻,话语不外乎是一道围篱——这些情感用话语说出来,反而会使谈情说爱的场面令人可笑。他们俩能相互挨近在一起——双目对视,真觉得说不出的快活。最后,好一阵乐滋滋的激情稍趋平静时,他说:

"什么时候查利再出门?"

"我可不知道。"她回答说,"他说,眼下有一些事儿要给这里的公司办。"

赫斯特伍德顿时神情严肃,陷入沉思之中。不一会儿,他抬起头来,说道:

"你干吗不离开他,一走了之?"

他转眼望着正在玩弄小船的孩子们,好像他这一句问话是可有可无似的。

"那我们上哪儿去呢?"她也以同样的口吻发问,一面摆弄自己的手套,两眼瞅着附近的一棵树。

"你想上哪儿去?"他问。

他说这句话的语调让她觉得好像她必须表明自己不爱住在本地的意向。

"我们在芝加哥可待不下去了。"她回答。

他没想到她心里竟会有易地迁居这种想法。

"为什么待不下去呢?"他轻声地问。

"哦,是因为,"她说,"我不乐意呗。"

这句话他听了,但就是琢磨不出它的意思。这话听起来一点儿都不严肃。这个问题提出来,可不是马上就能解决的。

"那我就得丢掉我的职位了。"他说。

他说话时的语调似乎说这事是犯不着多思考的。嘉莉只管欣赏眼前良辰美景,也没有加以深思。

"只要他在这儿,我就不乐意待在芝加哥。"她一想起了德鲁埃就这么说。

"芝加哥是个大城市,最亲爱的,"赫斯特伍德回答,"迁往南区,就像迁往国内其他地方一样嘛。"

他已选定南区作为落脚点。

"不管怎么说,"嘉莉说,"反正只要他在这儿,我就不乐意结婚。我可不想私奔。"

结婚这一建议让赫斯特伍德大吃一惊。他心里明白,这是她出的主意——他觉得,要解决这个问题可不易。重婚罪从他模糊不清的脑海里一闪而过。他暗自纳闷,真不知道这会不会惹出什么事来。他看不到自己会取得任何进展,除了博得她的青睐以外。此刻,他一面瞅着她,一面寻思她的美貌。要让她钟情于他,哪怕里头还有点儿纠葛,也是值得的。因为她敢于提出反对意见,她的价值在他的心目中反而增加了。她这个了不起的女人可不是唾手可得的,关键就在这里。她跟那些甘心屈从的女人该有多么不一样啊。他顿时把那些女人忘得一干二净。

"你不知道什么时候他出门吗?"赫斯特伍德怪不知趣地问。

她只是摇摇头。

他叹了一大口气。

"你是一个有决断的小姑娘,是不是?"过了一会儿,他抬眼直瞅着她的眼睛说。

她听到这一句话,一股柔情猛地袭上心头。这仿佛是由于他大加赞赏而产生的一种自豪感——也是对如此看重她的男人的一种爱慕之情。

"不,"她羞羞答答地说,"可我能怎么办呢?"

他又让两手交叉在胸前,眼睛直望着草坪那头的街景。

"我真巴不得,"他怪可怜地说,"你能跟我在一块儿。我可不愿像现在这样跟你天各一方。再拖延下去,有什么好处呢?你也不会更快活,是吧?"

"更快活!"她柔声柔气地说道,"你心里可最清楚。"

"那我们简直就是,"他用同样的语调继续说道,"在虚掷岁月呀。如果说你不快活,你猜我是怎么着。我几乎不时坐下来给你写信。我老实告诉你吧,嘉莉!"他猛地使劲儿扯高嗓门,直盯住她的眼睛,大声嚷道:"没有你,我活不下去了,就是这么回事。现在,"最后,他说,摊开他那白净的掌心,做出到头来依然一筹莫展的表情来,"我该怎么着呢?"

赫斯特伍德就这样把负担推向了嘉莉,对她来说正是投其所好。这看起来像重负,其实一点儿分量都没有,却打动了这个女人的心。

"你不能稍微再等等吗?"她温柔地说,"我会设法打听到他什么时候出门。"

"那又管什么用呢?"他依然固执己见地问。

"说不定我们还可以准备到什么地方去呢。"

其实,嘉莉对这事并不比以前了解得更清楚,但由于情投意合,她心里已经渐渐濒临女人屈从的境地了。

这一点赫斯特伍德并不了解。他只管暗自琢磨自己如何说服她——促使她甩掉德鲁埃。他开始暗自思忖,她对他的爱究竟会使她走得多远。他竭力在寻摸什么样的问题方能使她明确表态。

最后,他终于从下面很成问题的建议中想到了一个,这些建议往往把我们自己的欲念掩饰过去,却让我们知道别人给我们所设置的种种障碍,从而找到了一条出路。他说的这些话,跟他的真实意图毫不相干,因为他还来不及认真思考,就脱口而出。

"嘉莉,"他两眼紧盯住嘉莉的脸孔,说着,还装出一副顶真的样子,其实他完全没有这样的感觉,"假定说,我在下个星期,或者这个星期——比方说今儿晚上,为了这事来找你,跟你说:我不得不出走了——说我一分钟也等不了,而且从此再也不会回来了,那么,你乐意跟我一块儿走吗?"

他的恋人用一往情深的眼光端详着他,佯装自己在思考,虽然她的答话在他发话以前早就准备好了。

"乐意。"她回答说。

"你不会费神抬杠,或者另有打算吧?"

"不会,如果说你等不了的话。"

赫斯特伍德看出她把他的话儿果然当真,不觉微微一笑;他想真是好一个机会,不妨出去旅游观光一两个星期。他不知怎的一个闪念,本想告诉她,说他只不过是开个玩笑,借此不理不睬她那种可爱的当真态度。但见这时她委实太可爱了,他就听其自然了。

"假定说我们来不及在这儿结婚呢?"他后来一个闪念,突然又找补着说。

"我们一到了旅游的目的地就结婚也成。"

"正跟我心里想的不谋而合。"他说。

"那敢情好。"

此时此刻,赫斯特伍德觉得这一天仿佛特别明朗愉快了。他暗自纳闷,真不知道自己是怎么会突然想到这个念头来的。尽管这是断断乎办不到的,但他对它的巧妙不禁会心地笑了。这说明嘉莉是多么爱他。如今,他心里已毫无疑虑,他要寻摸个办法干脆把她给占有了。

"好吧,"他逗着玩儿似的说,"近日内哪天晚上,我就来把你接走。"说罢,他哈哈大笑起来。

"不过,要是你不跟我结婚,我可不会和你同居的。"嘉莉若有所思地找补着说。

"我并不要求你这样。"他拉住了她的手,温存地说。

这一切,如今她全都明白了,因此觉得自己无比幸福。她想到的是他在拯救她,不由得更加爱他了。至于他呢,他心里压根儿没有想结婚这个问题。他只是在想：有了这样的挚爱，对他将来的幸福恐怕不会有什么障碍了。

"我们出去溜达溜达吧。"他喜滋滋地说，站了起来，扫视一下这个可爱的小公园。

"好吧。"嘉莉回答说。

他们俩打从那个年轻的爱尔兰人身边走过时，那人用妒忌的眼光目送着他们。

"瞧这两口子多美，"爱尔兰人自言自语道，"料定他们很有钱。"

## 第十七章

德鲁埃在最近这次逗留芝加哥期间,对他本人所属的那个秘密会社稍加一份关注,出席了一次刚好这时召开的每月例会,此外还参加了当地支社的一些临时工作。他在明尼阿波利斯听到了一次谈话,这才引起了他的兴趣,当时谈话中提到了分社的身价,以及表明成员地位高的那个秘密标志①的巨大影响。

"我告诉你,"他记得谈话的那个人推心置腹地对他的朋友说,"这个会社可了不起。你看黑兹恩斯特布,此人并没有什么大本事。当然啰,他有一家大商行做靠山,但是光靠这个还远远不够。我就老实告诉你,主要是他在公社中地位很高。他是共济会里的大头头,这就意味深长啦。他身上有一个秘密标志,那可是非同小可的玩意儿。"

德鲁埃当场决定,赶明儿要对支社事务多多关心。所以他回到芝加哥以后,就经常去当地支社聚会处露露脸。

"喂,德鲁埃,"哈里·昆西尔先生说,此人是友麋会当地分支机构里的一个头面人物,"你来了,我们正求之不得哩。"

这时会议已开过,人声嘈杂,都在进行交际应酬。德鲁埃正来回穿梭,跟二十来个他认得的人闲扯淡,逗乐儿。

"你们在干啥呀?"他好心地问,冲他秘密会社里的哥儿们笑逐颜开。

"我们想在两周以内排一台戏,向你打听一下,你的熟人里头能不能寻摸到一位什么年轻姑娘,乐意来客串一个角色——其实是很轻松的角色。"

"当然能寻摸到,"德鲁埃说,"扮演什么角色来着?"其实,他甚至

---

① 此处指友麋会,见第四页注①。

连想都没想：他并不认识什么喜欢演戏的年轻姑娘。可是他天生心地善良，让他一口答应下来。

"得了，听着，我就跟你说说，我们该干些什么吧。"昆西尔先生继续说道，"我们打算给支社添置一套新家具。目前司库那里钱不够，我们就想通过演戏来敛些钱。"

"当然啰，"德鲁埃插嘴说，"这可是个好点子。"

"我们这里好几个小伙子都有演戏的才能。比方说，哈里·伯贝克——扮演黑人可棒极了。麦克·路易斯演悲剧角色是没得说的。你听过他朗诵《越过山冈》①这首诗吗？"

"从来还没听过。"

"那么，我就老实告诉你，他念得帅极了。"

"你要我去寻摸个女人来客串吗？"德鲁埃急巴巴地问，恨不得就此打住，另换个话题呢，"你们打算排什么戏？"

"《煤气灯下》。"昆西尔先生说，指的是奥古斯丁·戴利②的那个有名剧本，它曾经红极一时，盛演不衰，但现在却成了业余演员最爱演的剧目，好多难演的地方都给删去了，而且剧中人物也减到最低数目。

这出戏过去德鲁埃不知道什么时候还看过呢。

"是啊，"他说，"那是一出好戏。准会打响的。你们包管赚大钱哩。"

"我们也巴不得打响。"昆西尔先生回答，"可现在，你先别忘了，"他看到德鲁埃有点儿不耐烦的样子，最后说，"寻摸一个年轻姑娘来扮演珀尔这个角色。"

"当然啰。我会放在心上的。"

德鲁埃一说完就抬腿走了，昆西尔先生刚才说的话儿他几乎也全都给忘了。他甚至连演出的时间和地点都没想到要问问清楚。可是这些事昆西尔先生倒是看得比较重的，所以趁德鲁埃还没有出门回去歇

---

① 此处指德莱塞很喜欢美国诗人威尔·卡尔顿（1845—1912）所写的名诗《越过山冈走向贫民院》，详见作者的自传《黎明》一书。

② 奥古斯丁·戴利（1838—1899），美国剧作家兼剧院经理。其成名作《煤气灯下》一八六七年首演于纽约，曾经风靡一时。

夜之前,就硬是把他留了下来说话。

"我忘了关照你,"昆西尔先生说,"这台戏十六日在西麦迪逊大街艾弗里礼堂演出。千万别忘了,好吗?"

"我才不会忘呢。"

"你可要寻摸到个把有演戏经验的女人。"德鲁埃走下台阶时,这个兴致勃勃的主管大声喊道。

"好的,哈里,我会放在心上的。"他径直往前走去,好像从来就没有过这次谈话似的,心里连一点儿责任感都没有。

这个干劲十足的主管,对这类事照例考虑得很缜密周到,小心谨慎。他是个心胸豁达的人,既为秘密支社略微增光而觉得高兴,也为完成眼前如此艰巨的重任而感到莫大骄傲。他可不是这样一种人,提出要求之后就坐了下来,为了可能完不成而犯愁。这种事在他看来,只是主动地、通常是接连不断地发出一系列通知、要求、紧急召集,等等,直到某些确切的信息传来,得知有关问题早已获得妥善解决。他真不愧为操办眼前这一盛举的实干家,因为他不仅从几乎每一个有权势的人士那里获得了赞助的承诺,而且深知由于自己亲手操办了这些事,还可以得到他们相当的回报。

"昆西尔是个精明鬼,"这台戏圆满演出成功以后,人们都众口一致地这么说,"瞧他能让别人这么卖力。"

一两天以后,德鲁埃接到一封信,上面说星期五晚上首次排练,要他马上告知那位年轻姑娘的地址,以便把台词本给她送去,直到这时他才想起了自己一口答应过的事儿来。

"哦,真见鬼,我认得的人里头有谁合适呢?"这个推销员暗自思忖,直搔着他涨得通红的耳朵,"哪怕是稍微懂点业余演出的人,我也不认识呀!"

他从自己认得的好些个女人的姓名里头冥思苦索了一番,好歹拣中了一位,主要因为她家住在西区,出脚方便;他决定当天晚上外出时,不妨顺便去看她。殊不知他搭上街车时却全给忘了,只是看到《晚报》上只占三行的《秘密会社公告》的短讯,说:友麋会卡斯特支社将在十六日(星期五)假座艾弗里礼堂演戏,推出名剧《煤气灯下》,直到这时,他才发觉自己出了纰漏。

"天哪!"德鲁埃大声嚷道,"乖乖,我把那件事全给忘了。"

"什么事呀?"嘉莉问。

他们正坐在那个兼作厨房用的房间里的小桌子跟前,嘉莉有时就在那儿进餐。今儿晚上她一时高兴,小桌子上净是佳肴美食。

"哦,我的那个支社要演戏。他们要排一台戏,关照我给他们推荐一个年轻的女人,饰演一个角色。"

"他们打算演什么戏呢?"

"《煤气灯下》。"

"什么时候演出?"

"十六日。"

"那你为什么不推荐呢?"嘉莉问。

"我什么人都不认得呀。"他回答说。

他猛地抬起眼来直瞅着嘉莉。

"听着,"他说,"那就由你来演,怎么样?"

"我?"嘉莉说,"我可不会演戏。"

"你怎么知道不会演戏?"德鲁埃若有所思地问。

"那是因为,"嘉莉回答说,"我从来没有演过戏。"

不过,她想到他居然会请她演戏,还是很开心的。她马上眉开眼笑,因为,如果说天底下有什么事会让她最喜欢的话,那就是——戏剧艺术。

德鲁埃本着自己的天性,只要抓住这个主意不放,自己也就好交差了。

"小事一桩!你包管演得挺棒的。"

"不,我哪儿行。"嘉莉有气无力地说,这个点子非常诱人,可心里却又很害怕。

"得了,你准能演。哦,你干吗不试一试呢?他们正求人不得,何况你自己也会觉得挺好玩的。"

"哦,不,不会的。"嘉莉一本正经地说。

"反正你会喜欢的。我知道你会喜欢的。我看见过你常在穿衣镜前左顾右盼,仿效演员的姿态,所以嘛,今次我才想到请你去。你人又够聪明的,准行。"

"不,我可不聪明。"嘉莉羞涩地说。

"得了,我就来教你怎么办吧。你不妨上那儿去看看。你会觉得好玩。那个班子里头的人,也不见得怎么高明。他们都没有什么经验。他们懂得什么戏剧不戏剧艺术呢?"

德鲁埃一想到那伙人的无知,就皱紧了眉头。

"咖啡给我端来。"他找补着说。

"我觉得我不能演戏,查利,"嘉莉撒娇似的坚持说,"你也觉得我不能演戏的,是吗?"

"准能演。没问题。我敢打赌,你会大出风头的。现在,你是想去的吧,我知道你是想去的。这个我一到家就知道了。所以嘛,我才请你。"

"刚才你说的,是哪个戏?"

"《煤气灯下》。"

"他们让我演哪个角色?"

"哦,也许是女主人公之一——我可说不准。"

"是一台什么样的戏?"

"哦,"德鲁埃对剧情这等事记性并不特别好,就这么说,"说的是一位姑娘被两个骗子——是住在贫民窟里的一男一女——诱拐的故事。这位姑娘仿佛很有钱或者什么的,他们想要搜刮她。后来到底怎么样,我可闹不清楚啦。"

"你不知道我扮演哪一个角色吗?"

"是的,说实话,我不知道。"他琢磨了一会儿,"哦,等一下,我想起来了。珀尔——就是这个角色——是的,赶明儿你扮演珀尔。"

"你不记得,珀尔是怎么样的一个角色吗?"

"天哪,嘉德,我可记不得了。"他回答说,"按说,我也是应该记得的。这出戏我看过还不止一次呢。里头有个小妞儿,自幼被拐,说不定是在大街上被拐的,或者是别的情况,反正她就是刚才我说给你听的那两个骗子老手所叮梢的目标。"他沉吟不语,用叉子叉住一小块馅饼举到自己面前。"她差点儿没被淹死——不,不是这样的。我告诉你,这样吧,"他绝望地下了断语说,"我把脚本找来给你好了。不管怎么说,反正现在我再也想不起来了。"

"唉,我可不知道怎么办。"德鲁埃话音刚落,嘉莉就说,她想在舞台上出出风头的兴趣与欲念正在跟她的羞怯天性较量,真不知道哪一个占上风,"但只要你认为我行,我这就去呗。"

"当然啰,你行。"德鲁埃说,一面竭力给嘉莉鼓气,一面自己也来了劲儿,"难道说你以为我回家来,撺掇你去干我不认为你能一炮打响的事儿吗?我相信你能打响的。这对你只会有好处。"

"那我该在什么时候去呢?"嘉莉若有所思地问。

"头一次排练在星期五晚上。今儿晚上,我就把台词取来给你。"

"那敢情好,"嘉莉顺从地附和着说,"我不妨试试看,不过,要是我演砸了,那都得怪你啦。"

"你不会演砸的,"德鲁埃向她打包票说,"到了舞台上,只要像你在这里举手投足一样,说说笑笑就得了。但是还要自然些。你准演得了。我不止一回地琢磨过,你会成为一个顶呱呱的女演员。"

"你真的这么琢磨过吗?"嘉莉问。

"当然啰,是真的。"推销员说。

那天晚上,德鲁埃一出家门口,哪会知道自己已在刚才与之告别的那个小女人胸中撒下了一片秘密的火苗。嘉莉生来就具有易受感染、极其敏感的天性,甚至可以说,这种天性只要得到充分发展,即可攀摘戏剧艺术的桂冠。由于她的心灵天生富有被动性,因而也就成为忠实反映生气勃勃的世界的一面镜子。她天生具有模仿的禀赋,而且本领不小。哪怕是一点儿实际经验都没有,有时候她也能对着镜子模拟出舞台上各种角色的脸部表情,成功地重现出她刚看过的剧情。她喜欢仿照苦恼的女主人公惯有的语调,调整自己的音色,重复背诵最最让她为之动容的那些悲怆的独白片段。近来她看过几出好戏,舞台上天真少女演出飘飘欲仙的神态使她深受感动而暗地加以模仿,不时独自躲在卧室里,沉溺于一招一式、一颦一笑之中。有好几回,德鲁埃看到她对着镜子东看看,西瞧瞧,以为她在孤芳自赏,其实,她无非是在竭力模仿她所见过的别的角色启动朱唇或闪烁双眸时的一丝优雅神态罢了。受到了他信口开河的数落,她开始错怪自己这是虚荣心在作祟,多少有点儿自怨自艾了,虽然,事实上,这不外乎是艺术天性脱颖而出的萌芽,她恨不得把她喜爱的一些美的形象惟妙惟肖地再现出来。众所周知,类似这样意欲力求重现生活的愿望乃是一切戏剧艺术的根基。

如今,嘉莉听到德鲁埃满口夸赞自己有演戏才能,不禁浑身感到美滋滋的。他的话儿像烈焰,把金属屑粒熔成了一块坚硬的实体,她也感觉到从来不相信自己有演戏才能的一缕缕浮想融化成了一线俗丽的希望。嘉莉跟所有的人一样,毕竟有一点儿虚荣心。她相信自己只要有机会,说不定也能成大事。她眼看着舞台上服饰华丽的女演员,有时禁不住暗自纳闷,要是她能取代她们该有何种模样儿,自己肯定会感到无比快活。惊心动魄的剧情、令人着魔的效应,以及精美的服饰、雷鸣般的掌声——这一切的一切逐渐在诱惑她,最后她觉得自己也能当众演出——并使自己的才能得到人们的认可。如今,有人让她相信自己真的能演戏——她在家里对着镜子模拟演员的这些小玩意儿甚至使德鲁埃也相信她确有才能。此时此刻,嘉莉心里真有说不出的高兴。

就这一点来说,戏剧艺术的最独特之处,即在于它能使最无望成为演员的观众意欲效仿,从而产生一种人人皆能的想法。毫无疑问,这应归功于它演得最自然,而同时又是最容易被人理解的缘故。它把观众们平日里的生活和感受全都再现出来了。没有演戏经验的观众不大会想到,要做到自然——如同我们所看到的周围所有人那样举手投足——必定很难。他们看到了从舞台上反映出来的、为他们喜闻乐见的场面,他们乐于置身其间的情境,以及他们还乐于亲自体验的强烈情感。模拟忧与乐、笑与泪、爱与憎,竟然如此真实,使表演艺术本身都消失了。观众看到的,随着岁月的飞逝,外界会给他们显示些什么——不外乎是平日里的人情世态,这时都被提高了,并且汇集在一起供他们暂时娱乐。这些东西既富有吸引力,也具有欺骗性。它们诱惑着诸如心灰意懒的各色人等,答应给他们安闲舒适,以及人人都向往的那种移情把戏。

嘉莉还不能归到后面那类人。本来她倒是应该列为佼佼者,因为她秉性敏感，接受能力强，富有晴雨表式的感情，而且又是几乎完全缺乏逻辑思维。她那可塑性强的感情，正是演员特有的感情——而她缺乏主动和决断，也正是这类演剧人的特点。一句话，她用不着推论就能感受到，这就是戏剧表演问世以来演员们历来的真实心态。

德鲁埃一出家门，她硬是坐在窗前的摇椅里仔细琢磨这件事。如同往常一样，给她描绘出的一切全都夸大了。这就好比是他把半块钱放在她手里，她却把它当成了一千块钱来派用场。她仿佛觉得自己扮演出了一系列令人动容的姿态，发出了哆哆嗦嗦的声音，浑身呈现出痛苦的情状。她一想到舞台上那些反映豪华优雅生活的场面，自己成了众人注意的目标，一切全都听命于她，不觉喜从中来。嘉莉在摇椅里前后摇晃时感到的，一会儿是被遗弃的悲哀，一会儿是受骗后的愠怒，一会儿是挫败后的忧闷。她又回想起自己见过的那个在台上跟斯坎兰①一起走来的少妇。往日里她在看戏时见过的所有绝色美人——凡是有关演剧的一切的一切，只要过去让她迷恋过、幻想过，如今就像退潮后重新返回的浪头，又涌上了她的心头。其实，这个时刻她犯不着心中萌生这些感情和决心，毕竟还没有实现的可能性。

后来，德鲁埃带给她的台词本里，说的不是珀尔，而是劳拉。他去市中心时，简直是派头十足；他顺便到了支社那里，碰见了昆西尔。

"你给我们寻摸的小姐在哪儿呀？"后者问。

"我已经邀上了她。"德鲁埃说。

"你邀上了？"昆西尔说，对年轻推销员交差如此之快不免感到相当吃惊，"那就好极了。把她的住址交给我。"他掏出记事本来，以便给她送去台词本。

"你要把台词本送给她吗？"推销员问。

"是的。"

"那么，由我捎去吧。早上我总要路过她的家。"

推销员和这位主管全都碰到了一个小小的问题。后者马上就此做了说明。

---

① 威廉·斯坎兰(1856—1898)，生于美国，驰名全美的爱尔兰喜剧演员兼声学家。

"我原本告诉你,"他说,"你的女朋友将饰演珀尔这个角色。当时我是那么说的,我想哈里森介绍来的那个女人是会扮演劳拉的;不料现在她硬说自己演不好劳拉。所以,我就只好把珀尔这个角色让给她了。你觉得你的女朋友能扮演劳拉吗?"

"哦,我不知道。"推销员回答,他一点儿都不把这事放在心上,"我看准行。我把台词本捎回去,让她看看再说。她要是觉得演不了,反正可以上这儿来找你。"

"就这么定了,"昆西尔说,"我们别再磨蹭时间了。"

"我知道。"德鲁埃回答。

"你说她住在哪儿——我们要知道她的住址,万一有什么通知,就要给她送去。"

"奥格登公寓二十九号。"

"这位小姐芳名叫什么?"

"嘉莉·马登达。"这推销员随口胡乱编造了一个。支社成员全都知道他是个单身汉。

"听起来倒像是个地道的演员的名字,是不是?"昆西尔说。

"是,一点儿不错。"

他把台词本捎回家,交给了嘉莉,瞧他那副神气仿佛帮了她大忙似的。

"给你,嘉德。"

"这就是,是吗?"嘉莉说,随手就一页页地翻看着。

"昆西尔先生说,这是戏中最棒的角色。你觉得自己演得来吗?"

"这我要看了以后才知道。你知道,虽然我说乐意扮演,可我心里还是没底。"

"哦,得了。你有什么好没底的呢?那拨人全都不怎么样。我说,有的人还远不如你呢。"

"好吧,我心里有数了。"嘉莉说,纵然她还有很多顾虑,但得到了这个角色,毕竟心里很高兴。

德鲁埃开始穿衣打扮,但又惴惴不安地来回转悠了好半晌,最后才振作精神,说出了下面这些话。

"你知道,他们正在准备印节目单,"他说,"我说你的芳名叫嘉莉·马登达——这样好吗?"

"好的,我想。"嘉莉抬眼直瞅着他说。但她猛地一个闪念,觉得这里头不免有鬼。

"你知道,万一你一炮没打响——"德鲁埃继续说。

"哦,我明白。"嘉莉随口附和着说,这时她对德鲁埃的谨慎倒是相当满意的。德鲁埃毕竟还有一点儿先见之明。

"我不想把你说成是我的妻子,因为,万一你上台没打响,你会觉得怪难堪的。他们个个都很了解我的。不过,我相信,你上台包管打响。反正他们那伙人,今后你也许再也不会碰上啦。"

"哦,这我可不在乎。"嘉莉壮了壮胆说道,现在,她决心要在这迷人的戏台一显身手。

德鲁埃这才舒了一大口气。他挺害怕自己话题快要转到结婚问题上去。

嘉莉开始仔细看台词本,发觉**劳拉**是一个受苦受难、令人伤心落泪的角色。剧作家戴利先生对这一角色的刻画,完全符合他开始写作生涯时盛行的那种情节剧的最神圣不可侵犯的传统。不论是黯然神伤的姿态,充满颤音的音乐,还是冗长的、解释性的、追加上去的独白,在这出戏里,一应俱全。

"可怜的姑娘,"嘉莉两眼看着本子,伤心地用拖长的声调念道,"马丁,在他走以前,别忘了给他斟一杯酒。"

嘉莉对台词本如此之短很吃惊。她不知道在别人说话的时候自己也得待在舞台上,不仅仅是待在那儿,还要让自己的戏配合各场戏中其他演员的戏。

她继续往下念着。

"哈!哈!这是今天那个不该来访的傻瓜写的。念吧,雷——"
(出示那封信)

雷拒绝看信,把信还给了珀尔,珀尔又把信递给劳拉,嘉莉看了信上那几行字后,铿锵有力,声情并茂地念了下去:

　　　劳拉　　(看了一会儿信,她脸上表情顿时为之大变。随后慢慢悠悠地念了出来。雷和珀尔一块儿走到舞台的中央偏右方。)"本人恭请您今晚俯允赐见一面。我会一直等到贵客全都歇息去了。现在,我就在大街对过等候。"

她跳过了这么一句台词:

　　珀尔　　(跑到窗前)一个身穿黑衣的高个儿刚好走过去。

——她接下去念她自己的台词:

"要是您接信后马上开门,我就会走进去的;要是您不开门,我就会摁门铃;不管怎么样,反正我都要进去。根本用不着签我的名字;您会记得我的,因为您过去见过我,我就是有一回跟令堂在客厅里说过话的那个陌生人,当时我让您吓了一大跳。"这一句话儿是什么意思?——珀尔——不——

嘉莉倒是充分地领悟到这些话儿的力量。她虽说还是个新手,但念白时表情实在不俗。

"我觉得我准能演。"她说。

为了便于诸位熟悉《煤气灯下》剧情,这里必须补叙一下:原来劳拉是纽约某个有钱而又时髦的考特兰家族的养女,是考特兰夫人从街上捡来的,当时她只有六岁,想抢考特兰夫人的钱。就这样她一直被抚养到十九岁,这时那个流氓出现了——原来此人知道劳拉过去是个流浪儿,小扒手。正当时髦人物雷·特拉福德先生快要娶她为妻的时候,那个坏蛋突然露脸了,目的就是存心捣乱、敲诈勒索。刚才念过的信,就是此人写来的,预告宴尔新婚之际,他会神不知鬼不觉地光临。当然啰,年轻的特拉福德一发现这事,心里就犯疑了。上流社会绝对不能容忍他娶出身如此低下的女人。于是,他给劳拉写了一封信,提到这一发现,并要取消原来的婚约。殊不知缠绵柔情改变了他的决心,他决定一切照旧,可他也并没有把这封信毁掉。这一纰漏就成为第一幕第二场的基础,在这里劳拉的戏极短,但是很有力度。在最后一刻钟,她走了进来。

这时,特拉福德早已走进舞厅等候她来,不料偏偏把那封信掉在了地上。一位上流社会的知名人士不知怎的捡到了这封信,看过以后,当场把这个消息公之于众。

"这是什么意思?"她的听众里头有一个人发问。

"这就是说,"这个角色说,"十年以前的谣传现已得到证实了。那个时候就有人怀疑过,当年考特兰夫人不知从哪儿寻摸来的,给各位介绍时老说是自己侄女的那个小姑娘,原来是个骗子手;可是,这个蠢娘儿们,却大方得出了格,硬是要把那个小姑娘塞进上流社会。无奈当初没有事实证据——加上劳拉本人出落得秀丽端庄——谣传也就渐渐消失了;可是现在终于真相大白了。那个小姑娘,原来是某个叫花子的闺女。"

"你说说,我们该怎么办呢?"有一个人这样问道。

"把这件事如实地说出来——当然啰,到哪儿都得说清楚。这个小姑娘是给纽约高门鼎贵抹了黑!"

正在群起而攻之的时候,劳拉就该走进来了。她自己的恋人,这时也许觉得不该接待她了。她的堂妹也同样感到怪不好意思的。她不声不响地伫立着——独自一人面对着鄙视她的、正在往外走的人群。

脚本上是这么写着的:

〔从劳拉进场时起,音乐伴奏始终是低沉的,那时除了(她的堂妹)珀尔和雷以外,所有的人都轻蔑地瞅着她往外走去。〕

"雷,雷,你为什么还不上她那儿去?"珀尔大声嚷道。

"你还不跟我们一道走吗?"范·达姆太太(就是给他念短信的那个女人)说。

"咱们回家去吧。"珀尔对劳拉说。

"不;你跟他待在一块儿。"女主人公大声喊道,用手指着保持一定距离的雷,"他可不会长时间脸上无光!"

劳拉眼看着快要昏过去了,这时候雷连忙奔了过来,可她却骄傲地摆摆手,要他走开。

"真是五雷轰顶!"是她最后说的话语,帷幕随之也落下来了。

劳拉这一角色使嘉莉深受感动。不知怎的让她想起了自己的遭际。这个角色的伤心事感染了她,引起了她的同情心,因此她也就很容易掌握它。她的台词确实很少,不过类似这样的场合,只好全靠演员的一颦一笑,一招一式来表达了。

那天晚上,德鲁埃回到家里,发现嘉莉自己白天琢磨剧本觉得非常满意。

"喂,琢磨得怎么样了,嘉迪①?"他问。

"好极了,"她笑吟吟地回答,"我觉得台词差不离全都记住了。"

"那敢情好。"德鲁埃说,"好了,我就来听一段吧。"

"哦,我真的不知道,我能不能就这样突然站起来,开始又念又演的。"她羞羞答答地回答。

"嘿,为什么不能呢?反正你在这儿排练,要比在那儿自在得多嘛。"

"那我可不信。"她回答。

随后,她选了舞厅内那一段,以极大热情扮演了一番。她越来越深地进入了角色,竟把德鲁埃全给忘了,还让自己的感情逐渐升华到一种完美的境界。

"好,好,"德鲁埃大声嚷嚷说,"棒极了,真是顶呱呱!你是好样的,嘉迪。我说的是实话。"

说真的,德鲁埃被嘉莉出色的表演,还有那个可怜的姑娘摇晃了几下,终于昏倒地上的形象惊呆了。他猛地一跃而起,抓住了嘉莉,哈哈大笑,把她搂在自己怀里。

"难道说你不怕自己会摔伤吗?"他问。

"一点儿也不怕。"

"你可真是了不起呀。乖乖,我不知道你还能演这样的戏。"

"连我自己也不知道。"嘉莉乐呵呵地回答说,因为心里高兴而脸上泛红了。

"是啊,现在你尽管放心,你演起戏来准棒。"德鲁埃说,"听我的话儿准没错。你包管输不了的。"

---

① 德鲁埃对嘉莉的昵称。

# 第 十 八 章

　　这次对嘉莉来说至关重要的戏剧表演将在艾弗里礼堂"按预定的时间推出",肯定比原先预料的更加惹人瞩目。那天早晨,台词本刚送到她手里,这个初次登台的女票友就给赫斯特伍德写信,说她将在这个戏里饰演一个角色。

　　"说真的,我要演戏了,"她这样写道,唯恐他认为她这是在开玩笑,"老实跟你讲,现在我收到了台词本。"

　　赫斯特伍德看到这些话,不禁露出宽容的微笑。

　　"我真不知道结果会怎么样。我非去看看不可。"

　　他当即写回信,对她的才能恭维一番,"我坚信你会获得成功。明天早晨,你务必去公园,通通说给我听听。"

　　嘉莉欣然同意,把她自己知道的所有细节都告诉了他。

　　"哦,"他说,"好极了。我听了非常高兴。当然啰,你会演得很好的。瞧你多聪明!"

　　过去他还从没见过嘉莉如此兴高采烈。平日里她常有的淡淡的哀愁此刻也消失了。她说话时两眼闪亮,脸颊泛红。她之所以容光焕发,就是因为演戏将会给她带来莫大乐趣。尽管她还有好多顾虑,但她毕竟还是很快乐的。她抑制不住这一区区小事——它在别人看来原是微不足道的——在她心中激起的狂喜劲儿。

　　赫斯特伍德发觉嘉莉颇有才能,因此也惊羡不已。看到正当的进取心,不管它多么幼稚,总是令人鼓舞的,何况还会给拥有这种进取心的人增添色彩、魄力和美。

　　如今,嘉莉因受到一点儿灵感的触发而喜不自胜。她美滋滋地享受着她的两个爱慕者的恭维,其实,她原本是不配受到恭维的。由于他们全都钟爱她,不论她已做过的,或准备要做的一切事情,在他们看来,自然要比实际上更高一筹。她涉世不深,浮想联翩,一有机会就放纵自己的想象,把它视为能发现生活中的宝藏的金色魔棒。

"让我想一想,"赫斯特伍德说,"卡斯特支社里的几个人,按说我是应该认识的。我本人也是友麋会会友啊。"

"哦,你可千万别让他知道全是我告诉你的。"

"那当然啰。"酒吧经理说。

"你要是想看,我倒是乐意你去的。不过,我可不知道你怎么个去法,除非查利请你去。"

"我自己会去的,"赫斯特伍德脉脉含情地说,"我自有办法,决不让他猜到是你告诉我的。一切请你放心好了。"

嘉莉的消息使这位经理引起了兴趣,这本身对此次即将举行的演出来说就具有重大的意义,因为赫斯特伍德在友麋会里已有相当声望。他已在着手策划,事前约好几个朋友预订一个包厢,并且还备好鲜花献给嘉莉。他竭力要使这次演出产生轰动效应,让这个可怜巴巴的姑娘崭露一下头角。

过了一两天,德鲁埃顺路拐到亚当斯街的酒吧里,一下子就被赫斯特伍德看到了。那时正好下午五点钟,酒吧里挤满了商人、演员、经理和政界人士——大批脑满肠肥、脸色红润的人,头戴缎面大礼帽,身穿上过浆的胸衬,手上戴着戒指,领带上缀着别针,真可以说有美皆备,无美不臻。耀眼的酒吧的那一端,拳击家约翰·劳伦斯·沙利文[①]被一大拨穿扮得挺扎眼的运动员团团围住,但依然是谈笑风生。德鲁埃兴冲冲大步流星走了过来,听得见他每走一步,脚下那双黄褐色的新皮鞋就嘎吱一声。

"喂,老伙计,"赫斯特伍德说,"我正纳闷,不知道你怎么啦。我估摸你又出差去外地了。"

德鲁埃微微一笑。

"你要是不常来报到,我们可要把你除名了。"

---

[①] 约翰·劳伦斯·沙利文(1858—1918),美国著名职业拳击家,一八八二年曾获世界重量级冠军。

"实在没得办法,"推销员说,"这一阵我可忙得不可开交呢。"

他们穿过这一拨形形色色、大声喧闹的名人,朝着酒吧间踱去。在这短短的三分钟里,就有人跟这位衣冠楚楚的经理握了三次手。

"听说你们支社将要演戏。"赫斯特伍德漫不经心地说。

"是啊,谁告诉您的?"

"没有谁呀,"赫斯特伍德回答说,"他们恰好给我送来两张票,我还要付两块钱。这戏好看不好看?"

"我可不知道,"推销员回答说,"他们一直要我给他们寻摸一个女人,扮演一个角色。"

"我可不想去,"经理满不在乎地说,"票嘛,当然啰,我是要买的。那儿的事办得怎么样?"

"好像很不赖。他们打算用演戏的收益来添置一些设备。"

"好了,"经理说,"我希望他们演出成功——再来一杯吧。"

赫斯特伍德不想再扯下去了。到时候,只要他是和几个朋友一块儿去看戏,就不妨说是他们撺掇他去的。至于德鲁埃呢,他自己倒是很想排除可能产生的误会。

"我估摸,那姑娘将要在这出戏里饰演一个角色。"他稍加思索以后,突然脱口而出说。

"是真的吗?那是怎么回事?"

"您知道,他们缺少演员,要我寻摸个人。我把这事说给嘉莉听了,她好像很想去碰碰运气。"

"那敢情好,"经理说,"说真的,对她倒是一件大好事。反正对她是有好处的——过去她上台过没有?"

"一点儿都没有。"

"哦,反正说到底,这毕竟不是什么太正经八百的演出嘛。"

"不过话又说回来,嘉莉是怪聪明的!"德鲁埃说,意在反对经理抹杀嘉莉的才能,"她很快就进入了角色。"

"是真的吗?"经理说。

"是的,先生,前天晚上,她真的让我大吃一惊——天哪,我说的可是实话。"

"我们一定要给她一个小小的鼓励，"经理说，"鲜花就归我来买好了。"

德鲁埃好心地报之一笑。

"戏演完了，你们务必跟我一块儿来这里，痛痛快快吃一顿——"

"我想嘉莉能演好的。"德鲁埃说。

"我可要去看她演出。我也是这样想的，她准能演得好。我们要使她一炮打响。"在酒吧经理冷峻的匆匆一笑里头，好心和佻巧都羼杂在一起了。

这时，嘉莉正在参加头一次排练。这次公演由昆西尔先生主持，米利斯先生协助，这个年轻人曾在剧坛上稍有名气，可惜谁都不太清楚。反正此人办事相当利索，对自己的经验却又估计得过高，几近粗暴无礼——他忘了他辅导的全是客串的票友，而不是拿薪水的下属——果然，他是全忘了。

"喂，马登达小姐，"他冲嘉莉大声嚷道，她在一场戏中突然站住，不知道该怎么举手投足才好，"你干吗老站着不动？脸上要有表情。记住，你是因为陌生人的出现而感到惊讶不安。你就得这么个走法——"于是，米利斯就神情委顿地在艾弗里礼堂舞台上来回踱了一圈。

嘉莉对这种点拨并不特别喜欢，可是看到这新奇的场面、到场的全是有些紧张的陌生人，以及务使自己不要演砸的欲念，这一切都使她感到胆怯起来。她遵照导演的要求在台上走了一圈，心里觉得这实在不够高明。

"喂，摩根太太，"导演对扮演珀尔的那个少奶奶说，"你就坐在这儿。喂，班伯格先生——你站在这儿，就这么着得了。哦，现在你该说什么？"

"你要讲清楚。"班伯格先生有气无力地说。他饰演劳拉的恋人雷，一个上流社会的人物，此人发现劳拉出身低微，是个流浪儿，就犹豫不决，不想跟她结婚了。

"喂——本子上是怎么说的？"

"你要讲清楚。"班伯格先生心无旁骛地看着他的本子，又念叨了一遍。

"是的,可是本子上头还说,"导演点拨着说,"你应该露出大吃一惊的样子来。现在,再说一遍,看看你到底是不是像大吃一惊。"

"你要讲清楚!"班伯格先生大声吼道。

"不,不,那可不行!你听着,要这么说——**你要讲清楚!**"

"你要讲清楚!"班伯格先生又说了一遍,只不过模仿得有点儿走样罢了。

"这样就好些了,现在继续演下去。"

"有一天晚上,"摩根太太又开始说,这时正轮到她念台词了,"父亲和母亲都上歌剧院去了。他们走过百老汇大街时照例被一拨孩子围住,向他们乞讨——"

"停!"导演大声嚷道,俯身冲向摩根太太,伸出一条胳膊。"你说的话儿里头要有更多的感情。"

摩根太太两眼直瞅着他,好像怕导演要揍她似的。恼火正在她眼睛里忽闪忽闪。

"您务必记住,摩根太太,"导演找补着说,压根儿不理会她那恼火的眼光,只不过语调稍微温和了一些,"您是在详细地讲述一个令人动容的故事。现在您讲的事儿就得让您自己伤心。这样就需要感情,需要有一种压抑感,比方说,'照例被一拨孩子围住,向他们乞讨。'"

"知道了。"摩根太太回答说。

"现在继续下去!"

"母亲往口袋里掏摸零钱时,她的手指头碰到了一只抓住她的钱包、冷得发抖的手。"

"好极了。"导演插话说,意味深长地点着头。

"一个扒手!乖乖!"班伯格先生大声嚷道,这时轮到他念台词了。

"不,不,班伯格先生。"导演说,走到了他身边,"这样念可不行。'一个扒手——乖乖'——就要这样。那就要得了。"

这时嘉莉发现自己还闹不清这拨演员是不是都记牢了台词没有,姑且先不谈如何表达出细腻的感情来。她觉得倒不如让大家从头到尾念一遍,于是就怯生生地说:"要是我们背一遍自己的台词,看看是不是都记住了,您看岂不是更好? 也许还会得到不少好点子。"

"这个点子好极了,马登达小姐。"昆西尔先生说,他正坐在舞台一侧冷眼旁观,有时提一些意见,无奈都被导演当作了耳边风。

"要得,"导演同意说,不免有点儿尴尬不安,"说不定这样也好嘛。"随后,他突然来了劲儿,用权威的口吻说,"现在,我们开始从头到尾念一遍自己的台词,能加进去多少表情,就加进去多少吧。"

"那敢情好。"昆西尔先生赞同说。

"这一只手,"摩根太太重新开始念道,她抬眼望了一下班伯格先生,又低下头来看自己的本子,按照以下的台词念着,"被我母亲一把抓住,抓得死紧,只听见一阵低沉、微弱的痛苦呻吟声。我母亲低头一看,原来她身边站着一个破衣烂衫的小女孩。"

"好极了。"导演无可奈何地说,现在用不着他多加点拨了。

"小偷!"班伯格先生大声嚷了起来。

"声音再大一些。"导演插话说,觉得自己还是几乎没法放任不管。

"小偷!"可怜巴巴的班伯格大声吼道。

"不错,是小偷啊;殊不知这个小偷年纪还不到六岁,脸儿活脱脱像小天使一般。'住手!'我的母亲说。'你在干什么?''想偷钱。'这个小女孩回答说。'难道说你不知道偷钱是要不得的?'我父亲质问道。'不知道,'这个小女孩说,'不过肚子挨饿太可怕了。''是谁指使你偷的?'我母亲问。'是她——她在那边!'小女孩回答说,指着对过门口一个邋遢女人,那个邋遢女人猛地往街上逃走了。'我们都管她叫老犹大。'这个小女孩又找补着说。"

这一段台词摩根太太念得很平淡,导演感到很绝望。他焦躁不安地在台上转悠了一圈,随后走到了昆西尔先生跟前。

"依您看,他们怎么样?"他问。

"哦,我看我们总可以使他们演得像个样子嘛。"后者的语调里具有一种知难而进的魄力。

"我可说不准,"导演说,"班伯格这家伙扮演恋人,我认为他是很不称职的。"

"我们手头没人可把他换下来。"昆西尔先生两眼朝天地说,"哈里森到最后一刻跟我耍滑头了。现在叫我们上哪儿再寻摸人去呢?"

"我可不知道,"导演说,"反正我怕他一辈子都演不好。"

恰巧在这个节骨眼上,班伯格在大声嚷嚷说:"珀尔,你是在跟我逗着玩儿吧。"

"瞧,"导演用手掌捂住自己的嘴巴低声说道,"我的天哪!你对字不正、腔不圆的人,又能怎样呢?"

"尽力而为吧。"昆西尔竭力安慰他说。

排练就这么着继续下去了,直到最后饰演劳拉的嘉莉进房向雷做了一番解释。雷听了珀尔讲述劳拉的身世,写好一封信要跟劳拉决裂,但是并没有寄出去。班伯格刚说完雷的话:"我必须赶在她回来以前出走。她的脚步声——已太晚了!"他赶紧把信掖在口袋里,这时嘉莉嗲声嗲气地说:

"雷!"

"小姐——考特兰小姐。"班伯格抖抖索索地低声说。

嘉莉瞅了他一眼,一下子把所有在场的人全忘了。她开始进入了角色,嘴唇上露出无动于衷的微笑。按照台词的要求,嘉莉一转身走到窗前,好像是他压根儿不在房里似的。这一切她表现得真不含糊,让人看了赞不绝口。

"这个女人是谁呀?"导演问,饶有兴味地看着嘉莉和班伯格合演的这一场小戏。

"马登达小姐。"昆西尔说。

"我知道她的名字。"导演说,"请问,她是干什么的?"

"我可不知道,"昆西尔回答说,"她是我们一位会友的朋友。"

"嗯,我在这儿看到的那拨人里头,就数她最聪明乖觉——看来她对自己饰演的角色很感兴趣。"

"她长得也标致,不是吗?"昆西尔说。

导演不置一词走开了。

在第二幕舞厅一段里,劳拉该跟怀有敌意的上流社会人士见面了,嘉莉表演得更出色,博得导演粲然一笑,这时他甚至屈尊俯就似的走过去跟她攀谈起来。

"过去您上过舞台吗?"导演套近乎地问。

"没有呢。"嘉莉回答说。

"您演得这么好,我估摸,说不定您演戏还是有些经验的。"

嘉莉只是怪难为情地一笑了之。

他离开了她,去听班伯格有气无力地念几句热情的台词。

摩根太太一见苗头不对,嫉妒的黑眼睛冲嘉莉忽闪着凶光。

"料她是个蹩脚演员吧。"她先是聊以自慰地寻思道,继而蔑视她,憎恨她。

一天的排练结束了,嘉莉回到家里,觉得自己总算还没有丢脸。导演的话儿这时还在她耳畔回响着,她恨不得早点把这一切都告诉赫斯特伍德。让他知道她演得该有多好!德鲁埃也是她倾吐衷肠的对象。她几乎按捺不住,等不及他来询问她,可是话说回来,她自己却又难以启齿。

不过,那天晚上推销员心里却另有想法,嘉莉这一段小小的经历在他心目中好像是没有什么了不起。只是听了嘉莉自己谈的一些事,他并没有就这个话题继续谈下去,而嘉莉又并不是善于娓娓而谈的。反正他认为嘉莉演得好是理所当然的,早就用不着他瞎操心了。这么一来,他就无异于给嘉莉泼了冷水,不免使她有点儿恼火。她强烈地感到德鲁埃态度冷漠,不由得渴望跟赫斯特伍德见面。好像这个大佬是她在人世间唯一的朋友。第二天早上,德鲁埃对嘉莉演戏不俗一事又感兴趣了,可是隔夜伤了她的心,早已无法弥补了。

嘉莉收到经理的一封信,说她接到此信时,他早就在公园里等候她了。嘉莉赶到公园时,赫斯特伍德就像清晨的太阳似的笑脸相迎。

"哦,亲爱的,"他问,"您演得怎么样?"

"好极了。"嘉莉回答说,想到德鲁埃表现冷淡,至今仍有点儿郁悒不乐。

"不,现在就把一切经过都告诉我吧。觉得有趣吗?"

嘉莉讲了头天排练时碰到的一件件事,越讲越有劲儿。

"哦,简直太棒了。"赫斯特伍德说,"我为您感到非常高兴。我非得上那儿去看您的戏。什么时候你们下次排练?"

"星期二,"嘉莉回答说,"不过对外谢绝参观。"

"我想我怎么说都进得去的。"赫斯特伍德意味深长地说。

嘉莉见他如此关心而喜不自胜,心里又得到了平衡,但她还是要他保证自己不去看排练。

"现在,您务必尽自己最大的努力,让我心里高兴。"他给她鼓气说,"记着,我对您一直寄予厚望。我们要全力以赴,确保这次公演成功。现在,您也要尽力而为。"

"我一定尽力而为。"嘉莉说,满怀着狂喜之情。

"这才是好样的!"赫斯特伍德恭维她说,"现在,可得记住,"竖起一根手指头亲昵地吓唬她说,"您要尽力而为。"

"我一定尽力而为。"她回答说,掉过头去望了他一眼。

那天早上,阳光普照着大地。嘉莉轻盈地走回家,澄碧一色的晴空仿佛给她心田里灌注了琼浆玉液似的。啊,祝福那些奋进向上的孩子吧——他们满怀憧憬,奋力拼搏。还要祝福那些心照不宣、惠及赞许的人吧。

## 第十九章

艾弗里礼堂原是一幢红砖三层楼,底层有几家商店和一个穿堂,楼上有几个写字间,楼内大部分都闲置不用,当作剧场时下再也不大受欢迎了。这座礼堂始建时是作为一个大型消夏游乐园的一部分,当时这个地块离市区边缘还不到一英里。由于城市迅速发展,把它边沿地区往外大大扩展了,消夏游乐园的设想早已被放弃了,周边的地皮也都圈了出去,盖了不少开设商铺用的平房,至今这些平房大部分还空着。这座礼堂本身也跟芝加哥其他许多花园住宅一样,派不上大用场。偶尔收费极微,租出去开演讲会,演出游艺节目或是业余演戏活动,说实话,倒是挺合适的。原先是白色、蓝色和金色的室内装潢,以及小型糊纸公司惯常的胡涂乱画,至今照样还很好看。小小舞台上的布景道具,总算还没有破旧得不堪入目。好多地方虽然打过补丁和修理过,但说到底,上演大多数在这里凑合演出的剧目还是绰绰有余。

到了十六日晚上,赫斯特伍德那只看不见的手,已在确保演出成功的若干小事情上显示了威力。他在很多有势力的朋友中间放出风声,说此次演出他们应该前去捧场,结果呢,由昆西尔先生代表支社经办的入场券销售量骤然大增。所有各种日报上不时刊出只有四行字的新闻短讯,都提到友麋会会友正在策划组织一次挺有趣的演出活动,或者说,各项筹备工作现已接近完成,总的来看,此次演出可望获得极大成功。这些都是他在新闻界的一个朋友,《时报》总编辑哈里·麦加伦先生帮忙办成的。

"喂,哈里,"有一天晚上,赫斯特伍德冲他说,那时总编辑在深夜下班回家以前,正好站在酒吧前喝完最后一杯,"我想,您可以给那伙人帮帮大忙吧。"

"什么事呀?"麦加伦问,一见这位殷富的酒吧经理向他求教,心中不觉美滋滋的。

"卡斯特支社为本社筹款准备举行一次小规模的演出,他们希望报上发一些新闻短讯。您知道,我的意思只不过是——登上一两则简短的广告或消息,预告一下何时何地演出。"

"遵命,"麦加伦说,"当然啰,我乐意为您效劳,乔治。"

"他们都是顶呱呱的人,"酒吧经理言下之意是说那些会友都是殷实商人和有地位的人士,"他们可不指望搞什么噱头,您是知道的——只要来一条简明的通告就得了。"

"通知嘛,反正本报准会刊发的,"乐于效劳的麦加伦说,"都是友麋会会友嘛,您放心,这事我会为您操办的。"

"谢谢您,老兄。"赫斯特伍德说罢,谈话就到此结束了。

麦加伦忠于自己的承诺,还备函告知各报社,结果各报有关俱乐部和秘密会社的栏目刊出了不少简短的通告。

有人要是怀疑这类通告的作用,他不妨试试策划这么一件区区小事,单凭自己的善意而不是某个阶级或派别的需要或欲望,那么,他就会发现不靠宣传广告,办起事来该有多惨。他还会发现人们都乐于享受讨人喜爱的欢乐,而不愿心绪郁结,独善其身。好坏不在话下,只要惹人注目。

诚然,赫斯特伍德比谁都懂得这一点。与此同时,他又让自己完全躲在幕后。卡斯特支社同人们几乎闹不懂他们这次小小的活动怎么会办得如此顺当,竟把哈里·昆西尔先生看成了天才的组织者。他的朋友们都来要票,有好多还是别的支社同人。他要是能看到赫斯特伍德时不时悄悄地在跟他的朋友们打招呼,也许就会知道个中奥妙了。

"马克,你十六日那天有什么事吗?"赫斯特伍德问一个无意中走进他经营有方的酒吧的友麋会会友。

"没有。有什么事呀?"那个大佬回答说。

"我希望,那天晚上你去艾弗里礼堂看一次小规模的演出。要带上你的太太。"

"那还用说嘛,"马克说,"演什么呀——要穿晚礼服吗?"

"正是。"

"上哪儿买票?"

"我想就在卡斯特支社吧。"

只要赫斯特伍德关照某某一定要到场,就是向这个新来的人示意,这邀请背后还大有文章呢,而对某某来说,反正是无所谓。也许演出还是可以看看的,借此机会他又好见到不少有名的朋友,不管是什么样的目的,都算是达到了。花掉个把晚上或者十块钱又算得了什么呢?

"那天早上,我在《时报》上看到了一条有关的消息,"另有一个友麋会会友跟赫斯特伍德交谈时说,"那是怎么回事?"

"只是演出一个小戏。这戏也许不怎么样,不过还是应该去看看。"

"那敢情好,我准去——您说要穿晚礼服,是吗?"

到了十六日那天,赫斯特伍德的朋友们,仿佛罗马人应元老院议员的召唤似的全都集聚起来。赫斯特伍德这个人别看他说话不多,但是很有影响,因为,一是他与当地颇有势力的友麋会有深交,二是他身居稳固而又扎眼的酒吧经理职位。他喜好交际,赶上他做东请客,他无不慷慨大方,举座尽欢。在许多他那种春风得意、服饰精美、喜欢宴饮酬酢的人中间,用一句稍微生动的行话来说,他那拍马屁功夫倒是顶呱呱的。他在这种场合真是得心应手,只消向人透露说这次演出值得重视,就足以使他的好多朋友都会把它看成友麋会之夜。打从他决心给予嘉莉奥援的那一时刻起,他就十拿九稳地相信,到时候准会来一大批衣着华美、和蔼可亲、乐于捧场的观众。

那个年轻的女票友,虽说完全掌握了她饰演的角色,自己觉得满意极了,但一想到赶明儿在舞台耀眼的光照下,面对全场观众演出,她还是为担心自己的命运感到浑身颤抖。她虽然也想到另外二十个男男女女对他们自己的演出结果同样不寒而栗,不妨借此聊以自慰,可是她怎么都不能把个人的恐惧感从脑际驱走。她害怕自己会忘掉台词,也许还激动不起现在她所饰演的那个角色所需要的感情。有时候,她心里真的恨不得自己压根儿没客串该有多好;有时候,她还生怕自己说不定会吓呆了,站在舞台上,脸色煞白,喘不过粗气来,真不知道该说些什么,从而使整出戏都给演砸了。

嘉莉把自己的一些顾虑告诉了德鲁埃，不料，他听了以后却满不在乎。

"胡扯淡，"德鲁埃说，"你不会出那样的洋相。那些观众算不了什么。他们不会嘘你下台的。再说，看看别人吧。反正他们也都跟你一样害怕呢。"

"这我知道，"嘉莉说，"不过，我总觉得自己要是忘掉了一句台词，好像心儿一下子会涌上嗓子眼儿，把我噎死似的。"

"不过，你是断断乎忘不了的。"德鲁埃开导她说，"不要怕观众嘛——就当他们都没有在台下。你扮演这角色的时候，只当四下里空无一人似的。反正你能演好的——小心别演坏了。"

"哦，我可说不准，"嘉莉说，"我心里真紧张。"

星期五，漫长的一整天里，嘉莉全心扑在自己的台词上——先是参加了最后一次彩排，随后单独在自己房里复习。

"哦，天哪！天哪！"她说，"我知道自己是演不好的了。"

赫斯特伍德来到了排练场。他抵挡不住那巨大的诱惑。幸好德鲁埃不在场。

"哦，"他说，"我想我最好还是赶来，看看你演戏时感觉如何。"

"哦，我不知道，"嘉莉说，"我真有点儿紧张。"

"哦，现在你可别这样，"他热情地说，"用不着紧张。这些观众会迁就你的。再说，万一你真的漏了几句台词也没什么。继续演下去就得了——反正你会演好的。"

"我真巴不得这样。"嘉莉回答说。

"你准会演好的——现在就得轻松自在。"

至于其他那些演员，班伯格先生早已一走了之。这个不可救药的家伙受不了导演的批评，干脆不干了。摩根太太虽然人还在，但她净爱争风吃醋，只是为了故意怄气，非要演得至少跟嘉莉一样出色。这时已请来一个失业演员饰演雷这个角色，此人虽然演技蹩脚，毕竟不会像从来没有在观众前露过脸的那些新手，一碰到疑虑就感到困惑不安。尽管有人关照过他缄口不谈自己过去在剧坛的那一段事，他却信心十足地一个劲儿吹牛，好像仅凭"间接证据"，谁都会相信他是何许人也。

"这可是小事一桩,"他用舞台上惯常装腔作势的语调跟摩根太太说,"至于台下观众嘛,我才不放在心上。角色的个性顶顶重要——你要拿捏好,难就难在这儿呢。"

嘉莉一见他的外貌就腻烦,但她要作为一个很够格的演员,明知今儿晚上自己非得忍受他假装的爱情不可,也就只好乖乖地听任他的那副德行了。

晚上六点,她已做好准备动身了。演戏用的物品都已齐备,不用她操心。由于缺少化妆室,只有窄小的十二个斗室可供化妆之用,嘉莉和霍格兰夫人分在一室,后者是一个三十岁的遗孀,在戏里扮演上流社会发言人之一的范·达姆太太这个角色。嘉莉已在早上试过妆,一点钟又参加了排演,准备好了晚上要用的物品,随后回到家里,最后又看了一遍台词,就开始等着夜幕徐徐降临。

为了这次盛大演出,支社特地派了马车来接她。德鲁埃陪着她一道乘车到了剧场大门口,随后,他还去附近的商店买了几支上等雪茄烟。这位小演员忐忑不安地走进她的化妆室,开始心焦地等待化妆一番,好让她这么一个普普通通的姑娘一下子变成上流社会的美女——劳拉。

众所周知,舞台大幕背后的世界,对每一个喜爱演戏的圈外之人来说,都具有极大的吸引力。这就需要像霍桑①写《故事新编》这样的生花妙笔才能惟妙惟肖地把弥漫在演员室内的生活和虚假的表演羼杂在一起的气氛描绘出来。煤气灯的耀眼闪光,令人联想到远行和陈列的那些敞开的衣箱,四处散放的化妆盒里的用品——胭脂、珠粉、白粉、软木炭、墨汁、眉笔、假发套、剪子,还有梳妆镜和装饰物——总之,这一切不可名状的化妆用品,各自散发着与众不同的气氛。它们呈现出我们没有涉足过的生活另一面,通往那里的门都关闭着,里面的种种奥秘也许从不向外透露。说不定我们可能获准进入——借此看一看在我们自己生活里断断乎体验不到的欢乐和悲哀。

---

① 纳撒尼尔·霍桑(1804—1864),美国著名作家,擅长心理描写和揭示人物的内心冲突,其作品开创了美国象征小说的传统,代表作为长篇小说《红字》。

这种气氛嘉莉以前是不知道的,但此刻却给她留下了深刻的印象。自从她来到这个大城市以来,诚然,有好多事儿给过她影响,但总是可望而不可及似的。相比之下,眼前这种新气氛,倒是要温馨友好得多。它完全不像那些华丽的大公馆冷冰冰地将她摈之于门外,使她只好敬而远之。此时此刻她仿佛觉得有人亲昵地握住她的手,说:"亲爱的,进来吧。"这个天地是自动地给她敞开的。海报上那些特大的名字,报刊上奇妙的长篇评论,舞台上那些华丽的服饰——还有马车、鲜花诸如此类营造的高雅气氛——全都使她惊叹不已。这里的一切都不是幻象。这里有一道门已为嘉莉敞开,于是,一切她都可以看到了。嘉莉无意之中找到了这道门,就像有人偶尔闯入一条秘密的通道似的。瞧,现在她已置身在一个珠光宝气的华美大厅里了。

嘉莉在后台自己的斗室里急巴巴地化好妆,听到外面声音嘈杂,看见昆西尔先生在东奔西走,摩根太太和霍格兰太太正在紧张不安地准备出场,另外二十来个演员在大幕后走来走去,担心演出效果不知道会怎样。就在这时候,嘉莉禁不住浮想联翩,要是这一切能永无休止地持续下去,该有多好!她这个角色只要演好了,以后当上一名真正的演员,该有多美呀!这种想法在嘉莉脑际始终萦绕不去,有如一支古老的乐曲在她耳畔回响着。啊!啊!但愿能摆脱闲着无事和孤寂难挨的日子——要演戏使自己地位得以提高——受到人们的赞扬、宠爱,被擢升到一种赞声不绝、漂亮雅致和貌似高贵的境界该有多好啊!嘉莉一想到这里,脑袋就发晕——她那短短的几句台词在这尘世间真可以说是举足轻重。但愿她能把它们恰如其分地表达出来。

小穿堂外面却可见到另一番景象。住在对面公寓里的居民看到这小剧场灯火通明,都很感兴趣。正是一个暖洋洋的夜晚,有不少孩子在街头玩儿。商店掌柜们伫立在他们灯光明亮的店门口,眼看着夜色渐浓,还是怡然自乐。数不清的街车叮叮当当地驶过去,因为西区所有街道里头就数这一条顶重要。到了七点钟,引座员、工作人员,以及参加演出的有关人员全都到齐了。到了七点半,卡斯特支社的会友和他们的朋友也都开始露面了。

要不是赫斯特伍德的深切关注,这个小礼堂说不定充其量只能刚坐满,因为支社的会友们对此事的兴趣并不很大。殊不知赫斯特伍德的话儿早已传遍了,说它将是一次盛大的活动。总共四个包厢通通预订出去了。诺曼·麦克尼尔·海尔大夫和他的太太预订了一个。这是一大绝招,因为海尔大夫是一位深孚众望的知名人士。盖雷·沃克,一个绸布呢绒商,资产少说也有二十万,也订好了一个包厢;此外,某某有名的煤炭商经人劝说才订了第三个包厢;而第四个包厢则由赫斯特伍德和他的朋友们一起订下了。这些朋友也包括德鲁埃在内。此刻涌进来看戏的,既不是名人,也不是当地巨富。他们是殷实的秘密会社这个小圈子里头的名人。这些友麋会绅士深知各自的身份地位。谁能积聚资产,拥有美满的家庭,自备四轮四座大马车或者轻便马车,穿着特别考究,并在商界声誉卓著,他们就尊重谁。谁能做到这样,而且又属于他们支社的,谁就是有身份的人。赫斯特伍德倘跟以此视为人生最高标准的人相比,自然还要略高一筹,因为他为人精明,自视甚高,他身居有钱有势的职位,而待人接物却又能运用天生的圆熟手腕,来博取人们的好感。在这些人里头,他真可以说是个大腕。在这个圈子里头,就数他名气最响,大家都觉得在他的矜持外表下实有极大的影响和殷实的财力。

今天晚上,赫斯特伍德亲临剧场,真可以说如鱼得水。他是跟几个好友直接从雷克托餐厅坐了马车来的。在剧场穿堂里,他碰见了刚出去再买几支雪茄烟回来的德鲁埃。这时五个人聚在一起兴高采烈地谈论着到场的头面人物,以及支社的日常事务。

"谁露面了没有呀?"赫斯特伍德说,走进了剧场,那里早已是一片灯火辉煌,一大群友麋会绅士正在座位后面宽敞的过道里有说有笑。

"哦,您好呀,赫斯特伍德先生!"头一个被他认出的人说。

"很高兴见到您。"赫斯特伍德说,轻轻地握住了向他伸过来的手。

"看来这次演出还真不俗,是吗?"

"是的,但愿真的如此。"赫斯特伍德经理附和说。

"卡斯特支社看来是得到支社同人们的支持呀。"这个朋友谈了自己的看法。

"应该如此,"这位心照不宣的酒吧经理说,"我看了很高兴。"

"喂,乔治,"另一个脑满肠肥的人大声嚷嚷说,此人长得特别肥硕,连衬衫浆硬的前胸都几乎吓人地凸了出来,"近况可好?"

"挺不错。"酒吧经理回答说。

"您怎么上这儿来了——我知道,您又不是卡斯特支社的会友。"

"表表心意罢了。"酒吧经理回答说,"您知道,我是来看看老朋友的。"

"太太一块儿来了吗?"

"今晚她来不了。她身子不太舒服。"

"真是遗憾——我巴望她得的病不要太严重。"

"是的,仅仅觉得有点儿不舒适罢了。"

"我记得赫斯特伍德太太,有一回,她是跟您一块儿去圣乔的——"这个大胖子却扯起了一些无聊透顶的旧事琐忆,幸而来了好多赫斯特伍德的朋友,才把话儿就此打住。

"哦,乔治——您好吗?"另一个和颜悦色的、家住西区,但又热衷当官的支社会友说,"天哪,我真高兴又见到了您——喂,情况如何?"

"挺不错的——据我所知,您已被提名为市参议员啦。"

"是的,我们在那儿没费多大劲儿就把对手给打垮了。"

"依您看,现在亨尼西会怎么样呢?"

"噢,反正他回去干他的砖瓦生意呗。您知道,他有一家砖瓦厂。"

"是吗?我可不知道,"酒吧经理说,"我估摸,他竞选失败了,准定很伤心吧。"

"也许是吧。"这个热衷当官的人狡黠地眨巴着眼睛说。

赫斯特伍德邀请的跟他有深交的朋友里头,这时已有好几位都坐了马车陆续来到。他们全都身穿华服,显然带着自鸣得意和不可一世的派头,踢踢踏踏地走了进来。

"全来啦。"赫斯特伍德刚才正在跟一群人交谈,这时他转过身去跟一个人说道。

"是的,不错。"这个新来的人说,此人是一位年纪在四十五岁左右的绅士。

"听着,"此人拽了一把赫斯特伍德的肩膀,以便凑近耳朵说悄话,接着乐哈哈地低声耳语道,"要是今晚看的戏不精彩,我就揍扁您的脑袋。"

"您来看看老朋友,好歹也得付出点代价吧。干吗为看戏犯愁。"

赫斯特伍德对另一个问"戏真的是精彩吗"的人回答说:"我自己也不知道,依我看,不见得精彩吧。"随后,他落落大方地举起手来,"但都是为了支社呗。"

"不过,来的人可真不少,嗯?"

"是的,快去看看沙纳汉吧。刚才他正在找您呢。"

这些发迹者的谈笑声、华服的窸窣声,以及善意的寒暄客套,就这样在这个小小剧场里回响着;而这一切的一切大半是听命于一个人的吩咐。瞧赫斯特伍德在启幕前的半个钟头里,总是跟一拨大佬待在一起——他们拢共五六个人围在一起,肥乎乎的体态、宽大的白衬衫硬胸和闪闪发亮的别针,在在说明了他们的飞黄腾达。绅士们有带了太太来的,也都不失时机地招呼赫斯特伍德过去,跟太太们握握手。座椅翻动时发出咔嚓声响;赫斯特伍德满不在乎地举目四顾,引座员们则向他频频点头致意。显然,他是他们中间的一盏明灯,从他身上体现出所有向他热情致意的人的虚荣心。他已得到普遍认可,阿谀奉承,差点儿还被看成叱咤风云的大人物。从这一切可以想见此人的地位,虽然小小不言,但也是不同凡响。

## 第二十章

　　一切准备就绪,最后只待启幕了。演员们最后一次化妆刚完,全都坐了下来等待出场。这时,雇来的小管弦乐队指挥煞有介事地用他的指挥棒轻叩了一下乐谱架,开始奏起了软绵绵的启幕乐曲。赫斯特伍德不再说话了,跟德鲁埃和他的朋友萨加·莫里森一块儿步入包厢。

　　"现在我们就得看那小姑娘演得怎么样了!"他跟德鲁埃咬耳朵说话,话音很轻,简直谁都听不见。

　　舞台上,已有六个演员出现在开场的一幕小客厅里。德鲁埃和赫斯特伍德抬眼一看,只见嘉莉不在他们里头,就又继续低声耳语着。这一幕是由摩根太太、霍格兰太太和顶替班伯格的那个演员担任主要角色。这个职业演员名叫珀顿,除了厚颜无耻以外,一无可取之处,不过在眼前,厚颜无耻显然是顶顶需要的。扮演珀尔的摩根太太已给吓蒙了。霍格兰太太念台词时嗓音也都沙哑了。整个演员班子都在两膝发颤,仅仅能背自己的台词,再也没有别的什么看头。全场观众需要宽宏大量,耐心期待,多加包涵,只有这样,看到他们不时演砸了的地方方才不会引起骚动与遗憾。

　　殊不知赫斯特伍德对此却满不在乎。事前他早已料定这是不屑一顾的。只要戏演得还可以说得过去,那时他好有个借口,祝贺一下嘉莉演出成功就得了。

　　不过,等到开场时的一阵恐惧感过去之后,演员们已开始摆脱了演砸的危机。他们漫无目的地在舞台上踱来踱去,有气无力地念自己的台词,几乎忘掉了排演时准备过的表情扮相,使戏演得简直沉闷透顶。就在这个时候,嘉莉突然出场了。

　　赫斯特伍德和德鲁埃两人一望可知,此时此刻嘉莉也是两膝发颤的。她拖着两条腿强挣着走到了台前,说道:

"哦,您,先生,我们从八点钟起一直在等候您。"只听见她的台词念得平淡无味,声音又是那么低,简直让人寒心。

"她给吓蒙了。"德鲁埃跟赫斯特伍德低声耳语道。

酒吧经理什么也没有回话。

当时,她的台词里头有一句话,本该是让观众捧腹大笑的:

"好了,这说明反正我就是救生丸嘛。"

没料到这句话却说得这么平平淡淡,一点儿活气都没有。德鲁埃开始坐立不安了。赫斯特伍德悄没声儿地挪动了一下鞋尖。

在另一个地方,劳拉预感到大难即将临头,本该站起身来,伤心地说——

"但愿您没说那句话就好了,珀尔!您知道有一句老古话:'小闺女哪来婆家姓'。"

嘉莉演得那么缺乏感情,真让人好笑。这句话的意思,嘉莉压根儿就不懂。她仿佛是在说梦话。看来她注定要把戏演砸了。她演得比摩根太太更差劲,此刻摩根太太好歹神态恢复过来,至少台词念得很清楚了。德鲁埃的目光从舞台上转过来,扫视了一下观众。观众全都默默无声,不消说,在期待整个局面变好。赫斯特伍德两眼紧紧地盯住了嘉莉,仿佛要使她着迷,演得更好些。他正在把自己的决心都倾注给她。他替她难过极了。

过了几分钟,该是嘉莉念不知名姓的流氓送来的那封信了。观众听了那个职业演员和一个名叫斯诺基的角色的对话,情绪上稍微乐了一乐,因为后者是由一个矮个儿美国人饰演的,此人在扮演这个专靠送信糊口度日,但又有些疯疯癫癫的独臂士兵时,确实颇富幽默感。他竟敢如此斗胆地大声朗诵台词,在观众中间引起的笑声不绝于耳,虽然,说实话,他并没有充分传达出原作中令人发噱的意图。不料这时,斯诺基已经下场了,舞台上又恢复了凄凄惨惨的气氛,而嘉莉却正好是台上的主要角色。她心情还是没有平静下来。嘉莉在她跟那个闯进来的流氓的整场戏里走了神,竟使观众再也忍耐不下去了,直到最后她下了台,观众方才舒了一大口气。

"她毕竟太紧张了。"德鲁埃说,分明意识到自己这种不温不火的批评是在说假话。

"最好去后台,给她鼓鼓气吧。"

为了解除嘉莉的紧张感,德鲁埃是干什么都乐意的。他好歹从人堆里挨挨挤挤,来到了舞台边门口,被好心的看门人放了进去。这时,嘉莉正伫立在舞台一侧,有气无力地在等下次自己上场,露出一副没精打采和神经紧张的样子。

"喂,嘉德,"德鲁埃两眼直瞅着她说,"你不应该紧张呀。快打起精神来。全场观众算不了什么。你还有什么害怕的呢?"

"可我自己都不知道怎么回事,"嘉莉回答说,"我只是觉得好像自己不会演戏。"

不过话又说回来,推销员过来看她,她还是很感激的。她看到全体演员都是那么紧张,连自己也泄了气。

"得了,"德鲁埃说,"快打起精神来。你害怕什么呀?上台亮相去就得了。你还瞎担心什么呀?"

听了推销员感人至深的这些话,嘉莉的勇气有点儿给鼓了起来。

"难道说我真的演得那么差劲吗?"

"一点儿都不差劲。你只要再加点劲儿就好了。演得就像你过去演给我看的那样。要像那天晚上一样,把头一扬,瞧你多帅!"

嘉莉想起了自己在房里演得很成功。她竭力相信今晚自己也能演好的。

"下面是什么戏?"德鲁埃说,两眼在瞅着嘉莉正在仔细琢磨的台词。

"哦,就是雷和我的对话,我拒绝他的那场戏。"

"好了,现在你要演得富有生活气息。"推销员说,"加点劲儿,关键就在这儿。演的时候好像你什么都满不在乎似的。"

"轮到您出场了,马登达小姐。"提示人说。

"哦,我的天哪。"嘉莉脱口而出说。

"哦,你还是害怕,该有多傻,嘉莉!"德鲁埃说,"得了,快打起精神来。我就在这儿看着你演。"

"是真的吗?"嘉莉说。

"是真的。现在,你就去吧。别害怕。"

提示人给她打了一个手势。

嘉莉朝前台走去,像前时一样有气无力,但蓦然间她心中的勇气又给鼓了起来。她想起了德鲁埃两眼正看着她。

"雷。"她温柔地说,语调比刚才出场时更要心平气和得多。排练时导演啧啧称赞的正是这个场面。

"她好像感到自在从容一些了。"赫斯特伍德暗自寻思道。

这一场戏,嘉莉演得还没有排练时好,不过比刚才却要好一些。至少没有引起观众不快。全体演员的演技都赶上来了,观众的注意力就不再集中在嘉莉一个人身上了。他们全都演得不俗,现在,至少对那些不太难演的角色来说,看来可以一直演下去了。

嘉莉既兴奋又激动地离开了舞台。

"你说,怎么样?"她两眼直瞅着德鲁埃问,"我演得好一些吗?"

"那当然啰。你就得那样演!要有生活气息。你演的这一场要比上一场好上十倍呢。现在就这么着演下去,要有更大的激情。你准能演好的。让他们大吃一惊吧。"

"我真的演得好一些了吗?"

"那还用我说嘛。下一场戏是什么?"

"舞厅的那场戏。"

"哦,你包管演得很好的。"德鲁埃说。

"可我不知道。"嘉莉回答说。

"好了,好了!"他大声嚷着说,"过去你演给我看过呢。现在,你就上台去——演给我看。你会觉得挺好玩的。就像你在自己房里那样比画比画好了。要是你像在家那样滚瓜烂熟地把台词念出来,我敢打赌,你准会一炮打响的。现在你要下什么赌注呢?你下吧。"

推销员往往让他那种与生俱有的善良热忱在自己言谈之中占上风。他真的认为这场戏嘉莉演得特别好,现在就希望她面向观众重演一遍。他的热情仅仅是由于当时的气氛激起来的。

到了嘉莉下次出场的时候,德鲁埃早已卓有成效地给嘉莉鼓足了勇气。听了他的话,她又萌发了原先可悲的欲念,而临到出场时,她的激情正好处在高潮。

"我想,这场戏我能演好的。"

"你当然能!现在你别怕,去演就得了。"

在舞台上,范·达姆太太正在神气活现地对劳拉进行含沙射影的讽刺。

嘉莉侧耳倾听着,猛地捕捉到了一点儿——她至今也不知道的感觉。她的鼻孔在微微吸气。

"这就是说,"扮演雷的那个职业演员开始说,"损人总会受到社会的极大报复。你们各位听说过西伯利亚的狼群吗?狼群里头只要有一头狼倒了下来,就要被其他的狼吃掉。这种比喻虽然不大好听——但在社会上就是有着类似狼性的东西。劳拉以作假为理由嘲笑了社会,殊不知这种嘲笑,正是这个到处作假的社会所切齿痛恨的。"

一听到她在剧中所扮演的角色的名字,嘉莉大吃一惊。她开始设身处地地体会到人生辛酸的味道。被抛弃的人的感情顿时涌上她的心头。她伫立在舞台一侧,禁不住心潮澎湃起伏。除了她的心脏在猛跳以外,她几乎什么都听不见。

"哦,姑娘们!"范·达姆太太脸一沉,说道,"仔细看好我们的东西。闯进来这么一个惯偷,再也不保险的啦!"

"该是你念台词了。"站在她身边的提示人说,但是嘉莉并没有听见。她早已充满着灵感,仪态万方地径直往前走去。她亮丽而又高傲,出现在观众面前,根据剧情的要求,当社会上这帮子家伙轻蔑地躲开她时,她已不知不觉地变成一个冷峻、苍白、无依无靠的人物。

赫斯特伍德两眼不时眨巴着,深深地被她的激情所感染。真挚动人的感情,有如热浪似的辐射到剧场大厅的每一个角落。那种神奇无比、气吞山河的激情,仿佛也在这里大显身手。

原来并不特别专注的观众,现已开始聚精会神,马上被剧情吸引住了。

"雷,雷!您为什么不回到她身边去?"传来了珀尔的呼喊声。

"特拉福德,您不跟我们一块儿走吗?"

每一个观众的眼睛都注视着嘉莉。她依然高傲而又嘲笑地伫立着纹丝不动。他们全都紧张而又密切地注视着她的每一个动作。反正她的眼睛投向哪里,他们的眼睛也跟着投到哪里。

饰演珀尔的摩根太太朝她走了过去。

"我们一块儿回家吧。"她说。

"不,"嘉莉回答,她的话音里头一次含有如此的深意,耐人寻味,过去是从来没有过的,"你跟他待在一起吧。"

她差不多好像要指控似的用手指着她的恋人。随后,她用充满由于极端真诚、因而感人肺腑的悲哀语调说:"他受苦的日子是长不了的。"

赫斯特伍德深知自己正在看的是一场非常难得的好戏。落幕时观众一个劲儿喝彩叫好,再加上这是嘉莉演的戏,越发证实了他的观感。现在,他暗自思忖嘉莉该有多美啊。如今她在舞台上崭露头角,早已凌驾于他的大业之上。他一想到她已是属于他的人,就马上乐不可支了。

"顶呱呱!"他大声嚷嚷说,不料突然一冲动,蹦了起来,朝着通往舞台的门口走去。

赫斯特伍德走进去的时候,嘉莉依然跟德鲁埃在一起。此时此刻他觉得自己对嘉莉爱得差点儿疯了。她在舞台上感人至深的表演几乎使他神魂颠倒了。他恨不得怀着一个恋人的无限狂喜向她倾吐自己的赞美之情。无奈自己身边还有德鲁埃,此人对嘉莉的绵绵情意也正在迅速复苏。说不定德鲁埃爱嘉莉比赫斯特伍德更要神魂颠倒。至少,他的感情必然表得更加淋漓尽致。

"乖乖,乖乖!"德鲁埃一迭连声地说,"你演得真帅。简直是了不起。我一开头就知道你能演好的。啊,你是个多漂亮的小姑娘。"

嘉莉眼里忽闪着演出成功的喜悦。她激动得怦然心跳不止,嘴唇发亮,两颊泛红。

"你说我演得很好吗?"

"演得很好吗?我觉得很好。难道说你没听见台下喝彩叫好吗?"这时还可以隐隐约约听见那里的鼓掌声。

"我自己觉得把它全部表达了出来——这个我已感觉到了。"

正好这个时候,赫斯特伍德走了进来。他凭直觉就感到德鲁埃此人已有一些变化。他看到这个推销员如此贴近嘉莉,禁不住妒火中烧,继而转念一想,后悔自己不该把德鲁埃打发到后台去,还憎恨后者侵犯了自己的权益。他几乎没法使自己屈尊俯就,以一个朋友身份来向嘉莉表示祝贺。不过到后来,他还是控制住了自己,这毕竟是一大胜利。在他眼里几乎可以看到他往昔佻巧的闪光。

"我想,"他两眼直瞅着嘉莉,说,"我要来告诉您的是,您演得太神了,德鲁埃太太。真让大家高兴。"

嘉莉对此心领神会,就回答说:

"啊,谢谢您。"

"这会儿我正好也在跟她说,"德鲁埃意识到自己有这么一个宝贝儿而喜不自胜,就插嘴说,"依我看,她演得真帅。"

"您确实演得真帅。"赫斯特伍德说,两眼转向嘉莉,嘉莉从他眼里已悟出了言外之意。

嘉莉粲然一笑。

"您要是全像这样演,就会让我们大家都认为您是天生的女演员啦。"

嘉莉又微微一笑。她深知赫斯特伍德心如刀割,真恨不得单独和他见面才好。与此同时,她又琢磨不透德鲁埃的转变。赫斯特伍德觉得自己压抑得很,再也谈不下去了,对面前的德鲁埃更是怀恨在心。他就俨然有如浮士德,落落大方地鞠了一躬告退了。德鲁埃并没有跟着出来。赫斯特伍德到了外头,心里嫉妒得咬牙切齿呢。

"该死的,"赫斯特伍德说,"难道说他往后还要挡横儿吗?"他脸色阴沉地回到了包厢,想到自己的窘境,久久说不出话来。

下一幕启幕时,德鲁埃才又回到了包厢。他心里兴奋极了,很想悄悄地跟赫斯特伍德说说话,没料到赫斯特伍德却佯装自己仿佛聚精会神地在看戏。他两眼一刻也不离舞台,虽然嘉莉还没有露面,因为这时演的是她上场前一段短小的喜剧插曲。可是赫斯特伍德却视而不见。这时他正在想的是他自己的伤心事。

剧情的进展怎么也没有使他的情绪有所好转。从这时起,嘉莉已成为大家密切注意的中心了。观众开头看了印象极坏,觉得这一拨演员再也演不出什么好戏来,如今却走到另一个极端,准备看天才演的戏,其实那里压根儿就没有天才。观众的这种情绪自然在嘉莉身上反映出来了。她的戏虽然演得相当不俗,但是还没有达到应有的深度,像冗长的头一幕结尾处那样震撼人心。她演的角色是个穷苦人,如同她自己那样,得藏身在纽约某个贫民区,躲避往日的老相识,与此同时,她那十恶不赦的继母——老犹大则又在四处搜寻,巴不得将她诱拐出来,从而捞取赎金。

赫斯特伍德和德鲁埃两人都抑制不住心中的激情,仔细观赏她的丰姿绰态。他们两人之所以觉得她越发迷人,是因为她在这里突然一下子显露出如此惊人的才能,在如此引人瞩目的艺术殿堂里,几乎以金碧辉煌为衬景,并有名人雅士助兴,更显她的妩媚动人。德鲁埃认为她跟过去的嘉莉已是判若两人了。他巴不得单独跟她一块儿在家里,向她倾诉自己心中的一切感想。他急不可耐地等着散场,那时候他们就可以单独回家去了。可是赫斯特伍德恰好相反,他在嘉莉新的魅力之中看出了自己可悲的命运,心中不断在诅咒他身边的这位朋友。天哪,他自己甚至还不能痛快淋漓地喝彩叫好。这时,他就只好竭力控制住自己,一点儿也不为之动容。

嘉莉在第二幕里有两个好场面——一个是和她的恋人雷的对话,他想来重新博得她的欢心——另一个是和她假设中的母亲犹大对话,犹大和她可恶的同伙胁迫劳拉违背自己的意愿跟她一块儿走。在第三幕里,她因反抗她假冒的父亲而要去治安法庭上受审,在一个万籁俱寂的深夜里,她被迫押上马车带到河沿时,最后碰上几个正在河沿一带转悠的游民和她的情人才获救。到了第四幕,她虽然置身于原先的环境与她的朋友们当中,但还是被那伙诡计多端的坏蛋盯梢了,她依然不肯跟她的恋人和好,而她的恋人却巴不得跟她重温旧情。最难演的场面是她试图离家出走,这么一来,不论是她那往昔的恋人——此人从前跟别人订过婚,还是她的急于想保护她、不再被人暗算的朋友们,再也不会被她诱惑了。

正是在这一幕里,嘉莉富于迷人魅力的表演竟使她的恋人们无不为之神魂颠倒。德鲁埃看了这段演出满意极了,在第二幕和第三幕的结尾处，他都特意前去恭维她一番，尽管她在后一幕里的戏是微不足道的，几乎完全可以说是陪衬而已。他至今还沉溺于原先被激活起来的巨大热情之中，反正他是带着玫瑰色的眼光来观看她的全部表演。

与此同时，赫斯特伍德却发现自己非得跟他的好多朋友搭话不可，这些朋友使他没法在幕与幕之间再依然怀有沮丧的心情。他让自己精神重新振作起来，努力维持自己跟他们之间的交情，虽然这时他的心思和欲念早已奔向幕后的那位姑娘了。

德鲁埃在第三幕结束时匆匆看过她，刚好回来。

"她的心情好极了。"他喜形于色地说。

"那敢情好。"赫斯特伍德回答说。

这时第四幕刚启幕，说的是发生在"长溪"——考特兰家避暑雅舍底层的事情。背后是一排敞开的长窗，从地上直到天花板，在舞台深处置放着一块涂成蓝色的帆布，淡淡地撒上一些银粉，一望可知是大海——这一切都取得了非常出色的效果。外面还有一座阳台或者可供散步的走廊，烘托出一种盛夏的景色，倒也一点儿不失真。

观众都饶有兴味地在观看剧情的开展，因为全体演员都演得比开头时富有感情，至少没有使这一古老情节剧佳作固有的魅力黯然失色。摩根饰演珀尔，总算好歹再现了这个卖弄风骚的女人的心态——这可一点儿也不难，因为她本人看上去就酷肖她所扮演的角色。扮演雷·特拉福德的珀顿先生演得还算过得去。雷虽然从前爱过、至今还爱着劳拉，但是他却跟珀尔订了婚。饰演范·达姆太太的霍格兰太太得到了嘉莉的啧啧称赞之后，就有点儿轻飘飘了。原来嘉莉在化妆室里一而再地夸她演得好极了。观众突然吃惊地发觉看戏已不再是受罪，就走向了狂热地捧场的极端，他们由衷地喝彩叫好，这对才能平庸的演员起了作用，因此他们也演得轻松自如，终于获得较好的效果。

赫斯特伍德侧耳听着台上渐次展开的剧情，暗自纳闷，真不知道嘉莉什么时候露脸儿。他说不准她会在什么时候出场。如同德鲁埃一样，此刻他只想了解剧情的上下文，以便对她的表演做出评价。他并没有期待多久，因为在珀尔表示自己并不在乎雷、她原本一心只知道玩乐，只是对某个热恋着她的贵族很感兴趣这一小段戏之后，接着嘉莉就出场了。剧作家巧施妙计，把所有追求玩乐的人通通给打发出去兜风了，所以此刻嘉莉单独登台了。这是赫斯特伍德头一次有机会看到嘉莉独自一人面对着观众，因为在其他场合总有人给她做陪衬。嘉莉一出场，赫斯特伍德猛地感到了她先前那种感人至深的力量——亦即在第一幕结尾处深深地把他吸引住了的那种力量——又在她身上复活了。她仿佛演得越来越有感情，因为这台戏快要接近尾声了，那时大显身手的机会也将随之消失。

"可怜的珀尔，"嘉莉带着天生悲切切的语调说，"没有幸福是可悲的，但更可怕的是看到别人在幸福几乎已唾手可得时还在盲目地来回寻摸。"

现在，她正伤心地举目眺望大海，她的一条胳膊没精打采地扶在晶光锃亮的门柱上。

赫斯特伍德开始对她，同时也对他自己，感到了无比怜悯。他仿佛觉得她就在跟他对话似的。无奈他心中由于各种感情纠葛羼杂在一起，他错误地认为她的语音和仪态有如一支哀婉动人的乐曲，仿佛在直抒个人胸臆似的。这种哀婉动人的特点就在这里——好像对每一个人都是在单独说话似的。

"不过，她跟他在一起，一定非常的幸福，"这个年轻的女演员接着念了下去，"她那乐观的性格和甜美的脸庞，将会给任何一个家庭带来快乐。"

嘉莉朝着观众慢慢悠悠、可又视而不见地转过身来。她的一招一式是那么浑然天成，仿佛她把台下观众全给忘掉了似的。随后，她就坐在桌子边，开始翻看好几本书。

"我并不渴求自己不该得到的东西，"最后，她低声说，几乎就像在轻轻地叹息似的，"普天之下除了两个人以外，谁都不知道我已独自隐居，避不见人。同时，我也要为不久嫁给他的那个天真无邪的女孩子有了幸福而感到莫大高兴。"

这时，有一个名叫皮奇布洛萨默的角色打断了嘉莉的话，使赫斯特伍德觉得很扫兴。他气呼呼地挪动了一下身子，巴不得她继续说下去。嘉莉由于眼底描蓝而显得苍白的脸庞，还有她身穿珍珠灰衣裙、脖子上挂着一串仿珍珠项链时的丰姿绰态,顿时使他神魂颠倒。嘉莉看上去好像疲惫不堪,亟须保护,迷人的幻觉竟使无比激动的赫斯特伍德准备立即离座,赶过去给她消闷解愁,与此同时,徒增个人乐趣。

这个小小的人物皮奇布洛萨默,在这出情节剧里倒是非常吸引人的。她是深受劳拉疼爱的小淘气鬼,因此到处跟着劳拉跑,后来又向劳拉透露了有人正在暗中谋害她的秘密,此外还做了别的一些通常只有街头顽童做得了的、有助于剧中情节开展的事。可是赫斯特伍德对刚才的打岔并不喜欢,他只是在密切注视着嘉莉,这时后者演得却不像前一阵那么令人伤心了。随后,他竖起耳朵,倾听着剧中人物更加激越的台词。

蓦然间嘉莉又是独自一人,正在声情并茂地说:

"我一定要回到城里去,不管那里怎样危机四伏。我一定要回去——只要可能的话,就秘密地去——不过必要的时候,还得公开地去——"

这时,场外传来了一阵马蹄声,紧接着是雷说话的声音:

"不,我今天不会再骑了。把它拉进马厩去吧。"

雷走了进来。随后开始的这一场戏,注定要在赫斯特伍德即将经历的爱情悲剧,以及他今后的命运中发生巨大作用。本来嘉莉早就决心要在这场戏里露一手,如今时机已到,她完全进入了角色。赫斯特伍德和德鲁埃两人全都目不转睛地注视着她演出时越来越丰富多彩的感情。

"我估摸您跟珀尔一块儿走了。"劳拉对她昔日的恋人说。

"我确实走了一段路,但走了一英里就离开他们了。"

"您没有和珀尔吵嘴吧?"

"没有也好——有也好;反正我们动不动就吵嘴呗。我们的晴雨表上老是标着'多云'和'阴'。"

"那是谁的过错呢?"嘉莉漫不经心地问。

"反正不是我的过错,"他气呼呼地回答,"我知道我已经尽了力——我是尽了力——可她——"

这段话珀顿说得相当大大咧咧,多亏嘉莉以出色的表演给弥补过来了。

"可她眼看着就成为您的太太了,"嘉莉说,全神贯注地直瞅着这个夸张做作的演员,同时还让自己的话音变得既柔和而又悦耳动听,"雷——我的朋友——体贴入微——这是婚后生活赖以发展的源泉,千万别让它枯竭。要不然,您就会对自己的婚后生活觉得不满意和不愉快。"

嘉莉让自己两只小手交叉在胸前,露出哀求的姿势。

赫斯特伍德惊奇得两眼盯着,嘴唇微微张开。德鲁埃高兴得也坐立不安了。

"成为我的太太,是的。"那位演员继续说,尽管跟嘉莉相比显得太逊色,幸好这时总算还没有破坏嘉莉所创造并保持的那种亲切的气氛。好像嘉莉也并没有觉察到这戏让珀顿给演砸了。即使她是跟一个呆木头对话,她也照样可以演得绘声绘色。反正要演好戏的各种条件,她本人全都具备,因此别人的表演对她压根儿不会产生任何影响。

"您已经后悔了吗?"劳拉慢慢悠悠地说。

"我失去了您,"雷回答说,抓住她的纤手不放,"我只好听凭那个想跟我调情的女人随意摆布。这一切都得怪您——反正您自己心里明白!您为什么要离开我呢?"

嘉莉慢慢悠悠地转过身去,仿佛是在竭力遏制住内心的冲动。稍后,她又转过身来。

"雷,"她说,"我一想到您永远爱上了一个跟您门第、财产和才艺都相当的好女人,自己就觉得莫大的快乐。现在,您说的这些话对我来说,都是没有想到的新情况呀!请给我说说清楚,是什么原因老让您跟您的个人幸福过不去?"

最后这一句话,她问得如此开门见山,不论对观众和这个情人来说,好像都要对它做出直接回答似的。

到了最后时刻,劳拉的昔日恋人大声地说:"就像过去那样待我,劳拉!"

嘉莉无限柔情地回答说:"不,雷,我可不能像过去那样待您;但是,我可以用对您来说永远死去了的劳拉的名义来说话。"

"那就按您的意思吧。"珀顿说。

赫斯特伍德不由得身子俯向前方。这时，全场观众都被她那迷人的魅力吸引住了。好像是又重现了第一幕的高潮——竟是如此感人至深。

"不管您看到的那个女人是很聪明还是爱虚荣的，"嘉莉继续说，两眼忧伤地俯视着瘫在软椅里的恋人，"不管她是长得美还是长得丑，也不管她是富人还是穷人，她拢共只有一样东西可以真的献给您或者不愿给您——那就是——她的心。"

德鲁埃觉得自己嗓子眼儿里有些发痒。

"她的姿色、她的机智、她的才艺，她可以通通卖给您——但是，她的爱情却是用金钱买不到的无价之宝。"

酒吧经理心中感到很不好受，仿佛这句话就是嘉莉对他发出的呼吁。他觉得好像他是跟嘉莉单独在一起，眼看着这个他钟爱的绝望、可悲而又俊秀的女人，他几乎忍不住要伤心落泪。德鲁埃也是好不容易才控制住自己的情绪。他下决定从此以后自己要以前所未有的态度去对待嘉莉。老实说，他还要跟她结婚！她是完全配得上的。

"她所要求的回报并不很高，"嘉莉继续说，差不多没听见她那恋人的低声回答，她道白的声音跟乐队这时在伴奏的那种令人哀伤的曲调更加和谐了，"只不过要求您在看她的时候，眼里露出无声的热爱；您跟她说话时的声音应该充满柔情。切莫因为她不能马上了解您那雄心勃勃的抱负而蔑视她；因为，万一您那了不起的意图被厄运挫败了——那您只有从她的爱情里才会得到安慰。您看到高大的树木时往往惊叹它们多么壮美，"嘉莉继续说道，而赫斯特伍德费了很大劲儿才控制住心中汹涌的感情，"可是，千万不要看不起那些小小的花朵，因为那些花朵充其量只能散发出一些芬芳罢了。您要记住，"她最末细声细语地说，"爱情——就是女人所能给予的唯一东西，"她让唯一这两个字儿具有特别娓娓动听的韵味，"但爱情又是上帝允许我们带入坟墓的唯一的殉葬品。"

酒吧经理和推销员心中都被爱情折磨得够呛。他们几乎都没听到这一场结尾时的那些话。他们仅仅看到他们心中的这个偶像，以动人

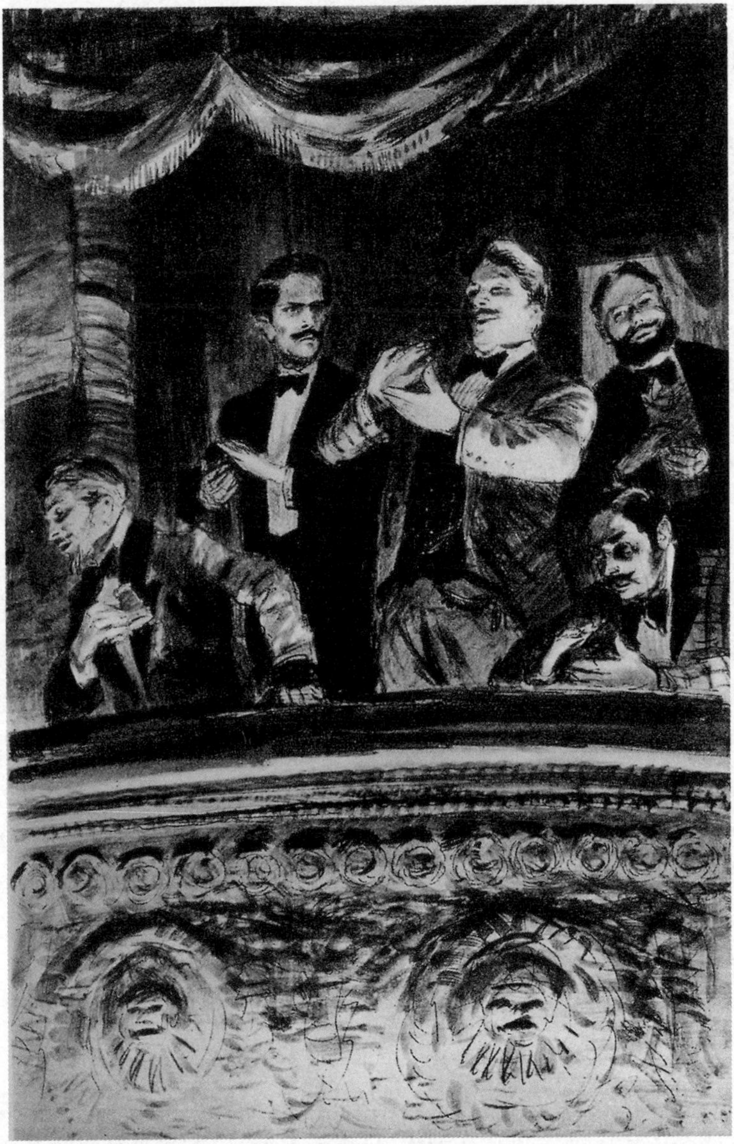

心弦的风致在舞台上走来走去,继续显露出他们始料不及的魅力。

赫斯特伍德早已下过决心——德鲁埃也是这样。他们跟着全场观众一起狂热地鼓起掌来,呼唤嘉莉再出来。德鲁埃拼命地鼓掌,一直到两手发痛。稍后,他又一跃而起,走出了包厢。殊不知他刚刚走了出去,这时嘉莉却又出现在舞台上,但见一只大花篮正从剧场中间的过道赶紧给她送来,她不由得屏住气等待着。那只大花篮正是赫斯特伍德送来的。嘉莉向酒吧经理所在的包厢看了一眼,跟他的目光碰到一起,就微微一笑。赫斯特伍德真的恨不得从包厢里跳出来,把恋人搂在自己怀里。他全忘了自己是有妇之夫,举止需要特别检点。他几乎也忘了包厢里还有一些是他的老相识。天哪!这个可爱的姑娘必将属于他,哪怕是为了她,他不得不牺牲自己的一切。事不宜迟,他要立即行动起来。这该是德鲁埃的末日了,去他的。赫斯特伍德连一天也等不及了。别让这个推销员把嘉莉据为己有。

赫斯特伍德心情激动,在包厢里怎么也坐不住了。他走进剧场大堂,稍后又走到街上,一直在想自己的心事。德鲁埃也没有回到包厢来。过了一会儿,该剧的最后一幕结束了,赫斯特伍德疯狂地想和嘉莉单独在一起。他诅咒命运逼得他只好赔着笑脸,点头行礼,净是装假,其实这时他只有一个愿望,能向她表爱,跟她单独说说悄悄话。他抱怨他的一切愿望都是徒劳的。他甚至还得装模作样地邀请嘉莉一块儿吃饭去。最后,他走进了后台,问嘉莉自我感觉如何。戏刚结束,演员们正在换装,拉呱儿,急匆匆要走。德鲁埃正在兴高采烈地胡扯淡。这位酒吧经理费了很大劲儿好歹控制住了自己。本来他会大声抱怨不迭。

"我们当然一块儿去吃饭了。"他说这话时的语调,跟他心中的感受完全格格不入。

"是啊。"嘉莉粲然一笑说。

这个小女演员情绪好极了。这时她体会到了受宠的味道,这一回已成为令人艳羡的追求对象了。她头一遭模模糊糊地感到了由于成功带来的独立感。随着形势的转变,她现在是俯视,而不是仰视她的恋人了。事实上,她自己还没有完全意识到这究竟是怎么回事,但在她身上已经露出了某种很够味儿的纡尊降贵的神情来。等她准备停当了,他们就一道登上早在等候的马车,驶往市中心去了。当酒吧经理抢先一步登上马车,挨在她身边坐下的时候,她才有机会向他表达自己的感情。趁德鲁埃还没有完全落座之际,她温柔而又动心地紧攥了一下赫斯特伍德的手。酒吧经理激动得几乎乐不可支。他甚至愿意出卖自己的灵魂,为了只要能跟嘉莉单独在一起。

"天哪,"他暗自寻思道,"真是折磨人!"

德鲁埃,当然啰,抓住不放,自以为最最了不起。他的唠叨不休使席间大煞风景。赫斯特伍德要回家了,这时他暗自思忖,要是他的爱恋得不到满足,还不如死了的好。他热情地对嘉莉悄悄说"明天见",她马上心领神会了。赫斯特伍德在跟推销员和他的宝贝儿告别时,心里仿佛觉得要把德鲁埃置之于死地而后快似的。嘉莉也是不免心情极为沮丧。

"晚安!"赫斯特伍德说,佯装出落落大方的样子,但心里对嘉莉却渴念得要命。

"晚安!"小女演员温柔地回答说。

"笨蛋!"赫斯特伍德说这话时心里在忌恨德鲁埃了,"白痴!我会惩罚他的。而且还得要快。我们明天再见吧。"

"说真的,你可了不起,"德鲁埃紧挨着嘉莉的胳膊,踌躇满志地说,"你是全世界最迷人的小姑娘!"

## 第二十一章

像赫斯特伍德这类人的情欲照例很强烈。它是不会表现为冥想或梦幻的。既不是在恋人的窗下唱小夜曲——也不是一遇到困难就心灰意懒,怨天尤人。入夜以后,赫斯特伍德由于思绪繁杂,久久不能入睡,第二天一早醒来,照样狠抓这个令他心动的题目继续思考。他之所以身心交瘁,难道不是因为他以几乎全新的眼光来赞赏他的嘉莉吗?难道不就是因为德鲁埃挡着他的道吗?赫斯特伍德只要一想到他的恋人被得意扬扬、满面红光的推销员所占有,就比谁都感到苦不堪言。他觉得自己甘心情愿牺牲一切,只要能使这个纠葛早点结束——说服嘉莉同意采取能一劳永逸地甩掉德鲁埃的办法的话。

可是怎么办呢?赫斯特伍德穿衣服时还在不断冥思苦想着。他在跟他妻子一起住的房间里踱来踱去,甚至连她的存在都没有察觉到。

进早餐时,他觉得自己胃口不佳。他夹到盘子里的熟肉原封未动。咖啡凉了,可他却心不在焉地在看报,虽然偶尔看到了一些小消息,不过什么内容全都没记住。他的心态不妨可以说是很矛盾的。

有时候,他甚至觉得家里的事跟自己无关,而且很讨厌。杰西嘉还没有下楼来。赫斯特伍德太太坐在餐桌的另一头,默默地想自己的心事。不久前才来的一个仆人,忘了把餐巾放到桌上。沉默终于被赫斯特伍德太太的怒斥声打破了。

"我早就关照过你啦,马吉,"赫斯特伍德太太说,"我可不打算再说一遍了。"

赫斯特伍德只是看了他太太一眼。她皱紧眉头,正端坐在那里。刚才她的举止谈吐使他非常恼火。这时,她猛地转过来冲赫斯特伍德说:

"什么时候休假,你决定了没有,乔治?"

每年这个时候,他们照例都要商议去哪儿消夏。

"还没有呢,"他回答说,"眼下我正忙得不可开交。"

"哦,要是我们打算去的话,你不妨快点决定,好吗?"她马上回了一句说。

"我想还是等几天再说吧。"他说。

"哼,"她回答说,"恐怕你会一直拖到夏末!"

她说话时气冲冲地让身子挪动了一下。

"你那老一套又来了,"他说,"听你这么一说,好像我是游手好闲似的。"

"得了,反正我一定要知道。"她又重复说了一遍。

"还有好多天呢,"他坚持说,"你们总不会在赛马季结束前就动身吧。"

正当他在思考别的事情的时候,却提出这样的话题来,他很恼火。

"哦,也许我们会动身的。杰西嘉再也等不到赛马季结束了。"

"那当初你们干吗还要季度票?"

"嘿!"赫斯特伍德太太在这一嘿声里倾注了极大的愤懑,"我可不乐意跟你抬杠!"说罢,她就站了起来,打算离座了。

"喂,"他也站了起来说,语气很坚决,使她不由得暂时离不了座,"近来你怎么啦?难道说我跟你说说话都不成吗?"

"当然啰,你可以跟我*说说话*。"她回答时,听得出特别强调"说说话"这几个字。

"瞧你这副德行,好像满不是这么回事。现在,你想知道我什么时候可以动身——没有个把月还走不了。也许还要晚哩。"

"没有你,我们自己照样去!"

"你们自己照样去,嗯?"他挖苦地问。

"是的,反正我们照样会去的。"

酒吧经理听了妻子口气如此坚决,禁不住大吃一惊,结果只能越发恼火了。

"那好,我们等着瞧吧。我觉得最近以来你老是在发号施令。连我的事情你都要来越俎代庖了。这你休想办到。凡是有关我个人的事,你什么都管不着。你们要是想去,那就去呗;但是你可别那样说话硬逼着我呀。"

此刻,赫斯特伍德激动极了。他的浅黑眼睛在闪闪发亮,他把报纸揉成一团后扔到了地上。赫斯特伍德太太就再也不敢说话了。丈夫刚说完最后一句话,她就转身上楼去了。可他却歇息了一会儿,好像在犹豫——稍后再坐下来,喝了些咖啡,就站了起来,去取帽子和手套。

赫斯特伍德太太对如此严重的争吵确实是始料不及的。是的,她下楼进早餐时就觉得有些别扭,一心琢磨自己的事。杰西嘉曾经关照过她,看赛马远不是她们所想象的那么有劲儿。今年她们也不见得有机会结识到一些什么人。这位俊姑娘硬说每天都去看赛马是很腻烦的。今年倒是有一些像个人物的人,他们提早到海滨胜地或者欧洲去了。在她自己的朋友圈子里头,已有好几个让她感兴趣的年轻人到沃基肖去了。她觉得自己也挺想到那个海滨胜地去,而且她的这个想法已得到母亲的赞同。她们为什么不能去呢?已买好的赛马季度票,又算得上什么呢?

"你知道不知道,"有一天下午,她们准备驱车去跑马场时,杰西嘉说,"兰伯特一家早已去那里了?他们是在星期二走的。"

杰西嘉指的是沃基肖。

"真是这样的吗?我估摸他们还要过一阵子才走呢。"

"我也是这样估摸的,"女儿回答说,"反正他们早已走啦。还有法尔韦一家。我真巴不得也能去。"

"只要我们想去,也可以去嘛。"母亲回答说。

"哦,妈妈,我真巴望你说去就去呀!"这个喜滋滋的姑娘大声嚷嚷说,"这可要好玩得多。看老一套的赛马,一点儿也不带劲。"

赫斯特伍德太太就这么着决定把这件事提出来。她下楼进早餐时心里还在琢磨这个问题,可是不知怎的,当时的气氛很不适当。争吵过后,连赫斯特伍德太太自己都闹不明白怎么会争吵起来的。不过现在,她认定自己丈夫作风粗野、蛮横,不管怎么样,她也断断乎不会让这件事不了了之。他对待她应当像对待贵妇人一样,要不然她就给他点颜色看看。

就酒吧经理来说,他对这场新的争吵老是耿耿于怀,直到他走进了酒吧,稍后又从那里赶去跟嘉莉会面。这时,他心里突然涌上另外一些错综复杂的、由爱恋、欲念和对抗掺在一起的情感。他的思想就像雄鹰展翅似的在往前飞去。他几乎等不到最终跟嘉莉会面的那个时刻了。他觉得,要是没有她,这漫漫长夜究竟有什么意思——这白昼又有什么意思?不管怎么说,嘉莉务必成为他的人才成。

至于嘉莉呢,她在头一天晚上跟他告别以后,就仿佛置身于梦幻世界似的。她听着德鲁埃兴冲冲地谈论她时非常留神,但对他谈论到自己的事却一点儿都不关心。嘉莉压根儿不爱他。她尽可能跟他保持着距离,因为她满脑子只想着自己获得的成功。个中原因她觉得也跟赫斯特伍德热情捧场分不开;所以,她暗自纳闷,真不知道见面时他会说些什么呢。其实,她也替他感到可怜,怀着一种特别的怜悯之情,这是因为从别人的苦恼中发觉了有些恭维自己的味道。这时,嘉莉正头一遭模模糊糊地感受到那种微妙的变化,即让一个人从乞求者的档次转入施恩者的行列。总的说来,她已是乐不可支了。

可是第二天一早,昨晚演出一事各报只字未提,反而刊登了大量众所周知的日常琐闻,致使昨晚演出一炮打响的盛况大为减色。德鲁埃本人也不大谈到关于她的事。他本能地感到,出于某些原因,他必须重新跟嘉莉建立婚配关系。

"我想,"第二天早上,他在卧室里把自己打扮得漂漂亮亮、准备去市里上班时说,"等我本月内把自己手头的事了结后,我们就结婚。这件事昨天我已跟莫希尔谈过了。"

"不会的,你不过是说说罢了。"嘉莉说,她仿佛觉得如今自己已有了力量,好跟这个推销员开开玩笑了。

"我可不是光说说的!"他大声嚷道,比往常显得更加热乎乎的,而且还用乞求的口吻找补着说,"难道你不相信我跟你说的话吗?"

嘉莉仅仅报之以一笑。

"我当然相信啰。"过了一会儿,她回答说。

这时,德鲁埃觉得自己有些信心不足了。他观察事物肤浅得很,虽说他开动了脑筋,但他对最近他身边发生的一些事态还是感到困惑不解。嘉莉照旧跟他在一起,但她的样子早已不像过去那样无依无靠、乞哀告怜了。现在,她说话的时候常有一种几乎是新的、抑扬顿挫的声调。她再也不用寄人篱下的眼光来打量他了。年轻的推销员预感到某种阴影仿佛就要落到自己头上似的。这对他来说,就需要自己的感情更加富有新的色彩,而且还得给予嘉莉更多的关心体贴,这些才是防患于未然的措施。他虽然到处跑码头,不明真相,但他还是意识到了一些问题,何况又被刚才完全复苏的欲念所支配着。

"你说说,"德鲁埃正在镜子前琢磨自己的新领带时说,"当时自己是怎么演的?"

"说什么呀?"嘉莉问。

"我说的,就是舞厅里的那一场戏——你是怎么激动起来的。你看上去真是怪可怜巴巴的。"

"啊!我可说不上来。"嘉莉回答说。

经他这么一问,嘉莉对什么叫作高人一等心里就亮堂了。她开始看出有好些事情他是断断乎理解不了的。他在她心目中的地位已是改变不了了。

"你心里不是在想,反正这事就是如此这般,是吗?"他继续说下去。

"不,不,"嘉莉说,"说真的,我心里并不是这样想的。我只是感觉到应该就是这样罢了。"

德鲁埃好奇地瞅了她一会儿,稍后找补着说:"得了,你演得好像你真的有切身感受似的。"

不一会儿,德鲁埃出去了,嘉莉就准备跟赫斯特伍德会面去了。她急匆匆梳洗打扮一番,就赶紧下楼去了。她在街角虽跟德鲁埃擦肩而过,可他们俩谁都没有瞧见谁。

推销员忽然忘了有几张自己要交给公司的票据。他赶紧上楼,闯进房间,但见只有女仆在拾掇房间。

"喂,"德鲁埃仿佛冲着自己在大声嚷嚷似的,"嘉莉在哪儿呀?"

"你的太太吗?是的,几分钟前她刚走。"

"真怪,"德鲁埃暗自思忖道,"她一点儿都没有跟我说过呢。真不知道她上哪儿去了。"

德鲁埃急忙在旅行包里找出他要的那些票据,随手把它们掖进口袋里。随后,他把注意力转向那个长得既好看、对他又很客气的女仆。

"喂,你在干什么?"他笑嘻嘻地问。

"拾掇房间呗。"女仆回答说,顿住了一会儿,把一块抹布缠在自己手上。

"累了吧?"

"并不特别累。"

"好了,我给你看一个玩意儿。"他和蔼可亲地说。稍后,他走到女仆身边,从口袋里掏出一张烟草批发公司印发的石印小画片。画片上印着一位大美人,手里拿着一顶条纹遮阳伞,画片背后有一个小圆盘,一转动就可以使遮阳伞变换颜色,透过伞面上那些细条子空隙,一会儿露出红色,一会儿露出黄色,一会儿露出绿色,一会儿露出蓝色。

"说真的,这不是巧妙极了?"他一边问,一边把画片递给女仆,教她怎么个转动法,"过去你没见过这样的玩意儿吧?"

"真是好玩得很。"女仆回答说。

"如果说你要,那就送给你算了。"他说。

年轻的推销员手里有的是这样的小玩意儿,就这样来派用场。

"你手上的戒指好看极了。"他找补着说,又摸了一下她手上戴的大路货戒指,她手里正拿着他送给她的画片。

"你觉得好看吗?"

"是的,"他回答,趁机佯装在仔细察看,却攥住了她的手指,"好看极了。"

打破了沉默,德鲁埃就继续搭讪,假装忘了自己还攥住女仆的手指。不料,女仆马上把手抽了回去,往后退了几步,身子靠到窗台上。

"我好久没看见过您了,"女仆断然拒绝了推销员这一番纵情的主动亲近,撒娇地说,"想必您是出远门去啦。"

"我是出过远门。"德鲁埃回答说。

"您去的地方远吗?"

"相当远——是的。"

"您喜欢出远门吗?"

"哦,不大喜欢。反正很快你就会感到腻烦的。"

"我倒是巴不得也能出远门看看去。"这位姑娘说,若有所思地凝望着窗外。

"您的那一位朋友,赫斯特伍德先生近况怎么样?"她不知怎的想到了这位酒吧经理,就突然问道,依她看,此人好像是可助谈资的对象。

"他就在本城。你为什么要问他呢?"

"哦,没有什么,只不过打从您回来以后,他一回都没来过这儿。"

"你怎么会认得他的?"

"仅仅在上个月,难道不是我把他的大名通报过十几回吗?"

"去你的吧,"推销员漫不经心地说,"打从我们住进这里以来,他仅仅才来过六七回呢。"

"仅仅是六七回吗?"这个姑娘笑吟吟地问,"亏您全知道!"

德鲁埃语气略微显得正经八百似的。他闹不明白女仆是在逗着玩儿,抑或说的是大实话。

"小淘气!"他说,"你为什么这样笑呀,究竟是什么意思?"

"哦,没什么意思。"

"近来你见过他没有?"

"打从您回来以后,就没有见过。"她哈哈大笑说。

"以前呢?"

"当然啰,见过。"

"时常见到吗?"

"是的,差不离每天都见的。"

这位女仆最爱搬口弄舌,恨不得看到她的话儿会立时奏效。

"他来这儿看谁呀?"推销员不觉犯疑地问。

"德鲁埃太太。"

德鲁埃一听到这句回话就傻眼了,但他马上让自己处之泰然,才不至于像是受骗上当似的。

"得了,"他找补着说,"这又算是什么呢?"

"反正没有什么。"这个姑娘回答说,还卖弄风情地将脑袋一歪。

"赫斯特伍德先生——他是我的老朋友。"德鲁埃继续说,更深地陷入泥潭了。

本来他还可以继续调情一番,无奈这时兴致不知怎的全没了。正好楼底下有人在叫唤这姑娘的名字,这时他方才舒了一大口气。

"我该走了。"她说着,一溜烟似的离开了他。

"回头见。"德鲁埃回答,佯装出因突然受到干扰而感到非常不安似的。

等女仆走了以后,德鲁埃才让自己的感情更痛快地宣泄出来。他脸部表情历来不善于控制,这时心中的困惑不安早已纤毫毕露。难道说嘉莉果真经常接受赫斯特伍德的频频造访,而至今却对他始终一字不提吗?难道是赫斯特伍德撒谎了吗?再说,女仆这些话到底是什么意思呢?当时,他自己也觉察到嘉莉的举止谈吐有些异样。他还问她赫斯特伍德来看过她几回,她为什么显得那么慌了神?天哪!现在,他全想起来了。这事儿来龙去脉里头确实有点儿蹊跷。

德鲁埃坐在摇椅里暗自寻思对策,让一条腿搁在膝上,使劲儿皱着眉头,脑海里思绪有如潮涌似的。

可是话又说回来,嘉莉并没有做什么出格的事儿。天哪,她不可能欺骗他的。她并没有那样做。就说昨天晚上,她不是对他还非常友好吗?赫斯特伍德也是这样。看他们的举止表现好了。德鲁埃简直不能相信他们会欺骗他。

后来,他终于让心中的怒气一吐为快了。

"有时候,她确实有点儿奇怪。今天早上,她一打扮好就出去了,连一句话都没有说。"

德鲁埃狠搔头皮,准备去市区了。他一直紧皱着眉头。他在过道里又碰上了那个正打算拾掇另一个房间的女仆。她头上戴着一顶防灰尘的白帽子,帽子底下露出她那一团和气的小圆脸儿。看到她正在冲着他笑盈盈的,德鲁埃心中的忧愁几乎全给忘了。他亲热地把自己的手搭在她的肩膀上,好像仅仅是走过时顺便跟她打个招呼罢了。

"不再恼火了吗?"她问,依然还要故意作弄一番。

"我没想恼火。"他回答。

"反正我觉得你恼火呢。"她笑吟吟地说。

"不要逗着玩儿了,"德鲁埃漫不经心地回答,"刚才你说的是正经话?"

"当然啰,"她不假思索地回答。随后,带着就像一个不想故意制造麻烦的人常有的那种神情说,"他来过这儿好多回呢。我以为您早都知道啦。"

没承想竟然骗到德鲁埃的头上来了。他不想再装出满不在乎的样子来了。

"他来这儿过过夜没有?"他问。

"有时来过夜的。有时他们一块儿出去了。"

"都是晚上吗?"

"是的。不过,您听了可不要那么气呼呼的。"

"我不会的,"他说,"除了你以外,还有谁见过他没有?"

"当然啰。"这姑娘说话的口吻,仿佛这等事并不是有什么了不起似的。

"最近一次有多久了?"

"刚好就在您回来之前。"

推销员神经质地咬紧自己的嘴唇。

"你不要胡扯了,好吗?"他问,轻轻地捏了一下姑娘的胳膊。

"当然不胡扯了,"女仆回答说,"我干吗为这事犯愁呢。"

"那敢情好。"德鲁埃说罢,就心事重重地走开了,不过觉得自己给予这个女仆的印象好像还是顶呱呱的。

"我可要找她说说清楚,"他气冲冲地暗自思忖,觉得自己受了莫大的冤屈,"天哪,可我还要瞧一瞧,她是不是真的会那样扮演下去呢。"

## 第二十二章

要了解赫斯特伍德情有独钟的力度,就得了解这个见过世面的人。他再也不是年轻人了。他早已没有年轻人的朝气,但在他脑海里多少还留下了往昔谈情说爱时的幻想。他观察力敏锐,心中充满活力。他对青春靓丽的容光始终依恋不舍。

赫斯特伍德从嘉莉身上重新找回了他过去的经历和梦想。她鲜嫩的脸颊上透着昔日春园里的气息。他曾经坠入过爱河——是的,在很久很久以前,偶尔会意识到高悬在五月澄碧夜空里的一轮圆月,飘入年轻人鼻孔里的阵阵芳香,以及由于爱恋使他满怀舒畅、心里透亮而激起了珍贵的感情。总之,赫斯特伍德曾经坠入过爱河,昔日那种真情实感又涌上心头,如同刀绞、鞭打一般,因为他害怕——哦,热情奔放的人总是非常害怕的——这样的事恐怕再也不会回来了。

可是如今,哦,它终于回来了。在这日渐凋萎、几近荒芜的花园里,绽开了一朵新的花儿。柔和晶亮的眼睛、楚楚动人的身姿、柔嫩红润的脸颊、看了让人喜欢的秀发——轻盈的步态、青春的幻想,还有他刚才看到的一股子光耀夺目的热情。这里有一些东西是新鲜的,另有一些东西却使他回溯到了过去的岁月。

赫斯特伍德等了好几分钟,嘉莉才姗姗来到。他浑身上下热血沸腾着。他心中兴奋极了。他恨不得马上见到头天晚上使他如此神魂颠倒的那个女人。

"好容易等到您来了。"赫斯特伍德不由得心花怒放,竭力遏制住了自己的感情说。这时,他还感到无比兴奋,其实这里头不无悲剧味道。

"是的,我来了。"嘉莉回答说。

他们一块儿往前走,仿佛事先预定要到某个地方去似的,这时赫斯特伍德却因为她在身边而不觉为之陶醉。她那漂亮的衣裙的窸窣声，在他听起来就像优美的乐曲似的。

"您觉得满意吗？"他问，心里想到头天晚上她登台演出竟然一炮打响。

"那您呢？"

赫斯特伍德看见她向他报之以一笑，不觉有些赧颜。

"演得真帅，"他回答说，"棒极了。"

嘉莉欣喜若狂地笑了。

"那么棒的演出，我好久没看到过了呢。"他找补着说。

他在尽情品味着头天晚上他感受到的她那迷人的魅力，以及连同此刻嘉莉跟他在一块儿而激起的快感。

"您喜欢，我很高兴。"嘉莉多情地说。

"我喜欢，"他回答说，"真的喜欢。"

嘉莉在仔细品味这位酒吧经理特意给她营造的气氛。她早已喜形于色，光彩照人。赫斯特伍德对她怀着极大的激情，有如烈酒一般醉人。从他话语里的每一个声音，她觉得他都被她深深地吸引住了。即使在他的一颦一笑、一言一语之中，其内容都比大部头书里表述的还要丰富得多。

"您送给我的鲜花都是那么漂亮，"她沉吟了一会儿说，"真是太美了。"

"您喜欢，我很高兴。"他随口回答说。

他无时无刻不在暗自思忖，他急欲倾吐的主题一再被延宕。他恨不得把话题马上转到自己的感情上去。看来时机早已成熟了。他的嘉莉此刻就在他身边。他虽然很想马上就去规劝她，可是眼下他不知怎的找不到合适的词句，真不知道该从哪儿谈起才好。

"您一路回家很顺当吧。"他突然愁眉苦脸地问，从他的话音里听得出仿佛是在怜悯自己似的。

"是的。"嘉莉随意附和着说。

他目不转睛地直瞅着她一会儿，放慢脚步，两眼还是紧盯住她。

她不禁感到满怀柔情顿时有如潮涌一般。

"喂,您说说我该怎么着?"他问。

这一问着实使嘉莉感到困惑,因为她心里明白,感情的闸门已经打开。她真不知道该怎么回答才好。

"说真的,我不知道。"她回答。

他马上咬了一下嘴唇。不一会儿,他伫立在小道旁,茫然若失地用鞋尖狠踢青草地。接着,他抬起眼来,充满乞求的柔情直瞅着嘉莉。

"难道您不觉得自己应该这样了?"他问。

嘉莉由于不了解这话的意思而迟疑不决。她深感自己处境困难,而又看不到改变的办法。她正处在进退两难之间——她真不知道该怎么着才好。

"您为什么还不呢?"过了一会儿,他又这么问道。

"我还不什么?"

"您怎么还不知道?"

"哦,我是不知道啊。"她无可奈何地回答。

他两眼直瞅着她秀丽的脸庞,心中不觉涌上一股新的激情。这就好像是在每一个恋人心中不断汹涌起伏的波涛。他深知要是嘉莉归他所有,她将会给他多大的乐趣,即使他在复杂的家庭问题上面临多大难处,她也会百般安慰他——他的生活里就会充满光明。可是话又说回来,他也发觉,如同所有恋人一样,他同样说不出口来。事实上,不管是用简单的或复杂的方式,全都表达不出此时此刻他感受到的这种炽烈的激情。他绞尽脑汁地在寻摸自以为顶要紧的东西——表达的方式。

"难道说您不愿意离开他吗?"他无比激动地说,让全身的重量落在左脚上,两眼茫然地望着别处。

"我不知道。"嘉莉回答说,仿佛自己还在无所用心地随波漂流,却找不到可以抓住的东西。

事实上,她早已置身于绝境之中。她非常喜欢这个男人,他对她的影响足以使她误以为自己热恋着他。嘉莉依然被他锐利的目光、温和的态度、漂亮的衣着所慑服。她眼看着拜倒在自己裙下的是一个非常文雅而又合意的男人,对她倾心相爱,让人见着都高兴。她无法抗拒他那炽烈的激情、闪亮的眼光。她心中几乎没法得到跟他一模一样的感受。

可是恼人的思绪在她心中还是萦绕不去。赫斯特伍德知不知道她的底细呢？德鲁埃跟他说过些什么呢？在赫斯特伍德的心目中，她是年轻推销员的妻子，还是什么别的？他会跟她结婚吗？听着他说话，她不觉心软了，两眼发出柔和的闪光，在这一时刻，她反躬自问，德鲁埃是不是跟他说过他们还没有结婚？她委实没法肯定，他到底说过了没有。反正德鲁埃究竟说过些什么，怎么都得不到证实。

不过话又说回来，她并没有因为赫斯特伍德的爱恋而感到伤心。不管他对嘉莉了解多少，她觉得这里头一点儿怨气也没有。他显然是诚心诚意的。他的激情真挚而又炽烈。他说话很有力量。那她该怎么办呢？她心里继续琢磨这个问题，寻摸不到明确的答案，沉溺于赫斯特伍德的爱恋之中，无可奈何地漂浮在茫茫无际的沉思的大海上。

"您为什么还不离开他？"赫斯特伍德有点儿冒昧地问，"反正我都会给您安排好——"

"哦，切莫——"嘉莉打断了他的话。

"切莫什么呀？"他问，"您这是什么意思，嘉莉？"

她脸上露出痛苦的窘状。她暗自纳闷为什么偏要提出这个令人难受的想法。她一想到可悲的婚外恋生涯，心中有如刀绞似的。

赫斯特伍德也知道自己硬扯进来这句话是很要不得的。他要掂量一下它的后果，可是怎么都估量不出来。他继续不断在琢磨，紧挨嘉莉身边，不觉格外神清气爽，就加紧考虑如何实现自己的计划。

"难道您不愿意吗？"他以更加虔敬的口吻又开腔问道，"您知道，没有您，我就活不下去——这您是知道的——再也不会这样继续下去了——是吗？"

"我本来不会提出来的，如果说我——我是说服不了您的，如果说我能克制住自己的话。您朝我看一看吧，嘉莉。您要设身处地地替我想一想。您不想离开我，是不是？"

嘉莉摇摇头，仿佛陷入了沉思之中。

"那么，为什么不一劳永逸把这事干脆了结呢？"

"我不知道。"嘉莉回答说。

"不知道！哦,嘉莉,谁让您说这样的话呀？别折磨我了！说正经话。"

"我说的是正经话。"嘉莉柔声柔气地回答说。

"不,不,您不是在说正经话,好乖乖。您只要知道我多么爱您,您就不会这么说的。回想一下昨天晚上吧。"

赫斯特伍德说这些话的时候,心平气和极了。他的整个仪容真可以说泰然自若。只见他的眼珠子在滴溜儿转,忽闪着微妙的、能熔化一切的烈焰。这位酒吧经理的全部激情通通浓缩在他的眼神里了。

嘉莉依然没有回答。

"您怎么能表示这样呢,我的好宝贝?"过了半晌,赫斯特伍德又开始问道,"您是爱我的,是吗?"

他的话音里充满一股那么震撼人心的激情,竟使嘉莉茫然不知所措。所有的疑虑刹那间全都消失殆尽。

"是的。"她坦率而又温柔地回答。

"那敢情好,您是愿意走的,是不是?"

"我不知道自己行不行。"她回答,对自己不久前的想法和眼下的处境殊感不安。她是个不大喜欢变换环境的人,不像冒险家那么大胆而又善于应变。她对自己太心中无数,而对世人却又太害怕。这个男人,纵然她喜欢他,但是确实具有令她敬畏的品质。相比之下,她倒是觉得跟那个脾性随和的德鲁埃在一起要更安全些,反正她对他毕竟很熟悉了。她已经摸透了这个头脑单纯的人的性格。她常在自己优点的地方发现了他的种种弱点。再说,她已定居在一套舒适的公寓里,至少她可以在那里安身,并且沉思默想。到了别的地方,又会怎么样呢?这样,看来她非得解开自己的缆索了,尽管它们是靠不住和差强人意的,真不知道自己会漂流到什么地方去。此时此刻就要她走,她真不知道该怎么回答才好。

"昨天晚上,"他说,"我心里一直在想——"

随后,他就沉吟不语了,两眼俯视着地上。他那强烈的激情深深地打动了她。

"想什么呀?"嘉莉见他没有说下去,就柔声柔气地问。听她的话音就知道她口头上否认,但行动上却表明了自己的感受。

"没有什么。"他回答。

"哦,反正是有的。刚才您想说什么呢?"

他迈开大步往前走去。越来越想一吐为快。

"什么呀?"她温柔地说。

"您,"他终于满怀被压抑了的激情说,"您——我心里一直在想,您非得属于我不可。难道您不知道我的处境——我是多么需要您——"

他们又回到了原来的情境,只见他们俩之间更加亲热了。眼看着他如此渴慕,却又始终得不到安慰,嘉莉心里觉得越来越难受了。她自己的窘境反而变得越来越不重要了。她的种种疑虑已在他烈火一般的爱情中熔化了。

"您就不能再等一等,"她说,"直到——"

随后,她沉吟不语了。

他是在等待着,喜滋滋地听着她所说的每一个字儿。

"什么呀?"赫斯特伍德见她说不下去了,终于说道。

"直到我看看我还有什么办法呗。"

"您还要看什么呀?"他急巴巴地问。

"哦——我不知道。"

"瞧您又来了,"他神情忧伤地说,"您用不着看什么啦。"

"不,我还要看看。"她回答说。

"那么,还要看什么呢?"

面对这直截了当的问话,她连自己都闹不明白到底是怎么回事了。她开始觉得自己,说到底,无非是想找借口拖延一下时间罢了。那美妙诱人的远景和坚不可摧的现实,因他正在请求她放弃,铤而走险,所以就开始失去了意义。这本该是她要考虑的事,但她却拿不定主意。现在前景只是一片暗淡,且成了定局,其实她是可以回避的。

"什么?"他又重说了一遍。

"你不知道要马上决定该有多难,"她有气无力地说,"我真不知道该怎么着才好。我可要好好想一想。"

"那么,您是不愿意走了。"他灰溜溜地说。

"哦,不,我愿意。"她突然一阵感情冲动,回答说。

"什么时候?"

"哦,反正是很快啦。"

这时他跟她挨得很近,满怀柔情使她难以承受。他的手紧紧地攥住了她的手。

"明天?"他问。

"哦,不。"

"只要你肯就得了。"

"我还来不及准备呢。"

"星期六?"

她一心一意地瞻望未来,她那漂亮的嘴唇在微微翕动着,绽露出一口齐整的皓齿。

"为什么不在星期六呢?"他反问的语调里充满无限的深情。

"难道你再也等不及了吗?"她一边反问,一边春情有如潮涌,两颊顿时变得飞红。分明是爱恋已主宰了她。

"对,对,"他说,"今天我就要你。"

他一言不语,纹丝不动,死乞白赖地向她求爱的时候,她心里却犹豫不决了。他那炽烈的情欲正在为他拼搏,可没有求助于言语和行动。

"到时候,说不定我会来的。"她慢慢悠悠地说。

"是真的吗?"他说,喜出望外地跳了起来,"啊,那敢情好。现在,你就是属于我自己的嘉莉了。"说罢,他狂热地攥紧了她的手。

几乎马上就有了反应。毕竟她走得太远了。她好像被什么东西缠住了。她的婚姻问题使她震动不小。她又要为确保做一个好女人的权利而犯愁了。

"什么时候我们结婚呢?"她战战兢兢地问,她已置身于窘境之中,却忘掉了自己原想他会把她看成德鲁埃太太的。

酒吧经理大吃一惊,因为他碰到的这个问题可要比她的问题更烫手。这一闪念在他脑际像电极一样掠过,只是丝毫不露痕迹罢了。

"你说什么时候都行。"他悠然自得地说,莫让这恼人的问题眼下就使他扫兴。

"星期六吗?"嘉莉问。

他点点头。

"好吧,到那时候你如果跟我结婚,"她说,"我就会去的。"

酒吧经理眼看着他那心爱的宝贝儿,这么美丽、这么迷人、这么难以争取过来,就毅然做出了异乎寻常的决定。此时此刻他的情欲早已占了上风,再也不带有一点儿理智的色彩。在这柔情似水的女人面前,他压根儿不把这一点小小的障碍放在心上。他宁可接受这艰难险阻的局面——也不会去回应冷峻的现实强加给他的种种物议。不管是什么事情,他全都会答应,相信命运定会使他摆脱困境。他恨不得一步登上天堂,也不管结果如何。反正他是会幸福的,天哪,即使是言不及义,背离真理,他也在所不惜。

嘉莉两眼脉脉含情地瞅着他。她真巴不得把头靠在他的肩膀上,他看上去是那么惹人喜爱。

"哦,"她说,"到时候我尽量都准备好。"

赫斯特伍德直瞅着她那秀丽的脸儿,脸上不免有些淡淡的惊疑的阴影;他心里在想,他可从来还没见过比她更可爱的女人。

"明天,我跟你再见面,"他乐呵呵地说,"我们就一起来谈谈计划。"

他跟她一块儿往前走去,心中有着说不出的高兴,觉得这结果简直是大喜过望了。他尽管只是偶尔说上一两句话,却已使她深深地感到他那说不尽的欢乐和爱恋。过了半个钟头,他开始觉得他们的幽会应该结束了,因为世道对他历来是挺苛求的。

"明天。"他在分手时说。除了大胆的作风以外,兼有欢悦的神态,他端的是分外迷人了。

"好吧。"嘉莉说,悠然自得地离去了。

他们这次幽会萌发了那么多炽烈的恋情,使她相信自己深深地坠入了爱河。她一想到她那俊美的恋人,就会感叹万端。是的,她会在星期六前都准备好的。她是会出走的,反正他们在一起是会幸福的。

## 第二十三章

赫斯特伍德一家的不幸其实起因于嫉妒,它虽由爱情产生,但是并不随着爱情的消亡而一起消亡。赫斯特伍德太太先是心怀嫉妒,随后受到一些事态的影响,就让嫉妒变成了憎恨。从他的秀雅丰仪来说,赫斯特伍德还是值得他妻子像过去那样柔情缱绻,但从他喜好交际来说,却令她大失所望。如今,他再也不是体贴入微地关心她了,这一点在一个女人来看,就远比公然犯罪还要严重。我们常常以自爱之心去鉴别他人的善与恶。赫斯特伍德太太以她的自爱之心揭开了她丈夫冷淡的态度表面的彩纱。她觉得他的某些言行都是别有用心的,这表明他对她已不感兴趣。

结果呢,她就满怀憎恨,满腹狐疑。嫉妒让她既看到他对夫妇间小小不言的乐事时有疏怠,又注意到他在交际场合却依然颇有风度。其实,从他一丝不苟地关心个人仪表,她就看得出他对生活的兴趣丝毫没有锐减。但凡一个酷爱穿着打扮漂漂亮亮,并对个人的一切特别看重,总难免让细心观察的人意识到,原来世界上还有着好多了不起的东西值得他追求呢。诚然,谁都不会像赫斯特伍德眼下那样,既要给自己博得更多的同情,又要在这个目击者对周遭气氛很敏感的情况下,把自己的感情隐藏起来。他的每一个动作,每一个眼色里,都包含着他从嘉莉身上感受到的欢悦,以及这种新的寻欢作乐给予他的热情。他是个妙不可言的情人,因此对自己的风度和切斯特菲尔德式教子之道①也太敏感,不能不在自己家里露出一些迹象来。这样的油,这样的水,总不能永远混杂在一起而不被发现——至少也会让人感觉到。他给这个家

---

① 切斯特菲尔德(1694—1773),英国外交家、作家,以所著《致儿家书》《给教子的信》而著称于世。

里带来了不属于它的许多思想和情调,因而引人瞩目,如果说还没有察觉的话。赫斯特伍德太太已感觉到了一些,可她不知道所以然,反正嗅出了一点儿变化,像野兽老远就嗅出了险情一样。

这种感觉由于赫斯特伍德所采取的直截了当的、比较有力的行动而变得更加强烈了。我们早已看到,连那些小小不言的分内事,由于他再也不感兴趣,或者得不到满足,都会气得他远而避之;此外还有,最近以来他竟然以公然咆哮来回答他妻子的恼人的指摘。这些小吵小闹确实是由家庭不和睦的气氛所造成的。天上乌云密布,雷声隆隆,早晚要下阵雨,那是用不着多说的。这天早上赫斯特伍德太太离开餐桌时,因为她的计划遭到丈夫公然的漠视,不消说早已怒火中烧,稍后,她看见杰西嘉正在梳妆室闲悠悠地梳头。这时,赫斯特伍德早已离家而去。

"我求求你可别这么磨磨蹭蹭不下去吃早餐,"她对杰西嘉一边说,一边伸手过去拿盛放钩针编织物的篮子,"这会儿早点全凉了,可你还没有吃呢。"

赫斯特伍德太太往日里脾气不错,这时却怒不可遏;在这阵风暴中,杰西嘉就注定要倒霉了。

"我不饿。"她回答。

"那你干吗不早点说,好让女用人把东西拾掇起来——别让她整整等一个早上呢。"

"她不会生我的气呀。"杰西嘉不温不火地回答。

"嘿,她不会生气,可我不行,"母亲当即回话说,"反正你对我用这样的腔调说话,我可不喜欢。你对母亲这样摆谱,也还太嫩着点呢。"

"哦,妈妈,天哪,别乱嚷了,"杰西嘉回答说,"怎么啦,今天早上出了什么事?"

"没出什么事,我也没有乱嚷。你别认为我全依了你,你就让大伙儿都等着你。我觉得不作兴这样的。"

"我可没有让谁等着我,"杰西嘉尖酸泼辣地说,激动得从冷讥热讽变成了有力的自卫,"我跟你说过,我不饿。什么早点我都不要吃。"

"当心点儿,你这是跟我在说话,小姐。这副腔调我可受不了。现在听着我说,这副腔调我可受不了。"

杰西嘉听到这最后一句话时,早已走出房间,她高傲地昂起头,轻轻地摆动了一下她那漂亮的衣裙,表示自己独立不羁和无动于衷的态度。她可不喜欢跟人斗嘴。

类似这样小小的争吵近来越发频繁了,多半是各人性格上趋向独立和自私发展的结果。小乔治只要一涉及他个人权利的问题,就表现出越来越碰不得的架势来,甚至还言过其实,总要让大家都觉得他已是一个成年人了,理应享有成年人的特权——这么一种假定,当然,简直是毫无根据和毫无道理的,因为他才不过是个十九岁的黄花后生。

赫斯特伍德原来在家里很有威信,而且他这个人感觉又相当敏锐,他发现大家越来越不买自己的账,同时对大家又越来越不了解,这使他感到十分恼火。这种讳莫如深的气氛和不顾他的利益的策划,都是他不能容忍的。不过,他又不能不注意到,即使没有他,事情却照样办得非常利索。这真是够他伤心的,因为他心里想要尽量保住过去他享有的威信,同时又让自己把心儿扑到更加美滋滋的乐事上去。总之,他巴不得熊掌和鱼两者兼而有之。

如今又冒出了诸如要提前去沃基肖这样的区区小事,使他更加认清了自己的地位。反正现在已经不是他说了就算数——他只好跟在她们后面跑。再说,他们表现的态度也够尖酸刻薄的,不仅排挤他,打击他的威信,还不断给予惹人恼怒的精神刺激,比方说,在他面前嗤之以鼻,或者半讥半笑,简直使他按捺不住。于是,他不由得大发雷霆,恨不得跟全家人一刀两断才好。看来这就是实现他的宏愿所遇到的最恼人的阻力。

不管怎么说,从表面上看,他依然还是一家之主,哪怕是他的妻子在使劲儿造反。她动不动发脾气,公然反对他,仅仅因为她觉得自己这么做就是有理。她可没有什么特别的证据好给自己的行动申辩——也就是说,她并没有掌握什么确凿的材料,作为她抗拒丈夫的绝招。只要有一件公开的事被确凿无疑地证实了,那就会像一股冷风,把怀疑的乌云顿时变成愤怒的滂沱大雨。

赫斯特伍德的行为失检,早在上次吵嘴之前,因偶遇熟人相告,赫斯特伍德太太也就略知一二了。原来有一位长得很俊的医生皮尔跟他们比邻而居。皮尔医生在赫斯特伍德太太的门口碰到了她,正好是赫斯特伍德跟嘉莉在华盛顿街上往西头兜风的时候,他们俩互诉衷曲之后的两天。当时,皮尔医生也碰巧正好往华盛顿街东头走去,他认出了赫斯特伍德,只不过是擦肩而过以后方才认出来的。至于嘉莉,他就说不准了——真不知道究竟是赫斯特伍德的太太,还是他的女儿。

"你出去兜风,见了朋友,怎么也不打个招呼呀?"他逗着玩儿似的跟赫斯特伍德太太说。

"只要见了,我是会打招呼的。你是在哪儿见到我的?"

"在华盛顿街嘛。"他回答说,等她眼睛一亮马上想起这回事来。

可是她摇了摇头。

"就是在海恩大街附近。你跟你丈夫在一起呢。"

"我想你准是看错了。"她回答。随后,她一想到她丈夫掺和在里头,心中立时产生了好多新的疑点,只是一点儿也不露声色罢了。

"我确信我是看到你丈夫的,"他接下去说,"至于你,我就没有看清楚。也许是你的女儿呗。"

"也许是吧。"赫斯特伍德太太说,心里明明知道完全不是这么一回事,因为好几个星期以来杰西嘉寸步都没有离开过她。她尽量控制住自己的感情,想再多打听一些具体细节。

"什么时候呀,是在下午吧?"她挺乖巧地问,装出自己知道这件事的样子来。

"是啊,大约两三点钟。"

"那准是杰西嘉。"赫斯特伍德太太说,并不想把这件事看得太大惊小怪似的。

医生自己心里也有数了,这个话题也就搁下不提了,至少他觉得这也是不值得再扯下去的了。

在这以后的好几个钟头,乃至于好几天里,赫斯特伍德太太一直绞尽脑汁,仔细琢磨这一小道消息。她认定医生确实看到了她的丈夫,当时他对她推托说忙得不可开交以后才出去兜风,很可能还捎着别个什么女人呢。这么一来,她回想起他有多少回拒绝同她一起出门访客,或是参加一些社交活动,好让她的生活显得更加丰富多彩。她一想到这里,心里越来越窝火。不久前,人家看见过他跟他所说的霍格酒吧里三朋四友在一起看戏;现在,人家又看见过他在外面兜风,就是这件事很可能他也会准备好托词呢。也许还有好多别的女人她至今还没有听到过,要不然最近以来他为什么常说忙得不可开交,对家里又是如此漠不关心呢?最近六个星期里,他的心情简直烦躁得出奇——这究竟又是为什么呢?

她怀着更加微妙的情绪回想到,现在他再也不像从前那样用满意或者赞许的眼光来看她了。显然,除了好多别的原因以外,他还认为,如今她已是年老色衰,索然无味了。也许他还看到了她脸上皱纹迭起。她好像一天一天地在凋萎下去,可他依然给自己精心打扮得风度翩翩,青春常驻。但凡寻欢作乐的场所,他照旧是兴致勃勃,每场必到,可她呢——她再也不乐意想下去了。她只是意识到整个情势是够惨的了,因此也就对他恨之入骨。

当时,皮尔医生相告一事,后来也并没有得出什么结果来,因为事实上,赫斯特伍德太太毕竟一点儿都没有证据,也就找不到口实来进行交谈了。可是,不信任的气氛和相互交恶却越来越加深了,时不时由于怒火中烧而突然吵起嘴来。至于沃基肖之行一事,不外乎是别的同类性质的事端的继续罢了。

就在嘉莉在艾弗里剧场登台演出的下一天,赫斯特伍德太太和杰西嘉,还有她熟识的一个年轻人、当地某家具厂商的小老板巴特·泰勒先生一起去看赛马。他们很早就套了车出门,说来也真巧,碰到了好几个赫斯特伍德的朋友,全都是友麋会会友,里头有两位还看过头天晚上的演出。要不是杰西嘉的那些年轻朋友对她大献殷勤,把时间全给占去了,本来断断乎也扯不到昨晚看演出这等事的。赫斯特伍德太太跟熟识她的那几个人原来只想打个招呼的,然而这么一来,她此刻倒是存心多搭讪几句话,没料到朋友之间寥寥几句的搭话却变成了长谈。正是一个原先只想跟她寒暄一番的人,无意之中把这个有趣的信息泄露给了她。

"我说,"这个人说着,他身穿款式挺招眼的运动服装,肩头上还挂着一副望远镜,"昨儿晚上,你没有去看我们小小的演出活动。"

"没有?"赫斯特伍德太太带着反问的口吻说,暗自纳闷,此人为什么要用这种的语调特意提到了她没有去看她压根儿不知道的什么活动不活动。她马上脱口而出,问道:"是什么事呀?"不料这时候,此人又找补着说:"我看到了你的丈夫。"

她的惊诧之情顿时变成了些微怀疑。

"是的,"她谨慎地说,"挺好玩吗——这个他可没有跟我谈到呢。"

"挺好玩的——说实话,是我看过的非公开演出中最棒的。有一位女演员,叫我们全都大吃一惊。"

"是吗。"赫斯特伍德太太说。

"你没有去,说真的,太可惜啦。听说你不大舒服,我心里也真不安呢。"

不大舒服。赫斯特伍德太太差点儿没随口大声再说一遍。实际上,她已摆脱了先是否认、继而诘问的情绪冲动,几乎是烦躁不安地说:

"是的,真是太可惜啦。"

"今天上这儿来看赛马的人好像很多,不是吗?"这个熟人说罢,就扯到别的话题上去了。

本来酒吧经理太太还想再追问下去,但就是见不到机会。她一时懵然无知,心里只想好好琢磨一下,真不知道这个新骗局究竟是什么意思,让他在她明明没闹病的时候偏偏说她得了病。如今,她手里掌握到了又一个新证据,说明丈夫不要她一块儿去而制造借口。她决心要了解到更多的情况。

"昨儿晚上,你去看演出了吗?"她在包厢里一坐定,就问下一个跟她打招呼的赫斯特伍德的朋友。

"是啊,我去了。难道你没有去吗?"

"没有去呀,"她回答,"我不大舒服。"

"您丈夫对我也是这么说的,"他回答,"咳,演得可真有劲儿。比我原先预料的要好得多。"

"去看的人很多吧?"

"全场爆满。真是友麋会的一次盛大晚会。我见到了您的好多朋友——哈里森太太、巴恩斯太太、柯林斯太太。"

"真是一次盛大的交谊会。"

"确实是这样。我的太太觉得可痛快呢。"

赫斯特伍德太太只好咬着自己的嘴唇。

"原来他就是这么搞的。"她心里在想,"亏他跟我的朋友说我得了病,就来不了。"

她暗自纳闷,究竟是什么事诱使他独个儿去了。莫非背后还有一些什么蹊跷。她绞尽脑汁,定要找出一个说法来。

到了傍晚,赫斯特伍德回到家里,这时她苦思冥想已久,面有愠色,打算向他讨个说法,出一口气。她硬是要闹明白,他这种奇怪的行动到底意味着什么。她深信这后面还有好多她没有听到过的事儿,而邪恶的好奇心,早已跟不信任,以及她早上发生口角时心中的余怒完全掺和在一起了。她活脱脱好像大祸临头的化身,气呼呼地踱来踱去,瞧她两眼周围阴影骤浓,嘴巴上下横肉凸现。

另一方面,我们可以深信,酒吧经理确是兴高采烈地回家的。他跟嘉莉的商谈与随之做出的安排使他精神顿时为之亢奋,以致他心里美滋滋,好像在唱歌儿似的。他为自己感到骄傲,为他的成功而感到骄傲,为他的嘉莉而感到骄傲。他真恨不得紧紧地拥抱整个世界,就是对自己的太太也没有了一丁点儿怨气。他一心想表现得乐乐呵呵的,忘掉她的存在,生活在他重新获得的青春和欢乐的氛围里。他走进家门时就是怀着如此这般的心情,可惜始终没能一直持续下去。

我们只要想一想雷暴即将来临的情景,对此时此刻的赫斯特伍德家里就会有一个很清晰的印象了——这种雷暴哪怕是在暖和平静的夏日里也会骤然刮起。这时,虽然大气层充了电,空气寂静得可怕,但并没有什么令人不快之感。雷暴来临时可不会像那笼罩在海上的大雾,一方面降低气温,另一方面使人心神为之颓丧。更确切地说,它的来临倒是会激活神经系统,使肌肉极度兴奋,浑身上下和谐地活动起来,从而血脉舒畅,产生快感。就算它爆发以后,不管是在咔嚓乱响、电光闪闪、雷声隆隆、风雨袭击的时候,一个人至多只不过茫然不知所措,也不会再惨到哪里去了。即使在那时候,它也不会像天气恶劣、苦雨淅沥那样,老是让人萎靡不振,而是只会使我们一跃而起,满怀惊喜,十分机警地倾听那忽高忽低的声响,一下子抖起精神来,简直是如痴若狂似的。

所以此时此刻,他一进来就觉得自己家里挺温馨宜人的。他在客厅里见到有一份晚报,是女仆放在那儿的,可赫斯特伍德太太却给忘了。在餐室里,桌子上铺着洁净的台布,摆好了餐巾,还有晶光锃亮的玻璃杯和粉红色细花瓷器。透过一扇敞开的门,他望得见厨房里炉火在噼啪作响,晚餐已在准备了。小乔治正在后面小院里跟他新买来的小狗逗着玩儿;杰西嘉正在客厅里的钢琴上弹奏着一支愉快的圆舞曲,悠扬的乐曲声响彻这个舒适的家里的每一个角落。家里每一个人都跟他自己一样,好像全是兴味盎然,生怕辜负了青春和美景,个个都想尽情享受人间的欢乐。他觉得自己真的乐意向他周围每个人说上一句好话,他万分满意地对铺好的餐桌和擦得锃亮的餐具柜扫了一眼,稍后上了楼,来到起居室,坐在舒适的安乐椅里看报,从敞着的窗子中还可以俯瞰街景。不料,他一走进去,发觉他的太太正在一边梳头发,一边独个儿沉思默想。

他轻轻地走了进去,心想通过一句体贴话和一个现成的许诺来缓解一下说不定她还没有息怒的情绪,可赫斯特伍德太太还是默不作声。他就在宽大的软椅里坐了下来,让自己坐得舒适些,身子稍微挪动了一下,随后打开报纸开始看了起来。过了一会儿,他看到一篇有关芝加哥队和底特律队的一场棒球赛的报道,因为写得挺滑稽,禁不住开怀大笑。

他在看报的时候,赫斯特伍德太太偶尔透过她面前的镜子,也正在偷偷地瞅着他。她察觉到了他那快乐满足的心态,他那附庸风雅和忍俊不禁的兴致,这一切反而让她更加恼火。她暗自纳闷,事到如今他已对她表示过那多么的冷淡、讥诮和怠慢的态度,那他怎么想到当着她的面还要如此装腔作势,反正只要她容忍得了,还会一直这样持续下去。她心里在想,她应该怎样正告他——要怎样重点突出来阐明自己的看法,又怎样让这件事的来龙去脉全都招供出来,直到自己觉得满意为止。说真的,她的愤怒好像一把闪亮的利剑,只因她还在暗自思忖,才没有悬到他头上去呢。

就在这当儿,赫斯特伍德看到了一条令人发噱的新闻,说某个外地人进城,上了一个骗子佬的当。他看后觉得非常过瘾,身子终于挪动了一下,咯咯大笑起来。他本想说不定会引起他妻子的注意,就把这条新闻念给她听。

"哈,哈,"他小声喊道,好像又在自言自语似的,"真逗人。"

赫斯特伍德太太还是在梳头发,怎么都不肯屈尊俯就地看上一眼。

他把身子又挪动了一下,继续阅览别的新闻条目去了。最后,他觉得他好端端的兴致看来还得痛快发泄一下才好。朱丽娅为了今天早上的事,也许心里还挺别扭,但那也是不难解决的。事实上,怪她自己不好,他倒是并不介意。现在她只要高兴,马上去沃基肖就得了。反正越早越好。一有机会,他就会告诉她,那么一来,这件事就算了结啦。

"你可留意到没有,"他看到另一个新闻条目时,终于脱口而出说,"有人提出了控告,硬要伊利诺斯中央海湾铁路线不走湖滨大道①,朱丽娅,你知道吗?"他问。

她委实没法做出回答,不过还是尖厉地说了个"不"字。

赫斯特伍德竖起了耳朵。听得出她的话音里有一种强烈地发颤的声调。

"如果说他们真的办到了,倒是一件好事。"他接下去说,一半是自言自语,一半是说给她听的,尽管他觉得她有些不以为然。他又非常仔细地一边看他的报纸,一边留心听着能让他知道即将发生什么事的细微响声。

其实,像赫斯特伍德这么佻巧的人——对各种不同的气氛都会非常敏感,而且又会留心观察,特别是按他本人的思想水准来说要不是他满脑子净想着许多完全不相干的事,他是断断乎不会在他妻子跟前铸成大错。要不是嘉莉对他的眷念主宰了他,她的许诺使他得意扬扬,魂飞魄散,他也断断乎不会怀着如此愉快的心情来看待自己这个家的。殊不知这天晚上家里却并不是特别充满幸福和快乐。只怨他完全看错了,要是他怀着平日里常有的心情回家,本来应付这个局面也许还会游刃有余呢。

---

① 据说此案发生于一八八七年,美国最高法院做出了判决,铁路公司胜诉。

他又看了一会儿报纸以后,觉得自己好歹总该想方设法来缓和一下气氛。他的妻子显然不打算马上就握手言和。所以,他就说:

"乔治在院子里玩儿的那只狗是从哪儿寻摸来的?"

"我可不知道。"她厉声地说。

他把报纸搁在两膝上,百无聊赖地直望着窗外。他心里不打算发脾气,只想耐住性子,好声好气地问上一两句话来消除误会就得了。

"为了今儿早上的事儿,你怎么还在生气?"他终于开了腔说,"不值得为这种事儿抬杠嘛。反正你们只要想去,尽管去沃基肖就得了。"

"这样你就好留在这儿,跟别人鬼混去,是吗?"她大声嚷道,对他脸孔一板,恶狠狠地露出恼怒的嘲笑。

他立时傻眼了,仿佛挨了一记耳光似的。他原想诱和的心情马上消失殆尽。于是,他只好采取守势,无奈一时竟想不出什么话儿来回答。

"你这是什么意思?"他终于发话了,腰板挺直,两眼直瞅着他面前这个铁了心的女人,反正她一点儿都不睬他,继续对着镜子左顾右盼。

"你该知道我这是什么意思。"她最后说,好像她已掌握了不知有多少证据似的——只是她认为暂无必要说出来。

"哦,我可不知道。"他尽管硬顶着说,可是心里紧张极了,警惕着①接下来将会发生些什么事。这个女人说话时斩钉截铁的语调让他感到自己在较量中失去了优势。

她并没有回答。

"哼!"他脑袋一偏,低声咕哝着说。这是他历来感到自己最势单力薄时的表现。自信心压根儿都没有了。

赫斯特伍德太太注意到他的神色不对头。她像一头野兽似的朝他扑过去,打算再给他一次致命的打击。

"我要明天早上去沃基肖的钱。"她说。

他茫然不知所措地直瞅着她。他从来没有在她的眼睛里看到过如此冷酷、坚定的决心——如此冷酷无情的眼色。看来她已胸有成

---

① 原文是法语。

竹——充满自信,毅然决然要从他那里攫取治家的一切权力。他觉得自己的力量还不足以自卫。所以,他就非得给予反击不可。

"你这是什么意思?"他猛地一跃而起,说道,"你要什么!我倒是要问问你,今儿晚上你打算怎么样?"

"我不怎么样,"她怒火中烧地说,"我就是要钱。钱交出来以后,你尽管呼幺喝六去好了。"

"呼幺喝六的,嗯,什么话!你休想争到我一个子儿。你倒不妨说说看,你那些含沙射影的话,到底是什么意思?"

"昨儿晚上,你上哪儿去了?"她当即反问道。她的这句话一听就是火辣辣的。"你在华盛顿街上跟谁兜风来着?乔治看到你的时候,你是跟谁一起在看演出?你以为我是个傻瓜蛋,随你糊弄来糊弄去的吗?你以为我只会整天价待在家里,净听信你说什么'忙得不可开交'和'去不了',可你呢,却在外头寻欢作乐,还胡说什么我不大舒服,去不了?现在,我要正告你,依我看,你再也别摆什么大老爷臭架子啦。你既不能对我发号施令,也不能对我的子女发号施令。我已经跟你完全一刀两断了。"

"这是瞎说八道。"他说,这时他已被逼得走投无路,真不知道该说些什么才好。

"瞎说八道,嗯?"她狠命地说,不过马上又控制住自己,"你说是瞎说八道也行,反正你爱怎么说就怎么说吧,不过,我知道是真的。"

"我告诉你,这是瞎说八道,"他以低沉、粗哑的声调说,"好几个月以来,你一直在四处搜集一些莫须有的罪名,现在你自以为全都到手了。你以为只要突然一宣布,就可以占上风了。嘿,我告诉你,我的天哪,你休想得逞!只要我还在这个家里,我就是一家之主,不管是你也好,或是别的什么人也好,谁都休得对我发号施令——你听见了没有?"

他眼睛里立时凶光毕露,一步步逼近她。从她冷酷的、讥诮的、占上风的态度中,看得出这个女人气焰太嚣张,俨然有如一家之主似的,因此,他恨不得要马上掐死她方才解恨。

她两眼凝望着他——酷肖一个古怪的女巫似的。

"我不是在对你发号施令,"她回答说,"我这是告诉你,我短缺的是什么。"

回答是如此冷峻,如此气势汹汹,多少有一点儿先发制人的味道。他对她简直没有回手之力;他也不好叫她端出证据来。他仿佛觉得证据、法律,还有他全部财产都归在她的名下,通通在她的眼睛里闪闪发光。他自己犹如一艘动力大而又遇到很大险情的船,但是没有风帆,只好在大海上左右颠簸,挣扎着航行。

"我这就告诉你,"他到最后稍微清醒些才说,"什么东西你都得不到的。"

"等着瞧吧,"她说,"我总会闹明白自己该有什么权利。你要是不乐意跟我说,也许你就会跟律师说的。"

这真是呱呱叫的一场戏,给人留下了印象。赫斯特伍德觉得自己完全挫败了。现在他才知道他要应对的,不仅仅是虚张声势地吓唬她一下。他感到自己正碰到的是一个讨厌透顶的娘儿们。他委实不知道该说些什么才好。这一天的全部乐趣都泡汤了。他心烦意乱,狼狈不堪,而且又是满肚子怨气。现在他该怎么办呢?

"你这该死的,爱怎么着就怎么着吧,"他最后说,"反正我跟你一点儿都不搭界。"说罢,他大步流星地走了出去。

## 第二十四章

嘉莉回到了自己家里,由于缺乏决断力早就被重重疑虑所困扰。她怎么都没法肯定自己给赫斯特伍德的许诺是不是合适,也不知道现在自己该不该履约。赫斯特伍德此时不在眼前,她就此事前后经过仔细回想了一遍,发现了一些小小的漏洞,原来这是在酒吧经理热情洋溢地争辩时,她脑子里一时没有想到的。如今,她方才明白她让自己处在了一种异常尴尬的境地——具体地说,就是她已被视为正式结过婚的人了,如今等不及去办离婚手续,却又贸贸然答应自己再嫁人。她回想到从前德鲁埃做过的一些好事,如今却要跟他来个不告而别,就不免觉得自己好像在做一件缺德的事似的。再说,现在她的日子不愁吃穿,过得挺滋润,在一个多少有些害怕求生不易的人看来,这才是安身立命的头等大事;也有人会发出奇谈怪论,说:"你可不知道往后会发生什么呢。够惨的事儿,外头有的是。有的人还在乞讨度日。特别是女人,怪可怜的。你压根儿说不准将来会出什么事儿。别忘了从前你挨饿的日子。要紧紧地抓住眼前你已到手的东西啊。"

说来也真怪,尽管她完全倾心于赫斯特伍德,他却没有从思想上紧紧地拢住她。她一直在倾听、微笑、称许,但最后还是没有同意。这是由于赫斯特伍德缺少一种迷人的魅力,缺少一种气吞山河的激情,足以把理智扫到一旁,把所有的证据和说法都熔化掉,甚至使逻辑思维也暂时化为乌有。这种气吞山河的激情,几乎每个人在一生中都有过一次,不过它往往是青春期的属性,有助于头一次婚恋的成功。

赫斯特伍德毕竟是个岁数较大的人,很难说依然青春红似火,尽管他确实还保持着一种狂热的激情,有时竟使他神魂颠倒。他的这种激情强烈得足以诱使嘉莉倾心于他,我们在上面也都已看到了。也许可以说是她自作多情,其实并不是这样。这种现象在女人里头原是屡见不鲜的。说白了,因为每个女人心底里都趋向于爱恋,渴求情爱给她带来的快乐。渴求呵护、体面、同情,原是女人的属性之一。再加上多愁善感和天生容易激动,女人要拒绝往往很难。这就使她们觉得自己在谈情说爱了。既然我们知道唯有炽烈的爱情老是充当劝诱不辍的说客,所以上面这种情况也就更加千真万确了。

　　跟所有女人一样,嘉莉备感亲切地倾听着这一件件希望她愉快的事情。她因为天性柔弱而又富于同情心,只要别人一煽情,就很容易欲火中烧。赫斯特伍德对她一往情深,跟她在一起时就用他妙语解颐的幻想,使她觉得自己真的是坠入爱河了。可是一离开了他,她又不是那么确信无疑了。这种可悲的窘境,正是目前她深感苦恼的缘由。

　　她一到家里就换了装,亲自拾掇房间。有关家具摆设一事,女仆的意见她从来都听不进去。那个年轻的女仆动不动把摇椅搁在墙角落里,嘉莉照例都要把它挪出来。但是今天,她只顾自己想心事,几乎没有注意到摇椅搁错了位置。她一个劲儿在忙活,直到五点钟,德鲁埃才露脸。这个推销员满脸通红,万分激动,决心要揭开她跟赫斯特伍德的关系的盖子。他喝了好几杯酒,自己感到浑身热了起来。不过,他整天价绞尽脑汁,反复思考,不免感到有点儿疲乏了,恨不得把此事干脆了结得了。他并没有预料到会发生任何严重的后果,可是要他此刻启口,他还是有点儿迟疑不定。他进来的时候,嘉莉正好坐在窗前,来回晃动摇椅,两眼眺望着窗外。

　　"喂,"她天真地说,一面因为自己心中反复思忖而感到厌烦,一面又暗自纳闷,他干吗要这么慌慌张张,而又掩饰不住激动,"你为什么要这样慌里慌张?"

　　德鲁埃不觉迟疑起来,如今到了她的面前,他反而不知道该怎么着才好。他这个人既不善于外交辞令,又不会察言观色。

　　"你是多咱回家的?"他傻呵呵地问。

　　"哦,是在个把钟头以前。你干吗要问这个?"

　　"上午我回来的时候,"他说,"你可不在家,我想你这是出去了。"

　　"是的,我是出去过,"嘉莉坦率地回答,"我出去溜达溜达。"

　　德鲁埃为之愕然地直瞅着她。尽管他对这类事也顾不得体面不体

面了,可他还是不知道该怎么启口。他公然两眼直瞪着,最后她却按捺不住问道:

"你干吗这样瞪着我——是怎么回事呀?"

"没有什么,"他回答,"我只是在心里琢磨。"

"究竟在琢磨什么呀?"她微微一笑地问,竟被他的神态一下子蒙住了。

"哦,没有什么——没有什么要紧的事。"

"那么,你为什么脸色这个样子呢?"

德鲁埃站在梳妆台跟前,露出滑稽可笑的样子直瞅着她。他已经把自己的帽子和手套放在一边,这时心不在焉地正在摆弄着靠近他的一些化妆品。他简直不敢相信,就是他面前这个漂亮的女人竟会卷入使他多少感到尴尬的丑闻中去。他心里真的巴不得,到最后还是言归于好。但是女仆告诉他的话儿却在他脑海里萦绕不去。他恨不得干脆打开天窗说亮话,无奈还是不知道该怎么开头才好。

"今天早晨,你上哪儿去了?"他终于有气无力地问。

"啊,我早就告诉过你,我出去溜达了。"嘉莉说。

"是真的吗?"他问。

"当然啰,你为什么要问呢?"

这时,她才开始察觉,此事他已略知一二了。

她立时警觉起来。她的两颊也有点儿煞白。

"我说也许你不是去溜达吧。"他转弯抹角地说,但还是徒劳。

嘉莉两眼直瞅着他,渐渐地又壮起胆来了。她发觉他自己还在摇摆不定,所以,仅仅凭女人的直觉,她就知道压根儿犯不着特别惊恐。

"你为什么要用那样的口气跟我说话?"她问,她那漂亮的前额上顿时皱纹迭起,"你今儿晚上的表现可真让人好笑。"

"我自个儿也觉得好笑。"他回答。

他们俩面面相觑了一会儿,随后,德鲁埃壮了壮胆,开门见山地谈到了他的正题。

"我倒要问问,你跟赫斯特伍德是怎么回事?"他问。

"我跟赫斯特伍德,你这是什么意思?"

"我出远门的时候,他不是来过十几次了吗?"

"十几次?"嘉莉心有内疚地重复说,"没有,可你这么说究竟是什么意思?"

"有人说你曾跟着他一块儿出去兜风,还说他每天晚上都到这儿来。"

"没有这样的事,"嘉莉回答,"这是瞎说八道——是谁告诉你的?"

她脸上一下子涨得通红,直到头发根,但因室内光线暗淡,德鲁埃并没有看清她的脸色。他一看到嘉莉只有矢口否认来给自己辩护,顿时又充满了自信心。

"哦,是有个人说的。"他说,"你敢肯定确实没有吗?"

"当然啰,"嘉莉说,"他来过几次,反正你都知道。"

德鲁埃一时沉吟不语。

"我只记得你跟我说过的话。"他最后说。

他在玩弄着表链上的小饰物,嘉莉心里七上八下地直瞅着他。

"哦,我记得,我可没有跟你说过那样的事。"嘉莉说,这时她心情稍微平定下来。

"我要是你的话,"德鲁埃继续说,没注意到她最后的那句话,"我就压根儿不跟他打交道。你知不知道,他是个有妻室的男人。"

"谁呀?——是谁?"嘉莉结结巴巴地说。

"咳,当然是赫斯特伍德呀。"德鲁埃说,发觉自己这句话果然奏效,猛地给了她一击。

"赫斯特伍德!"嘉莉大声嚷嚷,蹦了起来。她的脸色当即红一阵,白一阵。她毕竟有点儿茫然不知所措。

"是谁告诉你他已有妻室的?"她问,完全忘了她的关心很不得体,极容易让自己受到牵累。

"怎么啦,反正我自己知道的。"德鲁埃回答说。

嘉莉正在寻摸一个妥善对策。她的样子真够尴尬,但在心里却萌生了一些想法,一点儿都没有胆小怯弱的感觉。

"我想我是告诉过你的。"他找补着说。

"不,你可没有说过。"她不以为然地说,突然又加强语气,重复了一遍,"那样的事你从来没有说起过。"

德鲁埃为之愕然地听着她说。他觉得倒是有点儿新鲜。

"我记得我确实说过的。"他说。

嘉莉正经八百地往四下里扫了一眼,稍后就走到窗子跟前。

"在我帮过你不知多少忙之后,你就不应该再跟他有任何交往。"德鲁埃觉得挺委屈地说。

"你?"嘉莉说,"你——你帮过我什么忙来着?"

她那稚嫩的脑袋里正掺杂着许多矛盾的思想感情——私情曝光后感到的羞愧,赫斯特伍德的不忠贞使她蒙受耻辱,还有德鲁埃欺骗她——以及讥嘲她时激起的愤怒。这时,她脑海里猛地萌生了一个很清晰的想法:全是德鲁埃的过错。这是毫无疑问的。当初他为什么要把赫斯特伍德带到家里来——赫斯特伍德毕竟是一个有妇之夫,但他却从来都没有给她交代清楚。现在,姑且先不谈赫斯特伍德的不忠贞行为——但德鲁埃为什么偏偏要这么做呢?为什么他不早点关照她?如今,他明明是有负于人,他却站在那里,还大言不惭地说什么帮过她大忙呢。

"你这话儿我倒是听得进!"德鲁埃大声嚷道,殊不知他的话儿一下子竟让嘉莉怒火中烧,"反正我觉得我是帮过你不知多少忙呢。"

"你帮过忙吗,嗯?"她回答说,"你欺骗了我——那就是你干过的好事呗。你领你的老朋友到这儿来,对于他们这帮子人,你一点儿不说实话。你还把我说成是——哦。"说到这儿,她已为之语塞,怪可怜地紧攥着她那两只小手。

"我不知道那跟这件事有什么联系。"推销员古怪而又逗趣地说。

"没有,"她稍微冷静一些,咬紧牙齿回答说,"没有,你,当然啰,不知道。你什么都不知道。难道说你不好一开头就关照我吗?现在早已来不及了,你就只好硬说是我错了。到如今,你才鬼鬼祟祟地把你这个不知从哪儿弄来的消息告诉了我,还说什么你帮过大忙呢。"

对于嘉莉这方面的性格,德鲁埃从来都没有猜疑过。她浑身上下异常激动,两眼闪闪发亮,嘴唇微微颤动着。她的整个身子由于她饱受冤屈而充满了愤怒。

"谁鬼鬼祟祟呀?"他问,模模糊糊地感到自己有错,但同时又觉得他们这样对他未免太缺德了。

"你,"嘉莉直跺着脚说,"你是个讨厌的、自以为了不起的胆小鬼,你就是这样的货色。你身上要是有点儿真正男子汉的味道,就断断乎不会干出这等事来了。"

推销员只好目瞪口呆地直瞅着她。

"我不是胆小鬼,"他回答说,"反正我倒是要问问,你跟别的男人一块儿出去,这是什么意思?"

"跟别的男人!"嘉莉大声嚷道,"说到别的男人——你可比我更明白。我是跟赫斯特伍德一块儿出去过,但是,这事该怪谁呢?还不是你领他上这儿来的吗?是你自己关照他,要他上这儿来,领我出去玩儿的。可现在,回过头来,你却来跟我说,我不应该跟他一块儿出去,还说他是有妇之夫。"

她刚说到最后那几个字就突然顿住了,又开始搓着双手。她一想到赫斯特伍德的负心行为,心中委实有如刀绞似的。

"哦,"她猛地抽抽噎噎起来,但她终于按捺住了自己,没让泪珠儿掉下来,"哦,哦!"

"哦,我真没想到在我出差时,你会跟他到处乱转悠。"德鲁埃一口咬定说。

"没想到!"嘉莉说,见到这个男人如此出格的言行简直愤懑填膺,"当然啰,你没想到。你想的净是让你自个儿满意的事。你就是存心把我当作玩物罢了。得了吧,我正告你,这可是万万办不到的。从今以后,我要跟你一刀两断。不妨把你那些破玩意儿通通拿走,留给你做纪念吧。"她一边说着,一边就把他送给她的一枚小别针从胸口摘下来,使劲儿扔在地板上,开始在房间里踱来踱去,仿佛要拾掇她自己置备的东西。

这么一来不仅让德鲁埃恼羞成怒,还使他更加迷惑不解。他不胜惊诧地直瞅着她,最后才这么说:

"我真不明白,你干吗要如此大动肝火呢。反正真理是在我这一边,而不是在你那一边。我帮过你好多忙,你就不该做出什么太不像话的事儿来。"

"请问你究竟帮过我什么?"嘉莉把头往后一仰,嘴唇翕开,火冒三丈地问。

"我觉得自己的确做过了不少事,"推销员往四下里扫了一眼说,"你心里想要的什么衣服,我通通给了你,可不是吗?你只要想上哪个地方去,我不是通通带你去过吗?你享有的东西跟我一样多,而且说不定比我还多哩。"

反正不管怎么说,嘉莉断断乎不会忘恩负义的。平心而论,她承认自己得到过好处。她简直不知道该怎么回答他;这时,她心中的愤怒远没有平息下去。她觉得是推销员无法弥补地伤害了她。

"难道是我问你要的吗?"她只好这样反问了一句。

"不管怎样,反正是我送的,"德鲁埃说,"你也都照收不误。"

"你这么一说,好像都是我向你苦苦哀求的,"嘉莉回答说,"你老在那儿唠唠叨叨地说什么你帮过我忙。你的那些破玩意儿我全都不要了。我再也不穿啦。今儿晚上,你通通拿走,你爱怎么处置就怎么处置。这儿我连一分钟也待不下去了。"

"那敢情好!"他一边回答,一边想到自己将要受到损失而恼火了,"先是利用我,接下来臭骂我一顿,最后就一走了之。完全像个正经女人嘛!当初你一无所有的时候,我收留了你,以后突然来了个别的人,得了,我就不管用啦。反正我老在琢磨着这事早晚要这样收场。"

他一想到嘉莉如此对待自己,着实伤心透了,好像觉得自己没法讨回公道似的。

"完全不是这样,"嘉莉说,"我并没有跟什么别的人走。你真是卑鄙、自私到了极点,压根儿没说的。我恨你,老实告诉你,我连一分钟也不愿跟你待在一块儿了。你简直是个血口喷人的大——"说到这儿,她迟疑了一下,差点儿没脱口而出,"要不然你就不敢说这种话了。"

她手里拿着自己的帽子和外套,还把外套披在她的晚礼服外面。好几绺波浪形的柔发从她头的一侧帽圈里旁逸出来,垂落在她红得发烫的脸颊上。她感到愤怒、悔恨,简直痛心极了。她的大眼睛里噙着痛苦的泪水,只是眼眶还没有沾湿。这时,她心烦意乱,六神无主,一边漫无目的地在拾掇东西，一边在做出决断，但最后仍无结论，总之，她一点儿都想象不出来这个伤脑筋的事会落到怎么个结局。

"得了，这个收场倒是不赖，"德鲁埃说，"拾掇拾掇东西，抬腿就走，嗯！你可真了不得。我敢打赌，你是和赫斯特伍德搞到一块儿了，要不然你决不会这样的。这套破房间，我不要了。你用不着为了我搬出去。你不妨住下去——我可不在乎，不过，我的天哪，你对我可真是不像话！"

"我可不愿和你同居，"嘉莉说，"我不高兴和你住在一起。打从你上这儿以来，除了一个劲儿吹牛以外，别的我什么都听不到。"

"哎呀，我压根儿没有这样的事。"他回答说。

嘉莉走到了房门。

"你上哪儿去？"他说，马上抢先一步，拦住了她。

"让我出去。"她说。

"你要上哪儿去？"他又问了一句。

他倒是挺有同情心的，眼看着嘉莉要走出去，而又不知道该上哪儿去，他尽管心里有冤屈，但也不免为之动怜。

嘉莉一言不发，只是拉门的把手。

不过，这个场面紧张极了，委实使她受不了。她再一次使劲儿去拉门，但还是徒劳，随之突然放声大哭了。

"得了，嘉德，你可要理智点，"德鲁埃温言款语地说，"你这样冲出去干什么呀？你没得地方可去。为什么不在这儿待下去，安安静静的？我不会来找你麻烦的。我再也不想在这儿住下去了。"

嘉莉一边抽抽噎噎，一边从房门口退回到窗跟前。她心中激动得连话儿都说不出来了。

"现在，你可要理智点。"他说，"我完全不想硬是把你拦住不放。你要是一定想走，就尽管走好了，但是，在走之前，你为什么不再好好地想一想呢？天晓得，我不会拦住你的。"

他并没有得到嘉莉的回应。不过，在他好言劝慰之下，她心里开始平静下来了。

"现在你留在这儿，我走就得了。"最后，他找补着说。

听了这句话,嘉莉心里真是百感交集。她的思想原来就缺少逻辑推理,这时更加乱七八糟了。一忽儿,她想到这件事就激动得不得了;过了一忽儿,想到了另一件事,却又怒不可遏——她想到的是她自己的冤屈,赫斯特伍德和德鲁埃的冤屈,回想到他们两人的厚道和宠爱,以及外部世界的威胁,不久以前她已有过一回失败,还想到了自己不可能在这儿住下去,这套公寓房子再也不是属于她的名下了——这一切的一切,她都翻来覆去地思考过了,结果使她心情更加烦躁,简直乱成一团——就像一只没有抛锚停泊的小船,只好任凭风吹雨打,随波漂流了。

"听着,嘉莉。"过了一会儿,德鲁埃忽然计上心来,走近她的身旁,一边这么说着,一边把手搁在她的肩头上。

"别碰我。"嘉莉说着,身子马上往后一闪,不过,她的手绢并没有从泪眼上移开去。

"哦,我们把这回吵嘴干脆给忘掉就得了。随它去吧。不管怎么样,反正这儿你不妨住到月底。以后嘛,你自己爱怎么做就怎么做好了,嗯?"

嘉莉并没有回话。

"你还是这么做的好,"他说,"现在你拾掇东西也没有什么意思。你没地方可去呀。"

她依然没有回话。

"你要是依了我说的这么做,现在我们再也不扯这个事了,反正我走就是了。"

嘉莉把手绢稍微往下移开了一些,两眼直瞅着窗外。

"你同意了吗?"他问。

照旧还是没有回话。

"你到底同意不同意?"他又问了一句。

她只是茫然若失地两眼直瞅着街景。

"哦!得了,"他说,"告诉我。你同意了吗?"

"我不知道。"嘉莉低声说道,不得不做出了回答。

"答应我,说你同意了,好吧。"他说,"我们再也不扯这个事了。这样会对你更好。"

嘉莉听着他的话儿,一时还想不出来该怎样合情合理地回答他。她觉得眼前的这个男人还算温顺,对她的兴趣丝毫无减,这就不免使她心有内疚。她真不知道该如何才好。

至于德鲁埃呢,他一直持嫉妒的情敌的态度。此时此刻他心中掺杂着受骗后的愠怒、失去了嘉莉的悲哀,以及惨遭挫败的痛苦。他无论如何都要维护自己的权利,但他心目中的权利只包括挽留嘉莉,让她认错在内。

"怎么,你答应了吗?"他一个劲儿敦促着说。

"哦,让我再想一想。"嘉莉说。

这样虽使问题依然悬而未决,不过好歹也算有个眉目了。看来这场吵嘴的风波要过去了,但愿他们又能寻摸到共同语言。嘉莉觉得自己怪难为情的,可德鲁埃至今还是满肚子怨气。他佯装好像在拾掇东西,要放到旅行包里去似的。

这时,嘉莉乜着眼偷偷地瞅着他,一些公正的想法忽然掠过她脑际。他犯过错误——这是千真万确的,但是,难道说她就没有错误吗?他虽然很自私,但人还是很和气、厚道。这一次口角之争,他自始至终没有说过一句粗话。另一方面,那个赫斯特伍德——跟德鲁埃相比,却是个更大的骗子。他佯装着自己如何一片痴情,如何柔情缱绻,但他却一直在对她说假话。啊,好一个负心汉!可她却深深地爱恋着他。如今,她再也不会爱他了。她再也不愿见到赫斯特伍德了。她要写信给他,陈述自己对他的看法。至于往后,她应该怎么办呢?这儿她至少还有一套公寓房子。德鲁埃在这儿恳求她留下来。显然,这儿多少还可以一仍旧贯,只要一切顺顺当当的话。不管怎么说,总比流落街头,无处栖身,要好得多呢。

这一件件事嘉莉正在心里琢磨着的时候,德鲁埃却一直在翻抽屉,寻找衬衫硬领,花去了不少时间,好不容易才找到了一颗衬衫纽子。看来他也并不那么特别着急似的。他觉得自己对嘉莉的吸引力还没有消失殆尽。他连自己都不信,只要他一走出去,一切的一切就全都了结啦。想必还有回旋的余地,要想方设法使她承认他是对的,而她是错的——那时两人言归于好,把赫斯特伍德永远摈于门外。天哪,只要想到赫斯特伍德无耻的欺骗,他就感到恶心。

"你是不是再想,"冷场了一会儿以后,他开口问道,"登上舞台去一试身手?"

他在暗自纳闷,她心里到底有什么打算。

"我还不知道该做什么才好。"嘉莉说。

"只要你还想登上舞台,也许我可以帮助你——反正在那个圈子里,我有好多朋友。"

她听后没有做出回应。

"千万不能身无分文,到处流浪。让我助你一臂之力吧。"他说,"在这儿,你要独自谋食,可不易啊。"

嘉莉只是坐在摇椅里来回摇晃着。

"我可不希望你就这样又去碰上一鼻子灰。"

他又开始忙着一些别的事儿,可嘉莉还是坐在摇椅里前后摇晃着。

"你该把这件事向我和盘托出,"过了一会儿,德鲁埃说,"好让我们从此再也别扯到它了。反正你并不是真的对赫斯特伍德有意思,是不是?"

"你为什么偏偏又提起这件事来着?"嘉莉说,"该要怪你自己。"

"不,不能怪我自己。"他回答。

"不,就该怪你自己,"嘉莉说,"本来你就不应该跟我那样胡说八道。"

"不过,你早就跟他没有什么关系了,不是吗?"德鲁埃继续说,恨不得听到她直接否认和赫斯特伍德的关系,好让自己安下心来。

"我可不愿谈这件事了。"嘉莉说,想到他们刚才和解了,却又出现这种滑稽的转折而不觉心中十分难过。

"嘉德,你此刻这种德行有什么用呢?"推销员坚持说,一边搁下手头的活儿,一边富于表情地举起一只手来,"你应该对我的地位,至少要表示多少明确一点的态度。"

"我不愿意,"嘉莉说,觉得只有动怒才是她唯一的应急办法,"不管怎么说,都得怪你自己。"

"这么说来,你真的对他是有意思了?"德鲁埃说,完全扔掉手里的活儿,心中不觉窝了火。

"呸,快住嘴!"嘉莉大声嚷嚷说。

"嘿,我可不让你再来糊弄我!"德鲁埃大声嚷道,"你要是高兴的话,尽管跟着他鬼混去,但你可不能牵着我的鼻子跟你走。至于你告诉不告诉我,那就随你高兴了,反正我可再也不当傻瓜啦。"

他把捡好在外头的最后几件东西塞进旅行包里,没好气地吧嗒一声锁上包。随后,他一把抓起刚才拾掇东西时脱下的外套,捡起手套就往外走了。

"你就趁早见鬼去吧,"他走到门口时说,"我可不是小伢儿。"他一边说,一边狠狠地拉开门,又同样狠狠地把门关上了。

嘉莉还是坐在窗边听着,对推销员突然大动肝火深感惊奇。她委实不相信自己的感官了,他原来一向脾气好,多听话啊。她就是不懂得人的情欲究竟来自何处。真正的情爱烈焰是个微妙的玩意儿。它像鬼火似的忽闪忽闪,飘向快乐的仙境。它又像一座高炉,往往要靠把嫉妒投了进去方才烈焰腾腾。

## 第二十五章

那天晚上，赫斯特伍德滞留在市中心没回家，酒吧打烊以后，他就到帕尔默旅馆去过夜。他心里急得就像热锅上蚂蚁似的，因为他妻子要挟的行动会把他的整个前程都断送掉。他说不准她的威胁会有多大影响，但他相信，她的态度只要一直坚持不变，准会给他惹来无穷无尽的麻烦。显然，她意志坚定，在一场非常重要的较量中弄得他江河日下。今后他们之间的关系又会怎么样呢？他先是在自己的小办公室里，稍后又在旅馆房间里踱来踱去，老是翻来覆去地琢磨着，却始终琢磨不出个好对策来。现在他简直不知道这些事情该如何解决才好。

赫斯特伍德太太恰好相反，她决定不能只守住自己的优势，袖手旁观。现在她既然实际上已把他吓倒了，接下来她就要向他开出一些条件来，只要他认可的话，那么，她说的话将来都能变成**法律**。往后，他将不得不照她的要求按时给钱，要不然她就会找他的麻烦。至于他自己怎么啦，那跟她是一点儿也不搭界。他以后是不是回家——她委实不感兴趣。没有他，家庭生活也许甚至更加其乐融融；她，赫斯特伍德太太，可以爱怎么着就怎么着，再也用不着征求任何人意见了。现在她打算去请教一位律师，另外还要雇用一名侦探。她要赶快闹清楚她究竟能捞到哪些好处。

赫斯特伍德在房间里踱来踱去，心心念念想着他眼前碰到的那些最突出的问题。"所有财产都写上了她的名字，"他不停歇地自言自语道，"那是该有多蠢啊。真该死！好一个大傻瓜！"

他也想到了自己身为酒吧经理的职位。"现在她只要一闹起来，我这个经理职位就保不住了。我的名字只要一上了报，酒吧老板就不会要我啦。还有我的朋友们……啊！"他一想到他妻子采取的行动会招来的风言风语，禁不住咬紧嘴唇。各报又会怎么评说呢？凡是他认识的人,都会大吃一惊,他不得不进行解释,加以否认,一句话,成为舆论的热点。随后,霍格先生露面了,表示要跟他谈一谈,那结果就只有鬼知道了。

他一想到这里,两眼之间骤然迭起了好多细小的皱纹,额角上也渗出了汗珠儿。他琢磨不出此事该如何了结——简直一点儿办法都没有。

他在冥思苦想的时候,嘉莉的形象突然掠过他脑际,使他想起了两人约好星期六见面一事。眼下他虽然什么事都乱成一团,可这件事怎么也不会让他犯愁。跟嘉莉会面好像是黑乎乎的困境中唯一的亮点似的。关于他们出走的问题,他可以安排得尽如人意,因为必要时,嘉莉是会乐于等待的。他要看看明天的情况怎么样,随后不妨再跟她谈一谈。他们约好要在老地方见面。他眼前只见到她秀丽的脸儿和美妙的身段,禁不住暗自纳闷,老天爷为什么偏偏不作美,不让他跟她在一起时得到的快乐永远持续下去。那样他们的生活就会变得更加欢乐呀。随后,他又想到了他妻子的威胁,于是他脸上顿时又泛起了皱纹和汗水。

翌日早上,他从旅馆直接去酒吧上班,拆开信件,一看除了普通函件以外什么也没有。本来他预感到自己会收到一些信件的,等他把所有的信件都一一查看过,没有发现任何疑点时,他才舒了一大口气。原先他一点儿胃口都没有,这时开始觉得上来了,就决定在去公园会见嘉莉以前,先到太平洋大旅社喝一杯咖啡,吃几片小面包。危机固然远没有过去,可是至今还没见到端倪,依他看,反正没有消息就是好消息。只要他有更多的时间好好想想,说不定就会寻摸到什么办法。当然啰,这件事不可能以惨败告终,从而使他寻摸不到出路。

但是,他到了公园,耐心地等呀等,嘉莉就是没有来,这时他就垂头丧气了。他在那个老地方坐了个把多钟头,随后站了起来,开始忐忑不安地踱来踱去。难道说那儿出了事,她就来不了吗?难道说他的妻子去找过她了吗——不,这是断断乎不会的。至于德鲁埃呢,赫斯特伍德几乎没有把他考虑在内,甚至连想都没有想到德鲁埃会发现些什么。他一边在苦苦思索,一边却在摆弄他表链上的小饰物,最后认定也许什么事都没有。只不过是今天早上,嘉莉也许有事脱身不开罢了。为什么没来信通知他,原因就在这儿。今天他也许还会收到一封信的。他回去的时候,信也许就在他桌子上了。他真恨不得马上就回去看信。

不过,这些想法只是暂时让他聊以自慰罢了。过后,他还是愁肠百结,简直苦不堪言。跟他妻子的丢人现眼的争吵又惹人烦恼地浮现在他眼前。他又瞧见了她那颐指气使的眼光。但见她这么说道:"如果你不愿对我说,也许你就会对律师说吧。"啊,这个冷酷的恶魔。真难想象,当初他怎么会娶了这么一个女人呢。他只要一想到她就摇头。

过了一会儿,他不再等下去了,就没精打采地去赶麦迪逊街上的街车。这时,晴朗的蓝天突然阴云密布,遮住了阳光,顿时使他徒增悲伤。由于风向转东,待他回到办公室时,就下起了毛毛雨,持续了整整一个下午。

他走进办公室,仔细地查看信件,但就是没有嘉莉的来信。幸好也没有他妻子的来信。谢天谢地,现在他正有那么多问题需要思考的时候,好歹还用不着马上就去对付他的太太。他又开始踱来踱去,佯装外表上跟平日里一模一样,但在内心深处,烦恼却是难以用言语形容。

一点半钟,他去雷克托餐厅进午餐,回来的时候,正好有个送信人在等他。他满怀疑虑直瞅着这个送信人。

"我立等回信。"那个送信人说。

赫斯特伍德认出了他妻子的笔迹。他把信拆开来,不露声色地开始看着。此信一开头就挺正经八百,通篇措辞尖锐而又冷峻。

"我所要的钱,我希望你立刻送来。我正急着要派用场。你高兴不高兴回来,随你的便,对我无所谓。不过,钱我是非要不可的。切莫延误,着来人即刻带回。"

他看过了以后,手里拿着信,伫立在那里。如此厚颜无耻,简直使他惊得透不过气来,随之还激起了他的愤怒——内心深处的逆反心理。开头他只想写上四个字作为答复——"见鬼去吧!"——但后来他还是采取了折中办法,对送信人说没得回信。稍后,他坐在椅子里,茫然若失地凝望着,开始琢磨他的这一招会产生什么后果。接下来她又会有怎么样的动作呢?这个该死的坏女人!难道是她想要吓唬一下,逼使他完全服服帖帖吗？他要回家去,跟她评评理,唉,他就是要这样干。她太骄横不可一世了。不,老天哪,他断断乎不会就那样唯命是从。反正她要怎么着就怎么着吧。他要让她自作自受去吧。瞧她这么着等下去,等到他万事俱备时再说也不迟。以上就是他一开头的想法。

但是后来,他很快又恢复了平日里谨小慎微的作风。总得有所提防才好。眼看着高潮日益逼近了,她断断乎不会袖手旁观。他毕竟对她非常了解,深知她一决定要办什么事,接下来就会动手去办的。说不定此事她很快就会委托给律师去办。

"该死的女人,"他咬紧牙齿,低声地说,"该死的女人。她要是想找我麻烦,我就要让她吃不了兜着走。我要让她换个腔调说话,哪怕是大打出手都行。"

他从椅子里站了起来,走到窗边,两眼凝望着街景。霏霏细雨看来已下了很久,过往行人都竖起了衣领,卷上裤脚。没带伞的人,两手都揿在衣袋里——许许多多伞面,在其他行人头顶上徐徐漂动。整条大街好像是一片海洋,一个个黑布做成的圆屋顶,正在那儿旋转、跳跃、移动似的。货车和大篷车排成长长的行列,嘎嘎作响地驶过,到处都可见到行人在尽量设法躲雨。无奈眼前这种景象,他一点儿都没注意到。映现在他眼前的总是他跟妻子吵嘴的情景,他心里还在想没狠揍她一顿以前,要让她自己改变对他的态度。

四点钟又来了一封短信,只是说当晚如果不把钱送去,此事明天就要向汉纳和霍格和盘托出,并采取其他方式来取得这笔钱。

他妻子如此紧紧盯住不放,赫斯特伍德几乎气得快要大声嚷嚷了。是的,他会给她送钱去的。他会拿着钱去给她——他会赶回家去,跟她谈一谈,而且谈完马上就走。

他戴上帽子,开始寻摸他的伞。天哪,他这一去就是想了结这件事!

他叫了一辆马车,冒着绵绵阴雨往北区赶去。一路上,他回想着这件事的每一个细节,情绪多少有点儿冷静下来了。她会知道些什么呢?难道她又干过些什么?也许她已找到过嘉莉,谁知道呢——或者——或者,她甚至还找到过德鲁埃。也许她真的掌握了证据,好像是暗中打埋伏,突然给他一击似的。唉,她是一个多么狡猾的女人。她要是没有真凭实据,难道敢如此吓唬他吗?

他开始有点儿后悔,还不如早点设法跟她讲和——把钱给她送去就得了。他觉得也许现在还来得及。反正他一到那里就好办了。他可不乐意家丑外扬。

他一赶到他家住的那条街的时候,就深深地感到自己处境不妙,恨不得天上掉下个好办法,给他指出一条出路来。他在家门口下了车,拾级而上,但心里却在怦然乱跳。他掏出钥匙来,想把它插进锁孔里去,没想到里头早已塞好另一把钥匙。他摇了几下大门把手,只见大门锁着。于是,他就按门铃。没有人应答。他又按了一下门铃——这一回按得劲儿更大了。还是没人应答。他接二连三地使劲按门铃,但是都不管用。于是,他只好走下台阶。

台阶下面还有一道通往厨房的门,可是门外安装了一道防盗铁栅栏。他走到那里,发现这道门也上了闩,厨房的窗子全都关着。这算是什么意思?他又按了一下门铃,开始等着。最后还是不见有人来,他就只好抽身又回到马车跟前。

"估计他们全都不在家。"他很抱歉地跟那个把红脸儿掩在空落落的油布雨衣里的马车夫说。

"我倒是看见上头窗子里有一个年轻姑娘。"马车夫回答说。

赫斯特伍德抬眼一望,这时窗子里连脸儿的影子也没有了。他气呼呼地坐上了马车,心里舒了一口气,但又不知不觉愁上眉梢。

原来是耍这样的把戏啊。既让他吃闭门羹,同时还要他乖乖地拿出钱来。唉,老天哪,真是咄咄怪事!

## 第二十六章

赫斯特伍德再回到酒吧的时候,他的处境比以前更加尴尬。怎么办呢——这是摆在他面前头号重要的问题。现在,他已被摈于家门之外,他的妻子不肯见他,可他还得给她送钱去,要不然明天一早他上班时就会碰到麻烦。他认为她这个女人说话是算数的。要是她说把此事向汉纳和霍格和盘托出,她就真的会这么做的,那时又会造成另一个更加棘手的局面。

他就这件事翻来覆去地仔细琢磨着,连晚饭也顾不上了。他心里烦乱、恼火、焦躁,简直难以形容。他如同一只落入蜘蛛网的苍蝇,由于拼命鼓翼,早已筋疲力尽了。除了按着她的要求把钱送去,承认自己大败亏输以外,他再也想不出别的办法来。即使他照上面那么办了,他还是不会完全脱身。她毕竟手里执缰,可以任意驱使他。她断断乎不会让他得到安宁,而且相反,还会提出越来越多的要求来。他只好像罪犯似的东躲西藏,免得跟她碰面,但凡她提出的各种要求,他都得一口应允。天哪,天哪,莫非是他已身陷困厄之中?没承想事态缘何如此陡然急转直下?他简直完全闹不懂,这一切是怎么发生的。他觉得仿佛一场怪得出奇的灾祸突然落到了他头上似的。

与此同时,他偶尔也想起嘉莉。她那里会不会出了事呢?没得信来,连片言只语也没有,原先她答应那天早上跟他见面,可现在已是夜阑人静了。他们约好明天见面后双双出走——去哪儿呢?——直到此刻,他才意识到,由于近日来事态给他刺激太大,他还没有考虑好自己跟嘉莉的下一步计划。本来他早就狂恋着嘉莉,按说,他会乐于冒更大风险来赢得她的爱心,可是现在——现在又该如何才好呢?要是她突然了解到一些情况呢?要是她突然写信给他,把她所知道的一切通通告诉他。还说,她今后再也不愿跟他交往了。照目前趋势来看,这样的事自然是在意料之中。何况直到此刻,他还没有给他妻子送钱去。

他在酒吧里晶光锃亮的镶木地板上踱来踱去,两手插在口袋里,皱着眉头,闭紧嘴巴。一支上好的雪茄烟好歹让他获得了一丁点儿慰藉,但它毕竟不是包治他心病的万灵丹。他动不动握紧拳头,跺跺脚——乃是说明他内心极度紧张的迹象。他整个身心遭到了猛烈冲击,他这才意识到,一个人的忍耐力毕竟是有极限的。这时,他喝下了好多白兰地果汁汽水,他近几个月里晚上从来都没有喝过那么多。一言以蔽之,他几乎成了心绪极度紊乱的样板了。

那天晚上,尽管他搜遍枯肠想办法,但除了他把钱送去以外——还是想不出别的什么对策来。他实在是万般无奈,经过两三个钟头紧张、激烈、时有反复的思想斗争,终于取出来一只信封,把她要的钱放了进去,随后慢慢地把它封好。其实,他心里还是有着很多想法。他想暂且把它放在信封里,好好地想一想再说。也许他压根儿不把信送出去。也许他只是这么着留下来,过了一会儿就放回自己口袋里去。谅她也断断乎不会知道的。反正她压根儿不知道他会这么做的。

后来,他终于把信封好了,稍后让椅子靠背往后斜靠着,他一边抽烟,一边决定还是送去为好。这样就不至于第二天早上引起口角之争,好让他有时间再琢磨琢磨别的什么办法。当然啰,准会琢磨出一点儿办法来的。反正他可以了解到她下一步打算怎么样。也许她还没有掌握太多的信息吧。他想了一遍又一遍,到最后才把酒吧里一个跑堂的仆人哈里叫了过来。

"你把这封信照这个地址送去,"他一边说,一边把信交给仆人,"是送给赫斯特伍德太太的。"

"是,经理先生。"跑堂的仆人说。

"要是她不在的话,原信带回来就得了。"

"是,经理先生。"

"你见过我的太太没有?"跑堂的哈里拔脚要走时,经理又问了一声,无非是为了小心起见。

"哦,见过的,经理先生。我认得她。"

"那敢情好。快点儿回来。"

"要回信吗？"

"我想不要了吧。"

跑堂的哈里急匆匆地走了，经理又陷入了沉思默想之中。现在，这件事反正他已照办了。用不着花时间再去伤脑筋啦。今天晚上他吃了败仗，他也只好尽量不再放在心上就得了。但是话又说回来，唉，像这样被迫屈服该有多惨呀。他可以想象得到，她在家门口见到这仆人时准会满脸堆着讥笑。她接到这封信，准会意识到自己得胜了。天哪，天哪，这该有多倒霉啊。要是他能把这封信收回来多好！上天做证，他就断断乎不会送出去了。他喘着粗气，不断抹去脸上的汗水。这可真是怪吓人的。

为了解闷消愁，他站起身，跟那些正在喝酒的朋友一起闲聊起来。他尽量让自己对周围的事打起精神来，但结果还是徒劳。他心里动不动就想起自己的家，想象着那里出现的一幕幕情景。他一直在暗自纳闷，真不知道仆人把信交给她时，她会说出些什么话来。

过了约莫一个小时零三刻钟，仆人回来了。显然，信件他已送到了，因为他走过来时，没见到他从口袋里掏摸什么东西的样子。

"嗯，怎么样？"赫斯特伍德问。

"我已交给她了。"

"送给我的太太了吗？"

"是的，经理先生。"

"有回信吗？"

"她说'不早不晚，来得正在当口上'。"

赫斯特伍德狠狠地咬着嘴唇。

这天晚上他再也没有什么事好做了。他依然绞尽脑汁，琢磨自己的处境一直到深更半夜。随后又去帕尔默旅馆过夜。他暗自纳闷第二天早上该是怎样一番情形，因此整夜压根儿没睡踏实。

翌日，他又去酒吧上班，拆信件时，心里既有疑虑，又有所期待。嘉莉连片言只语都没有。他太太也没有来信，这倒是让他暗自高兴。

他把钱送去了，她也收下了，事实上，他的心情几乎平静下来了，因为他既然已做出了让步，又把钱送去了，现在他事后的懊恼情绪则在消失,言归于好的希望则在增长。他坐在写字台跟前,想到最近一两个星期里也许不会出什么事了。现在,他有的是时间,就可以从长计议了。

他的心路历程一开始,他就又回想起了嘉莉,还有他要把她从德鲁埃手里夺过来的方案。现在该怎么办呢?他越是一门心思想到她为什么不来跟他见面,又不给他写信,他心中就越是感到无比痛苦。他决定写信给她,托西区邮局转交,望她说明原因,同时还要她另约时间跟他见面。但他转念一想,这封信也许星期一她方能收到,他心里急得就像热锅上的蚂蚁似的。他一定要寻摸到更快的传递方法来——但是那又该怎么办呢?

他就这件事冥思苦想了半个钟头,结果既不打算派专人去,也不让自己直接去她家里,生怕万一暴露了自己的身份,被人抓住把柄;不过,他发现时间正在白白地流逝而去,就写了一封信,随后又开始暗自思忖起来。

面对某些明显的事实进行徒劳的思考揣测,有时就是生活中诙谐的一个方面。反正徒劳无益乃是制造诙谐的一种上等原料。一个绝顶聪明的人坐下来,思考某些昭彰的事态,很像一位哲学家站在斯芬克斯①面前,对它们进行推理一样。这一切都很无聊,有时还很滑稽,有时甚至于让人动容。可惜至今鲜有改变。一旦有了可喜的变化,人们往往认为,那是自己殚思竭虑的结果。事实上,但凡所有错综复杂的问题,大半靠事物本身的固有特性方才得以改变。它们有了变化,露出了一些新的眉目,才让人抓住了机会。紧张的思维活动,除了使人始终密切注视以外,起不了多大作用。

这就赫斯特伍德的目前困境来说,不失为最好的解释。别看他人很精明,但他一筹莫展。他分明知道此时嘉莉身在何处,无奈她久久不来信,说不定那儿出了不利于他的复杂情况,他也就不敢贸然前去造访。出于同样原因,他还认为前去造访是很不策略的。他就这样沉思默想,愁眉苦脸,一直在想如何改变局面,但还是不管用。已有好几个

---

① 斯芬克斯,即希腊神话中带翼的狮身人面女怪,它常叫过路行人猜谜,如果猜不出来,后者即被杀害。

钟头溜走了,他原先想跟嘉莉盟誓的可能性也就随之消逝了。不久前他想这时总可以高高兴兴地尽力帮助嘉莉,好让他们俩终于成为眷属,不料这时已到了下午,依然一事无成。到了三点钟、四点钟、五点钟、六点钟,最后还是没得信来。这位窝窝囊囊的酒吧经理只好在室内踱来踱去,灰溜溜地感受着惨败的苦涩。他眼看着繁忙的星期六逝去,星期天转瞬来临,依然还是一事无成。酒吧在星期天打烊,他孤单单一个人冥思苦想,远离家庭、嘉莉与喧闹的酒吧,结果还是没能让自己的景况有丝毫改变。这是他一生中碰到的最糟糕的一个星期天。

星期一的第二批信件里有一封官气十足的公函,他不由得好奇地瞅了一会儿。信函上印着"麦格雷戈、詹姆斯与哈伊律师事务所"字样,一开头就非常客气地写着"亲爱的先生"和"我们郑重声明",接下来简明扼要地通知他,他们受朱丽娅·赫斯特伍德太太聘请,就有关她的赡养与产权诸问题予以协调,请他可不可立即前来跟他们进行晤谈?

他仔细地看过了好几遍,只是一个劲儿摇头。看来他的家庭纠纷还仅仅是刚开头呢。

"嘿!"过了一会儿,他大声说,"我可万万没想到啊。"

随后,他把信折好,掖进自己口袋里。

嘉莉至今还是连片言只语都没有,这使他更是苦不堪言。现在他可以深信无疑,她肯定知道了他有妻室,对他的不忠实很恼火。现在他正是特别需要她的时候,所以他的损失似乎就显得更加惨重了。他心里在想,要是她不马上给他捎些话来,他就亲自去她那里,要求跟她见面。一想到他就这样被嘉莉遗弃了,他委实感到创巨痛深。本来他就是如痴似狂地爱着她,现在他眼看着快要失掉她的时候,她仿佛就显得越发楚楚动人了。他真的恨不得听到哪怕是只有她的一句话。他几乎望眼欲穿地急盼着跟她见面,不管她有怎么个想法,他断断乎不愿失掉她。也不管会发生什么事,他都会尽快处置好。是的,他会去她那儿,把他的家庭不和睦全都告诉她。他会跟她说明自己目前的处境,还说多么需要得到她的爱情。那时候,她肯定不会甩掉他了。这可是行不通的!那他就会百般哀求她,一直到她怒气尽消——她终于饶恕了他。

这时,他脑际猛地掠过一个闪念:"如果说她不在那儿了——如果说她早已出走了呢。"

他不得不站了起来。他再也不能那么老是坐着不动,光是东想西想了。

可是,他的激动并没有带来什么变化。到了星期二,还是依然如故。他果真说服了自己到嘉莉那里去,无奈他快走到奥格登公寓时,仿佛觉得有个人在盯他的梢,就马上离开了。其实,他还没有走近那幢房子呢。

他这次出门还碰上了一件事,真让他恼火。原来他搭坐伦道夫街车回去时,没承想自己会来到差不多跟他儿子任职的那家公司对面的地方。他一发觉这个地方,就马上心如刀割似的。正是这个地方啊。过去他曾经不止一次地去看过他的儿子。如今,乔治这小子连片言只语都不寄给他。显然,他的子女里头好像谁都没有发觉他老子不在家。得了,得了——这就是命运的嘲弄啊。他转身回到酒吧,跟朋友们一起闲聊天。看来闲扯淡似乎可以麻痹心灵的痛苦。

那天晚上,他在雷克托餐厅吃过晚饭,就急急忙忙回到酒吧。只有在这闹热和阔绰的酒吧里才能使他一洗愁怀。他甚至对好多琐屑之事都很留意,见了每一个熟人都会寒暄一番。等客人走尽了以后好久,他还独个儿坐在办公室里,直到夜间值班人员来巡逻,拉一拉前门把手有没有锁好以后,他方才起身离去。

星期三,他又收到了麦格雷戈、詹姆斯和哈伊寄来的一份措辞谦逊的通知书。全文如下:

亲爱的先生:

  我们郑重通知您:我们谨代表朱丽娅·赫斯特伍德太太,就离婚及赡养费事宜,将于明日(星期四)下午一时对您提出起诉。如在此时限以前仍未获得您的回复,我们将认为您无意做出任何和解,因此会相应地采取行动。

本所同人谨启

"和解!"赫斯特伍德心里怪酸溜溜的,大声嚷嚷说,"和解!"

他又开始一个劲儿摇头。

现在所有事实真相全都明摆着在他面前了,至少他会知道下一步等着他的是什么了。要是他不去见这些律师,那么,他们就会立即控告他。要是他果真去了,那他们就会向他提出一些使他暴跳如雷的条件来。他随手把信折叠好,跟另一封信放在一起。随后,他戴上帽子,往外走去,就在附近一带溜达。

目前他的处境难就难在要考虑到的后果简直太多了。不管他走哪一招,反正他什么都得不到。这一切来得都是那么突然,以致他还来不及从它眼花缭乱的影响中——从他不得不对它好好研究的一种好奇的欲望中恢复过来。这最后一关,应归功于他那多少善于推敲的思维方法。他历来不喜欢草草做出决定。

最后这个建议尽管他要好好考虑,他一点儿也不仓促从事。他可不能让自己屈尊降贵去律师事务所。看来这是纯属个人私事,他也不能同意跟他们进行晤谈。他隐隐约约感到也许还会突然发生什么意外——但愿如此——尽管他深信这是断断乎不会发生的。他甚至想到,也许他妻子跟自己谈谈后就会跟他和解,但过后不久,他又回想到自己冒雨回家一事来了。要他如此仰人鼻息,正是他那固有的坚强、热情的天性断断乎接受不了的;要知道,他是一个嗜权成癖的人,怎么会向人哀哀求告呢。

"我可非去那儿不可,"有一回,他不得不这样表了态,稍后又说,"我还应该请一位律师。"

"那又有什么用呢?"他心里的另一个声音说,"只要你不去看他们,不管有没有律师,反正明天他们照样要对你起诉。那你又有什么办法呢?"

"我真不知道该怎么应对。"他悄悄地暗自承认。随后又开始琢磨此事的其他因素,换了一个角度考虑,可没过十分钟,还是得出了同样的结论。

## 第二十七章

嘉莉侧耳倾听着他渐渐远去的脚步声,还没完全意识到究竟发生了什么事,德鲁埃终于甩掉她走了。她只知道他已悻悻而去。过了一会儿,她才反躬自问,他是不是还会回来——不是马上回来,而是最后总要回来的。这时,她举目四顾,窗外落日的余晖正在渐渐暗淡下来,她暗自纳闷,为什么眼下屋子里的气氛竟跟往日有点儿不一样。她走到梳妆台跟前,划了一根火柴,点燃了煤气灯。随后,她抽身回到摇椅里,又在沉思默想了。

过了一会儿,她心里方才镇定下来,但是唯有到了这个时候,她才开始觉得眼前的现实该有多么严峻。如今,她已是孑然一身了。如果说德鲁埃从此一去不回来呢。如果说往后她再也听不到有关他的消息呢。这套优美舒适的公寓房间恐怕就保不住了。那么她也就只好搬出去了。

给她说句公道话,她倒是从来没想到过要依赖赫斯特伍德。想到这里,她心中不由得感到无比悔恨。说实话,她倒是被这个人的狡猾骗术吓蒙了。他捉弄她的时候,甚至连眼睛也不眨一眨。本来她还会被引入一个比眼下更惨的圈套里去。可是尽管这样,赫斯特伍德的翩翩风度和音容笑貌仍使她始终不能忘怀。只有这一个事实,看起来既离奇而又可悲。它是跟她所了解到的这个男人的一切形成了鲜明的对照。

然而不管怎样,她几乎已是孑然一身了。眼下这一想法已在她心中占了上风。怎么办呢?她是不是再出去打工呢?她是不是再上商业区去寻摸寻摸呢?要是重上舞台呢——哦,是的。德鲁埃还跟她说起过这个。难道说她在那里真的会有什么苗头吗?她在摇椅里来回摇晃,陷入了沉思默想之中,而时间却一分钟、一分钟地逝去了,不觉天色突然全黑了下来。这时,她什么都没有吃,还是枯坐在那里,一个劲儿在想心事。

差不多在那个时候,她忽然觉得肚子饿了,就来到后面房间的小食柜跟前,柜里还有他们早餐时吃剩下来的东西。她两眼瞅着这些东西,心里顿时涌上一股异样的感觉:此时此刻,她觉得食物比往日里更是须臾不可离了。

她正在吃晚饭的时候,突然想到现在她自己身边还有多少钱呢。这一闪念她觉得是非同小可的,就马上去寻摸自己的钱包。钱包正在梳妆台上,里头只有七块钱的现钱和一些零钱。她一想到如此区区之数,心里不觉凉了半截,但是继而一想,房租已付到月底,心中却又转悲为喜。她又开始想到,如果说她一开头就真的离开这儿的话,真不知道现在该是怎样呢。现在看来,相比之下,眼前好像还算是很不错。至少她还有些时间,说不定到最后,一切都会顺利解决的。

德鲁埃果真走了,那又有什么关系呢?看来他也并不是特别恼火。看样子他好像是发一阵脾气罢了。他会回来的——当然啰,他会回来。他的手杖还在墙角里。这儿还有他的一条硬领。他的浅色大衣还留在衣橱里。她抬眼往四下里一看,发现德鲁埃还有十几件别的类似这样的东西,就竭力使自己相信他会回来的。可是,天哪,她脑际却又突然掠过一个闪念:万一他真的回来了,那又该怎么办呢?

这又冒出来一个问题,嘉莉不由得多少有些感到心烦意乱。只要他回来了,那她就不得不跟他交代清楚。那时,他会要求她承认他是对的。她跟赫斯特伍德交往的全部细节就会真相大白,她就再也不可能跟他住在一起了,哪怕是他还愿意的话。如果他一旦知道她的过错,她真想象不出该如何应付他。不管怎么样,反正她一点儿都不在乎他。她的这场口角之争就可证明这一点。他在赫斯特伍德这件事上对她并不宽宏大量——至于在别的什么事情上,他也是自私透顶。明知如此,再继续佯装友好,也是断断乎不可能的。她认为,万一他回来了,她就不想在这儿住下去了——那时又该怎么办呢?反正不管怎么样,过不了一两天,就只好到社会上跌爬摔打去了。她感觉到的就是如此这般。她还不懂得,但凡世间生灵为了共同存在,总会放弃些什么东西。狮子和绵羊睡在一起,相比之下还算是其乐融融。

等她闹明白自己手头还有多少钱,就回过头去再看看她的食物,但是一点儿没有吃。食物仿佛暂时失去了价值似的,她把它们都留下来备用,随手关上了门。稍后,她又回到了她的摇椅里。

德鲁埃知道自己被愚弄以后就在一气之下悻悻离去。他拿了手提包,乘车径直前往帕尔默旅馆。天哪,她不应该这样对待他呀,哪怕是他从此再也见不到她。要知道他待她一向很好。不管什么事,只要他想到,全都做到了,可她还是不满足。她硬是跟别的男人一块儿去鬼混。

他径直前往斯丹特街和麦迪逊街走去,一路上他总是脑袋耷拉着,到了旅馆之后,简直不假思索就把他的尊姓大名登记上了:"查尔斯·德鲁埃,本市。"

"德鲁埃先生,您只住一夜吗?"旅馆夜班账房问。

"不,我要住上一两天。"推销员说。

他上了楼,放下手提包。稍后,他洗脸洗手,然后出去吃饭。看他的神色简直萎靡透顶,心里老是巴不得事实原来并非如此。

"想想那个真该死的赫斯特伍德,"他暗自寻思,有时还在自言自语,"我认得他时间可不算短呀。"

那个夜晚,他在帕尔默旅馆大堂里踱来踱去,尽管证据俱全,他还是绞尽脑汁,穷于应对。好一个冤哉枉也!天哪,不妨想想看,一个女人竟敢如此作弄一个男人。而且还是嘉莉——这个小娘儿们嘉莉。他怎么都想不到她会做出这等事来。

临了他上楼拿了一些票据,带到楼下舒适的写字间,打算干点活儿,但是不管用。他怎么也干不下去。他越是想干下去,他的思绪越是涌到他的倒运上去,最后,他只好绝望地断了干活的念头。

"这是压根儿不管用的,"他说,"我干不下去。"

最后,他到一家剧院去了,结果还是扫兴而归。上演的剧目一点儿也不带劲。随后,他很想看看书,但觉得也不管用,就干脆上床了——不过,整夜梦见他受尽种种冤屈,还被炒了鱿鱼。

第二天早上,他的心情还是不见好转。原来他是负责代理那家公司在本城业务的,这一天也不例外,可是嘉莉对他的不忠诚老是在心中萦绕不去。他竭力想使自己相信,他要和她断绝关系——自己要坚强些,永远离开她,以示惩罚她。他通过回忆她在对他的这场骗局中的荦荦大端,尽量消除自己依恋她的柔情,可是,天哪,这是一场可悲的内心斗争。他时不时想起了他自己还有些东西要上那儿去取——他备用的衬衣、他那浅色大衣,还有他的鞋子。他要过去照看一下。他还想起了嘉莉身边没有钱。眼下她又该怎么办呢?他要是不马上过去,也许她手头会很紧的。也许——哦,想到这儿,真让人坐卧不安啊——她就会去找赫斯特伍德。说不定她早已去啦。就是这个闪念使他顿时心痛如绞。不管他疼不疼她,他承受的冤屈还会越来越大,可是赫斯特伍德却会马到成功——好不让人伤心啊。天哪,这是一种暴行——一种奇耻大辱。

　　这种情绪在他心里持续了好长时间,只不过到后来却渐渐消退了。他拿不定主意,自己究竟该采取哪种妥善之计。一是去找嘉莉,二是回避她,三是使赫斯特伍德断了念头。他眼看着时间一小时、一小时地流逝而去,巴不得嘉莉会写信给他,或者前来找他——她知道他上班的地点——做出一些说明。啊,但愿她来一趟——两人岂不是就和解了吗。他有过好几个晚上去上班,急巴巴地赶去,自己觉得也许会见到些什么。反正他知道这个问题还得靠他自己来解决,心里老是闷闷不乐。既没有信来,又不认错,更不向他求饶。他在帕尔默旅馆挨过的那些夜晚,确实难受。

　　在这一段时间里,嘉莉的处境也是如此这般。她简直不知道该如何是好。星期五,她想起了这一天跟赫斯特伍德有约会,可她心里难受极了,所以就不大想去履约。不料,就在根据诺言她应该跟他会见的那一瞬间,她倒是极其清晰地看到了落在她头上的灾祸。她对此仔细想过了十几遍,她还想到了眼下她的境况,想到了要是她被人如此粗暴地甩掉,不得不再去自谋出路的话,该会碰上些什么呢。她心里极度紧张不安,觉得必须行动起来,于是,她就穿上适合上街穿的棕色衣裙,上午十一点钟,开始再一次往商业区走去。

　　十二点钟,天仿佛要下雨似的,过了个把钟头,果真下雨了,她不得不赶紧往回走,仍然待在家里。这场雨也让赫斯特伍德心里灰不溜丢的,难受地挨过了这一天。

　　第二天是星期六,好多商店都打烊半天,而且,因为头天夜里下过雨,树木和草地显得格外亮绿,是个阳光灿烂、温和宜人的日子。雀儿都在啁啾,好像欢乐地歌唱似的。好久以来,嘉莉用不着工作,过惯了逍遥自在的日子,她心里不大高兴一大早就起床。当她抬眼望见窗外可爱的公园时,她不禁感到:生活对无忧无虑的人来说不啻是一件乐事,她真的恨不得这时出乎意料,让她有机会保住她原有的舒适生活。她既不要德鲁埃或者他的钱,也不乐意继续跟赫斯特伍德交往下去。她心里想的只是她不久前的那种心满意足的生活——因为她前些时候的日子毕竟过得挺愉快的——至少比眼下需要自己独个儿寻摸出路要愉快得多。她抬眼凝望着窗外,不禁黯然神伤,如此良辰美景在她看来,却依然充满着忧愁。她不得不到阳光普照的地方去寻寻觅觅,自谋出路。她不得不踯躅在那些寸步难行的街道上,想给自己寻摸一个让肉体吃足苦头的活儿,殊不知到头来还是落了空。她禁不住又想起了她身边只剩下区区几块钱,还有她那孑然一身的苦境。

　　她来到商业区已是十一点钟了,没多久各商家就要打烊了。原先她并没有想到这一点,因为当年她孤身闯入风云诡谲的商海时经历的惨痛似乎至今记忆犹新。她不紧不慢地走着,务使自己相信自己是在毅然决然地寻摸工作,同时,她又觉得也许还用不着那么急巴巴。本来嘛工作就很不好找,反正一两天她还可以过得去。何况,她还不大相信自己果真又要面临自食其力的难题。不管怎么样,有一点变得要比过去好得多了。她知道她的仪容已大有改善。她的举止谈吐跟过去也大不相同了。她穿的衣着非常合身,因此,男人们——讲究衣饰的男人们——过去,这种人常常隔着闪亮的铜栏杆和阔绰的柜台,在老远的地方冷若冰霜地浑身上下打量着她——可如今,他们两眼都脉脉含情地直瞅着她那标致的脸蛋儿。当然啰,她至少已意识到自己的力量,不觉有点儿喜从中来,但自己还是不敢完全放下心来。她只想找到通过合法途径取得的东西,而不要什么个人赐予的特殊恩宠。是的,她是需要工作,但是,不管是哪一个男人,用虚情假意或者小恩小惠都收买不了她。她一心想要清清白白地自食其力。

她走了好一阵子,虽然觉得应该加点劲儿去找工作,但同时又越来越屈从于她因为胆怯而产生的借口:今天可不是寻摸工作的日子。各商家大门口都挂着小小招牌,上面写明即将打烊,最早下星期一才开始营业。

本来她看到这些商家,就觉得应该进门去问问有没有工作,但见大门上写着"本店星期六下午一点打烊",倒是正中下怀。这就等于给了她一个借口,等她一连看到好几家全都如此这般以后,发觉时钟上十二点已过一刻,她心里就断定今天再也犯不着找下去了,于是搭上街车,到林肯公园去了。那里总有一些东西可以看看——花卉、兽类、湖泊;这时,她心里在想,反正星期一她会早点出来寻摸工作,这样一想,便也可聊以自慰了。再说,星期一以前说不定还会发生许多事情哩。

星期天也是同样在疑惑、焦虑、自信,以及天知道她心里还有什么怪异多变的闪念之中打发过去了。在这一天里,每隔半个钟头,她心里总会掠过一个闪念,犹如鞭子似的狠狠地抽打她,以致她再也不能停下来仔细思考——而是要行动——马上行动——这是刻不容缓的。有的时候,她会举目四顾,竭力让自己相信事态也还不是那么坏——她准能平安无事地摆脱困境。就在这样的时刻,她也会想起德鲁埃撺掇她重登剧坛的劝告,不妨去那儿找找机会看。她就毅然决然定于明天到演剧界寻摸工作去。

于是星期一早上,她很早就起身了,给自己精心打扮了一番,自以为准能给人留下好印象。尽管类似这样的求职申请,她一点儿都不知道,但她认定这准是跟剧院直接有关的。到了剧院,只要请人去找一下经理,要个把职位就得了。要是有个空缺的话,说不定你就会得到——要不然那位经理至少也会指点你该上哪儿去寻摸的。

本来演剧圈子里头的人,她从来都没有接触过,一点儿也不知道这伙人何等诙谐好色。她只晓得海尔先生在戏剧界身居要职,但因她跟他太太过从甚密,就反而不高兴再去找他了。再说,她压根儿不喜欢这个人,他是一个长得壮实、老于世故、弄虚作假的家伙。只要听人一提到某个女人的名字,他心里总会浮现从一个模子里浇出来的女人的印象,他时时刻刻伺机跟女性邂逅相逢,不外乎想占一点儿便宜罢了。因此,她对标准剧院就只好退避三舍,连想都不愿去想它了。

不过,当时有一家剧院——芝加哥歌剧院,倒是深孚众望;歌剧院经理大卫·A.亨德森在当地也素负盛名。嘉莉曾在那里看过一两次精彩的演出,还听说过别的一些演出剧目。她既不认得亨德森,也不知道求职的具体办法,但是她凭直觉认为那是一个很适合她去的地方,于是,她就径直走到歌剧院附近,先是有点儿裹足不前。稍后,她才壮了壮胆,走进了富丽堂皇的大门,只见金碧辉煌的大堂到处都挂着时下红得发紫的名演员的肖像,由此一直通往很不显眼的售票处,但是她也就只好到此止步了。本星期恰好法兰西斯·威尔逊先生①正在该院献艺演出;那儿豪华显赫的气势一下子把她吓蒙了。她简直不敢想象,在如此高雅的艺术殿堂里还居然会有她的立锥之地。她想到自己孟浪闯入只会招致逐出门外时,禁不住浑身瑟瑟发抖。那些既漂亮又俗气的画像,她也只好望了一望就算了,随后匆匆离去。她仿佛觉得自己好像逃脱虎口似的,以后若想再去那儿求职,那才是愣头青了。

那一天她的求职就以这一段小小的经历结束了。当然,她还去过别的什么地方,只不过都是在外头看了一眼。她心里记住了好几家剧院的地点,特别是最引人瞩目的大歌剧院和麦克维克剧院,随后她就离开了。由于她又一次意识到眼前这些剧院犹如庞然大物,而她个人在社会上却是如同她想象的那么渺不足道,这时,她差不多已是心如死灰了。

那天晚上,海尔太太过来串门,她唠唠叨叨了好半天,老是坐着不走,使嘉莉没法仔细思忖自己的困境或者那一天碰壁的遭际。不过,她临睡前还是沉思默想了一番,不觉预感到心里总有一种极其阴暗的阴影。德鲁埃至今还没有露过面呢。不管是他,还是赫斯特伍德,一点儿信息都没有。她先是为了买食物和付车钱,就已从她宝贵的积余中花去了整整一块钱。显然这样是不能持久下去的。何况,她至今还没寻

---

① 法兰西斯·威尔逊(1854—1935),当时美国著名喜剧歌剧演员。

摸到别的收入来源。

她不由自主地想到了住在范伯伦街的姐姐,从她出走的那夜以后就从没见过面,继而又想到了她在哥伦比亚城的老家,如今,她仿佛再也回不去了。她发觉那里再也不是她的栖身之地了。她无尽无休地回想起了赫斯特伍德,那也只有使她徒增伤悲。他竟敢如此欺骗她,该有多狠心!

到了星期二,她依然还是举棋不定,胡思乱想。在头天受挫以后,她没有心思急巴巴地再去寻摸工作,然而她又一个劲儿只怪自己意志太薄弱了。因此,她就出了门,再去芝加哥歌剧院,不料到了那儿,她连走进大堂的胆量几乎都没有。

尽管这样,她最后还是走到售票处打听去了。

"你要找剧团经理呢,还是找剧院经理?"那个穿着漂亮的票务负责人问。看来他对嘉莉的容貌印象不错。

"我不知道。"嘉莉回答说,但过后却承认自己说错了话。

"剧院经理嘛,反正今天你也见不着,"这个年轻人主动相告说,"他不在城里。"

他见到她茫然若失的神情,就找补着说:"你找他有什么事呀?"

"我只想找个工作呗。"她回答说。

"那你最好还是找剧团经理,"他回答说,"可现在他也不在这儿。"

"他什么时候在呀?"嘉莉问,得到了这个信息后,心里至少舒了一口气。

"哦,你不妨在十一点至十二点之间来找他。两点钟以后,他总是在这儿。"

嘉莉向他道了一声谢,赶紧从大堂里走出来,那个年轻人从他那涂成金色的售票处小窗子里目送着她。

"容貌不错。"他一边自言自语,一边暗自思忖,居然博得她的青睐,真的使他得意极了。

嘉莉一走出来,就觉得除了在这儿来回溜达、耐心等待以外,再也没有别的办法;可是转念一想,她对这家剧院毕竟一点儿也没有把握,而她深知自己对求职一事务必多少有些吃得准才好,所以,她就转向另一家剧院——大歌剧院去求职。在查尔斯·弗罗曼①名下有一个喜剧团,恰好在这儿履约演出。这一回,嘉莉要求跟喜剧团经理见面,满以为此人很可能负责为该团的演出雇用一些助手的。她并不知道,此人的权力实在有限得很,即使有空缺的话,纽约方面马上准会另派演员来补缺。

"他的办公室在楼上。"票务负责人说。

经理室里已有了好几个人,两个站在窗前,另一个正在跟坐在有拉盖的写字台前的人——此人即是经理——谈话。嘉莉忐忑不安地往四下里扫了一眼,为自己只好当着这些人的面申请求职而开始感到有些害怕,这些人里头有两个,就是站在窗前的,这时早就在细模细样地打量着她了。

"不行,"经理说,"这是弗罗曼先生立下的规矩,来客一概不准到后台去——不——不行。"

嘉莉胆怯地伫立在那儿等着。办公室里虽有椅子,但是没有人会想到请她坐下。跟经理谈过话的那个来访者已灰溜溜地走出去了。那位大经理正在细心地看报,好像是在看一些重大新闻。

"哈里斯,你今天早上在《先驱报》上看到有关纳特·古德温②的消息了吗?"

"没有呢,"被问到的那个人说,"那是怎么回事?"

"昨儿晚上,他在互利大剧院谢幕时的致辞相当精彩。最好还是你自个儿看一看吧。"

哈里斯走到桌子跟前去寻摸《先驱报》。

"有什么事呀?"经理问嘉莉,显然是直到此刻才注意到她。原先他还以为她是来索取免费招待票的。

嘉莉一下子鼓起了浑身的胆量,其实,这点儿胆量也还是微不足道的。她觉得自己还很稚嫩,肯定要碰壁的。她对此深信不疑,所以,此刻她就只好竭力佯装自己是特地前来求教的样子。

---

① 查尔斯·弗罗曼(1854—1915),美国最早的剧界巨头,当时他在纽约开设了五家剧院,由他经营的剧院几乎遍布全美各地。
② 纳特·古德温(1857—1919),弗罗曼剧团的著名演员,以演喜剧闻名。

"您能不能告诉我,该怎样才好上台演戏?"

说到底,这倒是个绝招了。坐在椅子里的经理,至少对嘉莉的绰约丰姿颇感兴趣。她那天真的请求和举止谈吐使他为之动容。他不觉微微一笑,连其他的那两个人也跟着笑了,只不过他们好像有点儿半遮半掩似的。

"说真的,我可不知道怎么跟你说。"他回答时,没羞没臊地把她打量了一番,"你有过舞台经验没有?"

"有一点儿,"嘉莉回答说,"我参加过业余演出。"

她心里暗想,还得自吹自擂一通,方能使他始终对她感兴趣。

"从来没学过演戏吗?"他说,摆出一副煞有介事的派头来,无非是让他的朋友们和嘉莉都得到他办事很审慎的印象。

"没有,先生。"

"哦,这我就很难说了。"他回话说,身子懒洋洋地往椅子背上一靠,嘉莉还是照样伫立在他跟前,"你为什么要登台演戏呢?"

嘉莉对此人如此大胆挑逗,不免有点儿脸红,可是对他那奉承的假笑也只好报之一笑;她说:

"为了糊口呗。"

"啊,原来如此。"他回答,倒是被她的娟秀仪容打动了心,觉得跟她交个朋友似乎也无妨,"当然啰,言之有理;不过嘛,你要知道,芝加哥对刚演戏的新手来说,可不是个好地方。你得上纽约去。那儿的机会可要多得多。你在这儿是很难出人头地的。"

嘉莉莞尔一笑,心里很感谢他竟然会屈尊降贵,给她出了那么多点子。他注意到了她的笑容,只不过对它的领会却略有不同。他觉得机会已到,不妨先随意调情一番。

"请坐。"他说,从他的桌子边挪过来一把椅子,压低了说话的声音,以免办公室里的那两个人都听见了。那两个人都意味深长地彼此眨巴了一下眼睛。

"哦,我这就走了,巴尼,"他们里头有一个人离去时对经理说,"下午再见。"

"好吧。"经理说。

留下来的那一个人拿起一份报纸,仿佛在看报。

"你有没有什么想法,究竟想演什么样的角色?"经理低声地问。

"啊,没有,"嘉莉说,"反正开头的时候,我什么都乐意演。"

"我明白啦。"他说,"你就住在本城吗?"

"是的,先生。"嘉莉回答,在这方面她压根儿不愿多谈。

这时,经理和蔼得出奇地微微一笑。

"你有没有当过歌舞喜剧里的女演员?"他发问时,故意装出信得过的样子来。

嘉莉开始觉得他的态度不大自然,好像有点儿热情过头了。

"没有。"她说。

"大多数女演员都是从这儿开始起步的。"他接下去说,"那是取得舞台经验的最佳途径。"

他以和蔼、信任的目光直瞅着她。

"这个我可不知道。"嘉莉说。

"当个起码角色,也很不易。"他继续说道,"不过,你要知道,机会总是有的。"说罢,他好像突然想起了什么事儿,就掏出表来看了一下时间。"两点钟我有个约会。"他说,"现在该去进午餐了。你肯陪我一块儿去吗?我们在那儿就好聊聊这件事。"

"哦,不用了,"嘉莉说,对这个人的如意算盘马上就心中有数了,"我自己也有个约会。"

"那就太遗憾了,"他说,意识到自己未免操之过急,而且此刻看来嘉莉就要走了,"改天再来吧——也许我会了解到好些情况。"

"谢谢您。"她回答时手足几乎瑟瑟发抖,就走了出去。

"她长得真俊,是不是?"经理的同伙说,此人完全不知道经理刚才耍的花招的全部底细。

"是啊,差不离呢。"经理说,想到自己刚才碰了一鼻子灰,心里不免有点儿酸溜溜的,"不过话又说回来,她断断乎成不了女演员的。最多当个小角色,跑跑龙套罢了。"

# 第二十八章

本来嘉莉打算去访问正在芝加哥歌剧院演出的威尔逊剧团经理，无奈刚才这段小小不言的经历，差一点打消了她的豪兴。不过，到了最后，她还是决定要去。看来该团经理的思想倒是比较沉着平静。他马上就说，眼前没有空缺，不过，嘉莉发觉，此人似乎认为像她现在这样求职也不免太傻了。

"芝加哥可不是新秀冒尖儿的地方，"他说，"你还得上纽约学艺去。"

嘉莉依然没有死心，就又一次到麦克维克剧院去，结果她什么人也没找到。那里正在上演《老宅》①，不过，她要去找的那个人也没找着。

嘉莉就这样东奔西走，几乎花去了一整天，快到下午四点钟的时候，她不觉有点儿乏累，于是回家去了。她暗自思忖，好像应该再上别处找找看，可是最后的结果依然让她灰心丧气。她坐上了车，三刻钟后已到奥格登公寓；但她又突然决定赶往西区邮局，平时她都是从那里取回赫斯特伍德的来信的。这时，那儿正好有一封，是星期六写的，她拆开来一看，心里不由得百感交集。此信满腔热情写成，对她先是没有赴约，继而长时间只字片言全无，深表惋惜。读到这里，她反而禁不住可怜起赫斯特伍德来了。他爱她，当然啰，已是不争的事实。他明明是有妻室，竟敢如此胆大妄为，显然是有罪的。不过，她觉得好像应该给他一个回复，于是决定要写信告诉他，说她已经知道他有妻室，对他的欺骗理应悲愤填膺。她还要正告他，他们之间的关系从此也就一刀两断了。

她回到家里马上就动笔写回信，字斟句酌，花去了好长时间。真叫

---

① 《老宅》是美国演员邓曼·汤普森(1833—1911)自编的名剧，始演于一八八六年。

难写呀。

她写的回信有一部分是这样的:"你莫要我解释那天我为什么不跟你见面。你怎么能如此欺骗我呀?你别指望我还会跟你有什么关系。不管在什么情况下,我也不会的。"

"哦,你怎么可以这样对待我?"她突然心头火起,继续写道,"你给我带来了你万万想不到的痛苦。希望你别再迷恋我了。我们断断乎不会再见面了。再会!"

她给信上签上了"嘉莉"的名字。

第二天早上,她带着这封信,无可奈何地投进了街角的邮筒里,心中还是有点儿犹豫应不应该这么做。随后,她搭车到市中心区去了。

尽管时下正好是各百货公司的淡季,但因她衣着整洁,仪容动人,跟别的求职姑娘相比,她还是受到相当热情的接待。人家照例又问了她一些问题,反正都是她早已熟悉的老一套。

"你会做什么工作呀?""过去在零售店里打过工吗?""你有过什么工作经验吗?"

嘉莉在绝望之中决定,断断乎不能承认自己没有经验而把她的机会给断送掉了,所以,她就壮了壮胆,承认自己是有经验的。

"过去你在哪儿做过呀?"波士顿商店的人问她。

"在大商场里做过。"她回答说。

"你是被炒了鱿鱼的吗?"这个人问。

"不是,"她回答,"我因为想离开芝加哥才辞职的。"

"嗯!"他回答说,"现下没有空缺。你要知道,这是淡季。你不妨把姓名、地址留下来。"

此人两眼直瞅着她俊美的脸儿和体态,又找补着说:"过一阵子我们会要你的,只是眼下可没有空缺。"

在大商场、西公司、西格尔-库珀公司和施莱辛格-迈耶公司,都是这样。反正眼下是淡季,过些时候她还可以来,说不定他们会雇用她的。

现在她去这些地方,跟她不久前的经历相比,已有了一点儿改善——人们对她都相当客气。她五官端正,仪容娟好,不言而喻,这些人对她颇有好感。有一家商号的老板对她格外客气，请她坐下来，仔细地把她的地址记下来，还说下个星期也许有事——到时候他会通知她的。嘉莉离去时，他还暗地里冲她微微一笑，个中意思她自然也悟出来了。尽管这样，她还是拿定主意，断断乎不把这号人放在心上；但是话又说回来，一想到这么一来也许就能得到她所急需的面包，她禁不住伤心透顶。

在别的小铺子里，她受到的待遇是要看店主的年龄大小、午餐规格或心情好坏而定。她走进好几家女帽商店，但女店主都说只录用有经验的助手。她还去过好几家皮货店，那儿店员们都闲着没得事做。她看见一两家乐器商店，就闯了进去，殊不知他们只雇用男工。最后，她走进一家画框专销店——橱窗上写着"大美利坚艺术公司"字样——被领到后面的经理室。这是当时招摇撞骗，但是生意红火的冒牌彩色粉画肖像公司之一，后来被人揭发，遭到警署取缔。这家公司施用作假、敲诈的伎俩，使顾客蒙受其害，通常是让顾客为一帧彩色粉画肖像先付价格公道的定金，但后来才得悉画框并不包括在内，这时他们早已订购，所以也只好同意另外再付一笔费用。经营这家公司的是一个约莫二十六七岁的年轻人，头脑活络，工于心计，还没羞没臊到像他这个岁数的这号年轻人无以复加的程度。虽然他只看重大部分雇员的廉价劳力，但是，他心底里也真巴不得身边有几个仪容标致、意志薄弱的年轻姑娘，以便供他肆意勾引。

嘉莉一走到他跟前，他就用那贼亮的眼光一边细模细样地打量着她，一边问她有没有什么事。

嘉莉一见到他如此这般的态度，心里就怪不舒服的。他一点儿也说不上漂亮，而且他内心深处的坏念头全都刻在脸上了。他的举止谈吐里带着几分诡诈和油腔滑调，连他嘴边的假笑和搓着双手的姿势也是这样。

"我能为你效劳吗？"他问。

"我想寻摸个工作。"嘉莉回答说。

"以前在这样的地方工作过吗？"他一边发问，一边两眼直勾勾地盯着她的大眼睛和光彩照人的脸颊。

"没有。"她回答说。

"可你做生意的经验总有一些吧。"他挺潇洒地接下去说,仿佛要助她一臂之力似的。

"不算太多呗。"嘉莉说。

"你会记账吗?"

嘉莉只好承认自己不会,脸上顿时泛上红晕。

"你住在南区吗?"

"不——是住在西区。"她回答说。

"跟爸爸妈妈一起住吗?"

她不假思索地回答说了"不"以后,就对这个年轻人的油嘴滑舌、一味讨好的德行暗自纳闷起来。于是,她找补着说:"跟姐姐住在一起。"

"啊,"他说,"原来是这么回事呀。"瞧他的那副神态,自以为多么了不起。

"是啊,你要知道,我是要雇用一些女店员的,"他说,"不过大多数是做科室工作。你打算周薪拿多少?"

嘉莉迟疑了一会儿,然后说道:"反正由你斟酌得了。"

"嗯,"他接茬说,"这儿女店员十之八九每周拿四五块钱。活儿倒是不算太繁重。有的时候,我也会多给一些的,"他找补着说,"只不过眼下正好是淡季。"

他两眼脉脉含情地直瞅着嘉莉,看看自己能不能发觉她有什么俯允的迹象,好让他进一步欲火中烧。

"周薪五块钱,你说好吗?"他接下去说,身子在弹簧椅子里前后摇晃着,还露出仿佛跟她原是老相识的样子来。

"好的。"嘉莉说。

"也许我还可以,"他一边说,一边看了一下自己的鞋子,稍后又扫了一下她的脸蛋儿,"给你想想办法。我早就说过了,我并不急于添人;不过嘛,我还是可以给你一个职位。"

他在"你"这个字儿上特别加重语气,随后自作多情地微微一笑。嘉莉觉察到他语调的变化,也开始悟出了他的意图。尽管这样,她还是干脆利索地回答说:"我正急着寻摸职位呢。"

"那么,"他说,"你就不妨把你的地址给我留下吧。让我看看还有什么办法。"

他把她的地址记了下来,随后说:"我住在离你处不算太远的地方——华盛顿大道。要是我真的能给你安排一个职位,说不定我就会顺道去府上通知你。"

"非常感谢。"嘉莉说,心里琢磨的恰好适得其反。这个人的整个心事,嘉莉已经看得一清二楚了,因为他一点儿也不想遮遮掩掩。他色眯眯地向她频送秋波,故意装得彬彬有礼地站起身来,亲自送她出门。总之,他心照不宣地向她提出了无耻透顶的建议——打算用五块钱的周薪,收买她的一切。

她一走出来,才舒了一口粗气,因为那个男人硬是让她感到恶心。她禁不住想起他的嘴唇好像有点儿发青,那双古怪的眼睛也有些泛黄。她知道,她只要一旦接受了那个职位,就会陷入受人恣意摆弄的境地,这时,她不免迟疑了一会儿,想想那是万万使不得的。然而,这一天就这么着打发过去了,五块钱毕竟还是五块钱呀。若跟不久前她的生活津贴和生活水准相比,这个钱数似乎是微不足道的,不过,她满怀心悸地觉得这笔钱说不定还得接受。这一回她总算还好,没有让她吃闭门羹,毕竟这是一个建议,只不过跟不久前没得这个建议时一样让她忧心忡忡。

另一件让她伤脑筋的事就是,即使她得到了一个职位,可是,只要她手头的一点儿钱一用完了,她照样还会陷入困境。她要是身边一块钱都没有,那就没法熬到头一个周末。这时,她忽然想到了她身边那些小饰物和典当铺,心里方才宽慰了一些。她还可以靠它来给自己救救急。想到这里,她才稍微放心些,回家时觉得好像自己还可以支撑几天。

她回到家里,发觉有人来过——显然是德鲁埃。他的伞不见了——还有他的那件浅色大衣。别的什么东西,她暗自琢磨也许也拿走了,只是一时说不上来。幸好德鲁埃还没有全给拿走。

由此看来,他这一走就再也不会回来了。现在她该怎么办呢?显然,不出一两天,她会像过去那样惶惶不可终日了。她身上的衣服越发显得寒碜。那时,她就只好干苦活儿去。今天下午此人提出的那可怜巴巴的五块钱周薪,她就不得不接受下来,而且从此还得置身于那样难受的困境中。她即使得到了这么一个够寒碜的机会,几乎还要感谢自己运气好呢。她还会按照惯例,富于表情地合起掌来,让手指紧紧合在一起。大颗大颗眼泪盈眶,热辣辣地从脸颊上淌下来。如今,她已是孑然一身,孤苦伶仃。

德鲁埃确实是来过了,但是他的心情却跟嘉莉所想象的很不一样。他希望见到她在家里,只说他回来是取走衣橱里剩下来的东西,并且在再次离家之前跟她言归于好。

所以,他回到了家里,发现嘉莉不在,深感失望。他没奈何,傻等了好半天,巴不得她就在附近什么地方,马上会回来的。他老是竖起耳朵听着,恨不得听到她上楼的脚步声。这时候,他还打算让人相信他也是刚刚进门,却被她撞见,好像挺尴尬似的。随后,他就说自己是急着来取衣服的,顺便再看看嘉莉有何想法。

可是,他待了好长时间,嘉莉还是没有回来。他先是在抽屉里乱翻了一阵,心里想她马上会回来,过后走到窗前,东张西望了一会儿,最后只好坐在摇椅里歇息。直到此刻,嘉莉还是没有回来。他开始坐立不安了,于是点燃了一支雪茄烟。后来,他在房间里踱来踱去。过了一会儿,他抬眼一看窗外,只见乌云渐渐密布起来。他突然想起了三点钟有一个约会。他觉得再等下去也是白搭,就拿了他的那把伞和浅色大衣,心里想还是把它们一块儿捎走吧。他也许会让她吓一跳。明天他还要回来取别的什么东西。他要再看看嘉莉如何表态。

他正要出门时,忽然觉得没见到她,真的难受极了。墙上挂着她的一帧小照,身上穿着他头一次买给她的短外套——脸上的神情比平日里更加让人恋恋不舍。他看着那帧小照,心里真的为之动情,仰望小照上她的那双眼睛,他禁不住百感丛生,这对他来说倒是很难得流露出来的。

"嘉德,你可不作兴对我这样啊。"他说,好像是跟她面对面地在说。

说罢,他走到门口,往四下里仔细地扫了一眼,就走了出去。

## 第二十九章

赫斯特伍德收到麦格雷戈、詹姆斯和哈伊律师事务所的通知书以后,心乱如麻地先是在街上溜达了一会儿,稍后回到酒吧,就看到了那天上午嘉莉写给他的信。他一见信封上的笔迹,心里有如鹿撞,赶紧把它拆开来。

"这么说来,"他想,"她是爱我的,要不然她断断乎不会写信给我。"

他一看信的内容,开头几分钟,心里不免有点儿泄气,不过很快心情就为之一振。"她要是不再疼我的话,就压根儿不会写信的。"

近来他的心情好像一直萎靡不振,只有从上面这种想法中汲取一种支持的力量。他从她信的字里行间看不出什么来,但是她真挚的情愫,他却能揣度得到。

这封信里显然充满谴责,却使他深深地舒了一口气,即使读起来还算不上凄凄切切,倒也是极富人情味。他这个人多少年来一直自鸣得意,殊不知现在自己却要往外面寻求慰藉——那么,究竟去哪儿找呢?情丝如缕真是太神了!——好像都把我们一线牵住了。

他还没有把信看完,就决定想方设法去找嘉莉。他要写信给她,或者守候她,或者径直上门看望她。她可不应该长时间回避他。啊,不,这可不行。他只要跟她谈谈,她就不至于会这样。

他忽然心血来潮,脸上又泛上了红晕。这时,他不知怎的把麦格雷戈、詹姆斯和哈伊的来信全给忘了。啊,只要他能得到嘉莉,说不定他就可以脱尽干系——那时,也许他都觉得无所谓了。只要他不失去嘉莉,哪怕是他的太太闹翻了天,他也不在乎。他站了起来,在室内踱来踱去,给自己编织着跟他情有独钟的这个恋人朝朝暮暮在一起的美梦。只要他得到了她,他眼前的困难似乎真的都算不了一回事啦。啊!啊!

只要他能得到她就好了。

可是过了一会儿,不久前的忧虑,以及随之而来的厌烦情绪重又涌上他心头!他想到了明天将起诉那件事。他一点儿辙都没有。眼看着整整一个下午快要过去了。这时正好是五点差一刻。五点钟,律师们就全都下班了。他好歹还有明天一个上午。正当他仔细琢磨的时候,最后的十五分钟一过去,正好五点整。他原来想在这一天去拜访他们,现在也只好作罢了,于是心中不由得又想到了嘉莉。

说来也真怪,暂时撇下不去考虑对簿公堂那个问题以后,他心中的渴念越来越炽烈了。那件事已让他烦厌透顶,真的不大想去解决它了。反正嘉莉有信写给他,现在他多少有一些希望了,即使她果真知道了——那又会怎样呢?难道说她不爱他了吗?难道说他愿意放弃一切了吗?莫非是他全给忘了,多亏他的家庭纠纷帮了大忙,使他实现弃家一事易如反掌,即使那样,他也被弄得焦头烂额。他心心念念只是想着嘉莉,往后说不定只好完全跟她朝夕相伴,聊以自慰。要是他的家庭就这么着破裂的话,那他还会指靠谁去呢?这时,反正他们可以在一起过着美好、静谧的生活了。

这件事一想清楚了,他的心儿一下子就飞到了嘉莉那里。他在想象之中只见她先是吃了一惊,继而佯装吓了一跳,后来就怕得要死,拼命躲开他,但暗地里却依恋着他。是的,原来如此——她是暗地里依恋着他——他知道。既然他是这么爱她,难道她还会不爱他吗。随后,他会低声下气地净听她的诉苦,而且一气不吭。任凭她怎么向他出怨气都行,只要她出够怨气、觉得自己满意就得了,反正他断断乎不会打断她。只是在听她把话儿通通说完了以后,他方才启口,到那时——啊,他可要把自己吃苦头的经过原原本本地全都告诉她。这么一来,她就会懂得要他不爱她是白搭。这就要怪德鲁埃不好了。本来他并不打算上那儿去的。他心心念念总是想自己再也不上那儿去了。但是,只要他一见到了她,他怎么能不动心呢?应该怪他不好吗?啊,当然不应该,说到底,因为她就是那么楚楚动人呀。过去他曾经试过——但是,你听着。在这个问题上,连他自己都无法自圆其说。反正他要等到见了她的面,好歹会让她心里明白。

值得指出的是,赫斯特伍德本人并不给自己证明他的所作所为都是无懈可击的。他压根儿不把它放在心上。他心心念念想的只是怎样才能把嘉莉说服。这本来也是无可厚非的。他狂热地爱着她。他们俩的幸福指靠的就是这个。啊,但愿德鲁埃早点从芝加哥滚出去!

他正在这样扬扬自得地思念嘉莉的时候,忽然想起了明天早上要换上干净衬衣。那天晚上,本来他会捎一些到旅馆去的。他的其他衣服都留在了家里,因为当时他对这件事还不知道究竟该怎么办呢。现在,他决定马上出去买一些,真不知道今天晚上自己在哪儿落脚呢。此时此刻他正在惦念嘉莉,说不定会去看看她。他暗自寻思,反正总有办法见得到她的。

他买好了衬衣和半打领带,就到帕尔默旅馆去了。他一走进去,仿佛看见德鲁埃拿了钥匙上楼去了。不,不可能是德鲁埃!随后,脑海里掠过的头一个闪念就是,也许德鲁埃和嘉莉一起住在这里吧。也许他们暂时离开了公寓。他就径直走到账房间去查旅客登记簿。那天登记簿上他熟悉的名字一个都没有。他就翻到头一天的页面上。还是没有。"德鲁埃先生住在这儿吗?"他问那账房。

"我想是有的,"后者说,一边在查阅他手头的登记簿,"是有的。"

"是真的吗?"赫斯特伍德大声说,竭力掩饰自己吃惊的神色。

"是单身吗?"他找补着说。

"是的。"账房说。

赫斯特伍德抽身离去,闭上眼睛,最好尽量不显露出自己激动的样子来。

"这该怎么解释呢?"他想,"谅必他们吵嘴了?"

他兴高采烈地赶到自己房间里换衬衣。他一边换衣服,一边拿定了主意,一定要了解清楚嘉莉现在单独住在公寓里,还是搬到别处去了。主意既定,他立刻就去了。

"我知道该怎么着,"他想,"我一到门口,会先问一问德鲁埃先生是不是在家。这么一问,我就会知道他还在不在那里,嘉莉此刻又在哪里。"

他一想到这里,高兴得差点儿手舞足蹈起来。于是,他决定晚饭过后马上就去。

六点钟,他离开自己的房间,下了楼,仔细地抬眼四望,看看德鲁埃是不是就在跟前,随后出去吃饭。可是不知怎的,他几乎一点儿都吃不下——因为他实在太心急火燎,要去看他的嘉莉。不过,动身之前,他想最好去了解清楚德鲁埃究竟在什么地方,于是就又回到了旅馆里。

"德鲁埃先生出去了没有?"他问账房。

"没有,"后者回答说,"他正在房间里。您想递一张名片上去吗?"

"不,等一会儿我去看他。"赫斯特伍德回答,就走出了旅馆。

他搭上了一辆麦迪逊街的街车直达奥格登公寓,这一回他胆大如斗地径直走到了大门口。女仆应声前来开了门。

"德鲁埃先生在家吗?"他彬彬有礼地问。

"他出去了。"女仆回答,刚才她听到嘉莉就是这样对海尔太太说的。

"德鲁埃太太在家吗?"

"不在,她上剧院去了。"

"是真的吗?"赫斯特伍德一边说,一边感到相当吃惊。随后,他佯装好像有急事似的,问道:"你知不知道她是上哪一家剧院了?"

说实话,女仆压根儿不知道女主人上哪儿去了,可是她讨厌赫斯特伍德,存心给他寻开心,就随口回答说:"上互利剧院去了。"

"谢谢你。"这位酒吧经理回答说,轻轻地碰了一下帽边儿就走了。

其实,嘉莉并没有去互利剧院,她是跟海尔太太一起去了哥伦比亚剧院,威廉·吉勒特①早期的一出喜剧正在那里上演。

"我要上那儿找她去。"经理一边去赶车,一边心里在这么琢磨,但又觉得去看她不免相当泄劲;幸好事实上他并没有去。在他赶到市中心以前,他又把这件事全盘考虑了一番,觉得毕竟是白搭。尽管他恨不得马上见到嘉莉,可是他心里知道,她准定跟别人在一起,他也不乐意找借口闯到那里去。反正过些时候,他也可以去——比方说,明天早

---

① 威廉·吉勒特(1853—1937),美国著名演员兼剧作家,曾自编自演《歇洛克·福尔摩斯》一剧名噪一时。

上去。只不过明天早上,他还得应付律师的质问。

刚才他来去匆匆地转了一圈,就像给他兴头上大泼了凉水似的。不久前的烦恼很快又涌上了心头,于是,他就急匆匆回酒吧去寻求解脱。一大群绅士正在那里神聊,满屋子气氛显得格外热闹。来自库克县的一批政客正在店堂的后头围着樱桃木圆桌磋商什么问题。好几个寻欢作乐的年轻人正在酒吧边闲聊天,磨磨蹭蹭老是不想上剧院去。在酒吧的另一头,有一个人寒碜而又斯文,长着个红鼻子,头戴一顶旧礼帽,独个儿正在呷一杯淡啤酒。赫斯特伍德冲那些政客点点头,就走进了自己的办公室。

约莫十点钟光景,他的一个朋友,弗兰克·洛·泰恩特先生,一个喜好运动和赛马的当地人,偶尔来访,见到赫斯特伍德独自在办公室里,就走到了门口。

"你好,乔治!"他大声嚷嚷说。

"你好,弗兰克,"赫斯特伍德说,一看见他,好像心里顿时感到轻松了似的,"请坐。"赫斯特伍德一边说,一边向他指指小房间里的一把椅子。

"是怎么回事,乔治?"泰恩特问,"看来你不大开心吧。是不是赛马输了钱?"

"今天晚上,我觉得不大舒服——前几天有点儿感冒。"

"快喝威士忌,乔治,"泰恩特说,"你总该知道的。"

赫斯特伍德微微一笑。

他们闲扯了一会儿赛马,随后离开办公室往酒吧走去。当他们俩还在那里聊天时,赫斯特伍德的另外几个朋友也走了进来。等到十一点过后不久,各剧院都散场了,有好些演员络绎不绝地走了进来——他们里头就有好几位红得发紫。比方说,有斯坎兰、上演《老宅》的那个剧团里的邓曼·汤普森,还有当时刚在杂耍表演里冒尖儿的法兰克·布什。

"你好,乔治。"后者朝赫斯特伍德招呼道。

这是他此次旅行演出以来头一回见到这位酒吧经理。赫斯特伍德非常诚挚地接待了他。其实,他还不认识汤普森,充其量也只知道后者大名鼎鼎罢了。他跟斯坎兰也只是一面之交。就在这时,本市有名的浪荡子马克·肯尼迪碰巧也走了进来。此人只是因为腰缠万贯,附庸风雅才结识了许许多多来此访问的闻人名流。以上这三位名演员,马克·肯尼迪全都认得。

"让我来给你介绍一下汤普森先生。"他把这三位有名大腕和酒吧经理拉在一块儿以后,就冲着赫斯特伍德说。随后就开始了美国人碰面时常有的那种平淡乏味的交际性应酬话儿,那些一心想要镀镀金的人,削尖脑袋,净想从那些大大地镀过金的人身上蹭金呢。如果说赫斯特伍德有什么特别癖好的话,那就是竭力攀附闻人名流。他认为,如果说把他划进什么圈子的话,那他当然是在闻人名流之列了。要是在场的人里头有人不给他面子的话,那么,一是因为他傲气十足,不会去溜须拍马,二是由于热心得出格,也就完全顾不上他原有的那一套礼数了。不过话又说回来,像眼前的这种情况——他居然以绅士的身份亮相,俨然被众人看成这些闻人名流的挚友同好,不消说,他心里感到美极了。在这样的情况下,只要有机会的话,他照例会"抿一口酒"。在觥筹交错的时候,他甚至还会一下子轻松自如,和他的同伴们一杯一杯地对喝起来,轮到他付钱的时候,他一点儿都不含糊,仿佛他跟别人一样,也是外来的顾客。如果说他曾经喝得接近醉醺醺的,或者还不如说在烂醉如泥以前感到脸上热辣辣的,怪舒服的话,那准定是他置身在眼前这些大阔佬之间——也就是说,他在谈笑风生的闻人名流中间叨光忝列其间了。今天夜里,他尽管心乱如麻,但有同好做伴,倒也不觉为之释然,何况此时此地又是闻人名流雅集,他只好把自己的心事暂时撇在一边,尽情地跟他们一起欢度良宵。

没有多久,在座诸位先生果然个个都醉醺醺了,于是就开始摆起龙门阵来——那些说不尽,道不完的让人发噱的逸事趣闻,成了美国人在这种场合的热门话题。

"这个逸事你可听见过"和"那倒使我想起了"是他们重复得最多的套话。论幽默,当然首推斯坎兰了。不过,赫斯特伍德也毫不逊色。他说不上是什么幽默家,但他经常听到不少逸闻,记性又特别好,还善于撷取精华,去伪存真。所以,只要一轮到他,他就侃侃而谈。

转眼间十二点钟已到，酒吧要打烊了，客人们只好纷纷离去。赫斯特伍德竭诚跟他们一一握手道别。他自我感觉特别好。当时，他虽然思路清晰，可是心里却充满了幻想。此时此刻，他觉得好像他碰到的麻烦并不算太严重。走进办公室，他开始翻阅一些账册，等着快下班的酒吧侍者和会计出纳离店。

待到所有的员工都走了，经理有责任看看是不是所有的东西都已锁好，这已成了他的习惯。通常只有过了银行营业时间所收进的现款才暂存店里过夜；这些现款会计出纳就锁在保险柜里，其密码只有会计出纳和那两位酒吧老板才知道；但是尽管如此，赫斯特伍德每天夜里还是特别谨慎，总要拉一拉存放现款的抽屉和保险柜的把手，看看是不是都关严了。随后，他锁上自己的小小办公室，开亮保险柜旁边的灯，方才离去。

这么多年来，他从没有发现过什么差错，但是今天夜里，锁好自己的办公桌以后，他走出来拉拉保险柜的把手。平时他总是要使劲儿拉一拉。不料，这一回保险柜的门轻轻地一拉就打开来了。他不免有点儿吃惊，再往里一看，只见那些存放现款的抽屉，如同白天一样敞开着，显然没有锁好。他头一个念头当然是先要查看一下抽屉，随后把保险柜的门关好。

"明天，我可要把这件事关照一下梅休。"他心里想。

半个钟头前梅休离店时，一定自以为旋转过门上旋钮，给保险柜锁好了。过去他从来没有忘记将它锁好。偏巧今天晚上，梅休有点儿心不在焉。他正在具体策划自己经商赚钱的事。

"我可要瞧一瞧那里头。"经理心里一边想，一边拉开一只存放钱币的抽屉。他连自己都不知道为什么要往那里头瞧一瞧。这完全是多此一举，要是换在别的时候，他准定不会瞧一瞧的。

他拉开了抽屉，定神一看，原来是一层层扎好的钞票，每一叠一千元，好像银行里刚刚发行似的。他不知道那里头钱款有多少，就站着仔细看了一下。随后，他又拉开另一只存放现款的抽屉。里头都是当天的进款。

"我可知道，汉纳或者霍格从来没有这样放过钱，"他心里掠过一个闪念,"这些钱想必他们全给忘了。"

他再看看另一只抽屉,又停住了。

"嗯,不妨数数看。"有一个声音在他耳边说道。

赫斯特伍德把手伸到头一只抽屉里,拿起那一扎钞票,让它们一叠一叠地散开来。全是一千元一叠的五十块和一百块的钞票。他数了一下,总有十叠左右。

"我为什么不把保险柜关好呢?"他心里反躬自问,犹豫不定,"我为什么还要站在这儿不走?"

一个怪得出奇的声音悄悄地回答他:"过去你手头有过一万块现钞吗?"

啊,这位酒吧经理记得,他可真的从来没有过这么多钱。他的全部财产都是多少年来慢慢地积攒起来的,可如今全被他太太攫为己有。他的财产总共值四万多块钱——通通都要给她拿走了。

赫斯特伍德一想到这些事,就感到非常困惑——随后,他把抽屉推进去,掩上保险柜的门,自己的手按在旋钮上一动也不动;本来这旋钮只要一旋锁上就可以,断绝一切诱惑。可是他还在举棋不定。最后,他走到窗前,把窗帘拉了下来。随后,他试着拉拉房门的把手,其实他早就锁好了。究竟是什么事要他如此鬼鬼祟祟呢?他为什么要如此闷声不响地行动呢?他走到账台的那一头,好像是要支起胳膊,仔细琢磨似的。后来,他走过去,打开他那小小办公室的门,开了灯。他还打开了他的拉盖写字台,在台前坐了下来,满脑子净是奇思怪想。

"保险柜敞开着,"有一个声音悄悄地给他说道,"还留着一点儿隙缝。没有完全锁好。"

这位经理已被各种杂念弄得头昏脑涨。这时,他又想起了头天所有棘手的难题来。接下来还想到,眼前岂不是就有个解决办法。只要有了这些钱,什么都能解决。只要他有了那些钱和嘉莉就好了。他站了起来,纹丝不动地站着,只是低头看他的鞋子。

"喂,就这么着好吗?"他心里在反躬自问,慢慢地抬起手来直搔耳朵,还是没有回答。

经理压根儿不是个傻瓜,断断乎不会就这样盲目地铤而走险;但是话又说回来,目前他的处境确实异乎寻常。酒已流入他血管里。酒力冲到了他头上,给他眼前的一切仿佛都蒙上一层玫瑰色氛围。酒还使他觉得这一万块钱已是唾手可得。有了这一万块钱,他就可以无往而不胜。他准能赢得嘉莉——啊,是的,他管保稳操胜券。他可以把自己的妻子甩掉。还有要他明天上午向律师们进行解释的那封信。他就用不着再答复了。于是,他又回到保险柜跟前,把自己的手按在旋钮上。随后,他打开了保险柜的门,把存放现钞的抽屉全都拉开来了。

抽屉里大批现钞赫然呈现在他面前,想原封不动地留在保险柜里,他觉得好像是太蠢了。当然啰,是太蠢了。要知道,有了那么多钱,他岂不是可以不声不响地跟嘉莉一块儿过上好多年吗?

天哪!这是怎么回事啦。他生平头一遭觉得浑身紧张极了,好像有一只坚强的手搭在他肩膀上。他提心吊胆地抬眼四望。连一个人影儿都没有。一点儿响声也都没有。这时正好有人在人行道上踢里跶拉地走过。他赶紧把钱盒和现款重新放回保险柜里。随后,他让保险柜的门虚掩着。

一个意志相当薄弱、常在职责和欲念之间摇摆哆嗦的人,他的尴尬处境只要还没有绘声绘色地描述出来的话,那么,对从来没有动摇过的人们来说,显然是很难理解的。有一些人,他们就是从来没有听见过心中幽灵似的时钟,清晰可闻地、嘀嗒嘀嗒地响起庄严的声音:"你该做什么""你不该做什么""你该做什么""你不该做什么",他们这些人缺乏判断能力。像这样的内心矛盾冲突,也不光是思想敏感、一丝不苟的人才会有的。哪怕是愚钝透顶的人,当欲念诱使他干坏事的时候,也会想起是非感;而论威力,这种是非感和他的犯罪倾向适成正比。我们应该记住,这可不是是非问题,因为它断断乎不能促使动物本能地弃绝罪恶。人们在没有按照理智行事以前,还会受到本能左右。正是本能喝令罪犯住手——正是本能(在人们已失去理智的时候)使罪犯感到危险,害怕铸成大错。

因此,凡是生平头一遭铤而走险的人,思想上必然摇摆不定。他心中的时钟会报出它的企求和它的否定。但凡从来没有体验过这种痛苦的心路历程的人,下面的故事诚然是意想不到的新鲜事。

赫斯特伍德把钱款一放回去以后,觉得心里顿时既轻快而又胆大如斗。反正没有人看见过他。这里光是他一个人。谁都不知道他打算干些什么。看来这件事他自己完全可以精心地琢磨琢磨。

那晚的酒意还没有完全消尽。经历了一阵无名的恐惧后,尽管他额头上渗出了冷汗,手还在瑟瑟发抖,但是浑身上下却在冒酒气。他几乎没发觉时间在消逝过去。他一次又一次地思考自己的处境,眼前好像老是看见成堆的钱币,心中总是映现着种种诱人的景象。他踱步走进自己的小房间,又走到了门口,重新回到了保险柜跟前。他把自己的手按在旋钮上,把它打开了。钱款就在里头。是啊,他看一看,当然是无伤大雅的。

他又一次把抽屉拉出来,捧起钞票——钞票是那么光溜,那么齐齐整整,携带也挺方便。是啊,毕竟体积很小。他决定应当把它带走。是的,他要拿走,把它放到自己的口袋里。随后,他再看一看,口袋里是不是装得下。他猛地想起了他的手提包! 不错,他的那只手提包。准装得下——全部都行。谁都不会知道的。他走进小办公室,从墙角的搁架上把手提包取下来。这时,他回想起了上次使用手提包是外出旅游。他把手提包放在写字台上,然后朝保险柜走过去。出于连自己都不知道的原因,他不乐意在外头大房间往手提包里装钱。

他拿走的先是现钞,接着是当天零零碎碎的进款。他要把所有钱款全都带走。他关好空抽屉,铁门几乎也要关上了——这时,他却站在一边,陷入了沉思默想之中。

在这种情况下,一个人在思想上发生动摇,几乎是无法解释的,但又是绝对真实的。赫斯特伍德无法使自己毅然决然地立即动手。这件事他要好好地想一想——还要反复斟酌斟酌,方才决定它是不是上策。如今,他一是狂恋着嘉莉,难舍难分,二是个人的事又乱成一团,真可以说内外交困。因此,他心里老是觉得这不啻是上策;尽管如此,他心里还是七上八下,举棋不定。他不知道这一切会怎么收场——是不是很快就会付出沉重的代价。这种寡廉鲜耻的事他从来没有想到过。不管在什么情况之下,看来他都是绝对不会想到的。

赫斯特伍德把所有的钱都装进手提包以后,一种强烈的反感在心中油然而生。他可不能这么做——说什么都不行。想想看,这岂不是天大的丑闻!那些警察,他们马上会来跟踪追捕他。他就只好飞也似的逃跑,可是逃到哪儿去呢。啊,做一名在逃犯,该有多么可怕啊!于是,他拉开两只抽屉,把所有的钱又通通放了回去。他一时慌了神,忘了自己在做什么,把钱放错了抽屉。随后,他给保险柜关门的时候,忽然想起自己放错了地方,这才重新把门儿打开。果然,他把两只抽屉都给弄错了。

他又把现钞取出来,重新拾掇好,这时心中的恐惧早已消失殆尽。老实说,还怕什么?他就不能拔脚逃跑吗?待着不走,有什么用?这样的好机会,他断断乎不会再有的。他把这些钱通通倒进手提包。这一**叠叠柔软的绿色钞票**,这些零碎的金币银币,说真的,怪迷人的。此时此刻,他觉得自己肯定不会把它们留下来了。不,不。他定要把所有的钱都带走。他要把保险柜锁好,省得自己再变卦。

他走过去,把空抽屉放回原处。随后,他轻轻地推推保险柜的门,这样的动作差不多已是第六次了。他还在犹豫不决,一边仔细琢磨,一边把手按在额头上。

赫斯特伍德手里拿着钱,这时咔嗒一响,保险柜锁内弹簧一弹出,门终于给锁上了。是他给锁上的吗?他抓住门的把手,使劲儿拉。真的是关上了。天哪!现在,他肯定在劫难逃了。

他一发觉保险柜确实给锁上了,额头上立时直冒冷汗,浑身上下瑟瑟发抖。他朝四下里望了一眼,就当机立断。现在可一刻儿也耽搁不得了。

"如果说我把钱放在保险柜顶上,"他说,"然后离开。他们都会知道这是谁干的事。通常我都是最后下班关门的。再说,这样的事从来还没有发生过。"

他立时摇身一变,成了敢于一搏的人了。

"我必须摆脱困境。"他暗自思忖。

他急巴巴地走进自己的小小办公室,取下他的浅色外套和帽子,锁好写字台,拎着手提包。随后,他关掉了所有的灯,只剩下一盏,再把房门打开来。他想尽可能多露出一点儿平日里他常有的自信心来,只可惜所剩几乎不多了！他很快就后悔莫及了。

"天哪！"他说，"要是我没有这样做就好了。天哪，这可是犯了大错啦。"

他径直往街上走去，跟一个正在查看各家门户的更夫打了个招呼。反正他必须离开这个城市，而且还得赶快离开才好。

"我不知道现在还有没有火车。"他想。

他马上掏出表来看了一下。这时快要一点半了。

他走到头一家药房门口，看见里头有长途电话间，就驻足不前了。这是一家有名的药房，最早就安装了私人专用电话间。

"我想借用一下你们的电话。"他对值夜班的店员说。

那个店员点了点头。

"请接 1643。"他查到了密歇根中央火车站的电话号码以后，就对电话总机说。售票处的电话很快就接通了。

"直达底特律的火车什么时候开？"他问。

那个售票员报了好几趟车的开车时间。

"那么说，今天晚上就没有车了吗？"

"挂卧车的早已没有了。不过，还有，"他找补着说，"三点钟有一趟邮车开出。"

"那敢情好，"赫斯特伍德说，"那趟车什么时候到达底特律？"

他正在暗自琢磨，只要他赶到底特律，一过河进入加拿大境内，他就可以闲悠悠地到蒙特利尔去了。他一听说列车至迟中午到达，心里不觉舒了一大口气。

"通常九点前梅休是不会开保险柜的，"他想，"那就是说，他们在中午以前是寻摸不到我的行踪的。"

随后，他猛地想起了嘉莉。要是他想带嘉莉一块儿出走的话，非得采取闪电式行动不可。不管怎么样，她还得跟他一块儿走才行。于是，他就跳上在近处候客的一辆马车。

"去奥格登公寓，"他厉声地说，"你只要跑得快，我就多给你一块钱。"

车夫举起鞭子狠抽着马儿，让它有如飞也似的跑起来，其实车速比平日里快多了。一路上,赫斯特伍德在一个劲儿动脑筋,想办法。一到了公寓那里,他急匆匆拾级而上,赶紧按铃唤醒仆人。

"德鲁埃太太在家吗?"他问。

"是的,在家。"女仆为之一惊,答道。

"转告她立刻换装下来。她丈夫不幸受伤,现在医院里,要见她。"

女仆一看此人慌里慌张,但又一本正经的样子就信以为真,急匆匆上楼去了。

"什么事呀?"嘉莉问,开了煤气灯,伸出手去取衣服。

"德鲁埃先生不幸受伤,住进了医院。他要见你。马车就在楼下等着。"

嘉莉很快换好衣服,赶紧下了楼,心里只想着女仆转达的那些话儿。

"德鲁埃不幸受了伤,"赫斯特伍德急切切地说,"他要见你。赶快走吧。"

嘉莉茫然不知所措,也就信以为真了。

"上车。"赫斯特伍德说,还扶了她一把,稍后自己也跳了上去。

车夫让马儿一掉头,就开始赶路了。

"密歇根中央火车站,"他站了起来说,话音低得很,好让嘉莉听不见,"越快越好。"

## 第三十章

马车只驶过短短一排房子,嘉莉惊魂甫定,在夜凉的氛围里清醒过来,就问:"他出了什么事?伤势严重吗?"

德鲁埃因伤住院一事,倒是消除了她对他日渐疏远的感情,而且博得她的同情。她急巴巴地要了解有关他的病情。

"说不上太严重。"赫斯特伍德正经八百地说。本来他为自己的困境感到心烦意乱,而眼前既然他已跟嘉莉并坐在了一起,他也就只想尽快太太平平地逍遥法外。所以,除了有关他的出逃方案不得不说的话以外,他压根儿不想多说了。

嘉莉可没有忘记,在她和赫斯特伍德之间还有些问题尚待解决,但看来早已退居末位了。眼下最要紧的事是结束这次奇怪的半夜旅行。

"他到底在哪里呀?"

"在离南区很远的地方,"赫斯特伍德说,"我们还得坐火车去。这样走法最快。"

嘉莉一言不语,马儿一个劲儿在往前欢跃奔去。这座城市奇幻的夜景把她的注意力给吸引住了。她两眼凝望着一长溜一长溜向后退去的街灯,满怀惊诧的神情端详着那些黑乎乎、静悄悄的房屋。坐在马车里,身边还有一位男士做伴,看来也是挺风光的。

"他怎么会受伤呢?"她问——意思是问他的伤势如何。不消说,赫斯特伍德心里有数。可他压根儿不乐意多编不必要的假话。反正在他脱险以前不愿多做说明。

"我也说不准,"他说,"他们只是把我找去,要我马上去找你,领着你一块儿去。他们说用不着惊慌,但是千万关照我一定要领你去。"

赫斯特伍德说话时的严肃语调使嘉莉信以为真;于是,她也就不再作声,只是暗自纳闷。

赫斯特伍德看了一下表,催促车夫快一点儿。尽管他的处境极其微妙,看他神色还是冷静得出奇。他心里只是在想,务必赶上火车,悄悄地溜之大吉。看来嘉莉十分听话,他不由得额手称庆。

他们及时到达了火车站。他搀着她下马车以后,把一张五块的钞票交给了车夫,就急匆匆往里头赶去。

"你就在这儿等着,"他们走进候车室后,他对嘉莉说,"我去买车票。"

"去底特律的列车还有多久开车?"他问售票员。

"只有四分钟啦。"后者回答说。

他小心翼翼地尽量不让旁人发现买了两张车票。

"路远吗?"他急匆匆赶回来时,嘉莉问。

"不太远,"他说,"我们得立刻上车。"

在进站入口处,他把嘉莉推到前头去,检票员轧票的时候,他正好站在她和检票员之间,让她看不见,随后他们急忙赶过去上车。

站台上停着一长溜快客列车和一两节普通座席客车。因为这趟列车是不久前重新编组的,预计乘客不会很多,所以只有一两个司闸员守候在那里。他们俩登上后头的一节普通座席客车,就坐了下来。就在这当儿,车厢外头隐隐约约回响着"请大家赶快上车"的喊声,于是,列车就开始往前徐徐驶去了。

嘉莉开始觉得这件事不免有点儿蹊跷——干吗就这样拽着她上火车站来,不过她还是依然一言不语。这件事从头到尾都是如此离奇得出格,使她觉得一直困扰着自己的心事也微不足道了。

"你觉得很好吗?"赫斯特伍德温存地问,因为此时此刻他觉得可以轻松地舒一口气了。

"很好。"嘉莉说,她心里还是忐忑不安,真不知道对这件事该如何正确表态。直到此刻,她依然万分激动,想尽快赶到德鲁埃那里,看看究竟出了什么事。赫斯特伍德两眼直瞅着她,也看出了她的心事。尽管直到此刻她还在惦着德鲁埃,但他倒是一点儿也不为此犯愁。本来这也是十分自然的,完全符合她的慈悲心肠。正是她的这种品德使他心里特别喜欢。现在他只是在仔细琢磨自己该如何跟她进行解释。不过,即使这个问题也不是特别让他愁肠百结。他意识到自己犯罪和眼前的出逃才是压在他心头的两大块阴影。

"瞧我该有多傻,真是太傻呀,"他一直在暗自思忖,"天哪,我已犯了大错呀!"

如今,他头脑清醒的时候,简直很难相信自己竟敢迈出这一步。他甚至不敢想象自己是个逍遥法外的在逃犯。本来类似这样的事,他常在报刊上看到,觉得一定怪吓人的,殊不知现在却真的落到了自己头上,他就只好呆坐着,沉湎于往事之中。他的未来是跟加拿大边界紧密连在一起的。他恨不得马上到达那里。此外,他还回顾了一下当天晚上自己的所作所为,不消说,早已铸成了大错。

"不过事到如今,"他想,"我还有什么办法呢?"

于是,他就决定只好随遇而安了。他开始把当天晚上的事的前后经过重新思考了一遍。当然,这样的反思还是徒劳,而且让他头昏脑涨,苦不堪言,真不知道该怎样向嘉莉启齿呢。

列车轰隆轰隆地穿过湖边的调车场,相当缓慢地向二十四街驶去。车厢外制动装置和信号机也都看得见。机车上发出短促的汽笛声,钟声当当作响。有好几个司闸员手里拎着提灯走过来。他们把车厢门锁好后,拾掇了一下车厢,继续跑长途哩。

不一会儿,列车开始加快车速了,静悄悄的街道在嘉莉眼前接二连三地一闪而过。机车经过重要道口时,都让汽笛连响四声,作为危险的信号。

"路很远吗?"嘉莉问。

"不怎么太远。"赫斯特伍德回答说。他一想到她的天真,差点儿忍俊不禁。他恨不得早点向她解释清楚,跟她言归于好,但他转念一想,还是等列车开出了芝加哥再说。

又过了半个钟头,嘉莉方才知道,他要带她去的,是很远的地方。

"去哪儿——是在芝加哥吗?"她惴惴不安地问。这时,他们老早离开了芝加哥城郊,列车正在飞也似的驶过印第安纳州界。

"不,"他说,"我们这次去的不是芝加哥。"

他说话时的语气立时让她警觉起来。

她那漂亮的前额开始皱缩起来了。

"难道说我们不是去看查利吗?"她问。

他觉得关键时刻已到。早晚他都要被迫做出解释的。因此,他脉脉含情地望了她一眼,不以为然地摇摇头。

"什么?!"嘉莉嚷了起来。她一发觉这次去的完全不是她原先想去的地方,立时给蒙住了。

他默默无言,只是露出非常好心抚慰的神情直瞅着她。

"哦,那你到底要把我带到哪儿去呢?"她问,话音里夹着恐惧情绪。

"只要你安静下来,嘉莉,我会告诉你的。我要你跟我一块儿到别个城市去。"

"啊!"嘉莉情不自禁地说,听她话音越来越高亢,好像在大声呼喊似的,"饶了我吧。我可不愿跟你一块儿去。"

她被这个人的胆大妄为吓蒙了。这种事她脑子里从来都没有想到过。现在她一个劲儿只想快点下车,离开他。只要飞驶中的列车能停下来,整个骇人的诡计也就不能得逞了。

她站了起来,很想冲到车厢中间过道上去——反正哪儿都行。她觉得自己定要有点儿具体行动。赫斯特伍德却伸出手来,轻轻地搁在她身上。

"安静地坐着,嘉莉,"他说,"安静地坐着。哪儿你也去不了。听我说,我会把我的设想告诉你。请稍等一会儿,好吗?"

她推开他的膝头,一个劲儿要走,但是,他轻轻地拉住她,让她坐回原座。反正谁都没有看见这一场小小不言的争吵,因为车厢里旅客非常少,而且都在打盹儿。

"我不听!"嘉莉说,不过还是违心地依从了。"让我走,"她说,"你真的好大胆!?"她大颗大颗眼泪夺眶而出。

只有这个时刻,赫斯特伍德才完全意识到眼前情况非常棘手,也就不去考虑自己的处境了。当前他务必寻摸个办法来对付嘉莉,要不然她会给他招来无穷麻烦。于是,他就施出浑身解数,只好乞灵于他的那一套花言巧语了。

"现在,你先听着,嘉莉,"他说,"你可千万不能这样。我压根儿不想让你伤心。我决不会做任何让你不高兴的事。"

"哦!"嘉莉呜呜咽咽起来,"哦,哦——哦——哦。"

"好了,好了,"他说,"你千万别哭呀!先听我说说,好吗?听我说一分钟,我就会告诉你,我为什么不得不这样做。我实在出于无奈。老实告诉你,我真是没辙呀。听我说说,好吗?"

她一直在呜咽啜泣,他六神无主;他敢肯定地说,她连一个字儿都没有听见。

"听我说说,好吗?"他问。

"不,我偏偏不听,"嘉莉怒火中烧地说,"我要你让我走,要不然我就喊列车员了。我可不愿意跟你走。瞧你真丢脸!"处于恐惧中的呜咽啜泣使她一时为之语塞。

赫斯特伍德听着不免有点儿惊恐。他觉得嘉莉如此愠怒也是在情理之中,不过,他还是希望这事尽早得到圆满解决。列车员马上就要来查票。他可不想吵吵嚷嚷,招惹不必要的麻烦。天哪,但愿他让她安静下来就得了。

"列车不到站,你是断断乎走不了的。"赫斯特伍德说,"转眼我们就到下一个站头了。到了那里,你要走,随你的便。我决不会来阻拦你的。可现在我只要你先听我说几句话。你听着我给你说说,好吗?"

看来嘉莉并没有在听他的话。她只是侧过头去,望着全是一团漆黑的窗外。列车正在飞快而又平稳地驶过田野和一片片树林。快到荒凉的林间地的道口时,传来了一阵悠长的汽笛声,听起来凄凄切切,但又好像带着一点儿乐感似的。

这时,列车员走进车厢,先给两位芝加哥上车的旅客补票,随后开始检查其他旅客的车票。当他迎面走过来时,赫斯特伍德就把两张车票递了过去。嘉莉虽然心里很想出出气,但还是纹丝不动,甚至都没有抬眼四望。当时她的心态简直连她自己都不知道如何是好。

等列车员走了,赫斯特伍德方才轻松地舒了一大口气。

"你对我生气,是因为我骗了你,"赫斯特伍德说,"可我并不是故意的,嘉莉。的的确确,我可不是故意的。我实在是出于无奈。从我头一次看到你那一刻起,我就再也离不开你啦。"

他只字不提最近的一次欺骗,仿佛这是小事一桩,不足挂齿似的。他要让她相信,他的妻子再也不是他们俩之间的障碍了。至于他偷来的那宗钱款,他竭力要把它置诸脑后。

"别跟我说话,"嘉莉说,"我恨你。快给我滚开。下一个站我就下车。"

她说话的时候,由于顶撞而激动得浑身瑟瑟发抖。

"没问题,"他说,"不过,你不妨先听我把话儿说完,好吗?过去,你毕竟说过你是爱我的,你不妨还是听我说说吧。我断断乎不会伤害你。你走的时候,我还可以给你回家的路费。我只不过要告诉你,嘉莉。不管你心里怎么想,你总不能禁止我爱你吧。"

他温情脉脉地直瞅着她,但她就是不回话。

"你当然认为我很坏,欺骗了你,其实,我并没有这样。我不是故意的。现在我已跟妻子一刀两断了。她怎么也管不着我了。我再也不想见到她了。为什么今天夜里我上这儿来,而且,我还要带着你一块儿来,原因就在这儿。"

"你明明说是查利受了伤,"嘉莉气冲冲地说,"你在骗我呀。过去,你一直在骗我;而现在,你还要强逼着我跟你一块儿出逃。"

她激动得站了起来,又想打从他身边走开。这一回他没拦住她,她就坐到另一个座位上。稍后,他也跟了过去。

"别离开我,嘉莉,"他温情脉脉地说,"让我给你说说清楚,好吗。只要你听完我的话,一切你就会明白啦。我再跟你说一遍,我的妻子跟我早已不搭界了。好多年来我已跟她没关系了,否则我就不会来跟你相好了。我要尽快跟她离婚。从今以后,我再也不想见到她了。反正全都一笔勾销了。你——是我唯一倾心相爱的女人。只要有了你,我再也不会琢磨别的女人了。"

嘉莉听了这些话,差点儿没给气炸了。可是话又说回来,他的话儿跟他的所作所为截然相反,听起来倒是相当诚恳。赫斯特伍德的举止谈吐里充满着一种激越之情,不能不感染她。他说的话儿确实是发自肺腑之言,他衷心希望自己能够消除嘉莉的烦恼,使她就像不久以前那样爱他。然而,她还是不愿跟他继续交往下去。他有过妻室,还骗过她一回,如今又穷凶极恶地在骗她,她觉得他这个人太可怕了。尽管如此,嘉莉也不能不承认,像他那样无所畏惧、坚韧不拔,对一个女人少说也含有一点儿魅力,特别是当她感到这一切都是仅仅为了爱她的缘故。

列车径直往前疾驶而去,对解决眼前僵局起了极大作用。车轮飞也似的向前驶去,田野一大片、一大片地往后消逝,芝加哥已被甩在后面,离得越来越远了。嘉莉觉得好像有一种不可知的力量把她带到了遥远的地方——这台机车几乎永不停歇地正在朝某个遥远的城市驶去。有时她真的恨不得号啕痛哭,大吵一场,说不定什么人会来救她;有时,她又觉得好像那也白搭——如今她孤身只影,远在天边,不管怎么样,谁都救不了她。偏偏就在这个时候,赫斯特伍德还一个劲儿摇唇鼓舌,以便打动她的心,使她不得不同情他。

"嘉莉,你要知道,"他说,"我简直是没辙。你不愿意跟我再交往下去——你说过你不愿意。这个我可不能接受,嘉莉。反正我知道从前你爱过我,而我就是舍不得你呀。怎么也舍不得。如今我已落到了没有你就活不下去的地步。过去我没有骗过你,往后更不会骗你。现在,我简直走投无路,真不知道该怎么着才好。"

赫斯特伍德的这些话,嘉莉假装没有听见。

"我心里明白,要是我不跟你结婚,你就决不会跟我一块儿走的,那时,我就当机立断,将一切置之度外,带着你跟我一块儿出走,现在,我就要到另一个城市去。我到蒙特利尔稍微停留一下,那时随你的高兴,你要上哪儿去,就上哪儿去。只要你开金口,我都照办不误。要是你愿意的话,我们不妨就去纽约定居。"

"我可不愿意再跟你发生任何关系,"嘉莉说,"我要下车。我们现在去哪儿呀?"

"底特律。"赫斯特伍德说。

"啊!"嘉莉说,真的觉得伤心透顶。要到那么遥远的一个地方去,就好像给她的处境雪上加霜了。

"只要你乐意让我来照顾你的话,赶明儿你断断乎不会缺这短那的,嘉莉。我会给你安置一个舒适的家。你也用不着马上敲定。现在你不妨跟我一块儿走,等你多咱准备停当,我们结婚就得了。往后我决不会打扰你的,这个我敢向你保证。反正你高兴怎么样就怎么样,我只要求你近在咫尺之间,也就是说,让我至少看得到你的地方。"

嘉莉依然没有回话。

"你跟我一块儿走,好吗?"听他说话的语气,好像非常担心她很可能不会一块儿走,"你什么都不用管,只要跟我一块儿跑就得了,我怎么也不会来打扰你的。你不妨看看蒙特利尔和纽约,随后,你要是不高兴跟我一块儿待下去,你想回去也可以。这总比你今天夜里就回去要好得多。"

嘉莉头一回觉得他的建议里头总算没有包藏祸心,看来还可以接受,尽管她依然很担心,万一她真的坚持这么做的话,准会遭到他的反对。看看蒙特利尔和纽约!此时此刻,她已在飞也似的驶往这陌生的大城市,只要她高兴,自然都可以看看的。她一直在暗自琢磨,但是始终不露声色。

赫斯特伍德倒是觉得自己看出了嘉莉有一点儿依从的苗头,于是,他就加倍地拼命使劲儿了。

"不妨想一想,"他说,"我什么都抛弃了,就是为了你。现在,我再也回不去芝加哥了。要是你不跟我一块儿走,我也就只好孤零零一个人流浪在异乡客地了。嘉莉,你总不会完全抛弃我吧。"

"不准你跟我说话。"她万不得已地说。

赫斯特伍德只好沉默了一会儿。

"你甚至连蒙特利尔都不愿去吗?"他问。

列车快要靠近密歇根城①了,这是机车停下来添煤加水的头一个站头。预告到达的悠长的汽笛声有如一阵哀鸣掠过夜空。

"你愿意吗?"他温情脉脉地说,"我觉得没有你,我是万万不行的。"

嘉莉觉得列车在渐渐减速了。该是她行动的时候了,如果说她事前有过这种打算的话。她心急如焚,有点儿坐不住了。

---

① 密歇根城,位于美国印第安纳州西北部,濒临密歇根湖,离芝加哥大约四十英里。

"不要想着走啦,嘉莉,"他说,"如果说你疼过我的话,就跟着我一块儿走,让我们开始过新生活吧。不管你说什么,我都会照你的办。我可以跟你结婚,要不然让你回去就得了。请你好好地琢磨一会儿。要是我不爱你,我断断乎不会要你一块儿来的。老实告诉你,嘉莉,我指着上帝起誓,没有你,我就活不下去,真的,我活不下去了。"

赫斯特伍德的苦苦哀求,既执着而又炽烈,深深地打动了嘉莉的心。这是一阵吞噬一切的欲火正在他胸中升腾。他爱恋着她未免太狂热了,也就舍不得在此时此刻,在他穷途末路之际放弃她。他惴惴不安地抓住她的手,紧紧地握住不放,还一个劲儿哀求她。

眼看着列车几乎快要停下来了。它从停在岔道上的几节车皮旁边驶了过去,车厢外漆黑一片,怪凄凉的。车窗上几点水滴说明外面正在下雨。嘉莉真可以说是进退两难。她很想发个狠心,结果还是白搭。这时,列车早已停住了,可她还在听他倾诉衷肠。机车往后退了好几英尺,四下里都是一片沉寂。

"好好想一想,我是多么爱你呀,嘉莉。"这位往昔酒吧的经理说,"好好想一想,你要是走了,我该有多惨呀。"

直到此刻,她还是举棋不定,压根儿别谈采取什么行动了。眼看着时间一分钟、一分钟地流逝过去,她还是在犹豫不决,而他却在一个劲儿苦苦哀求。转眼间大好机会快要过去了。她觉得到了下一个站说不定也好下车。

"如果说我要回去,你真的会让我走吗?"她问,好像现在她占了上风,她的伴儿已经完全俯首听命了。

"那当然啰,"他回答说,"你知道我可不敢拦阻你的。"

机车上钟声当当,清晰可闻,车轮开始嘎嘎作响,徐徐转动,又往前驶去。

"你愿意了,"他说,"可不是?"而她还在犹豫不决之中。他知道她的态度已开始软了下来。"哦,反正你想要什么就有什么,"他接下去说,"我会让你看到我有多厚道。"

嘉莉只是听着,好像自己给别人宣布临时特赦似的。她开始认为这件事全都掌握在她手里。

列车又开始快速行驶了。赫斯特伍德赶紧换了个话题。

"你大概很疲倦了吧?"他问。

"不。"她回答说。

"让我替你到卧车里寻摸一个铺位,好吗?"

她不以为然地摇摇头。尽管此时此刻她愁肠百结,他诡计多端,但她还是开始注意到了他的体贴入微——过去一直博得了她的欢心。

"哦,别这样,"他说,"这么一来,你就舒服得多呢。"

她还是摇摇头。

"那么,让我把我的外套给你铺好。"说罢,他站了起来,就让她的头枕在自己的那件浅色外套上。

"好了,"他满怀柔情地说,"现在你先歇一会儿。"因为她依从了,他差点儿忍不住要吻她一下。他紧挨在她身边坐下,寻思了一会儿。

"我说,大概快要下大雨了。"他说。

"是啊,差不离呢。"嘉莉说,她耳边听着劲风呼啸,雨声淅沥,心情也随之渐渐平静下来。这时,列车正穿过茫茫黑夜,朝着一个崭新的世界疾驰而去。

## 第三十一章

列车飞也似的径直往前驶去，嘉莉却一直在冥思苦想着自己不容乐观的处境。她倒是挺喜欢动动脑子，出出点子，聊以自慰。诚然，也正是因为前思后想得过多了，才使她心存疑虑，举棋不定。她获悉德鲁埃并未受伤后，不仅不再同情他，而且对赫斯特伍德也更加恼火了。当时她一听到德鲁埃受伤的消息，她原先对他的厌恶情绪不是一笔勾销了，就是置诸脑后了。如今，她既然知道他一点儿都没挂彩，她不由得回想到当初他一去不复回的情景——实际上是他抛弃了她，要她独自拼搏，糊口度日。推销员的这一着，也不免太损了一点儿。就在当天下午，她一发觉他还回来过，把他的一些劳什子取走了，简直让她哭笑不得，一个劲儿直搓着双手。

她百无聊赖地后背靠在车座上，一边听着铁轨上飞也似的咔嚓声，一边还想起了赶明儿就无计可施了，只好到艺术肖像公司去挣那五块钱的周薪。她继而一想，如果说她要回去，恐怕也没有一个人她可以指靠的。德鲁埃早已把她甩掉了。赫斯特伍德偏偏又不在那里。她既没有朋友，又没有熟人。这大概就是让她永无出头之日的绝境，说不定她要在那里受苦受难，甚至沦落到——她真的不知道该会怎么样呢。这一切的一切给她感触很深，因为她本来是个多愁善感的人，对什么事都会唉声叹气。如今，她正在列车上，被人挟持，慌慌张张被带到异乡他域，跟芝加哥的一连串苦难适成对照，尽管这件事本身也一点儿说不上什么轻松愉快。她心里明白，即使是在这里，她受到的也还是不公正的待遇，都把她看成一个荡妇。这是一种奇耻大辱，可是叫她又有什么办法呢？她常常这样沉思默想，不知怎的珠泪盈眶，也就只好悄悄地呜咽啜泣。不管她怎么着，反正都怪她咎由自取。

赫斯特伍德觉得这头一个难关显然闯过去了，就回过头来想想自己的处境。不知怎的,他老是睡不着。他把偷来的钱藏在小包里,老是随身带着,还用自己的外套稍加遮挡。他委实非常提心吊胆,生怕万一发生了意外。真不知道会不会打来了什么电报?他们会不会大清早就登上列车来搜捕?随后,他又想到他的妻子和子女。他可恨透了他的妻子,是她造成了他的苦难,但是他又觉得很对不起杰西嘉。明天,各报——午后报上连篇累牍都是有关他的盗窃案情。他仿佛听见了报童们在市中心商业区沿街叫卖的声音。他还想象得出汉纳的愁眉苦脸和霍格的满腔愤怒。甚至连吧台侍者们也会大惊失色。他想象得出那家华丽大酒吧发现这起侵吞公款案件时,举座无不为之哗然的情景。那出纳会计又该吓得目瞪口呆,如何向老板们汇报,如何向警察署报案。随后就会通知他的妻子。这对她想在上流社会崭露头角该是多么沉重的打击啊。他一想到由他一手造成的狼狈局面——愤怒、怨恨和苦恼——就狠狠地咬紧嘴唇。可是话又说回来,在这里,他却是平安无事,只是连他自己都不知道该上哪儿去,他老是提心吊胆的,就是担心他随身带着的那宗钱款,他本人的前途,还有他的嘉莉也许不肯跟他一块儿走。她要是得知他是洗劫保险柜的案犯,她要是得知自己冒着死沉沉的深夜,被迫跟一个逍遥法外的男人一块儿出走,那时她又会怎么想呀。他要千方百计不让她看到各报刊。如果那样的话,这件事她就断断乎不会知道了。

唉,他那高级的职位,他那雅致的办公室;他怎么会一股脑儿都给丢掉。明天,他的三朋四友——马文、菲利普斯、安德森,他们会来酒吧一叙的,那一大群风度翩翩、养尊处优的人,他都是认得的。到时候,他们会怎么想,他们又会怎么看,他们又会怎么说呢?啊,他丢掉了多少顶呱呱的东西——他的朋友们、他的身份地位。是的,还有他妻子的愠怒、她请来的那些律师的函件——这一切的一切,他全都知道,可是现在又该怎么样呢?当然啰,怎么都没法给他如此丧心病狂、骇人听闻的蠢事进行辩解。本来他是可以摆脱困境的。他可以答应他妻子提出的各种要求,他也可以让步,跟她破镜重圆。可他为什么偏偏不肯这么办呢——啊,他为什么硬是不肯这么办呀?事到如今,他又有什么办法呢,远在加拿大,毕竟是人地两疏呀。现在,他没法跟他的老朋友们见面了;连他自己的姓名也使不得了。他不得不放弃自己的这个姓名,另外再换名改姓。他不得不向嘉莉进行解释。唉,真是乱了套啊。他怎么会从热锅里再往火坑跳呀。反正多大灾难他都顶住了;本来顶住这些灾难比就这样飞向他压根儿不知道的地方总要容易得多。连他自己都闹不明白怎么就这样一败涂地了。想必他是发疯了,醉倒了,着了魔了。不管他列出哪些理由来,也都解释不清楚啊。

这一连串的想法成了压在他心头的包袱,常常使他头昏脑涨,汗湿额头。它还使他感到头痛,心里紧张、惊恐。他虽然萎靡不振,但思路却又清晰得出奇。他睡觉也不踏实,醒后感到很不好受。总而言之,眼下他怪可怜巴巴的,死心塌地地耐心等着进入加拿大境内。也许,到了那儿,他的感受会觉得好些。

随着时间一分钟、一分钟地逝去,他们两人断断续续也打起盹儿来了。嘉莉脑际的乱梦一个连着一个,他也是这样。第二天早晨,东方刚露出鱼肚白时,他们终于醒过来了。已经不下雨了。列车两侧湿润的绿野和幽美的林地景色好像也在飞速疾驰似的。这样的美景,嘉莉由于心烦意乱而无意欣赏,尽管平日里她很喜欢。而赫斯特伍德本来就一点儿也不感兴趣。他觉得,要是到不了加拿大,那就全完了。

到了五点半,他又坐了起来,思路特别清晰。嘉莉也是这样。不过,她心里还很苦恼,眼下无意去考虑他。可是,他却觉得看上她一眼对他也是一种慰藉。没想到她在苦恼时还是那么楚楚动人。他愿意下大力气,一定要恢复她对他的自信心和爱情。

"要一杯咖啡,"他说,"再吃点儿东西吧。你就会觉得好一些。"

"随你的便吧。"她回答。

他唤来了侍者,侍者端来了客饭,还有咖啡。嘉莉几乎没有吃什么,只是喝了点咖啡。这让她暂时来了精神。

吃过以后,赫斯特伍德的精力大大地恢复了。和煦的阳光仿佛在给他鼓气似的。他心里想不如赶紧谈谈他在头天晚上的事把嘉莉争取过来。他对她的爱可不是什么区区小事,他心心念念渴盼的是赶明儿他遇到了连自己都没料到的渺茫前途时,她至少还会跟他在一起。所以,此时此刻他跟她说话时倾注了更多的柔情蜜意。

"嘉莉,你说你会饶恕我吗?"他说,"我是这样欺骗了你。"

"不,"她回答说,连一眼也不看他,"我不会的。"

"要是我已经幡然悔悟了呢?"

她还是不答话。

"你可知道,"他也不管她缄口不语了,说道,"我要是不爱你的话,也就断断乎不会这么做的。我要不是疼你的话,也就断断乎不会要你跟我在一起的。"

他沉吟不语了,但见她独自凝望着车窗外一闪而过的旷野风光。

"只要你还相信我的话,"他接下去说,"我就要过上一种包你满意的生活。我就要去做生意,"他说,"我们就会住漂亮、舒适的房子。"

嘉莉暗自寻思了一会儿,但还是不愿就这么表态。赫斯特伍德等了片刻,仔细端详着她的脸儿转向一旁的侧影。

"难道说你一点儿也不疼我吗?"他问。

赫斯特伍德描绘未来的图景跟摆在她眼前的情景,她正在进行仔细比较。他有机会让她在另一个城市里过上还算不错的生活。她可以割断往昔的一切社会关系,置身在一个崭新的世界里。赫斯特伍德并不是坏人。他没有存心伤害过她。他欺骗过她,但是,他并没有打算硬逼她去干她死也不想干的事。到目前为止,他总是让她享有行动自由。他还答应过让她回去,只要她自己愿意,回去的钱也可以给她。此外,他唯一希望能实现的一件事,就是离了婚跟她结婚。看到他这么体贴入微,这么心急如焚,怎不叫人高兴哩。此刻他愿意向她献出一切,只要她不离开他,而这正是他爱她着了魔,舍不得让她走的缘故。再说,他特意为她突破重重难关,打开了方便之门,也是很不寻常的。反正她可忘不了,如今她已无别的地方可去。

"要是我尽自己一切力量改邪归正的话,"他接下去又说,"那你愿意再跟我待在一起吗?那时候,你当然不应该恨我啦。"

她仿佛觉得此刻他两眼并没有瞅着她,就偷偷地乜了一眼。原来他正低头坐着,俯视他的鞋子。他还是很久以来她心里艳羡不已的那个漂亮的赫斯特伍德,只是此时此刻显得心中苦涩难言罢了。他的衣服还像往昔一样整洁,他的整个模样儿如同他的衣服一样完美无缺。

嘉莉本想不妨回答他一两句,但稍后还是不得不把自己按捺住了。于是,她侧过头去看别处。

"看一看我吧,嘉莉。"他细声细气地说,回过头去瞅着她,"说真的,你并不恨我,是吗?"

嘉莉偷偷地乜了他一眼,但是目光马上就转向地面。

"是的,"她说,"我并不恨你。"

"那么说,你就不能饶恕我,让我们一切从头再开始吗?"

她不愿意地摇摇头。

"为什么不?"他问。

"你自己知道。"她回答说。

他又恢复到刚才的那副姿态。过了好几分钟,他才启口,因为他心里明白,只要自己辩解得法,无懈可击,她很快就会跟他言归于好。

"你就不能不念旧恶,让我一切重新开始吗?"

她依然不回答。

"你就不能吗?"他说。

她两眼还是瞅着别处。

"请你看一看我吧,嘉莉,"他说,"我打算以后做事,一切都得规规矩矩。你不妨就饶了我吗?"

她一听这话,心里差点儿没笑出来。这倒是挺逗人的事。

"我要好好地想一想。"她冷冰冰地说。

他简直乐不可支地瞅着她说:"你愿意到蒙特利尔去吗?"

她沉吟不语,稍后才点了点头。

"啊,"他激动地说,"我知道你会愿意的。你压根儿不会拒绝我的。"他按住她紧挨在他身边的手,但是她立即把手抽了回去。

"你愿不愿意告诉我,你至少还有那么一点儿疼着我吗?"他说。

"不,我不愿意。"她干脆利索地说,但是一听她的话音,除了愠怒以外,还有一些意味深长的东西。

"我们上卧车去吧,"他说,"那儿要舒服些。你愿意吗?"

"随你高兴。"她回答说。

他去寻找普尔曼高级卧车上的侍者,买好了票。

"来吧,"他说,"我全都安排好了。"

他收拾好他的大衣和装满钱款的小提包。

"行李太少了,不是吗?"他逗趣地说。

嘉莉只是微微一笑。

"急匆匆地出远门,总要忘记许多东西,可不是吗?"他找补着说。

嘉莉简直挡不住他的幽默。她开始用他的眼光来观看一切了。

"得了,"他们到新车厢里刚落了座,他就说,"我真不知道什么时候餐车上开饭。我们要中午才到底特律。"

嘉莉举目四顾她周围豪华的车内陈设。这是她有生以来第二次搭乘普尔曼高级卧车。

"到了那里,我们还要换乘吗?"她问。

"是的,我想,我们还要过河去沃克维尔①。"他说,心里很明确自己此行是去加拿大,转乘立即开行的列车,他可不愿意在那儿等车。

赫斯特伍德多少使嘉莉软了下来,不禁觉得很满意,但那只不过是稍纵即逝的一种慰藉罢了。既然她不再反对,他就可以集中所有时间去考虑自己的过错了。他希望从中能看清自己未来的前景。他已在暗自琢磨究竟会寻摸到什么样的职位。万把块钱算不了什么。再说,他已开始觉得,这笔钱他是无权支配的,而且永远也动用不得。

此时此刻他的心态真是苦不堪言,因为他并不想要自己偷来的那些造孽钱。他压根儿不愿做偷儿。这笔钱也好,或者别的什么也好,断断乎补偿不了他如此傻呵呵地抛掉的、过去的优渥境遇。它既不能把他的三朋四友、他的声誉、他的住宅和家庭都交还给他,也不能把他竟敢攫为己有的嘉莉交还给他。如今,他早被逐出了芝加哥,再也不能像往昔那样优哉游哉了。他那显赫的职位、快乐的聚会、酣畅的夜晚,全都毁在了他自己的手里。这是为了什么?反正他越是思忖,就越是觉得受不了。他开始琢磨,何不设法恢复自己原先的地位呢。他要把头天夜里偷的造孽钱送回去,并且还要交代清楚。也许霍格会理解的。也许他们会饶恕他,还会让他回酒吧的。

---

① 沃克维尔,位于加拿大境内,与底特律隔河相望。

这种想法虽说荒唐,但若跟他所想的荒唐透顶的怪事相比,似乎尚有可取之处。反正比展现在他眼前的——黑暗、孤独无助的流放前景——总要略胜一筹。他什么职位都没有了。酒吧经理的位置绝不是你想要就随便给你的。他不能不说明个人的经历。要是不提到从前做出过什么,又怎能说得清楚呢?他拿的造孽钱,他压根儿不想动用。按理他应该把它送回去。于是,他不禁回想起来,头天要是有人告诉他今天要为钱揪心,那该有多么可笑。只要一想到不管是他,或是别的什么人,或是每一个人都可能碰到需要钱而又得不到钱这种骇人的现实,这时他就会感到伤心透顶。不过他觉得就数自己的处境最艰难了。他必须即刻去了解情况,开始干起来。唉,从何着手好呢。唉,最要不得的是,势必在陌生的城市里,在陌生的人们中间干起来。他毕竟是孤立无援,不消说,他开始得了怀乡病。他心里开始向往那种稳定不变、习以为常的生活。这就是所谓人之常情。于是,他向往着芝加哥,向往着他往昔的生活方式和其乐融融的场所。他就是要回去,继续留在那里,姑且不管要付出的代价该有多大。

以上就是他的一些主要感想。蓦然间,他朝车窗外望去,看见一长溜工厂什么的墙头上,有一块大招牌,写着"乔治·博·默多克"字样。他只不过偶尔看了一眼,却发现有些细微之处值得他仔细玩味。用白粉写的"乔治·博·默多克"赫然呈现在他眼前。好一个姓名,他岂不是可采用吗?乔治·博·默多克。不,乔治·赫·默多克,或者单要乔治·默多克就得了。他就这件事仔细寻思了好半天,差点儿就决定他要采用这个姓名了。他仿佛觉得这类姓名原本他就是喜欢。

列车在正午时分抵达了底特律,这时他却开始觉得非常提心吊胆。现在,警察一定在跟踪追捕他。他们很可能已经通报各大城市警察署,到处都会有侦探在监视他。他不禁回想起了盗用公款者被捕的一些案例来。因此,他心里几乎沉重得透不过气来,脸色也有点儿发白。他仿佛觉得双手很不自在,真不知道该怎么才好。他只好佯装饶有兴味地在欣赏车窗外的一些景色,其实心里一丁点儿都感受不到。他一个劲儿在地板上跺脚。

嘉莉发现了他心中的浮躁情绪,但还是一言不语。她一点儿不知道这算是什么意思,或者还有什么重要原因。

这时,他暗自纳闷,为什么没有早点打听一下,这趟列车是不是直达蒙特利尔,或是加拿大境内的某个地方。说不定他可以节约些时间。他马上跳了起来,去找列车员。

"这趟车有车厢是直达蒙特利尔的?"他问。

"有的,后面一节卧车就是。"

他原想再打听一些问题,但是看来太不明智,所以决定到车站上去问。

列车轰隆轰隆地响着,喷着气,驶进了火车站。

"我说,最好还是直达蒙特利尔,"他对嘉莉说,"我去看看,下车后往哪儿转乘。"

他心里尽管急得要死,但是外表上却竭力佯装平静的样子。嘉莉只是张大眼睛,困惑不解地直瞅着他。她心里乱糟糟的,真不知道自己该如何是好。

列车停住了,赫斯特伍德领她走出车厢。他小心翼翼地抬眼四望,佯装在照拂嘉莉的样子。没有发现有人在监视他,所以,他就径直向售票处走去。

"开往蒙特利尔的下一趟车什么时候开?"他问。

"还要二十分钟吧。"售票处里的人说。

他买了两张车票和普尔曼高级卧铺票,随后赶紧回到嘉莉身边。

"我们马上就走。"他说,几乎没注意到嘉莉的疲倦神色。

"但愿这一切早点儿结束就好了。"嘉莉愁眉苦脸地嚷道。

"到了蒙特利尔,你就会感到好得多了。"他说。

"什么东西我都没有带,"嘉莉说,"连一块手绢都没有。"

"只要到了那里,你要什么东西反正都好买呗,最亲爱的。"他解释道,"你不妨还可以找一个裁缝来。"

嘉莉还是一言不发,赫斯特伍德却舒了一大口气。哪儿他都没有发现有什么侦探。

这时,列车员高声吆喝着列车要开了,他们俩就上了车。列车开动时,赫斯特伍德才放心地舒了一大口气。没多久就到达了河边,随后他们渡过了河。列车刚驶离渡轮,他后背靠着座椅,叹了一口气。

"用不了多久我们就要到了。"他说,喜滋滋地想起了嘉莉,"明天一早我们就到蒙特利尔。"

嘉莉还是懒得回答。

"我去看看有没有餐车,"他找补着说,"我肚子饿了。"

## 第三十二章

　　从来没有出过远门的人,一旦来到了跟老家迥然不同的新地方,总会让他着了迷似的。反正给我们莫大快乐和慰藉的,当然首推爱情,接下来就是出门远行了。它对疲累不堪、忧心忡忡的人来说,尤其获益匪浅,因为旅途中的所见所闻,层出无穷,无奇不有,竟然使人完全忘却了过去。即使是爱情受到挫伤后,也能在各个新景点之间久久地来回踯躅,多少能忘掉一些往昔的创伤。看来所有新事物都是至关紧要的,切莫等闲视之;而人的心智,不外乎反映了来自感官的种种印象,只好让位于纷至沓来的新事物。它忙于积存新的理念,也就无暇顾及旧的理念了。就这样,旧时的恋人给忘掉了,忧伤烟消云散了,死亡也无影无踪了。那句动人的老话"我要出门去了"的后面,真不知道寓有多少深情。对于一个从来没有出过远门的人来说,就数它唯一可与失恋相抗衡——换句话说,让失恋部分得到补偿,即使不能复原,至少也能使我们忘却。因此,让我们可别忘记,从来没有出门远行过的嘉莉,此时此刻正在旅行途中。

　　嘉莉两眼眺望着车厢外飞也似的闪过的景色,几乎忘掉了她是有违个人意愿,上当受骗,来做此次长途旅行的,还有,到如今她连出门旅行必备的行装都没有。有时她完全忘掉了赫斯特伍德在自己身边,两眼好奇地远眺着素朴的农舍和恬适的别墅。嘉莉眼前打开了一个迷人的新世界。她觉得生活仿佛刚刚开始似的。她完全不认为自己已败阵下来。她的希望也没有完全告吹。看来大城市会预示着无限机遇,虽然她还说不出所以然来。也许她还能从羁绊中走向自由——有谁知道呢?也许她还会得到幸福的。以上这些想法使她备受鼓舞。唯有乐观,她方能得到拯救。

　　列车驶离底特律以后,赫斯特伍德同她说了几句话;但是,随着大白昼的消逝,他们俩都觉得疲乏了,就打起盹儿来。八点半,列车员过来把铺位放下来,到九点钟,好多人都歇着去了。赫斯特伍德头一个请她早点安息去。等她去了以后,他方才上前头去抽了一支雪茄烟,但一点儿也不解闷儿。没多久,他也上了卧铺,夜里就这么着过去了。

第二天清晨,列车平安抵达蒙特利尔。随后,他们下了车,赫斯特伍德为自己脱离危险而感到高兴,嘉莉却对这个北方城市的新奇气氛暗自吃惊。好久以前,赫斯特伍德曾到过这里,至今还记得他下榻过的旅馆。如今,他们俩从火车站大门里出来的时候,他听到一个街车司机在叫唤那家旅馆的名字。

"我们马上去那里开房间吧。"他对嘉莉说,跟她一起朝着迎候他们的那个司机走过去。

嘉莉默然同意,他就搀扶她上了车。街车驶过许多跟芝加哥截然不同的街道,终于到达了那家大旅馆,他们就从妇女通道走了进去。

"请先坐一会儿,"他们一走到小会客室时,赫斯特伍德就说,"我去看看房间。"

可是,嘉莉却乐意独自走来走去,看看壁上挂着的一两幅图画。

赫斯特伍德在账房间正要把旅客登记簿拿过来,这时账房就走过来了。他心里在推敲究竟该报哪个姓名才好。眼看着账房已在面前,他就没有时间再迟疑不决了。原先他在车厢窗外瞥见过的那个姓名,转瞬间又从脑际一掠而过。反正听起来倒也怪悦耳的。于是,他就大笔一挥,写下了"乔·威·默多克夫妇"。这是他在万般无奈之际做出的重大让步了。但是他原名首字母的缩写,他断乎不再割爱了。

"二楼有带浴室的房间吗?"他问。

账房仔细查看着他的客房一览表。

"有啊,十一号房间。"

"让我先去看看。"他说。

叫来了一名侍者,他就去看房间了。说来也真怪,他一看这房间,满意极了,深绿色的墙壁,跟家具的色彩也很相配,还有三扇朝外开的窗子。他把钥匙收下了,就下楼领嘉莉去了。

"我给你寻摸到了一套合适的房间。"他悄悄地说。

这套房间嘉莉也很喜欢。这里布置得很素雅,她心里感到很自在。她立时觉得他确实给她觅到了一套可爱的居室。

"还有一间浴室呢,"他说,"现在你要是准备好了,不妨就梳洗一番。"

嘉莉走了过去,抬眼凝望窗外;而赫斯特伍德只管对着镜子左顾右盼,觉得自己周身沾满尘垢。他没有携带衣箱,没有替换的内衣,甚至连一把发梳也没有。

"我按铃叫侍者送香皂和浴巾来,"他说,"再给你送一把发梳。你就洗个澡,随后准备吃早餐去。我出去刮一下胡子就回来接你。过后,我们一块儿出去,给你买些衣服。"

他说话时憨态可掬地笑着。

"好吧。"嘉莉说。

她在一把摇椅里坐了下来,而赫斯特伍德在等候侍者;眨眼间,侍者就敲门了。

"快点,把香皂、浴巾,还有一壶冰水送来。"

"是,先生。"

"现在我要走了。"他对嘉莉说,伸出双手冲她走过去,但她还是不肯把手伸出来。

"你还在生我的气,是吗?"他柔声柔气地问。

"哦,不。"她相当冷淡地回答说。

"难道说你一点儿都不疼我吗?"

她依然不答话,只是默默地凝望着窗外。

"难道说你一丁点儿也不爱我吗?"他苦苦哀求道,握住了她的一只手,而她却拼命想要抽回去,"反正过去你说过是爱我的。"

"你为什么要这样欺骗我?"嘉莉问。

"我实在按捺不住,"他说,"我太爱你了。"

"你根本没有权利爱我呀。"她回答时,一语击中了要害。

"哦,好了,嘉莉,"他回答说,"我就在你的面前。现在已经来得太晚了。你是不是试试看,不妨爱我一点儿?"

他伫立在她跟前,好像是一筹莫展似的。

她否定地摇摇头。

"让我一切都从头做起吧。从今天起,你就是我的妻子。"

嘉莉连忙站了起来,好像是要走的样子,但他还是握紧她的一只手。这时,他伸过胳膊来搂住了她,尽管她竭力挣扎着,但还是不管用。他紧紧地把她搂在怀里。一股吞噬一切的欲焰立时从他胸腔中升腾起来,刹那间变成了炽烈的情欲。

他硬是搂住她不放,嘉莉只好低声咕哝着说:"快撒手。"

"你还爱我不爱呀?"他苦苦求告说,"从今以后,你愿意做我的妻子吗?"

本来嘉莉对他就从来没有产生过恶感。就在一分钟以前,她还在悠然自得地倾听他的诉说,回想起对他的一往深情。他毕竟还是这么漂亮,这么大胆。

可是现在,这种感情一下子变成了反抗情绪。这种反抗情绪一时主宰着她,无奈由于他搂住不放,也就开始减弱了。另有一个声音却在她心里响起了。这个把她紧紧地搂在怀里的男人是壮实有力、情欲炽烈的,他如痴似狂地爱着她,而她却是孤苦伶仃。如果说她不依从他——接受他的爱情,她还能上别的什么地方去呢?再说,这个一味追求肉欲的人一心要赢得自己心爱的人。她的抗拒在他炽烈的欲焰里几乎都化为乌有了。

"难道说你一丁点儿也不爱我吗?"他问,"我要从头做起。你承认自己爱我,好吗?"

嘉莉不禁对自己的搏斗有所松懈。她发现他捧起了她的头,目不转睛地直瞅着她的眼睛。她怎么都闹不明白,他居然会具有如此巨大的吸引力。于是,他的许多罪孽,一时都被忘得一干二净了。

他把她搂得更紧了,还亲吻了她,她觉得再抵抗也是不管用的了。

"你会跟我结婚吗?"她问,完全没想到如何结婚。

"好,就在今天吧。"他欣喜若狂地说。

这时,侍者敲门了;他只好无可奈何地让她从自己怀里挣脱出来。

"现在你都准备好了吗?"他说,"快一点儿。"

"好的。"她回答说。

"三刻钟后我就回来。"

他让侍者进来的时候,嘉莉脸上泛着红晕,兴冲冲地走开了。

到了楼下,他在大堂里站了一会儿,开始寻摸理发厅。此时此刻,他简直可以说是踌躇满志。刚才制伏嘉莉的这场胜利仿佛不啻是对他最近几天里备受磨难的一种奖赏。为了生活搏斗看来确实是值得的。这一次往东部出逃,脱离了自己过惯的生活,抛弃了跟过去生活息息相关的一切,不过好像到头来也许还会引向幸福。暴风雨过后,天上一定会出现一道彩虹,彩虹底下说不定还有一罐头黄金呢。

他刚要跨进大门旁常有红白条纹饰物标志的理发厅时,猛地听到一个声音怪亲昵地招呼他。他立时心一沉。

"你好,乔治,老兄,"这个声音说,"你上这儿有什么贵干呀?"

赫斯特伍德刚好跟他的朋友打了个照面,定神一看,正是证券经纪人肯尼。

"仅仅是个人的一些小事。"他回答说,心里怦然跳动,就像电话局接我的键盘似的。此人显然不知道——他还没有看过报呢。

"哦,真想不到在千里迢迢之外还会碰到你,"肯尼先生亲昵地说,"下榻在这家旅馆吗?"

"是的。"赫斯特伍德怪不自在地说,心里惦着他在来客登记簿上留下的笔迹。

"打算在这里耽搁多久?"

"不,只不过一两天罢了。"

"哦,原来如此。用过早餐了没有?"

"用过了,"赫斯特伍德满不在乎地随口说了一句假话,"刚才我正要出去刮脸。"

"去喝一杯,怎么样?"

"过后再说,"这位往昔的经理说,"一会儿再来看你。你也住在这儿吗?"

"是的,"肯尼先生说,随后话题一转,找补着说,"芝加哥的近况如何?"

"还是跟往常差不离。"赫斯特伍德说,蔼然一笑。

"太太也一块儿来了吗?"

"没有。"

"哦,今天我一定还要跟您再聊一聊。我刚来这儿用过早餐。您有空请过来坐坐。"

"我会来的。"说罢,赫斯特伍德就转身走了。这场对话对他自始至终不啻是严峻的考验。这位朋友每讲一个字,仿佛都会使事态更加复杂化。正是肯尼陡然唤起了他对说不尽的往事的回忆。此人俨然有如赫斯特伍德抛弃掉的一切的化身。芝加哥、他的妻子、优雅的酒吧——这一切的一切,尽在此人的寒暄对问之中。而且,此人就在这里,跟他同住一家旅馆,还要跟他神聊,不外乎想跟他一块儿玩儿个痛快罢了。眼看着芝加哥各种报刊马上就到。是的,当地各报今天也会刊出新闻报道。想到这个朋友很可能马上就识破他的真面目——原来是个撬窃保险柜的。他把赢得嘉莉的胜利也忘得一干二净了。他走进理发厅时,差点儿快要呜咽啜泣了。他决定既要回避这个朋友,同时又要跟嘉莉住在一起——这样,就只好另觅一家地段偏僻些的旅馆。

因此,他从理发厅一出来,看到大堂里空荡荡没有人,心中不觉很高兴,就急匆匆上了楼。他要领着嘉莉从妇女通道出去。随后,他们到很不显眼的地方去进早餐。

不料,他穿过大堂时,发现另一个人却在仔细端详着他。这是一个地地道道的爱尔兰人,身材矮小,衣衫褴褛,可是脑袋特大,活脱脱就像一名选区政客的大脑袋似的。看来这个人刚刚跟账房搭讪过,但一转眼就全神贯注地仔细打量着这位往昔的酒吧经理。

赫斯特伍德感受到了从老远向他投来的盯住不放的目光,心中早已忖度到那是怎么回事。他本能地感到此人乃是一名侦探,现在他已被人盯梢了。他急匆匆走过,佯装没看见,但他心里却一下子思潮起伏。现在会出什么事呢?这些家伙会怎么下手呢?他一想到引渡法就揪心了。这些具体条文,他真可以说一窍不通。也许他会就地被捕。啊,要是嘉莉突然发觉了,该怎么办呢?不,蒙特利尔对他来说太危险了。他真恨不得早点离开它。

他回来的时候,嘉莉已洗过澡,正等着他。看上去她神采奕奕——虽比往日里更要惹人喜爱,但还是有点儿落落寡合。刚才他出去以后,她对他又恢复了冷淡态度。爱情怎么都没有在她的心里燃烧起来。他觉察到了这一点,所以,看来他心中的忧虑又在有增无减。他怎么也不能再把她搂在怀里;他甚至连试都没敢试一下。看她的举止谈吐就断断乎不准他这么做。赫斯特伍德自己刚才在楼下大堂里奇遇的印象至今还在心中萦绕不去。

"你已经准备好了,是吗?"他和颜悦色地说。

"是的。"她回答。

"我们出去吃早餐吧。底下那家旅馆餐厅,我可非常不喜欢。"

"反正我无所谓。"嘉莉说。

他们走出旅馆,到了大街上,不料,那个地地道道的爱尔兰人正站在街角上,两眼盯住了他。开头赫斯特伍德差点儿按捺不住了,幸亏稍后他好不容易才佯装出他一点儿没瞧见这个家伙的样子来。这个家伙眼里迸射出傲慢的目光,简直让人恼怒。不过,他们俩还是打他跟前走了过去,赫斯特伍德给嘉莉详细介绍蒙特利尔的情况。没有多久见到了另一家饭馆,他们就走了进去。

"好一个古怪的城市啊。"嘉莉说,她对蒙特利尔之所以感到挺惊讶,其实仅仅是因为这儿跟芝加哥很不一样。

"这儿没有芝加哥热闹,"赫斯特伍德说,"你不太喜欢它吧?"

"不。"嘉莉说,她早已跟美国西部那个大城市结下了不解之缘。

"哦,不错,蒙特利尔比不上芝加哥有趣。"赫斯特伍德附和着说。

"那么,这儿有些什么特色呢?"嘉莉好奇地问,暗自纳闷,他干吗偏要带她到这个城市来。

"没有什么特色,"赫斯特伍德回答说,"其实,它是个相当好的疗养胜地。周围有些地方倒是景色如画。"

嘉莉虽然听着,可她心里总是有点儿忐忑不安。这个城市她很不喜欢。她暗自思忖,游山玩水嘛,试问哪来闲情逸致!

"我们在这儿不会耽搁太久的,"赫斯特伍德说,这时看到她对蒙特利尔极不满意,委实感到高兴,"一用过早餐,你就去买些衣服;随后,我们马上动身去纽约。那个地方你准会喜欢的。芝加哥和纽约——都是美国最有趣的城市。"

说实话,赫斯特伍德只想到尽快从这儿滑脚溜掉。他倒是要先看看这些侦探会有什么动作——他在芝加哥的老板们又会采取什么举措——随后,他就悄悄地溜走——径直来到纽约,到了那里,他是不难藏身的。他对这个城市真可以说了如指掌。他深知它常常为那些鬼鬼祟祟、神出鬼没的人们大开方便之门。

可是话又说回来,他越是琢磨,越是觉得自己的前景实在不妙。他发觉逃出了蒙特利尔实际上并没有完全走出困境。当然啰,酒吧老板会雇用侦探——平克顿①的探员或者是穆尼和博兰②的探员——不断监视他。他们可能就在他刚要逃离加拿大时立即把他逮捕。这么一来,他就不得不羁留在这里好几个月,惶惶不可终日,该有多惨!他一想到这里,心里就不是滋味。蒙特利尔——他一丁点儿也不喜欢。地面比较小——相当土气。最要不得的是,这里毕竟不是芝加哥——如今,他很长时间回不去,没法每天上班,跟三朋四友们寒暄几句,不消说,他心中的苦恼正在有增无减。他开始感到有一点儿淡淡的乡愁——尽管他是一个曾经沧桑、老谋深算的人。

早餐过后,他陪嘉莉到了好几家很大纺织品商店,等着她订购好多东西。别看嘉莉还年轻,如今早就有了不少可资借鉴的经验。此次该由她自己来选购衣饰,她也就兴致勃勃,选这选那,而且还是颇有眼力。结果,她所选购的都很出色,因为除了要合自己的心意以外,她始终没有忘记海尔太太给她出过的好点子。她挑选得相当利索,没多久就从商店里出来了。

"你要的全都选好了吗?"赫斯特伍德问。

"光是我眼前急需的,都选购了。"嘉莉回答。

回到旅馆里,赫斯特伍德急巴巴地想要看一看刚出版的晨报。他一方面恨不得尽快看到,可是另一方面却又害怕看到。他心里很想知道,有关他作案的新闻报道现已远播到什么地方了。所以,他告诉嘉莉

---

① 艾伦·平克顿(1819—1884),于一八五〇年在芝加哥设立第一家私人侦探社,即平克顿私家侦探公司,为保护林肯从伊利诺斯州到华盛顿就任美国总统。
② 此处指穆尼和博兰私家侦探社,它们在美国各大城市都设有分社机构。

他过一会儿才上楼以后,就去寻摸报纸看了。尽管周围没有发现熟悉的,或可疑的人,可他还是不愿在大堂里看报,所以去了二楼大客厅,坐在窗前,把各报浏览了一遍。有关他的罪行篇幅挺少,不过有还是有的,就是夹杂在报道国内各地凶杀、车祸、婚姻等消息的短小电讯中间,总共才只有几行字。他在看报的时候,恨不得他眼皮底下的消息,全都不是真人真事。他几乎有点儿丧心病狂似的,恨不得把所有这些报道通通给抹掉才好。在这遥远而安全的住地,每一分钟都促使他更清晰地意识到自己的确铸成了大错。说不定还有更简便的办法摆脱困境,只不过他一点儿都不知道罢了。

他压根儿不想让报纸落入嘉莉的手里,所以在回房间以前,他就把报纸扔在了大客厅里。

"喂,现在你觉得怎么样?"他一进房间就问她。这时,她正聚精会神地凝望着窗外。

"哦,很好。"她回答。

他走了过去,刚要跟她聊一聊,就传来了敲门声。

"说不定给我上门送货来了。"嘉莉说。

赫斯特伍德开了房门,门外站着的那个人他早已怀疑是个侦探。

"你是赫斯特伍德先生,是吗?"后者说话时故意伴装出精明、自信的样子来。

"是的。"赫斯特伍德泰然自若地说。本来他对这种人的底细就了如指掌,所以又恢复了过去他对这种人常常很冷淡的态度。他的酒吧老板们,见到这种下等人也是冷冰冰的。他走到过道里,随手把房门关上。

"那么,你知道不知道,我上这儿来是干什么的?"这个家伙把话音压得很低地说。

"我猜得到。"赫斯特伍德说。

"那么,你还想把钱藏起来吗?"

"那是我个人的事嘛。"赫斯特伍德气呼呼地说。

"你知道,那是万万不行的。"侦探说,冷冰冰地打量着他。

"听着,老兄,"赫斯特伍德颐指气使地说,"这件事你简直一点儿不了解,而我也不想给你说明解释。至于我爱怎么办就怎么办,用不着别人操劳。请你原谅。"

"嘿,你这么说话的腔调倒也真怪,"侦探说,"要知道现在你已落到了警察手里啦。我们随时好给你找许多麻烦。你住这家旅馆登记时,可没有申报真实姓名,你太太压根儿也没带来,各报还不知道你在这里落了脚。看来你还是趁早识相点好。"

"那你想了解些什么呢?"赫斯特伍德问。

"你是不是打算把钱款退回去?"

赫斯特伍德沉吟不语,两眼只是俯看着地板。

"这件事我没有必要给你做解释,"他最后说,"所以,你问我也是白搭。你知道,我可不是傻瓜。至于你自己究竟有多大能耐,就数我最清楚啦。反正你尽管制造许许多多麻烦好了——这个我可不想跟你抬杠,但单靠这个,你是捞不到那笔钱款的。现在,我已经拿定主意怎么办了——我早已写信给汉纳和霍格,所以,我再也没有别的可说了。你且等着他们以后新的指示吧。"

他一边说,一边走,不消说,越走越远,一直走到过道里,省得给嘉莉听见了。后来,他们快走到过道的尽头,通往大客厅的那个地方。

"那么说,你是拒不退回那笔钱款吗?"侦探说。

这一问惹起了赫斯特伍德极大恼怒。蓦然间,他脑海里热血翻腾不已。千思万虑真可以说纷至沓来。难道说他就是小偷吗?那些钱他完全不需要。只要他跟汉纳、霍格完全说清楚了,也许这件事还会得到圆满解决的。

"听着,"赫斯特伍德说,"这件事我跟你谈,完全是白搭。反正我承认你的权利,但是,我认为我最好还是和知情人直接打交道。"

"反正你离开加拿大时,可不能把钱款一块儿带走。"侦探说。

"我可不打算离开加拿大,"赫斯特伍德回答说,"不过,等我准备停当了,也许那时谁都休想拦阻我。"

他一转身走了,那个侦探两眼直勾勾地紧盯住他。看来真让人难以容忍。可他还是径直往前走去,最后走进了自己的房间。

"那一位是谁?"嘉莉问。

"我的一个芝加哥朋友。"

这一场跟侦探的谈话是紧接着忧心如焚的上星期之后,它使赫斯特伍德深为震惊。它也足以使他心如死灰,乃至于思想上反感极了。他觉得最伤心的莫过于人们把他看成偷儿来追捕。他开始意识到社会舆论如何不公正;人们只看到问题的一面,往往是一出冗长的、逐渐推向高潮的悲剧里某一个要点罢了。所有报刊只提到一个问题:他偷了钱。至于为什么要偷和怎么个偷法,都是不痛不痒,语焉不详。再说,导致案发的所有复杂原因,也都只字不提。于是,他就这样莫名其妙地受到了指控。

赫斯特伍德心里开始非常清晰地意识到,那笔钱他是不想要的。拿了那笔钱是挺丢人现眼的,而且,他也不愿保管它。再说,他要是把这笔钱留下来,那他为了这几个铜子儿,就把跟他过去密切相关的一切——他的产权、优遇和欲望一股脑儿卖掉了。他要是把钱留下来,他得到的只有痛楚,在偏僻小道和秘密场所东躲西藏。他会到处被人盯梢,总有一天会被捕的。加拿大是他唯一的避难处,但是寒冷,也很怪,一点儿没有美国的味道。他早已在怀念芝加哥喧闹的生活了。没有流光溢彩的豪华酒吧确实也使他精神上颓唐不堪。

也就在这一天,赫斯特伍德跟嘉莉一起坐在房间里,他决定把钱送回去。他要写信给汉纳和霍格,说明全部经过,随后用快递把钱款寄回去。说不定他们会原谅他。也许他们还会把他请回去。再说,他还要让自己对侦探瞎说早已写信给酒吧老板的话儿得到兑现。然后,他再离开这个古怪的城市。

"我想我要写几封信。"他先是按铃叫了侍者,接着就对嘉莉说。

她默然同意,就随手拿起一本书来看了。

为了写好这封特殊的信,同时又要把家庭矛盾说得貌似有理,赫斯特伍德仔细琢磨了足足有个把钟头。他本想把他跟他太太之间的关系干脆向他们挑明了,但是继而一想,又不敢形诸笔墨。最后,他只好把事情尽量缩小,只说他和朋友们小叙时喝得醉醺醺,发现保险柜没有锁上,不知怎的竟把现款取了出来,没承想保险柜的门冷不丁给关上了。如今,他心中对自己的这种举动感到非常沉痛。他因为给他们增添了那么多麻烦而觉得很对不起他们。他要把钱款——其中的绝大部分——寄回去,尽量洗涤自己的罪恶。剩下那部分俟他一有了钱,立即如数归还。他是不是还有复职的希望呢?——这个问题嘛,他只不过在信末略做一点儿暗示罢了。

其实,赫斯特伍德心里已乱了套,从这封信的构思即可印证。当时,他甚至忘掉了,即使酒吧老板表示同意,让他恢复原职,那也会是挺痛苦的事。他还忘掉了,他跟过去好像早已一刀两断,即使他真的让自己跟过去重新连在一起,创伤周围也总要露出明显的疤痕来。现在,他老是丢三落四地忘记——比方说,有时是他的太太,有时是他的嘉莉,有时则是他急需用钱,以及他眼前的处境,如此等等,因此,他也就不能思路清晰地进行逻辑推理了。不过,他还是把这封信发出去了,等到一有回复就把钱款寄过去。

这时,他跟嘉莉还是随遇而安,尽量自得其乐,反正没有过去诸多干预,倒是也有无穷乐趣。嘉莉选购的东西里头包括一只衣箱,也及时送到了,全都安置停当。到了三点钟,她早就给自己打扮得简直有点儿不同流俗,显得更加好看了。她身上一披上新衣服,心里顿觉亮堂堂的,试问哪个女人不是那样呢?赫斯特伍德依然怀着求爱的心情尽量亲近她,渴望和她永结连理。他依然对她殷勤眷顾,体贴入微,让她不知不觉地重新对他满怀好感。

这一天正好阳光灿烂,对这次出逃显然不无影响。本来这里一直在下雨,岂知到了中午,太阳忽然出来了,透过他们敞开的窗子,金色的阳光像潮水般直泻进来。窗外雀儿在叽叽喳喳地叫着。这时随风飘来了一阵阵笑声和歌声。赫斯特伍德两眼紧盯着嘉莉,一刻也离不开。她俨然有如他身陷苦海之中的一缕阳光。啊,只要她死心塌地爱他——只要她还会伸开胳膊搂抱他,就像他在芝加哥的小公园见过她那样欣喜若狂——那他该有多么幸福呀。这就算是对他饱经忧患的一种补偿了;这时,他心里明白,他自己并不是一切都失掉了。至于别的什么,他也满不在乎。

"嘉莉,"他说,猛地站了起来走到她跟前,"你是不是今后就和我待在一起?"

她两眼有点儿揶揄地瞅着他,但是一见他脸上的表情,不觉对他有所同情。她仿佛觉得,这就是爱情,炽热、强烈,虽因忧患交困,但仍在不断茁壮成长的爱情。她情不自禁地微微一笑。

　　他一膝跪在她椅子跟前。这风和日丽的天气竟使他们俩的爱情大有增进。

　　"从今以后,让我把一切全都献给你吧。"他说,"千万不要再让我揪心了。我将忠实于你的。我们要到纽约去,租一套漂亮公寓。赶明儿我重新经商,我们准会幸福的。难道你还不愿成为我的心上人吗?"

　　嘉莉倒也聚精会神地听着。她心里没有一点儿炽热的激情,但因毕竟时过境迁,此人又近在咫尺,也就只好装出一些类似情感的样子来。说真的,她打从心坎里替他感到难受,这是对那个不久前她还那么赞美过的人所表示的一点儿怜恤之情。其实,她从来都没有真正地爱过他。本来她只要好好地分析一下自己的感情,就会心里有数,无奈此时此刻,她觉得自己颇受他炽热的激情影响,所以,他们之间的隔阂也就早已不复存在了。

　　"你愿意跟我待在一起,是吗?"他问。

　　"是的。"她回答说,点点头。

　　他就搂住了她,吻她的嘴唇,吻她的脸颊。

　　"不过,你一定要跟我结婚。"她说。

　　"今天我就去领结婚证书。"他说。

　　"怎么个领法?"她问。

　　"改名换姓,"他回答说,"我要换一个新的姓,开始过新的生活。从今以后,我就姓默多克了。"

　　"啊,千万不要用那个姓。"嘉莉说。

　　"为什么不?"他问。

　　"我不喜欢。"

　　"那么,该用什么呢?"他问。

　　"哦,反正随便什么都行,只要不是默多克。"

　　他心里琢磨了一会儿,两臂依然搂住她,随后说:"换成惠勒,怎么样?"

"这还算不错。"嘉莉说。

"那敢情好,就改用惠勒吧。"他说,"明天一早,我就去领结婚证书。"

第二天,他们的婚礼是由一位浸礼会牧师主持的,这是他们寻摸到的头一个合适的神职人员。赫斯特伍德带着嘉莉游览市容,同时还在等着汉纳和霍格的回信。他有充分理由知道有人正在监视他,因为常有侦探的身影出其不意地出现,使他更加深信无疑。就个人来说,他对这个加拿大城市早已腻烦透顶,因为在这里生活节奏太缓慢,而他自己又闲着无事。他心里老是惦着他要是把钱款退回去,恐怕就没得多少钱过日子了。他出逃的时候,带了约莫一万一千零四十五块钱,里头的一万块是放在保险柜里没有锁好的专款,另有八百块钱是当天找零用的现款。剩下来二百四十五块,才是他自个儿的钱。这里头他花掉的已经超过一百二十五块了。

他决定,除非他回到芝加哥(赶上他头脑清醒的时候,他对此不存任何奢望),他至多只能归还九千五百块,另有一千三百块姑且挪用一下,等他有偿付能力时再归还。他实在不想这么办,可也不想老是让自己左支右绌,狼狈不堪。他很想去纽约重操旧业——买下一家酒吧,把它办成就像他所在的芝加哥那家酒吧一样。那时,他就可以再当经理,拥有一个漂亮的小家庭和嘉莉。所以,眼看着每一天流逝过去了,他暂时不想动用的钱款却被不断吃掉一些,哪能叫他心里踏实呢。

芝加哥那家酒吧终于来了回信。此信是霍格先生口授的。他对赫斯特伍德居然做出这种事感到非常震惊,并对此事闹腾得这个样子深表遗憾。只要把钱款如数归还,他们决不会去控告他,因为说实话,他们对他毫无敌意。至于说他想回来,或者让他们给他恢复原职一事,他们目前还不好立即决定。这个问题他们还要考虑一下,以后再通知他。也许要不了多久,以及其他等等。

此信的主要内容是他回原来酒吧任职是没有希望的了。酒吧老板们只要求归还被窃的钱款,而尽可能避免麻烦。赫斯特伍德一看就知道自己在劫难逃。他决定把钱款交给他们说要派来的人,亦即跟酒吧老板们有业务往来的蒙特利尔某银行的代理人,随后就到纽约去。于是,他给酒吧老板们打电报表示同意,并向当天来旅馆找他的那位代理人交代清楚了,取回收据,就关照嘉莉拾掇行李。他开始采取这一最新的行动时,不免有点儿灰不溜秋的,但是后来总算慢慢地恢复了过来。他生怕,即使是在这个时刻,说不定他还会被捕押回去的,所以,他总想给自己的行动遮遮盖盖的,殊不知这几乎也是行不通的。他吩咐将嘉莉的衣箱送往火车站,再由快递运到纽约去。看来并没有人在注意他,但他离开旅馆还是在漆黑的夜里。让他心惊肉跳的是,生怕在越过加拿大边境的头一个站头,或者是在纽约的火车站上,执法官早就在恭候他了。

嘉莉并不知道他的偷钱劣迹和他内心的惶恐,因此当列车抵达纽约时,心里倒有说不出的高兴。列车正沿着赫德森河岸驶去,碧绿浑圆的山岭壁立在辽阔无垠的河谷腹地,如此旖旎的风景不禁令她为之倾倒。过去,她曾听说过赫德森河、哈莱姆河,还有纽约这个大都市,现在她两眼凝望着车厢外的景色,不觉对这个大都市感到惊羡不已。她一想到外出旅游,坐在如此豪华亮丽的车厢里,一路上尽情观赏新奇的景色,真是好不快活。她开始为自己——至少在旅游这件事上——的亲身经历感到自豪。这是人们梦寐以求的事。而此刻她已经实现了——正在旅游途中。

当列车在斯珀伊顿·杜伊维尔①往东拐弯、沿着哈莱姆河东岸驶去时,赫斯特伍德非常激动地告诉她,他们已经到达纽约城的近郊了。根据她所熟知的芝加哥火车站的情况,她本想会看到一长溜、一长溜的车厢——数不清的道轨都在这里交会——可是,她立即发现此地情况并不是这样。她一看到哈莱姆河里有好几只小船,东河里的船只就更多了,心里简直高兴极了。这是头一个征象,说明这里濒临大海。随后看到的,是一条平坦的大道,两旁矗立着五层楼砖头房子。不一会儿,列车突然钻进了隧道。

列车在黑暗和烟尘中驶行了好几分钟,又蹿进了阳光里。列车员

---

① 斯珀伊顿·杜伊维尔位于纽约市中心曼哈顿岛北部。

就大声吆喝道:"大中央站到了。"

赫斯特伍德站了起来,一手抓着他的小手提包。他的神经猛地紧张起来,简直到了顶点。他和嘉莉都站在车厢门口等着,稍后才下了车。没有人走过来,但他往大街方向的出口处走去时,还是鬼鬼祟祟地东张西望。这时他心中万分激动,压根儿把嘉莉都给忘掉了,她独个儿落在后面,暗自纳闷他干吗老是自顾自呢。他穿过火车站大厦时,紧张的情绪达到了高潮,随后才开始渐渐松弛下来。他立刻走到了人行道上,除了马车夫以外,再也没有别的什么人跟他打招呼。他深深地舒了一大口气,随即掉过身去,这时才想起嘉莉来。

"我还以为你自己拔脚跑了,把我扔下不管了呢。"她说。

"我心里在想,我们该乘什么车去吉尔西旅馆。"他回答。

嘉莉被这车马喧闹的街景迷住了,所以就没有听清楚他在说些什么。

"纽约有多大呀?"她问。

"啊,人口有一百多万。"赫斯特伍德回答说。

他抬眼四望,叫来了一辆马车,但是,瞧他那副神气可跟过去大不一样了。

好多年来,他脑海里头一次掠过一个闪念,即使是这些零星开支,也该精打细算才好。这真的让他怪不痛快的。

他决定赶紧去租一套公寓,免得住旅馆多耗费钱。因此,他把这个想法跟嘉莉说了,她听了以后表示同意。

"只要你乐意,我们今天去找就得了。"她说。

蓦然间,他想起了在蒙特利尔跟熟人邂逅的不愉快经历。在吉尔西旅馆,他敢打赌,准会撞见来自芝加哥的熟人。他站了起来,对马车夫发话了。

"去大陆旅馆。"他说,深知那个地方他的熟人不大会去。随后,他才落了座。

"住宅区在哪儿?"嘉莉问,她觉得刚才见到街道两旁那些五层楼房子,肯定不是居民住宅。

"上哪儿都有呢,"赫斯特伍德说,他对纽约这个城市相当熟悉,

"纽约没有带草坪的花园别墅。全都是居民住宅。"

"哦,这样的城市,我可不喜欢。"嘉莉悄悄地说,她已开始有自己的主见了。

# 第三十三章

　　当时纽约社会上有这么一种风气,如果说理解得对的话,就是喜欢给任何一位人物确定他的身份地位。此地早已云集了一些金融巨子——范德比尔特①、古尔德②、罗素·塞奇③,跟他们在一起的,还有一批颐指气使的百万富翁,他们的宅第都在第五大道,他们的办事处却在华尔街或者华尔街附近。天才的戏剧家以奥古斯丁·戴利④、弗罗曼兄弟⑤和莱斯特·沃克为代表。文学艺术界也有各自的领袖,比方说,豪威尔斯⑥、Z.G.A.沃德、约翰·拉法吉⑦。诸如爱迪生、达纳⑧、

---

① 范德比尔特(1794—1877),美国航运和铁路业巨头,经营渡船业起家,创建航运公司,经营从纽约到旧金山的客货运输业务,后又拥有纽约—哈莱姆铁路及纽约中央铁路等。
② 杰伊·古尔德(1836—1892),美国金融家和铁路投机商,靠投机买卖控制铁路业及西方联合电报公司和纽约市高架铁路。
③ 罗素·塞奇(1816—1906),美国金融家、众议员,曾参与建立美国铁路及电报系统,以经营证券和投资于铁路、银行业致富。
④ 奥古斯丁·戴利(1838—1899),美国剧作家和剧院经理,创作和改编大量剧本,代表作为《地平线》《离婚》等,创办剧团,培养出许多著名演员,后在纽约、伦敦开设戴利剧院。
⑤ 查尔斯·弗罗曼(1860—1915),美国著名剧院经理,成立剧业辛迪加、帝国轮演剧团,支持并鼓励许多演员成名,死于海难,终身未婚。
⑥ 威廉·迪安·豪威尔斯(1837—1920),当时著名小说家、评论家,曾主编《哈珀氏杂志》,鼓吹现实主义创作方法、栽培提携青年作家,誉称为美国文坛领袖,与马克·吐温齐名。他的代表作为长篇小说《塞拉斯·拉帕姆的发迹》(1885)。
⑦ 约翰·拉法吉(1835—1910),美国名画家,早期作壁画,后擅长油画、水彩画,发明彩色玻璃,主要作品有壁画《升天》,窗花作品《红色与白色的芍药》等。
⑧ 查尔斯·安德森·达纳(1819—1897),美国报人,曾编《纽约先驱论坛报》,鼓吹废奴,后任《纽约太阳报》编辑与股东,与人合编《美国新百科全书》而享盛名。

康克林①、约翰·凯利②这样的人物,也都在各自领域独领风骚。坦慕尼协会总部③已掌握了统治纽约的一切权力。当时,在纽约这个如日中天的大都会里,那些灯红酒绿的娱乐业,和现在一样,都是要收税的,因而使这个机构更加有财有势。

不管赫斯特伍德在芝加哥是何等人物,但是,他在纽约,显而易见,只不过是沧海一粟罢了。当时芝加哥的人口仅有五十万左右,阿穆尔、普尔曼、珀尔默、菲尔德等大财团还没有形成。百万富翁为数不多。富人虽富,但远没有富到让人耀眼,使有中等收入的人全都黯淡无光。居民们的注意力总算没有被当地戏剧界、艺术界、宗教界和上流社会的名人雅士所吸引住,所以还不至于对具有独立地位的人士视若无睹。在芝加哥,出人头地的路有两条:一条是从政,另一条是经商。在纽约,成名之路竟有半百之多,随便你选哪一条,在每条路上都有成百上千的人在苦心经营,因此知名之士也就数不胜数。此地好比大海,早已鲸满为患。一条毫不显眼的小鱼只好完全销声匿迹,别指望有出头之日。换句话说,赫斯特伍德在纽约是压根儿算不了什么的。

类似这样的处境,其后果更加微妙,它虽然不是常被世人所瞩目,却会酿成人间悲剧。围绕大人物的气氛常给小人物带来坏的影响。这种气氛既容易而又很快就能感觉到。只要走过豪华的宅第,华丽的马车,令人炫目的商店、餐厅,还有形形色色的娱乐场所;闻到鲜花、绸衣、名酒飘来的一阵阵芳香;听一听踌躇满志的人们发出的笑声;瞧一瞧恰似长矛投来的目光,赛过利剑一般的冷峻的笑容,以及有权有势的高视阔步,等等,你就会明白,那些鼎贵烜赫的人是生活在怎样一种气氛之中。毋庸争辩,这些荣华富贵并不是真正的伟大,但是,只要世人已被它吸引住了,而且常常心驰神往,视它为人生最大的目的,那么,在这些人的心目中,它也就是伟大的境界了。不过,它的气氛也会使人的心灵

---

① 埃德温·格兰特·康克林(1863—1952),美国著名生物学家。
② 约翰·凯利(1822—1886),纽约坦慕尼协会头领威廉·特威德的继承人。参见下面译注。
③ 坦慕尼协会总部(或译:坦慕尼协会会堂),原先是威廉·穆尼一七八九年创办的一个爱国者协会,后来演变为掌握纽约实权的政治机器。一八六八年后,威廉·特威德执掌该会实权期间,曾从纽约市非法掠夺两亿美元之巨,从此以后,坦慕尼协会总部一词,成为政治腐败的同义词。

受害无穷,如同化学试剂一般。它在一天之中所起的作用,就像一滴化学试剂,会影响和改变一个人的观点、目的和欲望,从而留下不可磨灭的痕迹。这一天对一个没有经验的人所起的作用,就像鸦片对一个没有癖好的躯体一般。于是随之形成一种癖好,倘若给予满足的话,势必导致梦呓和死亡。啊,那些还没有实现的梦想——折磨着我们,诱惑着我们,无聊的幻象也在召唤和引导,召唤和引导,直到死亡和分解来消灭它们的力量,让我们无知无觉地回到了大自然的怀抱。

像赫斯特伍德那种年龄和脾性的人,虽然不会被年轻人的幻想和炽热的欲望驱使,但是他也不会像年轻人那样,心里有如泉涌、满怀希望的力量。纽约这种气氛,不会在他身上激起十八岁的年轻小伙子那样的欲望,不过即使真的激动起来,因为实在缺乏希望,有时心里反而会觉得更加痛楚。他不能不注意到来自四面八方的富裕、奢华的迹象。过去他曾不止一次到过纽约,深知此地常为放浪形骸之徒大开方便之门。其实,纽约这个地方连他自己都觉得怪可怕的,因为他在世界上最最恭而敬之的东西——财富、地位和名声——一股脑儿集中在这里了。在他担任汉纳-霍格酒吧经理的那些日子里,跟他频频碰杯的社会名流,绝大多数来自这个人口稠密的大都会。有许多很吸引人的故事,讲的就是有关纽约闻人名流寻欢作乐和淫逸无度的逸事趣闻。他知道,在这里,连他自己也不知不觉居然整日价跟财富须臾不可离;在这个全美首富之地,即使拥有十万,乃至于五十万块钱,也还够不上摆阔的资格。至于追慕浮华和讲究时髦更需要不知凡几的巨资,所以,这么说来,穷人也就没有立锥之地了。如今,他置身在这座大城市中,特别敏锐地意识到,和朋友之间的往来早已断绝,他那不太多的家产,甚至于连自己的署名都丧失殆尽了,他不得不为了求生存重新开始拼搏。别看他还不算老,但他还是有自知之明,深感不久自己老之将至。所以,他眼前所见这种华丽的衣着、地位和权势,骤然显得特别重要了。跟他个人惨境相比,差距就不免太大。

说真的,他的处境是够惨的。他很快就发觉,他消除了对被捕的恐惧,并不意味着连他生活问题也通通给解决了。一个危险刚刚过去,另一个危险——匮乏,更叫人揪心啊。这少得可怜的一千三百多块钱,要应付今后若干年跟嘉莉同居的一切开销,比方说,房租、衣食,以及娱乐费用——过去,赫斯特伍德一年花惯了五倍于此的钱,如今能让他心里很踏实吗?这个问题,从他刚到纽约的头几天起他就一直在仔细琢磨,而且决定要赶快行动起来。因此,他在各晨报广告栏里寻摸做生意的机会,独自开始进行调查研究。

不过,这一切还得等他安家停当以后才能着手进行。嘉莉和他按照原来的设想,在阿姆斯特丹大街附近的七十八街上寻摸到了一套公寓房子。那是一幢五层楼,他们的房间在三楼。当时街上房子因为造得参差错落,所以,往东望得到中央公园的一片片绿油油的树梢头,往西看得到赫德森河宽阔的水面,就是从西窗里可以隐约窥见一点儿河上风光。他们租用了一长溜六个房间和一间浴室,每月应付三十五块钱房租——比当时一般房租略高一些。嘉莉还发觉这里的房间面积要比芝加哥小一些,就向赫斯特伍德提出了这个看法。

"亲爱的,寻摸不到更好的了,"赫斯特伍德说,"除非另觅老式房子,不过那么一来,你就享受不到像这儿既新式又方便的设备了。"

不过,嘉莉对新居还是很称心,因为一是样式新颖,二是木结构,色彩鲜明。这是最新落成的建筑物之一,安装了暖气设备,乃是一大优点。固定的煤气灶、冷热水供应、运物专用升降机、通话管,以及按铃传唤看门人,等等,她都很喜欢。本来她天生就有一点儿操持家务的禀赋,对这些设备自然非常满意。

"我们就租下来,怎么样?"赫斯特伍德提议说,他对这个地段很中意。

"敢情好,"嘉莉回答,"我们准会过得挺舒服的,不是吗?"

赫斯特伍德跟一家家具店谈妥,由店方供应全套家具,先收现款五十块钱,余款按分期付款方式,每个月付十块钱。随后,他订制了一块小铜牌,镶上"乔·威·惠勒"的姓名,钉在走廊里的信箱上。嘉莉听见看门人管她叫作"惠勒太太",开头觉得别扭极了,但是过了一阵子,她慢慢地听惯了,也将错就错地权当自己的姓氏了。

家里的杂事安顿停当以后,赫斯特伍德就出去走访了一些刊登广告的业主,打算在闹市区某家生意兴隆的酒吧买进一些股权。看了一下亚当斯街上那些华丽的酒家以后,说真的,他还看不上这些登过广告的怪寒碜的酒吧。他花掉了好几天时间四处寻摸,亲自看过以后,对这些酒店都觉得不中意。不过,在双方交谈之中,赫斯特伍德却摸到了不少信息,因为他发现坦慕尼协会总部在商界势力极大,还有,要做生意,跟警察勾结上至关重要。他发现最赚钱、生意最好的地方,断断乎不是汉纳-霍格那样合法经营的酒吧。这些特别赚钱的酒店,通常楼上附设优美包房和私人雅座。从大腹便便的老板衬衫前面闪闪发光的大颗钻石和裁剪合身的衣着穿扮,他一望可知,这里的卖酒生意跟别处一样,就像取之不尽的金窖似的。

最后,好不容易他才觅到了一个人。此人在沃伦街开设一家酒店,看上去准能赚大钱似的。酒店外观还算相当漂亮,不过有些地方还有待完善。店主人夸口说生意特别红火,乍一看,也的确是这样。

"我们的座上客都是非常殷实的有钱人,"此人给赫斯特伍德介绍时说,"比方说,商人、推销员、高级专业人士。他们对衣着穿扮还特别讲究。反正没有不三不四的人。我们是不准他们进来的。"

赫斯特伍德听着现金自动记录器发出的铃声,还察看了一下该店的经营情况。

"两个人合营,赚的钱是不是更多?"他问。

"只要您懂行,您自个儿心里就明白啦。"店主说,"这是我开的两家酒店之一。另一家开设在拿骚街上。两家店,我一个人实在管不过来。要是有哪一位对这个行当非常熟悉,我倒是很愿意让出一家来,跟他合伙经营,还得请他当经理呢。"

"本人可有的是经验。"赫斯特伍德满不在乎地说,可是他却一个字也不敢提到芝加哥汉纳-霍格酒吧。

"得了,那就一言为定吧,惠勒先生。"店主说。

此人仅仅出让三分之一的股权,包括库存品、室内装备和商店招牌,愿意合伙的人应当出资一千块钱,并且具有经营能力。这里不涉及房产问题,因为那是店主向某个地产商租来的。

看来这个报价确实够诱人的,但赫斯特伍德考虑的问题是,在这一个地段投入三分之一股权,每个月能不能获利一百五十块钱,按他粗略估计,那是维持家用开支和舒适的生活所必不可缺的费用。可是,他又觉得前几次寻职都已失败了,现在再也不是犹豫不决的时候了。看来三分之一股权,好像往后每个月准有百把块钱的进项。只要经营有方,锐意改进,以后还可能赚得更多些呢。因此,赫斯特伍德当即同意合伙经营,缴付了一千块钱,准备第二天到店履职。

起初他因达成交易而欣喜若狂,告诉了嘉莉,他自以为把钱投入了一项特别赚钱的买卖中。可是,随着时光的流逝,就出现了好多要他慎重考虑的问题。他发现他的这个合伙人很难相处,经常喝得酩酊大醉,还会大发酒疯。赫斯特伍德觉得很不习惯。此外,酒店盈利收入变化不定。来店顾客压根儿不是他在芝加哥所结识的那一类人。而且,他还发现,要经过很长很长时间,方能在顾客中间交上朋友。这些顾客匆匆而来,又匆匆而去,一点儿不想寻求交友的乐趣。这里压根儿不是雅聚或憩息的场所。尽管一连好几天、好几个星期过去了,连一声在芝加哥每天听惯了的亲昵的寒暄,赫斯特伍德始终还没听到过。

再说,赫斯特伍德心里惦着往昔那些闻人名流——那些讲究衣着的人士,往往给不显眼的酒吧增添了特殊气氛,还带来了与外界隔绝的上流社会里的一些新闻消息。像这样杰出的人物,整整一个月里他也看不到一个。有时,到了傍晚时分,在下班前,他偶尔也在晚报上看看有关他认识的某些社会名流的消息报道——而在过去,他是经常跟他们这些人一起举杯畅饮的。他们常去诸如芝加哥汉纳-霍格酒吧那样的场所,或是城外的霍夫曼酒家雅叙,但是他心里明白,他们这些人再也不会屈驾光顾这里。这个地段毕竟太偏僻了。这儿来的顾客固然还算不错,但是,过去他常见到的那一类顾客却都做成别的酒店生意去了。类似这样有趣的人物断断乎不会上这儿来的。

何况,这酒店生意也并不像他预料那样赚钱。当然啰,生意还是有一点儿起色,但他认为在家用开支方面务必精打细算,这真是有损于他的自尊心。他要么增加嘉莉的补贴,要么就得不时关照她莫要浪费,如果说她花钱时不肯仔细多掂量掂量的话。他真不知道她对此会有怎么个想法，或是怎么个动作。不管怎么样，反正他觉得自己已到了万不得已、如实相告的时刻了。

刚开始的时候，尽管他回家很晚，但一见到嘉莉，心里总觉得乐滋滋的。他常在六七点钟之间赶回来跟她一块儿进晚餐，在家里一直待到第二天早晨九点钟；殊不知过了一阵子，这种新鲜感就渐渐地消失了，他开始觉得天天都是老一套，怪腻烦的。其次，他开始渴望，如同往昔那样，跟他的三朋四友应酬交际。总的说来，他觉得对纽约还是相当陌生，他恨不得自己早点卷进它的欢乐的旋涡中去。他看到的《世界晨报》连篇累牍地刊登有关形形色色娱乐消遣的报道，使他越发迷恋这座大城市里应有尽有的犬马声色的生活。

抵达纽约后连个把月还不到，嘉莉就很自然地说："我想这个星期去市里买件衣服。"

"什么样的衣服？"赫斯特伍德问。

"哦，打算出门上街时穿的。"

"好啊。"他微笑着回答，可是他心里在想，就他的经济能力来说，要是她不买，也许更好。第二天再也没有提到这件事，可是第三天早晨，他问："你的衣服已经买好了吗？"

"还没有呢。"嘉莉回答。

他沉吟了一会儿，好像在仔细琢磨，稍后才说：

"你能不能过几天买？"

"不行。"嘉莉回答，她没有悟出他说这句话的意思来。以前她从来没有想过他居然会手头缺钱。"那是为什么呢？"

"哦，我就老实跟你说吧，"赫斯特伍德说，"这一回，我投入了不少钱。我指望近期内把它全都收回来，所以眼下手头很紧。"

"啊，原来如此。"嘉莉回答，"这是当然的，亲爱的。你为什么不早点告诉我呢？"

"没必要告诉你嘛。"赫斯特伍德说。

嘉莉虽然当即表示同意，但是立时发觉，刚才赫斯特伍德所说的投资一事不禁让她想起了德鲁埃老说的就要成交的那笔小生意，两者之间颇有相似之处。它只不过是一个稍纵即逝的闪念，但却是一个开端。

她开始从新的视角来仔细观察赫斯特伍德了。

接下来，类似这样的区区小事时有发生，没承想慢慢地积累起来，终于形成了一个完整的启示。嘉莉一点儿也不蠢。但赫斯特伍德却不是特别机灵。总之，两个人住在一起，时间长久了，谁都瞒不了谁。反正一个要是有心事，不管他是不是自愿坦白，总是都要表露出来的。正如空中乱云密集时，不言而喻，心情随之也会更加阴郁一样。一个眼色的浓淡深浅，一个单词的含义层次不同，乃至于出其不意地道出了一句话语——都会把这个那个的事说出来，或者做出暗示，或者干脆连在一起，最后结果也就和盘托出了。赫斯特伍德就会来这一套。他在衣着上打扮得跟往常一样漂亮，但他身上穿的，还是在加拿大时的那些衣服。嘉莉发觉他的衣着并没有全部更新，尽管他原来的衣服也少得怪可怜。她还发觉，他很难得要她娱乐消遣一番，他也只字不提她做的可口饭菜，仿佛他一门心思全都扑到生意上去了。这已不是当年身在芝加哥的那个优哉游哉的赫斯特伍德——也不是从前她所熟悉的那个潇洒、殷实的赫斯特伍德了。显然，变化太大了，她岂能视若无睹。

不久，她很快又发现他态度上变化也很大，他心里有事，从来也不肯告诉她。看样子，他老想遮遮掩掩的，净爱自个儿心里打主意。什么鸡毛蒜皮的小事，她都得要问他，不拘是哪个女人都会感到挺别扭的。在超凡脱俗的爱情看来这些事很通情达理——有时还貌似真实，但是断断乎不能令人满意。要是没有超凡脱俗的爱情，人们就会得出一个更加明确，但又很难令人满意的结论来。

至于赫斯特伍德呢，他正在跟眼前碰到的种种困难进行拼搏。他毕竟很精明，深知自己犯过大错，现在能混到这样地步，也很说得过去了，但尽管如此，他还是情不自禁要把他眼前的惨境跟从前相比——一个钟头接着一个钟头，一天接着一天，老是比个没完没了。这已成为他很自然调节心态的方法——现在只要一想到要做一件什么事，马上就会回想到从前他是怎么做的。他心里老是在想，眼前的穷日子长不了，他没准还能时来运转，但这是难上加难的事。最难办的就是要把他花钱的欲望硬是压下去。每一回他碰到万般无奈的时候，就会感到自己简直丑态毕露。比方说,有一天,他在百老汇大道①某家服装店橱窗里看见了一套款式新颖的秋季服装的样品。好多年来他头一回觉得自己不妨还是只站在外头看看,而不要径直走进店里去——免得让自己处于非买不可的窘境。他心里不得不这么想,也怪可怜的,结果当然使他伤心透顶。他真恨不得公开诅咒自己的命运——其实,他在心里果真就是这么诅咒的。

再说,从他刚来纽约城没多久跟一个过去的朋友不期而遇以来,他心里就很不愉快,惧怕还会撞见他们。原来这事发生在百老汇大道上,他看见一个他认得的人迎面走了过来,他本想假装没瞧见,可是已经来不及了——他们相互看了一眼,显然,大家都是认得的。于是,这位朋友,芝加哥某批发商行的采购员,就觉得也只好驻足不前了。

"哦,您好呀?"他说话时,一边把自己的手向赫斯特伍德伸了过去,一边又露出压根儿不像真的关心的神情来。

"很好。"赫斯特伍德说,同样也感到很窘,"那您怎么样呀?"

"也很好。我上这儿来采购点东西。现在您就常住在这儿吗?"

"是的,"赫斯特伍德说,"我在沃伦街开了一家店。"

"是真的吗?"这位朋友说,"我听了很高兴。我会上那儿去看您的。"

"那一定恭候哪。"赫斯特伍德说。

"再见。"那个朋友说,蔼然一笑,就抽身走了。

这真是一件让他抓瞎的事。没谈到芝加哥,也没有提到钱款被盗一事,整个案子的事儿全都避而不谈,这比直接谈到更加令人难堪。"他连我的门牌号码都没有问,"赫斯特伍德暗自思忖道,"反正他是存心不想去的。"他抹去额头上的汗水,打从心眼儿里巴望再也不要撞见别的什么熟人了。他们这些人都是这么个德行——凡是从前跟他一起闲扯淡、寻欢作乐的人,全像刚才这个人一样会大煞风景。谢天谢地,他巴望不要再撞见这类熟人了。

---

① 百老汇大道,纽约市内最著名、繁华的商业大街,为剧院、夜总会等娱乐场所的集中地区。本书中译文里,为简便起见,有时译为百老汇,泛指百老汇大道地区。

所有这样的琐事，影响了他原有的好脾气。他唯一希望在钱财方面尽早有所好转。现在嘉莉已寸步不离他了。买家具的钱也快要付清了。他总算多少有了一些进项。至于嘉莉呢，他已给她提供了一些娱乐消遣，就眼前来说也能令人满意。也许他只要继续装假而不露马脚，那就一切都不会有什么问题了。可惜那时，他并没有考虑到人性中的弱点，以及婚后生活里的种种难言之隐。嘉莉毕竟还很年轻。两人心绪变化无常。不准什么时候，各走极端的意气一上来，就会在餐桌上互相顶牛。这样的事甚至在最融洽的家庭里也会不时发生。夫妇之间产生的小龃龉，事后还得要靠超凡脱俗的爱情来解决。要是没有超凡脱俗的爱情，双方很快都会大失所望，过后也就成为严重问题了。正如前文早已指出的，在赫斯特伍德和嘉莉之间并没有什么超凡脱俗的爱情。甚至连适当的了解也都没有。因此，下列变故也就随之产生了。

## 第三十四章

如果说纽约给了赫斯特伍德一种压抑之感,那么,嘉莉恰好相反,她对于命运所安排的新环境倒是完全心安理得。纽约给她的头一个印象虽然不佳,但是很快就把她深深地给吸引住了。这里清澈的空气、人群杂沓的大街,以及对人的漠不关心,使她深感震惊。像现在她所住的那么小的公寓房子,虽然她从来没有见过,但很快就博得她的青睐。那些新家具极其精巧实用,赫斯特伍德亲自挑选的餐具柜光彩夺目。每个房间里陈设得都很别致。嘉莉说过自己很想学学弹钢琴,于是在一间所谓的客厅亦即前房里安放了一架钢琴。还按周计酬雇了一名女仆,帮着嘉莉做饭菜,并在嘉莉的监督下包揽了几乎所有的洗涤活儿。

嘉莉对持家业务的知识进步很快。正如前文所说的,她天生喜好清洁,她这个新家的情调很合她的心意。她有生以来头一次感到自己有了安身立命之所,并在公众的心目中取得了自以为合法的地位。她的心情可以说非常快活和纯净。有好长一段时间,她只顾忙着布置自己在纽约的公寓房子,但对同一幢楼内的十家住户老死不相往来,不免感到很惊奇。她还对港内好几百条船上的汽笛声——下大雾的时候,驶过长岛海峡①的轮船和渡船照例发出悠长、低沉的汽笛声——深感惊讶。正因为这些汽笛声是从海上传过来的,她听起来就觉得格外奇妙。她经常透过西窗,遥望赫德森河及其两岸正在迅速建造中的纽约这个大都会的景色。这些气象万千的景观值得她低回沉思,够她尽情回味一年也不会觉得腻烦。

此外,赫斯特伍德对她还是一往情深,关怀备至。他虽然不免愁肠

---

① 长岛海峡,北大西洋的半封闭海湾,在美国纽约、康涅狄格州海岸和长岛之间,大西洋沿岸一些水道从长岛海峡穿越而过。

百结，但是从来都不向她诉说。他依然保持从前那种庄重自敬的态度，娴熟自如地应对新的境遇，对嘉莉热衷于持家而且颇有业绩感到高兴。每天晚上他准时回家吃晚饭，觉得这个小小餐室里的气氛特别诱人。从某种意义上说，餐室开间小了一些，反而让人感到舒适。看来但凡餐室里必备的各式物品，这儿应有尽有。铺上了白桌布的餐桌上摆放着精美的盘子，亮着一只四枝形灯台，每根枝形灯头上都盖着一只红色灯罩。由嘉莉掌勺、女仆做帮手，烹制出来的牛排、猪排全都很出色，此外有时还有罐头食品助兴。嘉莉还研习焙制糕饼的技术，没有多久就可以亲手制作，端上来一盘美味可口的小点心。

　　这种晚间餐室的情景和嘉莉的柔情绰态使深陷困境的赫斯特伍德在精神上得到了极大的补偿。他原先就认为，这么一套可爱的小公寓，加上一位惹人喜爱的年轻太太，大概总可以把命运给他的任何卑鄙的嘲弄一笔勾销了。他只要一陶醉于这种境界，就全然忘掉了过去他的地位和习惯，自信完全置身局外也许反而更好。随着时光的流逝，物换星移，到了家用开支难以为继的时候，他还满以为，只要保住嘉莉，一切反正都会好起来的。

　　他们就这么着挨过了第二个月、第三个月和第四个月。一转眼到了冬天，就觉得还是闭门不出为好，所以也不大谈到出去看戏了。赫斯特伍德竭尽全力支付一切开销，从不面露难色。为了让嘉莉放心，他又说什么他追加了投资，赶明儿会获得更多收益。赫斯特伍德对个人置装费尽量俭省，同时也很难得给嘉莉添点衣服。头一个冬天就算这样给打发过去了。

　　在他们婚后生活的第二年，赫斯特伍德经营的酒店收益果真略有增加。每月他能获得按照他预计的进项一百五十块钱。不幸的是当时嘉莉见识已经大有长进，而他好歹结识的只有那么一两个朋友。嘉莉单凭再简单都没有的办法终于发现他再也摆不起阔来了。他老是待在家里，遏制衣着讲究，或者过于奢华的欲望，而且，凡是有关钱财的问题，他一概避而不谈，历时一年之久，让她看得一清二楚了。

　　说来也真怪，嘉莉天性被动、宽容，而不是主动、进取，因此她觉得这种变化还可以将就下去。看来她对自己目前的处境还算满意。有时候,他们一起去看看戏,偶尔难得按季到海滨和纽约各景点一游,但跟他们同去的连个把朋友都没有。赫斯特伍德跟她之间自然不讲究什么繁文缛节,早已是熟不拘礼,因此更加显得亲昵无比。他们俩之间并没有误会,也没有明显的意见分歧。事实上,没有闲钱,也不跟朋友往来,不言而喻,他过的是一种断断乎不会引起嘉莉嫉妒、不满的生活。嘉莉见他勤奋努力倒是很同情,而且她并不后悔,如今她再也没法获得像在芝加哥时的娱乐享受了。不管怎么说,纽约,作为一个整体来说,以及她的小公寓,作为一个局部来说,她觉得,至少在眼前还算是差强人意。

可是,正如前文所说,随着赫斯特伍德的生意日益见好,他开始结交朋友了。他也开始更多注意到自己的衣着穿扮了。他一方面自以为家庭生活是无比珍贵的,但另一方面,他又认为怎么都不能失去他偶尔不回家吃晚饭的权利。他头一次不回家的时候曾打发人捎话说他一时脱身不开。嘉莉就独个儿进餐,希望往后再也别发生类似这样的事情。第二次,他也是叫人捎话去的,但是已经很晚,快到吃晚饭的时刻了。第三次,他压根儿给忘了,后来回家才说清楚。这些事,每一次都要相隔好几个月。

"乔治,你上哪儿去了?"头一次他没回来吃饭,嘉莉就这么问过他。

"在店里离不开呢,"他好声好气地说,"我得结清一些账目。"

"你没能回家来真太可惜了,"她好心地说,"我准备了这么丰盛的饭菜。"

第二次,他还是摆出同样的托词,可是第三次呢,嘉莉心里觉得里头有点儿反常了。

"我真的没法回家,"当天夜里,他回家后给自己辩白说,"我实在忙得不可开交。"

"难道你不好捎个话儿给我吗?"嘉莉问。

"我想倒是这样想过,"他说,"不过你知道,等我想起的时候,早已来不及了。"

"可我白做了这么好的饭菜。"嘉莉说。

这时,根据他观察嘉莉的结果,他开始认为,从性格上说,她压根儿就是个不喜出门的女人。过了一年共同的生活以后,他确实认为,操持家务乃是她的主要特长。尽管他见到过她在芝加哥剧坛上的演出,而在刚过去的一年里,只见她老是待在小公寓里跟他厮守在一起,又因他力量有限,她也压根儿没有什么朋友往来,但他还是概括出了这么一个奇怪的结论。因此,他就为娶了这么一位知足的年轻太太而觉得满心高兴,而这种感觉自然而然地导致这样的后果:那就是说,既然他想象中认为她一切都已满足了,那么,他就感到自己责无旁贷,要让她过上类似这样满意的生活。换句话说,他早已给她提供了家具、室内装饰、食物,以及必不可缺的衣着。但他越来越少想到的是,还要给她娱乐享受,带她到纽约这个大都会金碧辉煌的生活中去。他个人早已醉心于外边的那个花团锦簇的世界,但是他万万没有想到她也会喜欢去的。有一次,他独自一人去看戏了。又有一次,他跟两个新结识的朋友在晚上一起打纸牌。他又开始跟女人挤眉弄眼,侈谈寻花问柳的乐趣。反正他的酒店又开始日进斗金,他觉得自己不妨打扮得花里胡哨,出出风头去。不过,这一切远不如过去他在芝加哥时那么神气活现。凡是容易撞见熟人的娱乐场所,他是断断乎不敢涉足其间的。

这一切嘉莉单凭耳听目睹都猜着了。从性格上说,她并不是属于对类似上述行动深感忧虑的女人。正因为她并不是特别爱他,所以倒也不见得嫉妒得心里着恼。事实上,她一点儿都也不嫉妒。赫斯特伍德很喜欢她这种温和的态度,也就不必仔细追究其原因了。如今,他不回家已是平常得很,她觉得也不是什么特别可怕的事。她甚至还承认男人们常有的魅力他自然也该有——比方说,跟人摆摆龙门阵,上哪儿顺便串串门,找三朋四友一块儿出出主意,如此等等。她一点儿都不反对他按照自己的方式排忧解闷,但是,她只要求他千万别让她遭到冷遇。正如前文指出的,截至目前,她还没有感到自己备受冷淡。看来眼下她的处境还算过得去。她暗自思忖,只是赫斯特伍德跟她过去所了解的相比,已经有点儿不一样了。

然而,过了一年以后,她对周遭环境的新奇感已经消失殆尽,公寓房子虽然很舒适,但不再有什么了不起;在纽约这个大城市,作为一个地理概念和组合实体来说,对她已失去了魅力,她开始对它的具体内涵暗自感到纳闷；她发觉赫斯特伍德的境况已有所好转，相信他在特定条件下正干得很出色。这时，他在钱财收入方面已略有增长，而他思想上却认为嘉莉天生就具有家庭主妇的禀赋。

"我的心肝宝贝，"如今，他动不动就脱口而出，"我想今晚我回不来吃饭啦。"或者说，"我的心肝宝贝，今晚我要加班得很晚呢。"

"没事的。"嘉莉乐呵呵地说，觉得他编的托词倒是很自然贴切，就转过头去看小说解解闷儿。在这以前，他曾经领她到过纽约市里好多地方，可是现在，她发现有时她还得求他才行。她心里常常想，这是因为绝大多数的地方他们都已经去过了，他要不是有点儿腻烦，那就是他压根儿不乐意再走一趟。不管怎么样，她还是向他提出了要求。这件事拖了很长时间，直到后来，她发现自己的衣服都是将就着穿的；而这些衣服，她觉得仿佛真的又是必不可缺的。她出去的次数毕竟很少，所以原有的衣服可穿很长时间；而赫斯特伍德一年来身陷逆境，省吃俭用惯了，也始终一声不吭。但是，等他一想起来，他却忘了逆境的教训，于是，跟他漂亮的新服饰一比，她开始觉得自己的衣着相形见绌，真的寒碜极了。这一下子让她的思想开了窍，还唤醒了她，务必更加敏锐地进行观察，随后再做出决断来。

他们迁居七十八街的第二年的某个时候，嘉莉家过道对面的那套公寓房子刚空出来，就搬进去一个挺漂亮的年轻女人和她的丈夫，后来嘉莉也跟他们两口子结识了。这完全归功于公寓大楼的设计结构：运物专用升降机居中，这样就把两套公寓房子连在一起了。这台用处很大的电梯把燃料、食品等从地下室送上来，再把垃圾、废物等送下去，是同一楼层的两户人家合用的——换句话说，各有一扇小门通到电梯平台那里。

后来，有时碰巧嘉莉和新来的房客每天早晨都要取牛奶和奶油，还有《世界晨报》和《星期日先驱论坛报》。两人，或者至少是两家的仆人，往往把奶油取走以后，便将垃圾、废纸等借这台升降机一块儿送下去。要是门房一吹哨子，两家的仆人或者主妇同时应声出来取报纸，结果他们各自一打开升降机小门时，就各自站在家门口打个照面儿。有一天早晨，嘉莉的女仆头天夜里回家去了，还没有回来，她一听到门房吹哨,得知她的报纸已到可取,就自己应声走去了。等她走到那里,只见那位新房客,一位约莫二十三四岁的漂亮的黑发女郎也在取她的报纸。她穿着睡衣,外披晨袍,头发蓬乱不堪,但看上去还是那么俊秀、好性儿,使嘉莉一下子就喜欢上她了。新房客只不过是羞答答地微微一笑,这就够迷人的了。嘉莉顿时觉得自己很乐意结识她,新房客心里也有同感,她也很喜欢嘉莉充满稚气的脸蛋儿。

"隔壁已有人搬进来,有一个女人长得真漂亮。"嘉莉在早餐桌上对赫斯特伍德说。

"有人搬进来了吗?"经理说。

"是的。"嘉莉回答。

"你在哪儿见到她的?"

"今天早晨,在升降机那儿。瞧她模样儿真可爱。"

"他们都是谁?"赫斯特伍德问。

"我可不知道,"嘉莉说,"门铃上写的姓氏是万斯。他们家里有个什么人能弹一手好钢琴。我猜一准是她。"

"我从来没有听见过呢。"赫斯特伍德说。

"你在家里的时候,她好像没有弹过钢琴。"嘉莉说。

"哦,在纽约这个大城市里,你很难说得出近邻街坊都是些什么人,可不是?"赫斯特伍德说,寥寥数语反映了纽约一般市民对邻居的看法。

"你不妨想一想,"嘉莉说,"我在这幢大楼里,跟另外九户人家一起住了一年多,可是到头来一个人都不认得。这户人家搬来已经个把多月,可是在今天早晨以前,他们家里一个人我也没有见过呢。"

"哦,那也很好嘛,"赫斯特伍德说,"你压根儿不知道你会碰到什么人呢。有些人真的是坏透了。"

"我也是这么想的。"嘉莉附和着说。

后来转到了别的话题上,嘉莉也不再想这件事了;不料过了一两天,她刚要上街去,却突然碰到万斯太太从外头回来。万斯太太一眼就认出了她,还点了点头,嘉莉当即报之以一笑。这一颦一笑就算是正式结交的开始。如果说没有这一次闪电式寒暄致意,也许她们俩相互之间以后也就不会有更深的交往了。

　　接着,好几个星期过去了,嘉莉再也没有见到万斯太太。但是,透过分隔两家前房的薄墙,嘉莉听得见她弹的琴声,很喜欢她弹的那些愉快的选曲,而且认为她弹得还很出色。嘉莉自己只是凑合着弹弹,而万斯太太却能弹那么多风格不同的乐曲,嘉莉觉得,仿佛快要接近高雅艺术的边缘了。就她的见闻来说——当然啰,仅仅都是些片段和模糊不清的信息——足以表明这对近邻夫妇是相当高雅而又殷实的上流社会人士。所以,嘉莉心里也自然而然地巴望今后进一步跟他们友好往来。

　　有一天,嘉莉家的门铃响了,在厨房里的仆人连忙一按电钮,自动打开了底层总进口处的前门。嘉莉站在三楼自己家门口等着,想看看到底是谁上楼来看望她,没承想这位访客却是万斯太太。

　　"请您多多包涵,"她说,"刚才我出去了一会儿,忘了带开前门的钥匙,所以就按响了您府上的门铃。"

　　本来这是住在公寓大楼里的居民普遍采用的一种应急办法,有人万一外出忘了带开前门的钥匙,自己家里偏偏又没有人,出于无奈,只好按别人家的门铃,而且还从来都用不着向对方道歉。

　　"当然,"嘉莉说,"您千万别这么客气啦。有时候,我也会这样的。"

　　"今天——天气很好,不是吗?"万斯太太说,还站了一会儿。

　　"真是好得很,"嘉莉说,"我心里正在想不妨一个人出去溜达溜达。"

　　"我常暗自纳闷,您一个人的时候,"万斯太太说,"还有什么娱乐消遣来着。我发现早晨您丈夫走得挺早的。我知道那么长的时间真很难熬。"

　　"我可没得什么事,"嘉莉说,"除了拾掇拾掇房间以外。反正您钢琴弹得那么好,我想,谅您不会感到冷清的。"

　　"可我早已弹腻了,"万斯太太说,"您也弹琴的,不是吗?"

　　"才会一点儿。"嘉莉说。

　　"好像我还听您弹过呢。反正总不能老跟钢琴做伴儿啊。"

　　"那倒也是。"嘉莉一本正经地说。

"您要是能过来跟我聊聊,我可太高兴啦,"万斯太太说,"我巴不得有个好邻居。纽约真是个怪地方。"

"谢谢您,"嘉莉说,"我很高兴。请您也一定到我家来坐坐。"

开头的几句客套话以后,相互之间就这样开始了友好交往,嘉莉觉得年轻的万斯太太是个惹人喜爱的女友。

从许多方面来看,这个女人都算得上典型的纽约人,具体地说,就是讲究服饰,喜好狂欢,热衷大都会的生活,广交朋友,爱看戏,还乐于跟男士们应酬交际。原先她是从俄亥俄州迁来的,她父亲在该州南部一个县里开业行医。她在十七岁时跟那儿某校一位年轻的学生私奔了,来到了俄亥俄州克利夫兰,但是后来结局很要不得。眼看着她初恋的幻想快要结束的时候,她碰上了现在的心上人兼保护人,威廉·B. 万斯先生,此人是某大烟草公司的秘书,该公司总部则设在纽约。大约三年以前,万斯先生带她离开了克利夫兰,此后就一直住在纽约,为了迁就太太的癖好,经常易地而居,不过,直到现在,她还没有寻摸到称心如意的寓所。万斯太太在最近东山再起的赫斯特伍德清晨去酒店上班时匆匆见过他一面,又透过升降机的小门瞥见到嘉莉充满稚气的脸蛋儿,对他们两人很有好感。而且,万斯太太见到嘉莉的次数越多,就越是喜欢她。

嘉莉有好几回去她家串过门,过后她也来嘉莉家回访过好几回。这两户人家居室看上去很舒适,虽然万斯家陈设要显得更华丽些。

"请您今晚过来,跟我丈夫见见面,好吗?"她们开始有了交情以后不久,万斯太太说,"他很想见到您。您会打纸牌吗?"

"会一点儿。"嘉莉说。

"那我们就来打一会儿纸牌吧。您丈夫要是回家,不妨请他也过来嘛。"

"今儿晚上他不回家吃饭。"嘉莉说。

"那等他回来,我们过去叫他就得了。"

嘉莉默然同意,那天晚上就见到了胖墩墩的万斯。论年龄,此人比赫斯特伍德只小一两岁,后者把个人看似很舒心的婚后生活更多地归功于他的钱,而不是他那漂亮的容貌。他头一眼见到嘉莉就有了好感,尽量显得很亲切,教她一种新玩纸牌的方法,还跟她大谈特谈纽约,以及纽约形形色色的娱乐生活。万斯太太弹了好几支曲子,最后赫斯特伍德也过来了。

"我很高兴见到您。"嘉莉把他介绍给大家的时候,赫斯特伍德就对万斯太太这么说,充分展示出当年让嘉莉顿时为之着迷的魅力来。

"大概您在揣摩您太太是不是逃跑了吧?"万斯先生一边听介绍,一边把手向他伸过去说。

"是啊,我心里还在想,也许她给自己觅到了一个更称心的好丈夫呢。"赫斯特伍德说。

这时,赫斯特伍德已把注意力转到了万斯太太身上,刹那间嘉莉又见到了赫斯特伍德特别擅长的,但近来她却不知不觉发觉消失殆尽的那种乖巧、讨好的媚态来。她还发觉自己的穿着不够讲究——比奇装艳服的万斯太太差得太远了。这些想法再也不是模糊不清了。好像她恍然大悟似的。她觉得自己是在浑浑噩噩地过日子,因此,这不能不让她揪心。她往昔的哀愁又涌上了心头。冥冥之中好像在欲望给嘉莉出谋划策来着。

赫斯特伍德来了以后没多久就散场了。他们回到自己家里,嘉莉没想到她丈夫居然对他的女邻居赞不绝口。

"她可真是个漂亮的小妇人。"赫斯特伍德扯到万斯太太时这么说。

"我看她真是聪明得出奇。"嘉莉说,听得出话里有话。

"是啊,"赫斯特伍德说,"她长得怪迷人。"

这种觉醒没有随之立即产生后果,因为嘉莉天性不大会采取主动,但是,不管怎么样,她好像总是觉得自己只有听天由命,任凭变化的浪潮随便把她卷跑到多远都行。赫斯特伍德却一点儿都没有发觉。那些彰明较著的对照,嘉莉都注意到了,可他却没有觉察出来。他连她眼里淡淡的哀愁也没看出来。最要不得的是,现在她开始觉得家里怪寂寞的,常找万斯太太做伴儿,而万斯太太也特别喜欢她。

"今天下午,我们去看一场日戏吧。"有一天早上,万斯太太走进嘉莉家里说,这时她身上还是起床时穿的淡红色柔软晨袍。赫斯特伍德和万斯差不多在个把钟头前各自上班去了。

"那敢情好。"嘉莉说,从万斯太太整个模样儿一看,就知道她是个特别得宠和穿着考究的女人。看来丈夫非常爱她,对她总是有求必应的。"那我们看什么戏呢?"

"哦,我可真想看看纳特·古德温的演出,"万斯太太说,"我说他才是天底下最发噱的喜剧演员呢。各报都拼命给他捧场。"

"什么时候我们动身?"嘉莉问。

"我们一点钟出发,从三十四街一拐,顺着百老汇大道走过去,"万斯太太说,"一路上溜溜达达,倒也挺有意思。那剧院正是在麦迪逊广场。"

"我很高兴去的,"嘉莉说,"票价是多少?"

"不到一块钱吧。"万斯太太说。

万斯太太说完不久就告辞了,到一点钟她又露面了。瞧她身上穿着一套上街穿的深蓝色衣裙,还戴着一顶跟衣裙相配的漂亮帽子,真是光艳夺目。嘉莉也给自己打扮得楚楚动人,但跟这位阔太太相比,她感到心酸了。万斯太太看来有好多玲珑剔透的小玩意儿,可是嘉莉却什么也没有。各种黄金小饰物、一只雅致的绿色真皮小拎包(上面绣着她姓名的首字母)、图案异常富丽的绣花手绢,等等。嘉莉觉得自己需要添些上好服饰方能跟这位时髦女人相媲美,如今不拘是谁,一见到她们两个,都会被她的衣饰迷了眼而会偏爱万斯太太的。这种想法既让嘉莉感到苦恼,但也是极不公道,因为现在嘉莉的模样儿同样招人喜爱,而且长得越发俊秀,堪称绝代美人。两人的服饰,不论在质地上和新旧程度上都有一些差别,尽管还不算太明显。可是,不管怎么样,这使嘉莉对个人现状越发感到不满。

漫步在百老汇大道上,当时也跟现在一样,都是观光纽约这个大都会的一大特色。每当日戏开场以前或是散场以后,那里麇集着的,不仅有成群的净爱卖弄风骚的美女,同时还有净爱观赏美女的男人。这是一长溜由漂亮的脸蛋儿和艳丽的服饰形成的景观,真的让人百看不厌。妇女们穿的戴的都是最优美的帽子、鞋子和手套,手挽着手,悠然自得地蹓马路,逛豪华的大商店或者大剧院,从十四街到三十四街,整条百老汇大道上,类似这样的大商店和大剧场俯拾皆是。男人们同样也穿上他们最新款式的服饰在大出风头。在这里,裁缝也许会对裁制款式大受启发,鞋匠准会了解到最走俏的鞋楦和颜色,帽匠管保摸到最最受到男女青睐的帽子的行情。大凡讲究服饰的人,只要置备了一套新装,准要先到百老汇大道上亮一亮相,这话可真不假。这的确是家喻户晓、妇孺皆知的事实,好几年以后,有一支流行歌曲的歌词中详细谈到了这一点,还谈到了在演日戏的日子里午后人们竞相摆阔的盛况,歌名叫作《他在百老汇大道上干啥呀?》①。这支歌曲问世以后,在纽约各音乐厅里非常走俏。

嘉莉寓居纽约以来,一直到此时此刻,还从没听说过这种争艳斗阔的景观,就是百老汇大道上仕女如云、值得一看的时候,她也从没有光临过。另一方面,万斯太太对此却是轻车熟路,她不仅对它了如指掌,还常常亲历其境,特意去看人家,也让人家看自己,以自己惊人的姿色引起轰动,并让自己和纽约的时髦美人相互对照,以消除在服饰上落人之后的颓势。

她们在三十四街下了车,嘉莉怡然自得地径直往前走去,但是没有多久,她就两眼盯住了紧挨着她一起往前走去的美人儿。蓦然间,她发觉万斯太太已被漂亮男人和身穿盛装的太太们死死地盯住不放而显得狼狈不堪;不言而喻,他们如此大胆放肆,有违文明礼俗。而在这里,盯着看人好像是正当而又自然的事情。嘉莉突然觉得也有好多人乜着眼盯住自己,把自己仔细端详着。身穿高级优质大衣、头戴大礼帽、手提银镶头手杖的男人们,打从她身旁走过,不免也要盯着她那双羞怯的眼睛仔细看个究竟。穿着挺括衣裙的妇女们窸窣作响地一走过去,就会留下假笑的声音和一阵阵香气。嘉莉发现她们中间只有少数是好女人,大多数都是坏女人。抬眼四望,到处是涂脂抹粉的脸颊和嘴唇,洒着香水的头发,蒙眬慵倦的大眼睛。她猛地大惊失色,发觉自己不知怎的也会置身在时髦的人群里争艳斗阔——就在这儿亮相啊。大道两侧

---

① 该曲系哈里·狄龙作词,纳特·曼作曲,发表于一八九五年九月,在纽约等地风靡一时。

常见的珠宝店的橱窗光彩夺目。鲜花铺、皮衣行、男子服饰用品商店、糖果店,全都是一家紧挨着一家。大街上车水马龙,异常闹热。在豪华的商品展示厅门口,站着自命不凡的看门人,他们身穿宽大的外套,上面缀有亮晶晶的铜纽扣,还围着带铜扣的腰带。穿着棕黄色长靴,白色紧身裤和蓝外套的马车夫,巴结讨好地等候着进商店买东西的女主人。整条大街具有豪华富贵的特色,而嘉莉却意识到自己并不是属于这个天地的。她无论如何也不会像万斯太太因为自己容貌出众而信心十足。嘉莉只是觉得,想必人们一眼就看穿了她们两人的衣着穿扮,她的衣着不免太差劲。这使她很伤心。她下定决心,往后要是没有漂亮一点的衣着,再也不到这儿来。与此同时,她又恨不得自己也打扮得跟人家一样漂漂亮亮,上这儿来亮亮相。啊,那时她也许就会感到幸福了。

# 第三十五章

嘉莉这次漫步在百老汇大道上，真使她百感交集，所以对接下来要看那出充满伤感情调的戏，也就特别容易接受了。她们此刻要去看的那位演员是以擅长表演令人轻松快活的喜剧闻名的，在充满幽默的戏里往往还掺进了一点儿人间辛酸，相互对照之下，越发耐人寻味。我们早已知道，舞台艺术对嘉莉本来就有着极大的吸引力。她至今始终没有忘怀她在芝加哥的那次富于纪念性的演出。有好几个漫长、落寞的下午，她坐在摇椅里浏览最新小说来消愁遣闷时，对往昔剧坛的回忆老是在她脑际萦绕不去。所以，她每次看戏，马上就会记忆犹新，不禁想起她自己也有演剧的才能。有好几场戏竟使她跃跃欲试，恨不得自己此刻也能登台亮相——把她扮演那个角色后体验到的感情表演出来。她几乎每一次总要把那些动人的形象牢记在心头，第二天自己独个儿仔细咀嚼。她更多地生活在梦幻里，好像并不是置身在日常生活的现实里似的。

她被现实生活触动很深时去看戏倒是不常有的。今天，她看到了豪华、欢乐和瑰丽的场面，这使她心里低声哼唱着一支渴望之歌。啊，这些成百上千的跟她擦肩而过的女人，她们都是些什么人呀？这些华丽雅致的衣服、熠熠生辉的彩色纽扣和金银小饰物，都是从哪儿来的呀？这些绝代美人都住在什么地方呀？她们就是在精美的雕花家具、彩绘四壁上挂着的壁毯、缀锦绣帷之间打发日子吧？她们摆满重金购置的家什的豪华公馆又是在哪儿呀？还有，马厩里那些毛色油亮、矫健有力的良种马，以及雍容华贵的私家马车呢？那些衣着华丽的马车夫又去哪儿闲逛呢？啊，巨邸、华灯、香水、珠围翠绕的闺房、摆满美味佳馔的餐桌。像如此这般的豪宅，在纽约想必是鳞次栉比，要不然就不会有那么亮丽、傲慢、目空一切的人群啦。他们都是从暖房里栽培出来的。嘉莉意识到自己不是属于她们里头的一员,觉得很伤心——哎呀,唉,她做过一个梦,可惜这梦始终没有成为现实。她暗自纳闷,这两年来的孤寂生活——怎么会对自己始终未能实现的夙愿无动于衷。

那出喜剧取材于上流社会客厅里常有的平凡无味的生活,在戏里,身穿盛装的仕女和绅士在纸醉金迷的环境里饱尝恋爱和嫉妒的痛苦。戏里有一些警句,对整日幻想豪华生活而永远未能如愿的人们始终都具有引诱力,表现了即使在理想的生活环境里受苦也是挺迷人的。谁不愿意坐在镀金的摇椅里犯愁呢?谁不愿意在香气袭人的壁毯、配置软垫的家具和身穿制服的仆人之间挨苦呢?在类似如此这般的情景之下犯愁也是够诱人的。嘉莉真恨不得自己也能亲历其境。她乐意在如此这般的环境里饱受痛苦,且不管它是什么样的痛苦;如果说不行的话,至少也要在舞台上如此美妙的画面里尽兴表演一番。她的思想深受刚才所见到的剧情影响,竟然认为那是一出妙不可言的好戏。她整个身心好像立时进入了剧中所描绘的那个世界,但愿永远也不要再回到现实生活里来。在换幕休息的时候,她仔细端详着坐在前排和包厢里看日戏的观众们,对纽约有了一些新的看法。她相信自己压根儿还没有看到整个纽约——这个大都会完全是个寻欢作乐的旋涡啊。

走出了剧院以后,这一条百老汇大道给了她更深刻的教训。她刚去剧院时见到的景象现在愈演愈烈,达到了顶点。如此人群杂沓、花团锦簇的景观,她可从来都没有见过。它跟她的处境形成了强烈的对照。眼前这一切,要是她连一丝一毫都得不到的话,那么她今生真的就算是白活了。女人们花起钱来就像流水似的。这一点反正她走过每一家高雅的商店即可得到明证。鲜花、糖果、珠宝,仿佛都是高雅的太太小姐们爱不释手的主要东西。而她呢——她的零用钱少得可怜,还不够她每个月上这儿来玩一两次呀!

那天夜晚,那套舒适的小公寓仿佛都变得平淡无味似的。这种地方——别人可一点儿都不稀罕啊。她以冷漠的目光看着女仆在准备晚饭。喜剧里的一幕幕场景正在她脑海里一一闪过。让她特别难以忘怀的是一个妩媚动人的女演员——扮演的是那个被人大献殷勤、后来屈从相爱的恋人。这位女人的丰姿绰态迷住了嘉莉的心。她身上的服饰真可以说是艺术中不可多得的珍品,她的痛苦又是如此真切感人。她表达出来的哀愁嘉莉完全能够领会。她确信自己也能演得那么好,有些地方甚至还会更好一些。于是,她就情不自禁,默默地背诵起台词来。啊,要是她能登上舞台,饰演这么一个角色,她的生活该有多阔呀。她也能演得让全场观众无不为之倾倒。

赫斯特伍德回来时,嘉莉还在快快不乐。她坐在摇椅里一边摇晃,一边思忖,依然沉湎于诱人的想象之中。她不愿有什么人来惊扰她的那个梦幻世界,所以,她就尽量少说话,甚至于缄口不语。

"你怎么啦,嘉莉?"过了一会儿,赫斯特伍德终于说话了,他很快就注意到她默不出声、几乎闷闷不乐的神情。

"没什么,"嘉莉说,"今天晚上我有点儿不舒服。"

"没有得病吧?"他走过来,挨得很近,问她。

"哦,没有,"她说,几乎有点儿不高兴了,"我只觉得心里有点儿难受。"

"那太差劲了,"说罢,他走开去了,还把自己的背心整了一整,因为刚才他俯身跟嘉莉说话时,背心有些皱了,"原来我想今天晚上我们一起去看戏。"

"我不想去,"嘉莉不免有点儿懊恼,因为她心中美丽的幻象已被打碎而烟消云散了,"今天下午,我已看过日戏了。"

"哦,你去看过了,"赫斯特伍德说,"看的是什么呀?"

"《宝藏》①。"

"演得怎么样?"

"很好。"嘉莉回答说。

"今天晚上,你就不想再去了吗?"

"我不想去了。"她说。

可是,等她心中的忧郁一扫而光,上餐桌吃饭时,她又突然改变了主意。一勺汤下了肚,有时也会出现奇迹。随后,她又跟赫斯特伍德一

---

① 美国作家、戏剧评论家布兰德·马修斯(1852—1929)和乔治·杰索普于一八八九年合写的一部喜剧。

起看戏去了。这么一来,她的心里也暂时得到了平衡。但是,她思想已经醒悟过来了。如今,不管她怎样竭力想把它忘掉,不满情绪还是在她心头萦回不去。时间与恒久不变——啊,可真了不起!水滴石穿——终究见奇效呀。

这次观看日戏以后不久,也许是过了个把月,万斯太太请嘉莉跟他们俩一起去看夜戏。她听嘉莉说过赫斯特伍德不回来吃晚饭。

"您为什么不跟我们一块儿去呀?别再独个儿吃晚饭啦。我们先上谢丽餐厅去吃饭,随后去沃拉克剧院。跟我们一块儿走吧。"

"好吧。"嘉莉回答说。

她从那天下午三点钟就开始打扮,为的是五点半上那家著名的餐厅去,当时这家餐厅为博取上流社会人士的青睐正在跟德尔莫尼科餐厅较劲儿。嘉莉这次穿着打扮,显然受到了跟时髦的万斯太太频繁交往的影响。万斯太太经常提醒她,但凡女子服饰,尽可能力求款式新颖出奇。

"您想要这样那样的最时髦帽子吗?"或者"您看见过缀有椭圆形珠子扣的新式手套吗?"——这些仅仅是万斯太太问话里头的一两个例句罢了。

"下次您给自己买鞋子的时候,我的亲爱的,"万斯太太说,"要挑带鞋扣子的,鞋底要厚实,还要有漆皮鞋头的。今年秋天,这种款式的女鞋最走俏。"

"好的。"嘉莉说。

"哦,亲爱的,您有没有见过奥尔特曼公司的新款的衬衫式连衣裙?那儿有好几种款式,真够帅的。我看到有一种款式,您穿上了,您准会倾倒。当时,我一见到就这么说的。"

嘉莉饶有兴味地听着女伴絮叨不休,因为她的这些话儿跟漂亮女人之间常谈的话语相比显得更加暖人心窝。万斯太太真心喜欢嘉莉那种平易近人的脾性,很高兴把最新信息透露给她。

"您干吗不给自己买一条漂亮的哔叽裙子?此刻斯图尔特公司正在发售,"有一天,她说,"那是圆环形的,是目前最流行的款式了。藏青色的,您穿上了真没说的,漂亮得很。"

嘉莉一字不漏地仔细听着她说话。像这种事情,她和赫斯特伍德从来都不会谈的。不过现在,她开始向赫斯特伍德提出买这买那的要求了,他虽然都同意了,但是从不发表任何意见。当然,嘉莉的这种新倾向他已经有所觉察,后因嘉莉每走一步照例会听到万斯太太又夸又赞,他才终于揣度到这阵风是打从哪儿刮来的。他压根儿不想立时对她进行什么劝阻,但是很快觉得嘉莉的需求在日益增长。这一点,当然他特别不赞成,不过他依然按照自己的方式疼着嘉莉,所以一切还是听之任之。与此同时,嘉莉却发觉赫斯特伍德对她的愿望尽管都给予了满足,但是他从来没有露出一丁点儿满意的迹象来。而且,他对她所买的东西也并不是非常感兴趣。嘉莉由此得出结论:他已开始对她冷淡了,因此他们俩之间又出现了一道新的小小裂痕。

不管怎样,万斯太太的建议毕竟不会是徒劳无益的,这一回嘉莉衣着穿扮连自己都觉得比较满意了。她把自己最好的衣服穿在身上,她聊以自慰地心里琢磨着,尽管她只有这么一件王牌的衣服,但它却是特别合身,使她显得更加楚楚动人。看她的模样儿,仿佛她是二十刚出头、仪态素雅的年轻女人,万斯太太见了也啧啧称赞,使她丰盈的脸颊上泛着红晕,两只大眼睛迸发出特别明亮的光芒。天好像快要下雨了,万斯先生按照他太太的要求,叫来了一辆马车。

"您丈夫不去吗?"万斯在小客厅里见到嘉莉时,特意问她。

"不,他已说过不回家吃晚饭了。"

"最好留个条子给他,关照他我们都在什么什么地方。也许他过后会来的。"

"我这就去写。"嘉莉说,刚才她自己却没想到这件事。

"关照他,八点钟以前,我们在谢丽餐厅,是在第五大道和二十八街交叉口上。不过,我想,他自己也知道的。"

嘉莉曳着窸窣作响的衣裙穿过走廊回屋,连手套都没脱下,草草地写了个条子。可在她回来的时候,万斯先生府上却来了一位新客人。

"惠勒太太,我来给您介绍一下,这一位是我的表弟,艾姆斯先生。"万斯太太说,"他跟我们一块儿去,鲍勃,是吗?"

"见到您很高兴。"艾姆斯说,对嘉莉毕恭毕敬地鞠了一躬。

嘉莉头一眼就看见了一个身材魁伟的人的身形。接着,她又发觉此人胡子刮得很干净,面容端正,而且又很年轻,反正长得不难看。

"艾姆斯先生刚到纽约,只待一两天,"万斯插话说,"我们打算陪他在市内稍微看一看。"

"哦,是刚到吗?"嘉莉说着,又瞅了新来的客人一眼。

"是的,我刚从印第安纳波利斯①来,大概在这儿耽搁个把星期左右。"年轻的艾姆斯说,坐在椅子边沿上,等着万斯太太最后梳洗完毕。

"我想您会觉得纽约这个地方是很值得看看的,不是吗?"嘉莉说,很想说一些话儿免得可能出现冷场。

"整个纽约挺大,个把星期也许还看不过来吧。"艾姆斯愉快地说。

看来他倒是非常和蔼可亲的,这个年轻人压根儿不会装腔作势。嘉莉觉得,他仿佛还没有完全脱尽年轻人害羞的痕迹。看来他还不大善于交谈,但是他的优点在于衣着讲究,浑身是胆。嘉莉觉得跟他聊聊好像也并不很难。

"哦,我看,现在我们好像万事齐备了。马车就在外头。"

"各位请吧。"万斯太太笑吟吟地走进来说,"鲍勃,你得多照看着惠勒太太呀。"

"一定尽心尽力。"鲍勃微微一笑说,紧挨着嘉莉走过来。"依我看,您用不着特别多的照顾,是不是?"他巴结讨好、低声下气地找补着说。

"我想,也不会太多的。"嘉莉说。

他们下了楼,在万斯太太的招呼下,大家都纷纷登上了敞篷马车。

"走吧。"万斯说,砰的一声关上车门,马车就上路了。

"我们去看什么戏呀?"艾姆斯先生问。

"弗洛伦斯②,"万斯说,"主演《多吉特法官》。"

"哦,他演得真帅,"万斯太太说,"就数他最发噱。"

"我看到各报都在给他捧场。"艾姆斯说。

---

① 印第安纳波利斯,美国印第安纳州首府。
② 美国著名喜剧演员威廉·杰明·弗洛伦斯(1831—1891),常与其妻联袂同台演出。

"我敢打赌,"万斯插话说,"我们包管看得非常过瘾。"

艾姆斯坐在嘉莉身边,因此他觉得自己责无旁贷要多照应她些。他见到这么一位还很稚嫩,但已做了太太的女人,长得又是这么标致,就很感兴趣,好在这种兴趣都是绝无歹念,仅仅是尊重的意思罢了。他断断乎不是专门勾引女人的小白脸。他对婚姻关系特别尊重,此刻只想到印第安纳波利斯的好几个待字闺中的漂亮姑娘。

"你是生在纽约的吗?"艾姆斯问嘉莉。

"哦,不,我到纽约总共才两年。"

"哦,反正你有的是时间来熟悉了解纽约啦。"

"看来我还了解得不多,"嘉莉回答,"到现在我觉得纽约还好像跟我刚来时一样陌生。"

"你是从西部来的,是吗?"

"是的,我是威斯康星州人。"她回答说。

"我有这么一个印象,在纽约大多数人仿佛都是不久前才迁来的。我听说有很多跟我同行的印第安纳州老乡也都在这儿。"

"你是哪一个行当上的?"嘉莉问。

"我在一家电气公司任职。"这位年轻人说。

嘉莉跟他就这样漫无目的地闲聊着,万斯夫妇偶尔也有过几句插话。有好几次谈得挺投契,居然还带着一点儿幽默味道,他们不知不觉地就来到了谢丽餐厅。

嘉莉注意到马车驶过的大街上好不闹热,人们都从四面八方赶来这儿寻欢作乐。车水马龙,行人如过江之鲫,五十九街上的街车里全都挤满了人。在五十九街和第五大道的拐角,普拉扎广场周边的好几家新酒店通宵达旦,灯火辉煌,令人不禁想起了奢华的大饭店生涯。第五大道是有钱人麇集的地方,豪华马车和穿着夜礼服的绅士们到处可见。到达了谢丽餐厅后,一个神气活现的门倌给他们打开了马车门,搀扶他们下了车。年轻的艾姆斯握住嘉莉的胳膊肘,扶着她一步一步地迈上台阶。他们走进早被宾客挤满的大堂,随后脱去了他们的外衣,款步进入了豪华的餐厅。

像这样壮观的场面嘉莉一辈子都没有见过。从两年前他们到达纽约以来，赫斯特伍德由于手头紧张，自然没法带她光顾如此豪华的食府。这儿弥漫着一种几乎说不出的气氛，使每一个新来乍到的人立刻确信，此时此刻他才算真正来到了举世无双的豪华之地。费用的高昂令人咋舌，所以来这儿的顾客也就只好局限于有钱人，或者是净爱享受作乐的人。有时嘉莉在《世界晨报》和《世界晚报》上动不动就看到有关这家餐厅的报道消息。她还看见过各报刊登有关假座谢丽餐厅举行舞会、茶会、盛大的舞会、晚宴的通告。比方说，某某女士择定星期三晚上假座谢丽餐厅举行晚会。年轻的某某先生将于十六日假座谢丽餐厅设午宴款待挚友，如此等等，不一而足。这些上流社会的交际活动的老一套通告，每天她总会忍不住扫上一眼，这使她清晰地意识到这个了不起的美食苑该有多么奢靡、豪华。如今，她终于真的亲历其境了！她居然还在那位身材魁梧的门倌护送下，款步迈上了富丽堂皇的台阶。她看见大堂门口站着另一个身高体壮的绅士，身穿制服的侍者把宾客的手杖、大衣等物一一接了过去。嘉莉抬眼一看，原来是一间华丽的餐室，一切都装饰得光彩夺目，是有钱人的美食世界。啊，这个万斯太太多么幸福；她——年轻、标致而又有钱——至少要有钱坐得起马车，把她送到这儿来。有了钱该有多么了不起啊！

　　万斯走在前头，领着他们穿过一排排晶光锃亮的餐桌，餐桌上早已坐着两个、三个、四个、五个或六个人，反正人数不等的食客。初次光临此地的人特别会发觉这儿的座上客都是多么踌躇满志和神气十足。白炽灯、亮晶晶的玻璃杯上的反光、四壁金饰的闪光，交汇成一片令人耀眼的亮光，要闭目好几分钟方能仔细察看，分辨出个别的对象来。绅士们洁白衬衫的硬前胸、太太们色彩鲜艳的服装、钻石、珠宝、美丽的翎毛，全部熠熠生辉，特别令人瞩目。

　　嘉莉走进去时，风度一点儿也不逊于万斯太太，随即在侍者领班给她安排的席次上落了座。她对身边每一件琐屑小事都特别小心留意——比方说，见到侍者们和侍者领班点头哈腰，大献殷勤，美国人都是乐于给一点儿小费的。要知道，侍者领班每次拉出一把椅子来，摆摆手请她就座，这些一拉一摆的姿势动作本身就值好几块钱哩。

　　他们一行人刚刚坐下来，就开始出现了有钱的美国人习以为常的那种摆阔、靡费、有害身心健康的暴饮暴食的情景,让全世界真正富有教养、庄重自敬的人无不深感震惊。偌大的菜单上罗列出一长溜足以供养全军将士的菜肴,边上标注的价格使合理的成本开支顿时显得非常可笑。一份汤开价五十美分或一块美元,备有十几种之多,供顾客随意选择。四十个不同品种的牡蛎,半打就要六十美分。主菜、鱼、肉等菜品,每一种的价格都很昂贵,抵得上在中等旅馆住一宿的费用。在这份印制精美的菜单上,一块半或者两块钱好像都是最起码的价钱。

这一切嘉莉全都看在眼里。随后,她瞟了一下菜单,炸仔鸡的价格猛地让她想起了另一份菜单,以及两者菜价相差悬殊的情况,那时,她头一回跟德鲁埃一起坐在芝加哥某家高级餐厅里。这仅仅是刹那间一闪而过的回忆——像一支被遗忘了的旧歌里一个令人伤心的音符,顿时也就消逝了。可是就在一刹那,她却看到了另一个嘉莉,可怜巴巴、饥肠辘辘、走投无路,而整个芝加哥却是冷酷的、可望而不可即的世界,她因为找不着工作,就只能在外头漂泊流浪。

餐室四壁都是彩绘图案,许许多多蓝绿相间的方块,四周配着精美的镀金方框,四只角上饰有精心塑成的各种形象:鲜果、花朵,还有胖乎乎、赤裸裸、展翅飞翔的小爱神。天花板上绘着镏金窗花格,簇拥着中央的一大圈令人耀眼的灯光——在闪闪发光的棱柱和镀金悬饰之间,镶嵌了好多白炽灯泡。地板是红色的,上过蜡,光可鉴人,四周都是镜子——高大、明亮、四边车成斜面的玻璃镜子,相互辉映,不知有多少回,把形形色色的物体、脸容和大型枝形烛台反复映照出来。

餐桌本身并不独具特色,可是餐巾上印有"谢丽"字样,银器上镶着"蒂凡尼"①的名字,瓷器上标着"哈维兰"②的名号,还有红灯罩的小枝形烛台迸射出玫瑰色的柔光,连同四壁映照的色彩,全都映现在宾客们的服饰上、脸庞上,使整个餐室越发显得赏心悦目。每一个侍者的打躬作揖、一进一退,乃至于摆放餐巾、碟子的一招一式,都给餐室平添了高贵、雅致的气氛。侍者对每一位宾客都得精心伺候,几乎哈着腰站在

---

① 查尔斯·路易斯·蒂凡尼(1812—1902),美国著名珠宝金饰商人,一八五一年在纽约创设著名的蒂凡尼公司。直至今天,蒂凡尼公司及其产品仍然驰名全球。
② 哈维兰,一家著名的瓷器公司。

旁边,侧着耳朵倾听,肘弯并在腰间,嘴里老念叨着说:"汤呀——甲鱼汤,是的——要一客,是的。牡蛎——没错——要半打——是的。另加芦笋!炖牛肉卷——是的。"

招待个别宾客原本都是这么一套程式,不过这一回万斯事先听取了大家的意见和建议以后,就代表大家点了菜。嘉莉张大眼睛在仔细观察来这儿就餐的人们。原来这就是纽约的上流社会生活!有钱人的日日夜夜就是这样给消磨掉的!凭她那少得可怜的才智,她揣想整个上流社会大概都喜欢这种生活方式吧。每一位阔太太,每天下午想必都置身在百老汇大道的人群之间,或在剧场里看日戏,到了夜晚,坐马车去餐厅。所到之处,想必都是灯火辉煌,还有马车等着,马车夫精心伺候着;可是她嘉莉却什么都没有。在漫长的两年岁月里,像这样的地方她一次都还没有涉足过呢。

万斯在这儿如鱼得水,就像赫斯特伍德从前一模一样。他出手挺大方,叫了浓汤、牡蛎、烤肉和好几个小菜,另外还要了几瓶酒,装在柳条篮筐里搁在了餐桌一边。

年轻的艾姆斯先生还主动说大家都知道他是不喝酒的。

"我也不喜欢喝酒。"嘉莉说。

"你们这些胆小鬼,"万斯太太说,"你们不知道你们的损失有多大。不管怎么样,今晚你们都得喝一点儿。"

"不,"嘉莉说,"我想还是不喝吧。"

艾姆斯正好心不在焉地凝望着餐厅里的人群,让嘉莉见到了他那动人的侧影。他前额挺高,鼻子大而坚实,下巴颏儿也相当好看。他的嘴巴长得不错,虽阔但很匀称,棕黑色头发偏向一边分开。嘉莉觉得他仿佛还带着一点儿稚气,但他毕竟是个地地道道的成年人。

"您知道吗,"经过沉思良久以后,艾姆斯猛地回过头去对嘉莉说,"有时候,我认为像这样一掷千金是可耻的。"

嘉莉看了他一会儿,对他严峻的口吻不觉有点儿吃惊。看来艾姆斯正在思考一些嘉莉脑海里从没想到过的事情。

"是这样吗?"嘉莉饶有兴味地问。

"是的,"他说,"他们付的钱远远地比这些东西的实际价值要多得多呢。他们完全是在摆阔。"

"我可闹不懂,反正人家有的是钱,干吗就不让他们花钱。"万斯太太说。

"不管怎么说,这可没有什么坏处。"万斯说,他还在仔细琢磨菜单,虽然早已订好了菜。

艾姆斯又掉过头去看别处了,嘉莉又仔细看着他的前额。她发觉他好像净想着一些怪事。不过,他在端详人群时的目光却是柔和的。

"快看那边那个女人的衣着。"他又掉过头去对嘉莉说,冲着一个方向点点头。

"哪儿呀?"嘉莉说,也随着他的目光所指看过去。

"那边墙角上——再过去一点儿。您看见她那枚胸针了吗?"

"天哪,真是大得不得了!"嘉莉说。

"像这么大的一串宝石我从来还没有见过。"艾姆斯说。

"真的,是吗?"嘉莉说。她觉得好像应该随声附和这个年轻人,而且在这同一个时间,或许是还早一些,她隐隐约约发觉他受过的教育比她更多——他的才智也比她更高明。看样子他确实也正是这样,而嘉莉身上也有一种可取之处,她知道有些人是比她聪明些。实际上,过去她很少会遇到一些让她觉得确有学问的人。如今,这个在她身边的健壮的年轻人,模样儿长得挺清秀,仿佛懂得许许多多她虽不完全懂得,但会认同的事情。她暗自寻思,男人倘能如此明智,该有多好!

话题转到当时流行的一本书——爱·佩·罗埃写的《砸开栗子瘤》①上了。万斯太太读过这本书。万斯也看到了有些报刊上登载的对这本书的评论文章。

"一个人靠写书竟会大发横财呢。"万斯说,"我知道人们对罗埃这个家伙都在议论纷纷。"他说话的时候两眼直瞅着嘉莉。

"这个人我还没有听说过呢。"嘉莉如实相告地说。

"哦,我倒是听说过,"万斯太太说,"他写过好多书。但写得最好

---

① 此书出版于一八七四年,是当时走俏的一本通俗小说。作者爱德华·佩森·罗埃(1838—1888),美国长老会教士和小说家,著述颇丰。

的就数《砸开栗子瘤》这本书了。"

"您说的罗埃可没有什么了不起。"艾姆斯说。

嘉莉目光转过来望着他,好像是望着一位圣贤似的。

"他的东西差不多跟《多拉·索恩》一样糟透了。"艾姆斯下结论说。

嘉莉觉得这好像是数落她个人似的。以前她看过《多拉·索恩》。她个人觉得只是还算不错,可是她知道人们都夸它写得好极了。殊不知现在,这个慧眼独具、风仪秀整,依她看还像大学生派头的年轻人,却敢于嘲笑它。他认为此书太差劲——不堪卒读。她低下头来,头一次因无法理解而感到痛苦。

可是话又说回来,艾姆斯说话时却一点儿都没有讥讽或者傲慢的味道。不,在他身上连一丝影儿也找不到!嘉莉觉得这才是高雅人士特有的思维方法——从而得出正确的观点,她禁不住想知道,他对此书还有什么高见。而他好像发觉嘉莉在洗耳恭听,还相当同情他,所以,他从此刻起十之八九跟她交谈了。

侍者先是打躬作揖,摸摸盘子看看是不是够热,再送上汤匙和刀叉,诸如此类琐屑小事,可以说服务周到,力求顾客对这家豪华的餐厅留下好印象。与此同时,艾姆斯稍微俯身过来,娓娓动听地给她讲述印第安纳波利斯的风土人情。他确实是聪明透顶,尤其擅长电学知识。可是,他对于其他学科,乃至于人与人之间关系也深感兴趣。在红色的灯光辉映下,他的头发闪出古铜色的光彩,眼睛里好像迸射出粉红色的火花星子似的。这一切是他俯过身来时嘉莉才发现的,她顿时觉得自己也仿佛年轻极了。她心里明白,这个男人远远地胜过了她。看来他比赫斯特伍德更聪明,比德鲁埃更明智。看来他天真、纯洁,所以她觉得他特别让人喜爱。同时,她还发觉他对她也并不是特别感兴趣。她既没法走进他的生活,又跟他生活息息相关的各层面丝毫没有关系,没想到如今他在高谈阔论时,这些却深深吸引了她。

"我就是一点儿不想赚大钱,"他在进餐时告诉嘉莉说,后来这些菜品使他的心情越发激动起来,"莫要钱太多了,就这么着挥霍掉。"

"啊,您一点儿都不想吗?"嘉莉说,头一次清晰地意识到他的这种新观点。

"不想,"他说,"想它又有什么用呢?难道说一个人非得有钱才能幸福吗?"

嘉莉对他最后这句话有点儿怀疑,不过,但凡他说的话儿,她总觉得有点儿一言九鼎似的。

"他独处时也许会幸福的,"她脑际猛地掠过一个闪念,"他这个人是那么坚强。"

万斯夫妇不时以突然插话打断他们的谈话,使艾姆斯只能时断时续地谈论这些动人的事情。不过即使是这样,也已经够了,因为纵然不是通过言语,这个年轻人的气质早已给嘉莉留下了强烈的印象。在他身上——也许在他经常交往的小天地中——有着某种让她心中引起共鸣的东西。他有时使她回想到舞台上看见过的这样或那样的场景——形形色色忧愁和牺牲,正是人世间不可避免,但她却始终所不了解的。他的寥寥数语,不但多少消除了她的生活跟她此刻见到的这种生活相互对照之后感到的痛苦,还可以用他那特有的藐视一切的冷漠态度来加以解释。

他们离开餐室时,艾姆斯又挽住了嘉莉的胳膊,搀扶她上了马车;随后,他们一行人动身了,径直前往剧院驶去。

看戏时,嘉莉发觉自己还在全神贯注地听着艾姆斯说话。他不时提醒她,要特别注意剧中的某些情节,这些正好也是她特别赞赏的——令她深为激动的情节。

"您不觉得当演员够帅吗?"有一回,嘉莉问。

"是的——不过我觉得,"他说,"要当一个好演员。我认为演剧是了不起的艺术。"

艾姆斯只说了一两句赞语就使嘉莉怦然心动不已。啊,她要是当上一个演员——一个好演员——该有多好!她要是成了一个好的女演员,像艾姆斯这样的人都会赞赏她。她听了他的这些话,心中油然产生了一种感激之情,尽管这些话跟她压根儿不相干。她连自己也不知道干吗会引发这样的感情。

散场时,突然发现,他不打算陪他们一块儿回去。

"啊,难道说您不跟着一块儿回去吗?"嘉莉情不自禁地说。

"哦,谢谢您,不回去了,"他说,"我就下榻在附近的三十三街旅馆里。"

嘉莉再也不好多说什么了,但不管怎么样这样情况让她震惊。她一直非常惋惜这个愉快的夜晚就这么消逝了,而她还以为有半个钟头呢。啊,这半个钟头——人世间多珍贵的几分钟呀。天哪,这里头充满多大的痛苦和忧伤呀。

她佯装满不在乎地说了一声再见。反正不都一样?可是没有艾姆斯,马车里好像冷清得多了。

嘉莉回到自己的公寓以后,昨夜情景在心里老是萦绕不去。她不知道往后什么时候再跟这个年轻人相逢聚首。不过,反正不都是一样——反正不都是一样。

赫斯特伍德早已回家,而且上床歇息了。他的衣服依然满地乱扔。嘉莉走到门口,一见此状马上退了回去。她一时还不乐意进去。她要好好地想一想。此刻她心里正不高兴呢。

回到餐室里,她坐在摇椅里来回摇晃着。她一边暗自寻思,一边攥紧了自己的两只纤手。随着遮住她眼帘的、既焦渴又矛盾的欲望的迷雾逐渐消失,嘉莉好像突然开始眼明心亮了。啊,这说不尽的希望和遗憾——说不尽的忧伤和痛苦。她坐在摇椅里来回摇晃着,她开始越来越眼明心亮了。

# 第三十六章

这件事并没有马上产生什么直接后果。类似这样的事通常都不会很快见到后果。清晨会使人的心情为之一变。当前生活境况总是力求表现它存在的合理。我们只不过偶尔一瞥人们的悲惨境遇罢了。只有碰到强烈的对照时,我们心里才感到痛苦。对照去掉了,痛苦也随之消失了。

此后六个月里或者更多些时候,嘉莉还是照旧这么着过日子。她再也没有见到艾姆斯。艾姆斯曾经再访过万斯夫妇,但嘉莉只是在事后听那年轻的万斯太太提到过。后来,他就回到西部去了,因此,这个年轻人曾对嘉莉产生过的一些魅力也渐渐消失了。可是,他的思想影响却没有消失,而且永远也不可能完全消失的。现在,嘉莉心里已有了一个完美典型,可以拿来跟别的男人——特别是她身边的男人们进行对比。

这时屈指算来,一转眼快到三年了,赫斯特伍德的日子过得不赖,反正还算平平稳稳。没有明显滑坡,但也没有明显腾飞,这是旁观者一看就知道的。不过,在他心理上倒是有了一种显著的变化,足以清晰地预示赫斯特伍德未来的命运。那就要说到他离开芝加哥、生意中断这件事了。一个人的运气,或者说他的事业发展,原跟他的身体成长有着很多相似之处。要么像青年人的成长那样,日益茁壮、强健、聪明而臻于成熟;要么就像接近老年时那样,日益羸弱、衰老、思想迟钝。两者必居其一,没有折中办法。从青春成长期结束到开始呈现衰老征象——亦即所谓人到中年——之间,通常总有一个时期,两种作用几乎完全相持平衡,各自不再继续发展。然而,随着时光的流逝,这种平衡就会倒向并不令人乐观的一面。开头很慢,随后加快,最终全速奔向这并不令人乐观的一面。人的运气往往也这样。只要增长的过程从没有中断,同时又没达到平衡阶段,那也断断乎不会垮下来。现下有钱人往往通过雇用年轻的聪明人的办法务使他们的大宗财产不致散失殆尽。这些年轻人把这些巨产的利益看成自己的利益,因此还能稳定地径直得到发展。要是每个人都自顾自只管个人的利益,经过很长时间,最后衰老不堪,那么,他的运气也会像他的精力和意志一样消失殆尽。他和他的财产也就烟消云散了。

但是,现在来看一看这种类比在什么地方会有不同的变化吧。大宗财产就像人一样,是个有机体,它还要汲取——除了创业者本人以外——别人的思想和活力。它一边用薪金雇来年轻人,一边还要跟年轻人的力量结合起来,哪怕是在创业者的精力和智慧日渐衰退之际,这些年轻人的力量也能使它继续存在下去。它也可能靠社会或者国家的发展力量而得以保存下来。它也可能涉及需提供某种与日俱增的需求的产品的问题。这种情况就马上使它再也不要创业者的特殊关照了。它也用不着太多深谋远虑,只要稍加指导就得了。人在日渐衰老,需求还继续存在,或者说在不断增长,而大宗财产,不管它落到谁的手里,却依然继续存在。因此,有些人从来都不承认自己能力衰竭殆尽。只是偶尔碰上他们大宗财产,或者说成功的业绩被人夺走了,那时,显然他们都已丧失了过去经营的能力。赫斯特伍德处在新的环境之中,早就看到自己再也不是年轻小伙子了。如果说他一时还看不到,那完全是因为他处于极佳的平衡状态之中,绝对转向厄运的征兆还没有露头罢了。

赫斯特伍德不习惯于逻辑推理,或者说自我反思,所以就没法条分缕析在他思想上,乃至于肉体上正在发生的变化,不过这种变化所产生的压抑之感,他却亲身感受到了。他动不动就把自己过去的境遇跟现在相比,得出结论是每况愈下,从而产生了一种经常忧心忡忡,或者少说也是沮丧的心态。现经科学实验证明,长期抑郁的脑子会在血液中产生某些名叫破坏素的毒质,正如欢快乐观的心情产生名叫生长素的有益化学物一样。由悔恨产生的毒素对人体极其有害,最终导致体质明显恶化。现在赫斯特伍德正是这样身受其害。

久而久之,这就不能不影响他的脾性。他眼睛里再也见不到当年在亚当斯街时特有的那种轻松愉快,但又明察秋毫的神采了。他的步履也不像往昔那么坚实有力了。最糟糕的是赫斯特伍德老爱沉湎于苦思冥想之中。他新结交的朋友都不是名流之辈。他们社会地位较低,乃是俗不可耐的渔色之徒。他们这拨人不可能像芝加哥酒吧里高雅的座上常客那样给他无穷乐趣。赫斯特伍德实在万般无奈,就只好无尽无休地苦思冥索了。

凡是到沃伦街酒店里来的顾客,原先他都会热情招呼,务使他感到宾至如归,如今他的这种心愿慢慢地、极其缓慢地化为乌有。他也逐渐清晰地意识到他离去的那个世界对自己该有何等重要。当时他置身于亚当斯街,却也并不觉得有多么了不起。当时他心里想,不管是哪一个人要晋升都很容易,还可以挣到很多钱,反正不愁吃穿,可是如今,他早已被摈在门外了,这个世界离得他多么远呀。他开始看到那个世界活像是一座有围墙的城市①。各个城门口都有人把守着。你就是进不去。在围墙里头的人压根儿都不乐意出来看看你是什么人。他们在围城里头如此这般欢天喜地,竟把围墙外头的所有一切人全给忘掉了——而他赫斯特伍德正是在围城外头。

每天他从各晚报上都可以看到这座围城里头的活动。在访欧旅客的消息报道中,他见到了常常光临他那往昔酒吧的显赫的顾客们的姓名。在有关剧艺栏目里,不时刊载有关过去他的老相识最近声誉鹊起的报道。他知道也许他们还像往昔那样寻欢作乐。普尔曼高级卧车载着他们在全美国到处跑;各报提到他们的大名时,无不极尽阿谀奉承之能事;豪华大酒店高雅的大堂和光彩夺目的餐厅,都把他们紧紧地圈在围城以内。他认识的那些人,还有跟他碰过杯的人——都是有钱人,而他呢——他早已被人遗忘。那个惠勒先生算是个什么人呀?沃伦街的酒店又算得上什么呢?呸!

要是有人认为反正普通人不会有这样的想法——好像只有才智更高的人才有这样的思想感受,那么,我要敦促他们考虑,正是有了更高

---

① "有围墙的城市"是德莱塞于二十世纪初提出的一种独特见解,乃是针对当时美国城市中贫富悬殊的一种形象化的比喻,在他以后的一系列长篇小说中都有所触及。

的才智方可摒除类似这样的想法。更高的才智方能达观、坚韧,断断乎不会老是着眼于这些事情——断断乎不会考虑这些事情而自寻苦恼。但凡与物质利益有关的事情,普通人都非常敏感——确实非常敏感。目不识丁的守财奴因为损失一百块钱就会痛不欲生。而鼎鼎大名的爱比克泰德①,即便最后一点儿物质利益都被取消了,也只不过报之一笑罢了。

到了第三年年底,这些想法开始对沃伦街的酒店产生影响。顾客比他开业以来鼎盛时期已有所减少。他对此非常恼火,还很揪心。他跟他的合伙人一直相处得不太痛快。那个家伙毕竟太粗俗,搞邪门歪道特别内行。他和赫斯特伍德之间的关系仅仅是合伙做生意,净想伸手捞钱,连一个子儿都不放过,别的也就不提了。但凡有关酒店改善经营或者扩大业务的设想,他都一概不赞同;而赫斯特伍德却又没有实力独自开拓新业务。这样日子一长,他心里就恨这个合伙人,因为此人确实是个笨货。赫斯特伍德看到他上这儿来就腻烦,不知有多少回,真恨不得干脆出钱把他的股份全买下来。

有一天晚上,他坦白地告知嘉莉说这个月的营业没有上个月好。这是对她提出要买些小东西时的回答。她心里知道他给自己购置衣服并没有征求过她的意见。她头一次突然觉得,他这个人很狡猾,反正他这么一说,就是让她休想再乞讨什么东西了。她的回答尽管温和得很,但在心里却很恼火。赫斯特伍德一丁点儿也不顾念她了。如果说前时她有过一点欢乐的时光,那也全是由于万斯夫妇的缘故。

不料偏偏就在这时候,万斯夫妇说要出远门了。一转眼快到春天了,他们打算到北方去。

"啊,是的,"万斯太太跟嘉莉说,"我们想最好把房子退掉,家具暂时寄存一下。整个夏天我们都不在这里,房子空着也是无谓的浪费。我想回来以后,要住得离市区近一点的地方。"

嘉莉听后心里怪难受的。她跟万斯太太结识以来,她得到了莫大

---

① 爱比克泰德(55?—约135?),与斯多噶派有联系的希腊哲学家。他本人并未亲撰著作,其学说由他的学生阿利安在两部书,即现存四卷集《谈话录》和《手册》中传述。阿利安将他的主要学说扼要精练,使之成为格言形式的作品。

的快慰。整幢公寓里别的人她连一个都不认得。如今,她又要孤身只影了。

赫斯特伍德由于收入有所减少而忧心忡忡,偏巧又跟万斯夫妇的搬家同时发生。所以,嘉莉也是同时感到了自己的孤单寂寞和她丈夫的快快不乐。这是让她怪伤心的事。她心情开始烦躁起来,经常感到不满——她坚信,与其说是针对赫斯特伍德的,还不如说是针对她整个的生活。这算是什么样的生活呀?周围一切简直是枯燥乏味透顶。试问她能从生活中得到些什么呢?除了这又窄又小的公寓以外,什么都没有。万斯夫妇可以出门旅游,他们可以做许许多多有趣的事,而她却只好独个儿枯坐在这里。难道说她生下来就是为了这个吗?痛苦的想法一个接着一个,随后就是眼泪——看来眼泪倒是人世间唯一让她多少得到一点儿安慰的东西。

这种光景又持续了一段日子,这两口子过着单调透顶的生活,后来情况才有了一点儿小变化了。有一天晚上,赫斯特伍德想打消嘉莉添置衣着的念头,并让她心里明白,要应付各种开支对他的压力也挺大,就这么说:

"我开始想,也许跟肖内西合伙不下去了。"

"出了什么事?"嘉莉问。

"嘿,他是个又笨又馋的爱尔兰佬。凡是有关改善酒店经营的措施,他都一概不赞同,而照目前那个样子是怎么都赚不到钱的。"

"你就不能好好劝劝他吗?"嘉莉说。

"不行,我不止一回试过呢。依我看,目前只有一个办法——就是自己另开一家酒店。"

"那你干吗不自己开呢?"嘉莉说。

"哦,眼下我所有的钱都在那里给套牢了。我可是有可能再省吃俭用一个时期,我想,也许自己可以独开一家店,就好赚大钱啦。"

"我们还能再省吃俭用吗?"嘉莉说。

"我们不妨试试看,"他回答说,"我心里一直在琢磨,可是我们在市区租一套更小些的公寓,精打细算过上一年时间,加上我已经投入的资金,就足够开一家挺像样的酒店了。那时,我们就可以像你心里所想的那样过活了。"

"你这个设想我觉得也好。"嘉莉说,可是得知事情落到如此地步,不觉有点儿心酸。要住更小些的公寓听起来就像有点儿要过紧巴巴的日子似的。

"在第六大道,十四街以南那一带,有不少怪不错的小公寓,我们不妨就在那儿租一套。"

"既然你这么说了,我倒很想去看一看。"嘉莉说。

"我敢说,不到一年就好跟这个家伙散伙啦。"赫斯特伍德说,"照目下经营情况来看,怎么也赚不到钱的。"

"好吧,我就去看看房子。"嘉莉说,她发觉,换房子在赫斯特伍德看来是件头等大事。

这次谈话以后很快就搬家了。嘉莉心里,不消说,非常难受。说实话,最近以来发生的事就数这回给她的影响最严重。她开始把赫斯特伍德完全看作一个男人,而不是看成爱人或者丈夫了。不管怎么样,她觉得自己为妻的是跟他紧紧地拴在了一起,她的命运是跟他分不开的了;不过,她开始发觉他越发悒悒不欢,沉默寡言,一点儿不像是往昔那么一个年富力强、乐乐呵呵的男子汉了。现在她觉得他的眼圈和嘴边都有点儿老相了,据她估摸,还有许多别的征兆也证明他确实老之将至。嘉莉开始明白自己铸成了大错。有时,她还常常回想到当初实际上是他胁迫她一块儿私奔的。

新公寓坐落在十三街上,离第六大道西头不算太远,拢共只有四个房间。他们原住七十八街那六个房间的家具把这儿都给塞满了,剩下几件就只好寄放到别处去了。嘉莉对新居的地段一点儿都不喜欢。这一带没有树木,往西也望不到河上景色。这条街上的房子造得密密匝匝的,连成了一片,这些公寓房子三年前才造好,但已破旧不堪,有如坚固的建筑物历经十五个寒暑似的。这儿有十二户人家,看来也很体面,但跟万斯夫妇究竟不可同日而语。像万斯夫妇那样的有钱人要住更好的房子。

嘉莉独自住在这个弹丸之地,再也不用雇女仆了。她把家务操持得相当干脆利索,但怎么也没有给自己带来一丝儿乐趣。赫斯特伍德想到他们不得不改变自己的生活,心里也并不满意,但他还是给自己辩白说他一点儿办法都没有。直到此刻他还得打肿脸充胖子,仅此而已。

他想向嘉莉表明,压根儿不用担心经济上的困难,而是恰好相反,应该庆贺,要知道过了一年以后,那时他就可以常常陪她上剧院,给她更多的家用了。但这一切仅仅是一时想到的罢了。他渐渐地沉湎于这样一种心态:他只要求让他独自一人待着,谁都不要去干扰他苦思冥想。这种可怕的忧郁症已把他选定为自己的牺牲品。除了看报和独自沉思,别的什么他早已不感兴趣。爱情也不是他的欢乐源泉了。如今,他的座右铭仿佛是:活下去,即使是普普通通的日子,也要尽量活得像样些。

下坡路是不大会有停靠站头的。赫斯特伍德的心态,使他和他的合伙人之间的裂痕日益扩大。最后,那个家伙恨不得干脆让赫斯特伍德散伙就得了。正好碰上酒店坐落的那个地块的业主有一笔地产交易,使散伙问题解决得要比双方交恶、钩心斗角效果更好。

"你看过了吗?"有一天早上,肖内西跟赫斯特伍德说,指着他手里的那份《先驱报》上地产交易栏目。

"没有,什么事呀?"赫斯特伍德说,低下头去看报。

"我们酒店那块地的业主,把地块给卖掉了。"

"难道是真的吗?"赫斯特伍德说。

他定神一看,报上果然有一则通告,全文如下:奥古斯特·维尔先生昨日已将坐落在沃伦街和赫德森街拐角处的 25×75 英尺的那块土地产权,出价五万七千元,转让给 J. F. 斯劳森。

"我们的租约什么时候到期呀?"赫斯特伍德一边寻思,一边问,"明年二月份,是吗?"

"是啊,错不了。"肖内西说。

"报上没有说到新的业主对那地块将有什么打算呢。"说罢,赫斯特伍德回过头去又看报了。

"我想,不久我们就会知道的。"肖内西说。

果然,一切很快就清楚了。斯劳森先生已拥有跟酒店接壤的那个地块的产权,他打算在此建造一幢现代化办公大楼。现在这所房子就要拆掉。新楼大约估计要用一年半的时间才能建成。

所有具体事项都将逐步实现，于是，赫斯特伍德着手考虑酒店的前景。有一天，他就把这件事跟合伙人谈了。

"您想不想就在附近另开一家呢？"

"管什么用呢？"肖内西说，"附近我们再也找不着别的拐角处的店面了。"

"依您看，开在别处就赚不到钱吗？"

"我个人可不敢冒这个风险。"肖内西说。

不错，转眼即将发生的变故使赫斯特伍德陷入了新的极其严峻的困境。散伙意味着他一千块钱的投资是白扔了，而租约期满前这段时间内，他又没法再节省出一千块钱来。他早就料到，肖内西再也不乐意跟他搭伙了，而且等新楼一造好，说不定独个儿把拐角处的店面租下来。他开始揪心，必须另找新出路，因为严峻的经济窘困已迫在眉睫了。这么一来，新的小公寓里的乐趣，赫斯特伍德也就无心跟嘉莉在一起享受了，因此，阴云愁雾已开始在他家里弥漫着。

如今，赫斯特伍德为另谋职业，几乎全部时间都在东奔西走，无奈合适机会不多。何况他刚到纽约时那种潇洒动人的风度现已丧失殆尽。整天苦思冥想已给他眼睛蒙上了一层阴影，给人的印象肯定不佳。他手头又没有一千三百块钱，从前他就是靠它跟别人谈生意的。约莫过了个把月光景，他发现事情毫无起色，而肖内西却明确地通知他，说斯劳森对现有租约硬是不肯延长期限。

"我看，这酒店准得关门不可了。"肖内西说，尽量佯装出深为关注的样子来。

"哦，如果说要关门，那关门就得了。"赫斯特伍德冷冷地说。不，他断断乎不能让对方揣摩着自己的想法，不管这些想法是什么内容。他也断断乎不能让肖内西太得意忘形了。

过了一两天，赫斯特伍德认为这种事态非得告知嘉莉不可了。"你知道，"他说，"依我看，酒店里生意糟透啦。"

"怎么啦？"嘉莉大吃一惊地问。

"哦，原来的业主把地块给卖了，新业主怎么也不再租给我们。酒店说不定就要关门啦。"

"你不能在别处另开一家吗?"

"看来找不到合适地方。肖内西又不乐意。"

"你的投资都给扔掉了?"

"是的。"赫斯特伍德脸一沉地说。

"啊,那不是太可惜了吗?"嘉莉说。

"这简直在耍诡计,"赫斯特伍德说,"说白了,就是这么回事。新楼一造好,说不定肖内西他们在原处重新开张哩。"

嘉莉两眼直瞅着他,一看他的神色就知道:事态严重,而且是非常严重。

"依你看,你还能寻摸到别的办法吗?"她怯生生地问。

赫斯特伍德沉思默想了一会儿。再也没法乱诌什么他还有钱款和投资啦! 现在,她心里明白,他已破产了。

"说真的,我可不知道,"他愁眉苦脸地说,"不过我还可以试试看。"

## 第三十七章

嘉莉获悉令人忧伤的消息以后，就像赫斯特伍德一样，也一直在寻摸摆脱眼前困境的出路。她过了好几天方才完全意识到：只要她丈夫合伙的酒店一关门，就意味着贫困，不得不为面包而拼搏。她脑海里浮现出当年冒险到芝加哥闯荡的情景，又回想到汉森夫妇及他们寒碜的套间，心里就不寒而栗。这是多可怕啊！凡是跟贫困连在一起都是可怕的。她恨不得另找出路。由于近来跟万斯夫妇交往频繁，她再也不能平心静气地来看待自己的境遇了。万斯夫妇让她有幸亲眼目睹了纽约上流社会光彩夺目的生活，这些始终在她心中萦绕不去。她已学会了怎么给自己打扮，该上哪儿去玩儿，尽管她手头紧绷绷的，两者都难办到。如今，这些诱人的现实，经常不断地在她眼前和脑际一一掠过。她的生活景况越是窘困，另一种生活也就越是吸引住了她。眼看着贫困就要将她完全俘获，将另一个世界抛向高空，犹如哪一个乞丐都会伸手求告的上天似的。

与此同时，艾姆斯给她生活带来的美好理想也深深地铭刻在她心中。艾姆斯本人虽已离去，但他的话儿还在她耳畔回响：钱财可不是万能的，世界上还有许许多多的东西她都不知道；演剧是了不起的艺术，可她迄今读过的全是不入流的作品。艾姆斯是一个坚强、纯洁的人——反正远远地比赫斯特伍德和德鲁埃坚强、厚道，她只好暗自估摸一下，但差距却使她怵目惊心。所以，她就故意闭眼不看了。

赫斯特伍德在沃伦街那家酒店的最后三个月里，不时擅自离开，按照各报广告四处寻职。这是多少令人泄气的事，因为他心心念念想着必须尽快找到一些事情，要不然他不得不动用自己省下来的那几百块钱过日子，到那时也就没得钱投资——自己只好当雇员去了。

他在有关酒店的广告栏里发现的机会不是太昂贵就是太蹩脚，使他都没法入伙。他发觉有一些待售,或者招商引资的邋遢小酒店,都是一些乌七八糟的地方,他一看就直摇头。再说,转眼冬季将到,各报预告百业萧条,弥漫着时世艰难的气氛,或者至少赫斯特伍德有这样的感觉。愁肠百结的他显然看到别人也有一本难念的经。他在浏览晨报时,凡是商号倒闭,全家挨饿,以及饿殍倒毙街头的新闻报道,一桩桩、一件件都在他眼前掠过。有一回,《世界报》刊出一条耸人听闻的消息说:"今冬纽约将有八万人失业。"这顿时使他心中有如刀绞似的。

"八万人,"他暗自寻思道,"多吓人呀。"

这些新想法对赫斯特伍德来说很不平常。过去他没有注意到,但他生平头一遭重视这些事情,倒是千真万确的。在从前他得志的日子里,世界上一切事情好像都很顺顺当当的。类似这样的消息他在芝加哥的《每日新闻》上也常常看到,但他压根儿不关注,几秒钟一过早就忘得一干二净了。可是现在,他觉得这些消息好像晴朗的天边突然堆上来的阴云,快要遮住整个天空,使他的生活陷入了灰暗阴冷之中。他竭力要甩掉它们,忘掉它们,让自己振作起来。有时候,他还在心里自言自语道:

"唉,犯愁管什么用呢?我还没有完蛋。反正我还有六个多星期的时间。即使结局糟糕透顶,我还有足够的钱支撑日常生活开支。"随后,他就估算了一下最后的时刻来到时自己还会有多少钱,万一找不着工作,他还好支撑多少日子。

此外,要是再疑虑不安——眼看着今冬又找不着职业——他的心直往下沉。从思想上说,他早已行将就木了。那他还有什么办法呢?

说来也真怪,赫斯特伍德正在为自己前途揪心时,偶尔也曾回想到他的妻子和家庭。开头的三年里,他曾尽可能不去想他们。他恨他的妻子,没有她,反正他也照样能活下去。随她去吧。他自个儿还有奔头呢。可是现在,到了他背运的时候,他反而开始念叨起她来了,真不知道此刻她在干些什么,他的子女们日子过得怎么样。他心里揣想他们还是跟从前一模一样挺舒服,占着他那幢舒适的房子,正在耗尽他的财产。

"该死的,全给他们占了,怎么不气人呀。"有好几回,他心里怪不高兴地寻思道,"我究竟干过什么坏事。"

如今,他回想过去,分析导致他窃钱的前后经过,开始多少为自己鸣冤叫屈。他究竟惹过了什么事——干吗就这样把他撵了出去,让他吃那么多苦头呢?仿佛昨天他还是手头宽裕,生活舒适的,可是现在,这一切突然都被夺走了。

她把他这么多财产拿走,当然,是不应该的。但愿大家都明白其实他并没有干过什么坏事,那就好了。

赫斯特伍德并没有想到应该把事实向大家说清楚。他只不过在心里为自己鸣不平——使他在应付目前的苦难时,必须意识到自己是一个正直的人。

在沃伦街那家酒店歇业前五个星期,有一天下午,他按照《先驱报》上看到的广告,去过了三四个地方。一处在戈尔德街,他到了那里看了一下,但是没有走进去。这是一家简陋不堪的酒店,他觉得自己在那儿是没法待下去的。另一处在鲍威里街,他知道那一带本来豪华的酒家挺多。这一家酒店在格兰德街附近,装修得漂亮极了。赫斯特伍德跟该店老板谈合伙投资问题,足足谈了三刻钟,老板说本人身体不好,所以才想寻摸一个合伙人。

"哦,那么,一半股份到底要出多少钱呢?"赫斯特伍德问,他知道自己最多可出七百块钱。

"三千块钱。"那个老板说。

赫斯特伍德一下子惊诧得张嘴结舌。

"现款吗?"他问。

"是的,要现款。"

他想佯装出正在考虑的样子,好像是真的买主似的,但是他眼里却有忧色。他说自己还要考虑一下,匆匆结束谈话,就往外走了。他的意思该店老板差不离也就知道了。

"我一看就知道他不是个买主,"该店老板自言自语道,"听他的口气就蛮不像。"

这一天下午,天色灰暗,阴冷。刮起了砭人肌骨的寒冬常有的大风。他又去看了老远的东区六十九街附近的一家酒店,他赶到那儿时,已是五点钟了,天已渐渐地暗下来。该店老板是一个大块头的德国人。

"就谈谈你们广告上登的,怎么样?"赫斯特伍德问,他一看店容店貌就很腻烦。

"哦,这件事早已了结啦,"那个德国人说,"现在我不愿出售了。"

"哦,是这样吗?"赫斯特伍德说。

"是的,没有那回事了。早已了结啦。"

"好吧。"赫斯特伍德说罢,抽身就走。

那个德国人再也不理睬他,使他顿时火冒三丈。

"该死的笨驴,"赫斯特伍德自言自语道,"那他还登什么鬼广告呢?"

他灰头土脸地回到了十三街。家里只见厨房里有灯光,嘉莉正在里头忙活。他划亮一根火柴,点燃了煤气灯,也没跟嘉莉招呼一声,就在餐室里坐了下来。她走过来,往餐室里看了一眼。

"乔治,是你吗?"她说罢,抽身就回去了。

"不错,是我。"他说,连头也没抬起,看着刚买来的晚报。

嘉莉知道他又碰上不顺心的事了。每当他愁眉苦脸的时候,赫斯特伍德就远不是那么好看。眼角边的皱纹显得更深了。脸面天生微黑,又因忧郁看上去有一点儿阴险似的。这时他也就怪不招人喜欢了。

嘉莉摆好餐具,端上饭菜。

"开饭了。"她说,走过他身边去取东西。

他没有答话,照样在看报。

她走进了餐室,在自己的位置上落了座,心里觉得非常难过。

"你现在还不想吃饭吗?"她问。

他叠好报纸,挨着餐桌坐下来,除了"请把这个递给我""请把那个递给我"以外,好半天没说话。

"今天好像很阴冷,是吗?"过了一会儿,嘉莉随便地说了一句。

"是的。"他说。

他胃口不佳,只好一点儿一点儿地吃着。

"你还是觉得酒店非关门不可吗?"嘉莉一边说,一边转到他们不时议论过的话题上去。

"当然,要关门啦。"他说,语调里听得出有点儿愠怒。

他的答话也让嘉莉着恼了。整整一天,她觉得怪不高兴的。

"你跟我说话用不着那种腔调呀。"她说。

"嗐!"——他突然嚷了一声,把椅子从餐桌边往后一推,看样子好像还要说下去似的,但只是低声咕哝着什么,稍后又捧起报纸来看。嘉莉离了座,好不容易才算按捺住自己的感情。赫斯特伍德心里知道自己伤了她的心。

"别走,嘉莉,"他一看她抽身回厨房去,就说,"你先吃饭吧。"

她一言不语,走了过去。

他看了一会儿报纸,随后站了起来,穿上外套。

"我打算去市区,嘉莉。"他一边说,一边往外走,"今天晚上,我觉得不太好受。"

她没有答话。

"再见。"临了,他说,就走了出去。

这是他们之间头一次发生严重的冲突,何况关店的日子渐渐逼近,忧愁气氛在家里几乎老是弥漫不散。赫斯特伍德没法掩饰自己对这件事的忧郁心情。嘉莉不禁暗自纳闷,真不知道生活洪流将要把她冲刷到哪儿去呢。结果他们两人之间的交谈甚至比往常更少了。不过,这倒不是赫斯特伍德要疏远嘉莉,恰好相反,而是嘉莉想躲开他。这一点赫斯特伍德自然看在眼里。她开始对他冷淡,不消说,他很着恼。让他最反感的是,她竟然胆敢对他勃然大怒,甚至都不肯说一声再见——她依然一声不吭,压根儿不想给他鼓鼓气。他竭尽全力想继续保持友好的关系,如今谈何容易;他还痛心地发现,由于嘉莉的举止谈吐而使两人的交谈难上加难了。

最后一天终于来到了。原来赫斯特伍德心里早有准备,料定这一天是狂风暴雨、雷电交加的日子,所以,等到这一天真的来临时,他却发现它跟平常的日子没有什么不同,于是深深地舒了一大口气。阳光灿烂,气温宜人。他在进早餐的时候,觉得这件事毕竟也没有想象中的那么吓人。

"哦,"他对嘉莉说,"今天是我的末日呀。"

嘉莉立即对他的幽默报之一笑。

"你们是怎么处置附属设备和存货的呢?"她问。

"哦,我们已找到了一个买主了。"赫斯特伍德回答。

"他们是不是马上来拆房子?"

"不,我揣想他们还要过一两个星期才动工。我们有五天时间,把我们的东西都给搬走。"

赫斯特伍德稍觉宽慰地开始浏览报纸。转瞬间,他觉得仿佛一身轻似的。

"我要先去酒店一会儿,"早餐过后,他说,"随后再去找找看。明天我要整天去找啦。现在我有的是空时间,我想,找事情也许会容易些。"

赫斯特伍德笑盈盈地出了家门,径直去了酒店。肖内西正在店里。他们按照各自股份的比例,办妥了拆股事宜。反正赫斯特伍德在酒店里逗留了好几个钟头,随后出去了三个多钟头,又回店里来的时候,他原来兴冲冲的心情早已没有了。过去他对酒店极不满意,可现在酒店再也不会存在了,他却替它感到很惋惜。但愿它重新开张多好。

肖内西却十分冷静,挺讲究实际。

"得了,"五点钟一到,肖内西就发话了,"我们不妨把零钱算一算,都给分了吧。"

他们就这么办了。附属设备已经卖掉了,钱款也都给分了。

"我想,那些东西他们会来搬的吧。"赫斯特伍德说,指的是买下货品的那些人。

"你尽管放心,他们准会来的。"肖内西说。

"晚安。"赫斯特伍德在最后一瞬间说,竭力显得和和气气的。

"再见吧。"肖内西几乎爱理不理地说。

沃伦街酒店的生意也就此寿终正寝了。

嘉莉已在家里准备了一顿丰美的晚餐,但没承想到赫斯特伍德搭马车回家以后却愁眉苦脸,忧心忡忡。

"怎么啦?"嘉莉跟他一打面,就问。

"一切都给了结啦。"他一边回答,一边脱去外套。

嘉莉两眼直瞅着他,暗自纳闷,真不知道现在他的收支情况究竟如何。他们一边吃饭,一边交谈了一两句话。

"你有钱到别处另开一家吗?"嘉莉问。

"没有,"他说,"我要另谋事情,把钱积攒起来。"

"你只要找到一个职位就好了。"嘉莉心里既焦急又满怀希望地说。

"我想我会的。"赫斯特伍德若有所思地说。

从这以后的几天里,每天早晨,他照例披上大衣,匆匆离了家门。寻职的时候,他先是安慰自己,兜里有着七百块钱,也许还会找到什么赚钱的买卖。他心里想不妨去找找酿造厂,他知道那些厂子往往兼管好几家租进的商店,找他们帮帮他的忙。随后,他又转念一想,这么一来,他还得耗去好几百块钱,结果他就再也没有余钱作为每月的家用开支了。现在每月他要支出将近八十块钱的生活费;要是他把钱再投入一家酒店,却又赚不到钱,岂不是更要了命。

"不,"这时,他忽然头脑清醒了,说道,"这可使不得。我只好去另谋事情,把钱积攒起来。"

殊不知这个另谋事情的问题要比他一开始设想的复杂得多了。当酒店的经理吗?上哪儿去找这样的肥缺啊?各报都没有招聘经理的公告。赫斯特伍德心里最清楚,经理这种职位,要么是很多年来业绩优良而被擢升到位,要么是自己出资一半或者至少三分之一的股份去买。可是如今,他没有足够的钱去买一个大酒店经理的职位。

尽管这样,他还是照样出去寻职。他的衣着很讲究,外貌也挺出众,这给人产生了一种假象。人们一见他,心里马上觉得,像他这般岁数的人,身强力壮,穿着入时,想必是很殷富的。他断断乎不是在寻找事情。他活脱脱像个大阔佬,平头百姓还指望他给一点儿赏钱呢。眼下他行年已有四十三,有点儿发胖,走路多了怪吃力的。像这样的以步代车,这么多年来,他早已不习惯了。尽管所到之处他必搭街车,但到一天结束时,他的两腿跑累了,肩膀发酸,连脚也抬不动了。没完没了地上车下车,时间一长,有时也会累得要命。

赫斯特伍德心里很明白,人家压根儿没把他看成完全失业。他深深地意识到,这对他找寻事情极为不利。当然啰,他并不因为自己外貌漂亮而觉得懊悔,而是因为这种外貌跟自己窘境极不相配而感到羞愧不已。所以,他老是迟疑不决,真不知道该怎么办才好。

头一天,他决定去一家酿造厂,看看那儿会不会提供一些机会。

"你有多少钱可向纽约某处投资?"上述酿造厂的秘书先这么问他。

"哦,我现有好几百块钱。"赫斯特伍德回答说。

"现下我们只有一处地方,至少也要五百块钱。可我还不打算把它让给你。"

赫斯特伍德拔脚就走了。瞧他路远迢迢地白跑了一趟。

赫斯特伍德也动过别的念头,但到头来还是一筹莫展。他曾经想过到旅馆当职员,但他马上回想到自己毕竟对此毫无经验可言,而且,更重要的,他在这个行当里头没有熟人或者朋友可作奥援。不错,他是认得好几个城市(包括纽约在内)里的一些旅馆老板,不过,他们都知道他跟汉纳-霍格酒吧关系密切——他就不好去他们那儿求职了。他还想到过别的一些行当,比方说,他所知道的那些高楼大厦和大商行经营的——杂货批发、五金器具、保险业务,等等,可惜他都没有实际经验。

想到求职的具体过程真让他苦不堪言。他该不该亲自跑去申请,在接待室外面等着,然后,他以如此高雅、殷实的仪态,坦陈自己是来求职的?他一想到这儿,就心如刀绞似的。不,他断断乎不能这么办。

赫斯特伍德实在是在毫无目的地四处奔走,一路思忖,不巧这一天很冷,不知怎的他就走进了一家旅馆。他非常熟悉旅馆的内情,他们欢迎任何一位长得很体面的人到大堂里头坐坐。眼前正是百老汇中央旅馆,当时纽约最高级的旅馆之一。赫斯特伍德在这儿落了座却让他感到怪心酸的。没承想他自己竟然会如此一败涂地。他听人说过,凡是在旅馆里闲荡的人,绰号叫作"暖座客"。当年他自己得意的时候,就这么称呼过他们。看来未免是缺德、损人的吧。可是如今,他也在这儿——旅馆大堂里避寒、歇歇脚,管它还会不会撞见什么熟人来着。

"这么着我可不合适,"他暗自寻思道,"事先没想好上哪儿去,一清早就出来,是不管用的。我要先想好一些地方,随后一个个去找。"

这个想法给了他一丁点儿安慰,但也仅仅是一丁点儿罢了。他端坐在位置隐蔽的大堂里,竟然连一个可以去的地方都想不出来。他脑海里想来想去,想了老半天,最后还是想到了酒店,但是他没有钱合伙投资。他猛地想起了酒吧侍者的职位有时会有空缺的,但是这一闪念他马上就打消了。酒吧侍者!——他,堂堂正正的往昔酒吧经理!

旅馆大堂里坐久了,他也会感到怪腻烦的。所以,四点钟赫斯特伍德就回家了。走进家里时,他竭力佯装出一副顶真的样子来,但不免还是露出一点儿破绽。餐室里的摇椅是挺诱人的。他挺高兴地坐了下去,捧起路上买的报纸,就开始看起来。

嘉莉从他身边走过去做晚饭时,说:

"今天来人收房租了。"

"哦,真的来人了吗?"赫斯特伍德说。

他这才想起今天是二月二日,通常是来人上门收房租的日子,但见这时他眉头稍微皱了一皱。他伸手到口袋里去掏钱包,头一次体会到一无进项但要付钱的滋味。他仔细端详着一大沓绿色钞票,像病人眼睁睁地望着唯一救命的灵丹妙药似的。稍后,他慢吞吞地点出了二十八块钱的钞票。

"给你。"嘉莉又走了过来的时候,他一边把钞票递给她,一边这么说。

他让报纸遮住自己的脸儿,又看起报来。啊,经过长时间东奔西走和苦思冥想之后,休息一下该有多舒服啊。这些有如潮涌的电讯消息,他觉得,真的好像是悠悠忘川水①呀。他忘掉了自己——哪怕只是部分的烦恼。有一位年轻貌美的女人,如果说你信得过该报插图的话,在法庭上控告她的丈夫,一个殷富、大腹便便的布鲁克林②糖果商,提出要求离婚。另有一则消息,详细报道某船在斯塔腾岛③的公主湾外遇

---

① 忘川,希腊神话中冥府的河流,喝了此河的水,可以使人忘却过去,故又称为忘却之泉。
② 布鲁克林,美国纽约市一个区,位于长岛西南部。
③ 斯塔腾岛,美国纽约州东南部一岛屿,位于曼哈顿以南的纽约港内。

到冰雪沉没的始末。剧坛新闻动态栏内,生动、全面地记载着——近日演出的剧目、登台献艺的演员、各剧院经理的通告。范妮·达文波黛①即将在第五大道开始演出。戴利正在上演《李尔王》。他还看到范德比尔特一家②及其亲友们提早前往佛罗里达州度假。肯塔基州山区发生的射击趣闻。他就这样看呀,看呀,看了下去,在这暖和的房间里,挨着取暖炉,坐在摇椅里摇来晃去,等着吃晚饭。

---

① 范妮·达文波黛(1850—1898),出生于英国伦敦,以演剧闻名于世,是当时纽约戴利剧团中的主要女演员。
② 范德比尔特家族,美国最富有的豪门家族之一。

# 第三十八章

第二天早上,他翻遍各报,但还是没发现他求之不得的信息。早餐过后,九点钟,他开始仔细研究有关经商的机遇:——

待售。千载难逢的机会。历史悠久的默根思紧身胸衣厂商,杜鹃花紧身胸衣专业店,开创至今已有30年之久;今以跳楼价出售权益、信誉、招牌、租赁权、存货以及附属设施。欲知详情,请与西十四街十六号雅库-哈尔滨公司接洽。

赫斯特伍德在同一栏目里又看到——

按照我们的指导,你投资**几块钱**在附近地段每天只做三个钟头工作,却可获得八块钱的进项;我们不会动用你的钱款;我们只给你提供上述信息,收款二十五美分,邮寄即可。如果不像以上所陈述,可如数退回。东八十三街一百二十七号,F. T. 罗公司。

此外还有——

**二千五百美元可买进**设施齐全的酒吧和旅游业务,泽西城纽瓦克大街一百七十二号三楼;包括六个月的租约和至七月一日的执照。洽谈时间:下午八时至十时,或致函赫勒尔德八十一号,船长①。

他一目十行地扫了一长溜如此这般的广告,还做了一些摘记。稍后,他就看招雇男工栏目,但心里越来越别扭。这一天——要找事情的漫长的一天——又明摆在他的面前,而此刻阅报也许对他很有帮助。他匆匆看过了那一长栏的广告,十之八九是招雇面包师、修衣工②、厨师、排字工人、车

---

① 此处指刊登该广告的人的名字。
② 按美俗即指正式裁缝的辅助工。

夫,等等,只有两则广告,他或多或少还感点儿兴趣。一则广告是某某家具批发店招聘出纳员,另一则广告是某某威士忌商行招聘推销员。不过,尽管他从来没想到过要当推销员,却马上决定先去那儿看看再说。

上述那家商行叫阿尔斯伯里公司,是威士忌经销商,在毗邻市中心的布罗姆街设有办事处。他十点半出发,十一点一刻就到了那儿。这家商行看上去生意很兴旺,但赫斯特伍德一想到此刻去求职,就心一沉。不管怎样,他还是走了进去。这么气派的公司里的推销员职位断断乎不是唾手可得的。这毕竟是个够体面的好职位。

赫斯特伍德一到公司几乎马上就被领去见了经理。

"早安,先生。"经理说,原先还觉得自己接待的是外地的一位客户。

"早安,"赫斯特伍德说,"如果说我没有弄错的话,你们在报上登广告要招聘推销员。"

"啊,"这位经理说,直到此刻方才知道怎么回事,"是的,是的,我们是登过广告。"

"我是顺便来看看,"赫斯特伍德颇有自尊心地说,"我本人对这一行还是颇有经验的。"

"啊,你还是颇有经验的吗?"那位经理说,"那你说说有过什么经验呀?"

"哦,过去我经管过好几家大酒店。最近我在沃伦街和赫德森街拐角的酒店里还有三分之一的股份。"

"我已明白啦。"那位经理说。

赫斯特伍德沉吟不语,等着听听公司经理有何意见。

"不错,我们确实需要一名推销员,"那个经理说,"而现在我们正在考虑好几个人的申请。不过,我觉得你也不见得会感兴趣。我们这儿月薪只能给一百块钱。我们指望雇用一名年轻人。"

"我明白了,"赫斯特伍德说,"不过,目前我再也不能挑三拣四啦。要是这个职位还空着,我倒是很高兴接受。"

那位经理听到他"再也不能挑三拣四啦"那句话,心里就挺别扭。

他想要的对象是一个不想挑三拣四，或者不想寻摸更好机遇的人。特别是不要老头儿。他要一个年轻、积极，虽拿低薪，但仍乐于卖力干活的人。他压根儿不喜欢赫斯特伍德。赫斯特伍德比他公司的老板们架子还大。

"好吧，"那位经理回答说，"我们很高兴考虑你的申请。我们还得过一两天才能决定。我说，你最好给我们送一份履历来。"

"我会送来的。"赫斯特伍德说。

赫斯特伍德点头告辞，就往外走了。走到街角上，他看了一下某某家具店的地址，方才知道它是坐落在西二十三街。于是，他就按址径直走去。不料，这家铺子不太大。看上去档次不高，店里的人全都闲着，而且薪水也很低。他走过时往里头扫了一眼，就决计不进去了。

"说不定他们要的是一名周薪十块钱的年轻小姐。"他说。

约莫一点钟左右，他忽然想要进食了，就走进多尔隆饭店。他就在那儿好好想了一想那天还有哪些地方要去。他感到自己累乏不堪。这时正好又在刮大风，只见空中乌云密布。对面，穿过麦迪逊广场公园，耸立着第五大道旅馆，俨然俯瞰着喧闹的街景。他决定去那儿的大堂里歇一会儿。那儿既暖和又明亮。他在百老汇中央旅馆没有碰见熟人。说不定在这儿也不会碰见熟人吧。他在偌大窗子跟前的一只红色长毛绒长沙发里坐了下来，那儿望得见熙攘往来的百老汇大道，他却枯坐在那儿沉思默想。在这儿，他觉得自己的景况仿佛并不算太差劲。默默无言地坐着，凝望着窗外景色，他还能聊以自慰的是钱包里毕竟还有着好几百块钱。一路上又累又乏地寻职的苦涩，他多少也可以忘掉一些。当然啰，这只不过是从一个严峻的困境逃遁到另一个不那么严峻的困境罢了。他依然还是愁眉苦脸的，万念俱灰。在这儿，时间仿佛消逝得慢极了。个把钟头也要挨很长很长的时间方才能打发过去。这家旅馆进进出出的真正客人，以及窗外百老汇大道上春风得意的过往行人，从他们的服饰和神采来看，足以说明他们大运亨通，这一切使他看个不完，心里不禁大发奇想。这是他抵达纽约以来几乎头一次有这多闲情逸致来欣赏这种景观。此时此刻，他自己出于万般无奈，闲散无事，却在饶有兴味地观察别人的种种活动。他看到青年人是多么快乐,女人是多么标致,他们身上的穿着打扮全是那么漂亮透顶。他们每个人心里,显然,都被一个什么目的吸引住了。他还看到从千娇百媚的姑娘们投来的卖弄风骚的眼色。啊,要有多少多少钱才能跟他们这些人应酬交际——这就数赫斯特伍德知道得最清楚了。过去他也觉得自己可以这么尽情享受生活的乐趣,可惜这些全都是好久好久以前的事啦。

公共马车在空旷宜人的三角地上络绎不绝,开来了又开走了。第五大道上,马车一辆接一辆,载着购物后显得困倦的仕女们,还有急着早点歇班的绅士们,全都是朝北边开去的,一下子把道路给阻塞了。看来每一个人都快活无比,而且心满意足。这时,他开始对这些人有点儿嫉妒。看到这么多的安逸享受,而他却一无所有,不免心里很难受。瞩望他本人的未来,成功已跟他无缘。即将来临的夜晚不是属于他的。眼前这些人全都是赶去寻欢作乐的。今儿个晚上!——他究竟该上哪儿去呢。

两位绅士挨着他在长沙发上落了座。他们踌躇满志,腰缠万贯,都是来自西部的两位采矿业百万富翁。

"您是什么时候来的?"一个说。

"哦,上星期三。"

"太太一起来了吗?"

"是的。"

"今年打算去佛罗里达吗?"

"不,我太太不太想去。她选中了法国。我们打算去那儿一两个月。"

"哦,今天夜里我就动身。"

"是真的吗?"

"是的。"

"老地方吗?"

"是的,佛罗里达很合我口味。我到了那儿就很开心。"

赫斯特伍德听了一会儿他们的对话就站了起来。这时,他感到很疲乏,心情还有点儿沮丧。大堂外时钟指着四点。时间虽然还早一些,但是他心里想要回小公寓去了。

就在这时,他脑际猛地掠过一个闪念:只要他早点回到家里,嘉莉准会猜疑他整日无所事事,在外头净是到处逛荡罢了。他也没承想到会这么早就回家去,但他觉得这样的日子委实太难挨了。到了家里,毕竟属于他自己的天地。他不妨坐在摇椅里看看报。这可还要惬意呢。这种令人眼花缭乱、心神烦乱、诱发联想的场面,就都见不到了。他倒是可以专心看报了。

于是,赫斯特伍德就回到了家。正好嘉莉独个儿在看报。傍晚时分,整个公寓里光线很暗。

"你可要看坏眼睛的。"赫斯特伍德一看见她就这么说。

他脱去了外套,觉得有必要给她说一说当天情况。

"我已找一家酒类批发商行谈过,"他说,"说不定我要往外跑推销。"

"那倒也不赖。"嘉莉说。

"当然啰,还不算太差劲。"他回答。

最近以来他老是向街角上报摊买两份报纸——《世界晚报》和《太阳报》。报摊的主人——那个意大利人——有时找不出零头,曾建议赫斯特伍德按周付报钱。所以现在,他走过那里,用不着停留太久,只要捡起报纸就走。

嘉莉觉得这时该吃饭了。赫斯特伍德把椅子挪到取暖炉跟前,随手点燃了煤气。稍后,又像是头天晚上情景了。他的种种揪心事已在他爱看的新闻报道里消失殆尽了。

殊不知第二天甚至比头一天还要尴尬,因为直到这时他仍然想不出还有哪些地方可去。到了上午十点钟,他在仔细研读的报纸里还没看到合意的对象。他觉得自己应该出去,只不过一想到这儿,他心里就难过得要死。"上哪儿去?究竟该上哪儿去呢?"

"可别忘了给我本周的家用钱呀。"嘉莉心平气和地说。

他们曾经讲定,每周由他交给她十二块钱,作为日常家用开支。听到了她的话,他轻轻地叹了一大口气,把钱包掏了出来。他又觉得老是掏钱真害怕。他总是不断地在掏钱,可是进项呢,一点儿都没有。

"天哪,"赫斯特伍德暗自思忖道,"这样下去可不行呀!"

不过,他跟嘉莉却什么都没有说。她觉得她只要一提到钱就老让他心神不安。要他付每一项开支很快就像大难临头似的。

"可是,我又有什么错呢?"她反躬自问道,"啊,我为什么老是这么自寻烦恼呢?"

赫斯特伍德出了家门,径直前往百老汇大道走去。他必须事先想好上哪儿去。可是没有多久,他就来到了三十一街上的格兰德大旅馆。他知道那儿的大堂很舒适。刚才走过了二十排房子,此刻他就觉得冷了。

"我就上他们的理发厅去刮刮脸吧。"他想。

刮过脸以后,他就找到借口,大模大样地继续坐在那里了。

他又觉得在那儿熬时间也怪难受的;于是,他就早点儿回家去了。就这么着一连好几天,每天一想到必定出去寻职,他马上就心如刀绞似的;所以,每天都因为对寻职产生反感、沮丧、羞愧,从而不得不到旅馆大堂里去枯坐赋闲。

最后三天碰上了暴风雪的袭击,他就压根儿闭门不出了。是在一天傍晚时分才开始下雪的。纷纷扬扬,四下里都是大片大片又软又白的雪花。第二天早上还是风雪交加;各报预告有暴风雪。从前窗望得见户外厚厚实实一层柔软的积雪。

"我想今天我就不出门了。"进早餐时,赫斯特伍德对嘉莉这么说。

"各报都说,天气还会冷得吓人。"

"煤铺里的人还没有送煤来呢。"嘉莉说,她订购了一蒲式耳①煤。

"我就过去看一看。"赫斯特伍德说。这是他头一回表示乐意给家里打杂儿,其实他原本很想待在家里,这么一来也就理直气壮了。尽管他不是露骨地这样想的,但是潜意识里却是这个想法。

鹅毛大雪下了整整一昼夜,全城开始发生交通阻塞。各报特别注意报道了暴风雪的详情,大肆渲染纽约城穷人顿时陷于绝境。在全纽约做按蒲式耳卖煤小生意的意大利人提高了煤价。各报大量报道严

---

① 蒲式耳,容量单位,在美国约合三十五升左右。

寒、饥馑之类的新闻消息,以至于人心惶惶不可终日,几乎每个人都预感到严冬的可怕,其实他们自己一点儿都没有身受其害。

赫斯特伍德坐在墙角的取暖炉旁边看报。他早就把找工作一事丢在脑后了。这场暴风雪来势如此猛烈,一切活动陷于停顿,他也用不着出去找工作了。他舒舒服服地坐在摇椅里,一边烤烤脚,一边看看报。

嘉莉看到他如此惬意,不免有点儿担心。尽管外头漫天大风雪,她还是怀疑他该不该如此惬意。他看待自己的困境未免太达观了。他似乎太自得其乐了。

可是赫斯特伍德依然一门心思在看报。他几乎一点儿都没留意到嘉莉。她正在忙着家务,不言不语,免得打扰他。

第二天还在下雪,第三天更是冷得砭人肌骨。赫斯特伍德得知了报上的严寒预告,就照样蛰居在家里。现在,他自告奋勇,帮着嘉莉跑跑腿,做点零星小事情了。有一回是上肉铺子,另一回去了杂货店。其实,他压根儿不会想到这些区区小事究竟有什么意思。反正待在家里,打打杂儿,好像也是无可厚非的。他觉得自己好像也并不是一无用处——说真的,碰上如此恶劣的天气,在家里还挺派用场呢。

殊不知第四天,天色突然放晴,他一看报,方才知道暴风雪已过去了。可是,这时他却照旧在家赋闲,借口说街上到处泥泞不堪。天气依然非常寒冷。他压根儿不想出门去。

直到正午时分,他才扔掉报纸,走出了家门。这时天气稍微回暖,街上满地都是烂泥,走路挺费劲。他搭乘街车穿过十四街,再转车往南去百老汇。他从报上看到过一条小广告,介绍珍珠街上有某某一家酒店。不过,他一到了百老汇中央旅馆大堂,却又突然改变了主意。

"这管什么用呀?"赫斯特伍德暗自思忖道,两眼凝望着车窗外的泥浆和积雪,"反正我还是没得钱入股。几乎绝对是白费劲。我想,还不如趁早下车吧。"于是,他就下了车。他在旅馆大堂里落了座,又开始暗自纳闷,真不知道该采取什么对策才好。

正当他怡然自得地胡思乱想的时候,有一个衣着考究的人打从大堂那边走过,突然驻足不前,仿佛记忆不真切似的仔细端详了他一会儿,稍后才走上前来。赫斯特伍德一眼认出此人是卡吉尔,芝加哥卡吉尔大马戏的老板,最后一回见面,是在艾弗里礼堂看嘉莉演出的那个夜晚。赫斯特伍德顿时回想起了卡吉尔还让太太过来跟他握握手,当时的情景至今还历历如在眼前。

赫斯特伍德感到非常尴尬,眼里立时露出了窘色。

"嘿,真是赫斯特伍德呀。"卡吉尔说,此刻他才记起来了,但他心里又很后悔,要是一开头没认出他来,就好避免这次不愉快的邂逅了。

"是的,"赫斯特伍德说,"您好呀?"

"很好,"卡吉尔说,真不知道该说些什么才好,"您就下榻在这儿吗?"

"不,"赫斯特伍德说,"我只是跟朋友约好来这儿会面的。"

"听说您早就离开了芝加哥。我一直暗自纳闷,真想知道,您到底上哪儿去了。"

"哦,我早就住在纽约了。"赫斯特伍德回答,心里恨不得尽快躲开对方。

"我想,您一切都很不错吧?"

"好极了。"

"听到这个我很高兴。"

他们两人面面相觑,不觉有点儿发窘。

"哦,我跟楼上一位朋友有约会。我这就走了。再见。"

赫斯特伍德点点头。

"真该死,"他喃喃低语道,抽身往大门口走去,"我早该料到会碰上这样的事。"

他走过了好几个街区,看了一下表,还只有一点半。他竭力琢磨一下该上哪儿去,或者还有哪些事要做。天气这么坏,他只想躲在户内。最后,他觉得两脚又湿又冷,就搭上了一辆街车。街车把他送到了五十九街,其实,上这儿来跟上别处去反正对他一个样。下了街车,他顺着第七大道往回走,但路上东一处西一处,全是泥泞。在路上来回闲逛,而又苦于无处可去,简直使他受不了。他觉得自己好像着凉闹感冒了。

他在街角上驻足不前,等候往南驶去的街车。不,像这么坏的天气,出门不宜逗留过久;他要回家去。

嘉莉见他两点三刻就回到了家里,顿时为之愕然。

"这么个天气出门真受罪。"他只说了这么一句话,稍后就脱去外套,换了鞋子。

那天夜里,他开始觉得周身发冷,服用了一些奎宁。直到翌日清晨,他还在发烧,第二天就待在家里,由嘉莉来照料他。他一闹了病就可怜巴巴的,身上穿着颜色暗淡的浴衣,头发也不梳理,仪容很不雅观了。他面容憔悴,尤其眼圈边上显得很有老相。这一点嘉莉全都看在眼里,当然啰,她心里很不高兴。她很想表示善意、同情,可是他身上不知怎的总有些东西使她跟他有了一定的距离。

将近傍晚时分,他的脸色在昏暗的灯光下显得格外难看,她就劝他上床睡觉去。

"你还是独个儿睡才好,"她说,"你会舒服些。现在我就给你铺床去。"

"好吧。"他说。

她在操持这些事时心里感到绝望极了。

"这算是什么生活呀!这算是什么生活呀!"她心里一直在反躬自问道。

还在大白天,有一回,他正在取暖炉旁边,弓身坐着看报,这时嘉莉从他身边走过,看了他一眼,不由得皱紧眉头。她在不像餐室那么暖和的前房里坐在窗前悄悄地哭。难道说她命里注定要过这种生活了吗?禁锢似的关在巴掌大的小套间里,老跟着一个失了业、闲散无事,而对她又完全漠不关心的人在一起吗?说到底,现在她只不过成了赫斯特伍德的一个女仆罢了。爱情一股脑儿都死去了。没有赞美,至多只有一丁点儿好脾气罢了。他什么事都指望着她,但是对她却一点儿回报都没有。到现在他已有两个星期什么事也没有做了。万一他的病严重起来,那他们该怎么办呢?她两手捂住脸儿,又呜呜咽咽地哭了起来。

她这么一哭,让眼睛哭红了;铺床时,她点燃了煤气灯,铺好了床,就唤他进来。他马上发现嘉莉两眼红肿着。

"你怎么啦?"他问,目不转睛地盯住她的脸儿。他说话时声音嘶哑,而且蓬头垢面,让人见了格外恶心。

"没有什么。"嘉莉有气无力地说。

"你刚哭过了吧。"他说。

"我没有哭呀。"她回答说。

他心里早就料到,她并不是真的为了爱他才掉泪的。

"你不用哭,"他一边说,一边爬上床去,"事情总会好起来的。"

过了一两天,他可以起床了,但天气依然很恶劣,他还是没有出门。那个摆报摊的意大利人现在已开始送报上门了,赫斯特伍德还是照旧乐此不疲地翻看这些报纸。过了一阵子,他不管三七二十一出去了好几次,不料却又撞见了一个老朋友,他才开始觉得,闲坐在旅馆大堂里,心里还是很不踏实。

每天他照例是老早就回到了家里,最后他干脆不再装模作样,好像去哪儿找过工作了。最近他对家务颇多照料是跟他养成株守家门的习惯分不开的。其特点乃是观察和联想。几乎整天待在家里,他自然会注意到嘉莉的持家之道。她在治理家务和精打细算方面也远不是十全十美的,所以他就一下子看到了她的一些不足之处。可是在过去,他对她按周索取家用的要求压根儿不当一回事,所以,他也就一点儿都没觉察到。如今,他老在家里赋闲,就奇怪地觉得星期一个接一个,好像过得真快。每个星期二,嘉莉照例伸手向他要钱。

"你觉得我们生活过得很够节俭了吗?"有一个星期二早上,他开口问道。

"可我总是尽力而为呀。"嘉莉说。

当时没有接下去再说些什么,不料就在第二天,他说:

"——你去过那边的市场没有?"

他是指在西区十一街上的甘思沃尔特市场。

"我可不知道那边还有个市场呢。"嘉莉说。

"那边有一个大市场。听说那边的东西要便宜得多。"

嘉莉对他此话一点儿都没留心在意。原来她对类似这样的事压根儿不感兴趣。

"平时你买一磅肉要多少钱?"有一天,他问。

"哦,有好几种价钱,"嘉莉说,"比方说,牛里脊肉每磅二十二个美分。"

"你就不觉得太贵了一些吗?"他回答说。

他以这样的口吻又问了其他一些东西,不知怎的,日子一长,这终于变成了他的一种奇癖。他问清了价钱,还一一牢记在心头。

与此同时,赫斯特伍德在家里也就开始越来越多地听候差遣了。当然啰,都是从一些小事情上开头的。有一天早上,嘉莉刚去拿帽子,就被他拦住了。

"嘉莉,你要上哪儿去?"他问。

"上那边的面包房去。"她回答。

"我就替你跑一趟吧。"他说。

她默然同意了,他就出去买面包了。每天下午,他到街角上去买报纸。

"也许你要买什么东西吧?"他还会这么问她。

她开始逐渐利用他去跑腿打杂儿。殊不知这么一来,她也就拿不到每周家用十二块钱了。

"今天,你可要给我家用开支了。"有一个星期二早上,她说。

"要多少钱?"他问。

她很懂得他这一问的含意。

"哦,五块钱左右,"她回答说,"我欠了煤铺掌柜的钱。"

就在这一天,他说:

"听说街角那边意大利人卖煤要便宜些,每蒲式耳只卖二十五个美分。我去向他买就得了。"

嘉莉听着这话,好像当作耳边风似的。

"好吧。"她说。

于是,久而久之就经常会是这样的:

"乔治,今天我们家里煤都烧完了。"或者,"你快去买些正餐吃的肉来。"

赫斯特伍德会一一向她问清楚需要什么东西,随后就去购买。

紧随着精打细算之后,就是过分俭省了。

"我只买了半磅牛排,"有一天下午,他买报纸回来后说,"依我看,我们好像老是吃不完呀。"

类似这样小得可怜的琐事真让嘉莉心如刀割。这么一来,她的生活顿时变得黯淡无光,让她愁肠百结。啊,这个人变得多怪!他整天净是枯坐在家里,只管看自己的报纸。他仿佛对这个世界一点儿都不感兴趣了。有时他偶尔也会出去一趟。赶上天色晴朗的日子,他会出去四五个钟头,在上午十一点至下午四点之间。如今,她也只好用越来越鄙视他的目光来观察他。

赫斯特伍德由于看不到自己的出路,确实完全麻木不仁了。每月家用开销都从他那羞涩的钱囊里支取。如今,他总共只剩下五百块钱了,就紧紧抱住不放,好像觉得自己准能无限期地避开赤贫似的。整天闷在家里,他觉得不必讲究衣着,随便穿穿自己的旧衣服就得了。那是从天气骤然变得恶劣的日子开始的。但是,只有这一回,他觉得有必要跟嘉莉做一番辩白,便说道:

"今天天气这么坏,我在家里随便穿穿旧衣服就得了。"

从那以后,这就成了他永远改不了的习惯。

过去,他每刮一次脸花十五个美分,另给小费十个美分。刚开始觉得手头紧巴巴时,他把小费减到了五美分,以后就干脆不给了。后来,他到只要十美分的廉价理发店去试过一回,发现那儿刮脸质量居然也很令人满意,于是,他就经常去做成他们的生意了。又过了一阵子,他把每天刮脸改为两天一次,稍后又改为每三天一次,如此这般改下去,直到最后才固定为每星期一次。到了星期六,他的脸儿好似佛面开了光,那才好看哩!

当然啰,赫斯特伍德早已失去了自尊心,嘉莉对他也不像过去那样相敬如宾了。她怎么都闹不明白赫斯特伍德心里究竟是怎么想的。他毕竟还有些钱,也有一套完全入时的衣服,只要着意打扮一下,看上去够风度翩翩的。她一点儿都没有忘掉自己在芝加哥的艰苦拼搏,但她同样也没有忘掉她从不停顿地寻职,始终不屈服。可他这个人却从来都不肯去拼搏,如今甚至连各报广告都不想看了。

到最后,她还是毫不客气地当面数落了他。

"你炸牛排干吗搁那么多黄油?"有一天晚上,他到厨房里转悠了一下,就责问她说。

"当然啰,是为了好吃些。"她回答。

"最近黄油价钱贵得吓人。"他咕哝着说。

"你要是在任职的话,也就肯定不在乎这些了。"嘉莉回答说。

他听了以后闭口不言,转身看报去了,但是嘉莉的这句反驳话却使他伤心透顶。这是赫斯特伍德头一回听到她说的促狭话。

当天夜晚,嘉莉看了报以后,就上前房睡去了。这是始料所不及的。赫斯特伍德走进卧室时,照例不开灯就躺下了。直到这时,他方才发现嘉莉不在。

"真怪呀!"他说,"说不定她还坐在那儿呢。"

他没再去想这件事,一倒头就睡了。第二天早晨,他也没见到她在他身旁。说来也真怪,这件事倒也没有引起两人的抬杠。

后来有一天,夜色渐浓的时分,好歹有了一点儿谈话的气氛,嘉莉说:"我想今晚独个儿睡了。我有点儿头痛。"

"好吧。"赫斯特伍德说。

到了第三个夜晚,她用不着多费口舌,就上前房睡去了。

这对赫斯特伍德不啻是一个冷酷的打击,但他对此却只字不提。

"好吧,"他禁不住眉头一皱,暗自寻思道,"让她独个儿睡就得了。"

## 第三十九章

圣诞节过后万斯夫妇就回到了纽约,他们并没有把嘉莉忘掉;但是他们,说得确切些,是万斯太太,从来没有去看望过她,理由非常简单,因为嘉莉压根儿没有把自己的住址告诉她。还住在七十八街的时候,她跟万斯太太是一直通信的,这是很符合她的性格的;但是,后来不得不迁到了十三街,嘉莉生怕被万斯太太看成家境每况愈下,就想方设法不把自己的住址告诉她的女友。嘉莉实在想不出什么好办法,只好深为痛惜地再也不跟她的女友通信了。万斯太太对于这种奇怪的沉默暗自纳闷,先是揣想嘉莉必定离开了纽约,最后认定她已失踪而再也见不到她了。所以,万斯太太去十四街买东西、突然跟嘉莉邂逅时,禁不住大吃一惊。当时,嘉莉也是上那儿买东西去的。

"喂,惠勒太太,"万斯太太说,向嘉莉投去匆匆一瞥,"你一直在哪儿呀?你为什么不来看看我?我一直在纳闷,真不知道你怎么样了。说真的,我——"

"我见到你真高兴。"嘉莉说,心里既喜悦又发窘。这次跟万斯太太不期而遇,真是最倒霉也没有了。"哦,我就住在这儿不太远。我一直都打算去看看您。现在您住在哪儿呀?"

"五十八街,"万斯太太说,"几乎就在第七大道拐角上——二百一十八号。你为什么不来看看我呢?"

"我会来的,"嘉莉说,"说真的,我一直都想去呢。我知道我应该去。说起来也真难为情。不过您知道——"

"你住在哪儿?"万斯太太说。

"十三街,"嘉莉无可奈何地说,"西一百一十二号。"

"哦,"万斯太太说,"不是就在这儿附近,是吗?"

"是的,"嘉莉说,"过些时候您一定要来看我啊。"

"哦,你这个人多好啊。"万斯太太笑盈盈地说,同时发觉她的容貌变化也不小。"从这个住址也看得出来,"她暗自找补着说,"想必他们日子过得紧巴巴的。"

万斯太太还是很喜欢嘉莉,也很想照顾照顾她。

"陪我一块儿到店里去待一会儿。"她大声嚷嚷说,转身就走进了一家商店。

嘉莉回到了家里,这时,她对奢华和极其讲究的纽约生活的全部憧憬又都在心中复活了,而她贫困的家境也越来越严重了。最让她抓瞎的是,万斯太太几乎未经邀请,自己就说要来看望她。

赫斯特伍德照常还是在看报。看来他对自己的窘境全然若无其事似的。他的胡子少说也有四天没刮了。

"唉,"嘉莉暗自思忖道,"万一她突然上这儿来,见到他这副模样儿呢?"

她伤心透顶地摇摇头。看来她的处境已完全难以忍受了。

她已陷入绝望之中,不得不在吃饭时问他:"那家批发公司有什么消息没有?"

"没有呢,"他说,"他们要的是有实际经验的人。"

嘉莉没有接茬,觉得自己无话可说。

"今天下午,我碰见了万斯太太。"过了半晌,嘉莉才说。

"是真的吗?"他回答说。

"他们已回到纽约啦,"嘉莉继续往下说,"看她模样儿真漂亮。"

"怎么啦,只要她丈夫有的是钱,那她爱怎么着就怎么着。"赫斯特伍德回答,"反正他的工作既轻松,钱又多。"

赫斯特伍德两眼直盯着报纸。嘉莉向他投来的无限厌倦、不满的眼色,他全都没有看见。

"万斯太太说,她想不准哪天就过来看看我们。"

"她不是早就打算到这儿来吗?"赫斯特伍德带着挖苦的口吻说。

这个女人净爱花钱,赫斯特伍德才不喜欢呢。

"哦,我可说不准,"嘉莉说,一下子被他说话的口吻惹恼了,"也许我并没有要她来。"

"她太花枝招展了,"赫斯特伍德意味深长地说,"要是没有很多钱,谁都赶不上她的。"

"万斯先生倒并不觉得有多大难处呢。"

"现在他也许还不觉得,"赫斯特伍德固执地回答,深知她刚才所说的暗喻,"但是他的日子还长着呢。赶明儿还会不会出什么事,谁都说不准呢。他也可能像别人一样垮下来的。"

他说话的口气真的有点儿无赖味道。看来他两眼贼亮盯着那些走运的人,恨不得他们通通失败。至于他个人的光景,好像另当别论——不值得多谈了。

这是他往昔那自以为是和独立不羁的残余。整天在家里消磨时间,从报上看到别人成功的消息,于是,过去那种独立不羁和保持不败的情绪有时就会死灰复燃。那时他便忘掉了在街头疲于奔命、四处寻职的落魄相,有时他突然骄傲地挺起腰板,仿佛在说:

"哦,我还可以做不少事情的。我还有点儿能耐。只要我乐意寻找的话,不管怎么的,我总会成功的。"

正是怀着这样的心态,偶尔他会给自己精心地打扮一下,刮净脸,戴好手套,神采奕奕地出门去了。可他只好踯躅街头,并没有任何明确的目标。倒是酷肖晴雨表上变化的标志。他仅仅觉得这时宜于出行去干些什么事。

在这样的时候,他还得花掉一些钱。他知道市内有好几处打纸牌的场所。他在那儿的酒吧里和市政厅附近还有一两个熟人。他不妨去跟他们见见面,随便聊聊天,也算给他的生活增添一点儿色彩。

"喂,惠勒,您好呀?"

"哦,还算不错吧。"

"看来您气色很好。什么好消息?"

"哦,没得什么。"

类似这样的区区小事让他觉得眼前世界还算相当不赖,尽管好处他一点儿都没沾上边。

过去,他自以为打纸牌出手不凡。好几回纯属应酬打牌,他净赢了一百多块钱,这笔钱在当时只不过给打牌添加一点儿刺激罢了——没有什么大不了的。现下,赶上这样的好天气,他脑际忽然掠过一个闪念,倒是想起在打牌上露一手来了。

"说不定我赢它个两百块钱。反正我还算不上生手吧。"

说实话,他在心里反复琢磨了好几回,上述这种想法才见诸了行动。

他头一次闯入的打牌房是在西街某渡口附近的一家酒吧的楼上。过去他去过那儿。这时有好几拨人正在打纸牌。他观看了一会儿,发现尽管下的赌注都不算太大,但一汇总起来却相当可观。

"给我来副牌吧。"在重新洗牌开始时,赫斯特伍德说。他随手挪过来一张椅子,坐了下来,仔细端详着纸牌。那些打牌的默不出声,却又全神贯注地打量着他这个新来的伙伴。

赫斯特伍德一开始就完全不走运。他拿到的一手牌很乱,既没有顺子,又没有对子。

"我过。"他说。

凭这么一副牌,他只好被迫输掉自己在发牌前下的赌注。后来,他总算手气不错,让他离开牌桌时赢回去了好几块钱。

得了一次小胜利,有如一点小聪明一样,的确是件危险的事。就在第二天下午,他又回来了,急巴巴地想来玩儿,再捞进些钱来。这一回,真倒霉,他拿到一副"三条"的牌,一直打下去,最后却输掉了。坐在他对面的是一个好斗的爱尔兰小伙子,是打牌房所在地的坦慕尼协会的一个政治食客;此人手里却有一副更好的牌。让赫斯特伍德吃惊的是,此人一个劲儿顶住,泰然自若地连连下注,如果说是投机的话,真的是神乎其神了。赫斯特伍德开始犹豫起来,可是他又至少要保持镇静的态度,过去他就是借此来欺骗那些牌桌上的通灵人士的[①],他们这拨人看来不注意外在的迹象,尽管很微妙,而是喜欢观察别人的思想情绪。他心中胆怯顾虑老是萦绕不去,他觉得此人有一手好牌,会一直坚持到最后的,他要是也坚持到底,就会把自己的最后一块钱都押上去。但他毕竟还是想多赢一些——反正他的一手牌好极了。为什么不再加五块

---

① 此处意指赌徒。

钱呢?"

"我比你多下三块钱。"那年轻小伙子说。

"我就凑满五块。"赫斯特伍德一边说,一边掏出筹码来。

"再来一倍。"那年轻小伙子说,推出一小摞红筹码。

"再给我一些筹码。"赫斯特伍德掏出一张钞票来,冲牌桌上的庄头说。

年轻对手的脸上龇牙咧嘴地在冷笑。赫斯特伍德一拿到筹码,就如数追加了赌注。

"再加五块钱。"那个年轻小伙子说。

赫斯特伍德额角上沁汗了。他已下了大注——对他来说确实很大。整整六十块钱,他全都押上了。他原本不是个胆小鬼,但是一想到有可能输掉这么多,他不由得浑身软弱无力了。最后,他终于打退堂鼓了。他再不相信自己手里的好牌了。

"要求看牌。"他说。

"红心顺子。"那年轻小伙子一边说,一边出示了一副同花的大牌。

赫斯特伍德的手无可奈何地垂了下去。

"原来我还觉得我赢你呢。"他有气无力地说。

那个年轻小伙子好不容易把筹码都收拢起来;赫斯特伍德抽身就走了,随后在楼梯上停住了,清点一下自己还剩下的钱款。

"三百四十块钱。"他说。

刚输掉了这么多,再加上日常开销,不知有多少钱都花掉了。

赫斯特伍德回到小公寓以后,决心再也不去赌钱了,打算另谋事情。但是,事实上正是那种自尊心——对往昔的深切回忆——使他踟蹰不前。他果真走出了家门,但是漫无目的地溜达了一会儿,就又心灰意懒,有如从前那样无动于衷了。他一回到家里,就老是枯坐在墙角落的摇椅里。

嘉莉想起了万斯太太说要登门拜访,又很委婉地谈出了自己不同的看法。那是有关他的仪表问题。正好这一天他一回到家里,就换上了在家赋闲时穿的旧衣服。

"你为什么老穿这些旧衣服呢?"嘉莉问。

"在家里穿好衣服有什么意思?"他却反问了她一句。

"哦,我觉得衣服穿得好些,你心情自然会舒畅些。"稍后,她又找补着说,"说不定有人会来看我们。"

"是谁呀?"他问。

"哦,万斯太太。"嘉莉回答。

"她不必来看我。"他脸一沉地回答说。

如此缺乏自尊心而又漠不关心真让嘉莉几乎打从心眼儿里恨他了。

"唉,"她想,"瞧他整天老是闷坐在那儿,说什么她就不必来看我。依我看,他这才是没羞没臊呢。"

万斯太太果真上门时,事情闹得更糟了。她经常出来买东西,有一回就顺便登门看望来了。好不容易登上怪寒碜的楼道,她敲了一下嘉莉家的门。嘉莉不在家,随后她心里觉得有点儿惴惴不安。接着,赫斯特伍德开了门,原先还以为嘉莉在敲门。一见是万斯太太,赫斯特伍德确实给吓蒙了。年轻时的自尊心突然又在他胸中燃烧起来。

"哎呀,"他真的结结巴巴地说,"您好呀?"

"您好?"万斯太太说,差点儿认不出他来了。他那手足无措的窘态,她马上全看在眼里。这时,他真不知道该不该请她进来。

"您太太在家吗?"她问。

"不,"他回答说,"嘉莉出去了。不过,请您进来,好吗?一忽儿她就要回来的。"

"不——不,"万斯太太说,一眼看出嘉莉的境况变化该有多大,"我实在忙得不可开交。我只不过上来看看她,但是不能久留。请转告您的太太,她有空务必去我那儿聊聊。"

"好的,我一定转告。"赫斯特伍德说,始终跟客人保持一定距离,又见她抬腿要走,心里方才舒了一大口气。但他总是感到很羞愧,过后就有气无力地两手交叉着,枯坐在摇椅里沉思默想。

嘉莉从另一个方向走回来了,她觉得仿佛远远地看见万斯太太向远处走去。她使劲儿睁大眼睛看,但还是没法肯定。

"刚才有人来过吗?"她问赫斯特伍德。

"有的，"他心有内疚似的说，"万斯太太。"

"她看见你了吗？"她马上问他，话音里充满无限绝望。

这一问就像鞭子抽在赫斯特伍德身上似的，顿时使他愠怒不已。

"她只要有眼睛总会看得见吧。是我开的门。"

"哦，"嘉莉说，因为神经特别紧张而把一只手攥得紧紧的，"她说过些什么呀？"

"没有说过什么，"他回答，"她不能久留。"

"瞧你就是这副腔调。"嘉莉打破了长时间的沉默说。

"这又该怎么啦？"他说，这时也着恼了，"我哪儿知道她会来呢？"

"你就是知道她会来的！"嘉莉说，"事前我告诉过你，她说要来的。我已有十多回请你穿别的像样的衣服。啊，真太吓人了！"

"哦，别说了，"他回答，"这有什么大不了的？反正你再也不能跟她套近乎了。他们太有钱。"

"谁说我要跟她套近乎？"嘉莉怒火中烧地说。

"嘿，瞧瞧你自己模样儿就得了，为了我的衣着打扮吵闹不休。依你看，莫不是我犯了——"

嘉莉没让他把话儿说完。

"是的，你说得对，"她说，"即使我非常想跟她套近乎，也不成——但是这要怪谁呢？反正你好整日在家赋闲，胡说我跟什么什么人套近乎。那你自己干吗不出去找点工作呢？"

好一个晴天霹雳！

"这个关你什么屁事？"他几乎大声嚷嚷说，站了起来，"这房租我付了，不是吗？我还供给——"

"不错，房租是你付的，"嘉莉心平气和地说，"听你的口气，好像世界上只要有套公寓，坐在里头，就够美滋滋的啦。我说，至今已有三个月了，你一点儿事都不做，老是坐在家里净捣乱。我倒要问问你，你干什么要跟我结婚来着？"

"我还没有跟你结婚呢。"他火冒三丈地嚷道。

"那么，我倒是要问问你，你在蒙特利尔干的什么玩意儿。"她回驳道。

"是的,我还没有跟你结婚,"他回答,"你趁早把这个念头忘掉了吧。你说得好像连自己都不知道似的。"

嘉莉睁大眼睛,直瞅了他一会儿。她一直深信那是完全合法、具有约束力的婚姻。

"那么,你为什么要骗我呢?"她气呼呼地问,"你为什么强逼着我跟你一块儿私奔?"

她说话的声音几乎成了呜咽啜泣。

"强逼!"他噘起嘴唇说,"我费了老大劲儿,才迫使你跟我一块儿私奔呢。①"

"啊!"嘉莉说,忍不住大声嚷了起来,随即转过身去。"啊!啊!"她急忙冲进前房去了。

这时,赫斯特伍德着恼了,激动极了。这给他的思想道德震动很大。他向四下里扫了一眼,擦去额头上的汗水,随后去取衣服,穿了起来。嘉莉一声不吭,一听到他在穿衣服,就再也不呜咽啜泣了。原先她感到有点儿害怕,深恐他连一分钱都不给,就把她甩掉了——不过,她一点儿都不怕失去他,尽管他这一去很可能永远不回来。此刻她听得见他在打开衣柜,把帽子取出来。随后给餐室关上了门,于是她心里知道:他已走了。

沉默了一会儿,嘉莉站了起来,擦干眼泪,往窗外凝望。赫斯特伍德正慢吞吞地从公寓沿大街径直前往第六大道走去。

赫斯特伍德沿着十三街往前走,穿过十四街,来到了联合广场。

"找工作,"他自言自语道,"找工作,她吩咐我出去找工作。"

他竭力保护自己不让受到良心的责备,因为良心不断坚持说嘉莉是没有错的。

"不管怎么说,万斯太太这个不速之客,真该死。"他暗自思忖道,"她站在那儿,把我浑身上下打量了半晌。我猜得出她心里在想些什么。"

他回想起来,在七十八街时见过她好几次。她什么时候都是个外

---

① 这是反话,真实意思是说:我压根儿没费劲,你就跟我一块儿私奔了。

表时髦的女人,赫斯特伍德在她面前也竭力摆出跟她旗鼓相当的架子来。现在,只要一想到当时她看见了他如此这般模样儿,他就心里难过,不由得皱紧眉头。

"真见鬼!"他在个把钟头里反复说了十几次。

他从家里出走的时候,已是四点过一刻。嘉莉还在掉眼泪。晚上就休想有饭吃了。

"活见鬼,"他说,竭力掩饰自己羞愧的心态,"我并不至于这么糟——我毕竟还没有成为废物吧。"

他在广场上抬眼四望,看见了莫顿大饭店,决定上那儿吃晚饭。他会带上报纸,在那儿舒舒服服地小憩片刻。

于是,他走进莫顿大饭店豪华的大客厅,它是当时纽约最高雅的旅馆之一。赫斯特伍德找了一把有软垫的椅子,就看起报纸来。想到他那日渐锐减的钱囊决不允许他如此这般挥霍无度,他不觉有点儿发窘。如同嗜好吗啡成癖者一般,久而久之他对安逸上了瘾。只要能解除他内心的痛苦,满足他对安乐的渴求就行。他不这样就没法活下去。所有关于明天的幻想通通见鬼去吧——他不乐意想到明天,就像他不乐意想到过去他碰到过别的灾祸一样。如同人们克服死亡不可避免论一样,他也在竭力摒除很快必将身无分文的顾虑,后来他的这种想法差不多都做到了。

眼看着衣着考究的人们在厚地毯上时来时往,他禁不住想起了自己往昔的好日子来。有一位年轻的太太,是下榻在这儿的宾客,正在大厅凹室里弹钢琴,真让他百看不厌,赏心悦目。他坐在那儿看报,神气十足,谁都会把他看成一位安闲自得的富商,而他也就借此自我陶醉了。

一顿晚饭让他花去了一块半钱。晚上八点钟,他早已吃好了饭,看到这儿的客人纷纷离去,大街上寻欢作乐的人群越来越多;他暗自纳闷,真不知道自己该上哪儿去。断断乎不能回家呀!嘉莉还没有上床。不,今天晚上反正他不回去了。他要像一个来去没有牵挂的人那样——但又不是破了产的——随心所欲地鬼混了。他买了一支雪茄烟就往街角走去,正在那儿闲荡的,有一帮子人,比方说掮客、赛马迷、演戏的——反正跟他一模一样的人。他伫立在那儿,不禁回想起了往昔在芝加哥度过的夜晚,那时节他又是怎么消磨时光的。他可不愁没有娱乐消遣。这又让他回想到了打纸牌。

"那天,我打牌一时糊涂了,"他心里回想到当时自己输掉六十块钱一事,"当初我不该就软下来,我可以连连下注,吓倒那个小子。我在牌桌上心情不佳才使我大败亏输了。"

于是,他就仔细推敲那次赌局的种种可能性,开始想象当时只要连连下注,再大胆点,也许有好几回都是可以赢钱的。

"打纸牌,我是经验太丰富了,可谓得心应手。今天夜里,我不妨再去试试自己手气。"

一大堆、一大堆赌注的幻影立时浮现在他眼前。蓦然间,他果真赢了一两百块钱——难道说他不可以一试身手!他知道许多赌徒都是以此为生,而且他们还活得很不赖呢。

"一开头他们的钱也不见得比我的更多。"他暗自寻思道。

于是,他就这么着朝附近一家打牌房走去,自己觉得心情如同往昔一模一样。先是跟嘉莉争吵而有些激动,后来到大饭店里喝鸡尾酒、抽雪茄烟,还美餐了一顿,这时他的意识早已迷迷糊糊。没有多久,差不多又成了往昔风度潇洒的赫斯特伍德了。其实说穿了,他压根儿不是往昔的那个赫斯特伍德——只不过是一个跟自己良心不断争吵,并受幻觉诱惑的人罢了。

这家打牌房跟赫斯特伍德以前常去的地方并没有什么区别,只不过它是设在一家漂亮的酒吧后面的内屋里。赫斯特伍德先是作了一会儿壁上观,后来发现牌局挺有味儿,自己也就加入了进去。像上一回一样,开头他打得还算顺手,他一连赢了好几次,就来了劲儿,不料却又输了一两回,因此更加给套牢了,只好一直打下去。最后,这迷人的赌局真让他入了迷,简直欲罢不能。他依然乐此不疲,大冒风险,就凭自己手里一副小牌,想通过连连下注,吓倒别的牌手,赢个满贯呢。没承想到让他大喜过望的是,这回他竟然真的赢了。

赢钱冲昏了他的头脑,他开始琢磨自己交上了好运道。谁都没有打得像他这么帅。这时,他拿到了一副中不溜儿的牌,又想凭它来赢上一笔大钱了。牌桌上有些人几乎都看透了他的心思,他们的观察照例是如此缜密精到。

"我有一副三条牌,"有个赌徒在暗自琢磨道,"我可要跟那个家伙一拼到底。"

随后就开始下赌注。

"我比你多下十块钱。"

"好的。"

"再加十块。"

"好的。"

"再加十块。"

"好啦,随你加,多多益善。"

一大堆赌注里头,结果赫斯特伍德就下了七十五块钱。那位对手这才真的预感到形势非常严峻。说不定那个家伙(赫斯特伍德)果真有一副挺硬的牌呢。

"要求看牌。"他说。

赫斯特伍德把牌一摊出来。他的打算全泡汤了。他输掉了七十五块钱,这一惨痛的事实顿时使他陷于绝望之中。

"我们再来一盘。"他愁眉苦脸地说。

"那敢情好。"那个对手说。

有好几个赌徒离座了,由好奇的旁观者接替了他们。时间过得很快,忽然时钟敲响十二点整。赫斯特伍德总算挺住了,输赢也说不上太大。后来,他实在觉得疲累不堪,最后一盘输掉了二十块钱。不消说,他心里难过极了。

第二天凌晨一点一刻,他从那个赌窟里走了出来。阴冷、凄凉的街道好像在嘲讽他似的。他慢吞吞地往西头走去,几乎忘掉了自己跟嘉莉的争吵。他踏上楼梯,走进自己的房间,仿佛若无其事一样。他心里老是想到自己的大败亏输。他坐在床沿,清点了一下自己的钱。除去日常家用开销,现在只剩下一百九十块钱和一些零钱了。他把钱收拾好以后,就开始脱衣服。

"说真的,我闹不明白自己究竟是怎么回事呢。"他茫然若失地说。

翌日早晨，嘉莉几乎没跟他说话，他觉得似乎自己还得出去为好。他意识到自己对待嘉莉很不好，但自己又无意负荆请罪。现在他已完全绝望透顶。于是，有一两天，他就这么着出门去了，俨然有如绅士，或者说得正确些，像他心目中的所谓绅士那样手面很阔，这么一来又得花钱如流水。他这种越轨行动马上使他心力交瘁，姑且不谈他的钱包一下子又耗去了三十块钱。只有到了那时候，他才冷静下来，真的感到了痛苦。

"今天要来人收房租。"过了三个早晨，嘉莉就这么冷淡地关照他说。

"是吗？"

"是的，今天是二号。"嘉莉回答说。

赫斯特伍德一下子皱紧了眉头。随后，他无可奈何地掏出钱包来。

"付房租的钱，看来是够吓人的。"他说。

他差不多只剩下最后一百块钱了。

## 第四十章

后来怎么会只剩下了最后的五十块钱,这就用不着多说了。原来七百块钱由他经管,也只能支撑到六月份。快到只剩最后一百块钱的时候,他才开始感到大难临头了。

"我真不明白,"有一天,他以微不足道的一点买肉钱为题大做文章说,"看来我们的生活开销,着实吓人啊。"

"依我看,"嘉莉不以为然地说,"我们的花费压根儿不太多。"

"我的钱差不离快用光了,"他说,"我简直不知道钱都花到哪儿去了。"

"那七百块钱都快用光了吗?"嘉莉问。

"只剩下一百块钱了。"

他脸上堆满愁云,把她吓蒙了。她开始觉得自己无可奈何地在混日子。反正她心里一直就有这种感觉。

"可是,乔治,"她大声说,"你为什么不出去找事情呢?说不定你会找到一些事情的。"

"我去找过了,"他说,"你总不好硬逼人家给你一个职位吧。"

她两眼直瞅着他说:"那么,你打算怎么着呢?要知道,一百块钱是用不了多久的。"

"我不知道,"他说,"我没有别的办法,只好再去找找看。"

嘉莉听到他的这句答话,大吃一惊。她就这个问题苦思冥想了一番。平日里她往往把登上舞台当作进身阶,由此通往她梦寐以求的诱人的金光灿烂的生活。而现在,如同自己在芝加哥一样,演剧成了她走出绝境的最后一条出路。如果说他近期内找不到工作的话,那就必须尽早另谋对策。也许她不得不出去,独个儿再去拼搏了。

她开始反躬自问,该怎么去谋职呢。过去她在芝加哥的经验证明,她当时去求职很不对路。想必有一些人是愿意听听你的申述,让你来试试看——这些人会给你一个施展自己才能的机会。

有一回,她心里很想问问赫斯特伍德,但是不知怎的,她立时觉得也许他会反对的。如今,她早已成了一个地地道道的家庭主妇;什么事都离不开她。他断断乎不会让她丢下这一切,去另谋他职的。可她还是想自己不妨转弯抹角地来问问他。

一两天以后,他们在早餐桌上闲聊天,嘉莉扯到了演剧一事,说她看到了萨拉·伯恩哈特①要来美国演出的消息。赫斯特伍德从报上也看到了。

"人家是怎么登上舞台的,乔治?"她天真地问。

"我不知道,"他说,"一定是通过演剧经纪人吧。"

嘉莉正在喝咖啡,没有抬眼相看。

"是专职代人找工作的吗?"

"是的,我想大概是这样。"他回答说。

她问话时的特殊语气猛地引起了他的注意。

"难道说你还在想当演员,是不是?"他问。

"不,"她回答,"我只不过是觉得很有意思罢了。"

赫斯特伍德连自己都不知道,为什么他对她的这种想法不以为然。经过三年的观察,他再也不相信嘉莉会在剧坛上崭露头角了。她看来头脑太简单,性格也太软弱了!在他心目中,戏剧艺术包含着一些更加华而不实的东西。她要是想登上舞台,就会落入某个卑鄙的总管的魔爪里,跟他们那拨人沆瀣一气。至于他所谓的他们**那拨人**,他可了解得一清二楚。嘉莉长得不俗。不错,也许她能活得不赖,可是那时他又将在何处栖身呢?

"如果说我是你的话,我就断断乎不会有这个想法。这可比你想象的要难得多哩。"

嘉莉觉得他这句话里多少包含着对她演剧才能的蔑视。

---

① 萨拉·伯恩哈特(1844—1923),法国著名女演员,在欧美各国演出《茶花女》《李尔王》《哈姆雷特》而享有国际声誉。

"你说过,我在芝加哥确实演得很出色嘛。"她回敬了他一句。

"是的,你是演得不俗,"他回答,知道嘉莉已来抬杠了,"但是芝加哥毕竟不是纽约,差得可远着呢。"

嘉莉一句话也不回答。她心里却觉得很委屈。

"演剧对大牌明星来说,"他继续说道,"当然是不错的,但是对其他人就什么也不是。需要很长很长时间才能冒尖儿。"

"哦,我可不知道,"嘉莉说话时有点儿激动了。

赫斯特伍德猛地心里一亮,他可以预见到由此引出的结果来。如今,他已每况愈下,转眼之间就要灾难临头了;嘉莉死乞白赖地要去演剧,把他甩掉。说来也怪,赫斯特伍德对她的智力素质并不看好。这都是因为他一点儿不了解感情的伟大。他从来就不知道一个人可能在感情上很伟大——而不是仅仅在智力上。至于艾弗里礼堂业余演出已是太遥远了,在他记忆里也相当淡薄了。他跟这个女人同居时间也太久啦。

"哦,我倒是知道的。"他回答说,"我要是你的话,就断断乎不去想演戏。何况这对女人来说并不是个好行当。"

"不管怎么说,反正比挨饿总要强吧。"嘉莉说,"你既然不让我去演戏,干吗自己不去找工作呢?"

赫斯特伍德实在无言可答。不过类似这样的指责,他也早已听惯了。

"啊,别说了。"他回答。

这场对话以后,嘉莉暗地里还是决心要去实现自己的梦想。反正这跟赫斯特伍德毫不相干。她不愿自己陷入贫困,或是更糟糕的境地,仅仅为了迁就他。毫无疑问,她有演剧的才能。她能进入某个剧团,赶明儿就慢慢地出了名。到那时,他会说些什么呢?她心里在想象自己仿佛在百老汇成了名演员,每天晚上到自己的化妆室去化妆,准备登台。演出以后,大约十一点钟,她会离开剧院,看见排列成行的马车等候散场出来的观众。至于她是不是大牌明星,现在都没关系。只要她进得去,拿到一份还算过得去的薪水,穿她喜爱穿的衣服,有钱可花,爱上哪儿就上哪儿——啊,这一切该有多美呀。这幅美好生活的画面在她脑海里老是萦绕不去,并且由于赫斯特伍德的日益潦倒而越发美妙诱人了。

说来也真怪,她的这种想法赫斯特伍德没有多久就意识到了。他觉得手头的钱快用光了,生活上需要有个指靠才行。在他找到工作以前,嘉莉为什么不能助他一臂之力呢?

有一天他回家,心里琢磨的正是这样的想法。

"今天,我碰到了约翰·德雷克,"他说,"今年秋天,他打算在这儿开一家旅馆。他说到那时好给我一个职位。"

"他是谁呀?"嘉莉问。

"他就是芝加哥太平洋大饭店的老板。"

"哦。"嘉莉说。

"我在那儿年薪可拿大约一千四百块钱吧。"

"那岂不是很好吗?"她同情地说。

"我只要能度过今年夏天,"他找补着说,"一切就又会好起来的。我还跟好几个老朋友接上了关系。"

嘉莉竟然对这个美丽动人的故事信以为真了。她真心诚意地希望他能度过今年夏天。瞧他那副模样儿真是走投无路!

"你还剩多少钱?"她问。

"只有五十块啦。"

"啊,天哪!"她大声嚷了出来,"我们该怎么办呢?再过二十天又该付房租了。"

赫斯特伍德两手托住自己脑袋,茫然地俯视着地板。

"也许你能在剧院里找到什么事情。"他用温和的口吻说。

"是啊,也许我行。"嘉莉回答说,现在觉得他终于赞成了她的这个主意。

"现在,不管是什么事,我都乐意干,"他看见她听了他的话很高兴,也就壮着胆说,"也许我能找到些事情的。"

有一天早晨,等他一出了门,她拾掇了房间后,尽可能地穿扮得很整洁,就动身去百老汇了。其实,百老汇那一带,她还不怎么熟悉。依她看,百老汇——那是集伟大和神奇之大成的地方。反正剧院都在那儿——演剧经纪人机构想必也在百老汇附近。

嘉莉决定顺便到麦迪逊广场剧院去,打听一下演剧经纪人该上哪儿去找。看来这是个最最切合实际的办法。于是,她一到那家剧院,就去询问售票处办事人员。

"呃,"他一边说,一边往窗口外望了一眼,"演剧经纪人。说真的,我可不知道,不过,也许你会在《克利珀》①上找到,他们都在那上头刊登广告。"

"是一种报纸吗?"嘉莉问。

"是的,"售票人员说,一边觉得很奇怪,因为她连这么普通的事都不知道,"哪个报摊上都买得到的。"又见这个询问者长得这么标致,他就很客气地找补着说。

嘉莉即刻就去买了一份《克利珀》,站在报摊附近打算翻阅一下,找到那些演剧经纪人。但这个可不是一下子就能找到的。于是,她决定把报纸带回家去,看看经过仔细查阅,能不能找到这些经纪人的通信处。尽管从这儿到十三街还有好几个街区,但她还是带着这份珍贵的报纸回去了,后来又怪自己白白地浪费了很多时间。

赫斯特伍德早已回到家里,枯坐在他的老地方。

"你上哪儿去了?"他问。

"我打算去找几个演剧经纪人。"

他觉得有点儿不敢再向她深问下去了。只见她一个劲儿开始翻阅报纸,这引起了他的注意。

"你在看的是什么呀?"他问。

"《克利珀》。那个人说在这上头会找到演剧经纪人的通信处。"

"才为了这一点儿小事,你何苦老远跑到百老汇去?本来我自己就可以告诉你的。"

"那你为什么不早点说呢?"她两眼不离报纸地反问了一句。

"你从来都没问过我。"他回答。

嘉莉漫无目的地在密密麻麻的栏目里仔细寻找,一想到这个家伙

---

① 此刊物为当时一份有关戏剧的新闻报,于一八五三年至一九二四年在纽约刊印。

的冷漠态度就不由得心烦意乱。他只能给她徒增困难罢了。一种自我怜惜之情在她心里油然而生。泪珠儿在她眼睑边上微微颤动,只不过还没有掉下来。这时,赫斯特伍德也觉察到她有点儿茫然不知所措。

"让我来看看吧。"

赫斯特伍德在查看报纸广告的时候,她就走进前房让自己的心情稍微平静下来。过了一会儿,她又走回来了。他用铅笔在旧信封上头写着。

"给你三个通信处。"他说。

嘉莉接了过去一看,上面写的一个是伯穆台兹太太,另一个是马克斯·詹克斯,第三个是珀西·韦尔。她只想了一会儿,就马上向门口走去。

"我还是即刻就去的好。"她说,也没回头看一眼赫斯特伍德。

赫斯特伍德看着她走了出去,不觉有点儿羞愧,因为他心里刚激起了一点儿男子汉的傲气,但转瞬之间却又消失殆尽。他坐了一会儿,稍后连自己都觉得太不像话了,就站了起来,戴上帽子。

"我想我也该出去一下。"他自言自语,就走了出去,并不是有意识上某处去,而是仅仅觉得自己非出去不可。

嘉莉首先访问了伯穆台兹太太,因为她的地址离得最近。这是一座改装成写字间的老式住宅,但一点儿都不像是改建或装修过的。连墙纸也没有重新贴过。伯穆台兹太太的办事处原是三楼的一间客厅,加上一间卧室。如今,那间卧室是她专用的办公室,门上写着"非请莫入"字样。在这个大房间里,用顶接天花板的栏杆和钢丝网纱把靠近后窗的那部分划了出来,作为办事人员办公的地方。

嘉莉走进去的时候,就发现有好几个男人闲坐在那里——他们一言不语,压根儿是无所事事。过了一会儿,柜台后面的女办事员发现嘉莉也不跟她打招呼,就主动地问她:

"您有何贵干呀?"

"我打算找个演戏的工作。"嘉莉回答说。

"哦,"女办事员说,"也许您要想见见伯穆台兹太太吧。"

"是的,我就是要见她。"嘉莉回答说。

"哦,此刻她正好不在。出去吃午饭了。"

"什么时候她回来?"

"依我看,下午两点左右吧。"

嘉莉一抽身走了出去,那几个男人目送着她。

嘉莉一听到她去吃午饭了,就知道别的演剧经纪人也都不会在的,但她还是走访了詹克斯先生的办事处。此处比她刚才去过的还要小得多。那是设在二十七街一个巴掌大的小房间里,一道曲里拐弯的楼梯顶上,光线很暗,而且又邋里邋遢。嘉莉一本正经地爬了上去,发现在屏风后头有一个办事人员,显然正在写些什么。这个家伙是个犹太人。另一个家伙正坐在小小的墙角里一只火炉旁边。

"有什么贵干呀?"这个家伙问。

"詹克斯先生在吗?"

"不,他出去吃午饭了。"

"您知道什么时候他回来吗?"

"大约下午两点钟。"

在第三个简陋、昏暗的办事处里的所见所闻也都是如此这般,所以,嘉莉就决定暂且离开,耐心等着再说。

两点差一刻,她又来到了伯穆台兹太太的办事处。

她走进去的时候,看来这儿依然还是一片死气沉沉的氛围,不过,就在她等着人家注意到她的时候,卧室的门打开了,从里头走出来两个模样儿很像须眉汉子的女人,身上穿着紧绷绷的衣服,还戴着白色护领和袖口。她们的后面是一位大块头的太太,约莫四十五六岁,头发光亮,目光炯炯,从外表看,她还算很和气。至少她正在微笑着。

"请您别忘了那件事。"一个酷似须眉汉子的女人说。

"不,我不会忘掉的。"大块头女人说。"让我想一想,"她又找补着说,"二月的头一个星期,你们打算上哪儿去呀?"

"上匹兹堡。"那个女人说。

"好,我会写信给你们的。"

"那敢情好。"另一个女人说,两个人就一块儿走了出去。

这位大块头女人脸上的微笑立时变成了一副干巴巴的精明相。她侧过身来，目不转睛地直盯住嘉莉。

"哦，"她说，"年轻小姐，难道我能帮帮您什么忙吗？"

"您就是伯穆台兹太太吗？"

"是的。"

"那么，"嘉莉说，真不知道该从哪儿说起，"您是经常介绍演员演戏的吗？"

"是的。"

"您能给我一个演戏机会吗？"

"您有过演戏的经验没有？"

"有过一点儿。"嘉莉说。

"您加入过哪一个剧团？"

"哦，一个也没有，"嘉莉说，"只不过是客串过，在——"

"啊，我明白啦，"那个女人打断了她的话，说道，"不行，现在我还不知道会有什么机会。"

嘉莉的脸色顿时为之一变。

"您要在纽约演过戏就好了。"临了，和蔼的伯穆台兹太太说，"不过，我们还是可以把您的名字记下来的。"

伯穆台兹太太抽身退回办公室时，嘉莉还伫立在那儿瞅着她。

"您的姓名住址？"柜台后面的年轻女人就问嘉莉。

"乔治·惠勒太太。"嘉莉一边说着，一边走到她正在写字的柜台跟前。那个女人把嘉莉的详细住址记了下来，随后就让后者从容地离去了。

她在詹克斯先生的办事处里的遭遇跟刚才的场面非常相似，只不过结束时有所不同，他说："您只要在当地某剧院演出过，或者您有一份印有您名字的节目单，也许我会帮您一点儿忙。"

在第三个办事处，那个家伙问：

"您打算做什么样的工作？"

"我可不明白您这是什么意思？"嘉莉说。

"哦，您打算是演喜剧，还是演杂耍剧，还是当演歌舞喜剧里的女演员？"

"哦,我只是想在一出戏里演一个角色。"嘉莉说。
"唔,"詹克斯先生说,"您得付出点代价才行。"
"多少钱?"嘉莉问,看起来很可笑,其实这种事过去她从来就没有想到过。
"哦,那就悉听尊便了。"他狡黠地回答。
嘉莉惊诧地直瞅着他。她简直不知道该怎么询问下去。
"我付了钱,您就能给我一个角色吗?"
"要是不给您的话,您就可以把钱取回去。"
"啊!"她说。
这个经纪人心里知道,他是在跟一个完全没有经验的人打交道,因此就这么着说:
"不管怎么说,反正您得付五十块钱。不到这个钱数,谁高兴帮您的忙呢。"
嘉莉开始心领神会了。
"谢谢您,"她说,"让我再好好想一想。"
她刚要抬腿走,忽然又想起了一件事。
"要多久我才能弄到一个角色呢?"她问。
"哦,那就很难说啦,"那个人说,"可能要一星期,但也可能要一个月。只要一有合适你的空缺,我们就会给您的。"
"我明白啦。"嘉莉说,于是笑吟吟、兴冲冲地从办事处里走了出来。
经纪人思忖了一会儿,稍后自言自语道:"瞧这拨女人急巴巴想登台演戏,真发噱!"
最后提到五十块钱一事让嘉莉苦思冥想了好久。这五十块钱她压根儿没有,而且她越是想这笔钱,越是觉得自己很难寻摸到。再说,她也不喜欢提出上述建议的这个家伙的德行。
"也许他们会拿走了我的钱,却一点儿不给我回报。"她想。这使她的希望顿时变得渺茫了。
"瞧这事多费劲,真逗人。"她想,"伯穆台兹太太不肯谈下去,说不定也是这个原因。当时我只要随身带着五十块钱,也许她就会谈开了。"

嘉莉回到了小公寓,忽然想起自己有一些珠宝首饰——一枚钻石戒指和别针,还有好几件别的饰物。反正她只要把这些玩意儿送进当铺,就好得到五十块钱的。

赫斯特伍德比她先回家。他没承想她四处求职会花掉这么长时间。

"唉。"他说,却不敢问她有什么消息。

"今天我什么也没有找到,"嘉莉一边说着,一边脱掉手套,"他们都要拿了钱才肯给您找个工作。"

"要多少钱?"赫斯特伍德问。

"五十块钱。"

"真是!他们的胃口也够大的,不是吗?"

"哦,他们跟别人也一样。你即使付了钱,说不准他们还是不给你找工作呢!"

"嗯,这么着我就不打算付这五十块钱啦。"赫斯特伍德说,好像钱就在自己手里,正要做出决定似的。

"说真的,我不知道。"嘉莉说,"我想再找几个经理碰碰运气看。"

赫斯特伍德听着嘉莉的这句话,还没有意识到走这样的路该有多么可怕。他在摇椅里前后来回摇晃,一个劲儿啃自己的手指甲。尽管到了眼前这样的窘境,他仍觉得这是最自然不过的事情。往后他想总会好起来的。

## 第四十一章

第二天,嘉莉又开始四处寻找工作,来到了卡西诺①赌场,发现在歌舞喜剧队里如同在别的领域一样,想谋职也很难。脸蛋儿漂亮的年轻姑娘可以排成一长溜,多得不可胜数,就像能抡大镐的工人一样。她发觉,除了按照容貌和体形的传统标准以外,对这一个或那一个求职者压根儿没有做到区别对待。她们本人的意愿,或是对该人的专业才能的看法一概都不起作用。

"我在哪儿能见到格雷先生?"她在卡西诺赌场的后台入口处问一个紧绷着脸的看门人。

"不行,你现在见不着他。他有事正忙着呢。"

"你说我什么时候能见到他呢?"

"事前和他约定过没有?"

"没有。"

"那你就得上他办公室去找他喽。"

"我的天哪!"嘉莉大声嚷嚷说,"他的办公室在哪儿呀?"

"百老汇一千二百七十八号。"

嘉莉心里明白这时用不着赶到那儿去。反正格雷先生不会在那儿的。简直没辙,只好利用空当时间继续四处寻职去。

丹尼尔·弗罗曼②先生的办公室在二十四街和第四大道拐角处的兰心剧院。查尔斯·弗罗曼先生的办公室在四十一街和百老汇拐弯处的帝国剧院。戴利先生的办公室则设在戴利剧院。到这些地方去碰运气很快就让她灰心丧气了。戴利先生只接见事前约定的访客。这个规

---

① 此处指包括有表演舞池等各种休闲娱乐设施在内的赌场。该词音译"卡西诺"即"赌场"的意思。

② 丹尼尔·弗罗曼(1851—1940),一八八六年曾任纽约兰心剧院经理,其兄即是查尔斯·弗罗曼。

矩嘉莉是在昏暗的办公室里不顾种种障碍,苦等了个把钟头,才从冷漠无情的多尼先生那里知道的。

"您得先写信要求他接见才行。"

嘉莉就这样一无所得地离去了。

她在帝国剧院碰到了一大拨懒得出奇和冷漠无情的人。所到之处都是柔软的漂亮家具、豪华的饰物,以及无比冷峻的语调。

"弗罗曼先生的办公室吗?——在三楼呀。"这是一个漂亮的女打字员说的话,她故意仔细端详着嘉莉——这就是说,要让后者感到自己的渺小和微不足道的地位。

弗罗曼先生的前厅里另有一位年轻小姐在打字机旁装腔作势。

"弗罗曼先生吗?哦,此刻他不在这儿。您有什么贵干吗?"

"我想打听一下看看可不可以参加剧团。"嘉莉说。

"哦,那您就得到楼下申请去。这件事归巴纳比先生管。"

嘉莉就这样怪害臊地来到了楼下。偏偏巴纳比先生正好不在。

"我什么时候可以见到他呢?"

"说不定在三点钟以后。通常这个时候他总是在这儿。"

丹尼尔·弗罗曼先生的办公室设在甚至更偏僻的地方——一个隐蔽在楼梯底下的斗室里,地上铺着地毯,墙上嵌着镶板,让人觉得有权有势,挺了不起的。这儿有一个售票员、一个看门人,还有一个助手,全都觉得自己有了个好差使而喜不自胜。

"喂,现在可要低声下气点,是的,要尽可能低声下气。告诉我们,你有什么要求。说出来吧,快点儿,简短些,莫要有一点儿自尊心。只要不是太费劲的话,我们倒是可以帮帮你的忙。"

这是兰心剧院里的气氛——其实,也就是纽约城里每一个经理室的态度。这些小业主,端的是他们自己圈子里的太上皇。

嘉莉精疲力竭地回到家里,觉得自己屡屡碰壁而特别泄气。正好那时,弗罗曼先生的剧团不打算排演剧目。

"不,不——这几个月里都不演出。"

那天晚上赫斯特伍德听到了她那又累又乏、毫无结果的求职的详细经过。

"什么人我都没见到，"嘉莉说，"我只是走啊走的，等啊等的，等个没完。"

赫斯特伍德只是默默地直瞅着她。

"我揣想，看来没有熟人你休想进得去。"她无可奈何地找补着说。

赫斯特伍德对这些困难虽然了如指掌，但也并不觉得多么吓人。嘉莉又累又乏，万念俱灰，反正现在，她可以好好休息了。从他舒适的摇椅里观察世界，看来艰辛的日子还不会很快来临。今天过去了，反正还有明天呢。

明天来了，接下来是又一个明天，又一个明天。

最后，嘉莉终于见到了卡西诺剧院经理。

"下星期一来吧，"他说，"那时候也许我要换掉一些人。"

此人是个胖墩墩的大块头，可见一直是丰衣美食，养尊处优；他评价女人，就像赛马师评价良种马似的。年轻的嘉莉长得秀美，绰约多姿，哪怕是一点儿经验都没有，说不定她也是有用的。再说，老板里头有一位曾经抱怨说，歌舞喜剧女演员里漂亮的脸蛋儿少了一点儿。

如今离下星期一还有好几天。下个月一号却转眼就到了。嘉莉异乎寻常地开始揪心起来。

"你一出了家门，真的是去找事情吗？"有一天早晨，嘉莉自己越是思忖，越是忧心如焚时，就这样问赫斯特伍德。

"当然啰，我一直在找。"他面有愠色地说，对她那种瞧不起人的猜疑不觉有点儿发窘。

"眼下不管是什么工作，反正我都干，"她说，"一转眼又快到月初啦。"

看来嘉莉简直是绝望透顶了。

赫斯特伍德放下报纸就去换衣服了。

他心里琢磨，他要去找些事情。他想去看看哪儿有没有酿造厂会给他工作。是的，只要寻摸得到，即使当酒吧侍者，他也乐意。

这一次出门寻职还是跟他以前屡次碰壁的遭遇一模一样。他什么事情都没寻摸到。碰到过一两回婉言谢绝就使他的勇气消失殆尽了。

"不管用啦，"他想，"我还不如回家去的好。"

如今，他的钱快要用光了，赫斯特伍德才开始注意到自己的衣着，发觉自己最好的服装也不免相当寒碜。一想到这里，他心里就很痛苦。

嘉莉稍后也回到了家里。

"今天我去找过好几个杂耍剧场的经理，"她原本无心地说，"你得有一个拿手节目。没有这一手，谁都不要你的。"

"我今天也去看过好几个酿酒厂商，"赫斯特伍德说，"有一个厂商答应两三个星期内给我安排一个职位。"

看见嘉莉如此愁眉苦脸，赫斯特伍德觉得，不管怎么样，还得说些假话，来掩饰自己的终日无所事事。这就像是懒怠请求勤谨多多包涵似的。

星期一嘉莉又到卡西诺剧院去了。

"难道是我关照您今天来的吗？"经理吃惊地说，两眼仔细地端详着站在他跟前的嘉莉。

"您说的是星期一。"嘉莉窘态毕露地回答说。

"过去您在哪个剧院演过戏吗？"他又追问了一句，脸上露出相当严肃的神色。

嘉莉只好承认自己没有。

"哦，那叫我怎么说呢。"他接着说，又看了她一眼，稍后就继续翻阅一些报纸。其实，他心里对这个眉宇之间脉脉含愁的漂亮的年轻女人很喜欢。"明天早上就到剧院里来吧。"

嘉莉的心儿高兴得差点儿没跳出来了。

"我一定会来的。"她好不容易才说出了这句话来。她看得出来，经理是要她的，于是转身就走了。

难道说他真的会让她加入剧团吗？天哪，难道真的会交上这样的好运道吗？

连窗外传来的这个大都会的噪声，她也一下子就觉得悦耳动听了。

一个严峻的声音，仿佛回答了她心中的疑问，让一切忧虑消失殆尽吧。

"务必准时报到，"这位经理粗声厉气地嚷着说，"要不然迟到了，就算自动除名。"

嘉莉匆匆离开了经理办公室。这时,她真可以说喜不自胜,今后她再也不想去责怪赫斯特伍德整日赋闲了。她终于得到了一个职位——她终于得到了一个职位。这些话语好像一支美妙的歌儿在她耳畔回响着。

她简直乐不可支,恨不得尽快告诉赫斯特伍德。不过,她在回家的路上对这件事反复琢磨一下,就开始觉得:她在短短几个星期里找到了工作,而他呢,好几个月来却一直在赋闲,岂不是有点儿反常。

"他为什么找不到工作?"她在心里给自己公开地提出了疑问,"只要我找得到,当然,他也该找得到。我觉得找工作并不太难。"

她忘掉了自己毕竟年轻貌美。她在欣喜若狂的时候,并没有把年老色衰这个不利条件也估计在内。

唉,但凡获得成功的人,历来就是这样的。

然而,嘉莉还是掩饰不住自己内心的秘密。她竭力想装得泰然自若,无动于衷,可惜她的伪装一下子就被识破了。

"怎么样?"赫斯特伍德一见她面有喜色,就开口问道。

"我终于找到工作啦。"

"是真的吗?"他说,轻松地舒了一大口气。

"是真的。"

"是什么样的工作?"他问,一时兴头上来了,好像现在自己也能找到合适的工作似的。

"歌舞喜剧演员。"她回答。

"不就是你跟我说起过的卡西诺剧院吗?"

"是的,"她回答,"明天我就开始参加排练。"

嘉莉心里太高兴了,所以还兴冲冲地做了许多解释。最后,赫斯特伍德说:

"你知道你能拿多少钱吗?"

"不,我可不想问呢。"嘉莉说,"不过,我想,他们好像是每周十二块或者十四块钱吧。"

"依我看,差不离也是这个钱数。"赫斯特伍德说。

那天夜晚,悬在小公寓上空的愁云惨雾已被驱散,他们俩美餐了一顿,表示庆贺。赫斯特伍德出去刮了脸,还捎了一大块牛里脊肉回来。

"那么,"他心里想,"明天我自己也出去找工作。"他乐呵呵地举目四望,心中充满了新的希望。

第二天,嘉莉准时去卡西诺剧院报到,就在歌舞喜剧队里当了一名演员。她看到了一个空无一人、光线昏暗、以富丽堂皇的东方艺术风格著称的剧场,直到此刻还散发着昨夜观剧的仕女们衣饰的芳香。嘉莉举目四顾,这儿的一切真是神极了,使她不由得惊喜交集,恍如神话变成了现实似的。她一定竭尽全力争做它的一名好演员。嘉莉在这里已是远离平民、远离失业、远离贫困、远离卑微了!人们都要盛装艳服,坐了马车来一睹像她那样的演员的风采呢。这里始终是光明和欢乐的中心。而现在她已成为其中的一员了。啊,她只要能在这儿留下来,往后的日子该有多么幸福呀!

"您叫什么名字?"正在主持排练的导演问。

"马登达,"她顿时想起了德鲁埃还在芝加哥时给她选好的名字,就随口回答说,"嘉莉·马登达。"

"那敢情好,马登达小姐,"他说,嘉莉觉得他说话怪殷勤的,"您就上那边去。"

稍后,他对一个不久前才进来的年轻小姐说:

"克拉克小姐,您就和马登达小姐搭档吧。"

这个年轻小姐就往前走了过去,所以嘉莉也知道自己该上哪儿去了,于是排练就这样开始了。

嘉莉很快就觉察到,尽管这儿的排练跟艾弗里礼堂的预演大同小异,可眼前的这位导演的态度显然大不一样。当年她对米利斯先生的固执和神气活现很吃惊,但是,这儿主持排练的人也是同样固执,而且还粗暴得出奇。排练期间,看来他对一切鸡毛蒜皮的小事都是火气十足的,始终扯着嗓门在大声吼叫。显而易见,此人对这些年轻小姐矫饰的自尊,或者天真的模样儿,真可以说是嗤之以鼻。

"克拉克!"他会这么大声一嚷,当然啰,意思是指克拉克小姐,"您的脚步干吗老是不跟上去?"

"四人一排,向右转!向右转,我说的是,向右转!我的天哪!您懂吗,向右转!"他就这么说着说着,嗓门儿越来越大,把最末几个字音变成了一声怒吼。

"梅特兰!梅特兰!"他有一回大声嚷道。

一位衣着入时的小姑娘吓得要命地立时站了出来。嘉莉心里充满着同情和恐惧,不由得为她浑身瑟瑟发抖。

"有,先生。"梅特兰说。

"您的耳朵有毛病没有?"

"没有,先生。"

"您懂不懂什么叫'全队向左转'?"

"我懂的,先生。"

"那么,您干吗跟跟跄跄地向右去呢?想破坏队形吗?"

"我刚准备——"

"才不管您刚准备什么。竖起耳朵听着。"

嘉莉不仅怜悯她,还浑身打战,生怕轮到自己头上。

不料另一位小姑娘又痛挨了这导演的一顿怒骂。

"暂停片刻。"导演大声嚷着,两手往上一挥,好像表示绝望似的。他的一举手、一投足都是让人觉得凶巴巴的。

"埃尔维尔斯!"他大呼一声,"您嘴里有什么东西?"

"没有什么。"埃尔维尔斯说,这时有的人在咻咻地笑,有的人站在旁边,吓得两脚不停地来回交替着。

"那么,您是在乱说话吗?"

"没有呢,先生。"

"那么,嘴巴不准乱动。得了,现在重来一遍。"

最后终于轮到了嘉莉。本来她心里急于想照导演的所有要求去做,殊不知反而给自己惹了祸。

她耳边忽然听得在叫唤什么人。

"梅森,"这个声音说,"梅森小姐。"

嘉莉回过头去看看,到底是在叫唤哪一个。她身后的姑娘轻轻地揉了她一下,但她还是不懂个中意思。

"您,您!"导演大声如吼地说,"您听不见吗?"

"啊。"嘉莉说,几乎吓蒙了,满脸涨得通红。

"您不是姓梅森吗?"导演问。

"不,先生,"嘉莉说,"我姓马登达。"

"得了,您的脚丫子怎么啦?难道说您一点儿都不会跳舞吗?"

"我会的,先生。"嘉莉回答说,她早就学会了这种艺术。

"那么,您干吗不跳起来?两脚不准在地上拖来拖去,像个活死尸似的。我要的女孩子个个都要欢蹦乱跳的。"

嘉莉脸颊一下子烧得透红。她的嘴唇有点儿发颤。

"是的,先生。"她说。

就这样在导演火爆脾气和反复要求苦练的不断鞭策下,一直持续了整整三个钟头。嘉莉临走时浑身上下早已精疲力竭,但因心里太亢奋,反而一点儿都没有感觉到。她恨不得早点回家,照着导演吩咐,好好练习这些规定动作。不管怎么样,反正她要在下次排练时,尽量不出差错。

她回到小公寓的时候,赫斯特伍德不在家里。真奇怪他竟出去了,她揣摩他出去找工作了。她只吃了一点儿东西就去练习了,摆脱经济困境的幻景在支撑着她。

"荣耀的声音在她耳际回响着。"

赫斯特伍德回家的时候,他的心情远不如早上出去时愉快,而此刻她一想到要中断练习去准备晚饭,不免有点儿着恼。她既要工作又要做饭。难道说她既要演戏又要操持家务吗?

"我一开始工作以后,"她说,"就不张罗这些事啦。他不妨到外面就餐去。"

自此以后,每天都会有一些新的烦恼。她觉得参加歌舞喜剧队远不是那么令人愉快的;她还得悉她每周的薪水是十二块钱。过了好几天,她才头一回看到了那些至高无上的大人物——担纲出演主角的著名男女演员。丽莲·罗塞尔[①]在舞台上露脸了,还有杰斐逊·迪·安

---

[①] 丽莲·罗塞尔(1861—1922),于一八八一年演出成名的女歌唱家而声名鹊起,并以绝色美貌著称。

吉利斯①。还有别的一些演员,虽然比不上他们二位重要,但是远远地凌驾于嘉莉之上。她亲眼看到他们享受着特权,总是受人尊敬。可她呢,却是微不足道——绝对是微不足道。

株守在家的是赫斯特伍德,每天使得她前思后想,愁肠百结。看来他还是寻摸不到什么工作,不过他照样敢于打听她在卡西诺剧院的情况。从他经常问这问那来看,不免令人怀疑往后他要指靠她的工作过活似的。如今,既然她自己有了生活来源,赫斯特伍德的表现就使她感到特别恼怒。看来他是打算指靠她那可怜巴巴的十二块钱了!

"你工作得怎么样?"他会平淡无味地问。

"哦,很好。"她会这样回答。

"不会是太困难吧?"

"我想,习惯了就好。"

于是,他又埋头看报去了。

"我买了些猪油,"他找补着说,仿佛是偶然想起似的,"我想,也许你打算做些饼干。"

这个人对自己处境依然安之若素使她有点儿吃惊,特别是从最近的事态发展来看。她有可能在经济上获得独立,这使她更有胆量去细心观察,她觉得好像心中有许多话儿要说。可她还是不敢像过去自己对德鲁埃那样对他说话。这个人的举止言谈之中不知怎的老是让她感到有些敬畏。看来他身上好像还隐藏着某种看不见的力量。

有一天,正好她头一个星期排练刚结束,在她意料之中的事儿公然被提出来了。

"我们还得精打细算点才好,"他一边说,一边把他买来的一些肉放到桌子上,"谅你个把星期以内还拿不到钱吧。"

"是的。"嘉莉回答说,她正在炉子上拨动着平底锅。

"除了房租的钱以外,我大约只剩十三块钱了。"他找补着说。

"完了,"她暗自寻思道,"现在,我得把自己挣来的钱交出来了。"

---

① 杰斐逊·迪·安吉利斯,于一八九六年与丽莲·罗塞尔同台演出,亦是美国当时著名演员。

她马上想起了自己打算要买的东西。她几乎没有什么衣服可穿了。她的那顶破帽子也怪寒碜的。

"难道说十二块钱就能支撑这套小公寓和家用开支吗？"她暗自琢磨道，"我一个人可应付不了。他干吗还不找点工作做呢？"

反正一切就这么着凑合过。后来，她那个有生以来最了不起的夜晚终于来临了。说来也真怪，她并没有邀请赫斯特伍德去看演出。事实上，他也压根儿不想去。这只不过是把钱白白地扔掉罢了。何况嘉莉饰演的是这么一个小小的角色。

演出广告早已见诸报端，到处张贴的海报上提到了丽莲·罗塞尔小姐和别的许多演员的名字。嘉莉心里连一丝儿希望都没有。

如同在芝加哥一样，当歌舞喜剧队全体演员即将登场时，嘉莉不知怎的却有点儿怯场，不过没多久就渐渐恢复过来了。此次她扮演的显然是一个无足轻重的小角色，所以她就一点儿也不畏惧了。她觉得自己有如沧海一粟，不管怎么着，反正她都不在乎。幸好她用不着穿紧身衣。有一拨十二个人被规定要穿漂亮的金色短裙，短到离膝只有一英寸光景。嘉莉恰好是她们里头的一个。

站在舞台上，随着群舞这拨人时进时退，偶尔扯开嗓门跟大伙儿一块合唱，嘉莉有机会在仓促之间看到台下的观众，心里明白这一开演就会获得极大成功。果然，不一会儿全场掌声雷动，但是她却禁不住看到某些徒具虚名的女伶，她们演得该有多么蹩脚。

"我准比她们演得好呢。"有好几回，嘉莉在心里斗胆想道。说句公道话，她说的一点儿都不错。

演出刚刚结束，她赶紧卸装。这时导演狠狠地把好几个演员训了一顿，但一点儿都没有触动嘉莉，所以嘉莉觉得想必自己表演得还算令人满意。她恨不得马上离开那儿，因为她熟识的人几乎一个都没有，而那些主要演员净在闲扯淡。剧院外边停着许多私家马车，还有一些按照礼俗必须服饰华丽的阔少，正在那儿翘首等候着。嘉莉一下子发现人们都把她浑身上下仔细端详着。她只消一眨眼，管保招来一个伴儿。她对人们投来的青睐视若无睹。

殊不知有一个老爱勾引女人的小伙子却走了过来，大胆放肆地说：

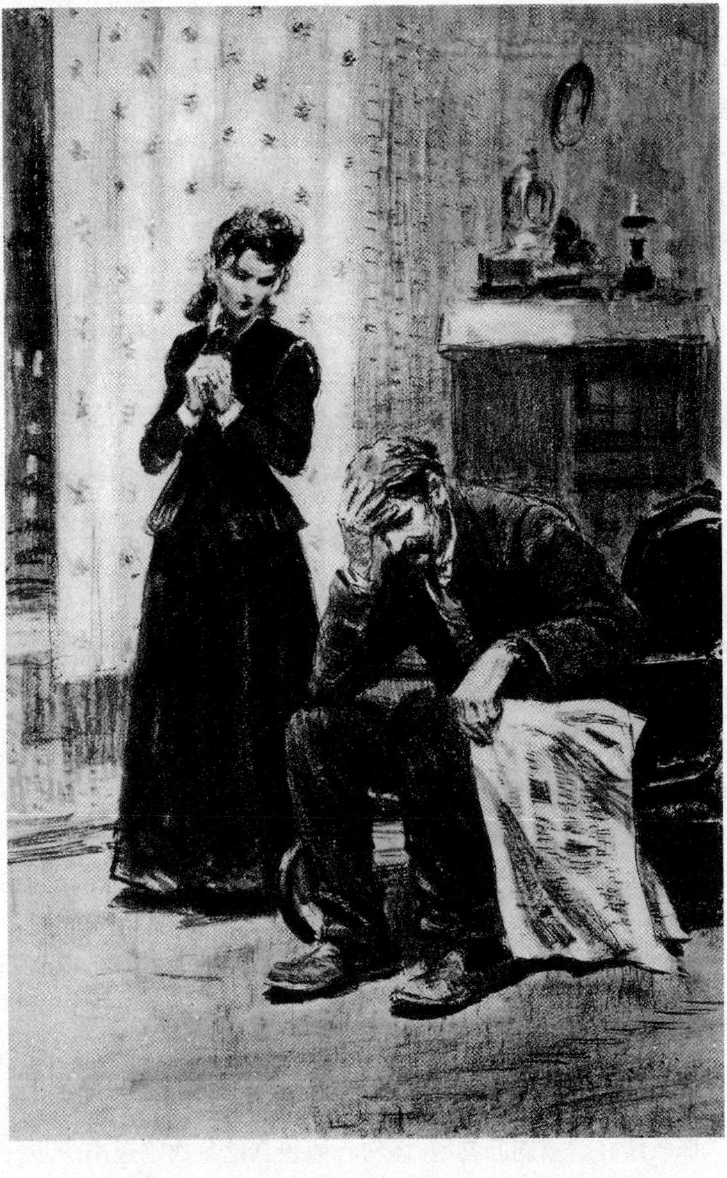

"您不想一个人回家,是吗?"

嘉莉只顾加快脚步赶上了第六大道的街车。她脑海里充满了当晚演出的盛况,所以,除了演剧以外,别的什么事再也顾不上去想了。

周末付给了她十二块钱。钱数不大,但她却觉得不小了。钱拿在手里,她心里却在犯愁,真不知道该怎么个花法。赫斯特伍德暗地里真巴不得她会主动拿出钱来,用不着公开商量,作为他们俩的生活费用。不过,嘉莉尽管一声不吭,心里却在琢磨该怎么着才好。现在整个情况她都已摸透了,因此必须当机立断。

"你说的那家酿造厂有消息吗?"她问,希望自己这一问多少会触动触动他。

"没有,"他回答说,"他们还没有筹备就绪。不过,反正我想总会有些名堂的。"

当时,她再也没说什么,虽然要她拿出她已经到手的钱来很恼火,但是她又思前想后想了一会儿,觉得也只好这么办。赫斯特伍德眼看着危机逼近,乖巧地决定向嘉莉求助。他早已摸透了她心眼儿很好,她的忍耐坚持不了多久。说真的,他一想到自己开口要钱,不觉也有一点儿害臊,但又马上给自己辩白,心想反正真的会找到工作的。付房租那天果然给他带来了机会。

"哦,"他一边数钱,一边说,"这大概是我最后的一点儿钱了。我可得尽快找到工作才好。"

嘉莉乜着眼瞅了一下他,已有几分猜着他要马上开口求她了。

"只要再顶住一阵子,我想我是会找到工作的。九月间,德雷克肯定要在这儿开一家旅馆的。"

"是吗?"嘉莉说,心里琢磨了一下,到九月份才不过短短的个把月吧。

"你不可以帮我支撑到那个时候吗?"他用恳求的口吻说,"打那以后,我相信自己总过得去吧。"

"那敢情好。"嘉莉回答说,怪伤心地想到她每次刚迈出一步,命运总会给她设置障碍。

"我们只要手头紧一点,好歹总能过得去的。往后我一定会如数奉还。"

"哦,我会帮助你的。"嘉莉说,一方面觉得自己心太狠,逼得他低声下气地求她开恩,但另一方面,她本想用自己的收入添置一些急需的衣物,不由得又使她有些愤愤不平。

"乔治,你为什么不去找些工作,哪怕是临时性质的工作也好?"她说,"反正都是一样嘛。说不定,过了一阵子,你会寻摸到好一点的工作。"

"什么工作我都干,"他说,舒了一口气,低头听着嘉莉对他的责怪,"我也可以四处去找工作嘛。反正这儿谁都不认得我。"

"哦,眼前你还不至于那样吧。"嘉莉说,一下子又为之动怜,"不过想必会有一些别的工作的。"

"我一定会找到工作的。"他说,尽量装出自己有决心的样子来。

随后,他又埋头看报去了。

## 第四十二章

赫斯特伍德下了决心以后,结果他倒是更加相信,不见得每一天都是出门寻职的好日子。他身上的衣着越发破烂不堪了,到九月一日,他尽力搜寻,倾其所有,还是穿得很寒碜。而嘉莉呢,整整三十天来内心深处不断进行着痛苦的斗争。

嘉莉急需添置衣服——姑且不谈她还想购置一些饰物——看来越来越迫切,事实上,她心里明白,尽管自己有了工作,还是不见得全都买得起。那天,赫斯特伍德求她帮他渡过难关的时候,由于她对赫斯特伍德感到非常同情,结果连最近要求穿得体面些的强烈欲念也随之成为泡影了。尽管他并不经常提出什么新的要求,但是,爱好打扮的欲念却继续困扰着她。这种欲念一刻都离不开她。而嘉莉呢,一边希望让这种欲念得到满足,一边又越来越希望赫斯特伍德切莫阻挡她。一个男人,哪怕是很被动地,成了女人满足欲念的障碍物,那时候——或者说,还要经过相当长时间——他就会成为她的眼中钉。

赫斯特伍德快到手头只剩最后十块钱的时候,他觉得还是给自己留点私房钱为好,免得往后诸如搭车、刮脸之类零星开支全都得伸手向嘉莉要钱,所以,尽管他手里还有十块钱的时候,他就赶紧声称自己身无分文了。

"我一个子儿也没有啦,"有一天下午,他对嘉莉说,"我今天一早付过煤钱,这么一来,就只剩十个美分,至多十五个美分啦。"

"我钱包里头还有点钱呢。"

赫斯特伍德走去取钱,去买了一罐西红柿。嘉莉模模糊糊地意识到:这就是新常规的开端。他拿了十五个美分,买来了这听罐头。自此以后,他就这样零七八碎地不断向她伸手要钱。后来,有一天早上,嘉莉突然想起她要快到吃晚饭的时刻方能回家。

"面粉用完了,"她说,"你最好今天下午去买一些吧。顺便捎点鲜肉回来。再买些肝和熏肉,你看好吗?"

"反正叫我买什么都行。"赫斯特伍德说。

"最好买半磅或者四分之三磅。"

"买半磅就够了。"赫斯特伍德抢白了一句。

她一想到他没有钱,就打开钱包,取出半块钱放在桌子上。他却假装着没看见。从此开创了这种新常规的一个特殊阶段——只要遇到这种特殊情况,她马上会想起把钱留下来。

赫斯特伍德买了一袋三磅半的面粉(所有食品店都是这样包装的),花去了十三个美分,又用十五个美分买了半磅搭配好的肝和熏肉。随后,他把这些食品拿回家,连同找头二十二个美分一块儿放在厨房桌子上,后来嘉莉就是在那儿看到的。她注意到找头分毫不爽,一个子儿都不缺。想到赫斯特伍德向她乞求的只图糊口果腹,她禁不住有点儿为之动怜。她觉得苛责他过了头,仿佛有失公允。说不定他还能找到什么工作呢。他又没有什么不良习气。

不料,就在这天晚上,嘉莉一走进剧院,有一个歌舞喜剧队里的年轻姑娘从她身边走过,特别是她身上穿的一套款式新颖、漂亮的苏格兰粗花呢衣裙,吸引住了嘉莉的目光。这位年轻姑娘胸前还佩戴着一串优雅的紫罗兰,心中似有说不出的高兴。她走过的时候向嘉莉嫣然一笑,露出一口漂亮、匀称的皓齿,于是,嘉莉随之也报以一笑。

"她是有了钱身上才穿得好的,"嘉莉想,"我也照样能穿扮入时,只要把钱留给自己使用就得了。一股脑儿什么都得拿出来,真太不像话了。如今,连一条像样点的蝴蝶结我都没有。"

嘉莉往前一抬腿,若有所思地俯看着她的皮鞋。

"不管怎么样,星期六我得去买双皮鞋。反正我也豁出去啦。"

歌舞喜剧队里有一个长得挺甜美可爱的小姑娘,跟嘉莉交上了朋友,因为她觉得嘉莉一点儿都没有让她望而生畏的样子。她是一个快乐的小曼侬①,不知道社会上严峻的道德观,所以她心眼儿特别好,始

---

① 法国作家普雷沃(1697—1763)的小说《曼侬·莱斯戈》(1831)里的女主人公。

终乐于助人。歌舞喜剧队里是不允许相互交谈的,不过有时也有偶尔说上一两句的。

"今儿晚上真热,不是吗?"这个姑娘说,她身上穿着粉红色紧身衣,头上戴着仿金盔帽,手里还拿着一块闪闪发光的盾牌。

"是啊,真热。"嘉莉说,因为觉得有人跟她唠嗑而很高兴。

"我浑身就像在炉子里烤着呢。"小姑娘说。

嘉莉看了一下她那迷人的脸蛋儿,蓝色的大眼睛,发现她满脸汗珠。

"在这一出歌剧里,齐步走的动作比我从前演过的可要多得多。"小姑娘找补着说。

"您还演过别的戏吗?"嘉莉问,对她居然还有舞台经验很吃惊。

"可多着呢。"这个小姑娘回答说,"您呢?"

"我这是头一次登台。"

"哦,是吗? 这儿上演《皇后的伴儿》①时,我好像觉得还见过您呢?"

"不,"嘉莉摇摇头说,"那可不是我。"

她们简短的对话一下子被乐队的吹奏声和舞台两侧聚光灯的噼啪声打断了,这时全体演员都集合起来排成行列重新出场了。那天她们就再也没有了搭话的机会;可是第二天晚上,她们准备上台时,不知怎的这个小姑娘又出现在她身边了。

"听说下个月全团要去外地巡回演出。"

"是真的吗?"嘉莉说。

"是的,您打算不打算去?"

"我不知道。如果说他们要我去,我看只好去呗。"

"哦,他们是要您去的。可我不高兴去。巡回演出期间,他们不会给您加薪水,而一路上生活费用全靠您自己挣来的钱开支呢。我还从来没有离开过纽约。反正这儿剧团多得很。"

"您总能找到别的演戏机会吗?"

---

① 此轻歌剧系亨利·保尔顿所作,并于一八八八年首次上演。

"那当然啰,我管保找得到。这个月正好有一家剧院在百老汇新开张。要是我们这个剧团真的走了,我就打算去那儿找个职位。"

嘉莉听了这些话,心里方才开了窍。显然,去剧团谋职也不见得非常困难。眼前这个剧团即使离开纽约,说不定她照样也能另外觅到一个职位的。

"薪水大概都差不离吧?"她问。

"是的。有时候会给得多一些。我们这个剧团给得不算很多。"

"我只拿十二块钱。"嘉莉说。

"是吗?"小姑娘吃惊地说,"他们给了我十五块,而我觉得,您的工作量可要比我多得多呢。我要是换作了您,我就不干了。他们之所以少给您钱,就是因为他们觉得您还不知道个中底细。说实话,您也应该拿十五块钱。"

"哦,可他们没有给我呀。"嘉莉说。

"那么,依我看,您要是愿意上别处去,准会多赚一些。"小姑娘继续说下去,她很喜欢嘉莉,"您演得很好,导演是知道的。"

说实话,嘉莉只要一上了舞台,确实风致韵绝,不同凡响,只是她自己没有意识到罢了。她的柔姿绰态全是浑然天成,一点儿都不矫揉造作。

"您觉得我去百老汇剧院能挣得多些吗?"

"当然啰,能多些。"小姑娘回答,"您跟我一块儿去,由我出面来跟他们谈判就得了。"

嘉莉听到了这些话,感激得满脸通红。她打从心眼儿里喜欢这个煤气灯下的小兵①。瞧她头戴金箔盔帽,身穿戎装,看上去仿佛久经沙场,显得非常自信。

"我只要也能这样找工作,就用不着为我的前途发愁了。"嘉莉暗自寻思道。

不过,一到早晨,许多家务事缠住了她,而赫斯特伍德却照例坐在那儿,老在她眼前真讨厌,嘉莉不由得哀叹自己命里太苦了。由于赫斯

---

① 即指这个小姑娘在舞台上所扮演的小兵角色。

特伍德采购时精打细算,全家伙食的开销并不算太大,可能还有足够的钱付房租,不过,除此之外,也就分文不剩了。嘉莉买了双皮鞋和别的一些东西致使付房租的钱严重短缺了。在付房租的那个倒霉的日子前一个星期,嘉莉突然发现钱快要不够用了。

"我好像觉得,"她在早餐时看了一下自己的钱包,大声嚷道,"我的钱已不够付房租了。"

"你还有多少钱?"赫斯特伍德问。

"哦,我还有二十二块钱,不过还要支付本周所有开销,要是我把周末的薪水都拿出来付了房租,下个星期就连一个子儿也没有了。依你看,乔治,你那个要开旅馆的朋友德雷克这个月会开张吗?"

"依我看会的,"赫斯特伍德回答,"反正他说要开张的。"

他们各自琢磨了一会儿;稍后,赫斯特伍德就说:

"别犯愁呀。也许食品店老板会答应再宽放一些日子。反正好长时间我们一直做成他的生意,谅他也会让我们再赊欠一两个星期的。"

"你说他会答应吗?"她问。

"我想会答应的。"

就在那一天,赫斯特伍德走进食品店,直瞅着老板奥斯拉格的眼睛,要了一磅咖啡,接着说:

"先给我记在账上,周末付钱,好吗?"

"好的,好的,惠勒先生,"奥斯拉格先生说,"没得问题。"

赫斯特伍德虽然身处困境,毕竟头脑还算活络,也就不多说了。这种事在他看来好像都是易如反掌似的。他两眼望着门外,等咖啡一包好,拿了就走回家去。一个濒临绝境的人就这样开始游戏了。

房租付过了,接下来就要给食品店结清赊欠账。赫斯特伍德拿自己的十块钱先垫付了一下,到周末再向嘉莉如数索回。下一次,他推迟了一天跟食品店结账,这么一来,他很快把自己的十块钱,或者说他现有剩余的钱款,都拿回去了,而奥斯拉格要到星期四或星期五才收到上个周末的账款。

眼看着这种混乱现象嘉莉恨不得想改变一下。显然,赫斯特伍德似乎并不懂得嘉莉自己也有这样或那样的需要。他绞尽脑汁想用她的收入来支付全部开销,但是他自己呢,看来就打算一毛不拔了。

"他又跟我说'别犯愁呀',"嘉莉暗自思忖道,"要是他自己多少也犯一点儿愁,恐怕就不会整日枯坐在那儿,傻呵呵等我回家来了。他应该自己找些活儿来做。一个男子汉七个月来压根儿不想找点活儿干,真是少见啊!"

如今赫斯特伍德衣衫褴褛、愁眉苦脸,嘉莉一见他这副落魄的模样儿,也只好离家到别处去排遣心中的愁绪。每星期两场日戏,赫斯特伍德就吃自己做的冷餐。另外还有两天排练,从上午十点开始,通常要到下午一点才结束。现在,除了以上这些活动以外,嘉莉还会去看望一些歌舞喜剧里的演员,其中包括那个头戴金盔的蓝眼睛小兵。她之所以常去同伴处走动走动,是因为这种串门总是让她感到非常愉快,而且躲开了老闷在家里的丈夫也可以让她一洗愁怀。

那个蓝眼睛小兵,姓奥斯本——全名罗拉·奥斯本。她住在十九街,毗邻第四大道,这个街区如今全都盖了办公大楼。她在这里有一个舒适的后间,望得见许多绿荫如盖的后院。嘉莉常来这儿散散心,坐在小姑娘的一把摇椅里两眼望着窗外的树木。

"您家在纽约吗?"有一天,她问罗拉。

"是的,但我不跟家里人住在一起。他们老是让我做他们喜欢的……那么,您也住在纽约吗?"

"是的。"嘉莉说。

"跟家里人在一起?"

嘉莉觉得承认自己结过婚怪难为情的。她不止一回地跟罗拉抱怨过,嫌自己赚得太少,还坦白过对自己前途心急如焚;不过如今,要她如实相告时,她却不好向小姑娘和盘托出了。

"跟亲戚住在一起。"她回答。

奥斯本小姐想当然地认为,嘉莉跟她自己一样,她的时间当然是归她自己支配的。她老是要嘉莉留在她那儿,不妨一块儿去溜达溜达,如此等等,久而久之,连吃晚饭的时间嘉莉也开始耽误了。赫斯特伍德发现了这一点,但还是不敢跟她拌嘴。有好几回她回来得很晚,差不多只有一个钟头的时间,她胡乱吃了一点儿,就急匆匆去剧院了。

"每天下午你们也都排练吗？"有一回，赫斯特伍德问她，实在是出于讥讽、不满，只不过他这种心情几乎完全被掩饰起来了。

"不，我正在别处找工作呢。"嘉莉说。

事实上，她确实是在找工作，但这句话无非是拿来当作一种挡箭牌罢了。奥斯本小姐跟她一起去看过那位打算在百老汇上演新歌剧的经理，离开经理办公室后她们俩就直奔奥斯本小姐的住地，从三点钟起，就一直待在那儿。

嘉莉觉得，赫斯特伍德提出的问题是对她的自由的一种侵犯。她完全没有考虑过自己究竟有多大的自由。只是觉得他对她最近的行动、她最新获得的自由，不应该表示疑问。

赫斯特伍德对整个情况可以说了如指掌。他这种人毕竟有一点儿小聪明，而且此人还相当文雅，所以他不会公开提出任何有力的抗议来。后来，他的态度变得几乎莫名其妙地冷冰冰的，眼看着嘉莉渐渐地淡出他的生活圈子，正如他因循苟简，自愿错过不少走出困境的机会一模一样。可是话又说回来，他禁不住觉得他们俩谁都离不开谁，还是给予了温和、让人气恼，却又徒劳无益的指责——结果呢只能使他们俩之间的裂痕逐渐扩大。

有一回，导演一边看着歌舞喜剧队在灯光闪耀的舞台上表演一些令人眼花缭乱的舞姿动作，一边问了该队队长一句话，没想到进一步扩大了他们俩之间的这一裂痕。

"右边第四个姑娘——也就是说，正在朝我们转过脸来的那一个——究竟是谁呀？"

"哦！"队长回话说，"那是马登达小姐。"

"她长得很俊。您干吗不让她领舞呢？"

"好的，我会这么做的。"这个队长附和着说。

"就马上照办不误。反正她要比您原来的那个领舞漂亮得多。"

"没问题。我就让她领舞。"这个队长说。

第二天晚上，嘉莉被队长叫了出去，她心里觉得好像自己出了大错似的。

"今天晚上，就由你来领舞。"队长说。

"好的,先生。"嘉莉说。

"加把劲儿!"他找补着说,"像烈火一样炽烈!"

"是,先生。"嘉莉回答说。

嘉莉对这一变动大吃一惊,心里想莫不是原来的领舞突然生了病,但是一看见她还在队列里头,眼里显然露出不高兴的神色,这时嘉莉才开始觉得,也许这就是对她论功行赏吧。

嘉莉善于猛地让头偏向一侧,端的是雅极了,随后举起双臂,一瞬间好像把剧情细节——表演得栩栩如生似的。如今,她担纲出演领舞,站在队列前头,让自己的特长发挥得更加淋漓尽致。

"那个姑娘对如何让自己的舞姿更显优美拿捏得很准。"导演在另一个晚上这么说过。他心里甚至开始很想找她聊聊。要不是碍于他自己做出的绝对不跟歌舞喜剧队演员打交道的老规矩,恐怕他早就毫不拘束地去找过她了。

"让那个姑娘站到白裙队列的头上。"导演又对芭蕾舞教练提议说。

这支白裙队列约莫有二十名姑娘,一律穿着银蓝两色镶边的雪白法兰绒衣裙。领舞的虽穿同样的雪白衣裙,但穿扮得却更加光彩夺目,另外还饰有肩章和银色腰带,身边挎着一柄短剑。这一身行头嘉莉一试穿就合身,几天后便这样登台亮相了。不消说,她心里对自己这一殊荣感到美滋滋的。不过,让她感到特别满意的还是她的薪水现在已从十二块加到十八块钱了。

赫斯特伍德一点儿都不知道她加薪一事;说实话,他也不知道前头几排的观众对她频频送秋波,散场以后还有好多人围住她,百般勾引她。

"我不想把加薪的钱交给他,"嘉莉说,"我给得已经够多的了。我打算给自己买些衣服穿。"

事实上,就在她到剧院任职后的第二个月里,她好像豁出去似的,一直在购买自己需要的东西,并没有考虑到以后会有什么样的后果。殊不知到了该付房租的那一天,麻烦就更多了,附近各店铺的赊账也只好更往后面推了。不管怎么说,反正她如今只想要多给自己一些关心。

她首先打算买一套衬衫式连衣裙,不过购买的时候仔细一琢磨,她发现留给自己用的钱其实买不到多少东西——如果说全部薪水归自己使用,那买起来可多着呢。她完全忘掉了,即使自己单独过活,她照样得付房租和伙食,恐怕也不可能让她十八块钱一分一厘地全都花在自己喜欢的衣物上。

她总算买了些东西,不但加薪得来的钱全用光了,还动用了她那原薪十二块钱。她也知道自己不免做得太过头了,但是,女人的虚荣心毕竟占了上风。第二天赫斯特伍德说:

"这个星期我们欠食品店五块四十个美分。"

"有那么多吗?"嘉莉问,好像皱了一下眉头。

她看了一下钱包要把钱交给赫斯特伍德。

"我总共也只有八块二十个美分了。"

"我们还欠送牛奶的人六十个美分。"赫斯特伍德找补着说。

"是的,还有煤铺的赊账没付哩。"嘉莉说。

赫斯特伍德一言不语。他早已看到,她给自己买了好多新东西,家务完全撒手不管,老在下午溜出去玩儿,很晚才回家。这一切他预感到恐怕不会有好收场。这时,嘉莉突然发话了。

"我可真的不知道该怎么办,"她说,"家里的一切开支也不好让我全兜着。我挣的钱实在也太少啦。"

这是一次直接挑战。赫斯特伍德不得不出来应战。但他竭力保持着镇静的态度。

"我可没要你全兜着呢,"他说,"我找到工作后只要你稍微帮我一点儿忙就得了。"

"哦,当然啰,"嘉莉回答说,"好像我还是头一回听到呢。你要明白,我挣来的钱还不够开支。我真不知道该怎么办才好。"

"唉,反正我也在拼命找工作嘛!"他大声嚷着说,"你究竟要我怎么办呢?"

"你可没有拼命去找呀,"嘉莉说,"我倒是找着了。"

"老实跟你说,我也拼命找过啦。"他回答说,气得差点儿没说出脏话来,"你用不着跟我大吹大擂你的成功!我只不过要你稍微帮我一点儿忙,等我能找到工作罢了。现在,我还没有成为废物吧。也许我还会东山再起呢。"

赫斯特伍德本想从容不迫地说这些话,不料他的话音却听得出有点儿发颤了。

嘉莉的愠怒立时烟消云散了。她自己反而觉得害臊了。

"好了,"她说,"给你钱。"她把钱包里的钱一股脑儿全倒在桌子上,"全部赊账,我这儿的钱还不够付。不过,要是他们肯等到周末,待我拿到一些钱后再付清也不迟。"

"你还是自己留着吧,"赫斯特伍德好不心酸地说,"我只要付食品店的钱就够了。"

她又把钱收起来,赶紧准备饭菜,以便及时进餐。刚才她发过一点儿小脾气,自己心里好像觉得有些内疚似的。

过了一会儿,他们俩又各自想自己的心事去了。

"她挣的钱比她说的多,"赫斯特伍德想,"她说自己只挣十二块钱,但是,用这些钱难道就可以买到那么多东西吗?得了,反正我管不着。让她把自己的钱藏起来吧。等着瞧吧,我总有一天会找到工作的。到时候就让她见鬼去吧。"

他只是在心头里说了这些气话,但也充分预示了他可能对嘉莉采取的态度。

"我说,"嘉莉暗自思忖道,"应该叫他出去找活儿。让我挣钱养活他,真是太不像话!我说我不乐意就不乐意呗。"

这些天来,嘉莉经人介绍结识了好几个人——都是奥斯本小姐的朋友,说他们这拨人喜欢闹热,爱逗乐一点儿也不过分。有一回,他们去找奥斯本小姐下午一块儿乘坐马车兜风去。嘉莉当时正巧在她那儿。

"走,一块儿去吧。"罗拉说。

"不,我可去不了。"嘉莉说。

"哦,得了,一块儿走吧。说呀,您到底有什么事啊?"

"五点钟我务必回家。"嘉莉说。

"干什么呀?"

"哦,准备晚饭。"

"人家会请我们的客。"罗拉说。

"哦,不,"嘉莉说,"我可去不了。我实在不好去。"

"哦,去就去吧,嘉莉。人家都是些呱呱叫的小伙子。反正我们会按时送您回去。我们只去中央公园兜兜风。"

嘉莉琢磨了一会儿,终于不推却了。

"不过,要记住,罗拉,四点半我必须回来。"她说。

这句话从罗拉的一只耳朵里进去,却从另一只耳朵里出来了。

嘉莉在跟德鲁埃和赫斯特伍德相识以后,她对年轻男子——特别是那些轻佻浮荡的花花公子——的态度里,少不了带有一点儿冷嘲热讽的味道。论年龄,她觉得自己要比他们大些。他们说的一些溜须拍马的话儿听起来很蠢。可她在身心方面毕竟还很年轻,青年人对她依然很有吸引力。

"别着急,马登达小姐,我们去去就回来。"有一个小伙子鞠了一躬说,"难道说您怕我们会耽误您太长的时间,是吗?"

"哦,谁说的。"嘉莉微微一笑说。

他们就坐上马车出去兜风了。她举目四顾。仔细察看着这群衣着华丽的人:年轻小伙子净说着冒傻气的笑话和蹩脚透顶的俏皮话,这些拿肉麻当有趣的年轻人还觉得很有幽默味儿似的。嘉莉看见了公园里成群结队的马车,从五十九街进口处开始,弯弯曲曲地绕过艺术博物馆,一直迤逦到第一百一十街和第七大道交叉的出口处。她又置身在豪华的氛围之中了:精心制作的服饰、漂亮的挽具、矫健的良马,端的是优美雅致极了。她因意识到自己的穷困而不免又有些恼意,不过如今,她早把赫斯特伍德置于脑后了,这多少使她忘掉了一些痛楚。这时,赫斯特伍德却等呀等,一直等到四点钟、五点钟,甚至于六点钟。他从椅子里站了起来的时候,天都快要黑下来了。

"看来她不打算回家了。"他生气地说。

"不错,事情总是这样,"一个闪念从他脑际掠过,"如今她在步步高升中。我在她眼里就没地位啦。"

其实,嘉莉也发觉了自己过于疏忽,那时只不过五点一刻,但这敢篷马车还远在第七大道上,邻近哈莱姆河边。

"什么时候了?"她问,"我该回去了。"

"五点过一刻。"她的朋友说,看了一眼那块精美的、不带前盖的怀表。

"哦,我的天哪!"嘉莉大声嚷了起来,稍后又叹了一大口气,背靠在车座上。"木已成舟,"她说,"已经太晚了。"

"当然啰,太晚了!"那个年轻人说,这时他心里已在想象一顿丰美的晚餐,还有那些讨人喜欢的话儿,这么一来,看完演出以后再来欢聚一番。此人已对嘉莉发生了极大的兴趣。"现在我们就去德尔莫尼科餐厅吃点儿东西,奥林,您说怎么样?"

"那当然好啦。"奥林乐呵呵地回答。

嘉莉想起了赫斯特伍德。直到如今,她从来还没有无缘无故地漏掉过一顿晚饭。

他们坐上马车赶了过去,六点一刻坐下来进晚餐。眼前的一切都有如上次在谢丽餐厅的情景重新映现似的,嘉莉回首往事,不禁黯然神伤。她想起了万斯太太,在赫斯特伍德怠慢了她以后,万斯太太——还有艾姆斯——罗伯特·艾姆斯——从此再也没有来串门了。

艾姆斯先生的形象深深地留在她的记忆里,依然那么清晰而又让她怦然心动。如今,她仿佛看见了他那漂亮的前额,以及他乌黑的头发和挺拔的鼻子。平日里他爱看的书比她看过的更有意义,他结交的人比她见识过的更加富有情趣。他的理想在她的心坎里燃烧着。

"当上一个好的女演员该有多好呀!"艾姆斯这句话她至今还记忆犹新。

可她究竟是哪个档次的女演员呢?

"您在想些什么,马登达小姐?"她的快乐朋友问她,"来,看我猜不猜得出来。"

"哦,不,"嘉莉说,"别猜啦!"

她也只好就此断念,开始进餐。好歹她八成儿把它忘掉了,心情还算愉快。不过,一提到散场以后再来欢聚一事,嘉莉只是摇摇头。

"不,"她说,"我可不行。我事前已有约会。"

"哦,来吧,马登达小姐!"那年轻人恳求说。

"不,"嘉莉说,"我可不行。您这个人真是太好了,但是,我只好请您多多包涵!"

那年轻人一下子显得特别灰溜溜的。

"别泄气,老弟。"他的朋友低声耳语道,"不管怎么样,散场后反正我们照样去乐一乐。说不定她会回心转意呢。"

# 第四十三章

不过散场以后的宵游,嘉莉还是没有去。她一看完戏就赶紧回家,心里琢磨着怎么向赫斯特伍德解释自己迟迟没回来。赫斯特伍德已经睡着了,但是,一听到她走到自己床前的脚步声,就惊醒过来,抬眼看了一下她。

"嘉莉,原来是你呀?"他说。

"是我。"嘉莉回答。

第二天进早餐时,她心里很想表示一下歉意。

"昨天晚上,我来不及回来吃晚饭了。"她说。

"哎呀,嘉莉,"他回答,"干吗还提那个呢?反正我无所谓。不过,恐怕你也不应该跟我说假话吧。"

"我再跟你说一遍,我实在是来不及了。"嘉莉大声嚷嚷说,脸色一下子涨红了。稍后,发觉赫斯特伍德的脸上表情仿佛在说:"哦,我一切全明白啦!"她又嚷了起来:"随你便吧。反正我也无所谓!"

从那天以后,她对这个家越来越漠不关心了。看来他们之间可以相互交谈的共同基础已经不存在了。她硬要他开口求她,方才拿给他家用开支的钱。可他越来越讨厌这么做。他宁可少去肉铺子和面包房。他在奥斯拉格那儿记赊欠已经增加到了十六块钱,买了一批主要食品储存了起来,所以近期内他也用不着再去了。后来,他又换了一家食品店。至于肉铺子和别的几家店铺,他也都一一换过,便于在另处赊欠。这些事嘉莉从来没有直接听他说起过。他只向她要求他自信有把握得到的东西,久而久之,却觉得自己越来越陷于困境,这一来,结局就可能只有一个了。

九月份就这么着一晃过去了。

"你的朋友,德雷克先生的旅馆快要开张了吗?"嘉莉问了不止一回。

"是的。不过,他最早要到十月份才开张呢。"

嘉莉听后,心里马上对他产生了反感。"亏他还是男子汉呀!"她常常暗自寻思道。她外出访友越来越频繁了。她把余下来的钱——钱数并不算太大——大部分购置了衣服。后来,她终于在另一家剧团找到了一个职位。这说来也巧,正好她原来参加演出的歌剧四个星期内要去外地演出。当时所有的广告栏和报刊上都这么登载着:"著名喜剧歌剧大获成功——最后两星期再次献演——"如此等等。

"我不打算去外地演出。"奥斯本小姐说。

嘉莉就跟她一块儿到另一个剧团去求职。

"在哪儿演过戏吗?"这是剧团经理提出的头一个问题。

"我正在卡西诺剧团里演戏。"

"哦,是吗?"他说。

结果,双方立即订了合同,规定嘉莉周薪是二十块钱。

嘉莉真可以说是喜出望外。她开始深深地意识到总算不是枉自活在这个世界上了。才能迟早会脱颖而出。

嘉莉的境况变化很大,她对家里的气氛觉得难以容忍。在那里只有贫困和烦恼,或者说看上去就是如此这般,对嘉莉来说这是一种沉重的负担。她虽然竭力想躲开这个家,可她还是回到家里过夜,做相当多的家务活。把家里拾掇得有条不紊。这里终于成了赫斯特伍德整日闷坐的地方。他老坐在摇椅里摇呀摇的,只是看看报,苦思冥想自己的厄运。十月份一晃就过去了,随后十一月又来临了。他几乎还没觉察到,一转眼就到了严冬季节,可他还是照旧枯坐在家里。

他猜摸到,嘉莉正在荣升中——从她的外表一望可知。如今,她已拥有很考究,乃至于制作精美的服装了。眼看着她进进出出,有时候就在自己心里想象着她发迹的情景。现在他吃得很少,因此日渐消瘦。他几乎完全没有食欲。他身上穿的,也是穷人的衣服。一谈到找工作,他就觉得是老调重弹,简直太可笑了。所以,他就十指交叉地握住双手,坐等着——坐等什么呢,恐怕连他自己也不知道。

心理上如此冷漠乃是一件不可思议的事情。赫斯特伍德其人其事可以说是最适合进行科学考察的一个案例。根据他对身份地位在他的一蹶不振中所起的作用的某些偏见,也许可写一篇出色的论文。我们知道,某些生物只习惯于在某种条件下生存,一旦失去保护,就会很快死亡。一只金丝雀刚捉到时是够茁壮的,但在镀金鸟笼子里关了一两年,也就丧失了独自生存的能力。一头家犬要是舒舒服服地豢养到了中年,再把它放回树林子里去独自觅食,马上就会饿死。一头家犬,要是刚生下不久即被赶出去,久而久之也会变成野狼,或者说跟野狼非常相像。只不过从外形上看不尽相同罢了。所以同样的道理,一个人安逸殷实地活到了中年,就会忘掉独自谋生的技能。聪明才智也随之衰退了。看上去他很自以为了不起,反正看吧,这可怜的人硬说什么都得与了不起相称才好,要不然就丢尽了面子。可是又没有勇气来证明这些情绪都是错的。只好枯坐着暗自纳闷,老是傻等着。几乎不让自己改变一下以便适应当前事态的需要。

眼下赫斯特伍德就是这样。肉铺子老板来上门要账,他就编个借口应付过去。食品店掌柜也来上门讨账。照样编个借口打发过去了。在每一次这样狼狈不堪的邂逅以后,他总是回到自己的摇椅里,心里琢磨他务必要向嘉莉要钱。后来嘉莉只给了他惯常索取的那点钱,他就想不如先把肉铺子老板打发掉。反正还没出现的麻烦总是最容易对付的。

不料,一连串麻烦没多久还是纷至沓来了。债主的追逼、嘉莉的冷淡、家里的一片沉寂,以及冬天的来临,全都交汇在一起,逐渐推向了高潮。而奥斯拉格亲自登门来讨债,恰好嘉莉也在家,端的是狭路相逢了。

"我是来讨账的。"奥斯拉格说。

嘉莉稍微有点儿惊诧罢了。

"多少钱?"她问。

"十六块。"他回答。

"哦,那么多。"嘉莉说道,"这钱数没弄错吗?"她侧过头去问赫斯特伍德。

"没错。"他说。

"不过,我可没听说过呀。"

看她的神色,仿佛怀疑他大手大脚,纯属不必要的开支。

"哦,我们确实欠那么多钱。"赫斯特伍德回话说。稍后,他走到了门口。"不过,今天我一个子儿都付不出。"他对奥斯拉格细声细气地说。

"那么,什么时候你能还清?"食品店老板问道。

"反正要到星期六呗。"赫斯特伍德说。

"哼!"食品店老板回答,"亏你说得出呀!今天我非要把钱讨回来。我等着急用呢。"

嘉莉正伫立在房间里头,听到了他们的全部对话。她一下子蒙住了。真该死,事情这么糟!赫斯特伍德也着恼了。

"唉,"他说,"现在再多说也是白搭。您星期六来,我会付一部分给您的。"

食品店老板抽身就走了。

"我们怎么付得出呢?"嘉莉反问,对这笔欠账还是很吃惊,"叫我上哪儿寻摸钱去?"

"好了,你先不用着急,"他说,"反正他讨不到钱,也就只好讨不到钱啦。他还得等呗。"

"不过,我也真不懂,哪儿会欠这么多钱!"嘉莉好像半信半疑地说。

"嘿,还不是我们吃掉的。"赫斯特伍德说。

"那也真怪呀。"她回答,心里依然有疑团。

"好了,你也真怪,干吗还说这些呢?"他问,"你以为都是我一个人吃的吗?听你的口气,好像是我揩油似的。"

"不过,反正钱数太吓人了,"嘉莉一口咬定说,"实在不该让我来付。我怎么也付不出啊。"

"随你便吧。"赫斯特伍德回答,哑口无言地坐下来。反正他已被这件事折磨得够呛。

嘉莉出去了,他闷坐在那儿,决心要去找点儿事了。

这时,各报不断刊登着布鲁克林各路电车即将罢工①的谣传和通告。工人们对白昼工作时间长、工资太低普遍不满。通常,工人们不知怎的总选在寒冬季节逼迫雇主让步,解决他们的困难。

这些新闻报道赫斯特伍德不止一次地看到了,他暗自琢磨,随之而来会引起纽约市内大规模交通阻塞。罢工在此次跟嘉莉发生口角之争前一两天就开始了。是在一个寒冷的下午,四下里都是灰蒙蒙的,仿佛快要下雪似的,各报刊宣称各路电车工人都已罢工了。

赫斯特伍德实在闷得发慌,心里预感到今年冬天失业人员将骤增,金融市场会人心惶惶,他饶有兴致地读着这些新闻报道。他注意到了罢工司机和售票员们所提出的要求,说过去他们一直拿两块钱一天的工资,可是一年多以来,招进了"临时工",结果使他们谋生的机会减少了一半,他们上班的时间却从十小时增加到了十二小时,乃至于十四小时。这些"临时工"都是在乘客最多,或者**高峰**时间雇来只开一趟车的。开这么一趟车,只给二十五个美分。反正高峰或乘客最多的时间一过,他们也就被辞掉了。最倒霉的是,他们谁都不知道什么时候还好出车。他就得一大早赶到大车库。不管天晴落雨或是刮大风,都要守候在那儿,一直等到用得着的时候。先要等掉那么多时间才能开上两趟车——也就是说,三个小时多一些的工作,一般只拿到半块钱。等候的时间照例不算在内。

电车职工抱怨说,这种制度正在扩大推广,要不了多久,七千名雇员里头只有少数人可照旧做拿两块钱一天的工作。他们要求废除这种制度,每天工作十个小时(无法避免的耽搁时间除外),工资二元二十五分。他们要求雇主立即接受这些条件,但是各电车公司全都断然拒绝。

原先赫斯特伍德很同情电车职工的这些要求——事实上,问题是他是否可能始终不渝地对他们同情到底,因为他后来的行动证明他全是假惺惺的。几乎所有的新闻报道他都看过了,开头是《世界报》上有

---

① 纽约电车工人罢工事件发生于一八九五年一月十四日,确有其事,当时工人要求工资从每日二元增加至二元二十五分,并且还反对增加出车班次、招聘临时工,等等。

关罢工的那些耸人听闻的大标题引起了他的兴趣。他从头到尾全都看了，包括七家电车公司的名称和罢工的人数在内。

"他们在大冷天罢工可真傻啊，"他暗自思忖道，"不过，但愿他们罢工成功。"

第二天，各报刊出了更加详尽的新闻报道。《世界报》说："布鲁克林人以步代车。"①"劳动骑士团②使经过布鲁克林桥的各路电车中断。""大约有七千人上街。"

赫斯特伍德看过这些新闻报道以后，暗自寻思着罢工会有怎么个结果。他对各电车公司的实力了如指掌。

"他们恐怕不会占上风，"他这是指罢工者来说的，"他们没有钱。警察会保护各公司的。而且他们一定要保护的。公众没有电车坐，不行。"

他虽然并不同情各电车公司，但是力量却在他们那一边。产业和公用事业都掌握在它们手里。

"这些罢工的人断断乎不会成功的。"他想。

在其他的新闻报道中，他看到有一家公司刊发的公告，全文如下：

### 大西洋大街电车线路公司
### 特别公告③

鉴于本公司司机、售票员及其他职工突然擅离职守，现在凡属违背个人意愿罢工的忠实职工，均给予复职的机会，望在一月十六日（星期三）中午十二时以前提出申请即可。本公司将按收到申请先后次序，安排具体工作（确保安全），相应分派行车路线及职位，否则作自动离职论。其遗缺将由新招职工填补。特此公告

总经理本杰明·诺顿（签名）

---

① 布鲁克林是纽约市一个区，此标题意谓人们在布鲁克林区没车坐，只好徒步行走。
② 它是美国的一个工人组织，成立于一八六九年。此处亦可泛指罢工者。
③ 全文原载一八九五年一月十五日《纽约时报》，只是无"特此公告"字样。

赫斯特伍德还在招聘广告栏中看到以下一条广告：

　　招聘——熟练司机五十名，开惯威斯汀豪斯各式机车，在布鲁克林市区专职开邮车。确保安全。

他特别注意到两处都声明"确保安全"。他觉得由此足见各公司具有坚不可摧的实力。

"民兵都站在公司老板那一边，"他想，"那些罢工的人也就没辙了。"

阅报后的印象还在他脑际萦回的时候，正好食品店老板奥斯拉格突然来到嘉莉跟前。过去尽管也有好多事让他恼火，但是看来就数这件事最伤心了。她从来都没有责怪过他手脚不干净——或者类似这样的话。她怀疑账单上欠得这么多是不是天然合理。而他却向来拼命设法削减开支，为了不让嘉莉觉得负担太重。为了不向她要钱，他还一直在哄骗肉铺子和面包房，免得嘉莉担惊受怕。而且他个人还吃得很少——几乎在饿肚子呢。

"见鬼去吧，"他说，"反正我还能找到工作！我还没有成为废物吧。"

他心里觉得现在真的该去找点工作了。听到了这样含沙射影的指责，还闷坐在家里，真是太丢人现眼了。得了，反正稍后他什么都经受得起的。

他站了起来，凝望着窗外寒冷的街景。他兀自站在那儿，心里猛地想到布鲁克林去。

"为什么不去呢？"他暗自琢磨道，"谁都可以在那儿找到工作。一天可挣两块钱啊。"

"出了事故该怎么着？"有一个声音说，"说不定你会受伤的。"

"哦，出事的可能性不太大，"他回答，"电车公司让警察全部出动了。凡是出车的司机，他们的安全都会受到保护的。"

"你压根儿不懂得怎么开电车。"这个声音又说。

"我就不申请当司机好了，"他回答，"反正售票我还行。"

"他们最急需的是司机！"这个声音回答说。

"我知道,他们什么人都乐意要的。"他回答。

去还是不去——赫斯特伍德跟这位自己心里的顾问反复争辩了好几个钟头,觉得这种管保赚钱的事,似乎不必马上行动起来。

"那我就明天去吧。"他说。

这一天下午,嘉莉回来了,赫斯特伍德觉得好像应该把自己的打算公开了,但他几次三番还是欲说又止,一直到她终于又上剧院去了。自从开始小吵小闹以后,他们始终没有真正言归于好。这回的麻烦就在某种默契中被遗忘了。

第二天早晨,他穿上最好的、其实也够寒酸的衣服,就开始准备出门,把一些面包和冷餐肉裹在一张报纸里。嘉莉仔细瞅着他,对他这一新的动向很感兴趣。

"你打算上哪儿去?"她问。

"去布鲁克林。"他回答。稍后,见她还在好奇地瞅着他,他就找补着说:"我想上那儿找工作去。"

"在各路电车上吗?"嘉莉惊奇地问。

"是的。"他回答。

"你不害怕吗?"她问。

"怕什么?"他回答,"反正还有警察保护。"

"报上说,昨天有四个人受了伤。"

"是的,"他回答,"可是报上的消息你不好全信。反正各路电车,还是照常安全行驶。"

这时,赫斯特伍德看上去好像充满决心似的,颇有一点儿悲怆的味道,嘉莉心里不觉为他难过。这时,她仿佛隐隐约约看见了昔日赫斯特伍德身上的影子——那种精明、快乐、富有活力。窗外阴云密布,还飘着几片雪花。

"怎么顶着雨雪天上布鲁克林去。"嘉莉情不自禁地想道。

这一回赫斯特伍德赶在她之前走出家门,这是一件很了不起的事。她坐了下来,暗自纳闷,他要是真的找着了工作,该会怎么样。你知道,说不定他能找着的。

嘉莉还在坐着苦思冥想的时候,赫斯特伍德已往东走到十四街和第六大道的拐角,在那儿搭上了公共马车。他从报上看到,有好几十个人去蒙塔古街和克林顿街拐角处布鲁克林市电车公司办公大楼求职,结果全都录用了。他就决定上布鲁克林去。他绷着脸,一声不吭,搭乘公共马车和渡船,径直前往上述办公大楼。路程很远,没有电车可坐,天气又特别冷,但他还是不畏艰难地赶去了。到了布鲁克林,他一看就知道这儿正在进行罢工。甚至从人们的举止谈吐上都看得出来。好几路电车的道轨上,行驶中的车辆连一辆都没有。有一小拨人在街角和附近的小酒吧里逛来逛去。在大车库和街车办事处附近尤其是这样。有几辆装有弹簧悬架的轻型货车从他身边驶过,上面安着普通木座椅,标着"弗莱特布什"或者"普罗斯佩克特公园,车费十美分"等字样。他看见了四周一些冷冰冰,乃至于灰溜溜的脸孔。工人们正在这儿展开小规模的斗争。

　　赫斯特伍德一走近上述办公大楼,就看见那儿站着好几个工人,还有几名警察。远处的几个街角上,也有一些人在守望着,依他揣摩,恐怕都是罢工者。这一带房子都是木结构,又矮又小,路面也高低不平。在去过纽约的人看来,布鲁克林自然显得灰头土脸似的。

　　赫斯特伍德径直走到一小拨人里头,那些警察和先在那儿的罢工者都抬起眼来瞅着他。他们里头有个警察就冲他问:

　　"您在找什么呀?"

　　"我想看看能不能找个工作呗。"

　　"办公室就在这楼上。"这个穿蓝制服的人①说。从他脸上表情看,他对眼前事态是无动于衷的。其实,他在内心深处同情罢工者,憎恨"工贼"②。他在内心深处也很知道警察的尊严和作用,那就是要维持秩序。而警察在社会上真正的作用,他却从来都没有想过。凭他这样的脑瓜儿断断乎不会深究的。这两种对立情绪在他心里掺杂在一起,相互抵消,使他保持中立。本来他也可以坚决捍卫这个人如同捍卫自己一模一样,但苦于眼下只是执行上面的命令罢了。只要他身上的蓝

---

① 穿蓝制服的人,在美国泛指美国警察,因为直至今日,美国警察均身穿蓝色制服。
② 此处泛指拒绝参加罢工的工会会员;顶替罢工工人去上班的工人;破坏罢工的人。

制服一剥去,他马上就会选择出自己的一方。

赫斯特伍德登上一道尘封已久的台阶,进入了一间灰不溜秋的小小办公室,里头有一道栏杆、一张长桌子,以及好几个职员。

"喂,先生。"一个中年人从长桌子前抬眼望着他说。

"你们要雇工吗?"赫斯特伍德问。

"您是干什么的——司机吗?"

"不,司机我可没干过。"赫斯特伍德说。

他对自己眼前的处境一点儿都不发窘。他知道电车公司急需添人。如果说这儿不要他,别处也会要的。至于这个人要不要他,反正他觉得也无所谓。

"哦,当然啰,我们宁可要有经验的人的。"这个人说。他沉吟了一会儿,而赫斯特伍德却满不在乎地微微一笑。稍后,他找补着说:"可是话又说回来,我想您是很快就可以学会的。您大名叫什么?"

"惠勒。"赫斯特伍德说。

这个人在一张小卡片上批了一个条子。"拿这个上大车库去,"他说,"交给工头。他会关照您干些什么的。"

赫斯特伍德走下台阶就离开了办公大楼。他马上按照上头所指的方向走去,警察却在后面瞅着他的背影。

"又是一个想碰碰运气的。"警察凯利对警察麦西说。

"依我看,他准吃不了兜着走的。"他的同伙悄没声儿地说。

过去他们都不止一回地亲自见过罢工呢。

## 第四十四章

　　赫斯特伍德前去求职的大车库人手特别短缺，实际上只有三个人在发号施令。求职的人里头有不少新手，都是落魄潦倒、饥肠辘辘的人，从他们脸色一看就知道，极度贫困使他们不得不抓到什么就干什么。他们竭力想要抖起一点儿精神来，但总是不免带有一种自惭形秽的怯态。他们大多数都很窘，个个哑口无言，身上衣着破旧不堪。
　　赫斯特伍德把他刚拿到的卡片递了上去。
　　"没有开车经验吗，嗯？"此人脸色还算好看地问他。
　　"一点儿也没有。"他回答。
　　"那么，我说，我们还得手把手教您喽。到那头场院里去找桑德斯。他会指点您的。"
　　赫斯特伍德穿过那些车库，走到后面一个空旷的、有围栅的场院里，那儿铺设好许多道轨和环路。有五六辆电车，正由教练员担任驾驶，每辆车上有一名学徒，站在起动杆旁边。还有很多学徒在大车库后门口等候着。
　　以上这种情景，赫斯特伍德一眼就看清楚了。用不着去找桑德斯先生。他只要站在这儿，等着挨个儿就得了。
　　没有多久，一辆电车停在大车库尽头附近，一名学徒下了车。
　　"下一个！"教练员大声嚷道。
　　一个衣衫褴褛、脸儿尖瘦的家伙，穿着破旧的春大衣，从赫斯特伍德身边站出来，走上驾驶台。稍后，教练员就跟他低声交谈了起来。
　　这种场景赫斯特伍德默默地看在眼里，自己也只好耐心地等着。他向同伴们扫了一眼，尽管这些人不见得比那些车辆使他更感兴趣。不过，他们是让人为之动怜的一群人。他们里头，有一两个人骨瘦如柴。也有好几个身子骨相当结实。还有好几个瘦骨嶙峋，灰头土脸，好像他们全都历尽坎坷似的。

"您在报上看到过人家打算出动民兵了吗?"赫斯特伍德听到不远处有一个人在这么说。

"唉,那还错得了吗,"另一个人回话说,"人家老是来这一手的。"

"您想想看,我们会碰上很多麻烦吗?"另一个人说,赫斯特伍德没看清楚是谁。

"不会很多吧。"

"出上一辆车的那个苏格兰人,"一个声音插进来说,"告诉过我,说人们用煤砟子猛砸他耳朵。"

回答这句话的是一阵神经质的低笑声。

"据各报刊消息说,跑第五大道的电车上,有一个家伙准定吃足了苦头。"另一个声音拖长调子说,"人们砸破车窗,把他拖到大街上,直至警察匆匆赶到,方才住手。"

"是的,那可错不了,不过,今天已增派了警察。"另一个人找补着说。

赫斯特伍德只是姑妄听之,心底里却不置可否。他觉得刚才说话的这拨人好像吓得要命似的。他们之所以唠唠叨叨地嚼舌根,不外乎让自己吃个定心丸罢了。他只管两眼瞅着场院,一个劲儿等着。

他们里头有两个人走到他的身旁,就站在他背后头了。他们比较喜欢交谈,赫斯特伍德也就净听他们闲扯淡。

"您是电车工人吗?"一个说。

"我吗?可不是。我一直在造纸厂里做工。"

"去年十一月份以前,我都在纽瓦克①做工。"另一个也同样坦率地回答说。

有好几句话声音太低,听不真切。稍后,他们又大声交谈起来。

"我可一点儿都不怪这拨人罢工,"一个说,"他们完全有罢工的权利,可是,天哪,我可得找到工作才行。"

"我也是这样,"另一个说,"我要是在纽瓦克还有工作,恐怕断断

---

① 纽瓦克,在纽约市以西,位于新泽西州东北部。

乎不会上这儿来碰运气的。"

"这几天真该死,可不是?"这个人说,"如今嘛,穷人真叫是上天无路,入地无门呀? 天哪,你即使在街头饿死,休想有谁来拉你一把的。"

"您这话可说得真不赖,"另一个说,"我是因为工厂关门才失业的。整个夏天,工厂老板备足了大批存货,稍后就关门大吉了。"

这些对话多少引起了赫斯特伍德的注意。不知怎的,他总觉得自己比身边的这两位境况要优越些。在他看来,他们粗俗、无知,乃是任人宰割的可怜羔羊。

"这些可怜虫啊。"赫斯特伍德暗自思忖道,无意中流露出往昔发迹时对穷人不屑一顾的情绪。

他还在听着类似这样的窃窃私语时,猛地有人在叫他了。

"下一个。"一个教练员说。

"下一个,是您呀。"在他身旁的人说,轻轻地揉了他一下。

赫斯特伍德上前一步,登上驾驶台。教练员想当然地觉得用不着来什么客套话。

"您看到这个把手了吗?"教练员说,伸手指着装在车顶上的保险装置①,"这玩意儿是控制电流的开关。您要倒车的话,就往这儿扳。您要车子往前开,那就往这儿扳。您要截断电源,就扳到当间好了。"

赫斯特伍德听了这么简单的介绍,不觉微微一笑。

"看哪,这个把手是控制车速的。转到这儿,"教练员一边说,一边用手指指着它,"大约每小时跑四英里。转到这儿,则是八英里。开足了,大约每小时跑十四英里。"

赫斯特伍德平心静气地仔细端详着他。从前他看见过司机开车。他完全知道怎么个开法,虽说没有怎么练习过,相信自己照样也开得了。

教练员对一些细节做了解释以后,就说:

"现在,我们就把车倒回去吧。"

车子驶回车场去了,赫斯特伍德还是平心静气地站在教练员身旁。

---

① 通称"电闸"。

"有一件事您可要特别小心,那就是车子起动时一定要稳。稍停片刻,让车子慢慢加速。大多数司机犯的主要毛病,总想一下子把油门踩到底。这可要不得。再说也挺危险。对马达耗损很大。您可万万不要那么做。"

"我明白了。"赫斯特伍德说。

赫斯特伍德等呀等的,可那教练员却讲呀讲的,讲个没完没了。

"现在,您来开吧。"教练员说。

这位往昔的酒吧经理把手按住起动杆,好像觉得只是轻轻地推了一下。殊不知比他想象中更容易起动,车子很快往前冲了过去,把他往后一甩,几乎撞倒了车门上。他怪害臊地支起了身来,教练员一下子把车刹住了。

"起动时务必特别小心。"教练员拢共就说了这么一句话。

不过,后来赫斯特伍德发现,使用刹车和控制车速并不像他想的一下子就能运用自如。有过一两回,要不是教练员事先关照他,及时来个急刹车,恐怕他早已连车子一块儿冲到后面的围栅去了。教练员对他非常耐心,只是脸上从来见不到一丝笑容。

"您就得养成两臂同时干活的习惯,"他说,"看来还要练习练习。"

一点钟到了,赫斯特伍德还跟着教练员在车上练习,不觉肚子饿了。天开始下起雪来,他觉得很冷。他在这段短短的道轨上开来开去,开始觉得腻烦极了。他知道开车子确有诀窍,无奈自己还没能完全学到家。

"您吃过饭了吗?"教练员终于问他。

"没有呢。"他回答。

"那您还是吃饭去吧。"

他们把电车开到尽头,两人一块儿下了车。赫斯特伍德走进大车库,坐在电车的踏级上,把纸包里的午餐从口袋里取了出来。附近没有水,面包硬邦邦的,但他还是吃得有滋有味。反正在这儿用餐是不拘小节的。他一边狼吞虎咽,一边抬眼四望,看到周围都是又脏又累的活儿。总的看来,就是让人难受,真的让人难受极了。倒不是因为这种活儿他觉得太低下,而是这种活儿实在太累人。他暗自思忖道,不拘是谁都会觉得太累人。

赫斯特伍德吃过午饭以后,如同刚才一样伫立着,静等依次再轮到他。在这些人里头,有些人他觉得是反对过罢工者的——那都是一些十恶不赦、愚钝透顶的家伙,直到此刻还是闷声不响。一丁点儿都看不出他们究竟在想什么心思。这些家伙赫斯特伍德很看不惯。他自己是中立的,决心尽快找到工作,但也谅解罢工者自有他们的难言之隐。他倒是很希望别人对眼前事态也持同样的态度。

等到该是他上车的时候,他发现今天恐怕自己多半开不成车了。教练员的意思是要他练整整一个下午。也就是说,要他跟别的学徒一块儿练。这么一来,大部分时间都花在等着挨个儿上。

傍晚终于来临,赫斯特伍德觉得肚子也饿了,他心里不由得反复琢磨着过夜的问题。这时已经五点半。该是他吃饭的时间了。他要是回家去,就得花上两个半钟头,顶着凛冽的寒风,既要赶路,还要搭乘马车。电车公司关照他第二天一早七点钟报到,如果回家的话,那他非得天还没有亮就得爬起来,该有多难受啊。再说,如今他身上总共只有嘉莉给他的一块零十五美分,当初是准备支付本周的煤钱的。

"这儿附近总有个落脚处可以过夜吧,"他心里想道,"比方说,那个打从纽瓦克来的人上哪儿去过夜呢?"

他最后决定不妨先去打听打听看。不远处有一个小伙子,顶着寒风,站在大车库门口,在等待最后一轮练车。看他年纪还挺小——约莫二十一二岁,但因赤贫如洗,身子只剩下了一副细长的骨头架子。其实,生活只要稍微好一些,这个小伙子管保长成壮硕的帅哥儿。

"要是连一个子儿都没有,人家怎么安排呢?"赫斯特伍德以委婉的口吻问道。

这个年轻小伙子机警地对询问者转过脸来,问道:

"您这是指吃饭吗?"

"是的,还有过夜呢。今天晚上我回不去纽约了。"

"我想,您只要去问问工头,他都会安排的。比方说,他早给我安排好了。"

"是真的吗?"

"是的。刚才我跟他说我身边一个子儿也没有。唉,反正我回不了家。我住在霍博肯①,离这儿远着呢。"

赫斯特伍德什么都没说,仅仅是轻轻地咳了一声。

"我知道,他们这儿楼上有房间可过夜。就不知道是个什么样儿的。想来是条件相当差。今天中午,工头给了一张就餐券。我哪知道吃的是啥呀!"

赫斯特伍德苦笑了一下,这个小伙子却咯咯大笑起来。

"这可不是逗着玩的,嗯?"他问,真巴不得听到对方满意的回答。

"是啊,那倒也是。"赫斯特伍德回答。

"我要是您的话,马上就找他去,"小伙子给他出主意说,"要不然他一转身就走啦。"

赫斯特伍德就照他的主意做了。

"这儿有地方好让我过夜吗?"他问,"我要是非回纽约不可的话,明天恐怕就回不来——"

"楼上倒是有好几张铺,您拣一张就得了。"这个工头打断了他的话说。

"那是,那是。"赫斯特伍德随声附和着说。

本来他还打算再讨一张就餐券,无奈找不到合适的机会,所以,当天晚上他就只好自己掏腰包了。

"明儿早上向他要吧。"

他在附近小铺子里吃了饭,因为又寒冷又孤单,就马上去寻找上面提到的阁楼。电车公司听从警察的劝告,天一黑下来,就不打算再出车了。

赫斯特伍德来到的这个房间显然是像轮值夜班工人的休息室。那儿大约有九张帆布床,两三把木头椅子,一只肥皂箱,还有一只圆肚子小火炉,里头炉火熊熊。他虽然来得很早,但是有一人早就入住了。此人正坐在火炉边烘手取暖。

赫斯特伍德走了过去,冲炉火伸出自己的手去。他心里怪难过的,

---

① 位于新泽西州东北部,与纽约市曼哈顿岛间隔赫德森河,遥遥相望。

觉得此次求职可谓历尽坎坷,但他还是发个狠心,定要坚持到底。他至少自以为暂时还能忍受得了。

"天气很冷,嗯?"先入住的人说。

"冷得邪门。"

一阵长时间的沉默。

"这个地方睡起来可不怎么样?"坐在炉子边的人说。

"总比马路上好呗。"赫斯特伍德回答。

又是一阵沉默。

"我想该是上床的时候了。"这先入住的人说。

他站了起来,走到一张帆布床边,脱掉鞋子,伸展开四肢躺了下来,拽过来一条毯子和又脏又旧的盖被,好歹把身子都给遮住了。赫斯特伍德看了一眼真恶心,他就丢开不去想它了,只是一个劲儿瞅着火炉,心里净想着别的事情。过了一会儿,他也决定要睡了,就拣了一张铺,也脱掉了鞋子。

他正要入睡的时候,没想到劝他上这儿投宿的那个小伙子,也走了进来,一看见赫斯特伍德,就想套近乎。

"总比没有强。"那个小伙子说,往四下里扫了一眼。

赫斯特伍德觉得这句话跟自己不搭界。他还以为是那个小伙子心里表示满意呢,所以也就没有答话。不料,那小伙子却以为赫斯特伍德心情不好,就开始轻轻地吹着口哨。不过,他一看见还有一个人睡着了,也就马上不吹口哨,闷声不响了。

赫斯特伍德不管那儿条件多差,还是要尽量睡得好些,他没脱衣服就躺下了,把邋里邋遢的盖被往下推了推,不让它遮住自己的脸,没想到由于累乏得出奇,到头来还是迷迷糊糊地睡着了。不知怎的,这盖被越来越暖和,赫斯特伍德忘了它邋遢不邋遢,居然呼呼大睡了。

第二天一清早,这寒冷、阴郁的房间里有好几个人走动的脚步声,把他的好梦惊醒了。他在梦里好像依稀回到了芝加哥,回到了自己舒适的家里。杰西嘉正好准备上哪儿去,赫斯特伍德一直在同她谈这件事。她的形象在他心中显得如此清晰,跟眼前这房间形成了鲜明对比,使他不由得大吃一惊。他抬起头来,这冷酷的现实猛地使他头脑清醒过来。

"我说该是起床的时候了。"他说。

这一层楼上没有自来水。他在寒冷中系好鞋带,站了起来,让僵硬的身子活动了一下。他觉得自己身上的衣服皱巴巴的,头发乱蓬蓬的。

"见鬼去吧。"他在戴帽子的时候低声咕哝着说。

楼下又开始热闹起来。

赫斯特伍德好歹寻摸到了一个水龙头,下面原来是个喂马的木槽,但是没有毛巾,而他的手绢偏偏昨天给弄脏了。他只好用冰冷的水擦擦眼睛就算了。随后,他就去找这时已到场的工头。

"吃过了早餐没有?"那个大头头问。

"没有呢。"赫斯特伍德回答。

"那还是赶紧吃去吧。反正您的车子还得等一会儿呢。"

赫斯特伍德不免迟疑了一会儿。

"您能给我一张就餐券吗?"他费了好大劲儿,总算说出口来。

"给您。"工头说,随手给了他一张。

他像头天夜里一样,胡乱吃了些炸牛排和蹩脚咖啡就算是一顿早餐。随后,他就赶紧回来了。

"喂,"见到赫斯特伍德回来了,工头用手指指他说,"过一会儿,您把这辆车子开出去。"

赫斯特伍德在阴暗的大车库里爬上驾驶台,等待出车的信号。他不免有点儿紧张,不过出车倒也可以散散心。不管怎么着,总比待在车库里强。

这一天是罢工的第四天,事态更趋恶化了。罢工者听从他们的首领以及各报的劝告,一直采取非常和平的方式进行斗争。至今还没有发生过大规模的暴力事件。车辆被阻塞,这是事实,而且还跟开车的人争吵,无理取闹。好些个司机已被他们争取过去,逃之夭夭了;有些车窗玻璃给砸碎了,也有一些人在嘲笑、乱嚷嚷;但是至多只不过在五六起事件中有人受过重伤。上述这些群众行动都是罢工首领们断然否认的。

可是话又说回来,罢工者一是整日无所事事,二是见到电车公司有警察做靠山,结果使他们一方面得意忘形,另一方面又怒火中烧。他们看到每天出车的电车数目在增加,每天电车公司当局不断发布公告,说罢工者有效的反抗全被粉碎了。这就使他们更是火冒三丈,逼使他们产生了豁出去的思想。他们看到,采取和平的斗争方式就意味着让各电车公司全部车辆迅速恢复行驶,而把参加罢工的人们置于脑后。看来和平斗争这种方法仅仅是对电车公司有利罢了。

他们的愤怒一下子爆发出来,于是立时掀起了为期一周的暴乱局面。电车被袭击,司机和售票员被殴打,跟警察发生扭斗,道轨被砸,动不动就开枪,以致到最后街上格斗和暴民动乱屡见不鲜,纽约城里三步一岗,五步一哨,全都是民兵队伍了。

但是,赫斯特伍德压根儿不了解这些罢工者心理的变化。

"把您的车子开出去。"工头一边大声嚷嚷说,一边冲他使劲儿挥挥手。一个新来的售票员从车厢后头一跃而上,打了两遍铃,作为出车的信号。赫斯特伍德转了一下起动杆,把车子开出了大门,来到大车库前头的大街上。两名身强力壮的警察在这儿登上电车,站在驾驶台上——他们各自紧挨在赫斯特伍德左右两边。

大车库门口一声锣响,售票员又打了两遍铃,赫斯特伍德就拉起了起动杆。

两个警察沉着地往四下里扫视着。

"今儿个早晨,天气特冷,没错儿。"左边的一个说,话音里带着很重的爱尔兰土腔土调。

"昨天,真冷得我够呛,"另一个说,"我真不想——老干这行当呀。"

"我也这样。"

两人谁都不理睬赫斯特伍德,他站在凛冽的寒风中,肌骨发寒,心里只想着工头给他的指示。

"车子要开得稳些,"工头对他这么说,"不管什么人,只要看上去不像真正的乘客,就千万不要停车。特别是人群聚集的地方,车子无论如何停不得。"

两个警察沉默了一会儿。

"刚才出车的那个想必平安无事地开过去了,"左边的一个警察说,"哪儿都看不见他的车子了。"

"是谁跟那趟车呀?"第二个警察问,当然指的是派到那趟车上的警察。

"谢弗和瑞安。"

又是一阵沉默,电车总算还在平稳地行驶着。这一个路段上,房子稀稀拉拉。赫斯特伍德也没有碰见多少行人。他觉得情况并不算特别差劲。如果说天气不是那么冷,他觉得,说不定自己开得还会更棒呢。

前方突然出现了一个急转弯,这是他始料所不及的,他刚才轻松的情绪顿时消失殆尽。他赶紧切断电源,使劲儿来个急刹车,但还是太晚了,来不及躲开突如其来的急转弯了。连他本人也被撞倒在一边,他本来想说一声对不起,但结果还是没说出口来。

"经过拐弯的地方,您可得特别小心。"左边的警察带着屈贵降尊的口吻说。

"是啊,您说得对。"赫斯特伍德怪难为情地附和着说。

"这条线路上像这样的拐弯处可真多着呢。"右边的警察说。

绕过了街角以后,都是居民较多的街区。看得见前头有一两个以步代车的行人。还有,一个提着洋铁皮牛奶罐的男孩子,正从院子大门里走了出来,竟然给了赫斯特伍德头一个怪难听的雅号。

"工贼!"这男孩子大声吼叫着,"工贼!"

赫斯特伍德当然听得很真切,但还是竭力把它当作耳边风,甚至心里想都不去想它。他知道,这种雅号不止一次地会听到,说不定还有好多更加不堪入耳的呢。

有一个人站在前面拐角处的道轨旁,正在扬手要求停车。

"别睬他,"一个警察说,"他在耍什么鬼花招呢。"

赫斯特伍德唯命是从。到达拐角处时,他方才相信警察所说的很有道理。这个家伙一看见压根儿不睬他,马上高举起拳头来,大吼一声:

"呸!你这个该死的胆小鬼!"

站在拐角处的五六个人,只好在疾驰而去的电车后头发出一阵阵咒骂声和嘲笑声。

赫斯特伍德稍微有点儿畏难情绪。实际情况看来比他原先设想的还要坏得多。

这时,赫斯特伍德刚开过去三四个街区,忽然看见前方道轨上好像置放着一大堆什么东西。

"嘿,他们果真在这儿干起来了。"一个警察说。

"说不定还会大闹一场呢。"另一个说。

赫斯特伍德把车子开到近处才停了下来。可是,他还没有完全停妥,一大群人就围拢了来。他们里头部分是原来的司机和售票员,还有一些是他们的朋友和同情者。

"从车上下来吧,伙计,"有一个人这么开腔说,听起来还算是很客气的,"您总不想把面包从人家嘴里抢走吧,嗯?"

赫斯特伍德紧紧地握住刹车和起动杆,脸色煞白,真不知道该怎么是好。

"快滚开!"一个警察大声嚷道,身子从驾驶台的栏杆上探了出去,"快点儿!别捣蛋,让他继续开车。"

"听着,伙计,"罢工首领压根儿不睬警察,而只是冲赫斯特伍德说,"我们都是工人,和您一模一样。要是您是个好司机,受到了像我们眼下受到的这种待遇,那么,有人挤进来抢您的饭碗,恐怕您也不会乐意吧,不是吗?反正您总不会乐意有人来剥夺您有可能获得的权利吧,对不对,伙计?"

"刹车!刹车!"另一个警察粗声粗气地乱嚷着。"快滚开!"他一跃跳过栏杆,站在了一伙人跟前,开始推推搡搡地把他们往回赶。另一个警察也马上下了车,站到了他的同伴身旁。

"快后退!后退!"他们大声吼叫着,"滚开去!你们到底要干什么——快滚!"

这一伙人挨挨挤挤,看上去活像是一小窝蜜蜂。

"干吗推我呀!"一个罢工者气呼呼地说,"我又没干过坏事!"

"滚开!快滚开!"这个警察一边大声嚷嚷,一边挥舞着警棍,"小心,我要叫你的脑袋吃一棍子!快后退!"

"见鬼去吧!"另一个罢工者高声喊道,猛地把警察推到一边,同时还破口大骂。

啪的一声,一警棍砸在了罢工者额角上。他两眼昏花地眨巴着,两腿发颤,两手朝天,跟跟跄跄地倒退了回去。可是说时迟,那时快,也有人礼尚往来,照着这警察的脖颈子饱以一老拳。

挨了这老拳以后,那个警察就像疯了似的,横冲直撞,挥舞警棍乱打人。另一个穿蓝制服的人①眼疾手快地帮着他,把这一拨乌合之众狠狠地骂了一顿。幸好罢工者躲闪时快得出奇,没有造成严重伤亡。现在,他们伫立在人行道上一个劲儿在嘲笑。

"售票员在哪儿?"一个警察大声嚷道,两眼直瞅着那个家伙,这时他早已提心吊胆地走过来,站到了赫斯特伍德的身边。赫斯特伍德正站在那儿,观看着眼前这个场面,心里感到的,与其说是害怕,还不如说是惊诧。

"您干吗还不下车把道轨上那堆大石头挪开?"警察问,"您还站在那儿干啥呀?您想整天老待在这儿吗?快下来!"

赫斯特伍德心里一下子激动起来,深深地舒了一口气,跟着慌里慌张的售票员一块儿跳下车来,好像警察也是在叫他下来似的。

"喂,快点,快点!"另一个警察大声吆喝道。

尽管天气很冷,这两个警察却是一头汗,就像疯了似的。赫斯特伍德和售票员一块儿干活,一块一块地搬石头,搬得浑身上下也热起来了。

"喂,你们这些工贼,呸!"一大群人大声嚷道,"你们这些胆小鬼!要抢走别人的工作,是吗?抢穷人吗——你们这些扒手!听着,我们早晚要收拾你们的。等着瞧吧!"

所有这些话并不是一个人说的。它们来自四面八方,许多同样意思的词儿,还加上咒骂,全都掺杂在一起。

"干活吧,你们这些无赖痞子!"一个声音使劲儿在嚷着,"干没人愿干的活儿!你们全是让穷人不得翻身的寄生虫——你们这一拨孬

---

① 穿蓝制服者,泛指美国警察,此处即指警察同伙。

种、败类!"

"但愿老天爷饿死你们!"一个爱尔兰老妇人,打开临街的小窗子,探出头来,大声喝道。

"好,还有——你!"她对着一个警察瞅了一眼,找补着说,"你这杀人强盗!砸了我儿子的脑袋,嗯?你这杀人不眨眼的魔鬼!嘿,你——"

不料这个警察却佯装着充耳不闻。

"见鬼去吧,你这个老巫婆。"他两眼望着四散离去的群众,低声咕哝着说。

这时,那一大堆石头终于被挪走了,赫斯特伍德就在这不绝如缕的咒骂声之中登上了驾驶台。两个警察也都上了车,站立在他身边,于是,售票员打铃开车,就在这个时候,大大小小的石块砰砰作响地从车窗和车门里砸了进来。有一块差点儿没砸破赫斯特伍德的脑袋。又有一块把后面的车窗玻璃给砸碎了。

"快把油门踩到底!"一个警察大声吆喝道,自己还伸出手去抓把手。

赫斯特伍德唯命是从,车子在如雨的乱石、不绝的骂声之中飞速往前驶去。

"那个——一拳砸在我脖颈子上,"一个警察说,"不过话又说回来,我也毫不客气,回敬了他一棍子。"

"我想,说不定好几个家伙一辈子都忘不了。"另一个夸口说。

"那个骂我——的大块头,我认得的,"头一个警察说,"反正我还要跟他算账。"

"我一到那儿就知道管保会殴斗的。"第二个警察说。

他们就这么着扯开了。赫斯特伍德身上暖和了一点儿,心情也很激动,两眼凝望着前方。这对他来说是一段惊心动魄的经历。罢工这种事,过去他从报上都看到过,但是,看来只有亲历其境之后才会有全新的感受。本来从天性上说,他并不是胆小鬼。现在,他亲身经历了这一切,反而激起了他要坚持到底的决心。他再也没有想到什么纽约或者他的小公寓了。看来他一门心思都扑在出这么一趟车上了。

此时此刻,他们已畅行无阻地驶入了布鲁克林的商业中心,尽管他们预料到还可能有更多的麻烦。人们注视着被砸碎的车窗和不穿制服的赫斯特伍德。时不时听到痛骂"工贼"等呼喊声,但是毕竟没有大队人马来袭击电车了。到了市区的电车终点站,一个警察去打电话给警署,报告沿途发生骚乱的案情。

"那边有一伙暴徒,"他说,"还在埋伏着等待我们。最好赶快派人去那儿,把他们撵走。"

电车驶回时比较平静,尽管有不少人跟在车后头叫嚣、起哄、骂街、扔石子,但总算没有遭到袭击。赫斯特伍德一看见大车库,方才如释重负似的舒了一大口气。

"谢天谢地,"赫斯特伍德暗自寻思道,"我总算平安归来了!"

车子进了大车库,他本该可以歇一会儿,不料他马上又给叫出车了。这一回,车上值勤换了另外两名警察。赫斯特伍德毕竟稍微有了点儿自信心,沿着这些死气沉沉、司空见惯的街道疾驶而过,好像觉得不大害怕了。可是,另一方面,他却吃足了苦头。那天气候特别坏,纷纷扬扬下着大雪,刮着一阵阵冷风,由于车子风驰电掣般驶去而更加砭人肌骨,实在难以忍受。他身上的衣着原本压根儿不是适合干这种工作的。他浑身瑟瑟发抖,跺着双脚,捶打自己的胳膊,如同从前他看见过别的司机那样,但是他始终一声不吭。他是走投无路才上这儿来的,不消说,心里很反感而又痛苦;来到了这儿,他觉得既新鲜又冒险,使他心中的沉郁有所减轻;但还是远远不能让他心中的苦涩一扫而空。他想,这是连猪狗还不如的生活啊。落到这种地步,真是够惨的!

只要一想到嘉莉给他的侮辱,就增加了他坚持下去的决心。他想,他自己还不至于堕落到蒙受类似她那样的侮辱的境地吧。他毕竟还是能干些事情的——哪怕是眼前这种事——好歹也要坚持下来。往后总会好起来的。他还会积攒一些钱。

赫斯特伍德正在这么沉思默想的时候,一个孩子砸过来一块泥巴,恰好砸在了他的胳膊上,让他痛得要命,他顿时勃然大怒。反正今天早晨以来,他还没有像这样地大发雷霆。

"小杂种。"他低声咕哝着。

"砸伤了没有?"一个警察问。

"没有。"他回答说。

快到一个街角时,电车因为要拐弯,放慢了车速;正好有一个罢工的司机,站在人行道上,向他喊话。

"伙计,快下车吧,做一个堂堂正正的男子汉吧,嗯?要记住:我们都是为每天合理的工资而斗争,说真的,不外乎就是这么回事呗。我们都得养家糊口啊。"这个罢工的司机是用最富于人情味的口吻说的,看来一点儿都没有敌视的意图。

赫斯特伍德却佯装着没看见他。他两眼依然凝望着前方,全速驶去。从那个人说话的声音里听得出有点儿恳求的味道。

整整一个上午就这么着打发过去了,一直到下午。他总共出了三趟车,倒也不见得比前头描写的那一趟还要困难。他用过的午餐质量很差,他也就没得力气干这样的活儿,而且他身上越发感到冷得够呛。看上去他早已给冻得麻木了,但他还是觉得寒冷透骨。每一回开到终点站,他照例停了车暖暖身体,但他心里还是难过得差点儿呜咽啜泣起来。大车库里有一个职工,一见了他就为之动怜,就借给他一顶厚呢帽子和一副羊皮手套,真让他感激涕零。这些东西对他来说不啻是雪中送炭。

下午第二趟出车,大约在半路上碰到了一大群人,他们搬来一根废旧电线杆,挡住了电车的去路。

"快搬走道轨上的东西!"两个警察扯起大嗓门吼叫着。

"哈,哈,哈!"群众齐声高喊道,"你们自个儿搬吧!"

两个警察下了车,赫斯特伍德也想跟着下去。

"不,您最好还是留在那儿,"一个警察说,"要不有人会把您的车子开走的。"

在一片嘈杂的嚣声中,赫斯特伍德听到紧挨在他身边的一个人说话了。

"下来吧,伙计,做一个堂堂正正的男子汉。别跟穷人过不去呀。让公司大老板自己来开车吧。"

赫斯特伍德回头一看,原来就是在街角拐弯处跟他喊话的那个人。

这回也跟上回一样,他还是佯装着没有听见。

"下来吧,"那个人温和地又重复着说,"您千万不要跟穷人过不去呀。千万使不得啊。"这真是一个深谙哲理而又善于辞令的司机。

不知从哪儿又来了一个警察,加上原有的已有三名警察了,有人跑去打电话要求增派警察。赫斯特伍德两眼凝视着四周,心里很坚定,但又很害怕。

不知是谁猛地一把揪住了他的外套。

"快下车!"那个人大声嚷嚷,使劲儿一拽,打算把他从驾驶台上拽下来。

"快撒手!"赫斯特伍德狂吼一声说。

"我要给你点颜色看看——你这工贼!"一个爱尔兰小伙子纵身一跃,登上车钩处,照准赫斯特伍德就是一拳。赫斯特伍德急忙一弯腰,总算没击中下巴颏儿,而是打在了臂膀上。

"滚,快滚开!"一个警察大声嚷着,急忙赶来救助,当然啰,照例又有一阵咒骂声。

赫斯特伍德好歹神志恢复过来了,但是他脸色煞白,两手瑟瑟发抖。直到这时,他方才觉得事态突然趋于严重。人们抬眼直瞅着他,嘲笑他。有一个女孩子还在给他扮鬼脸哩。

"哈,哈,哈!"她一个劲儿喊叫着。当年基督受难时,那伙发嘘声嘲笑的暴民就是这副腔调呀。

他的决心开始有点儿动摇了,这时一辆巡逻车刚好开到,下来了更多的警察。现在,道轨上障碍物一下子被清除掉,终于恢复通车了。

"此刻就开车,快。"警察说,于是,电车又往前驶去了。

下午又碰到了一点儿麻烦,车子被一小拨人拦住,警察吩咐他开过去,硬要从人群中打开一条路来。

"冲着他们闯过去。"警察粗声粗气地说。

赫斯特伍德唯命是从,在一片嘲笑声中,把一小拨人给冲散了。

最后碰到的是一群地地道道的暴民,那是在回去的途中,车子开到了离大车库只有一两英里的地方。那一带原本就是穷得出奇的地区。赫斯特伍德本想赶快把车子开过去,没承想到道轨又被堵塞了。他差不多还在五六个街区开外时,就远远地看见人们为筑路障正在搬着什么东西。

"他们又来了!"一个警察在大喊大叫。

"这一回我可要给他们点厉害看看。"第二个警察夸口说,看来他早已按捺不住了。电车越来越靠近人群时,赫斯特伍德浑身战栗起来。

如同上回一样,这一群人开始大声嘲笑、骂街,不过这一回,他们并不走到近处,而是让石块如雨点般砸了过来。砸碎了车上的一两块玻璃窗,赫斯特伍德还差点儿没挨石块砸呢。

两个警察一块儿冲着人群奔过去,不料人们反而朝电车狂奔过来。他们里头有一个女人,从外貌看挺像一个小姑娘,随身带了一根粗实的木棍。她怒不可遏地照着赫斯特伍德一棍打去,幸好他立时闪开了。随后,她的同伴们一下子也来了劲儿,跳上车来,把赫斯特伍德给拽了下去。他还没来得及说一句话或者大喊大叫一阵,就已经摔倒在地上了。

"放开我!"他说,身子往一边倒了下去。

"嘿,你这个寄生虫。"他耳边听得有人在大声嚷嚷。拳打脚踢,有如雨点般落在他身上。看来他差点儿都透不过气来了。稍后,好像有两个人在拽他走,他拼命搏斗着,想要挣脱出来。

"得了,"一个声音说,"你没得事啦。站起来吧。"

人们就这么放掉了他,他好像觉得一场噩梦刚醒似的。这时,他方才认出了那两个警察。他觉得浑身精疲力竭,差点儿没晕倒呢。他下巴颏儿上有点儿湿漉漉的。他抬起手来一摸——定神一看。手指头全被鲜血染红了。

"是他们让我挂彩了。"他傻里傻气地说,伸手去掏摸手绢。

"得了,没什么,"一个警察说,"只有一点儿抓痕嘛。"

这时,他方才神志清醒些,抬眼四望,知道自己正站在一家小铺子里,是他们暂时让他待在那儿的。他正站着抹下巴颏儿时,看见了店门外的电车,以及群情激奋的人们。那儿开来了一辆巡逻车,此外还有一辆车子。

赫斯特伍德走了过去,往外张望着。原来是一辆救护车,正在往后倒车。

他看见警察有好几次冲着人群猛扑了过去,开始逮人。

"此刻就快上车吧,如果说您要把电车开回去的话。"一个警察打开了店门,往里头张望着说。

赫斯特伍德走了出去,自己心里委实举棋不定。他觉得周身发冷,心里还有点儿害怕。

"售票员上哪儿去了?"他问。

"啊,鬼知道他在哪儿。"警察说。

赫斯特伍德朝电车走去,心里七上八下地登上了驾驶台。刹那间,只听得一声手枪响,仿佛什么东西砸了一下他的肩膀。

"谁在开枪!"他听见一个警察大声嚷嚷说,"天哪,是谁开的枪呀!"两个警察都甩掉了他,朝附近一座大楼飞奔而去。他歇了一会儿,方才从车上下来。

"让他们见鬼去吧,"赫斯特伍德茫然若失地说,"我真吃不消啦。"

他惴惴不安地走到街角,赶紧抄着一条小街走了。

"乖乖!"他说罢,深深地舒了一大口气。

走过了半个街区,有一个小女孩目不转睛地紧盯住他。

"您还是快点儿溜走吧!"她冲着他背后大声喊道。

他顶着令人迷漫的大风雪往回走去,薄暮时分才到达渡口。渡轮上挤满了怡然自得的旅客,他们都在好奇地仔细端详着他。直到此刻,他还感到晕头转向,心乱如麻。在漫天大雪中,河上灯光辉映的神奇景色他仿佛全没看见似的。他拖着沉重的脚步一个劲儿往回走,好不容易总算走到了小公寓。他一走进去,顿时觉得屋子里暖洋洋的。嘉莉没有在家。桌子上放着她特意留下的两份晚报。他点燃煤气灯,就坐了下来。稍后,他又站了起来,脱去衣服,看看自己的肩膀。不要紧——仅仅擦破一点儿皮罢了。他洗过了脸和手,看得出还有点儿血斑残迹,接着梳了一下头发。随后,他寻摸了一些吃食,终于在果腹之后坐在了舒适的摇椅里。这时,他才真的体会到该有多美!

他伸手托住下巴颏儿陷入了沉思之中,甚至连看报都给忘掉了。

"哦,"过了一会儿,他方才恍然大悟似的说,"那么大的乱子,总算苦熬过来啦。"

　　随后,他一回过头来,看见了报纸。轻轻地叹了一口气,他就拿起了《世界报》。

　　"罢工正在布鲁克林蔓延,"他低声念道,"全城各处都有暴乱发生。"

　　他坐在摇椅里舒服极了,继续在看报。他兴味盎然地只看有关罢工的新闻报道。

## 第四十五章

　　凡是认为赫斯特伍德到布鲁克林去乃是判断上失误的人还意识到过去他屡试屡败的经历对他的消极影响。当然嘉莉对这件事不可能很了解的。他几乎跟她一字不提,所以她觉得他好像在布鲁克林没事似的,至多只碰到了一些小小麻烦罢了。但他马上就撒手不干,看来真没出息。反正他压根儿就不想工作!

　　赫斯特伍德不在家的时间,尽管很短——仅仅是从头一天早上十点钟到第二天晚上七点钟,她个人倒感到非常轻松自在。只要他一出门,一大块阴影也就在公寓里消失殆尽。取而代之的是对未来的憧憬——但愿今后既不心烦恼火,也不愁没钱用。她已对懒汉日益感到腻烦。如今,刚露出一丝令人愉快的生机,赫斯特伍德却又回来了。她一见到他,心就凉了半截。

　　这倒不是说她天生就有硬心肠的特点。实在出于忧烦颓唐、渴望思变的缘故。那天晚上,她一见他倒头睡在床上,就知道他一事无成。她自己的境况有了进一步好转,有待于下文详加叙述,她原本希望他果真会振作起来,如今这希望却成了泡影,她深感震惊。她只好绝望地直摇着脑袋。

　　"天哪!"她长叹了一声。

　　上文提到的好转是指她的工作已相当受人青睐。当时她演一群东方美人儿里头的一个,在那台歌舞喜剧的第二幕里,宫廷大臣引领着这一大群美女来到新登基的君王面前,请陛下检阅自己深宫后院里的绝代嫔妃。按说她们里头谁都用不着念台词的,但是有一回,正好赫斯特伍德在电车车库的阁楼上投宿的那个晚上,那位大名鼎鼎的喜剧明星不知怎的故意逗乐儿,就向挨得最近的一位美女用深沉的话音说:

　　"喂,你是谁呀?"

殊不知他这么一说,却博得了全场经久不息的笑声。

说时迟,那时快,恰好赶上嘉莉在他跟前行请安礼。就他来说,原是随便哪一个美女全都一个样。反正他并不指望对方答话,要知道答话不带劲儿,还会挨批的。但是嘉莉很有自信,毕竟已有过演戏的经验,所以,她就壮了壮胆,再一次姿态优雅地行请安礼,并且回答说:

"是您忠实的仆妃。"

她说的那句话原本没有什么了不起,可她说话的风度却使观众深深地为之倾倒;这位煞有介事地站在年轻姑娘跟前的君王,别看他的样儿该有多么滑稽,却没想到自己会赢得全场观众的开怀大笑。这位喜剧明星一听到哄堂大笑声,心里也挺美滋滋的。

"我还觉得您好像姓史密斯呢。"他回答说,心里真巴不得全场笑声不绝于耳。

不料嘉莉却因自己大胆的即兴道白几乎吓得浑身上下发颤。剧团全体成员都被警告过,擅自插入念白或者"动作"表情,就意味着罚款,乃至于除名。她真不知道现在该如何是好。

嘉莉正站在舞台侧翼自己的位置上,等待再次出场时,那位喜剧大腕刚好退场,走过她身边,一眼认出她来,就驻足不前了。

"往后,您就这么演吧,"他说,觉得她好像挺聪明伶俐,"不过,万万不要再加点什么了。"

"谢谢您。"嘉莉毕恭毕敬地回答。他离去以后,她依然觉得自己浑身还在瑟瑟发抖。

"哦,您真走运,"这歌舞喜剧里头另一个人说,"我们里头谁都当哑巴演员,一句念白也不说的。"

这件事的巨大意义是不可否认的。剧团里每个人心里都很清楚:嘉莉已朝着成功迈出了头一步,尽管这一步是多么微不足道。第二天晚上,嘉莉的念白照样博得彩声四起时,她不由得有点儿沾沾自喜。她满心高兴地回家去,深信这次小小的成功不久该会带来好结果的。可是,她一见到赫斯特伍德在家,她满怀欢乐的念头顿时烟消云散了,取而代之的却是恨不得让这种困境尽早结束。

第二天,嘉莉问他去布鲁克林找事情的结果如何。

"他们不打算再出车了,除非得到警察保护。还说,下一个星期以前——他们不需要添人。"

下一个星期倏地过去了,但嘉莉发现赫斯特伍德还是一点儿没有变化。看来他本人比前时更加无动于衷了。他照样心安理得地眼看着她每天早上出去排练,如此等等。他整天只是看报、看报。有好几回,他发现自己两眼明明看着一条新闻报道,但心里却不知在想别的什么事。他头一次发觉自己看报走神是他正好看到有关芝加哥某俱乐部主办的狂欢舞会的消息报道,因为他原是该俱乐部的会员,这类舞会活动过去他也参加过。他闷坐在那儿,低着头,浮想联翩,耳畔渐渐地仿佛响起了往昔高朋满座、觥筹交错的声响。

"啊,赫斯特伍德,您真是个好样的!"他仿佛听到好友沃克在说话。瞧他身上穿着讲究的衣服,又站在那儿,眉开眼笑,怡然自得,因为他刚讲了一段动人的逸事趣闻,受到听众喝彩叫好,再来一个。

他猛地抬眼一看。房间里静得出奇,死气沉沉似的。他只听见时钟清晰的嘀嗒声,几乎怀疑自己刚才是在打盹儿。可是,他手里分明拿着报纸,正在看那条新闻报道,所以刚才他根本不可能在打盹儿了。尽管这样,他还是觉得奇怪得很。不过,到了第二次发生的时候,他也就好像有点儿见怪不怪了。

肉铺子、食品店、面包房和煤店的老板们——不是他眼下正在打交道的那些掌柜,而是在换店铺以前让他一直赊账的债主们——全都上门讨钱来了。他殷勤地接待他们每一个人,越来越老练地编个借口把他们打发过去。最后,他胆子越来越大,干脆佯装不在家,或者挥挥手,要他们通通出去。

"萝卜里头榨不出血来,"他说,"我只要有钱,管保付给他们的。"

嘉莉那个扮演小兵的朋友,奥斯本小姐,看到她在剧坛上走红,仿佛自己成了这位未来明星的侍从了。小巧的奥斯本知道自己压根儿不会冒尖的。所以,她就像小猫咪似的,本能地伸出毛茸茸的小爪子,把嘉莉紧紧地抓住不放。

"啊,你准会走红的,"她老是赞不绝口地对嘉莉这么说,"你是百里挑一嘛。"

嘉莉虽说胆小,其实很有能耐。人家的信赖使她觉得自己好像稳操胜券似的,既然稳操胜券,那么她的胆量也就大起来了。生活的经验必然都有利于她。须眉汉子区区一句话再也不会使她头脑发昏了。如今,她深深地懂得:但凡男人都会变的,是靠不住的。露骨的溜须拍马对她早已失去了作用。只有聪明绝顶的人——而且还要怀有善意——有如艾姆斯那样的天才——才能打动她的心。

"我不喜欢我们剧团里的男演员,"有一天,她对罗拉说,"他们全都非常孤芳自赏。"

"你不觉得巴克莱先生还蛮不错吗?"罗拉问,此人有过一回屈尊降贵地朝罗拉微微一笑。

"啊——他呀,当然啰,是蛮不错,"嘉莉回答,"不过他不怎么真诚。他爱摆架子。"

罗拉觉得首先要用以下方式才能抓住嘉莉。

"你住的地方要付房租吗?"

"当然要付,"嘉莉回答,"你问这个干吗呀?"

"我知道,有个地方可租到非常漂亮、带浴室的房间,租金很便宜。我觉得独个儿住,不免太大了,要是两人合住就最合适,每周房租只有六块钱。"

"在哪儿呢?"嘉莉问。

"在十七街。"

"哦,我可真不知道该不该换房呢。"嘉莉回答,其实早已想到各人每周只付三块钱的房租。她还在暗自寻思,她要是不去养活别人,只管自己的生活的话,那么,每周十七块钱就好全给自己留下了。

自她们对话以后一直没有什么具体结果。后来,嘉莉在台上即兴插话,一炮打响,又正好赶上赫斯特伍德闯荡布鲁克林回来。那时,她才开始觉得自己好像非得解放不可了。她想离开赫斯特伍德,从而促使他自己关心自己;无奈现在他的脾性已怪得出奇,嘉莉担心自己一旦离弃他,谅他是不会善罢甘休的。说不定他会上剧院找她去,老是对她缠住不放。她并不完全相信他会这么做,但是这种可能性也不能说完全没有。万一他出了什么洋相,她知道准让自己够窘的。她一想到这儿,自然伤足脑筋。

剧团给她安排了一个较为重要的角色促使事态急转直下。原来饰演端庄的恋人的女演员向剧团提出离职,于是嘉莉就被选上补缺。

"那么,你会拿到多少钱?"奥斯本小姐一听到这个消息,就问她。

"我还没有问过他呢。"嘉莉说。

"那么就赶紧打听去吧。天哪,你要是自己不提要求,那就什么也得不到。告诉他们,你觉得,每周至少不得低于四十块钱。"

"啊,不,那怎么行呢。"嘉莉说。

"当然行啦!"罗拉大声嚷道,"不管怎样,也得试一试。"

在罗拉这样竭力撺掇之下,嘉莉只好屈服了,可是一直等到导演通知她所饰演的角色该配上什么行头时,她方才壮了壮胆量,问道:

"那我拿多少钱呢?"

"三十五块钱。"他回答。

嘉莉一时间惊喜过望,竟然想不起来原先是要提四十块钱的。她简直乐不可支,差点儿没把罗拉搂到自己怀里;而罗拉呢,一听到这个消息就搂住了嘉莉的脖子。

"你应该拿的钱数还远远不止这些呢,"罗拉说,"特别是别忘了,你还要自备行头。"

嘉莉一想到行头这件事,顿时为之愕然。上哪儿去寻摸这笔钱呢。平日里她一点儿应急的积蓄都没有。何况付房租的日子又逼近了。

"我干脆不付房租就得了,"她说,想起了眼前自己有急用,"我压根儿用不着这套公寓了。这一回,我可不打算把自己的钱都交出来。我只要一搬走——不就完了。"

瞅准这个时机,奥斯本小姐比前次更恳切地又提出了邀请。

"就跟我一块儿住吧,好吗?"她恳求着说,"我们可以合住一套怪漂亮的房间。这样,你简直就用不着花什么钱了。"

"我也不反对。"嘉莉坦率地说。

"啊,那就一言为定。"罗拉说,"你瞧,咱们在一块儿该有多快活!"

嘉莉沉思了一会儿。

"我相信自己总会搬来的,"她说,稍后又找补着说,"只不过不是现在。我还得先去看一看再说。"

主意既定,加上付房租的日子又逼近了,而且马上又要订购行头——没有多久,她就拿赫斯特伍德的懒散心态给自己辩白。眼下他说话一天比一天更少了,还越来越意气消沉。

付房租的日子快要到来时,一个闪念猛地从他心里掠过。债主频频上门催逼,看来再也没法拖欠下去了。何况二十八块钱的房租,确实太贵了。"要她付房租也太吃力,"他想,"我们不妨去找一个价钱便宜点的住处。"

赫斯特伍德心里有了这个闪念,终于在早餐桌上启口了。

"依你看,我们这套房子的租金是不是太贵了?"他问。

"当然啰,确实太贵。"嘉莉说,并不了解他说这句话的意思是什么。

"我想,我们不妨换个小一点的,"他提议说,"我们用不着四个房间。"

他只要细心观察她的话,她脸上早已露出了困惑不安的神色,因为她觉得这就说明他显然还不肯离开她。可他却觉得,要求她过差一点的生活,好像也并不见得有什么不体面似的。

"哦,我不知道。"她回答说,同时也一下子警惕起来。

"这一带管保找得到一套两个房间的房子,照样也够我们住的了。"

她一听这方案,心里就很恼火。"断断乎不行。"她暗自思忖道。搬家,谁掏出钱来呀?只要想一想,永远跟他一块儿住两个房间多寒碜。不,她决定尽快把钱全花在行头上。就在这一天,她如愿以偿了。这么一来,她就只好跟奥斯本合住了。

"罗拉,"嘉莉去看她的朋友时说,"我同意搬过来了。"

"啊,好极了!"罗拉大声嚷道。

"我们能马上寻摸到吗?"嘉莉问,指的是合住房间。

"当然啰。"罗拉大声嚷嚷说。

她们马上一块儿去看了房间。嘉莉在自己开支里省下来十块钱——足够付膳宿费了。她十天以后才增加薪水——那就是说,要过十七天才拿得到。六块钱的房租，她就和她的朋友各付了一半。

"现在，我剩下的钱刚够用到周末了。"嘉莉说出了自己的心里话。

"哦，反正我还有些钱呢。"罗拉说，"你如果要用的话，我还有二十五块钱。"

"谢谢你，用不着，"嘉莉说，"我想自己还能对付得过去。"

她们决定星期五搬家，也就是说在两天以后。如今，一切都已尘埃落定，嘉莉心里反而感到忐忑不安了。她觉得自己倒是很像一名罪犯似的。她每天仔细观察着赫斯特伍德，他纵然有些地方很不怎么样，但还是多少让人为之动怜。眼下正是严冬季节，他身上的衣着很单薄，手头又没有钱。而且，他早已不像往昔那样壮实，看来整天闷坐在家里使他的脸色日益苍白了。

本来嘉莉深知寻职和贫困的况味，所以她不会不给一个被人抛弃即将自己谋食的人极大同情。她回想了自己在芝加哥街头疲于奔命的日子——还有，不久前在这儿四处寻摸工作的情景。试问他还能上哪儿去呢？没有钱，赶明儿他肯定要挨饿。

当天晚上，嘉莉就做出离家的决定，这时她两眼直瞅着他，觉得他好像并不是那么偷懒、窝囊，只不过是时乖命蹇，以致一败涂地。他的目光已不像从前那么犀利，他的脸上皱纹迭起，他的双手松垂无力。她觉得他的头发都有点儿花白了。她目不转睛地凝视着他的时候，他压根儿都没有意识到自己即将大难临头，依然在摇椅里一边摇呀摇的，一边看他的报纸。

至于哪些东西该由她带走一事，她经过思考以后做出了很公正的结论。他买的家具，已付清了钱的——全都留给他。她的衣服并不多，可装进他在蒙特利尔买给她的行李箱里带走。

"我只拿一些零星小玩意儿，原本都是我的。"她想。

这些小玩意儿全都在壁炉架、五斗柜、梳妆台和衣帽架上。银白色小香水瓶、镶银的梳洗用品、一套漂亮的修指甲用具、好几只腰带扣子、珠宝饰物，以及好几条她亲自制作的花边台布。以上这些，她要一块儿带走。

嘉莉预感到他们之间的关系即将告终，便对赫斯特伍德反而开始觉得有些牵肠挂肚了。

"乔治,你出去买些罐头桃子,好吗?"她问赫斯特伍德,放下了一张两块头的钞票。

"那当然啰。"他回答说,两眼惊诧地直瞅着她。

"说不定,你还会买到好的芦笋,"她找补着说,"我打算晚饭做菜用。"

赫斯特伍德站了起来,拿了钱,披上他的大衣,戴上帽子。嘉莉又一次发觉这些衣帽都已破旧不堪,看上去怪寒碜的。这些破旧衣帽,以前她已不止一次看在眼里,也许习以为常了,可是此时此刻,却不知怎的让她特别感到寒心。说不定他自己实在也是无可奈何。要知道他从前在芝加哥还红极一时呢。她至今还记得他在公园里和她约会的丰姿绰态。当时他该有多么活泼动人、一尘不染啊!这一切难道说都是他的过错吗?在这关键时刻,她断断乎不会这么启口的。

他回到了家里,把食品和找头都放在了桌子上。

"找头你收着吧,"她说,"说不定还要买别的东西呢。"

"不,"他带着一点儿傲气说,"你拿走吧。"

"哦,你还是给自己留着吧,"她回答说,反而有点儿茫然不知所措的样子,"也许还要买别的东西呢。"

赫斯特伍德不免暗自纳闷,真的猜不着此时此刻他的形象在她眼里该有多么可怜!她好不容易克制住自己的感情,话儿才没有微微发颤。

说实话,嘉莉不管对什么人都持这样的态度。有时候,她回想到跟德鲁埃在一起的最后日子,不由得责怪自己当时太亏待了他。她巴不得往后再也不要碰见他,但是,她对自己的言行却始终感到羞愧难言。这并不是说在最后分手时她本来还可以有所抉择。当时一听到赫斯特伍德所说德鲁埃受伤的消息,她就满怀热情,出于自愿地要去看望他。好像在什么地方总有一些难言之隐,可她心中始终却又百思而不得其解,反正她最后认定:恐怕德鲁埃永远也不会了解到赫斯特伍德从中所起到的作用,而只是看到她的言行卑鄙,心狠手辣——因此是她的耻辱。这也并不是说至今她还不能忘情于他。她只是不想让过去待她好的人心里感到委屈罢了。

她连自己都没有意识到，居然让以上这种感情在她心里占了上风，这到底又是怎么回事呢。而赫斯特伍德却发觉了她心眼儿好，所以对她更有好感了。"不管怎么说，嘉莉毕竟还是心地善良的。"他想。

那天下午，嘉莉到奥斯本小姐的住处去了，只见这位小姐正在一边唱歌，一边拾掇东西。

"嘉莉，你为什么不在今天跟我一块儿搬呢？"她问。

"啊——我还不行，"嘉莉说，"反正星期五我会搬到那儿去的。"

她们闲聊了一会儿，嘉莉时不时想找个适当的时机把自己心里的话儿说出来。后来，她终于启齿了：

"你说过的那二十五块钱能不能就借给我？"

"当然能啰。"罗拉说着，就去取钱包。

"我想再买些别的东西。"嘉莉说。

"哦，那敢情好。"这位小姑娘和蔼地说，她乐于助嘉莉一臂之力。

将近开晚饭的时候，嘉莉走了。她回到了公寓，心里琢磨着星期五如何把自己的东西带走。她压根儿不打算告诉赫斯特伍德。她没有勇气这么做。万一他不是主动地出去，她就只好想法差他出去跑跑腿。这一招是过去她从来没有使过的。那天晚上演出时，她确实没有工夫思考，第二天想了整整一天也没想出什么好办法来。她开始琢磨，只好把出走的日期往后推迟，直到碰上了好机会再说。没承想天气帮了她大忙。

一连好几天，赫斯特伍德除了跑食品店或者报摊以外，什么事都没有做。如今，他感到关在屋子里很腻烦——一晃已有一两天了，但是寒冷、阴霾的天气却继续让他困在了家里。不料星期五天气骤然放晴。这是预告春天快到的一个美好的日子，在阴郁的冬日里暗示人们：大地不会永远跟温暖和美丽无缘。你瞧，金灿灿的太阳高悬在碧蓝的天空中，倾泻着一片水晶般透明的温暖的光辉。从群雀的啾啾声中听得出，窗外是一派太平祥和的好风光。嘉莉推开前窗，一阵阵南风拂面吹来。

"今天外面天气真好。"她说。

"是真的吗？"赫斯特伍德说。

早饭过后,他马上换了像样些的衣服。

"你回来吃午饭吗?"嘉莉心里万分激动地问。

"不。"他回答说。

他走到了街上,沿着第七大道往北徒步走去,大大咧咧地打算走到哈莱姆河。他上回去酿造厂时,曾在那儿看见过好几艘船。他很有兴致,想看看那个地区近来有了什么变化。

经过五十九街,他顺着中央公园西侧来到了七十八街。那一带他还想得起来,就拐过去看看拔地而起的许多高楼大厦。这儿一切变得越来越美好。那大片大片的空地上已盖满了房子。他掉过头来,沿着公园一直走到一百一十街,稍后又拐到第七大道,一点钟终于到达了漂亮的哈莱姆河。

举目四望,哈莱姆河正在灿烂的阳光里闪闪发亮,河水从右侧起伏不平的河岸和左侧长满参天树木的高地之间蜿蜒曲折地流去。四下里温暖如春的氛围唤醒了他心中美好的情趣,他在那儿站了一会儿,两手抄在背后,观赏着河上美景。随后,他转过身来,顺着哈莱姆河往东区走去,漫不经心地寻摸着前次他看见过的船只。直到四点钟,夕阳开始西沉,预示傍晚渐渐阴凉的时候,他这才抽身回去。他肚子饿了,很想回到暖和的家里先点补一下。

五点半他回到公寓,这时天色已黑了下来。他一看就知道嘉莉不在家,不仅仅是气窗里没有露出灯光来,而且晚报还塞在大门上的球状把手和门框之间。他用钥匙开了门,走了进去。房间里一团漆黑。他点燃煤气灯,坐了下来,打算再等一会儿。即使此时此刻嘉莉回来,恐怕也要很晚才吃饭。他就看看报,一直看到六点钟,稍后才站了起来,自己动手做点东西吃。

直到这时候,赫斯特伍德才发觉房间里跟往日里仿佛有点儿不一样。这是怎么回事呀?他抬眼四望,发现好像短缺了什么东西,稍后就在他座椅附近看到一个信封。够了——一切都明白了,几乎用不着再作什么解释了。

他伸过手去取信,就在这当儿,觉得浑身一阵寒战袭来。听着,信封在他手里沙沙作响,信纸里头是柔软的绿色美钞。

"亲爱的乔治，"他一边看信，一边把手里的钞票捏得窸窣作响，"我走了。我再也不回来了。这套公寓用不着再租了。我付不起房租。我只要有钱，当然会帮助你的，但是现在我无法维持我们两人的生活，另外还有房租。我还要用我挣来的一点儿钱购置演出时穿的服装。我倾其所有，把这二十块钱留给你。至于家具，由你随意处置。我不需要。嘉莉。"

他把信放下，平心静气地抬眼四望。现在，他才知道短缺了什么。那是一只纯属摆设的小台钟，原本就是她的东西，壁炉上已看不见了。他走进前房——她的卧室、小客厅，依次点燃煤气灯。五斗柜上，那些银质小摆设和盘子全都不见了。花边台布也从桌面上拿走了。他打开衣橱——她的衣服都不见了。他把抽屉一只只打开——凡是她的东西都不见了。她的大衣箱也不在原处了。回到他自己的房间里，他的破旧衣服都像平日里一样挂在那儿。别的东西也件件都在。

他在小客厅里驻足不前，不知怎的好像在等着什么。四下里一片沉寂，几乎让人透不过气来。这套小公寓好像荒凉得出奇。他压根儿不知道肚子饿，忘掉了此刻该是吃晚饭的时候。仿佛已到了深更半夜。

他突然发觉那些美钞还在自己手里。正如她信上所说的，总共是二十块钱。这时，他走了回去，任由那些煤气灯摇曳闪烁，只觉得这套公寓里好像是空荡荡似的。

"我要离开这儿。"他自言自语道。

于是，他猛地意识到了自己完全茕茕孑立的惨景。

"甩掉了我，"他喃喃自语地说，又重复说了一句，"甩掉了我。"

这舒适的小公寓，他曾在这儿度过了那么许多温馨的日子，如今仅仅留下一点儿记忆罢了。前面等着他的，是凛凛的寒风。他黯然神伤地倒在摇椅里，一只手托住下巴颏儿，什么都不想，反正心如死灰了。

随后，他心里开始怜恤起自己来，意识到爱情已从他的生活中永远消失了。

"其实她何必出走呢！"他说，"我会找到工作的。"他坐在摇椅里好久纹丝不动，最后又大声自言自语道，"难道说我没有尝试过吗？"

子夜时分，他还坐在摇椅里来回摇晃，两眼直勾勾地瞅着地板。

## 第四十六章

　　赫斯特伍德终于从幻想中清醒过来,这时他才迷迷糊糊地感到自己该上床睡觉了。其实,他又回到了惊心动魄的梦乡里。第二天一大早,他坐在床上,嗒然若丧地抬眼四望。这儿寂寥落寞,他心中觉得很不是味道。现在他要是想吃早饭的话,就得自己动手了。他起了床,穿好衣服,坐了下来。但是继续留在这儿好像又一点儿都没有意思了。孤独之感逼使他非得离开不可。

　　嘉莉留下的二十块钱,他不得不收下来,虽然有点儿别扭,但他还是觉得没有别的办法可想。他忽然想起了在《世界报》广告栏里看到过有收购公寓全套家具的人刊登的广告。他知道眼前这套公寓反正保不住了,所以他决定把全部家具卖掉,好歹还能得到一些钱。头一个来看的人出价四十块钱,收购公寓里全部家具。出价如此之低使他着恼了。他至少巴不得是百把块钱——

　　"喂,快走吧,"他愁眉苦脸地说,"当初我单买那五斗柜就花掉二十块钱哪。"

　　"话是不错,"这个人说,"我也没得办法。我可不是从百货公司买东西。不赚钱的买卖我可不干。"

　　"得了,四十块钱——反正我不卖。"赫斯特伍德马上把这个人打发走了。

　　稍后,他出去找另一个收购商。没承想到此人比头一个更不像话。

　　"三十块钱。"他说。

　　"那我还不如劈了当柴烧。"赫斯特伍德说。

　　"那么,你要多少钱?"那个人问。

　　"六十块以下就不卖。"

　　他想卖个好价钱的幻想正在迅速地发生变化。

他变得越来越谨小慎微,又通知了三个收购商上门来。

他们里头第二个人开出了他迄今为止所得到的最高价。

"五十块钱。"这个收购商说。

依他看,他们都是吸血鬼。瞧他们冷冰冰的表情,他完全没有辙,就只好同意了。

跟当初他所付的钱款相比,这五十块钱真是少得可怜。

"就这么着吧,"他说,"新的时候我可花了两百块钱买来的。"

"一点儿不错,不过现在已经不新了。"那个收购商说。

"反正一点儿都没碰坏过。"赫斯特伍德回了一句话。

这笔买卖就这样成交了,他愁眉不展地等待对方来人付钱,把家具搬走。

嘉莉走后的第二个早晨,买主还没来搬家具,付钱给他。在买主到来之前,他在公寓里坐等着,慢慢地适应了这种变故。他从餐具柜里取出一些东西给自己做了些吃食——咖啡、炸肉等,又出去买了个面包。后来,买主终于来了,照商定的定价给他付了钱。

赫斯特伍德一见到那两个来打包运货的人,就决定自己千万别留下来看这令人心碎的残局。他生怕别的一些债主一看到他家门口有搬运车,就会登上门来找他麻烦。

"喂,我想你们自己会把东西搬出去,用不着我帮忙吧。"他对那个买主说。

"哦,是的,用不了多久就全搬光了。"那个人回答说。

赫斯特伍德戴上帽子往外走了。这真是让人肠断魂销的时刻。他觉得自己就像是被撵走了似的。这凄冷的人世间没有他可去的地方。如今,他只好以步代车,真不知道该上哪儿去,恐怕也没有人会对他笑脸相迎。

在街角上,他跟卖报的意大利人擦肩而过。

那意大利人和蔼地向他点点头,尽管至今赫斯特伍德还欠他一块半钱,也许永远收不回来了。反正那意大利人一点儿都不知道底里。稍后,这位往昔的酒吧经理掉过头来,朝纽约的贫民区走去。他知道哪儿有廉价的小客店。

嘉莉迁入她那舒适的高级套房、一切都已停当以后,就暗自纳闷,真不知道赫斯特伍德对她的离去做何感想。她急匆匆把几件东西拾掇好,就动身去剧院,心里多半担心说不定会在剧院大门口跟他撞个满怀。结果她并没有碰见他,心中的恐惧也就随之烟消云散了,因而对他还相当满意。随后,她差不多把他忘掉了,直到散场后快要离去时,想到说不定他会守候在剧院大门口,才又让她提心吊胆起来。一天又一天地流逝而去,一点儿消息她都没有听到,所以,她生怕他来找麻烦的顾虑也就给打消了。没有多久,除了偶尔有所思念以外,嘉莉已完全摆脱了原先公寓里压在她生活上的愁云惨雾。

　　说来也真怪,一个人竟会如此之快地全身心投入职业中去。嘉莉听这小罗拉的闲扯淡,从中了解到剧坛的好多情况。她方才知道戏剧界的报刊是什么样的,哪些报刊登载有关女演员等新闻报道。她开始浏览各报撰写的消息,不仅是有关她在剧中演个小角色的那出歌剧,就是其他戏剧的报道她也都看。急于成名的欲念渐渐地在她心中滋长着。她渴望自己也像别人那样遐迩闻名,就贪婪地阅读有关吹捧或是批评剧坛名流的文章。她所心驰神往的浮华世界完全把她吸引住了。

　　大约就在这个时候,报纸杂志上开始刊登艺坛美人的照片作为插图,从此以后,蔚然成风,愈演愈烈。各报,特别是星期日出版的报刊,开辟了篇幅极大、附有插图的戏剧版,刊登剧坛名人的半身和全身肖像照片,四周还加上涡卷形艺术花边。各类杂志,或者至少有一两种新创刊的杂志,偶尔也刊登亮丽明星的肖像照片,不时还刊出各个不同戏剧的剧照。这些杂志嘉莉越看越有兴趣。什么时候也能刊登她所在的那出歌剧里的剧照呢?什么时候哪一家报纸认为她的照片值得刊登呢?

　　在她饰演新角色前的那个星期天,她浏览戏剧版,很想看看一些简讯。要是报上一点儿都没提到她,本来也在她的意料之中,不过在简讯里,紧跟在好几条重要的通告之后,却有一条极短的消息报道。嘉莉一看,浑身上下顿时觉得怪热辣辣的。

　　在百老汇剧院上演的《阿卜杜勒的后妃》一剧中的村姑卡蒂莎一角,原由伊内慈·凯露饰演,即日起将由顶呱呱的歌舞喜剧女演员嘉莉·马登达担任。

嘉莉看了真是欣喜若狂。啊,这有多美呀!终于上报啦!她头一次见到了她企盼已久、令她振奋的消息。何况报上还夸她是顶呱呱的呢!她几乎忍不住哈哈大笑起来。不知道罗拉见到了没有?

"报上登了一条新闻消息说,明天晚上我将饰演新角色。"嘉莉对她的好友说。

"啊,棒极了,是真的吗?"罗拉大声嚷嚷,直奔到她跟前。"那敢情好,"她就一边看报,一边说着,"你只要演得好,下次报上还会登得更多呢。有一回,我的照片还在《世界报》上登过。"

"是吗?"嘉莉问。

"是吗?——哦,是登过的。"这个小姑娘回答说,"我的照片四周,甚至还加上花边呢。"

嘉莉咯咯大笑了。

"我的照片报上还从没登过呢。"

"反正总会登的,"罗拉说,"等着瞧吧。你戏演得好,远远超过眼下大多数登过照片的人。"

嘉莉对她的话儿真是深深地感激不尽。她几乎打算来亲吻一下罗拉,因为罗拉对她表示了同情和赞美,这种思想上的支持对她是很有帮助的——几乎也是必不可缺的。

嘉莉饰演这个角色非常出色,各报又刊登了一条消息,说她表演得惟妙惟肖,令人满意。这使她感到无比高兴。她开始觉得世人对她已在刮目相看了。

她头一个星期领到的三十五块钱看来是偌大的一笔钱。房租只要付三块钱,好像少得怪可笑似的。还掉了罗拉的二十五块钱,她自己还剩下七块钱。加上以前积余的四块钱,她手头总共有十一块钱。其中五块钱要付她必须购置的衣服的分期付款。第二个星期,她甚至更加得意扬扬了。如今只要拿出三块钱来付房租,五块钱付置装费。余下的钱,她就可以买食物,以及她心爱的小玩意儿了。

"你最好为今年夏天积攒一些钱,"罗拉提醒她说,"五月间,说不定剧团停演。"

"我会打算积攒的。"嘉莉说。

每周有三十五块钱的固定收入,对一个多年来只靠区区几个零用钱过日子的人来说,不见得是好事。嘉莉发觉自己钱包里头鼓鼓囊囊的,装满了好多大面额的绿色美钞。现在,没有人要她来供养,所以,她就开始购置漂亮的衣服和精美的小玩意儿,不时享用珍馐美味,还装饰美化自己的房间。当然她很快就把一些朋友招引过来了。她甚至还结识了好几个跟罗拉老是形影不离的年轻人。她要跟歌剧团里的男演员结交也用不着经人介绍那套繁文缛礼了。原来他们里头有一个还迷恋上了她。此人长得挺惹人喜欢,嘉莉欣赏他的就是他本性善良,待人和蔼,可惜他身上一点儿都没有强烈的吸引力。

有好几回,他护送过她回家。

"我们就去吃点儿涂酪面包吧。"有一天午夜散场以后,他向她提议说。

"很好。"嘉莉赞同说。

在这弥漫着玫瑰色氛围的餐厅里挤满了在夜阑更深时还在寻欢作乐的恋人们,嘉莉仔细观察着自己的陪伴人。看来他这个人太矫揉造作,还非常固执己见。他跟她谈话的内容使她觉得格调实在不高,他至多只能谈谈最起码的服装与物质享受罢了。夜宵用过以后,他落落大方地微微一笑,问道:

"您就一直回家,是吗?"

"是的。"她回答说,露出心照不宣的神色。

"显然,她远远不像一眼看去时那么天真无邪啊。"这个自作多情的演员暗自思忖道,从此以后,他反而对她怀着更大的敬意和热忱。

嘉莉情不自禁地跟爱玩儿的罗拉一起共度好时光。有些日子,她们一起坐马车出去兜风;有些夜晚,她们散场以后一块儿去吃消夜;也有一些下午,她们穿扮得雅致极了,溜溜达达到百老汇去。她正在被卷进纽约这个大都会欢乐的旋涡里。

后来,嘉莉的照片终于在一家周刊上登了出来。事先她并不知道,后来见了报,连她都目瞪口呆了。照片底下写着简短的说明:"嘉莉·马登达小姐,上演《阿卜杜勒的后妃》的剧团中深受观众喜爱的演员之一。"原来她听了罗拉的劝告,曾经敦请萨罗尼①给自己拍摄了好几帧照片。这家周刊上登载的就是以上照片中的一帧。她想上街去买几份上述周刊,但是转念一想,她压根儿没有什么交情很深的朋友好送。她的成功,看来除了罗拉一个人以外,普天之下还有谁关心呢?!

在纽约这个大都会里,人际关系历来是冷酷的。不久,嘉莉就发觉,光是这么一点儿钱断断乎不会给她带来什么的。她离荣华富贵毕竟还远着呢。她觉得,许多跟她交往的人,只图轻松快活,纵情游乐,实际上一点儿也没有温馨感人的友情可言。所有的人仿佛全都只管自己寻欢作乐,一点儿也不考虑可能给别人带来悲惨的后果。她觉得赫斯特伍德和德鲁埃的教训原来不也就是如此这般吗?!

四月间,她得知歌剧可能演出到五月中旬或则五月底结束,反正根据观众多寡而定。下一个季度,剧团将去外地巡回演出。她暗自纳闷,要不要也一块儿去。奥斯本小姐因为薪水不大,向来都另觅差事。

"听说卡西诺剧院将在夏季献演一台戏,"罗拉密切注意舆论动向之后说,"我们不妨上那儿碰碰运气。"

"我也乐意去。"嘉莉说。

她们俩不失时机地径直前往卡西诺,被告知等到五月十六日再去提出申请。可她们自己的剧团停演是在五月五日。

"下一个季度愿意随团巡回演出的人员,"剧团经理说,"都得在本周内签合同。"

"你千万不要签呀,"罗拉给嘉莉出点子说,"我可不乐意去。"

"我知道,"嘉莉说,"不过我担心那时候恐怕找不到别的事呢。"

"嘿,反正我就是不去。"这个小姑娘坚持说,因为必要时,她有好多发烧友会给她撑腰的,"巡回演出嘛,我曾经去过一回,到了一个季度演出结束时,我身边却连一个子儿都没有。"

嘉莉就这件事又仔细琢磨过一遍。她从来都没有去外地巡回演出过。

"我们怎么也能打发过去的,"罗拉找补着说,"我就老是这么挺过

---

① 萨罗尼,即是十九世纪九十年代著名剧艺摄影家拿破仑·萨罗尼。

来的。"

嘉莉就没有签合同。

那位策划今夏能上演滑稽剧的卡西诺剧院经理，虽然从来还没有听人说起过嘉莉，但是各报刊上有关她的好几条消息、刊出的照片，以及印上她芳名的节目单，不消说，对他颇有影响。他以三十块钱的周薪让她饰演一个不说话的角色。

"嘿，我不是早就跟你说过吗？"罗拉说，"离开纽约，对你不会有好处。你只要一走，人家马上把你忘得一干二净。"

毫无疑问，嘉莉长得楚楚动人，所以，那些将在星期日各报预告新演剧目的先生一眼就选中了嘉莉的照片，打算再加上别的一些演员的照片，作为这条新闻报道的插图。嘉莉因为长得特别俏丽，他们将她的照片编排在显著的地位，另外还添加了花边。嘉莉见了真是欣喜若狂。可是经理部门好像还是一点儿都不知道似的。至少他们对嘉莉并没有比以前格外重视。同时，她饰演的角色也仿佛很不起眼。只是在各幕场景中伫立着，扮演一个不开口的、小小不言的贵格会女教徒——原来剧作家设想这个角色要是安排给好的演员，管保能演活，可是现在，既然这个角色已经派给了嘉莉，那他就觉得还不如当初干脆把这个角色从剧中删掉算了。

"别发牢骚啦，老兄，"这位经理说，"头一个星期要是演出效果不好，把它删掉就得了。"

嘉莉事先一点儿都不知道经理他们的意图。她心里窝了气排演这个哑巴角色，觉得实际上又在排挤她。彩排时，她好像还有点儿愁眉不展。

"反正演得还不错。"剧作家说。经理没承想到嘉莉的愁容反而使演出效果好得出奇。"要关照她：斯帕克斯跳舞的时候，她的眉头还要皱紧一点。"

嘉莉自己一点儿也不知道，她眉宇之间稍微起了一些细纹，几乎赌气似的噘着嘴。

"眉头还要皱紧一些，马登达小姐。"那舞台监督说。

嘉莉原以为他这是一种指责，不觉扑哧一声笑了出来。

"不，就是要皱紧眉头，"他说，"像刚才那样皱眉头。"

嘉莉两眼吃惊地直瞅着他。

"我的意思是要你皱紧眉头，"他说，"斯帕克斯先生跳舞的时候，你就要狠狠地紧皱眉头。我要看看表演效果如何。"

要达到这样的要求本来一点儿不难。嘉莉毫不费劲，立时露出满脸愁容。效果是这么古怪、有趣，让人发笑，甚至连经理也乐不可支了。

"那样很好，"他说，"只要她能坚持到底，我想准会受欢迎的。"

他走到了嘉莉跟前说："您出场后就这么拼命皱眉头。要多使点儿劲。看上去像是勃然大怒。那您这个角色管保引起哄堂大笑。"

在首演的那天晚上，嘉莉觉得自己扮的角色毕竟好像是可有可无似的。快乐、狂热得几乎发烧的观众在头一幕里好像压根儿没看到她。尽管她的眉头皱了又皱，还是白搭。观众的眼睛全都紧盯住主要演员。

到了第二幕，观众听腻了干巴巴的对白，就让眼光在舞台上来回搜索，这才发现了嘉莉。她身穿灰色的衣服，纹丝不动地站在那儿，可爱的脸蛋儿故意羞羞答答，但又略带愠色。起先，大家还以为她一时有点儿着恼，那神态也很自然，压根儿不会逗人发笑。但她一个劲儿紧皱着眉头，有时看看这个演员，有时看看那个演员，不断交替着看来看去，观众不由得哈哈大笑起来。坐在前几排的那些大腹便便的绅士开始觉得嘉莉活脱脱是个甜姐儿。她这么双眉颦蹙，他们巴不得用狂吻来把它们熨平呢。所有的绅士们无不对她心驰神往。她演得实在呱呱叫。

最后，站在舞台中心的歌唱的那位主要的喜剧演员，听到在不该笑的时候却有人在咻咻地笑。笑声一阵又一阵，此起彼伏。唱到该是博得满堂喝彩的地方，反而是鸦雀无声。问题出在哪儿呢？他暗自猜摸反正出了纰漏。

离场时，他突然一眼看到了嘉莉。她独个儿在台上不断皱眉头，而台下观众就在咯咯地笑，甚至还有捧腹大笑的。

"见鬼去吧，我可受不了，"这个演员怒不可遏地暗自思忖道，"我可不准别人在我演出时来瞎胡闹。在我演出时，她不准摆噱头，要不然我就走！"

"得了吧，那又算得了什么，"一听到他在发牢骚，导演就说，"她本该就是这样的。您别睬她就得了。"

"但是她把我扮演的角色都给毁了!"

"不,哪有这样的事,"前者安慰他说,"这仅仅是增添一点儿笑料罢了。"

"是真的吗,嗯?"这个喜剧大腕大声嚷嚷说,"反正她害得我把角色都给演砸了。我可受不了。"

"等演出结束再说。或者最好明天再说。我们再看看,有什么好办法。"

可是,到了下一幕,一切要解决的都解决了。嘉莉摇身一变成了这出喜剧的中心了。观众只要越是细心地瞅着她,就越是喜不自胜。嘉莉一上台所创造的奇妙、挑逗、令人快活的气氛竟使其他所有演员全都黯然失色。导演和剧团全体人员全都心照不宣:嘉莉已是一炮打响了。

各报剧评家使她的成功逐渐臻于完美境界。一些长篇累牍的报道文章盛赞这出滑稽歌舞杂剧的演出质量,一次又一次地提到了嘉莉的名字,还反复强调该剧中富有巨大感染力的笑料。

"马登达小姐饰演了最逗人喜爱的、小小不言的角色为卡西诺剧院舞台上所空前罕见。"《太阳报》的慧眼独具的剧评家这样写道,"这个角色娴静、迷人,一点儿不矫揉造作,却像美酒似的暖人心窝。显然,这个角色原来没有安排在显著地位,因为马登达小姐并不经常登场,殊不知观众往往有悖常理,对这一个角色反而情有独钟。这个小小的贵格会教友一出场就深受观众喜爱,此后显得特别引人瞩目,从而博得经久不息的掌声,也就不足为怪。命运的变幻无常端的是怪得出奇。"

《世界晚报》的剧评家,照例挖空心思,撰写了走俏全城的一句流行口号:"如果您想乐一乐,请看嘉莉双眉颦蹙。"

这一切对嘉莉的命运产生了奇迹般的影响。就在那天早晨,她收到了导演的祝贺信。

"您仿佛征服了整个纽约城,"他这样写道,"真是可喜可贺。我为您,也为我自己感到高兴。"

剧作家也给她写了贺信。

那天傍晚她走进剧院的时候,经理和颜悦色地迎候她。

"史蒂文斯先生,"他说,其实指的就是那位作曲家,"正在写一支小曲子,要您下星期演唱。"

"哦,我不会唱歌。"嘉莉回答。

"这并不难。是一支挺简单的曲子——"他说,"您唱,最合适都没有啦。"

"当然啰,我就不妨试试看。"嘉莉挺乖巧地回答。

"化妆以前,请您到票房来一趟,好吗?"临了,经理找补着说,"我有些小事情要同您谈一谈。"

"一准来。"嘉莉回答。

在票房里,经理取出一张纸来。

"现在,"经理说,"当然啰,我们在薪水方面决不会亏待您的。您跟我们的合同,原来规定今后三个月内,每周只有三十块钱。现在我们打算把薪水改为,比方说,每周一百五十块钱,而合同期限则延长为十二个月,您看怎么样?"

"啊,那敢情好。"嘉莉说,差点儿不相信自己的耳朵了。

"那么,就请您在这上头签个字。"

嘉莉定神一看,原来是个新合同,内容和以前的那份一模一样,只是薪水的数字和工作期限有所不同。她用兴奋得不断哆嗦的手签上了名字。

"每周一百五十块!"当她又是独自一人的时候,她禁不住自言自语道。她终于发现,百万富翁还不是这样,大宗钱款的意义是无法估计的。仅仅凭这闪闪发光的几个字,光辉灿烂的未来世界已展示在她面前。

愁容满面的赫斯特伍德正在布利克街一家三等旅馆里,他从报上戏剧新闻里得知嘉莉获得成功的消息,开头还没有意识到究竟指的是谁。随后,他猛地灵机一动,就把这条新闻全文又看了一遍。

"错不了,依我看,就是她!"他大声嚷嚷说。

接着,他扫了一眼这个昏暗、肮脏的旅馆穿堂。

"我看,她是走运了。"他暗自思量道,眼前仿佛又映现出往昔那个光辉夺目、豪华舒适的世界,还有那儿的灯光、饰物、马车和鲜花。啊,如今嘉莉已进入了有围墙的城市。它那令人炫目的大门早已打开,让她从寒冷、阴郁的城外走了进去。现在,她仿佛离开赫斯特伍德老远老远了——如同他从前认识的闻人名流一样。

"得了,让她开心去吧,"他说,"反正我不会去跟她胡搅蛮缠。"

这个痛苦的决定正是那被扭曲、玷污,但还没破碎的自尊心毅然作出的。

## 第四十七章

嘉莉跟经理谈话后再回后台去的时候,发现一夜之间,她的化妆室样儿全变了。

"这个房间是给您专用的,马登达小姐。"一个后台侍者说。

她再也用不着爬好几道楼梯到一个跟别人合用的小化妆间去了。眼前是一个相当宽敞、设备齐全的大化妆室,正是楼上那些小人物断断乎享受不到的。她深深地舒了一口气,心里真的乐开了花。此时此刻,她的感受纯凭直觉,而不是诉诸理智。说实话,她压根儿什么都没琢磨过。但她感到身心舒畅极了。

人们当她的面奉承恭维逐渐使她意识到自己在剧团所处的异乎寻常的地位。如今谁都不再向她发号施令,而只能是向她提出请求,很是客客气气。当她从头至尾身穿那始终不换的素朴的剧装出场时,同台其他演员心里全都酸溜溜地直瞅着她。所有原先觉得自己跟她地位相仿,或者甚至高出一头的人,现在见了她全都曲意奉承地赔着笑脸,仿佛在说,过去咱们就有老交情嘛。只有那位喜剧明星,他所饰演的角色,由于嘉莉的亮相而黯然失色,至今依然高视阔步。换句话说,他大概不高兴去吻那只给了他一巴掌的手。

嘉莉饰演这个小小不言的角色,逐渐知道观众满堂喝彩,原来就是为了她的缘故,这让她心里真的感到美滋滋的。不知怎的她却又觉得有点儿——仿佛自己受之有愧。她的同伴们在舞台侧翼跟她搭话的时候,她就只好淡淡地报之以一笑。本来嘛,骄傲自大和刚愎自用都是跟她格格不入的。她脑海里从来没想到过要故作矜持,或者神气活现——反正她从前是这样,现在还是这样。演出一结束,她和罗拉坐上剧院提供的马车一块儿回家去了。

紧接着一个星期里,她接连不断地尝到了成功后的头一批果实。

她的丰厚的薪水即使还没有到手,这也不碍事。仿佛人人都很信得过她。她开始接到大量来信和来访名片。有一位威瑟斯先生,可以说对她是素昧平生,天晓得此人从哪儿打听到了她的住址,就毕恭毕敬、低头哈腰地走进了她的房间。

"请原谅我十分冒昧,"他说,"不过我很想问问,您是不是打算把住房换一下?"

"我还没有想过哩。"嘉莉回答说。

"哦,鄙人是威灵顿大饭店①的代表——那是第七大道上一家崭新的大饭店。有关它的报道,说不定您在报上见到过。"

这家饭店的名字嘉莉确实听说过,那是不久前新落成的一批气势宏伟的大旅馆之一。她听人说过那儿的餐厅特别富丽堂皇。

"哦,是这样的,"威瑟斯先生一听到她也知道自己的旅馆,就继续说道,"现在我们有几套非常雅致的客房,希望您有空去看一看,如果说您还没决定在哪儿消暑的话。我们的客房,各种设施全都齐全——冷热水、独用浴室、每个楼层都有专人侍候,此外还有电梯,等等。至于我们的餐厅,我想您也听人说过吧。"

嘉莉平心静气地直瞅着他。她暗自纳闷,莫不是此人把她看作百万富翁了。

"那租金要多少?"临了,她开口问道。

"哦,这个嘛正是我来找您私下谈谈的问题。我们的客房每日租金一般定为三十块至五十块钱。"

"天哪,"嘉莉脱口而出说,"那么多的钱,我可付不起!"

"我早料到您会这么想的!"威瑟斯先生大声嚷着说,随即顿住了一会儿,"不过,让我跟您详细说明一下。我说过那是我们一般的定价。反正也跟别的旅馆一样,我们威灵顿大饭店另外还有优惠价。这一点也许您还没想到,但是您的鼎鼎大名,对我们是很有价值的。"

"啊。"嘉莉突然大声喊道,终于悟出了个中奥妙。

"那当然啰。每一家旅馆的名声都离不开住在里头的客人的身份

---

① 威灵顿大饭店,坐落在纽约百老汇,亦即在第七大街与五十五街交叉的地方。

地位。像您这样遐迩闻名的女演员，"说罢,此人毕恭毕敬地一鞠躬,嘉莉却害羞得满脸通红,"可以引起全社会对旅社的注意——这一点尽管您不会相信——还可以招徕上流社会的客人。这么一来,我们饭店肯定会有很大名气。那就是我们的命根子。一般的人都会跟着闻人名流跑的。因此,我们饭店里头必须要有闻人名流。这一点您自己心里也很明白。"

"是啊,一点儿也不错。"嘉莉茫然若失地回答,心里正在掂量着来客这一奇特的建议。

"现在,"威瑟斯先生继续说,一只手转动着他那圆顶礼帽,一只擦得锃亮的皮鞋不断敲着地板上,"要是可能的话,我真巴不得请您住进我们威灵顿大饭店。至于租金嘛,您就不用犯愁啦。事实上,我们可以完全不去谈它。消暑期间,不拘多少——只不过一点儿意思罢了——您觉得能给多少就给多少得了。"

嘉莉很想打断他的话,但是他偏偏不给她插话的机会。

"您可以今天来或者明天来找我们,当然啰,越早越好,我们可以让您随意挑选既漂亮、光线又充足、又可以望得见街景的客房,我们大饭店的特级客房。您要是暂时不方便的话,过一个星期入住也行。全由您决定得了。您入住以后,我们管保样样服务周到,我相信一切准让您称心满意。反正您知道,我们大饭店早已声誉赫赫。"

"承您盛情相邀,"嘉莉说,见这个掮客的态度极端恳切,不觉有所感动,"我倒是很想入住贵店。不过,我想该付的钱还得付嘛。我可不乐意——"

"这个事嘛,您就用不着犯愁啦,"威瑟斯先生打断了她的话说,"不管什么时候,我们都会安排好,让您完全满意的。比方说,您乐意给三块钱一天,这一点儿钱,对您来说,不算太多吧;但是,我们也同样感到满意。您只要在周末或者月底,反正随您的高兴,把这笔钱付给账房就行了,账房就会给您一张客房原定价格的收据。"

这时,威瑟斯沉吟不语,等待答复。

"您不妨先来看看客房。"他找补着说。

"我倒是很高兴去的,"嘉莉说,"不过今天上午我还要排戏。"

"我并不是要您马上就去,"他回答说,"反正什么时候都行。今天下午方便吗?"

"那敢情好。"嘉莉说。

嘉莉猛地想起了罗拉,当时她正好不在家。

"我有个同住的伙伴,"她找补着说,"不管我上哪儿,她都得上哪儿的。刚才我差不多全给忘了。"

"啊,那敢情好,"威瑟斯先生殷勤地附和着说,"您要谁住在一块儿,全由您说了算数。我早已说过,一切都可照您的意思安排的。"

此人一鞠躬就抽身朝门口走去。

"那么,四点钟我们恭候您,好吗?"

"好的。"嘉莉说。

"我会在饭店里亲自领您去看客房的。"说罢,威瑟斯先生就告辞了。

等到戏排完了,嘉莉才把这事告诉了罗拉。

"难道这是真的吗!"后者大声嚷道,心里想到入住威灵顿大饭店的毕竟是一群大阔佬,"这岂不是很好吗?啊,美极了!太棒了!它——就是那天晚上我们跟库欣哥儿们一块儿吃过饭的地方。您还不知道吗?"

"当然啰,我记得的。"嘉莉说。

"我们还是上那儿去看看吧。"到了傍晚时分,嘉莉说。

威瑟斯先生给嘉莉和罗拉看的是大客厅那个楼层上的一个套房,共有三个房间带一个浴室。各房间都漆上了巧克力色和暗红色,还配上了同样色彩的地毯和窗帘。东头三个窗子可以俯瞰熙攘往来的百老汇,还有三个窗子望得到一条跟百老汇相交叉的小街。有两个温馨的卧室,放置着镶嵌白色珐琅的铜床、缎带滚边的白色椅子,以及跟室内色调相配的五斗柜。第三个房间是客厅,厅内有一架钢琴,一盏偌大的钢琴灯,装着款式华美的灯罩,一张写字台,好几只舒适的大摇椅,几个嵌入墙裙的书架,还有一个摆满小玩意儿的镀金博古架。四壁挂着图画,长沙发上置放着柔软的土耳其枕垫,地板上还有覆盖着棕色长毛绒的踏脚凳。

"啊,真美呀!"罗拉一边踱来踱去,一边大声嚷嚷。

"是啊,这儿真舒服。"嘉莉说,她正在撩起一块花边窗帘,俯瞰人群杂沓的百老汇。

浴室里漂亮极了,四周砌着洁白的瓷砖,有一只偌大的蓝边大理石浴缸,还有镀镍的水龙头。明亮、宽敞,一面墙上嵌着一块四边磨成斜角的镜子,另有三处分别安装着白炽灯。

"您觉得这套客房满意吗?"威瑟斯先生问。

"啊,非常满意。"嘉莉回答说。

"那就行了,不管什么时候,您只要方便就搬过来。客房的钥匙,侍者会在门口交给您的。"

嘉莉注意到了铺着精美的地毯与装饰华丽的门厅、四壁镶嵌大理石的大堂,以及令人炫目的大客厅。过去她一直梦寐以求的,恐怕就是类似这样的住处。

"我想还是马上搬过来好,你觉得怎么样?"她心里一想到十七街的斗室,就竭力撺掇罗拉说。

"啊,当然说搬就搬。"罗拉回答。

第二天她的大衣箱就搬进了新居。

星期三,日戏演完以后,她正在卸装,不知怎的有人在敲她化妆室的门。

嘉莉一看侍者递给她的来访名片,不觉大吃一惊。

"请转告她,我马上就来。"她温言款语地说。稍后,她两眼直瞅着名片,找补着说:"万斯太太!"

上个星期天,那位爱寻开心的太太方才在报上看见了嘉莉的剧照。嘉莉因为身穿贵格会教友服装,跟往日里有点儿不一样,何况还署名是"马登达",一开头万斯太太并不是完全有把握,直到今天,看了日戏以后,她才深信不疑。

"喂,您这个小淘气!"万斯太太一看见嘉莉穿过空荡荡的舞台,朝她走来时,就大声嚷道,"这到底是怎么回事啊?"

嘉莉乐不可支地哈哈大笑。她这位女友却一丁点儿也没有露出发窘的神态来。你一望可知,她们俩只不过是纯属偶然,长期阔别罢了。

"我也不知道呢。"嘉莉回答,起先一看到这位长得既漂亮、心眼儿又好的年轻太太,不觉有点儿尴尬,但对她还是显得很热情。

"哦,您知道,我在星期天的报上看见了您的剧照,但是您的名字让我怔住了。不过,我想,这肯定是您,要不然就是跟您长得完全一样的人,我就说:'得了,我就上那儿去看个水落石出。'我还是生平头一遭感到那么吃惊。闲话少说,我说,您好吗?"

"嗯,好得很。"嘉莉回答,"那您呢?"

"很好。您可真是红极一时了。天哪!各报都在谈论您。我想,说不定您要翘尾巴了。我差点儿吓得今天下午没敢上这儿来找您哩。"

"啊,别瞎说。"嘉莉说,脸上顿时泛红,"您知道,见到您我可很高兴。"

"哦,不管怎么说,我总算找到了您。现在,您能不能上我家去吃便饭?您住在哪儿?"

"住在威灵顿大饭店。"嘉莉说,从她的话音里听得出有点儿扬扬得意。

"啊,是真的吗?"万斯太太大声嚷道,这家大饭店的字号给她留下过应有的印象。

万斯太太很巧妙地故意只字不提赫斯特伍德——但她一见到嘉莉,心里不得不想起赫斯特伍德。毫无疑问,嘉莉早已离开了他。这一点她是不难猜想得到的。

"哦,恐怕今儿晚上我不行,"嘉莉说,"我没有多少空时间。七点半以前,我必须回到这儿。您乐意上这儿同我一块儿进餐吗?"

"我倒是非常高兴,可惜今儿晚上我来不了。"万斯太太说,仔细端详着嘉莉娟秀的容貌。嘉莉走运了,在万斯太太的眼里仿佛显得高人一等,光彩照人。"我答应过六点钟务必回家的。"她看了一下别在自己胸襟上的那块小金表,找补着说,"我也该走了。要是来的话,告诉我您什么时候来。"

"哦,反正您高兴什么时候都行。"嘉莉说。

"好,那就定在明天吧。现在,我住在切尔西饭店①。"

---

① 切尔西饭店,坐落在纽约市西二十二街二百二十二号,历来为戏剧界人士喜欢聚居之处。

"又搬家了?"嘉莉笑着说。

"是的。您知道,我在哪一个地方都不会超过六个月的。我动不动就得搬家。"

她们就这么着足足又聊了十分钟,你一言我一语地聊得快极了,临了,万斯太太告辞,她比过去更喜欢嘉莉了。

"可要记住——五点半。"

"我忘不了。"嘉莉说,久久地目送着她离去。随后,嘉莉忽然一个闪念,觉得如今自己的社会地位不会低于这个女人——也许甚至凌驾于她之上了。万斯太太举止谈吐上的百般巴结使嘉莉觉得自己对她仿佛有点儿屈尊降贵似的。

现在,如同前几天一样,卡西诺剧院的看门人经常把一些来信交给她。特别是星期一开始首演以来,来信骤然猛增。至于这些来信内容是什么,嘉莉早就猜得到。**调情信**都是陈词滥调,对女演员来说,一点儿也不新鲜。她记得,头一封情书,她还是个小姑娘,是在哥伦比亚城时收到的。从那以后,在她担任歌舞喜剧女演员时,也收到过别的一些——都是绅士们不断要求约会的来信。它们成了她和罗拉——像这种信她也收到过好几封——一起逗乐儿的笑料。平时,她们俩压根儿不把它们放在心上。

可是现在,这样的信来得又多又快。那些殷实的绅士先生,除了历数自己的美德懿行以外,竟然还会提到他们拥有良种马、高级私家车。其中有一封来信这么写道:

> 我有现款美钞一百万。我满可以让您珠围翠绕,享尽荣华富贵。不管您要求什么,反正有求必应。我这么说,并不是故意夸耀我的钱财,而是因为我爱您,巴不得让您的每一个欲念得到满足。正是爱您才促使我写了这封信。您能慨然俯允赐给我半个钟头,听我一诉衷曲好吗?

嘉莉还住在十七街时收到的这类信件跟她入住威灵顿大饭店豪华套房以后接到的信相比,那时她看信的兴致更大,尽管她心里从来没有高兴过。即使在那儿,她的虚荣心,或者是叫孤芳自赏——它只要一狂热起来,即可称为虚荣心——还没有发展到足以使她对这些来信感到讨厌的地步。阿谀奉承,不拘是什么形式,只要新鲜,当然,她都喜欢。可是她很聪明,深知自己显然是今非昔比了。过去,她既没有名气,又没有钱。如今这两者,她都兼而有之。过去从来没有人奉承过她,也没有人向她表示过爱意。如今这两者,她已兼而有之。这是为什么?她一想到好多男人突然发现她比过去更加富有吸引力,就忍俊不禁。这一切的一切至少致使她更加冷漠了。

"你过来看看,"她对罗拉说,"快看呀,这个家伙胡说些什么。"于是,她就把这个好色的老财迷信里挺肉麻的一段话念了出来。

"'您要是能慨然俯允,赐给我半个钟头。'"嘉莉竭力模仿着那种死样活气的怪腔怪调,大声念道,"好一个点子,亏他想得出来!啊,瞧这帮子男人,该有多蠢!"

"听他的口气,此人准有很多钱。"罗拉说。

"他们个个都是这么吹的。"嘉莉脱口而出。

"你干吗不跟他见一面呢,"罗拉给嘉莉出点子说,"听听他还会吹些什么。"

"老实说,我才不乐意,"嘉莉有点儿恼火说,"我知道此人会吹些什么。不管是什么人,我压根儿都不想接见。"

罗拉瞪着两只快乐的大眼睛,直瞅着她。

"反正他不会伤你一根毫毛的,"她回答,"说不定你还可以跟他逗乐儿呢。"

嘉莉摇摇头。

"你真的怪得出奇啦。"这个碧眼的小兵回敬了一句。

好运道就这样冲着嘉莉接踵而来。整整这一个星期,尽管她的高薪还没有领到,但是全世界好像都乐于给她无限信任。她虽然手头没有现钱——至少是必不可缺的一笔钱,但是她却享受着只有金钱才能买到的一切奢侈品。凡是高雅的场所的大门仿佛全都向她敞开着。威灵顿大饭店里这些富丽堂皇的套房简直有如奇迹般让她唾手而得。到万斯太太入住切尔西饭店优美的客房去——对嘉莉来说,也好像宾至如归似的。许多男人给她献上鲜花、情书,乃至于向她求爱。可是嘉莉脑海里依然浮想联翩。这个一百五十块钱！这个一百五十块钱！它看起来多么像是一道通往《天方夜谭》里阿拉丁宝藏洞窟的门啊。每天，她几乎都被事态的发展冲昏了头脑；她越来越多地幻想着，钱多了，往后的日子该是个什么样儿。她想象着人世间没有的乐事——甚至看到了陆上或者海上从来都没过的欢乐的光芒。经过一段久久的期盼之后，她终于头一回领到了一百五十块钱的薪水。

付给她的是绿色美钞——二十块头的三张，十块头的六张，还有五块头的六张。这么搭配好的一摞钞票花起钱来就很方便。出纳员一边付钱给她，一边还对她笑脸相迎。

"哦，是的，"嘉莉来领薪水的时候，出纳员说，"马登达小姐——正好一百五十块钱。这台戏看来是一炮打响啦。"

"是的，一点儿不错。"嘉莉回答说。

紧跟在她后头的是剧团里的一个默默无闻的小角色，她听到出纳员说话的腔调一下子全变了样。

"多少钱？"还是这一个出纳员，却粗声粗气地问。一个就像她不久以前的毫不显眼的小演员正在等着领取她那菲薄的薪水。她不禁回想到过去有好几个星期自己在鞋厂里打工，从神气活现的工头手里拿到四块半钱周薪，还不如说简直就像接受施舍似的。你看，此人分发信封的态度活像是亲王向一群奴仆给一点儿小恩小惠似的。她知道，在芝加哥，直到今天，那个鞋厂里还是充满着衣衫破烂的女工们，一长溜、一长溜地站在轧轧作响的机器跟前干活，中午只给半个钟头胡乱吃点儿午餐，星期六有如当年她在那儿打工时一样，集合在一块领取菲薄的工资，而她们工作量却比她眼下扮演的角色要艰辛一百倍。啊，现在她该有多轻松呀。世界上是一片明媚风光。她心里感到万分亢奋，还得走回饭店去，仔细考虑自己该如何是好。

如果说一个人的欲望属于感情领域，金钱很快就会暴露出它的无能为力。嘉莉手头有了一百五十块钱，却想不出要派什么特殊的用场。金钱本身是个有形的实物，反正她可以摸得着看得见，开头几天逗得她真的美滋滋的；殊不知这种新鲜劲儿很快就消失了。饭店的账单用不着她自己掏腰包。她的穿戴服饰早就绰绰有余了。那些调情信向她提供了更多的钱。再过一两天,她会领到另一笔一百五十块钱。显而易见,要维持她的现状,看来钱——好像还不是那么特别需要。如果说她想把工作做得更出色,或者升迁得更高些,那么,钱一定会更多——而且要多得多哩。

这时,有一位剧评家前来采访她,打算写一篇辞藻华丽、观察犀利的访问记,充分展示批评家的机智,痛揭名士之流的愚不可及,因此可资广大读者消遣。此人很喜欢嘉莉,居然还公开这么说过,但他又找补着说,嘉莉她只不过是长得俊、心眼儿好、又碰上好运道罢了。寥寥数语使她心如刀割似的。《先驱报》为筹措免费奉送冰块基金举行招待会,特邀嘉莉与闻人名流一起抛头露面,而又用不着她捐献一个子儿。一位年轻的作家写了一个剧本,特意来访问她,原以为由她演出最合适都没有了。可是,天哪,就凭她那么一点儿水平,他始终都拿不定主意来。一想到这个,她不免伤心极了。后来,她发觉必须把自己的钱存入银行,方才能确保安全。久而久之,她终于悟出来了:通往美满生活的大门至今还没有打开。

她渐渐地开始想到,这一切都归咎于盛夏歇演的缘故。全城除了她主演的这一类剧目以外,再也没有别的什么娱乐活动。第五大道的阔佬们都纷纷离去消暑,几乎人去楼空了。麦迪逊大道也不见得好多少。百老汇一带,闲散的演员人满为患,他们都在寻摸下个季度的演出机会。整个纽约城静悄悄的,可是嘉莉每到夜晚却忙于演出。因此,她不免感到有点儿单调乏味。

"我不知怎的,"有一天,她坐在可以俯瞰百老汇街景的窗前,同罗拉交谈时说,"我总觉得自己有点儿孤单单的。那么,你呢?"

"不,"罗拉回答说,"我倒是不觉得。你哪儿都不去。原因就在这儿呗。"

"那我该上哪儿去呢?"嘉莉问。

"哦,可去的地方多着呢,"罗拉回答,她心里马上想到自己跟那些快活的小伙子一块儿寻欢作乐的情景,"可你不高兴跟任何人打交道。"

"我不高兴跟那些给我写信的人打交道。我知道他们都是些什么人。"

"你不应该感到孤单单的,"罗拉说,心里想到嘉莉现已一炮打响,"只要想一想,有多少人愿意不惜任何代价,想取得你今天的地位啊。"

嘉莉两眼又凝望着窗外熙攘往来的人群。

"我可真的不知道。"她说。

不知不觉地,她开始闲得倦怠了。

## 第四十八章

赫斯特伍德愁眉苦脸地正在一家蹩脚的旅店里看报,身边总共只有七十块钱,眼看着酷热的夏天即将消逝,凉爽的秋天转瞬又要来到。他对自己的钱在日益减少远不是无动于衷。每天要付半块钱的住宿费,天天照付,他不由得有些坐立不安了,后来终于换了个还要便宜点的房间——每天仅仅三十五个美分——让他身边的钱可以维持更长的时间。他经常看到有关嘉莉的消息。她的剧照在《世界报》上刊出过一两回;他还在一张椅子上偶然发现了一份过期的《先驱报》,从中获悉最近嘉莉跟其他名演员一起参加过义演。读着报刊上的这些消息,他真可以说是百感交集。每一条消息都好像使嘉莉离开他越来越远,进入了赫斯特伍德想象中的高不可攀的光辉境界。他还在广告牌上看到了一幅漂亮的招贴画,上面画的是嘉莉所扮演的贵格会小姐,那么素雅而又妩媚动人。他不止一回地驻足不前,仔细端详着,心里怪酸溜溜地凝视着这张俊俏的脸蛋儿。他身上的衣着破旧不堪,跟她眼下的光彩照人相比,不啻是天壤之别。

他知道嘉莉在卡西诺剧院演出一事,他从来没想到要去找她,不知怎的,好像他反而下意识地感到欣慰似的。他一点儿不觉得自己孤苦伶仃。这个剧目连续演出了一两个月后,他竟然开始想当然地认为它还会演下去。到了九月间,剧团已去外地巡回演出,他却一点儿都不知道。他身边只剩二十块钱时,他就到鲍威里街一天只付十五个美分的寄宿舍去,那儿只有一个空落落的休息室,放置着几张桌子、长条凳和椅子。

在这儿,他最喜欢闭着眼睛,沉溺于往昔的回忆之中,而且渐渐地养成习惯了。起先好像还不算是堕入梦乡,其实只不过倾听他在芝加哥时生活的回响罢了。只要现实越来越黑暗,过去就会显得越来越光彩夺目，两者形成了鲜明的对比。

他开始并没有意识到，这种梦呓习惯在他身上已发展到了根深蒂固的程度，后来有一天，他发觉自己嘴里还在不断念叨着多少年以前对他的一个朋友说过的一句老话。那时节，他们正在汉纳-霍格酒吧里。他仿佛伫立在他那个虽然很小，但是雅致的写字间门口，身上的穿着打扮都很潇洒，跟萨加·莫里森一起谈到南芝加哥某处地产的价值，当时后者打算去那儿投资开发。

"您和我一块儿搞，怎么样？"他耳边仿佛听见莫里森这么说。

"我可不行，"他回答说，正如好几年前一模一样，"现下我所有的钱都投放出去了。"

嘴唇的翕动使他猛地惊醒过来。他暗自纳闷，不知道自己有没有真的说出口来。第二回他发觉这种类似的情况时，他确实是念念有词地说：

"你干吗不跳呀，你这傻瓜蛋——跳吧！"

这是他经常给一群演员讲的一个英国逸事趣闻。他即使被自己的话音惊醒过来之后，他还在莞尔而笑。坐在近旁的一个脾气暴躁的老汉，好像有点儿惴惴不安，至少是颇有责怪之意，冲他瞪了一眼。赫斯特伍德一站起身来，记忆中的逸事趣闻立时烟消云散了，他不免觉得有点儿害臊。他就马上离座，夺门而出，上街散心去了。

有一天，他在浏览《世界晚报》的广告栏时，得知卡西诺剧院在上演另一台新戏了。他心里马上一愣。那意味着嘉莉已不在那儿了。他记得就在昨天还见过嘉莉的一张招贴画，但是，毫无疑问，那恐怕是因为没有被新的招贴盖掉吧。说来也真怪，这一小小的发现竟使他惊惶不安。他几乎不得不承认，他好像是指靠她置身在纽约城方才能过活似的。如今，她已走了。他暗自纳闷，怎么会从他眼皮底下溜掉了！现在，天知道什么时候她才回来。他惊恐万状地站了起来，走到昏暗的盥洗室，那儿空无一人，他数了一下剩余的钱。总共只剩十块钱了。

整天枯坐在寄宿舍的房间里，到最后他只剩下半块钱了。他一而再地节省，掂来拨去地算计着，到头来使健康受到了严重影响。他的身体不如从前壮实了。甚至连他的衣服都不合身了。这时，他决定想想办法看,就出去四处奔走,但眼看着又是一天过去了,他只剩下了最后的二十个美分——连明天吃早餐的钱都不够了。

赫斯特伍德壮一壮胆量,穿过百老汇,径直前往百老汇中央旅馆。在离旅馆还有一个街区的地方,他驻足不前,心里不觉迟疑起来。一个大块头看门人铁板着脸正站立在边门口往外张望着。赫斯特伍德打算求他帮帮忙,就一直走了过去,没想到跟这家伙撞个满怀,这时对方想转身闪开已来不及了。

"我的朋友,"赫斯特伍德说,现在他身处困境,甚至从他的话音里也听得出自卑感来,"你们旅馆里,有什么活儿好让我干吗?"

那个看门人两眼直瞪着他,这时他正在继续往下说。

"我现在已失业,又没有钱,就是想找些活儿干——不管它是什么活儿。我不想谈过去我是干什么的,但是,您要是能指点我怎样在这儿找到活儿,那我对您也就感激不尽了。哪怕是眼下一两天的短工也没关系。我不找点活儿干可不行了。"

看门人两眼还是直盯住他,竭力装作无动于衷的样子。稍后,看见赫斯特伍德还要继续说下去,他就说:

"这可跟我一点儿不搭界。您得上里头去问问看。"

说来也真怪,这个回答竟使赫斯特伍德做出了进一步的努力。

"请原谅,原先我还以为您会告诉我的。"

那个家伙没好气地摇摇头。

这个往昔的酒吧经理就走了进去,径直来到了办公室,那个职员的写字台跟前。碰巧这家旅馆有一位经理正在那儿。赫斯特伍德两眼直勾勾地瞅着那经理的眼睛。

"您能给我一点活儿干吗——哪怕是一两天的都行?"他说,"如今我已落到这样的地步,非得马上有活儿干不可。"

这位养尊处优的旅馆经理两眼直瞅着他,仿佛在说:"是啊,依我看,也是这样。"

"我上这儿来,"赫斯特伍德忐忑不安地说,"因为当年我也当过经理。只不过后来我倒运了,反正我不打算跟您再提那些事了。我只是求求您给点活儿干,即使个把星期也行。"

这个旅馆经理从这求职者的眼睛里看出了焦虑不安的心情来。

"您经营过哪一家旅馆?"他问。

"不是旅馆,"赫斯特伍德说,"我在芝加哥的汉纳-霍格酒吧担任经理长达十五年之久。"

"哦,是真的吗?"这位旅馆经理说,"那您怎么会离开那儿的?"

赫斯特伍德眼前的模样儿跟他刚才自我介绍时形成了惊人的对照。

"唉,还不是自己干了傻事呗。现在就不值一谈啦。要是您乐意听的话,您会相信我所说的话。如今我身无分文,不知道您会不会相信,今天我一点儿东西还没有吃过哩。"

这位旅馆经理已对赫斯特伍德其人其事稍感兴趣。尽管对此人究竟该怎么处置连他自己都说不准,不过,眼看着赫斯特伍德心急如焚,旅馆经理倒也愿意替他想想办法。

"叫奥尔森来。"他对职员说。

那个职员一按铃,侍者领班奥尔森马上就走了进来。

"奥尔森,"旅馆经理说,"你就给这个人在楼下找点活儿干,好吗?我很想帮帮他的忙。"

"我还不知道,经理先生,"奥尔森说,"我们那儿早就满员了。不过,经理先生,我想总可找到一点活儿的,只要您满意就行了。"

"那敢情好。带他上厨房去,关照威尔逊,给他点东西吃。"

"是,经理先生。"奥尔森说。

赫斯特伍德跟着侍者领班出去了。刚离开经理办公室,奥尔森态度就大变了。

"鬼知道拿他该怎么办哩。"他低声嘀咕着。

赫斯特伍德一声不吭。他心底里对这个专门搬运大衣箱的大块头充满着藐视情绪。

"快,拿点东西给这个人吃。"他吩咐厨师说。

厨师把赫斯特伍德从头至脚打量了一番,从他眼神里看得出从前此人毕竟风光过,就说:

"哦,请坐下吧。"

赫斯特伍德就这么着在百老汇旅馆好歹有了个歇脚处。无奈时间不太久长,他不论在体力上或心理上全都不适合做旅馆里的粗活儿。既然没有更合适的工作,他就被派给伙夫当下手,打扫盥洗室,不管什么活儿叫他干,他都得干。反正所有侍者、厨师、职员,都是他的顶头上司。再说,眼下他的那副模样儿这些人见了也挺腻烦——因为他太落落寡合,他们给他派活儿时,还尽量跟他过不去。

不过,由于绝望透顶,他早已漠然僵化,这一切都忍受下来了。他睡在旅馆顶屋的小阁楼上,厨师给啥吃啥,每周只挣到几块钱,他还尽量想节省一些。他的健康日益恶化,再也支撑不下去了。接下来是二月份,有一天,他被派到一家挺大的煤业公司办事处去了。这时积雪正在融化,街上泥泞不堪。一路上,他的鞋子全给湿透了,回来后就觉得既累乏又头晕。第二天,他整日心里感到说不出的沮丧,尽可能枯坐愁城,所以,那些喜欢别人干起活来风风火火的人,自然对他很恼火。

那天下午,需要搬走好些大箱子腾出地方来,放置新购进的厨房供应品。当时他被叫去推一辆手推车。碰到一只大箱子,他怎么使劲儿也搬不动。

"喂,你怎么啦?"侍者领班说,"你搬不动,是吗?"

他正使出了浑身劲儿,想把它搬起来,但最后还是力不从心。

"不,我可搬不了。"他有气无力地说。

侍者领班看了他一眼,突然发现他脸色死白。

"莫不是闹病了吧?"他问。

"我想好像是病了。"赫斯特伍德回答说。

"好了,那你还是先去歇着吧。"

赫斯特伍德就这么歇着了,但是很快就觉得反而更难受了。看来他好不容易地才爬到了他阁楼上的小房间里,在那儿待了一整天。

"惠勒那个家伙病了。"有一个侍者向值夜班的职员汇报说。

"他怎么啦?"

"我可说不准。他在发高烧。"

旅馆的医生去看过了赫斯特伍德,就提出建议说:

"还是赶紧送贝利佛医院吧。他得了肺炎。"

于是就用车子把他送进了医院。

三个星期以后,危险期总算过去了,但是他差不多到五月初才恢复了体力,方可出院。接着,他就被解雇了。

这位往昔身体壮实、光彩照人的酒吧经理,又在春天的阳光里步履蹒跚地徘徊着,瞧他那副模样儿简直可怜极了。如今,他已骨瘦如柴,脸色煞白,两手没有血色,周身肌肉松弛。即使加上衣服,等等,他的体重也才只有一百三十五磅。有人给了他一些旧衣物——一件劣质的棕色外套和一条极不合身的裤子。还给了一点儿零钱及规劝他的话儿。他还不如干脆上慈善团体申请救济去。

他又回到鲍威里街的寄宿舍,苦思冥想着究竟该上哪儿去呢。再下一步,就只好行乞度日了。

"事到如今,又有什么办法呢?"他说,"我总不能饿着等死啊。"

赫斯特伍德头一次行乞是在第二大道上。一位衣着考究的绅士悠然自得地正从斯太夫森特公园①走过来。赫斯特伍德强打起精神,侧着身子走到了绅士身旁。

"请给我十个美分,好吗?"他直截了当地说,"事到如今,我只好逢人乞讨了。"

这位绅士几乎没看他一眼,把手伸到背心口袋里,掏出来一枚十美分硬币。

"拿去吧。"他说。

"多谢多谢。"赫斯特伍德低声说,可是那位绅士对他再也不屑一顾了。

他对这次成功很满意,可又不免感到有点儿害臊,觉得他只有再讨到二十五个美分方才够用。他到处闲荡,仔细估量着过往行人,但等了好长时间,才碰到了合适的对象和机会。殊不知他刚一开口乞讨,却碰着了钉子。这可让他伤心透顶,过了个把钟头心里方才缓过气来,再去碰碰运气。这一回,他总算走运,得了一枚五美分硬币。他经过唇焦舌敝的行乞才讨到了二十个美分,不过此情此景端的是让人太寒心了。

---

① 斯太夫森特,纽约市一座历史悠久的公园,坐落在十五街与第二大街交叉的地方。

第二天,他只好再出去行乞,虽然有时处处碰壁,但也有时运气好,碰上一两个人慷慨解囊。最后,他忽然计上心来,觉得事前好好研究过往行人的面相很有必要。这么一来,他就可以看面相找出会慷慨解囊的人来。

可是话又说回来,这种拦路行乞,对他毕竟不会特别愉快的。他看见过有一个行乞者因此被捕,他也生恐自己同样会被抓走。不过,他还得继续行乞,迷迷糊糊地期待着那不可知的时来运转。

有一天早晨,他看到了"嘉莉·马登达小姐加盟"的卡西诺剧团返回纽约的通告,顿时觉得非常高兴。在最近这些日子里,他常常想念着她。她在剧坛上一炮打响——她肯定有好多钱!可是就在此刻,整整一天到处碰壁之后,他这才决定去向她求助。他真的饿得发慌,才说:"我要去求求她。谅她总不会连几块钱都不给我的。"

于是,在一天午后,他朝卡西诺剧院走去,在剧院前来回转悠了好几次,总算认定了后台的入口处。随后,他坐在离剧院只有一个街区的布赖恩特公园里耐心地等待着。

"谅她总不会连一点儿忙都不帮我的。"他老是这样自言自语。

从六点半开始,他就像影子似的来回踯躅在三十九街的入口处,老是佯装成行色匆匆的过路人,但又生恐把嘉莉错过了。到了关键时刻,他反而有点儿慌里慌张;但因身体羸弱,加上这时饥肠辘辘,他思想上倒也不觉得那么剧痛了。最后,他终于看见演员们开始陆续来到,他思想上却更加紧张起来,好像差点儿顶不住了。

有一回,他突然觉得好像嘉莉已到,就赶紧走过去,定神一看,原来是自己认错了人。

"等不了多久,她马上就会来。"他暗自思忖道,既害怕跟她不期而遇,而又担心她走了另一个门。他肚子里空空如也,不觉感到一阵阵疼痛起来。

人们一个又一个打从他身边走过,差不多全是衣饰讲究——瞧他们神情几乎都是冷若冰霜。他看见一辆辆马车驶了过去,绅士们跟仕女们结伴而来——这个剧院和旅馆最集中的地区①欢乐的夜生活已经

---

① 此处即指纽约百老汇。

开始了。

蓦然间驶来了一辆马车,车夫马上跳下来,把车门打开。赫斯特伍德还来不及赶上去,两位女士一下子迈过宽阔的人行道,已在后台入口处倏然不见了。他觉得自己好像看见了嘉莉,殊不知这一切都是突如其来,美妙迷人,而又稍纵即逝,连他自己都说不清楚了。他又等待了一会儿,肚子饿得发慌,看见通往后台的门再也不打开了,而且乐乐呵呵的观众正在络绎不绝地来到,这时他方才明白刚进去的准是嘉莉,于是一转身就走了。

"天哪,"他说,赶紧离开这条幸运儿有如潮涌而来的大街,"我也得给自己寻摸点吃的。"

此时此刻,正是百老汇展示出它特别诱人的景观的时刻。有一个怪人,每到夜晚,先是伫立在二十六街和百老汇的拐角上——也是和第五大道交叉的地方。这时,各剧院开始接纳观众。令人炫目的电光广告,以及预告今夜娱乐的海报比比皆是。出租马车和私家马车驶过时,车灯有如一双双黄眼睛在忽闪忽闪似的。人们或是成双配对,或是三五成群,说说笑笑,吵吵闹闹,融入有如潮水起伏的人山人海里。第五大道上有的是优游自在的人——好几个有钱人在款步走来;有一位身穿晚礼服的绅士,臂上挽着一位女士;还有几个俱乐部会员,从这家吸烟室踅到了那家吸烟室。大街对过,那些大饭店(霍夫曼大酒店和第五大道大饭店)成百个窗子正在闪闪发光,它们附设的咖啡厅和弹子房里挤满了悠然自得、衣着讲究、寻欢作乐的人群。四下里夜阑更深,纽约这个大城市追求欢乐的夜生活,正以怪异、疯狂的节奏跃动着。

上面提到的这个怪人原是个退伍军人,后来成了宗教狂,我们这个特殊的社会制度让他吃足了苦头,因而自己认为他对上帝尽的义务就在于帮助跟他一样受苦受难的人。他最喜欢采用的帮困方式可以说完全是独出心裁。他觉得自己有责任要给来这儿向他求助的每一个流浪汉找到一个宿夜的铺位,尽管他自己几乎都没钱寻摸到一个舒适的住所。

此人置身在这灯火辉煌的氛围里,岸然独立一方;他长得魁伟高大,身披一袭大斗篷,头戴一顶宽沿软边呢帽,等待着从各种渠道得知他积德行善而纷纷前来求助的穷人。他独自伫立在那儿,无动于衷地凝望着四周迷人的场景。就在那个夜晚,有一名警察走过,向他问好,还挺客气地管他叫"上尉"。一个老在那儿见到他的顽童,停住了脚步,一个劲儿盯着他。所有过往行人觉得他除了服饰以外,一点儿都没有反常的地方,无非是个吹吹口哨、借以消愁解闷的陌生人罢了。

　　半个钟头过去了,某些不明身份的人物开始从四面八方出现了。在过路的人群里,不时发现有个把闲荡的人有意向他挨挤过来。一个萎靡不振的家伙穿过对面的街角鬼鬼祟祟地朝他这边张望着。另一个人沿着第五大道走到二十六街的拐弯处,抬眼扫视了一下,步履蹒跚地离开了。两三个一望可知是鲍威里街流浪者一类的人出现在麦迪逊广场第五大道这一边,但就是不敢走过来。身披大斗篷的军人在街角短短的十英尺距离以内踱来踱去,漫不经心地吹着口哨。

　　将近九点钟的时候,傍晚时分的喧嚣市声已听不见了。百老汇熙攘往来的人群已不那么稠密,也不那么热闹了。驶过去的出租马车也少了。各大饭店里的氛围也不那么红火了。天气也变得更冷了。四下里有一些怪得出奇的人影在移动,他们时而观望,时而窥探,看来老是不敢闯进那个想象中的圈子里去——总共有十来个人吧。过了一会儿,说不定打了个冷战,有个人影径直往前走过去。他从二十六街的阴影下,穿过百老汇,走走停停、迂回曲折地朝那身披大斗篷的军人身边走过去。从他的行动看得出不是害臊就是胆怯的样子来,好像直到最后一刻以前,他总是不愿暴露自己趑趄不前的意图。后来,他突然走到军人身边,就站住不走了。

　　"上尉"一看就认出了他,不过并没有特意打招呼。走过来的人微微点一点头,低声咕哝着,就像一个乞求施舍的人似的。"上尉"仅仅向他示意站到人行道边沿去。

　　"站到那边去。"他说。

　　这么一来,"魔法"好像立时破除了。正当这位"上尉"又开始一本正经地踱来踱去时,其他的人拖着脚步往前走去。他们并没有向他们的头领打招呼,而是直接站到头一个人后面,流着鼻涕,走起路来磕磕绊绊的,还不断在地上直跺脚。

"天很冷,可不是?"

"我说只要冬天过去就好了。"

"看来要下雨了。"

杂七杂八的这拨人已增加到十个人。里头有一两个人彼此都认得,就摆起龙门阵来。还有一些人站在一两英尺开外,既不乐意混迹其中,但又唯恐把他们排斥在外。他们脾性乖戾,动不动发火,但在此刻却一声不吭,两眼什么都不看,一双脚丫子只是跟着往前挪动。

本来他们马上就会高声交谈了,无奈"上尉"偏偏不给他们开口的机会。他一看人数刚够,可以开始了,就朝前走去问道:

"你们大家都要铺位吗,嗯?"

回答的是一阵杂沓的脚步声,以及表示赞同的低语声。

"得了,就在这儿排队。我看看该怎么个才好哩。我自己连一个子儿都没有。"

这些无家可归的人就曲里拐弯、错落不齐地排成一行。这时就可看出他们里头每一个人的主要特色。比方说,这一行人里就有一个装着木腿的家伙。他们头上都戴着帽檐低垂的帽子——这些劳什子恐怕连海斯特街地下室旧货市场也卖不掉。裤子早已磨破,摞上了好多补丁;外套也是破破烂烂的,全褪了色。在各大商店耀眼的灯光底下,有些人脸色显得分外枯槁、死白。还有一些人脸上长满红疙瘩,腮帮子和眼睛底下全都浮肿了。有一两个人骨瘦如柴,使人联想到铁路上干重活儿的苦工来。先是有一两个过路的行人,好像被聚会的这一拨人吸引了,走到了他们身旁,随后越来越多,转瞬之间就形成了一大群人,他们挺爱看热闹,推推搡搡,目瞪口呆地张望着。这时,那一行人里头,有一个人开始发话了。

"安静点!"上尉大声嚷道,"得了,诸位先生,请看,这一拨人到现在还没有地方过夜。今儿个晚上,他们总得寻摸个地方睡吧。他们可万万不能躺在大街上。我只要有十二个美分,就好让一个人去投宿。哪一位能给我呀?"

没有人应声。

"那么,伙计们,我们只好就在这儿等着了,等哪一位肯帮我们的忙。每一个人只要十二个美分,这点儿钱可不算多啊。"

"给你十五个美分!"一个年轻人大声说着,两眼挺费劲地直瞅着上尉,"我兜里全给掏空啦。"

"那敢情好!这会儿我得了十五个美分。从行列里站出来。"上尉一把抓住一个人的肩膀,叫他站了出来,单独待在那儿。

他返回原处,又开始发话了。

"诸位先生,我手里还剩三个美分。不管怎么说,这拨人总得寻摸个铺位吧。他们拢共有——"他开始点着人数,"一、二、三、四、五、六、七、八、九、十、十一、十二个人。再给九个美分,就好给第二个人寻摸个铺位了——让这无家可归的人痛痛快快地过一宿。我要亲自跟着他们一块儿去,会好好照料的。有哪一位行行好,就给我九个美分吧?"

这一回是一个看热闹的中年人,他交给上尉一枚五美分硬币。

"现在,我得了八个美分。再给四个美分,就好给这个人安排一个铺位。行行好吧,先生们。今儿个晚上,我们走人好像走得太慢了一点儿。你们诸位想必都有好地方睡觉的。可是想一想,这拨人该怎么着呢?"

"给你吧。"一个旁观者说,随即把一些硬币放到上尉手里。

"这么一来,"上尉看了一下钱说,"好给两个人寻摸两个铺位,还剩下五美分,就留给下一个人用吧。下面有哪一位,行行好,再给七个美分呀?"

"拿去吧。"有一个声音说。

这一天夜晚,赫斯特伍德顺着第六大道往南去,碰巧穿过东头二十六街,没精打采地朝着第三大道走去。他灰头土脸的,饿得几乎要死,反正是累垮了。此时此刻,他怎能去找嘉莉呢?剧院演出要到深夜十一点方才结束。她既然是乘马车来的,谅必要坐马车走的。他就得在最恼人的情况下才能拦住她。最要不得的是,他既饥饿又累乏,最好过了一天再说,因为今天夜里,他连再尝试一下的勇气都没有了。他既没有东西下肚,又没得地方歇夜哩。

赫斯特伍德走近百老汇时,发现这位上尉跟那些流浪汉聚在一起,原以为他要么是一个走街串巷的传教士,要么是什么骗子在兜售假药之类，就打算从边上绕过去了。可是，穿过大街往麦迪逊广场公园走去时，他注意到已经落实铺位的那些人从人群里头走出来，另外站成一行。在附近的电灯光里，他认得出都是"自己人"——他自己的同伙，他在街头和寄宿舍全碰到过的，他们在身心方面，也像他自己那样苟且偷安，得过且过。他暗自纳闷，真不知道这是怎么回事，就掉过头来往那儿走去。

上尉还在那儿言简意赅地发出呼吁。赫斯特伍德听到上尉老是重复唠叨着说"这拨人总得有个铺位过夜"，不禁感到十分惊诧，但又舒了一大口气。站在他前头的是一长溜还没有寻摸到铺位的不幸者。他看见有一个新来的人不声不响地站到行列的末尾，自己也就决定不妨仿效一下。跟命运抗争又有什么用呢？今儿个夜里，他早已累乏不堪。这里至少不难解决他的一时困难。明天，说不定——他运气会好一些。

站在他后头的是铺位已有着落的一些人，他们的神态显然很轻松。这时，赫斯特伍德再也不为过夜犯愁了，他听到这拨人相当自由地在说东道西，而且好像还挺喜欢交际似的。不管是政治、宗教、政府、报上轰动一时的事件，以及世界各地的丑闻，既有人在嚼舌根，也有人在洗耳恭听。甚至嗓子发哑了，还挺吃力地在唠扯着那些怪事儿。应声作答的都是空空洞洞、不着边际的话儿。那些头脑迟钝，或是疲累透顶的人，压根儿不插嘴，他们里头有的眨着眼，有的像公牛似的两眼直瞪着。

站在原地不动确实够累人的。赫斯特伍德等得越来越困倦了。他觉得自己好像马上就要摔倒了，两脚不停地来回倒换着。最后总算挨到了他的份儿。前头一个人已拿了钱，另外站到幸运儿的行列里去了。现在，他成了头一个了，上尉已在替他乞讨。

"十二个美分，诸位先生——只要十二个美分，就好让这个人有个铺位过夜。他只要有个地方可去，恐怕就不会站在这儿挨冻啦。"

赫斯特伍德猛地感到嗓子眼儿里有一团东西，但不知怎的却给咽了下去。饥饿和羸弱已使他变得胆小如鼠。

"拿去吧。"一个陌生人说，把钱递给了上尉。

于是，上尉和蔼地伸出手去，按住这位往昔酒吧经理的肩膀。

"站到那边行列去。"上尉说。

赫斯特伍德一到那儿,就轻轻松松地舒一口气。他觉得有这么一个好人,可见这个世界还不算太坏。其他的人仿佛也跟他一样都有同感。

"上尉真是好样的,不是吗?"前头一个人说,一个满脸愁容、穷困潦倒的矮个儿,看上去好像过去还是个幸运儿。

"是的。"赫斯特伍德漠不关心地附和着说。

"唉,不过后面还有不少人呢!"一个人从行列里站了出来,叹了一口气说,两眼直瞅着那些求助人——上尉此刻正在替他们大声疾呼。

"是啊。今儿个夜里,人数恐怕有百把个。"另一个人坚持说。

"快看那出租马车里的家伙。"第三个人大声嚷嚷说。

这辆出租马车戛然停住了。有一位穿晚礼服的绅士把一张钞票递给了上尉,后者收下钱,一声道谢后,就转过身来朝他的那一列人走过去。出租马车离开时,大家都伸长了脖子,默默地直瞅着绅士胸前白衬衫上闪闪发光的宝石。甚至连看热闹的人们都目瞪口呆了。

"这么一来,好让九个人过夜了。"上尉一边说,一边在他身边的行列里点了一下人数,"通通站到那边去。现在只剩下七个人了。我需要十二个美分。"

募钱毕竟很慢。后来,围观的人纷纷离去,只剩下了一小拨。第五大道上,除了偶尔驶过一辆出租马车,或是安步当车的过往行人以外,早已空荡荡的。百老汇那一带还有一些稀稀拉拉的行人。只是偶尔有个把人走过,发现了这一小拨人,掏出来一枚硬币交给上尉,自己就继续赶路去了。

上尉依然坚定地、一本正经地还在继续念叨着,重复说那言简意赅的一句话,说得非常之慢,相信自己好像是不会失败似的。

"快点吧,诸位先生!我可不能通宵达旦站在这儿。这拨人早已累乏不堪,而且快要冻僵了!有哪一位,行行好,再给我四个美分。"

有的时候,上尉连一句话也不说。他一收下钱,只要刚够十二个美分,就让一个人站到另一列人里去。稍后,他又照旧踱来踱去,两眼直瞅着地面。

剧院散场了。电灯广告熄灭了。时钟敲了十一响。又过去了半个钟头，只剩下了最后的两个人。

"快点吧，诸位先生！"上尉冲着几个好奇的观众大声嚷道，"只要十八个美分，我们大伙儿就都有个铺位过夜啦！只要十八个美分！我手边还有六个美分。请哪一位高抬贵手给点儿钱吧。诸位要知道，今儿个夜里，我还得赶回布鲁克林去。我回去以前，总得安排好这拨人歇夜吧！只要十八个美分！"

没有人应声。上尉依然踱来踱去，两眼看地看了一会儿，只是偶尔还在低声念叨着说："诸位先生，十八个美分哪！"这区区几个子儿仿佛让希望的结果还得拖上更长时间。赫斯特伍德身为这一长溜里头的一个，勉强站立在那儿，好不容易总算还没有呜咽呻吟，因为他身体委实太羸弱了。

到最后终于有一位身披晚礼服斗篷、曳着窸窣作响的长裙的太太，在男士的陪伴下，从第五大道移步过来。赫斯特伍德两眼懒洋洋地直瞅着她，不禁回想起进入幸福的新世界的嘉莉，曾几何时，他自己何尝不是如此这般陪伴他的太太啊。

赫斯特伍德正在痴望着的时候，那位太太掉过头来，看见这一拨穷人，就打发她的男士走了过来。这个男士手里拿着一张钞票，瞧他那种风度该有多么潇洒大方。

"快拿去吧！"他对上尉说。

"谢谢。"上尉说，随即转过身去对着最后剩下的那两个人，"好了，还有些结余，留着明儿晚上用。"他找补着说。

于是，他让最后两个人也站到了另一列人里头，自己则走到头上去，一边走，一边清点人数。

"一百三十七个，"他扯着嗓门喊道，"现在，伙计们，站好队。向右看齐。快了，反正大伙儿马上好歇夜啦。现在可先别着急呀！"

上尉自己站在这支队伍头上，下了命令："开步——走！"赫斯特伍德随着这支队伍一块儿行进着。他们穿过第五大道，经过麦迪逊广场，沿着曲里拐弯的小路往东朝着二十三街和第三大道，有如长蛇阵似的蜿蜒前进。这支队伍缓缓地走过去的时候，子夜时分的过往行人和闲荡者都会驻足张望一会儿。在各个街角唠嗑的警察漠不关心地凝望着,或是向领队点点头,反正他们不止一次地见过他。他们在第三大道上疲乏地前进,总算走到了第八街,那儿有一家寄宿舍,分明夜深要打烊的。不过,那儿还是在等着他们。

他们这一大群人伫立在黑咕隆咚的街道上,上尉已进门去谈判了。不一会儿,大门打开了,就在"别着急"的喊声中,他们全都被请了进去。

有人在前头领着看空房间,好让大家马上拿到钥匙。赫斯特伍德使尽力气爬上了嘎吱作响的楼梯,回头一看,只见上尉独自站在那儿,仔细察看着,让最后一个流浪汉也都深蒙他的关怀。随后,他裹紧自己的斗篷,就消失在了茫茫的夜色之中。

"这我可实在受不了,"赫斯特伍德说,在这昏暗无光的小卧室里,他坐在分派给他的那个破旧的铺位上,两条腿痛得要命,"我可得吃点儿东西,要不然我快饿死啦。"

## 第四十九章

嘉莉回到纽约以后,有一天晚上,她演出结束刚卸完装,打算回家的时候,猛地听到后台门口有一阵喧闹声,里头仿佛还夹着一个熟悉的声音。

"哦,不,不,没关系。我要见见马登达小姐。"

"您先得给她递上名片呢。"

"哦,让开。给你——"

来人掏出半块钱给了看门人,不一会儿就有人在敲嘉莉化妆室的门了。

嘉莉一打开门来。

"哎哟哟!乖乖!"德鲁埃大声嚷道,"果真没错儿。喂,你好吗?我一看演出,就知道是你。"

嘉莉连忙往后退了一步,生怕惹起一场非常尴尬的对话。

"难道你不肯同我握握手吗?说真的,你够迷人呀!好了,跟我握握手吧。"

嘉莉笑盈盈地向他伸出手来,微微笑了笑,也许只不过是因为此人天生特别善良罢了。他虽然见老了一些,但是变化不算太大。至今依然还是那么漂亮的衣着,那么壮实的形体,那么春风得意的容颜。

"门外那个家伙不肯放我进来,我把钱塞给了他才放行。我早猜到台上的就是你,准没错儿。啊,你们这台戏演得真棒。你的角色演得很帅。反正我早就深信不疑,你准演得好的。今儿个晚上,我碰巧路过这儿,就想进来看一看。其实,我在节目单上早看到了你的大名,不过一直到你在台上我才记起来。那时,我一看就愣住了。嘿,你真的让我惊呆了。你现在用的还是在芝加哥时用过的那个名字,是不是?"

"是的。"嘉莉温和地说,仿佛被这个男人的自信口吻征服了。

"我一下子就认出是你。哦,随便说说,你一向都很好吗?"

"啊,非常好。"嘉莉说,在她的化妆室踱来踱去。这不速之客突然来访,竟使她茫然不知所措了。"那你呢?"

"我吗?哦,很好。现在,我常住纽约了。"

"啊,是真的吗?"嘉莉说。

"是的,我来这儿已有半年了。现在我主管纽约分公司。"

"太棒了!"

"哦,那你究竟什么时候登上舞台的?"德鲁埃问。

"大约三年以前。"嘉莉说。

"果真是嘛!唉,我这还是头一回听到呢。尽管我早就知道你会登上舞台的。还记不记得,我不是老说你演戏呱呱叫吗?"

嘉莉微微一笑。

"是的。我记得,你是说过的。"她说。

现在明摆着过去的事德鲁埃一点儿都不计较。他好像宁可一字不提,或者说,至少是没把它当回事儿。曾经有过的旧情,看来并不会使他有所抱怨。从他的态度说明——不顾一切地,他只愿保留她的厚爱罢了。

"啊,不过,你看起来真美,"他说,"我从来没见过有人变得这么漂亮。你仿佛还长高了一些,是吗?"

"我吗?哦,说不定长高了一些。"

德鲁埃目不转睛地直瞅着她的衣着,接下来是她的头发,只见戴着一顶时新的帽子,最后是她的一双眼睛,虽然嘉莉千方百计地不想跟他的眼光相遇。显然,他很想马上恢复他们往日的旧情。

可是,嘉莉却觉得这是断断乎办不到的。如今,她更了解他了——也就是说,她更了解像他这一类人了。他可不是她艳羡不已,乃至于愉快交往的那种人。她已见过了这么多世面。她暗自纳闷,恐怕他还不懂得这一变化呢。

"哦,那么,"德鲁埃只见她在拾掇钱包、手绢,等等,打算要走了,就连忙说,"请你一块儿跟我出去吃饭,好吗?有个朋友正在那儿等我——"

"哦,我去不了,"嘉莉说,"今天夜里万万不行。明天一早,我就要排演。"

"哦,让排演见鬼去吧。得了,一块儿走吧。我会把朋友支开到别处去的。我要跟你好好聊一聊。"

"不,不,"嘉莉说,"我去不了。谢谢你别再请我啦。我从来都不是很迟才吃晚饭的。"

"那么,现在我们就来聊一聊吧。"

"今儿晚上可不行,"她摇摇头说,"以后我们再聊吧。"

话音刚落,嘉莉发觉一层阴影打从他脸上掠过,好像他已开始意识到一切变了。那时,嘉莉心里想,跟过去喜欢过她的人说话,自己的态度似乎应该客气些才好。

"你明天到我旅馆里来一趟,"她发话了,借以弥补一下自己刚才的差池,"你不妨跟我一块儿吃饭。"

"好的,"德鲁埃喜形于色地说,"你住在哪儿呀?"

"沃尔多夫大酒店。"她回答说,指的是当时刚落成的最时髦的大酒店。

"什么时候?"

"哦,三点钟来吧。"嘉莉愉快地说。

第二天,德鲁埃果然来了,但是,嘉莉一想起这个约会一点儿都不觉得特别愉快。不过话又说回来,看到他还是像往昔那样光彩照人,和蔼可亲,原先她对这饭局会不会愉快的疑虑也就烟消云散了。德鲁埃一打开话匣子,还是像过去那样口若悬河。

"这儿的人都爱摆架子,是不是?"嘉莉一走进他在等待会见的客厅里,他劈头说的就是这句问话。

"是的,他们都有架子的。"嘉莉说。

德鲁埃是个天真的利己主义者,一下子就详细谈到了自己的宏图大略。

"不久我自个儿要开一家公司,"他就这么说着,"现在我已融资到二十万块钱。"

嘉莉竭力装得殷勤似的听他说着。

"喂,你说,"待他们畅谈一番以后,他突然发问,"现在赫斯特伍德上哪儿去了?"

嘉莉不觉有点儿脸红了。

"我想,他就在纽约吧,"她说,"我好久没见过他了。"

德鲁埃沉思了半晌。他至今还说不准:这位往昔酒吧经理会不会还是在嘉莉生活中起很大作用。他料想恐怕不会吧,不过听她这么一说,他倒是放心了。他想,准是嘉莉把他甩掉了——依他看,也是应该的。

"我觉得,一个人干出像那样的事儿来,总是不可弥补的过错。"他好像下结论似的说。

"像怎么样的事儿呀?"嘉莉说,真不知道他还会说出什么话儿来。

"哦,你知道得最清楚!"德鲁埃把手一挥,好像就把问题给应付过去了。

"不,我真的不知道,"她回答说,"你说的是什么事儿?"

"是啊,就是在芝加哥发生的那件事儿,接着他出走了。"

"我真不知道,你在说些什么呀。"嘉莉说罢,心中疑虑油然而生了。

"哦,哦!"德鲁埃带着怀疑的口吻说,"你知道,他从芝加哥出走时还携款一万块钱,是不是?"

"什么?"嘉莉说,"你的意思不是说他偷了钱吧?"

"咳,"德鲁埃说,听了她的语调有些迷惑了,"反正你早知道了,不是吗?"

"哦,不,"嘉莉说,"我当然不知道。"

"嗯,那就太滑稽了。"德鲁埃说,"他偷了钱,你知道。所有的报上都做了新闻报道。"

"刚才你说他拿走了多少钱?"嘉莉说。

"一万块。不过,我还听说后来他把绝大部分都寄了回去。"

嘉莉两眼茫然地俯看着铺上华丽地毯的地板。她对自己被逼从芝加哥出走之后的那些岁月已有了新的认识。现在她想起了有许许多多琐事可来做证。她还不禁想到,他是为了她才偷钱的。她心里并不感到憎恨,反而滋长了一种怜恤之情。这个可怜虫啊——好像他时时刻刻都会大难临头似的。

德鲁埃美餐一顿之后,觉得很温暖,心情也很舒畅,仿佛自己又在开始博得嘉莉的欢心,让她像往昔那样性情温和地敬爱他。他开始幻想自己不难重新闯进她的生活里去,尽管如今她已是高不可攀。他想,真是好一个理想的女人啊!瞧她多么美丽、多么优雅、多么有名!他觉得,在群星灿烂的剧坛上,在豪华的沃尔多夫大酒店氛围里,嘉莉确实是人见人爱的新秀了。

"你还记不记得,在艾弗里礼堂的那个晚上,当时你该有多么胆怯呀?"他问。

嘉莉想到这件事就微微一笑。

"我可从没见过别人会演得比你更棒呀。啊,"他不免有点儿后悔不及地找补着说,一只胳膊肘子搁在桌子上,"当时,我还以为往后你和我会美美地一块儿过日子呢。"

嘉莉听得出个中意思,很想转换一下话题。如今再听德鲁埃扯起这类事真是蠢得令人作呕。不管怎么说,就算突如其来得到了有关他的新消息,反正当时在她的心目中,首先想到的还是赫斯特伍德。

"我想,你再也不会疼别人,是不是?"他不加掩饰地说,仿佛老是不死心似的。

"你不应该这么说。"嘉莉说,话音里听得出有点儿冷淡的味道。

"难道你不让我告诉你——"

"不,"她连忙回答说,同时站了起来,"再说,此刻我要准备去剧院了。我只好跟你告辞了。马上就走。"

"喂,再等一会儿,"德鲁埃求告说,"你还有的是时间呢。"

"不。"嘉莉细声细气地说。

德鲁埃无可奈何地离开了令人耀眼的餐桌,跟在嘉莉后面。他一直陪她走到了电梯口才站住了,说道:

"什么时候再跟你见面?"

"哦,也许过些时候再说吧。"嘉莉说,"整整一个夏天,我都在这儿。再见。"

电梯门已打开了。

"再见。"德鲁埃说,看她拖着窸窣作响的裙子走了进去。

随后,他怪伤心地从门厅走了出来,他那往昔的激情仿佛又死灰复燃了,无奈现在她离开他却如此遥远。这家大酒店里豪华、欢乐的氛围恍若她现如今生活的写照。他开始觉得嘉莉对他未免太冷淡。殊不知嘉莉心里还另有一番想法。

就在那天夜里,赫斯特伍德正守候在卡西诺剧院门口,嘉莉一点儿都没看见,跟他擦肩而过了。

"我们进来的时候,你看见外面那个可怜巴巴的男人了吗?"罗拉在后台问她。

"没有。"嘉莉说。

"看上去,他饿得够呛。他两只眼睛老盯住我们,挺滑稽的。"

"这可太惨了,是不是?"嘉莉说。

第二天夜里,她步行到剧院去,猛地跟赫斯特伍德撞个满怀。他一直守候在那儿,看上去比过去更加瘦骨嶙峋,但他还是下定决心要跟她见上一面,哪怕是捎个话儿进去都行。开头,她并没有认出这个破衣烂衫、老态龙钟的家伙。后来,此人侧着身子靠过来跟她挨得这么近,好像是个饿鬼似的,不消说,让她吓得要命。

"嘉莉,"他低声地说,"我可以跟你说几句话吗?"

她回头一看,马上认出了他。如果说她心底里本来还有些怨气的话,这时通通烟消云散了。不过,德鲁埃告诉她赫斯特伍德偷钱一事,她还是记忆犹新。

"天哪,是你呀,乔治,"她说,"你怎么啦?"

"我得了病,"他回答说,"刚从医院里出来。看在上帝的面上,给我一些钱,好吗?"

"那当然啰。"嘉莉说。她的嘴唇却在颤动着。她好不容易才止住了内心的激动。"但是说呀,你究竟怎么啦?"

她正在打开钱包,给兜底倒了出来——一张五块头的,两张两块头的钞票。

"我早告诉过你,我得了一场病。"他悻悻然说,对她的过分怜恤,几乎很恼火。反正向她要钱让他难堪极了。

"拿着吧,"她说,"我身上带的钱全在这儿了。"

"好的,"他低声回答说,"反正我总有一天会还给你的。"

嘉莉两眼直瞅着他,过往行人的目光却都盯住了她。不管是她,还是他,同时感到四下里全都向他们投来了好奇的目光。

"你干吗不跟我说说,你到底出了什么事儿?"她又问了一句,委实不知道该怎么着,"你住在哪儿呀?"

"哦,我在鲍威里街有个房间,"他回答说,"跟你说这个也不管用呗。现在反正我还过得去。"

看来他对她善意的询问有点儿恼火——而命运之神却偏偏对她如此垂青。

"还是进去吧,"他说,"我非常感谢你,反正我再也不来打扰你了。"

她很想答话,不料他一转身拖着沉重脚步往东头走去了。

这个幽灵在她心里时隐时现了好几天,后来才逐渐消失了。德鲁埃又来找过她,不过这一回连她的影儿都没见到。嘉莉觉得他大献殷勤已是很不合适。

嘉莉孤独、落落寡合的脾性简直怪得出奇,却使她在公众心目中成了一个令人瞩目的人物。她确实是性喜文静又矜持寡言。

可是话又说回来,她怎么也甩不掉万斯太太。我们这位可爱的太太多少成了嘉莉生活里固定的一部分,不时过来看望她,跟她一起分享喜怒哀乐。

"您知道吗?"有一天,万斯太太说,"没想到我的表弟鲍勃在西部大大地走运啦。我表弟鲍勃,您还记不记得?"

"当然啰,我记得,"嘉莉说,她那闪闪发亮的目光也随之移转过来,"他搞的是什么呀?"

"哦,他发明了一种什么玩意儿——我都给忘掉了。反正是一种新型的灯。"

"果真是这样,"嘉莉说,显然表示很感兴趣,"我始终认为他会搞出点什么名堂来的。"

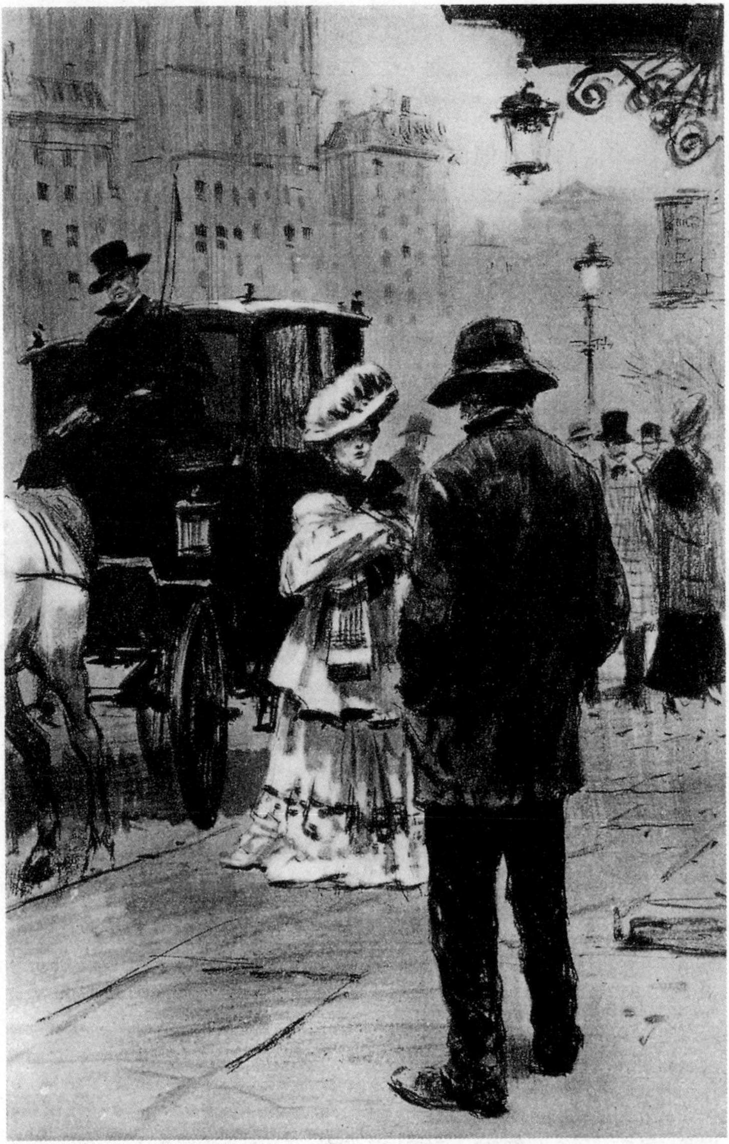

"我们也是这么想的,"万斯太太说,"他确实是聪明透顶。不久他就要在纽约设立一个实验室。"

"是真的吗?"嘉莉说。她沉吟不语了一会儿。"您看他还会来吗?"

"是的,当然会来的。"万斯太太回答,她又在琢磨别的事儿了,"比尔和他正在通信商谈。他倒是认得好几个纽约搞电气科学的人。"

嘉莉心里不禁感到很亢奋。看来此时此刻理智是起不了什么作用的。

没有多久,剧团经理部决定去伦敦演出。在纽约这里再演出一个夏季看来也不会有太多的收入。

"您是不是想去征服伦敦?"有一天下午,经理就这样问过她。

"说不定会适得其反呢!"嘉莉说。

"我想,我们六月份就要动身。"他回答。

嘉莉忙于准备赴外地演出,几乎把赫斯特伍德都给忘掉了。赫斯特伍德和德鲁埃两个人只是偶尔才发现她去了外地的。事后,德鲁埃总想聊以自慰,就说:"她呀没什么了不起。"可他在内心深处却并不是这么想的。赫斯特伍德好歹也挨过了漫长的夏秋季节。他在一家舞厅里觅到一个看门的小差使,再加上乞讨和某些特殊的慈善团体给予一点帮助,其中有几个团体是他饿得要命时偶然碰上的。过了严冬季节,嘉莉才回纽约演出一台新戏,但是赫斯特伍德并不知道。偏偏万斯太太注意到了。

"明天晚上您务必上我们家吃饭,"经过长时间竭诚欢迎、无话不谈以后,万斯太太说,"我们要早点开始。"

"那劳您费事了,"嘉莉说,"您真是太客气了。我真巴不得不需要那么早去剧院。"

"哦,那就这样,"万斯太太说,"一言为定了。"

她刚跨出门外,打算最后告辞时,却又猛地说:

"哦,我忘了告诉您啦。鲍勃来纽约了,您知道。"

"是真的吗?"嘉莉问。

"是的。他在伍斯特街创办了一个实验室。他也要上我们家吃饭的。"

"我在报上看见过一篇评论他的电灯的文章。"嘉莉说,回想到在伦敦时收到的一份纽约的报纸,上面那篇附有插图的特约文章引起了她浓厚的兴趣。

"是啊,如今他已赫赫有名的了,"万斯太太说,"他干得真棒。"

"那敢情好。"嘉莉说。

为了这次赴宴,她特别精心地给自己打扮了一番,几乎无意之中越发映现出她那娴静之美。当年她饰演贵格会小教徒时,剧评家给她指出过那些小诀窍,这一回她也重复采用了。再说,化妆室里的全套绝活教会了她有关浓妆艳抹的奥妙,珠宝饰物的用途,乃至于小小一朵玫瑰花只要插得巧妙,她就会显得更加妩媚动人。果然,她的马车一到,她的丰姿绰态达到了像她那种类型美人儿的极致。

"您看上去真美呀。"罗拉说,现下她与其说是演员还不如说是侍女,因为在她的心目中,嘉莉已变得那么烜赫而又高贵。

嘉莉露出她那皓齿朝罗拉嫣然一笑,就算作为答话;今天夜里听到有人如此这般赞美她,心里不消说很高兴。

万斯太太竭诚欢迎她。"当然啰,您是记得鲍勃的,是不是?"她说,引领嘉莉从门厅走进了他们的那套房间。

艾姆斯正伫立在那儿,身姿挺秀,一尘不染。他为了此次赴宴,穿着一身晚礼服,雪白衬衫的前襟使他脸部的轮廓略显黝黑有力。

"哦,您好吗?"嘉莉说,朝他粲然一笑。

"很好,"他说,"我用不着再问您的近况啦。我一直在报上看有关您的消息报道。"

"啊,您真的看到了吗?"嘉莉说,"哦,我可知道您一直在搞些什么呢。我在伦敦的时候,从报上也都看到了。"

"是的,我知道,"艾姆斯说,"我可并不想要公开发表呢。它不是——"

"你又来了,鲍勃。"万斯太太插嘴说,"天哪,你们这些名流啊!"

艾姆斯哈哈大笑了。他怡然自得地两眼直瞅着嘉莉。如同从前一样,她好像兴致勃勃地在等着听他高谈阔论呢。

"我还没机会去看你,"不一会儿,他就在她身边坐下来说,"我来纽约时间还不长。"

"哦,我也才回纽约不久。"嘉莉回答,但也不能不看到他的兴趣跟她的差距很大。他们的交情甚至还没有达到他想去找她的程度。可是她呢,却为了他才煞费苦心地给自己打扮了一番。

"不过话又说回来,今儿晚上我定要去的,如果说这是对您特别垂青的话。"他微微一笑,自以为说得怪幽默似的。

"嗯,"嘉莉若无其事地说,"我可不知道。这出戏也许您不会喜欢的。它只不过是一种喜剧罢了。"

"啊,我并不是对这出戏感兴趣,"他坦率地回答说,"我是特意来看您的。"

"啊!"嘉莉喜不自胜地说,"说不定您不会喜欢现在我干的这一行。"

他两眼直瞅着她,仿佛是在观赏一束鲜花似的。

"那敢情好,"他回答说,"赶明儿我再也不来了。"

其实,艾姆斯并不是头脑特别灵活的人。可他还算有点儿自知之明,并以一个思考型的人常有的谦逊态度来表达自己的思想。再说,若跟他们初次相遇时他的表现相比,此刻艾姆斯显得特别老成持重。

"你们二位现在务必入席了。"万斯太太打断了他们的谈话说。"我还要特别关照您,"她找补着说,用手指点着他,"别独占了明星,您听见了吗?"

"您听见了吗?"艾姆斯转过身来朝着嘉莉重复说,"别独占了我。"

于是,他们三人全都哈哈大笑了。

宴席上,宾客之间交谈通常都是轻松愉快的,因为除了嘉莉和艾姆斯以外还有其他的客人;可是,艾姆斯毕竟是个善于独立思考的人,对这种繁文缛礼很不注意。事实上,要不是经常提醒他,恐怕他早就忘得一干二净了。这时,嘉莉好像是宾客中间最惹人喜欢的人物。她对他的一往情深正是他求之不得的,并且借此来抒发自己的真知灼见。他的头脑处于最佳状态时,既能深思熟虑,而又富于理想主义色彩——还不是她迄今所能理解的;可是说来也真怪,他居然还能跟她谈得下去。

她会让他觉得好像自己能够完全理解,而他呢,却无意识地把自己的想法尽量表达得通俗易懂些。因此,他们之间的关系就变得比他们所了解的更密切了。

"我一直在阅读您提到过的那些书。"他们俩单独谈话时,有一次嘉莉就这样说。

艾姆斯以严肃的目光直瞅着她,从她的目光里看得出有一种履行任务后的快感,直到最后他才说:

"是哪些书呀?"

显然,他自己早已忘掉了,这顿时使她觉得他的魅力有点儿消失了。

"《萨拉西内斯加》①,"她回答说,"《外省来的大人物》②《卡斯特桥市长》③。"

"哦,是的,"他打断了她的话语,说,"您喜欢巴尔扎克吗?"

"哦,读他的小说给我很大乐趣。尽管我也喜欢《卡斯特桥市长》,还有其他一些书。"她回答说。

"我想,您是会喜欢哈代的。"他说,由于观察犀利,对她的天性有充分了解,因而发表了一种剀切中理的看法。

"为什么呢?"她问。

"哦,"他说,"您性格上比较忧郁,而哈代的所有作品里都有一种忧郁感。"

"我呀?"嘉莉问。

"确切地说,不是忧郁,"他找补着说,"换句话说——是忧郁症,悲伤情绪。我敢断定说,您天性比较孤独。"

嘉莉没话可说,只好两眼直瞅着他。

"让我想一想,"万斯太太插嘴说,"哈代不就是写过《德伯家的苔丝》,或是类似那个书名的作品吗?"

"是的。"艾姆斯说。

---

① 美国通俗小说作家弗·玛·克劳福德(1854—1909)以意大利为背景,描写萨拉西内斯加家族的四部曲里的头一部,发表于一八八七年。
② 法国著名小说家巴尔扎克(1799—1850)的《人间喜剧》里的一部作品。
③ 英国著名作家托马斯·哈代(1840—1928)的名作之一,一八八六年问世。

"哦,我倒是不觉得怎么样。毕竟太悲惨了。"

嘉莉两眼望着艾姆斯等他回话。

"凡是没有感受到生活中悲惨一面的人都会有这样的看法。"艾姆斯反驳说。

"真是一语中的!"嘉莉得意扬扬地想。

"哦,我可不知道。"万斯太太回答,对这直言不讳的回答感到相当吃惊,"不过,我想,我也感受到了一点儿。"

"大概并不太多吧。"艾姆斯微微一笑说。

反正他们在抬杠的时候也容不得别人来插嘴。

"我想,您对《高老头》是会感兴趣的,"艾姆斯转过头来对嘉莉说,"如果说您还没看过的话。这是巴尔扎克写的一部小说。"

"我可没有看过。"嘉莉说。

"那您就不妨找来看看吧。"他正在考虑让她开始看一些有助于她不断提高自己的读物。凡是渴求进步的人,都应该得到帮助。看来她的思想很开放,理解新事物也非常之快。"通读巴尔扎克的全部作品。对您会有好处的。"

嘉莉谈了一下《外省来的大人物》里的吕西安·德·吕邦弗雷[①]失败得太惨了。

"是的,"他回答说,"一个人如果说不是以知识作为自己的目标,恐怕很可能要失败的。他仅仅在恋爱上失败和时运不济罢了,其实都算不了什么。巴尔扎克却对这些事儿看得太过分了。他离开巴黎的时候,思想上并不比他刚到巴黎时更要不得。实际上,他是更加丰富充实了,如果说他也这么想的话。在恋爱上失败是没有什么了不得的。"

"啊,难道说您就是这么个看法吗?"嘉莉急巴巴地问。

"是的。一个人只有思想上失败了才算是彻底垮掉了! 有些人认为,有了财富与地位,他们才有幸福。我相信,巴尔扎克就是这么想的。好多人也都是这么想的。他们到处追寻欢乐的幻象,只要一看见它消

---

[①] 吕西安·德·吕邦弗雷,巴尔扎克的《人间喜剧》里一个来自外省的年轻诗人兼新闻记者,颇有抱负,但到巴黎后发现成功之路上困难重重,致使他的意志越发消沉,结局甚惨。

逝而去,就苦恼地绞扭着双手。他们忘掉了:要是他们得到了它,也就得不到别的什么东西了。世界上固然充满着令人眼红的职位,可是不幸,我们一时只好担任一个职位。绝大多数人担任一个职位,但为了寻摸别的什么职位,却长时间玩忽职守。"

嘉莉目不转睛地直瞅着他,但他却一眼也不看她。看来他是在条分缕析她的实例。难道说她经常干的,不就是这些事吗?

"只要您愿意相信的话,您的幸福全在您自己心中。"他继续说着,"记得我还很小的时候,总觉得自己好像受人虐待似的,因为看到别的孩子衣着穿得比我好,他们跟女孩子交往也比我潇洒得多,那时我就很伤心,简直伤心透顶;可是现在呢,我再也不那么想了。我发觉每一个人几乎都是永远得不到满足的。试问有谁果真一切都能如愿以偿的呢?"

"谁都不行?"她问。

"不行。"他说。

嘉莉若有所思地两眼瞅着别处。

"可归结到这么一点,"他继续说道,"您要是有才智,就尽量发挥出来吧。这就会使您得到您从来没有过的心满意足。公众的喝彩声并没有什么了不起。那是事后结果——您早已得到了满意的报偿,如果说您在此以前还不算是自私或者贪婪的话。"

"哦,我可不知道。"嘉莉说,想起了她自己短暂的拼搏,觉得她的整个一生仿佛是一片乱哄哄似的,她眼前的顺境是断断乎补偿不了的。

蓦然间,他好像用不着交谈就摸着了她的心思。

"可是,您也不应该忧伤,"他说,两眼直瞅着她,"因为您毕竟还很年轻嘛。"

"我不,"她回答,"说实话,不忧伤。可我不知道这是怎么回事。我好像在干我压根儿不想干的事儿。过去,我一度认为自己是忧伤的,可现在呢,我——"

他们两人眼光相遇在一起了,艾姆斯头一回感到自己被强烈的同情心所震惊。

"您毕竟还没有演过喜剧性正剧吧?"过了半晌,他想起了她对戏剧艺术很感兴趣,就这样说着。她果然没有演过,真让他大吃一惊。

"没有,"她回答,心里本能地感到有些畏缩情绪,"到目前为止,我还没有。不过,我是很想演正剧的。"

"您应该演嘛,"他经过深思熟虑后回答说,好像从她现已取得的成就来说,都是毫无问题的,"您的那种性格会在感人的喜剧性正剧里表现得淋漓尽致。"

这时,他两眼直勾勾地瞅着她——仿佛在仔细端详她的脸蛋儿。她的那双饱含同情的大眼睛和令人动怜的嘴巴,他觉得即可证实他毕竟很有眼力。

"您果真是这么想的吗?"

"是的,"他说,"我就是这么想的。我想,也许您自己还没意识到这一点,不过,您的嘴巴和眼睛富有魅力,使您演正剧最合适不过了。"

艾姆斯对她的评论这么顶真,使嘉莉心里不觉无比欣喜。他的这些赞词,既犀利深刻又善于条分缕析。正是多年以来她的心灵求之不得的。他细大不捐地对她进行评论,足见她确实具有值得议论的优秀品质。

"您的眼睛和嘴巴就是妙不可言,"他继续说着,"记得我头一次看到您,就觉得您的嘴巴仿佛让您差点儿没泣不成声。"

"真新鲜呀。"嘉莉说,心窝里真乐得热乎乎的。她两眼有节制地在闪闪发亮。

"后来,我注意到,其实那是嘴巴的造型优美;今儿晚上,我重新发现了这一优点。您的眼睛四周,也有一圈阴影,让人看了为之动怜。我觉得正是来自它的底蕴。也许您自己一点儿都没意识到。"

她两眼望着别处,巴不得她的感情跟自己脸上的表情协调一致。

"过去我确实没意识到。"她回答说。

"我认为,您演伤感的角色最出色,原因就在这儿。"他继续说,"许多演员尽管经过精心包装,但跟他们相比,本来您就是天生丽质,容貌动人,不消说,定能激发观众更多的联想。"

他沉吟不语,莞尔而笑——随后掉过头去。嘉莉觉得他这个人谨小慎微,说话很有分寸。刚才他的一席话断断乎不是为了孤芳自赏。

这是直接来自他那白净的天庭的*真知灼见*。她真巴不得过去亲吻一下他的手,以表达她的感激之情。

这时,别人插进话来打岔,晚宴行将结束,可是艾姆斯心中荡漾的激情却始终有增无减。客厅里,有一位宾客正在演唱什么的,于是,人们就好像成双配对似的开始喃喃细语。嘉莉倾心爱慕艾姆斯,因为他觉得所有宾客里头唯有她最情投意合。

"那么,"他随便地说着,"您打算该怎么着?"

"我可不知道,"她回答说,"有时候,好像我也干不出什么名堂来。"

艾姆斯发觉她听他的话儿那么顶真,不免也很惊诧。这使他沉湎于对理想——对更美好的事物的思考之中。当时在演唱的那支歌曲的内涵也顿时使它更加有声有色了。

"不过话又说回来,"他说,发觉她好像很可爱,此刻正在洗耳恭听,"也许您平日里太舒服了。有时反而会把一个人的远大抱负给断送掉。有好多人之所以失败,就是因为他们获得成功太快了。"

"您只要努力就会得到成功,这个道理我知道,因为从您脸上的神色,我一看就明白。世人总是拼命要表现自己——阐明他们的种种希望和忧伤,同时还要把它们描述出来。他们总是在寻摸表现方法,而且,要是有人能给他们表现出来,他们就非常开心。我们为什么会有伟大的音乐家、伟大的画家、伟大的作家和演员,原因就在这儿。他们确实有能力表现世人的种种忧伤和渴念,世人就会站起来大声高呼他们的名字。他们毕生孜孜砣砣,搜索枯肠,原来就是为了如此。那正是世人所要描绘的、记述的、雕塑的、歌唱的或者发明的事物,断断乎不是这些后来成为了不起的画家,或者作家,或者歌唱家本人。您和我只不过都是一些媒介,有些事物就是通过我们这些媒介才得以表现出来。现在,我们的责任就是要让我们自己成为现成的媒介罢了。"

他沉吟不语,直勾勾地望着嘉莉,但仅仅显示出讲究理智的神采。她两眼凝望着他的脸孔,嘴唇微开。她光彩照人,秀丽雅致——身心完美的嘉莉,因为如今她的思想已经觉醒过来了。

"您和我,"艾姆斯说,"我们都是些什么呢?我们既不知道来自何方,也不知道要去何方。明天,也许您弃世而去,玉碎香消;而我呢,上天入地,餐风涉水,哪儿都找不见您。您仅仅是某某事物的化身罢了——可您就是不知道所以然。碰巧您正好有演剧的能力。可那算不上是您的功劳。本来您也可能是没有的。这不是骄傲或者自命不凡的托词。反正您是坐享其成。不过现在,您既然有这种能力,好歹也得干出一点儿名堂来。"

他又沉吟不语了。

"那我该干些什么呢?"嘉莉说。

"每个人都是见仁见智,"艾姆斯说,"您应该帮助世人好好表现他们自己。经常演出会使您的表演能力历久弥新。依我看,您应该转到正剧领域去。您非常富有感染力,又有这么一副悦耳动听的嗓子——要让别人都觉得它们来之不易,弥足珍贵。只要它们能表现您心中的某些感情,您就可以一直享用下去。您要是利用它们为别人效劳,就可以更久地拥有,还会有所长进。您一旦忘掉了它们对世人的价值,它们再也不代表您自己的心愿时,它们就会开始逐渐消失。记住。您的眼睛会失去那种富有感染力的神采,您的嘴巴也会变了形,您的演戏能力也会倏然消失。也许您觉得不会这样的,可是事实上偏偏会这样的。这一切造物主早就安排好了。您断断乎不能变得自私自利,奢华无度,别让这些同情和渴念通通消失了,到那个时候,您只好坐在那儿,暗自纳闷,真不知道它们究竟是怎么回事了。您断断乎不会再拥有柔情绰态、动人的感染力,以及为世人服务的心愿,在您脸部和艺术上也没法加以表现出来。如果说您想干得多些,那就好好地干吧。要为多数人服务。要心胸宽大,而且富有人情味。那您就必定会成为了不起的人物。"

他又沉吟不语了。嘉莉直勾勾地瞅着他的眼睛。她的那双纤手交叉着,按在膝盖上,嘴唇甜美地微开着。

"得了,"艾姆斯见她如此聚精会神就这样说道,"我可不是想让您听我讲座呢。"

"啊,"她说,"您可不知道这些话儿多么有意思。它让我觉得自己仿佛什么事儿都还没干过呢。"

"哦,得了吧,您是干过的。"他说,"没有一个飞黄腾达的人不是干过一番事儿的。有时候,某些人好像一点儿没费劲儿就发迹了,不过,即使是这样的话,他们与生俱有某些已被世人认为身居高位的人必备的素质,要不然他们压根儿也上不去的。"

嘉莉没有答话。她在仔细琢磨向她提出的这个解决方案。不是金钱——金钱他并不需要。不是华丽的衣着——他跟这些虚荣矫饰离得该有多远呀。不是赞扬——连这个也不是——而是善良——为众人效劳。

说来也真怪,她觉得他所说的一切都是绝对真实的。她从来还没见到过像他这样的人。他长得并不漂亮,按照花花公子的眼光来说。戏剧圈里大多数人觉得他很古怪。可是,唉,她对戏剧圈里的人早已感到腻烦了。不是连德鲁埃都被摈于门外了吗?一想起他们这拨人,她就觉得讨厌透顶。

"喂,"万斯太太说,"你们两个的抬杠快要结束了吗?"

"我们不是在抬杠,"艾姆斯说,"可不是吗?"

"一点儿都不是。"嘉莉正经八百地说。

"得了,该让嘉莉跟我聊一聊了。"她回答说。

于是,艾姆斯就只好暂时被撇在一旁,直到嘉莉穿好大衣、戴上围巾,走过来跟他告别。

"哦,"他说,"也许我还会见到您的。"这时,他仿佛已经冷静下来,重新显示出矜持而又落落寡合的神态。

"是的,我巴不得也这样。"她回答的时候,好不容易也露出矜持的态度。

她伫立在他面前的时候,他两眼安详地直瞅着她。猛地,她却又找补着说:

"我知道,今天晚上我心里就会不安宁了。"

"为什么呢?"他问,不觉对她的心态特别敏感。

"哦,我可说不上来。"她回答,眼睫毛随之也耷拉下来,"再见吧。"

他满怀同情地目送她离去。至于万斯太太告诉他有关嘉莉丈夫已经失踪一事,连同原先他对某些女演员的道德品质的看法,这时全都烟消云散了。这个女人确实很有人情味,而且毫不矫揉造作——渴望得到的,既不是金钱,也不是赞扬。他跟着她走到了门口——深深地感悟到了她的美。

"再见。"他说,两眼温情脉脉地目送着她。

嘉莉回过头来匆匆一瞥,眼里饱含按捺不住的感情,但她赶紧让睫毛把它掩盖住了。她觉得自己无比孤独,好像她已是在绝望地、孤立无援地拼搏着;看来像他这样的男人永远也不会更加靠拢她了。此时此刻,她整个身心已被激动得没法安静下来。她一下子成了往昔的那个忧郁的嘉莉——充满欲念的嘉莉——总是觉得不满足。

嘉莉啊!嘉莉!你始终身心健全,所以你总是满怀着希望,知道刚才他眼睛里的光芒明天就会了无踪影。不过,明天,它还会继续不断,依然引导着,依然诱惑着,直到你没有思想,再也不伤心的时候。

# 第五十章

当时,纽约城里有不少慈善团体,跟赫斯特伍德走投无路时经常光顾的上尉的助困活动,性质上大致相仿。其中有一个是位于十五街的天主教慈光会①传道馆——一排红砖砌的住宅,门前挂着一只普普通通的木制募捐箱,上面写明:每天中午,凡来此求助者,均可得到一顿免费午餐。公告写得极不花哨,济贫范围却非常广泛。纽约的慈善团体和济贫组织规模既大,数量又多,恐怕境况稍微舒适的人是不大注意这类事情的。不过,一个对这类事老是放在心上的人,经过仔细考察后就会觉得它们非常重要。除非有人特别关注这种事情,要不然他即使一连好几天在中午时分站到第五大道和十五街的交叉处,他永远也不会注意到这种情景:每隔几秒钟,就会有一些饱经风霜、步履沉重、面容憔悴、衣衫褴褛的人,从那条繁忙的大街上的滚滚人流里冒了出来。这种情景可说是千真万确,而且天气越冷,也就越发触目惊心。传道馆舍狭仄,没有专设厨房,不得不分批开饭,每批仅仅能容纳二十五至三十个人就餐,所以人们只好在门外站队,挨个儿进去。以上这种景观,不但每天都有,而且多少年来始终不变,人们早已司空见惯,一点儿也不觉得稀奇了。在严寒的天气里,这些穷人耐心地等待着,像牛马似的,往往等上好几个钟头方能进去。这里既不盘问他们,也没有专人招待他们。他们吃过以后扭头就走了,其中有一些人整整一个冬天每天都定时上这儿来。

施饭的时候,有个慈祥的大块头女人老是守在大门口,清点着入内就餐的人数。这些穷人都是正经八百地挨着个儿走上去的。谁都不是慌里慌张,露出急巴巴的样子来。几乎就像是一支哑巴队伍。在砭人

---

① 慈光会,从事慈善教育事业的天主教女修会。

肌骨的大冷天，这儿依然见得到这么一长溜穷人。在冰冷的寒风里，他们冻得只好一个劲儿击掌跺脚。他们的手指和脸容好像都饱受了严寒的摧残。只要在大白天仔细端详一下这些穷人，就足以证明他们几乎同属一个类型。他们都是无家可归的人，在天气不冷不热的日子里闷坐在公园的长条凳上，在夏日的夜晚干脆就露宿在那儿。他们经常出没在鲍威尔街，以及东区那些破破烂烂的街区，那儿衣衫褴褛，面容枯槁的人，比比皆是，毫不奇怪。在天气阴冷的时候，他们老是泡在寄宿舍的门厅里，或者蜂拥到东区南头的许多街上六点钟方才开门的临时收容所周围。食物质量低劣，进食不定时，吃饭时又狼吞虎咽，使他们的身子骨都受到了严重损坏。他们全都脸色苍白，肌肤松弛，眼眶深陷，胸脯扁平，两眼贼亮，相形之下，嘴唇倒像红得发高烧似的。他们都是蓬头垢面，两耳毫无血色，皮鞋早已裂开，脚后跟和脚指头全露在外头。他们是孤苦无告、流离颠沛的一类人，随着每一次涌起的人潮而层出无穷，犹如海浪把废弃物冲上正被风暴施虐的海滩似的。

在纽约城另一处，有一位承办酒席商弗莱希曼，差不多二十五个年头以来，凡在午夜时分到百老汇大道和第九街拐角上他的餐馆后门口求乞的人，他都发给一只面包。二十年来，每天夜里总有大约三百来人排成长蛇阵，在指定的时刻走过后门口，从搁在门外的大箱子里捡个面包，随后又消失在茫茫的夜色之中。从开始起一直到现在，这些人的性质和数目几乎没有什么变化。年复一年地观察过这支队伍的人发现里头有两三个人面孔熟极了。他们里头有两个人十五年来差不多没有漏掉过一次。约莫有四十来个人都是经常光顾这儿的。剩下来的人则是新来乍到的。在经济恐慌和特殊困难的时期，也很少超过三百人。即使在经济繁荣、很少失业的时期，也不见得会低于上述这个数字。不管是严冬酷暑，是刮暴风雨还是无风的日子，也不管年景好不好，这帮子穷人总是来到弗莱希曼的面包箱前，好像赴午夜幽会似的。

这时正值严冬季节，赫斯特伍德成了这两个慈善团体的常客。有一天冷得邪门，没法沿街行乞，他一直等到中午才寻摸到这种给穷人施舍的机会。这天上午十一点钟，有好几个像他那样的人步履蹒跚地从第六大道走过来，他们身上单薄的衣服被风刮得沙沙发响。他们这拨人来得很早,打算先进去,就偎靠在第九团军械库围墙外头的铁栅栏上,军械库的正门是朝着十五街那个地段的。因为开门还得个把钟头,他们一开头都是在离门口远些的地方,但见别人也来了,他们就赶紧挤到大门口来,以确保他们先到的优先权。赫斯特伍德从西头第七大道走过来加入了这支行列,站在比别人更加贴近大门口的地方。那些比他先来,但站在远处的人,此刻都走拢来了。他们一言不语,只用一种坚定的神色来表明他们来得比他还要早。见到别人对他的行动有反感,他悻悻然望了一眼这支行列,就走出来,站到了行列的末尾。秩序恢复以后,敌对情绪方才平息下来。

"快到中午了吧。"一个人斗胆说。

"是啊,"另一个说,"我差不多等了个把钟头啦。"

"天哪,好冷!"

他们急巴巴地两眼直窥视着大门,他们很快一块儿都要从那儿进去的。一个食品店的伙计运来了好几筐食物。这一下子就让大家扯开了食品商和一般食物的价格来。

"我看到肉类涨价了。"一个人说。

"只要一打仗,恐怕帮国家大忙呢。"

眼前这支队伍在迅速扩大。已经有了五十来人,站在头上的那些人从他们的神色看得出在暗自庆幸,因为倘若跟站在末尾的人相比,用不着再等多少时间。他们动不动探出脖子来,看看排在后头的行列。

"关键不在你离正门站得最近,只要是在头上的二十五个人以内就得了,"站在头上的二十五个人里头的一个说,"反正大伙儿都是一块儿进去的。"

"哼!"赫斯特伍德突然低声咕哝着,硬是被他们挤了出去。

"这个单一税①真管用,"另一个说,"要不然哪儿还会有秩序呢。"

几乎大部分时间人们都默不作声;这些面容憔悴的穷人,来回直跺脚,窥视着大门,还不断捶打着自己的胳膊。

---

① 美国经济学家亨利·乔治(1839—1897)在《进步与贫困》(1879)一书中,最早主张征收"单一地价税",取消其他一切税种,使土地增价收益全归社会所有。这也是现代单一税运动的发端。

大门终于打开了,那个慈祥的女修士探出头来。她只瞟了一眼,示意他们进来。这支队伍就缓慢地朝前挪动,一个挨着一个地走了进去,一直点到了第三十个为止。随后,她伸出粗壮的胳膊一拦,大队人马就停住了,这时阶沿上正站着六个人。其中有一个就是往昔酒吧经理。他们就这么着等下去,有的在唠扯,有的突然叹起苦经来了,有的还像赫斯特伍德那样在冥思苦想。最后,赫斯特伍德总算被放了进去,吃过以后扭头就走,因为等吃这块面包受了不少罪,差点儿让他心头火起。

约莫过了两个星期,有一天晚上十一点钟,他正在耐心地等午夜施舍的面包。这是他很倒霉的一天,可是如今他对自己的命运仿佛有点儿等闲视之似的。万一他晚饭没有着落,或者深夜肚子里饿起来,他不妨上这儿来。十二点还差几分钟,那儿准有满满一大箱面包推了出来,十二点整,一个圆脸膛、大块头的德国人站立在箱子旁边,大喊一声:"准备。"整个队伍马上往前挪动,每人挨个儿取了面包就纷纷散去。这一回,这位往昔酒吧经理边走边吃,默默地拖着沉重的脚步,沿着黑乎乎的街道回到了宿夜的地方。

到了一月间,赫斯特伍德几乎认定自己一切全完了。忆往昔,生活始终好像很珍贵似的,可是如今,经常匮乏,体力日衰,使他觉得人世间的荣华富贵顿时黯然失色,毫无意义。有好几回,命运逼得他实在太严酷了,他想还不如索性就了此残生。殊不知只消天色一放晴,或者碰巧得到了二十美分,乃至于十美分硬币,他的心情就会为之大变,乐意继续等等再说。他每天寻摸一些被人扔掉的旧报刊,看看上头有没有关于嘉莉行踪的信息,但是整整夏秋两季都算是白看了。后来,他觉得自己两眼疼痛起来,不料这一毛病迅速恶化,他再也没法在他常去的寄宿舍昏暗的卧室里看报了。质量低劣的饮食使他体内器官的功能日益衰退。唯一的办法就是,只好在他有钱寻摸个铺位时凑合着打个盹儿罢了。

他开始觉得,因为自己衣着破烂,身子羸弱,人们早已把他看作老牌游民和贫丐了。警察紧盯着他;餐馆和寄宿舍的掌柜一见他就赶紧撵走他;连过往行人也都挥挥手要他滚开。他觉得逢人乞讨是越来越难了。

最后,他承认自己该要收场了。这是在他好几回向人行乞,一再碰壁,谁都赶紧躲开他之后。

"给我一个子儿吧,先生?"他对最后一个人说,"看在上帝的分上,行行好。我快要饿死啦!"

"呸,快滚开。"这个人说,碰巧此人也是个凡夫俗子,在坦慕尼协会执掌一个小差使,"你这不中用的家伙。什么我都不给。"

赫斯特伍德让冻得通红的两手插在口袋里。泪水夺眶而出。

"真的不错,"他说,"现在,我是不中用。过去,我可是顶呱呱的。那时我有的是钱。该是我了此残生的时候啦。"于是,他一心想要自寻短见,就朝鲍威里街走去。过去有人打开煤气自尽了。他为什么不可以仿效呢?他想起了一处寄宿舍,那儿就有装着煤气喷嘴、密不通风的小房间,他觉得好像都是为了他设想的目的,命里早就注定了似的,一天房金只收十五个美分。过后,他转念一想,自个儿连十五个美分都没有了。

路上他遇到了一位悠然自得的绅士,正从一家美发厅刮了脸出来。"请您行行好,先生?"赫斯特伍德鼓起胆量,向这位绅士求告说。

这位绅士把他打量了一下,伸手想掏摸出一枚十美分的硬币来。殊不知他口袋里只有一些二十五美分的硬币。

"拿去吧,"绅士一边说,一边给了他一枚二十五美分的硬币,免得他缠住不放,"现在就快走开。"

赫斯特伍德一边继续赶路,一边暗自纳闷。看到这枚晶光锃亮的大块硬币,他不觉有点儿高兴。他想起了自己一大早起肚子里没进食,只要花十个美分就好找个铺位过夜。想到这儿,他心里暂时不想自寻短见了。只有在除了凌辱、什么都乞讨不到的日子里,他才觉得死好像颇有诱惑似的。

仲冬时节,有一天,最砭人肌骨的大冷天来临了。头一天阴冷得出奇,第二天竟下了鹅毛大雪。赫斯特伍德老是不走运,到天快黑下来时,才觅到了十个美分,他把这点钱全花在吃食上了。傍黑时分,他发现自己来到了林荫大道和六十七街的交叉路口,终于转身朝鲍威里街走去。因为这一天上午他莫名其妙地一个劲儿乱闯荡,此时此刻特别累乏,就拖着湿漉漉的两只脚丫子在人行道上蹒跚着。单薄的破外套的翻领直竖起到冻红的耳朵边——千孔百洞的圆顶礼帽拉得低低的,只让两只具有听觉的器官露在外头。两只手全都深深地插在口袋里。

"我要上百老汇去。"他心里想。

他一走到四十二街,只见商家电光招牌光耀夺目,人们三五成群匆匆赶去进餐。透过各个街角上豪华的餐厅的玻璃窗,寻欢作乐的男男女女都能看得见。满街跑的都是马车和挤满了乘客的电车。

他既然那么困乏、饥饿,恐怕最好不应该上这儿来的。对比未免太突出了。他甚至于模模糊糊地回想起自己往昔的好日子来。

"回首过去,有什么用呢?"他想,"我已全完了。我也算是活够了。"

人们都回头张望着他,见到他那种邋里邋遢的可怜相挺吃惊的。好几个警察两眼紧盯着他,不让他向路人行乞。

有一回,他漫无目的地,时不时趑趄不前,从一家豪华的大餐厅窗子里望进去,窗子前是令人耀眼的电光招牌,透过大块玻璃窗看得见金碧辉煌的室内装潢、棕榈树、白餐巾,以及闪闪发光的玻璃器皿,特别惹眼的是那些怡然自得的食客。尽管他心力交瘁,可他此刻饿得够呛,足见食物还是挺重要。他呆若木鸡似的站住了,傻呵呵地往里头张望着,磨损的裤子已被污泥雪水浸泡过。

"吃吧,"他低声咕哝着说,"不错,吃吧。让别人全都饿死得了。"

他的话音越来越低沉,几乎忘掉了自己心里在想些什么。

"天冷得够呛,"他说,"冷得真骇人。"

在百老汇大道和三十九街的街角上,白炽灯广告上闪耀着嘉莉的大名。一看就是"嘉莉·马登达和卡西诺剧团"。雪亮的灯光把整条融雪后泥泞不堪的人行道都照亮了,还把赫斯特伍德的注意力给吸引住了。他抬起头来,望着一块镶金边框的大型招贴板,上面印有一幅精美的嘉莉画像,模样儿竟跟真人一般大小。

赫斯特伍德定神瞅了一会儿,抽了一下鼻子,耸耸肩膀,好像有点儿发痒似的。可是,他毕竟羸弱不堪,连思想也有点儿模糊不清了。

"原来是你啊!"他最后朝画像里的嘉莉说,"我配不上你,可不是,嗯?"

他驻足不前,很想好好地琢磨一下。殊不知此时此刻,他早已无能为力了。

"她有的是钱,"他前言不搭后语地说,心里想的是钱,"让她给我一点儿吧。"

赫斯特伍德于是朝边门走过去。他立时忘了自己是干什么去的,就又站住了,两手深深地插在口袋里,让手腕暖热些。猛地他又想起来了。该去后台门口!那正是他要去的地方啊。

他来到后台门口,就往里走了进去。

"喂。"看门人说,瞪了他一眼,又见他站住了,就走了过去,要把他撵走。"滚出去。"他大声吆喝道。

"我要见马登达小姐。"赫斯特伍德回答说。

"你要见她,呸!"那看门人说,见到他这副狼狈相差点儿没扑哧一笑。"滚出去。"说罢,他又把赫斯特伍德撵了出去。

赫斯特伍德就是要回手也没有力气了。

"我要见马登达小姐,"即使在被人撵走的时候,他还想说明自己的意图,"我是老实人。我——"

这个看门人最后把他推了出去,随手关上了门。他这么一推让赫斯特伍德一失脚,摔倒在雪地里。这么一来,他很伤心,仿佛又像过去那样感到屈辱似的。他开始号哭了,还傻呵呵地骂起大街来了。

"该死的狗东西!"他说,"他妈的你这老死狗。"抖去他破外套上的一些污泥雪水,"想当年,我——我还曾豢养过像你这号贱货呢。"

这时,他对嘉莉强烈的憎恶在心中油然而生——只不过是一阵狂怒,不一会儿也就消退了。

"她应该给我一点儿吃的东西,"他说,"她可不能不管我呀。"

赫斯特伍德失望地转身返回百老汇,踩着污泥雪浆往前走去,一边见人行乞,一边呜咽哭泣,他这时简直心乱如麻,经常丢三落四,如同一个精神错乱的人惯常的那样。

过了好几天,正是在一个寒冷的冬天傍晚,赫斯特伍德心里毫不含糊地做出了一个决断。四点钟,夜色已笼罩着全城。不一会儿,大雪纷飞——砭人肌骨的雪片被疾风吹成了长长的细条子。街上积满了雪,仿佛铺上了六英寸厚的冰冷、柔软的地毯,经过车子碾、行人踩,全给搅成了黑乎乎的泥浆。百老汇一带,过往行人都身穿厚呢子长大衣,撑着雨伞,小心翼翼地在走路。在鲍威里街,人们没精打采地走路时,全都竖起衣领,把帽子拉到了耳根边。在百老汇那里,商人和观光客全都直奔舒适的大饭店而去。在鲍威里街,顶风冒雪、疲于奔命的人群却在灯光昏暗、邋里邋遢的小铺子跟前时隐时现。电车上老早掌了灯,因为从积雪上碾过,车轮不像平日里那样轧轧发响。整个纽约城没多久就被大雪装点成了银色世界。

此时此刻,嘉莉在沃尔多夫大酒店舒适的套房里,正在阅读《高老头》,是艾姆斯介绍她看的。作品富有感染力,艾姆斯仅仅是随便推荐一下,她就津津有味地读起来,还几乎悟出了它的含义所在。她生平头一遭觉得以前自己看过的都是一些无聊的读物。不过那时,她书已看得倦了,打了个哈欠,走到窗前,俯视着窗外第五大道上车水马龙、川流不息的街景。

"这天气真差劲。"她对罗拉说。

"是的,真要不得。"那个小女人说,也来到了她身边,"我巴不得雪下得大些,好去滑雪橇呢。"

"天哪,"嘉莉说,高老头的不幸遭遇她至今记忆犹新,"你就净想这些赏心乐事。今儿晚上无衣无食的人你就一点儿都不觉得可怜吗?"

"当然啰,我是挺可怜他们的,"罗拉说,"但是叫我有什么办法呢?连我自个儿也是一无所有。"

嘉莉微微一笑。

"即使有钱,料你也不会关心的。"她回答说。

"我也会关心的,"罗拉说,"不过话又说回来,我困难的时候,从来没人帮助过我。"

"这岂不是很可怕吗?"嘉莉说,两眼仔细瞅着窗外这场严冬的暴风雪。

"瞧那边的那个男人,"罗拉看见有一个人摔了一跤,就笑着说,

"男人摔倒在地的样子真好玩,不是吗?"

"今儿晚上,我们上剧场也只好坐马车了。"嘉莉心不在焉地回答。

查尔斯·德鲁埃先生刚进帝国大饭店大堂,正在掸去他那漂亮的厚呢长大衣上的雪花。天公不作美,他只好趁早赶回来,索性寻欢作乐,借以忘掉恼人的大雪和生活中的阴暗面。此刻他心中想的只是美美地吃上一顿晚餐,有一位年轻的女人作陪,上剧院看一场夜戏。

"喂,哈里,"他对一个闲坐在大堂舒适的软椅里的人招呼说,"您好呀?"

"哦,反正还凑合呗。"另一个说。

"天气真差劲,是吗?"

"哦,那还用说嘛,"另一个回答,"我正坐在这儿,琢磨今儿个晚上该去哪儿玩哩。"

"跟我一块儿走吧,"德鲁埃说,"我就带您去见见顶呱呱的漂亮女人。"

"那是谁?"另一个说。

"哦,四十街有两个姑娘。我们可以痛痛快快地乐一乐。这会儿我正在寻摸您做伴呢。"

"那就带她们出来吃吃饭,怎么样?"

"当然可以。"德鲁埃说,"等一会儿,让我上楼换装去。"

"那么我这就去理发厅,"另一个说,"刮一下脸儿。"

"那敢情好。"德鲁埃说罢,就朝电梯走去,只听见他脚上那双好皮鞋嘎吱嘎吱地直发响。这位交际场上老手的一言一行还是跟从前一样轻佻。

顶着当天晚上的暴风雪,以每小时四十英里的速度正向纽约驶来的一节普尔曼高级卧铺车厢里,恰好有三个与本文有关的人。

"首次提醒大家去餐车吃晚饭。"卧铺车厢的侍应生,身穿雪白的围裙和夹克衫,在车厢内过道里一边紧走,一边大声吆喝道。

"我不想再打下去啦。"三人里头最年轻的那个乌发美人儿(因为交好运而变得目空一切)说,随即把一手尤克纸牌推开去。

"那就去吃饭,好吗?"她丈夫问道,此人身上穿着打扮可谓时髦透顶。

"哦,我还不想吃呢,"她回答,"但我腻烦再打牌了。"

"杰西嘉,"她母亲说,她身上穿戴如此漂亮,竟然看不出是上了岁数的人,"整一整领带上的别针,快要掉下来了。"

杰西嘉只好一味服从,随手捋了一下自己漂亮的头发,瞅了一下镶着宝石的小怀表。她丈夫仔细端详着她,因为即使在天冷的时候,美,总是很迷人的。

"哦,只要两星期就到罗马啦,"他说,"我们再也不会碰上这样的天气了。"

赫斯特伍德太太微微一笑,她正舒适地坐在角落里。她意识到做一个有钱的年轻人的丈母娘都是美滋滋——女婿的资财状况,她曾经亲自了解过。

"如果说天气还是这样,"杰西嘉问,"依您看,船能准时开吗?"

"哦,当然准时开,"她的丈夫回答,"跟天气是不搭界的。"

车厢过道里走过来一个浅色头发的银行家儿子,也是从芝加哥来的,此人两眼凝视着这个目空一切的美人儿已有好长时间。即使在此时此刻,他还是目不转睛地直瞅着她;杰西嘉呢,她也意识到了。她故意装出满不在乎的样子,让自己漂亮的脸蛋儿完全转到车窗那边去了。这压根儿算不得是新嫁娘的庄重自敬。无非是让她的虚荣心得到满足。

可是就在此刻,曾几何时相当和睦的小家庭里最末一个人,却在别处做出了一个不同寻常的决定。他伫立在离鲍威尔街挺近的一条小街上的一幢肮里肮脏的四层楼前,外墙上浅黄色的涂层早被烟熏雨淋得不堪入目。他混杂在一大堆人里头——这些无家可归的人,还在不断增加。开头只来了两三个人,他们滞留在关着的木头门外面,冻得直跺脚取取暖。他们头上戴着褪了色、瘪塌塌的圆顶礼帽。他们不合身的外套全被融雪湿透了,衣领也都给竖了起来。他们的裤子鼓鼓囊囊的,好像个口袋,裤脚早已磨坏,在湿透了的、又大又破的鞋子上头晃来晃去。他们并不急巴巴地要进去,只是忧郁地在近处来回转悠,双手深深地插在口袋里,两眼盯着那一大堆人和亮起来、越来越多的路灯。时间一分钟、一分钟地过去了,人数也在逐渐增加。他们里头,既有胡子灰白、眼眶深陷的老头儿,也有岁数不大、但被疾病折磨得皮包骨的,还有一些则是中年人。个个都是骨瘦如柴。在这堆人里边,有一张脸苍白得有如干巴巴的小牛犊白肉。还有一张脸红得像块红砖头。有些人两肩瘦削;有些人装着假腿;还有一些人瘦成一副骨头架子,只见衣服在他们身上飘来荡去的。还有一些人长着大耳朵、肿鼻子、厚嘴唇,特别是布满血丝的红眼睛。反正这一大堆人里头,没有一张正常、健康的脸孔;没有腰背挺立的身姿;也没有坚定、沉着的眼色。

在风雪交加之中,他们相互偎靠,挨挤在一起。露出在外套或衣袋外头的手腕,全都被冻得发紫。还有几乎露在破帽檐底下的耳朵,早已冻僵,隐隐作痛。他们伫立在雪地里,让两只脚不断地来回挪动着,仿佛踩着节拍在跳摇摆舞似的。

门外头的人越来越多了,耳边传来一片模糊不清的噪音。这不是在交谈,而是针对某某人有所评头论足。其中有咒诅,也有粗话。

"真该死,他们该早点儿开门嘛。"

"天哪!"

"瞧那个警察紧盯住咱们!"

"说不定他们觉得眼下还是大热天呢!"

"我真恨不得关在辛辛监狱①里。"

猛地刮起了一阵刺骨的寒风,他们就挨挨挤挤得更紧密了。这一大堆人一直在你推我搡,两脚来回倒换着,徐徐往前头挪动。他们不发火,也不哀求,更不会危言恫吓。他们闷声不响,耐心地期待着,即使说说逗趣话儿,或者彼此善意套套近乎,反正心情怎么也轻松不起来。

一辆马车叮叮当当地驶过去了,车厢里面偎靠着一个人,被站在离大门口最近的那个穷人看见了。

"瞧那家伙在兜风呢!"

"反正他不会觉得冷呗!"

"嘿!嘿!嘿!"第三个人大声吼叫起来,这时马车早已驶远,听不

---

① 此处指纽约州立监狱,位于纽约市北赫德森河左岸的奥斯宁城。

见了。

夜幕正在徐徐降落。人们都是行色匆匆赶回家去。职员和女店员也一溜小跑疾走而去。穿越市区的电车开始挤满了乘客。煤气路灯正在闪闪发光,每一个窗子都映出红彤彤的亮光。这一大群穷人依然不死心,还守候在大门口。

"难道他们永远不开门了吗?"一个粗哑的声音暗示地问道。

他这么一问看来又让大伙儿注意到那紧闭着的大门,很多人都朝那个方向张望着。他们犹如哑兽似的张望着,又像群狗那样哀叫着,搔弄着大门上的球状把手。他们缓缓地蠕动着,眨巴着眼睛,低声咕哝着,有时骂街,有时发牢骚。他们依然还在等待着,大雪也依然纷纷扬扬,把砭人肌骨的雪片撒到他们身上。雪片在他们的破帽子和瘦削的肩膀上不断堆积起来。积成小雪堆和一股股雪条条,可谁都没把它掸掉。在这一大群人中央,人的体温和呼吸时的热气把积雪融化了,雪水就沿着帽檐滴下来,落到鼻子上,他们也顾不上伸手去抹掉。站在外圈的人,帽檐上的积雪都没融化。没挤进中间去的人,就低着脑袋,弯着身子,在大风雪中受罪。

大门气窗里倏然透出一丝亮光来。这使守候在大门外的人们立时为之雀跃起来,无比激动。随之而来的是一阵喃喃低语声。最后终于听到里头门闩响,大家全都竖起了耳朵。大门里边传来了脚步声,人群里又是一阵喃喃低语声。有人大声嚷嚷说:"喂,慢点儿,别挤呀!"随后,大门打开了。人们果真就像凶兽似的,一气不吭,猛地冲了上去,一下子乱成一团,稍后才往里边四散,有如漂浮的木头,倏地连影儿都不见了。只看到一顶顶湿漉漉的帽子,一个个湿漉漉的肩膀,一大群冻得萎头缩脑的家伙,从光秃秃的墙壁之间拥了进去。此时正是六点钟,从每个行色匆匆的路人脸上都看得出:他们要去吃晚饭了。无奈此地却不供应晚饭——除了铺位以外,再也不给别的什么。当然啰,赫斯特伍德正在要求得到一个铺位!

他付了十五个美分,拖着累乏的脚步,蹑手蹑脚地来到了指定给他的房间里。这是一个邋里邋遢的小房间,木头板壁,尘埃满地,铺板也挺硬。一只小煤气喷嘴只够照亮怪凄凉的一个角落。

"嗯。"他说,清了一下嗓子眼儿,就把房门锁上了。

这时,他开始从容不迫地脱衣服,但是先脱去了外套,往房门底下缝隙一塞。他把背心也往那儿一塞。他轻轻地把那只湿漉漉的破帽子放在桌子上。随后,他脱去了鞋子,躺到床铺上。

看来他心里琢磨了一会儿,稍后站了起来,把煤气灯关掉,平心静气地置身于黑暗之中,谁都看不见他。过了一两秒钟,其间什么事他都没有回想,仅仅是有点儿迟疑罢了,他又打开了煤气,但并没有划火柴。当难闻的煤气味儿弥漫斗室时,他甚至还伫立在那儿,完全隐没在仁慈的夜色里。他的鼻孔一嗅到了煤气味儿,他就索性摸着上了床铺。

"活下去还有什么用呢。"他身子直挺挺地躺下安息的时候,只听得他还在低声咕哝着。

# "名著名译丛书"书目
（按著者生年排序）

## 第 一 辑

| 书 名 | 著 者 | 译 者 |
|---|---|---|
| 荷马史诗·伊利亚特 | [古希腊]荷马 | 罗念生 王焕生 |
| 荷马史诗·奥德赛 | [古希腊]荷马 | 王焕生 |
| 伊索寓言 | [古希腊]伊索 | 王焕生 |
| 一千零一夜 |  | 纳训 |
| 源氏物语 | [日]紫式部 | 丰子恺 |
| 十日谈 | [意大利]薄伽丘 | 王永年 |
| 堂吉诃德 | [西班牙]塞万提斯 | 杨绛 |
| 培根随笔集 | [英]培根 | 曹明伦 |
| 罗密欧与朱丽叶 | [英]莎士比亚 | 朱生豪 |
| 鲁滨孙飘流记 | [英]笛福 | 徐霞村 |
| 格列佛游记 | [英]斯威夫特 | 张健 |
| 浮士德 | [德]歌德 | 绿原 |
| 少年维特的烦恼 | [德]歌德 | 杨武能 |
| 傲慢与偏见 | [英]简·奥斯丁 | 张玲 张扬 |
| 红与黑 | [法]司汤达 | 张冠尧 |
| 格林童话全集 | [德]格林兄弟 | 魏以新 |
| 希腊神话和传说 | [德]施瓦布 | 楚图南 |

| | | |
|---|---|---|
| 高老头 欧也妮·葛朗台 | [法]巴尔扎克 | 张冠尧 |
| 普希金诗选 | [俄]普希金 | 高 莽 等 |
| 巴黎圣母院 | [法]雨果 | 陈敬容 |
| 悲惨世界 | [法]雨果 | 李 丹 方 于 |
| 基度山伯爵 | [法]大仲马 | 蒋学模 |
| 三个火枪手 | [法]大仲马 | 李玉民 |
| 安徒生童话故事集 | [丹麦]安徒生 | 叶君健 |
| 爱伦·坡短篇小说集 | [美]爱伦·坡 | 陈良廷 等 |
| 汤姆叔叔的小屋 | [美]斯陀夫人 | 王家湘 |
| 大卫·科波菲尔 | [英]查尔斯·狄更斯 | 庄绎传 |
| 双城记 | [英]查尔斯·狄更斯 | 石永礼 赵文娟 |
| 雾都孤儿 | [英]查尔斯·狄更斯 | 黄雨石 |
| 简·爱 | [英]夏洛蒂·勃朗特 | 吴钧燮 |
| 瓦尔登湖 | [美]亨利·戴维·梭罗 | 苏福忠 |
| 呼啸山庄 | [英]爱米丽·勃朗特 | 张 玲 张 扬 |
| 猎人笔记 | [俄]屠格涅夫 | 丰子恺 |
| 包法利夫人 | [法]福楼拜 | 李健吾 |
| 昆虫记 | [法]亨利·法布尔 | 陈筱卿 |
| 茶花女 | [法]小仲马 | 王振孙 |
| 安娜·卡列宁娜 | [俄]列夫·托尔斯泰 | 周 扬 谢素台 |
| 复活 | [俄]列夫·托尔斯泰 | 汝 龙 |
| 战争与和平 | [俄]列夫·托尔斯泰 | 刘辽逸 |
| 海底两万里 | [法]儒勒·凡尔纳 | 赵克非 |
| 八十天环游地球 | [法]儒勒·凡尔纳 | 赵克非 |
| 马克·吐温中短篇小说选 | [美]马克·吐温 | 叶冬心 |
| 汤姆·索亚历险记 | [美]马克·吐温 | 张友松 |
| 爱的教育 | [意大利]埃·德·阿米琪斯 | 王干卿 |
| 莫泊桑短篇小说选 | [法]莫泊桑 | 张英伦 |
| 契诃夫短篇小说选 | [俄]契诃夫 | 汝 龙 |
| 泰戈尔诗选 | [印度]泰戈尔 | 冰 心 等 |
| 欧·亨利短篇小说选 | [美]欧·亨利 | 王永年 |

| | | |
|---|---|---|
| 名人传 | [法]罗曼·罗兰 | 张冠尧 艾珉 |
| 童年 在人间 我的大学 | [苏联]高尔基 | 刘辽逸 等 |
| 绿山墙的安妮 | [加拿大]露西·蒙哥马利 | 马爱农 |
| 杰克·伦敦小说选 | [美]杰克·伦敦 | 万紫 等 |
| 卡夫卡中短篇小说全集 | [奥地利]卡夫卡 | 叶廷芳 等 |
| 罗生门 | [日]芥川龙之介 | 文洁若 等 |
| 了不起的盖茨比 | [美]菲茨杰拉德 | 姚乃强 |
| 老人与海 | [美]海明威 | 陈良廷 等 |
| 飘 | [美]米切尔 | 戴侃 等 |
| 小王子 | [法]圣埃克苏佩里 | 马振骋 |
| 钢铁是怎样炼成的 | [苏联]尼·奥斯特洛夫斯基 | 梅益 |
| 静静的顿河 | [苏联]肖洛霍夫 | 金人 |

## 第 二 辑

| | | |
|---|---|---|
| 威尼斯商人 | [英]莎士比亚 | 朱生豪 |
| 忏悔录 | [法]卢梭 | 范希衡 等 |
| 罪与罚 | [俄]陀思妥耶夫斯基 | 朱海观 王汶 |
| 哈克贝利·费恩历险记 | [美]马克·吐温 | 张友松 |
| 漂亮朋友 | [法]莫泊桑 | 张冠尧 |
| 斯·茨威格中短篇小说选 | [奥地利]斯·茨威格 | 张玉书 |
| 海浪 达洛维太太 | [英]弗吉尼亚·吴尔夫 | 吴钧燮 谷启楠 |
| 日瓦戈医生 | [苏联]帕斯捷尔纳克 | 张秉衡 |
| 大师和玛格丽特 | [苏联]布尔加科夫 | 钱诚 |
| 太阳照常升起 | [美]海明威 | 周莉 |

## 第 三 辑

| | | |
|---|---|---|
| 神曲 | [意大利]但丁 | 田德望 |
| 吉尔·布拉斯 | [法]勒萨日 | 杨绛 |
| 都兰趣话 | [法]巴尔扎克 | 施康强 |

| | | |
|---|---|---|
| 叶甫盖尼·奥涅金 | [俄]普希金 | 智量 |
| 笑面人 | [法]雨果 | 郑永慧 |
| 红字 七个尖角顶的宅第 | [美]纳撒尼尔·霍桑 | 胡允桓 |
| 死魂灵 | [俄]果戈理 | 满涛 许庆道 |
| 南方与北方 | [英]盖斯凯尔夫人 | 主万 |
| 莱蒙托夫诗选 当代英雄 | [俄]莱蒙托夫 | 余振 等 |
| 前夜 父与子 | [俄]屠格涅夫 | 丽尼 巴金 |
| 白鲸 | [美]赫尔曼·梅尔维尔 | 成时 |
| 米德尔马契 | [英]乔治·爱略特 | 项星耀 |
| 小妇人 | [美]路易莎·梅·奥尔科特 | 贾辉丰 |
| 娜娜 | [法]左拉 | 郑永慧 |
| 一位女士的画像 | [美]亨利·詹姆斯 | 项星耀 |
| 十字军骑士 | [波兰]亨利克·显克维奇 | 林洪亮 |
| 樱桃园 | [俄]契诃夫 | 汝龙 |
| 约翰-克利斯朵夫 | [法]罗曼·罗兰 | 傅雷 |
| 我是猫 | [日]夏目漱石 | 阎小妹 |
| 嘉莉妹妹 | [美]德莱塞 | 潘庆舲 |
| 月亮与六便士 | [英]威廉·萨默塞特·毛姆 | 谷启楠 |
| 人性的枷锁 | [英]威廉·萨默塞特·毛姆 | 叶尊 |
| 人类群星闪耀时 | [奥地利]斯·茨威格 | 张玉书 |
| 尤利西斯 | [爱尔兰]詹姆斯·乔伊斯 | 金隄 |
| 好兵帅克历险记 | [捷克]雅·哈谢克 | 星灿 |
| 城堡 | [奥地利]卡夫卡 | 高年生 |
| 喧哗与骚动 | [美]威廉·福克纳 | 李文俊 |
| 老妇还乡 | [瑞士]迪伦马特 | 叶廷芳 韩瑞祥 |
| 金阁寺 | [日]三岛由纪夫 | 陈德文 |
| 万延元年的 Football | [日]大江健三郎 | 邱雅芬 |

扫码免费领取听书券

七十余部外国文学名著经典
**0元订阅，无限畅听**